DARKLOVE.

THE GOOD HOUSE
Copyright © Tananarive Due, 2003

Publicado mediante acordo com a editora Atria Books, uma divisão da Simon & Schuster, Inc.
Todos os direitos reservados.

Imagens © Adobe Stock

Tradução para a língua portuguesa
© Larissa Bontempi, 2025

Diretor Editorial
Christiano Menezes

Diretor de Novos Negócios
Chico de Assis

Diretor de Planejamento
Marcel Souto Maior

Diretor Comercial
Gilberto Capelo

Diretora de Estratégia Editorial
Raquel Moritz

Gerente de Marca
Arthur Moraes

Gerente Editorial
Marcia Heloisa

Editora
Nilsen Silva

Capa e Projeto Gráfico
Retina 78

Coordenador de Diagramação
Sergio Chaves

Preparação
Flora Manzione

Revisão
Carolina Vaz
Jéssica Reinaldo
Talita Grass

Finalização
Sandro Tagliamento

Marketing Estratégico
Ag. Mandíbula

Impressão e Acabamento
Braspor

DADOS INTERNACIONAIS DE CATALOGAÇÃO NA PUBLICAÇÃO (CIP)
Jéssica de Oliveira Molinari - CRB-8/9852

Due, Tananarive
  Casa hereditária / Tananarive Due ; tradução de Larissa Bontempi. — Rio de Janeiro : DarkSide Books, 2025.
  528 p.

  ISBN: 978-65-5598-472-9
  Título original: The Good House

  1. Ficção norte-americana 2. Horror 3. Suspense
  I. Título II. Bontempi, Larissa

24-4761   CDD 813

Índice para catálogo sistemático:
1. Ficção norte-americana

[2025]
Todos os direitos desta edição reservados à
DarkSide® Entretenimento LTDA.
Rua General Roca, 935/504 — Tijuca
20521-071 — Rio de Janeiro — RJ — Brasil
www.darksidebooks.com

CASA HEREDITÁRIA
Tananarive Due

TRADUÇÃO
Larissa Bontempi

DARKSIDE

À minha avó
Lottie Sears Houston
03 de maio de 1920–25 de dezembro de 2000

Sentimos sua falta, mãe.

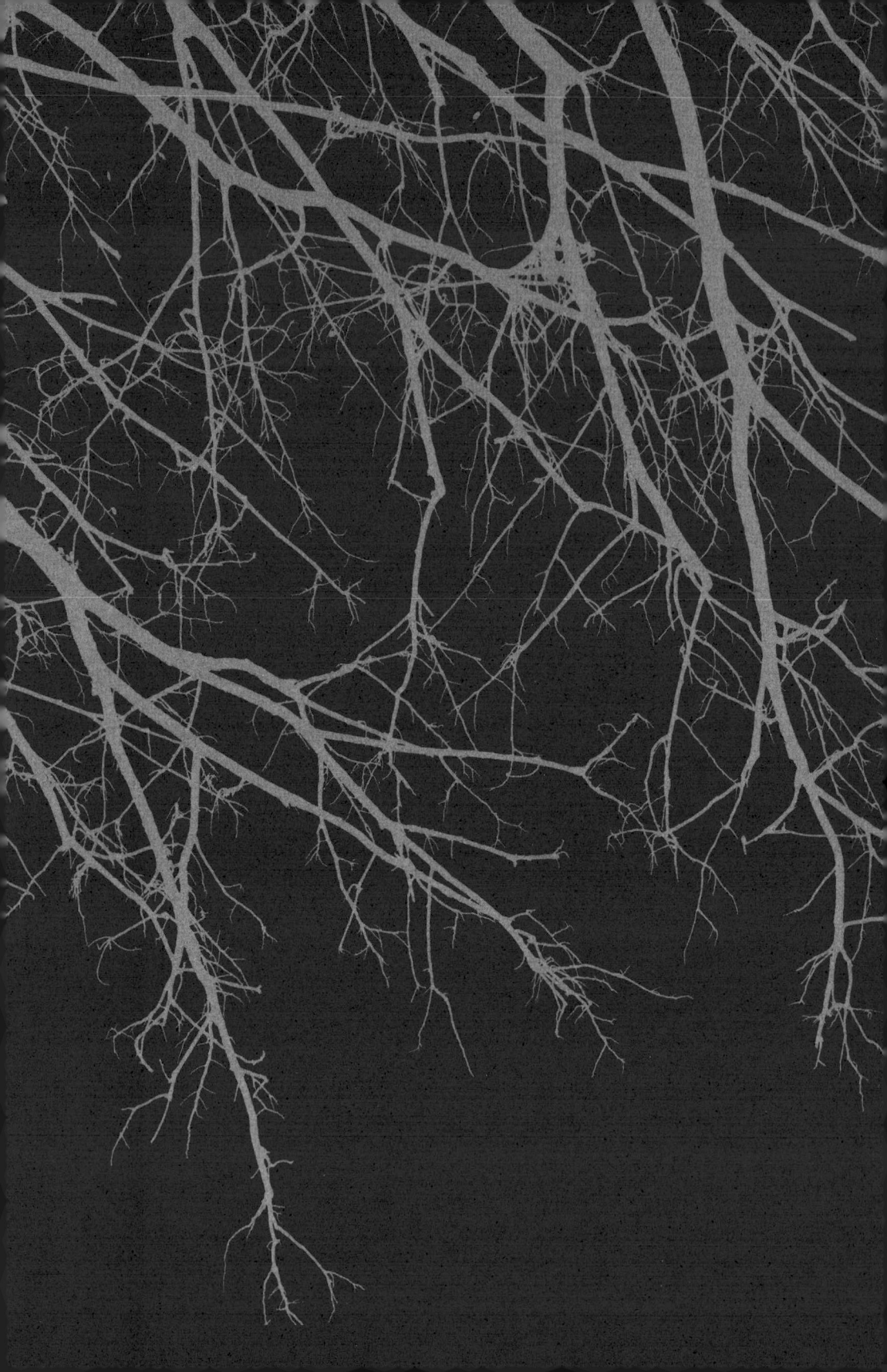

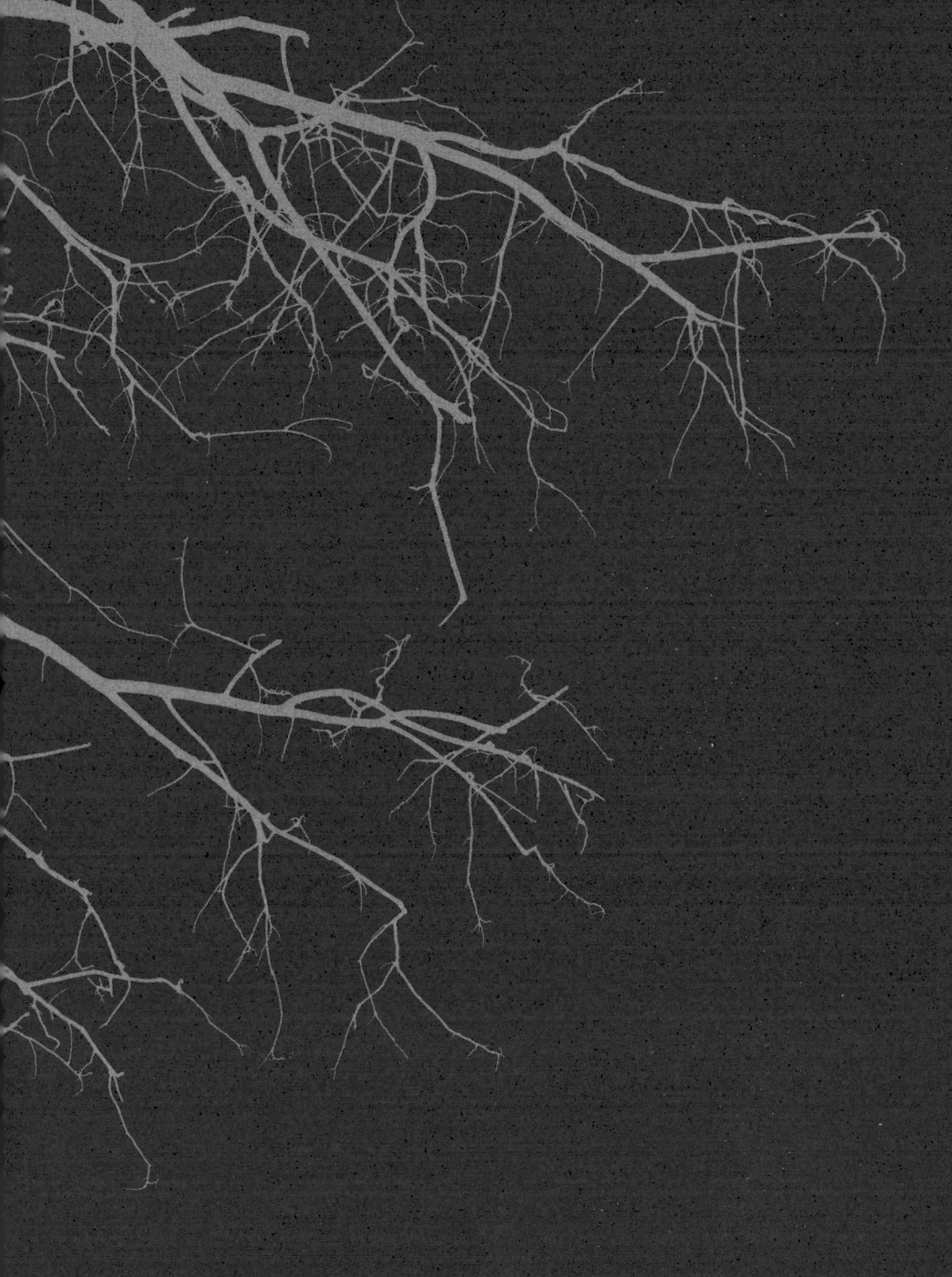

No Éden, quem dorme mais feliz?
A serpente.

Derek Walcott

No último sábado, um deslizamento de terra provocado por fortes chuvas deixou oito famílias desalojadas em Walnut Lane; à meia-noite, um "rio de lama" varreu casas inteiras de suas fundações e as destroçou. Milagrosamente, não houve perda de vidas humanas, mas os prejuízos em propriedades e gado foram significativos. Apenas a casa construída por Elijah Goode ainda está de pé em toda a Walnut Lane. Esse foi o primeiro deslizamento de terra de Sacajawea na memória recente. Nossos vizinhos precisam de orações e doações de roupas para sua recuperação. Tragam todas as contribuições para a Primeira Igreja de Deus de Sacajawea.

— *THE SACAJAWEA EAGLE*
21 de junho de 1929
(Dos arquivos da *Sociedade Histórica de Sacajawea*)

PRÓLOGO

SACAJAWEA, WASHINGTON
4 de julho de 1929

No início da tarde daquela sexta-feira, as batidas na porta podiam parecer raivosas para um ouvido que não estava acostumado a distinguir pânico de mau humor, mas Marie Toussaint sabia bem a diferença.

Os golpes martelavam como chuva de granizo na porta robusta construída pelo marido de Marie Toussaint com a madeira que recuperaram de uma nogueira derrubada pelo deslizamento de terra. A recente ira da lama havia deixado sua casa de dois andares intacta, mas os tiros de chumbo grosso disparados contra a residência em momentos de covardia, quase sempre à noite, deixaram buracos e estilhaços na porta antiga. Bastava um olhar em direção à porta para Marie logo ficar irritada, e ela não confiava mais em si mesma quando estava com raiva.

Pelo estardalhaço lá fora, devia haver duas ou três pessoas batendo ao mesmo tempo. Antes que Marie pudesse desviar o olhar das teclas do piano, no qual estava absorvida enquanto tentava comandar os dedos ao longo da "Sonata Patética" de Beethoven, John atravessou a sala correndo, as mãos grossas envolvendo a coronha de sua arma. Ele mantinha a arma encostada na parede da cozinha, como uma vassoura de palha, sempre à mão.

"Entre na adega e tranque a porta", disse.

"Talvez seja a Dominique, John."

"Porra nenhuma."

Ela sabia que o marido estava certo. Fazia uma hora que haviam levado Dominique de carro à igreja. A filha jamais voltaria para casa caminhando sozinha, e não só pela distância de mais de um quilômetro entre a casa e a igreja, que, em um gesto de boa vontade sem precedentes desde o deslizamento, aceitara Dominique para os estudos bíblicos de verão. Hoje, ela estava em uma aula especial sobre o Dia da Independência, onde certamente aprendia sobre como Deus havia abençoado a América. Ainda assim, Marie tinha dado um sermão em Dominique sobre os perigos. Ela era inteligente e obediente. Se voltasse para casa sozinha, poderia tornar-se alvo daqueles que não aprovavam a decisão da igreja de tratá-la como qualquer outra jovem da cidade apesar de sua pele escura.

Aqueles visitantes não tinham nada a ver com Dominique.

Silencioso como um gato, John se aproximou da porta como se esperasse que ela cedesse mesmo com todas as trancas. Poucos cidadãos de Sacajawea trancavam as portas durante o dia ou até mesmo à noite, mas paz de espírito era um luxo ao qual Marie e seu marido não estavam familiarizados.

Observando a prudência do marido, Marie sentiu o conhecimento borbulhar dentro de si. Sentiu toda a sabedoria da voz do seu espírito-guia, que ela ouvira pela primeira vez aos 6 anos e que a guiava havia 25 anos. Seu espírito a levou de New Orleans para Daytona, para São Francisco e então Sacajawea, uma cidade à margem do rio escondida nas florestas de Washington. Quando criança, Marie deu ao seu espírito o nome de Fleurette porque era o nome de sua *grandmère*, e decidiu que, por isso, ele deveria carregar um pouco da sabedoria dela. E de fato, Fleurette era sábia.

Fleurette não queria que Marie abrisse a porta. As orelhas quentes da mulher lhe diziam isso.

"Quem está aí?", gritou John com uma voz grave e alta que fez parar a barulheira.

"É você, Índio John?", veio da porta a voz aguda de um homem.

Marie reconheceu a voz do xerife Kerr, embora ele soasse estranhamente nervoso e ofegante. Apesar da estrela de lata no uniforme, o xerife Kerr não era nem amigo, nem protetor deles. Marie tinha certeza de que a maior parte do chumbo grosso que destruíra sua porta viera da arma do xerife.

"Índio John, abra a porta. Juro, não é pegadinha. Há uma menina doente aqui fora, e o pessoal me disse que a sua mulher negra tem treinamento em enfermagem. Dizem que ela salvou o gado à beira da morte depois do deslizamento. Deus sabe que precisamos dela agora."

John olhou para trás, na direção de Marie, que havia se levantado sem perceber. Suas orelhas ainda ardiam, mas a voz de Fleurette se perdeu sob os batimentos repentinos e preocupados do seu coração.

"Quem está doente?", perguntou ela, mas John balançou a mão para silenciá-la.

"A 'mulher negra' tem nome. Fale dela com respeito", disse John sem se mover em direção à porta fechada.

"Merda, Índio John!", disse o xerife, agora soando mais como de costume. "Viemos atrás da srta. T'saint. É assim que ela quer ser chamada, seu índio teimoso? Por mim, ela pode se chamar Rei George da Inglaterra. Eu odeio essa situação tanto quanto você, mas a menina do Hal precisa de atendimento, então nós temos que deixar nosso passado de lado. Eu não consigo crer que uma mulher temente a Deus cuidaria de porcos e cabras, mas não de pessoas. Você deixaria uma menina morrer na sua varanda? Abra essa porta antes que nós a derrubemos. Falo sério, Índio John."

"Por favor, Índio John", disse outra voz. Era Hal Booth, o pai da menina doente.

"Abra, John", pediu Marie, e só então o marido destrancou as duas fechaduras. Ele fez isso para atender às palavras dela, e não por causa do xerife ou de Hal Booth. Com um único olhar intenso de seus olhos castanhos na direção da esposa, John deixara seu descontentamento evidente.

Cinco pessoas tropeçaram para dentro, fedendo a medo e suor, arrastando o pó de tijolo vermelho* do pórtico para a entrada, para o tapete já enlameado e destruído pelos refugiados que haviam se aglomerado ali na noite do deslizamento. Todos os que entraram na casa eram homens, exceto por Maddie Booth, que tinha 16 anos, o dobro da idade de Dominique. Ela precisou ser carregada pelo pai. Maddie era esbelta, mas sem dúvida pesava mais do que 45 quilos, então eles devem ter sofrido um tanto para subir os vinte e um degraus da escada íngreme de pedra que ia da rua até a porta de entrada de Marie.

Marie não teria reconhecido Maddie se não tivessem dito o nome dela, porque sua aparência havia mudado muito. Seu cabelo loiro e sedoso, sempre habilmente trançado, estava todo embaraçado; parecia um emaranhado de palha na cabeça. E os olhos! Marie conseguia ver apenas as bordas das íris acinzentadas dos olhos de Maddie, que estavam revirados; o restante era apenas rosa, turvo e cego. Saliva escorria da boca da garota, umedecendo o vestido amarrotado em um grande V no peito. No instante em que seus pés tocaram o pó vermelho no chão, a garota estremeceu como alguém que sentira o açoite de um chicote. Parecia exatamente com uma crise convulsiva de epilepsia, Marie pensou. Ela havia estudado epilepsia no Hospital Mary McLeod e na Escola

---

* Acredita-se que o pó de tijolo é uma ferramenta excelente de proteção do lar por banir energias negativas. (Nota da editora, de agora em diante N. E.)

de Treinamento para Enfermeiros na Flórida, por isso seu pouco conhecimento sobre distúrbios cerebrais seria de grande ajuda se a doença de Maddie fosse o que parecia ser.

Mas não era. O que estava perturbando essa garota, seja lá o que fosse, poderia até parecer com epilepsia, mas certamente não era. O aviso de Fleurette veio como um guincho à cabeça de Marie, como se tentasse dividir seu crânio em dois. Marie nunca tinha sentido tanto peso. Foi assim que ela chegou a uma terrível conclusão, embora já tivesse suspeitado da verdade só pelo olhar de Maddie, sobretudo depois da resistência da garota ao pó de tijolo vermelho que, desde o deslizamento, Marie moía e renovava todas as manhãs para proteger a casa. Ah, a visão de como as pernas da garota se contorciam! Marie já havia escutado sua *grandmère* falar sobre casos assim, mas nunca vira nenhum com os próprios olhos.

Também havia o cheiro. Maddie Booth fedia.

"Meu Deus", disse Marie, até então emudecida, exceto por essas palavras. Estava paralisada. O que era isso? Um *baka** fora trazido à sua casa, disfarçado de humano.

"Ela teve um ataque", explicou o pai de Maddie, implorando com os olhos. "Nunca ficou doente antes, não desse jeito. Começou ontem pela manhã. Dizia que o estômago estava incomodando. Depois, hoje de manhã, ela estava fora de si e falava coisas sem sentido. Em um instante, a pele queimava, no outro, ficava fria como um bloco de gelo. E a respiração..."

Sim, Marie ouvia a respiração da garota. O peito de Maddie se expandia com a respiração penosa, cujo barulho parecia o de um gargarejo engasgado de um poço profundo. Anormal. Os longos intervalos entre as inspirações eram horríveis; quase intermináveis. A garota estava morrendo.

A forma esguia e rígida de John se destacava dos outros homens, e Marie viu seus olhos. Ele também sabia a verdade. As linhas de sua mandíbula ficavam mais nítidas quando travava os dentes.

"Ajude-a, sra. T'saint", pediu Hal Booth, empurrando Maddie na direção dela como se fosse um saco de farinha. "Por favor, faça alguma coisa. Ela é a nossa única filha, nosso bebê. Se algo acontecer a ela..."

---

* Espíritos demoníacos que transformam humanos e também a si mesmos em animais. (N. E.)

Marie esfregou as mãos no pano de prato que sempre deixava no bolso do avental, não por estar com as mãos sujas, mas porque precisava fazer algo com elas. Ela devia *pensar*.

"Deite-a no sofá no saguão. Mantenha a cabeça dela apoiada em alguma coisa para que ela não se engasgue. Não saia de perto dela", disse Marie. "Espere aqui."

Aquelas palavras firmes poderiam ter sido ditas por outra pessoa, pois Marie não tinha certeza de nada. Sentia as mãos exangues, frágeis como espigas de milho. Deu-se conta de que até aquele momento havia sido um dia normal. Ela estava prestes a colocar as vagens de molho e secar os vegetais, como se fosse um dia qualquer. Não tivera nenhum sonho revelador, nem ouvira os sussurros de Fleurette que lhe tiravam o sono. A única coisa diferente que havia acontecido naquele dia era que John voltara mais cedo do campo de extração de madeira, a uns vinte metros da estrada, porque suas costas doíam, mas nem mesmo isso era tão inusitado, porque as costas dele doíam vez ou outra, quando ele se esquecia de tomar o chá. Aquelas dores do marido não eram nada de excepcional para ela, e Marie ficara feliz pela companhia inesperada.

No entanto, aqui estava ela, enfrentando essa coisa. Em sua própria casa. Onde estava sua intuição?

Então, lembrou-se de uma das primeiras lições que sua *grandmère* lhe ensinara: para tudo havia um custo. Marie dificilmente poderia dizer que não sabia o que a esperava. Ela havia trazido isso para sua casa, como se ela mesma o tivesse convocado.

Fleurette estava em transe na cabeça de Marie, cujas orelhas ardiam tanto que ela desejou arrancá-las e acabar com o ardor. Se conseguisse ouvir com atenção a voz silenciosa de Fleurette, mandaria todos esses intrusos voltarem de onde vieram, mesmo que estivesse sob a mira de uma arma. Então, sábia e imediatamente, começaria a acender velas, caso já não fosse tarde demais.

Ao virar-se na direção das escadas, Marie começou a sussurrar orações que nunca havia pronunciado.

"Marie?", disse John, seguindo-a a passos largos.

"Uma garota tão jovem...", murmurou Marie, com as mãos trêmulas. Mesmo da escada, ela ainda sentia o cheiro de Maddie, e o fedor revirou seu estômago. Pensou que se algum deles tivesse seu dom, eles não teriam conseguido nem tocar na menina. Perguntou-se como faria para tocá-la, chegado o momento. "*C'est tragique*, John. *C'est sinistre.*"

"Esta briga não é sua." John nunca falava baixo, e Marie tinha certeza de que todos na casa ouviram quando ele falou isso, pois sua voz grave atravessava as paredes. John a seguiu enquanto ela subia os degraus de madeira de dois em dois.

"Ajude-me a encontrar os cobertores. Vamos precisar de vários. E se fosse Dominique?"

"E se fosse?", repetiu John, e pela primeira vez ela ouviu algo na voz dele que não era derivado dos tempos amargos em Sacajawea. Ele a segurou pelos ombros e a virou bruscamente, fazendo com que ela olhasse para seu rosto, que estava quase coberto pelas longas mechas de cabelo preto. Mas os olhos de John estavam bem visíveis; eles mostravam seu coração, e diziam que ele não estava repleto da raiva que o consumia havia três anos, e sim triste e assustado. Marie não estava acostumada a ver medo nos olhos do marido.

"Não faça isso, Marie. Mande-os embora. Vamos orar por eles. Ou, já que você quer ser teimosa, leve-os até a floresta ou para o terreno. Não aqui. Aqui é a nossa *casa*."

"Ela vai morrer antes de chegarmos lá. Você viu como ela está mal."

"Então, deixe que vá. Não é nossa decisão. Não permita que o orgulho..."

Era a primeira vez que Marie desejava bater em John desde que, três anos antes, permitira que ele se mudasse para a casa dela e vivesse como um aluno devotado com privilégios de marido. O que os unira fora um ritual da avó dele — uma das últimas anciãs do povo chinook —, não um certificado ou contrato dos homens brancos, como seus vizinhos não podiam deixar de notar. A natureza não convencional dessa união apenas alimentara mais o ressentimento dos vizinhos em relação à mulher negra e ao indígena que dividiam uma casa tão grande em sua cidade. Agora, John era tanto marido quanto aluno dela, respeitoso na maioria das vezes e totalmente insolente em outras. Sua acusação feriu o coração dela. *Orgulho!* Ele realmente a menosprezava tanto assim?

"Sim, isso mesmo", repetiu John. "Eu disse orgulho. E, além disso, culpa, eu acho. Mas você não estava errada em fazer o que fez. Eles mereciam algo como aquilo ou até pior."

"Fique quieto", disse Marie, sentindo ódio só de ouvir ele falar nisso. Eles haviam concordado em esquecer os acontecimentos daquela noite, e era perigoso dar palavras à memória. Falar de eventos passados os mantinha vivos, e ele sabia disso tão bem quanto qualquer um. Agora, o tremor das mãos de Marie era quase violento, e ela não sabia dizer se era porque, de repente, entendera a verdade do aviso de John ou se era por causa da garota que esperava lá embaixo. Ela resgatara um chinês em São Francisco em 1921, mas foi diferente. Aquele *visiteur* era mais fraco, não tão perigoso, e ela não teve nenhuma responsabilidade em despertá-lo; não como desta vez.

John estava certo. Assim como Fleurette, que ressoava em sua cabeça como uma centena de alarmes de incêndio. Mas a garota estava morrendo, e Marie não tinha escolha a não ser seguir o seu coração.

"Pegue os cobertores, John. Acenda as velas. Eu vou encher a banheira e procurar o anel de *grandmère*", disse Marie. Foi assim que ela comunicou que estava decidida.

"Você tem ótimas habilidades, Marie, mas a sorte é um riacho intermitente. Não espere poder tirar água de lá todo dia", disse John, com o rosto tão dolorido que as palavras pareciam escapar contra sua vontade. "Não assuma isso, Marie. Estou implorando. Está me ouvindo? Você sabe que eu não imploro por nada." Para mostrar sua sinceridade, ele repetiu o apelo em chinook, segurando o rosto dela entre suas grandes palmas. "*Yaka humm. Wake okoke skookum deaub. Wake alta.*" Ela sentia as intenções dele com mais força quando não reconhecia as palavras; observava as emoções iluminarem o rosto dele enquanto a fala que desconhecia a inundava. Ela precisou desviar o olhar.

"Eu tenho de fazer isso, John. A culpa é minha."

John suspirou, inclinando-se para mais perto dela até suas testas se tocarem. Ela apreciou a corrente do hálito quente, assim como desfrutou dos fios do cabelo dele, delicados como penas, roçando sua testa. Lágrimas ardiam em seus olhos. Ela balançou a cabeça suavemente, empurrando-o para longe. "Eu preciso fazer isso, John. Este é o preço que devo pagar. Você está entendendo? Marie Toussaint não pode deixar uma criança morrer em sua varanda. Não na minha própria casa. Tudo, menos isso, entende?"

"Minha esposa, eu a conheço bem. Seu inimigo também, pelo que vejo. Esta é uma armadilha bem montada para você", disse John, e ela ouviu em sua voz uma admiração relutante pelo *visiteur*, o *baka* sem nome. Ele a beijou de leve na testa. As palavras seguintes de John, embora quebrassem o coração de Marie, vieram de um lugar mais gentil do que o lugar dos sussurros.

"Farei o que você pedir", disse o marido. "Mas nós dois sabemos que ele já venceu."

A

FESTA

*... Um neto de verdade do meu Tio Sam,
Nascido em 4 de julho...*

George M. Cohan, "Yankee Doodle Boy"

Um

4 de julho de 2001
Setenta e dois anos depois

A festa de Quatro de Julho de Angela Toussaint começou bem, mas ninguém se lembraria disso por causa da forma como o evento terminou. Isso é o que todos comentaram depois. A forma como a festa terminou.

Angela não queria dar uma festa naquele dia. Talvez seu lado "advogada" fosse o culpado, mas ela era rigorosa demais para gostar de bancar a anfitriã e odiava ter que pensar em todos os detalhes. *Há comida suficiente? E se houver um acidente com os fogos de artifício? Será que alguém vai beber cerveja demais e quebrar o pescoço naqueles degraus íngremes lá fora?* Angela não levava jeito para isso e não conseguia lembrar por que quisera dar uma festa de Quatro de Julho na casa da vovó Marie. Como a maioria dos planos bem-intencionados que fizera na vida, a festa se transformou em algo pavoroso.

"Merda."

O relógio de Angela marcava seis e pouco. Os primeiros convidados chegariam em menos de meia hora e ela não estava pronta. Ainda molhada do banho, vasculhou a pilha desordenada de roupas na gaveta de cima da velha cômoda de mogno de sua avó, em busca de uma camiseta que não fosse política a ponto de levantar sobrancelhas e provocar discussões logo no início do evento. TRATAMENTO, NÃO PRISÃO. É UMA ESCOLHA DA MULHER. HÉTERO, MAS INTELIGENTE. Ela optou por uma camiseta cor de pêssego do feriado de 19 de junho que ganhara de presente no ano anterior. Sinceramente, ela preferia estar dando uma festa no dia 19 de junho, em comemoração ao fim da escravidão. O que a Guerra de Independência fizera pelos seus ancestrais?

Duas mãos envolveram a cintura nua de Angela por trás feito garras. Ela congelou, assustada e sem conseguir ver, porque estava presa dentro da camiseta de algodão e com os braços enroscados acima da cabeça.

"Tariq?"

"Sou Crispus Attucks* de volta dos mortos para dar a você a perspectiva de um irmão sobre o Massacre de Boston", murmurou uma voz grave.

O coração de Angela deu um salto. Jesus. Ela enfiou a cabeça pela gola da camiseta e viu o rosto sorridente de Tariq atrás dela. Olhou para as linhas que marcavam profundamente as feições de seu marido e para o bigode irregular e espesso que se estendia em direção às bochechas, como se pretendesse se tornar uma barba, e ocorreu a ela que Tariq não era bonito, mas robusto. Na Universidade da Califórnia, em Los Angeles, ao vê-lo correr entre homens maiores e mais fortes, segurando uma bola de futebol americano nos braços como se fosse um bebê, ela sentiu muito mais tesão do que jamais sentira pelos homens que havia conhecido na faculdade de Direito. Para sua surpresa, Tariq Hill ignorava as mulheres; amava seus livros e planejava ter um MBA algum dia — o que só fez seu tesão aumentar ainda mais. Então, como punição por deixar a excitação falar mais alto que a razão, o tempo lhe ensinou o lado negativo: o comportamento de Tariq muitas vezes imitava sua aparência áspera: inflexível, impaciente e até mesmo cruel. Ele a deixava nervosa. Não era sempre, mas acontecia com bastante frequência.

Então, Angela não pôde evitar. Estremeceu, mesmo depois de ver o rosto de Tariq.

Torceu para que o marido não tivesse percebido, mas não teve tanta sorte.

"Qual é o problema? Sou só eu", disse Tariq, não mais soando brincalhão. Esse foi o tom, discreto e quase robótico. Ela não ouvia esse tom de Tariq desde que ele chegara na casa, mas não havia dúvida. O tom era a máscara dele, atirada desajeitadamente sobre a própria raiva para esconder tudo que ele não queria que ela visse.

Droga. Ela o irritou, e pouco antes da festa.

Angela forçou um sorriso brilhante. "Desculpe. Você me assustou", disse ela.

Os lábios de Tariq se curvaram para baixo, e ela viu seu aborrecimento migrar dela para si mesmo. De repente, os olhos dele ficaram suaves. Angela media apenas um metro e sessenta, e aquela era uma das raras

---

* Homem de ascendência negra e indígena que foi morto pelo exército britânico no Massacre de Boston, confronto ocorrido em 5 de março de 1770 e no qual soldados britânicos atiraram e mataram vários civis norte-americanos. É considerado o primeiro norte-americano morto na Revolução Americana e foi um ícone do movimento abolicionista no século XIX. (Nota da tradutora, de agora em diante N. T.)

vezes em que os trinta centímetros de diferença entre seu rosto e o do marido não pareciam uma distância absurda. Ela teve de voltar a memória para mais de quinze anos antes a fim de lembrar da última vez que vira os olhos do marido suaves daquele jeito.

"Foi minha culpa, amor. Eu devia ter batido. Eu assumo essa." Ele beijou o topo da cabeça dela, massageando seu cabelo curto e úmido com uma das mãos.

Desculpas aceitas, ela pensou. Mas de agora em diante eles iam passar todo o tempo se desculpando e pisando em ovos sobre as fraquezas um do outro?

Angela não estava acostumada com Tariq ali. Os verões pertenciam a Corey. Ela viajava para Sacajawea todo verão para se encontrar com o filho, pois era a época em que Angela tirava uma licença de dois meses e meio do escritório de advocacia para se tornar mãe em tempo integral e redescobrir a pessoa que o filho estava se tornando desde que se mudara para Oakland com o pai. Essa era a terceira viagem, e já havia se tornado uma tradição dos dois. Uma reunião.

Mas duas semanas antes, Tariq aparecera na sua velha kombi desbotada, aquela que ele dirigiu no dia em que fugiram para se casar em Las Vegas, quando ela estava grávida, e a presença dele transformou aquela reunião em algo totalmente diferente. Os três estavam passando os meses quentes ali na casa da vovó Marie, nos arredores daquela tranquila cidade madeireira e pesqueira às margens do rio Columbia, no sudoeste do estado de Washington, a uma hora e meia de Portland, a cidade mais próxima. Paz e reclusão; sem distrações, sem desculpas. Angela acreditava que, se eles conseguissem viver juntos apenas por um verão, ainda haveria esperança de que eles pudessem desenterrar algo quente e vivo do gelo que havia se instalado sobre seu casamento há muito tempo. Era a última chance.

O gemido rasgado e comovente de Otis Redding em "I've Been Loving You Too Long to Stop Now", tocando no CD player do quarto de Angela, era quase inaudível sob a linha do baixo de Will Smith que sacudia as paredes do quarto de Corey do outro lado do corredor, mas as carícias vocais de Redding enchiam o quarto quando havia silêncio. Os olhos de Tariq ficaram vidrados e vorazes.

"Eu amo essa música", disse ele.

Angela apertou as coxas. Na noite anterior, também, Tariq batera à porta do quarto dela e pedira para entrar, vestindo apenas uma cueca boxer. Ela e Tariq haviam feito amor cinco vezes desde a chegada dele, e ela sentiu que a brincadeira sexual entre os dois voltava ao tão esperado ritual dos velhos tempos: o duelo de apetites. Na noite anterior, ela o desmontara ao ter um orgasmo doce e repentino e o envolvera com a umidade quente de sua boca e língua.

"Está pensando sobre o que, sr. Hill?", disse Angela, embora soubesse bem. Ela não fazia sexo oral nele desde um ano antes de ele se mudar para Oakland. Hoje, ela pensou, Tariq era um homem feliz.

"Estou pensando no que tem debaixo dessa calça jeans", disse Tariq, observando o quadril dela com um olhar intenso. "E, também, em uma certa dívida que eu não vejo a hora de pagar."

Ela quis dizer *Eu também não vejo a hora*, mas apenas sorriu. Ainda tinha a sensação de que aquilo não passava de um artifício, como se de repente visse as cordas das marionetes e isso a impedisse de mergulhar na fantasia. Eles continuavam dormindo em quartos separados e se escondiam de Corey como dois alunos evitando o monitor dos dormitórios de um colégio interno. Nenhum deles ousou pronunciar as terríveis palavras "Eu te amo", por medo do silêncio que se seguiria.

Mas, nossa, como aquilo era bom. Não do jeito que deveria ser, mas talvez estivesse chegando lá.

"Amor, por favor, guarde esse pensamento, tá? Já passou das seis. Eu preciso ir lá para baixo..."

"Sim, acho que preciso descer também." Ele a provocou com a ponta do dedo, passando o indicador sobre seu seio até que seu mamilo se eriçasse. A voz dele era um sopro em seu ouvido. "E eu quero ir lá embaixo agora."

De alguma forma, apesar de seu peito palpitar e de sentir uma ardência persistente entre suas coxas, Angela se afastou e levou Tariq pela mão para fora do quarto, em direção à escada. Tariq caminhou atrás dela, esfregando-se perto o suficiente para que ela sentisse a solidez de sua ereção sob o avental de churrasco. Era um convite tentador. Mais do que tentador. Até uma semana e meia antes, Angela não havia feito sexo por exatamente quinhentos dias. Com Tariq atrás dela nas escadas, seu corpo entrou em guerra com a razão e quase venceu. Ela se contorceu, mas enfim decidiu. "É melhor desistir de me seguir com esse negócio e ir preparar as costelas."

"Sim, senhora", disse ele, e deu um passo para trás.

Sem discussão. Sem sarcasmo. Isso foi bom. Não houve muito sarcasmo por parte dele durante todo o verão; eram mais sorrisos e cooperação fácil. Tariq havia reduzido os cigarros para um ou dois por dia, fumando na varanda do lado de fora sem que ela precisasse pedir; um ritual mais do que um vício. Este não era o mesmo Tariq que partira quatro anos antes. Ela mal conhecia o Tariq de agora. Tinha muito que aprender sobre ele.

Ele a beijou na cabeça outra vez. "Vou cuidar daquelas costelas."

Talvez a casa da vovó Marie lançasse algum tipo de feitiço de limpeza em sua família, pensou Angela. Vovó Marie teria adorado a ideia de Angela voltar para aquela casa que ela chamava de "velha e feia" quando era jovem demais para ver como a construção realmente era, antes de saber sobre a magia que a casa poderia realizar. Tentava aplicar a mesma magia todo verão com Corey, e até exatamente duas semanas antes começara a achar que ela não aconteceria. Pensou que talvez vovó Marie não estivesse preservada naquela casa, afinal, e que talvez devesse levar Corey para Nova York ou algum lugar incrível, como o Egito. Ela ficou de luto pela perda da magia até o momento em que a kombi de Tariq chegou e Corey olhou pela janela panorâmica da sala e disse "Papai chegou!", com um tom atordoado e o rosto estampado com uma expressão de alegria pura que Angela nunca esqueceria.

Enfim estava acontecendo, depois de todo esse tempo. A magia da vovó Marie havia voltado.

Na sala de estar, Angela examinou a mobília de carvalho branco cheia de veios de sua avó da década de 1920, relíquias de outra época. Ela lançou um olhar caloroso para o velho piano Starr vertical que ficava contra a parede, lembrando-se de como chegara a odiar aquele piano cheio de marcas, não apenas por causa das sessões diárias obrigatórias de prática da vovó Marie, que duravam uma hora — Angela sempre tocou *blues* e gospel muito bem no piano graças à teimosia de sua avó —, mas também por causa do modo como as teclas se moviam sozinhas quando vovó Marie colocava seus rolos de pianola, dando a impressão de que um homem invisível, algum tipo de fantasma, estivesse sentado no banco e tocando o instrumento. Agora, ela valorizava o piano. Ele mantinha o espírito da vovó Marie intacto. O mesmo acontecia com o relógio feito de carvalho, de pêndulo alto, que mantivera Angela acordada durante todo o ensino médio até a velhice finalmente silenciá-lo. E também a cadeira de balanço combinando com ele, onde vovó Marie passara seus dias se balançando no assento de couro enquanto beliscava amendoins. Além disso, claro, a coleção de estatuetas de porcelana também preservava pedaços do espírito de vovó Marie; morangos, cachorros, bailarinas, vasos de flores, bules em miniatura, suculentas fatias de melancia e criancinhas de pele negra usando calças curtas ou com tranças desgrenhadas. Até mesmo as bonequinhas de argila escura, feias e sem graça, espalhadas entre as estatuetas — às quais Angela nunca dera muita atenção porque pareciam inacabadas e levemente deformadas —, ajudavam a trazer vovó Marie de volta. Angela decidiu que aquela casa traria boa sorte a todos.

A cabeça de Tariq emergiu das portas francesas que conduziam à sala de jantar, seu rosto emoldurado entre os painéis de madeira caiada. "Ei, Snook?", disse ele com a voz suave, usando o antigo apelido carinhoso. "Falando sério, estou feliz por estar aqui neste verão, querida. Eu devia ter dito isso antes. Já passou da hora de nos reunirmos."

"Não tanto quanto eu", disse ela. "*Feliz* ainda é pouco para expressar."

"Temos que conversar sobre algumas coisas. Esta noite, depois desta festa, tudo bem? Papo sério."

Inesperadamente, todo o corpo de Angela se enrijeceu. "Tariq, juro que não sei se tenho condições de ter mais uma conversa ruim. Eu não sei mesmo."

"Eu sei", disse Tariq, piscando. "Vai ser melhor desta vez, Snook. Eu..."

Mas sua voz sumiu. Angela ouviu passos rápidos descendo a escada de madeira e Corey apareceu do saguão. Aos 15 anos, o garoto era magro e media apenas um metro e sessenta e sete, embora esperasse ter herdado os genes de seu pai para altura e musculatura. Até então, a pequena estatura de Angela contrabalanceara alguma chance de crescimento memorável, outra coisa pela qual ela imaginava que seu filho a culpava.

"O que está acontecendo?", perguntou o garoto, desconfiado.

Se ela e Tariq passassem muito tempo conversando, o filho supunha que estavam brigando. Ela não podia culpá-lo por isso. Brigar era a única coisa que os dois faziam bem juntos: por dinheiro, pela forma de criar o filho e, o pior, por causa daquela maldita arma que um amigo de Tariq dera a ele anos antes. Ela acabara convencendo o marido a vendê-la, mas eles nunca se recuperaram daquela noite. Aquela briga com Tariq fora o mais próximo que Angela chegara de um colapso nervoso, e, mesmo ouvindo a si mesma enquanto gritava de raiva, perguntava-se por que Tariq não tentava confortá-la. Em vez disso, ela viu seu olhar se endurecer. E, então, os músculos do antebraço dele se retesaram e a mão fechada se erguera de repente, pronta para bater em Angela.

Foi nesse momento que Corey saiu do quarto. Aos 9 anos, chorou porque mamãe e papai estavam gritando. O som do choro fizera com que ambos voltassem a si e, desde então, o filho era o juiz cauteloso da casa. Seu rosto, preparado para o caos, ainda tinha a mesma expressão.

"Não está acontecendo nada", disse Angela, dando um tapinha na bermuda jeans larga de Corey. "Suba e desligue a música. Não quero aquela explosão quando as pessoas chegarem. Vou colocar jazz para tocar."

"Ah, tu tá com medo que nóis pareça da perifa? É só o Will. Até parece que é um som tão pesado." Corey estava propositalmente massacrando a gramática, uma mania que ele havia adotado desde que se mudara para Oakland, em uma tentativa de apagar todos os seus anos de escola particular para tentar se enturmar. Ouvi-lo falar assim fazia os ouvidos de Angela doerem.

"Suba e faça o que sua mãe mandou", disse Tariq. "Não tente dar uma de esperto."

Corey olhou para o pai como se ele tivesse lhe dado uma punhalada nas costas. Então, pareceu perder o foco, como se estivesse exausto. Ele desviou os olhos antes de voltar para a escada.

"Pensei que talvez o Sean estivesse aqui", murmurou Corey. "Tenho que ir para a casa do Sean mais tarde."

"E os fogos de artifício?", perguntou Tariq.

"Não sei, pai." A voz do garoto foi abafada por seus passos arrastados ao subir a escada. "Não estou com vontade. Meu estômago está esquisito hoje, cara."

"Como é? O *estômago*?", perguntou Tariq, irritado. Ele adentrou a sala com um daqueles movimentos repentinos que sempre faziam Angela se perguntar se um homem tão grande poderia machucar alguém apenas por mover-se tão rápido. Seu tamanho sempre a assustara, mesmo que a presença da arma a tivesse assustado mais. "Aquele garoto sabe que gastamos duzentos dólares em fogos de artifício? Vou falar com ele."

Ao observar Tariq seguir Corey escada acima, Angela soube que a frágil oportunidade que acabara de surgir entre ela e o marido, fosse o que fosse, estava perdida por enquanto. Seu humor havia mudado, e isso era um aspecto do velho Tariq que ela lembrava muito bem.

Vai ser melhor desta vez, Snook. Eu...

Ele *o quê*? Angela se perguntou, frustrada. Sentiu uma certeza, tão irracional quanto deprimente, de que a conversa deles não podia esperar, não daquela vez. Uma parte dela estava convencida de que, se ela não descobrisse *agora* que sentimentos havia despertado em Tariq, nunca saberia. Todos os piores pesadelos de Angela tendiam a virar realidade, um após o outro, como uma programação diabólica, por isso não era de admirar que ela lutasse contra sua imaginação sombria. Sempre havia algo pior esperando. Outra coisa ruim.

Tariq a chamou do andar de cima. "Snook, você lembrou do gelo?"

Merda, ela havia esquecido. A máquina de gelo do freezer era muito lenta para uma festa.

"Quer que eu vá?", ofereceu Tariq, adivinhando o motivo do silêncio dela, e Angela sentiu-se relaxar. O humor dele não devia ter mudado tanto, afinal.

"Não, pode cuidar das costelas", respondeu ela. "Vou até a cidade e volto em alguns minutos, querido."

Angela encontrou a carteira no assento estofado vermelho da poltrona de mogno brilhante de vovó Marie, perto do pé da escada, o trono vazio. Era uma cadeira chamativa, parecia mais uma obra de arte do que um móvel; se apoiava em lindas pernas esculpidas como se fossem trançadas, refletindo os desenhos torcidos e semelhantes a laços que estampavam o encosto do banco. Ao lado da cadeira, uma antiquada mesa de telefone exibia uma fotografia amarelada de vovó Marie e Índio John tirada durante a década de 1920, quando ambos eram jovens. Angela olhou para a foto e se surpreendeu ao perceber que sua avó devia ter trinta e poucos anos quando ela fora tirada; mais jovem do que a própria Angela agora. A pele escura de vovó Marie era macia como a das modelos, seu nariz largo e proeminente, tão intrigante quanto o de uma donzela africana, e seu cabelo grosso estava trançado e enrolado em volta da cabeça, penteado que manteve até o final da vida. Angela nunca conheceu o marido de sua avó porque ele morrera em um acidente durante uma atividade de exploração de madeira muito antes de Angela nascer, mas, para ela, sua avó de traços fortes e o companheiro nativo americano, de cabelos compridos e rosto sombrio e meditativo, ainda eram o senhor e a senhora daquela mansão.

"Tchau, vovó Marie", Angela sussurrou para a fotografia, impelida pelo hábito, ao que a fotografia respondeu, ou pelo menos sempre parecia responder, porque Angela conseguia se lembrar melhor da voz rouca de sua avó quando olhava para o rosto preservado dela: *Adieu, cher.*

Lá fora, no cheiro de terra do chão frio da floresta, Angela sentia o odor do passado enterrado entre as samambaias e o *salal*.* Ela estava no topo do cume onde a casa permanecia empoleirada, acessível apenas pela rua particular de barro abaixo de 21 degraus de pedra, uma subida que vovó Marie realizava muito bem, obrigada, até sua morte repentina

---

* Espécie de arbusto nativo do oeste da América do Norte. (N. T.)

por pneumonia aos 92 anos. Acima dos degraus, a construção parecia uma casa de boneca situada em um deserto, exibindo com destaque a grande janela panorâmica que Angela e Tariq construíram depois que a herdaram. A casa fora construída em 1907 e, exceto pela janela panorâmica, a reforma interna, o trabalho no telhado, a pintura e as atualizações elétricas e hidráulicas, a ampla casa permaneceu como sempre foi: de um azul alegre pós-vitoriano com cinco quartos, pares idênticos de colunas brancas estreitas de cada lado do pórtico para receber as visitas e uma janela redonda posicionada como um olho vigilante do sótão. O segundo andar, quadrado, era maior do que o primeiro e parecia um grande ninho de pássaros. A casa fazia divisa com uma floresta quase selvagem e um riacho que estava na família de Angela havia três gerações. Vovó Marie também deixara muito dinheiro, mas a propriedade significava mais para Angela. *A mula nunca me deram*, a avó costumava dizer, *mas até parece que eu ia ficar sem os meus quarenta acres.***
O número verdadeiro aproximava-se de sessenta acres, Angela soubera desde então. Esses acres agora eram dela e de Corey.

A rua de barro que passava lá embaixo, que os moradores chamavam de travessa Toussaint, diminuía a cerca de trinta metros da casa de vovó Marie, desaparecendo como uma trilha de terra fina na floresta. Os jovens da cidade, inclusive Angela, costumavam caminhar por quase um quilômetro pela floresta na propriedade de vovó Marie até chegarem ao Ponto, uma grande clareira com uma fogueira e um círculo de toras onde bebiam cerveja, fumavam e davam uns amassos. E Angela descobriu no ensino médio que não era só isso que faziam por lá. Foi ali no Ponto, com Myles Fisher, seu amor de adolescência e primeiro amigo de verdade, que ela teve sua primeira vez. Dois cobertores, uma camada de ramos de pinheiro e uma ânsia mútua protegiam seus corpos do chão duro.

Nenhuma experiência sexual foi parecida com aquela, embora os toques hesitantes de Myles, inexperientes, mas sinceros, não fossem páreo para a confiança faminta de Tariq, o melhor amante que Angela já conhecera. Mas havia algo sobre aquele momento no Ponto, algo que levou anos para resolver nas lembranças que a revisitavam toda vez que ela pensava a respeito do chão onde seus corpos nus haviam se deitado.

** "Quarenta acres e uma mula" foi a promessa que um general da União fez, ao final da Guerra Civil, às famílias negras que haviam sido escravizadas nos Estados Unidos, mas a ordem não se tornou uma política governamental permanente e muitas famílias foram despejadas. (N. E.)

Assim como ela, Myles havia deixado Sacajawea logo após receber seu diploma do ensino médio, e ela não o vira mais desde então. Os dois tinham muita pressa para fugir da cidade, e às vezes ela se perguntava por quê. Aquele era um lugar de cura. Vovó Marie sempre disse isso, e o povo de Sacajawea ainda parecia acreditar, como se considerasse aquela casa o templo de sua cidade, um lugar para sussurrar seus desejos. Um lugar para consertar as coisas depois que dessem errado.

"Quero uma família de novo", sussurrou Angela para a casa e a floresta que a envolvia.

Na floresta, um pássaro grasnou, exatamente como se estivesse rindo dela.

Os dedos manchados de Marlene Odell digitaram o código de barras do gelo ensacado na caixa registradora do Downtown Foods, um mercado com péssima iluminação e prateleiras abarrotadas. A cada ano, Angela notava mais itens raros surgindo na loja: queijo brie, cuscuz, temperos tailandeses, feijão-fradinho, grãos de preparação instantânea. Havia até uma pequena seção de sushi congelado na parte de trás. Parecia estar se atualizando. A loja era pequena, mas Marlene e o marido se importavam com o que as pessoas queriam.

"Ouvi dizer que você vai ter uma surpresa mais tarde", disse Marlene.

"Que tipo de surpresa?"

Marlene deu de ombros, olhando para Angela através de mechas soltas de cabelo grisalho. "O tipo que você tem que esperar para ver por si mesma. É alguém que espero que você fique feliz em ver."

"Não tenho certeza se gosto de surpresas", disse Angela, mas deixou aquilo para lá. Ela e Tariq haviam se planejado exatamente para trinta convidados, mas o mundo não acabaria se mais um aparecesse. Angela procurou notas de um dólar soltas e amassadas no bolso de trás. "Obrigada por trabalhar no feriado enquanto o resto de nós se diverte, Marlene. Esta rua está parecendo uma cidade-fantasma hoje. Eu estava com medo de ter que ir até a loja de iscas perto do rio para comprar gelo."

"Não agradeça a mim, mas ao mão de vaca filho da puta que pensa que é meu chefe. Rolf me mandou para cá bem cedo. Eu estava feliz da vida tomando meu café e assistindo àquele homem de cor, o Bryant Gumbel, no noticiário da manhã."

Angela respirou fundo para se acalmar. Marlene Odell já devia ter 75 anos, e quase uma vida antes ela pegara Angela roubando um punhado de Tootsie Rolls daquele mercado. Ela também fora até a casa da vovó Marie para relatar o roubo pessoalmente, tornando-se assim responsável pela pior surra da vida de Angela. Então, Angela não conseguia pensar em uma maneira diplomática de dizer a uma mulher que conhecia desde criança que o termo "de cor" era péssimo e antiquado. Jovens ou velhos, os residentes de Sacajawea se referiam livremente à vovó Marie como sua *pioneira de cor*, alheios ao quão insultante isso soava. Mas depois que Angela e Myles foram para a faculdade e a vovó Marie faleceu, nenhum outro negro morou em Sacajawea. Talvez uma cidade só de brancos não se importasse com termos corretos.

Aquela era a maior ironia: Angela amava a casa da avó, mas detestava viver em uma cidade tão pequena. Sempre odiou, desde os primeiros verões que passara na casa da vovó Marie, ainda muito jovem. Quando criança, o centro de Sacajawea a lembrava do cenário de uma série de época, e ela andava pelas ruas impressionada pela estranheza de tudo ao seu redor. Onde ficava a loja de conveniência em que ela poderia comprar pés de porco em conserva e salsichão? Onde ficava a loja de discos? O fliperama? Para ela, uma *residente de Los Angeles* transplantada, o conceito de acampamento não significava nada, e decidira depois de um passeio que pescar não era tudo aquilo que diziam. Mesmo após todos esses anos, ela ainda procurava algo interessante em Sacajawea que chamasse sua atenção.

Se não fosse pelos dias de pioneira da vovó Marie, Angela nunca teria ouvido falar daquela cidade madeireira afastada, acessível a partir de Portland apenas por uma estrada de duas pistas à beira do rio, que saía da cidade vizinha, Longview, ou por uma balsa de Westport, no Oregon, além da Ilha de Puget. A rua Principal de Sacajawea abrigava a mercearia, o tribunal, o corpo de bombeiros, uma farmácia, um bar, o antigo hotel, três lojas de antiguidades, o restaurante Ming's Chinese, um sebo, o posto de gasolina, o *drive-thru* de uma barraca de café espresso chamada Joltz, a lanchonete, e a Subway Heaven, que vendia sanduíches e sorvete artesanal. Não havia cinema, academia de ginástica, nem mesmo um McDonald's. A rua Principal era *de fato* a rua principal. Além do River Rat Lounge perto do cais, alguns armazéns e algumas casas que foram transformadas em escritórios nas ruas em volta, a rua Principal era quase tudo que havia.

Mas se Angela quisesse passar os verões na casa da avó, Sacajawea vinha de brinde, e a cada ano que voltava, era como se ela ouvisse vovó Marie sussurrando em seu ouvido: *Quando você planeja convidar as pessoas de maneira adequada, meu anjo?* Porque, apesar dos céus claros de verão de Sacajawea, um rio plácido perfeito para velejar e a paisagem elegante do monte Hood em meio à cordilheira das Cascatas, aquela não era uma cidade turística onde as pessoas acampavam no verão para fugir da cidade grande. Os turistas se dirigiam mais a oeste, para as areias de Long Beach, na costa do Pacífico. Além do punhado de viajantes que frequentavam as duas conhecidas pousadas da cidade, a maioria das pessoas em Sacajawea vivia ali há gerações, trabalhando nas fábricas em Longview ou derrubando árvores na floresta. Mesmo se Sacajawea fosse um lugar mais badalado, as regras teriam sido diferentes para Angela ou qualquer outra pessoa que fosse parente de Marie Toussaint.

Marlene e os outros habitantes da cidade ficariam profundamente ofendidos se soubessem como ela, Corey e Tariq tiravam sarro dos seus hábitos estranhos. Por exemplo, como os proprietários do pequeno aglomerado de empresas que se autodenominavam "centro da cidade" sempre tinham seus rádios sintonizados na mesma estação de músicas das antigas, que tocava The Four Seasons, Bobby Darin e Elvis Presley, criando um efeito que Corey chamava de "Túnel do Tempo dos EUA". E como até mesmo os caipiras mais musculosos e falidos, com os rifles expostos nas janelas traseiras das picapes, passavam por eles na cidade e os cumprimentavam com sorrisos largos e acenos amigáveis, como personagens saídos de um filme de Frank Capra. Angela tentou imaginar seus vizinhos em Los Angeles acenando para ela com grandes sorrisos enquanto dirigiam por Hollywood Hills a caminho do trabalho e deu uma boa risada. Ah, sim, e aquele lance do "de cor": quando estava de bom humor, ela achava até engraçado. Certamente, Angela notou "Teen Angel" tocando nos minúsculos alto-falantes do mercado. O Túnel do Tempo dos EUA continuava o mesmo.

"Como está Corey?", perguntou Marlene, o olhar subitamente aguçado. "Sempre o vejo com aquele garoto novo, Sean. Esses dois estão sempre aprontando por aí."

O tom de Marlene deixou Angela em alerta. Adolescentes tornavam-se mais secretos, como mandava o código de comportamento dessa idade, e Corey dava respostas vagas quando ela perguntava como ele e seu amigo Sean passavam o tempo. Ele voltara para casa com um arranhão feio no braço outro dia, alegando que tinha caído do cavalo de Sean, mas o nervosismo em seus olhos a fez perguntar-se o que ele estava deixando de fora.

"Eles não estão se metendo em encrencas, estão?"

"Ah, não, nada disso", respondeu Marlene, mas Angela tinha certeza de que por trás da pergunta de Marlene havia uma intenção, um julgamento. A família de Sean Leahy morava em um trailer no terreno adjacente à propriedade de vovó Marie e, por serem recém-chegados, os Leahy estavam sujeitos ao olhar inquisidor dos residentes. As pessoas novas ou eram consideradas pessoas da cidade grande tentando estragar aquela cidadezinha ou eram vagabundos em quem não se podia confiar. No entanto, Sean parecia ser um bom garoto. O sr. Leahy era um pai solo e, embora fosse excêntrico em sua maneira de vestir — amarrava contas e penas em seu cabelo loiro desgrenhado —, Angela não notara nada de preocupante nele. O cara tinha três filhos adotivos, o que fazia dele um bom cidadão, na opinião dela.

"Estou feliz que Corey enfim tenha encontrado um amigo de verdade aqui", disse Angela. "Preciso de toda a ajuda possível para arrastá-lo para cá todo verão. Mas sempre receio *não* conseguir, com todos os atrativos esperando por ele na cidade: gangues, drogas, armas e tudo o mais. É inacreditável."

"Ah, eu acredito", disse Marlene com um olhar astuto. "Sua pobre avó passou uns maus bocados com você. Mas você foi um anjo em comparação a Dominique; *ela sim* dava trabalho na idade de Corey, acredite."

Angela não esperava ouvir o nome da mãe. Aquele era um dos raros dias em que ela não pensara em sua mãe uma única vez. Agora lembrou por que evitava interagir com os residentes de Sacajawea: eles sabiam demais. Sabiam das coisas que ela raramente mencionava até mesmo para seus amigos mais próximos em Los Angeles. Naquela cidadezinha, as conversas casuais eram dolorosas.

Todos lá sabiam o que acontecera com Dominique Toussaint, que ela engolira um frasco inteiro de sedativos junto do suco de laranja no café da manhã. No início do primeiro ano do ensino médio de Angela em Los Angeles, ela encontrara a mãe caída na mesa da cozinha, morta. Ao voltar da escola, abrira a porta dos fundos e vira a mãe com um braço estendido sobre a fórmica, agarrada à mesa como a uma jangada no meio do mar. Mas eles não sabiam de tudo. Não sabiam que as primeiras palavras que passaram pela mente de Angela ao olhar para o topo do couro cabeludo trançado da mãe fora "Graças a Deus".

"A vovó Marie foi a melhor coisa que já me aconteceu, Marlene", Angela disse baixinho, empurrando aquelas memórias para longe. "Só espero que esta cidade esteja sendo boa para Corey também, mesmo que a vovó Marie não esteja aqui."

"Claro. É mais difícil errar aqui. Todos sabemos onde você mora."

Angela de repente notou a vitrine abaixo da caixa registradora. Uma coleção de armas de chumbinho reluzentes, sob uma placa manuscrita que prometia VINTE POR CENTO DE DESCONTO, estava à venda ali. Armas sempre chamaram sua atenção. Essas pareciam reais para ela, armas que contêm balas. As pessoas em Sacajawea davam armas de chumbinho a seus filhos da mesma forma que seus amigos em Los Angeles davam Game Boys de presente. Como ela odiava armas! Dois anos como defensora pública recém-saída da faculdade de Direito lhe mostraram isso, além de um incidente angustiante aos 12 anos, quando ela entrara no quarto da mãe e encontrara Dominique Toussaint em pé na frente do espelho de sua cômoda com uma arma na boca. *Não está carregada, docinho*, garantiu a mãe dela rapidamente, como se isso resolvesse tudo.

O clima festivo em que Angela estava, que tinha sido difícil de alcançar, de repente sumiu.

Se pudesse ser honesta, teria dito a Marlene que gostaria de nunca ter planejado uma festa, porque não era o tipo de pessoa que conseguia passar várias horas com pessoas que, embora conhecesse há muito tempo, nunca conhecera de verdade. E ela queria ficar sozinha com sua família, porque não tinha como saber se aquela seria a última vez que estariam juntos. Para ser ainda mais honesta, se fosse dar uma festa, preferia fazer isso em Los Angeles, onde ela poderia convidar seus amigos negros, latinos e gays mais festeiros e passar a noite dançando salsa e funk da velha guarda. Mas Angela percebeu que nenhuma dessas razões era a verdadeira. Ela apenas não queria que a festa acontecesse. Desde o início, nunca quis e não sabia bem o porquê.

De repente, o saco de gelo que Angela segurava sobre o balcão acima da vitrine das armas esfriou tanto as pontas dos seus dedos que elas começaram a formigar. Quando afastou as mãos, uma sensação muito gelada tomou conta delas, subindo rapidamente pelos braços. Ela as sacudiu, e a sensação desapareceu. Depois, olhou para as pontas dos dedos avermelhados, surpresa. Como ela sofrera uma queimadura de frio tão rápido?

"Divirta-se, Angie", disse Marlene enquanto Angela passava pela porta automática carregando o gelo. "A festa na Casa Hereditária vai dar o que falar. As pessoas ficarão felizes em ver você."

"Se eu não fizesse isso, o fantasma de vovó Marie me daria umas palmadas", disse Angela.

No momento em que Angela, já na kombi de Tariq, colocou o saco de gelo no piso coberto de papéis no lado do banco do passageiro, o silêncio da rua Principal a incomodou. A rua fora enfeitada com fitas e arcos vermelhos, brancos e azuis que estavam pendurados havia semanas, mas estava tudo muito quieto. Angela não gostava da ausência de carros e caminhonetes estacionados ao lado do meio-fio, do estacionamento vazio do tribunal, dos letreiros de néon apagados pendurados nas janelas do Main Video e da Joltz. A rua estava deserta. Ela viu alguns veleiros inclinando-se preguiçosamente no rio, precisando de uma brisa mais forte, mas todos os outros na cidade pareciam estar escondidos. Angela trancou a porta assim que subiu na kombi, um hábito de Los Angeles de que geralmente se esquecia depois dos primeiros dias em Sacajawea. Ela ficou sentada por um momento antes de girar a chave na ignição, observando Marlene pela fachada envidraçada do mercado enquanto a mulher colocava latas nas estantes da loja vazia. A imagem lhe pareceu solitária. Não, mais do que solitária. Algo para lamentar; algo inevitável.

Angela gostaria de poder ficar ali e adiar o resto do dia. Só um pouco. Mas o gelo estava derretendo e a festa começaria em breve.

Os primeiros convidados chegaram às 18h30 em ponto, imediatamente depois de Angela. Eles teriam menos de uma hora para experimentar o ponche de 7-Up dela e nunca provariam as costelas marinadas de Tariq. Não era o que haviam planejado, mas acabou sendo assim.

Todos os convidados vieram, e a maioria deles tinha histórias para contar.

"Eu não entrava na Casa Hereditária fazia milênios", disse Art Brunell, apertando a mão de Angela calorosamente enquanto sua figura atarracada entrava pela porta. Sua testa estava salpicada de suor por ter subido a escada. "Já faz pelo menos 25 anos. Minha mãe costumava me mandar aqui para buscar os chás de raiz da sua avó. Nossa, eu adorava vir à casa da sra. T'saint. Uma vez, memorizei a ordem de todos os presidentes para que ela me deixasse comer um pedaço de torta e, acredite, valeu a pena. Como vai, Angie? Espero que a vida esteja tão boa para você quanto está para mim."

Os olhos verdes dele brilhavam através dos óculos com aros de metal com a mesma gentileza vívida e o mesmo zelo dos quais Angela se lembrava do ensino médio. Era difícil não gostar de Art. Ainda assim, como muitos moradores, ele pronunciava o sobrenome de Angela em inglês, "Tisseint", em vez de "Tussant", a pronúncia em francês que ela preferia.

"É pedir demais dos meros mortais, Art, mas estou bem. Onde está a Liza?"

"Ofegando logo atrás dele!", gritou Liza Brunell, sem ar. "E eu ainda tenho aquelas conservas de sabugueiro que prometi para você. Meus amigos ganham um pote, queiram eles ou não." O rosto cansado de Liza era muito mais luminoso em seu retrato de formatura do ensino médio como Liza Kerr, a atriz-estrela da escola que queria ir para a Broadway. Ela era muito talentosa também. Naquela época, Liza considerava Art meio nerd e nunca imaginara dar à luz o filho sardento de 6 anos dos dois, que estava ao seu lado. Os cabelos do menino eram um ninho alaranjado, lembravam os de Liza, e ele era inquieto, como se sua pele lhe provocasse coceiras. Todos os três Brunells usavam camisetas da campanha com os dizeres O FUTURO DA SUA CIDADE — ART BRUNELL PARA PREFEITO. Angela nunca perguntara a Liza se ela ficara em paz com o fato de estar morando no lugar de onde ela jurou ir embora e nunca olhar para trás, mas invejava a maneira como ela e Art se encaixavam. Talvez a Broadway nunca tenha sido real para Liza, mas isso era.

"Esse é o pequeno Glenn?", perguntou Angela. "Ele está crescendo rápido, assim como o Corey. Pena que não continuam crianças para sempre, não é?"

"Graças a Deus que não", disse Liza. Ela cutucou Angela enquanto entrava no saguão e olhava ao redor. "Ah, tenho uma surpresa para você."

"Liza, esta cidade não sabe guardar segredo. Você é a segunda pessoa que menciona isso em vinte minutos. Só me conte o que está acontecendo."

"Se eu contasse, não seria surpresa, seria?"

Antes que Angela pudesse pressionar Liza, Glenn começou a gritar enquanto observava o teto do saguão. "Olha, mãe! Esta casa é *muito grande*!" Angela só conseguia imaginar como ele devia se comportar em casa.

"Querido, fale baixo. Não precisa fazer escândalo. Não é como se você nunca tivesse visto uma casa bonita", disse Liza, como se o deslumbramento do filho colocasse em dúvida a famigerada fortuna que Art fizera exercendo advocacia em Longview. Angela percebeu rivalidade na voz da amiga. Durante todo o ensino médio, as duas competiam para ver quem conseguia mais e de forma mais rápida. Liza nunca tinha saído de Sacajawea, mas ela estava muito bem: havia rumores de que só trabalhava meio período no mercado com Marlene porque queria, já que Art possuía o equivalente a 1 milhão de dólares em imóveis em todo o oeste de Washington. Art e Liza nunca tocavam nesse assunto. Moravam em uma casa de três quartos em um terreno de cinco acres perto da rodovia estadual Quatro, como qualquer outra pessoa.

"Não, Glenn está certo. A Casa Hereditária é especial", disse Art de uma forma tão sombria que parecia que estava falando de uma igreja. Olhou para o lustre do saguão, que brilhava com a limpeza recente. Iluminado pelo vitral construído em forma de meia-lua na porta, o lustre lançava gotas de cores do arco-íris pela escada e por todo o saguão. Art pousou a mão na cabeça do filho, e Angela notou que ambos tinham queimaduras de sol idênticas, provavelmente de um dia de pesca. "Esta é uma puta de uma casa. Não mudou nem um pouco, Angie."

"Não diga *puta*, papai", provocou Glenn.

"Pare com isso, Glenn", ralhou Liza. "Já disse, repetir não é engraçado."

Angela reconheceu o rápido olhar trocado entre pai e filho, pois já havia visto aquele mesmo olhar inúmeras vezes entre Tariq e Corey: *Relaxe, mamãe.*

Na sala de estar, Rob Graybold, outro ex-colega de classe que agora era o xerife do condado, era o centro das atenções perto das portas francesas, hipnotizando uma roda de convidados com histórias sobre forasteiros que operavam laboratórios de metanfetamina na floresta. Amontoados perto dele, ouvindo-o com atenção, estavam uma nova médica, Rhonda Sei-lá-o-quê, de Portland; os Everlys, um casal mais velho que cuidava da casa e do jardim de Angela durante os meses em que ela estava fora; e June McEwan, diretora da Escola Secundária do Condado de Sacajawea. Laney Keane, presidente da Sociedade Histórica do condado, admirava o piano em um canto, sozinha. Angela podia ouvir as risadas de um grupo maior de convidados que se reunia na cozinha, a parte da casa que de alguma forma se tornava o núcleo de qualquer festa. O burburinho de conversas combinadas era muito barulhento para Angela e abafava o canto melódico do saxofone de Coltrane no aparelho de som. Se uma bomba caísse aqui hoje, ela pensou, Sacajawea inteira desapareceria.

"Pai, por que ela se chama Casa Hereditária?", perguntou Glenn Brunell.

Laney Keane deu ao menino um sorriso que suavizou seu rosto enrugado. "Em primeiro lugar, Glenn, esta casa foi construída em 1907 por Elijah Goode, o farmacêutico da cidade. Ele escolheu este lugar porque disse que a terra parecia 'indescritivelmente abençoada'. Foi assim que ele escreveu ao irmão que vivia em Boston. Marie Toussaint trabalhou para ele por um tempo, e ele deixou esta casa para ela como herança."

"Você está falando sério?", perguntou Art, colocando o filho sobre os ombros com um grunhido. "Eu nunca ouvi essa história. Sempre achei que tinha a ver com a sra. T'saint e seus chás."

"Ah, não, é muito mais do que isso", disse Laney, como se a ignorância deles a afligisse. "Em 1929, três anos depois que Marie Toussaint tornou-se proprietária desta casa, um deslizamento de terra destruiu todas as outras casas deste lado da cidade. A sra. Toussaint e seu marido abrigaram os vizinhos, tirando alguns deles da lama com as próprias mãos. Você já ouviu essa história, Angela?"

"Só uma centena de vezes", disse Angela, lembrando-se do gosto de vovó Marie por contar histórias elaboradas. Em outra época, sua avó poderia ter sido uma griô. "Ela me dizia que até as cabras dos vizinhos ficaram aqui na sala de estar. Galinhas, porcos, o que mais você imaginar. Ela teve que jogar fora o tapete do saguão." Vovó Marie também contava que havia sido maltratada pelos vizinhos até aquele deslizamento de terra. Angela reprimiu uma gargalhada amarga, perguntando-se como seus convidados reagiriam a *essa* parte de sua herança. *E você ouviu sobre quando o xerife Kerr atirou na porta da vovó Marie e quebrou a janela do sótão com chumbo grosso? Pegue outra cerveja que eu vou contar tudinho...*

"Alguém morreu?", perguntou Glenn a Laney com a voz ansiosa.

"Não, graças a Deus", disse Laney. "E, pelo que eu sei, esta casa tem sido chamada de Casa Hereditária desde então."

"Bem, eu só me lembro dos chás", disse Art Brunell. "Não eram chás normais. Meu pai jurava que os chás da sra. T'saint podiam curar qualquer coisa, desde um resfriado até um coração partido. Ele dizia que era vodu com certeza."

Angela sentiu as orelhas arderem de vergonha com a risada que se seguiu e lentamente saiu da sala de estar em direção ao saguão, agora vazio. Ela sabia aonde isso levaria: mais cedo ou mais tarde, alguém perguntaria o que vovó Marie costumava colocar naqueles chás, tratando Angela como a progênie de uma lendária curandeira. Vovó Marie havia se formado em enfermagem, só isso, e seu marido chinook, que era chamado de forma condescendente de Índio John pela maioria das pessoas, provavelmente lhe ensinara um pouco sobre as propriedades medicinais das ervas da região. Vovó Marie, apesar de suas raízes na Louisiana e de seu sobrenome crioulo,* não era nenhuma feiticeira. Alguém suporia que ela era uma bruxa se ela e o marido fossem brancos?

---

* Neste caso, "crioulo" faz referência a uma pessoa descendente de europeus que se estabeleceram inicialmente no Caribe ou no Sul dos Estados Unidos. A palavra também designa uma das línguas mistas nascidas do contato de um idioma europeu com línguas nativas. (N. E.)

Mas os moradores da cidade não eram os únicos culpados, Angela lembrou a si mesma. Vovó Marie havia encenado o estereótipo ao máximo, dando a seus clientes instruções místicas: *Nunca beba o chá de mau humor ou terá o efeito contrário*, e outras bobagens que Angela ouvia de vez em quando; resquícios das antigas superstições dos povos que viviam próximos ao rio Mississippi. Esse tipo de conversa atraía a mãe de Angela também. Durante seus momentos ruins, Dominique Toussaint alegava que ouvia demônios rindo em seus ouvidos — antes de silenciá-los com um frasco de sedativos. Angela pensava que talvez vovó Marie tivesse plantado a semente para os delírios de sua mãe, e ficava feliz pela avó nunca ter tentado passar nada disso para ela. Quando criança, ela temia que seja lá o que havia de errado com a mãe fosse contagioso de alguma forma.

Angela foi para a cozinha, onde Melanie Graybold e Faith Henriksen, ambas donas de lojas na cidade, estavam com o rosto vermelho de tanto rir por causa de uma piada que ela havia perdido. Angela esgueirou-se por trás delas e olhou para fora da janela saliente da copa em direção ao pátio dos fundos e à varanda. Meia dúzia de homens se reuniam ao redor da churrasqueira com Tariq. Com a porta dos fundos aberta, ela podia sentir o cheiro de carne assando e ouvir os homens debatendo sobre os titulares de uma liga de futebol fictícia.

Mais cedo, ela os ouvira conversando sobre uma nova lei contra a caça de toupeiras enquanto Tariq assentia sabiamente, fingindo que um cara criado nos edifícios de Chicago sabia alguma coisa sobre a vida ao ar livre. Tariq mal sabia distinguir uma toupeira de um guaxinim. Ela estava feliz por ele ter conduzido a conversa de volta a um terreno conhecido. Tariq sabia de futebol — além disso, um pouco sobre finanças, teoria econômica e história e sociologia da pós-reconstrução, caso encontrasse alguém que se importasse. Quanto mais ele se divertisse na festa, melhor ficaria seu humor depois. Melhor seria para os dois.

Ela decidiu que um copo de Pellegrino com gelo poderia acalmar seus nervos. Trouxera um suprimento de água mineral com gás de Los Angeles que ela bebia com frequência; um substituto para o Chardonnay que ela não se permitia mais desfrutar porque gostava até demais. Pellegrino era mais seguro; afinal, a última coisa de que Corey precisava era uma mãe tão incapaz de lidar com a vida quanto a dela tinha sido.

Depois de encontrar um copo, Angela agarrou o saco de gelo meio vazio na pia da cozinha. Aquela sensação de queimadura de frio tomou seu braço novamente, exatamente como havia acontecido no mercado, só que desta vez com mais intensidade, como se tivessem injetado água gelada nele.

Angela gritou, afastando a mão com um espasmo, e quase bateu no vidro do balcão.

"Droga", sussurrou ela, sacudindo o braço. Sentiu um formigamento, então a sensação estranha desapareceu. Ótimo, ela estava tendo uma crise de ansiedade justo na hora da festa.

"Mãe?"

Corey apareceu atrás dela, observando-a com olhos idênticos aos de Angela. Embora estivesse um pouco inclinado, ele a olhava de cima, um novo desdobramento daquele verão ao qual Angela tinha dificuldade de se habituar: o filho em breve não seria mais uma criança.

"Mãe? Posso falar com você? Tenho que te dar uma coisa." Corey parecia nervoso.

Angela se esqueceu do braço. "Querido, como está o estômago?"

"Sei lá, de boa", respondeu Corey. Ele a segurou pelo cotovelo, conduzindo-a para a privacidade do saguão, que terminava atrás da escada, perto da porta fechada que levava à adega. Respirou fundo. "Mãe, eu fiz uma coisa e agora tenho que consertar. Tá pesando na minha mente."

Merda, pensou Angela. Algo em Oakland. Ou algo com Sean. De repente, Angela se lembrou do comentário de Marlene sobre Sean no mercado: *Esses dois estão sempre aprontando por aí...*

Angela sentiu um pânico inexplicável. Sua barriga ficou tensa como acontecia às vezes em Los Angeles, quando ela permanecia acordada se perguntando onde Corey estaria naquele exato momento, se o pai conhecera algum dos pais dos garotos com quem o filho andava. Imaginando se Corey já era sexualmente ativo, se corria o risco de se tornar pai ou de pegar uma doença. Ou se Corey estava no carro errado na hora errada quando um policial de Oakland o abordasse. As preocupações vieram como uma inundação, se aprofundando e se multiplicando. Essa era a vantagem dos verões: naquela época do ano, ela não se preocupava tanto. Mas agora ela estava preocupada.

Corey ergueu devagar a palma da mão fechada antes de abri-la com cuidado, como um botão de flor. Ali, aninhada entre as linhas escuras e entrecruzadas que prediziam o futuro de seu filho, estava uma aliança de ouro com pequenas figuras esculpidas ao redor. Ao ver o anel, Angela soltou um suspiro longo e atordoado. Ela encarou o filho, sem piscar.

"Primeiro, eu ia fingir que tinha visto o anel em uma venda de garagem ou algo assim e dizer 'Mãe, veja o que eu achei, é idêntico ao da vovó Marie'. Mas é o mesmo."

O coração de Angela disparou, embora ela temesse não acreditar no que via. O anel de ouro maciço era esculpido com símbolos africanos desconhecidos que pareciam geométricos e estranhamente singulares. Vovó Marie estava usando aquele anel no dia em que morreu. Ela fez sinal para que Angela se aproximasse e em seguida deslizou o aro de ouro liso e quente no dedo de Angela, fazendo-a prometer mantê-lo consigo sempre. Aquele anel tinha sido um presente de despedida de vovó Marie para ela, e Angela não via aquele objeto havia quatro anos.

Fora roubado. Quem quer que fosse o desgraçado que tinha entrado pela janela de seu quarto e roubado esse anel de alguma forma quebrara sua vida, ou pelo menos as partes que importavam.

Agora, o anel estava de volta. Isso era impossível. Angela olhou para a joia, sem tocá-la.

A voz de Corey vacilou assim que ele viu o olhar confuso da mãe. A explicação saiu aos tropeços. "Fui eu quem joguei o tijolo e quebrei a janela, mãe. Parece idiota agora, mas eu gostava de uma garota... O nome dela era Sherita, e eu sabia que o anel era especial para você, por isso pensei que talvez ela fosse gostar também." O garoto engoliu em seco, desviando o olhar. Sua voz ficou monótona, sinalizando que ele havia ensaiado esse discurso. "Era só coisa de criança idiota. Eu disse que a deixaria usar por uma semana, mas ela disse que me viu conversando com outra garota antes do fim da semana e não quis devolver o anel. Fiquei com medo de contar que fui eu que peguei. Então, joguei o tijolo, quebrei a janela e derrubei suas joias no chão para você pensar que alguém o roubou. Eu disse a mim mesmo: 'Se ela me perguntar se fui eu, não vou mentir'. Mas você nunca perguntou, mãe."

Ele parecia aliviado por ter terminado, piscando rápido.

Angela pegou o anel e observou seus belos símbolos, que pareciam pequenas gravuras de luz dourada sobre a superfície esculpida. Um triângulo com uma cruz no meio, uma onda dupla e um formato de pera. Vagarosamente, ela deslizou o anel no dedo onde havia usado a aliança de casamento. Ficava justo, mas não muito apertado. Encaixe perfeito, como no dia em que fora dado a ela. Pensando na avó, Angela quase podia sentir o cheiro de rosas do talco que vovó Marie costumava usar. Sentiu que voltara no tempo, como se tivesse a idade de Corey e estivesse parada diante da porta da adega com a avó novamente. Angela arrastava caixas e mais caixas de conservas pelos degraus, guardando os potes nos compartimentos que haviam sido construídos para garrafas de vinho. *Tome cuidado com esses degraus, meu Anjo.* Os potes estavam empoeirados agora, e certamente as conservas neles estavam secas ou podres, mas alguns ainda estavam exatamente onde ela os colocara.

Angela sentiu um arrepio gelado na nuca, uma sensação que lembrava a estranha queimadura de frio que sentira no mercado e na cozinha. Algo parecia errado.

"Como você conseguiu este anel de volta?", sussurrou ela.

Corey não a olhou nos olhos. "Eu escrevi cartas para ver se Sherita ainda estava morando na Califórnia, e estava. Eu paguei para que ela o devolvesse, usei o dinheiro que ganhei escovando os cavalos do pai de Sean. Eu estava pensando sobre como roubar seu anel era uma coisa que eu gostaria de poder desfazer. Então eu desfiz."

Não era de se admirar que Corey estivesse se comportando de maneira tão estranha! Ele devia ter ficado acordado durante boa parte da noite, se perguntando como enfim contaria a verdade. E, no entanto, nem tudo era verdade. Ainda não. Corey falava rapidamente quando estava mentindo, como agora.

"E ela ainda estava com ele?" Sem querer, Angela mudou para sua voz de advogada.

Corey deu de ombros. Desta vez, ele olhou para ela e sorriu, tentando imitar o jeito de seu pai, o charme dos homens Hill. "Bem, é um anel legal pra caramba. Eu me preocupei em dar o melhor, sacou?"

Corey sabia que não devia falar gírias na frente dela, não importava o quão crescido ele pensava que era, e ela disse que o esfolaria vivo da próxima vez que ele usasse "sacou" ao conversar com ela. A expressão parecia tão ignorante para ela quanto o *Dy-no-mite** de Jimmie Walker soava para vovó Marie. Ela quis dar um tapa no filho. Quantas vezes ela contara a história de seu anel roubado como uma perda lamentável? Quantas vezes ela se sentira genuinamente magoada por isso, às vezes simplesmente por ver a fotografia de vovó Marie, como se permitir que alguém pegasse o anel tivesse sido um ato vergonhoso de sua parte? Como Corey *se atrevia* a passar todos esses anos sem dizer nada?!

Então, a raiva de Angela deu lugar ao alívio. Alegria. Ela respirou profundamente, sentindo tontura. Isso era real? Talvez seu desejo secreto estivesse se tornando realidade, no final das contas. Ela apertou os próprios dedos, apreciando a solidez e a textura do anel.

---

* Bordão do personagem J.J. Evans Jr., interpretado por Jimmie Walker na série *Good Times*, exibida nos anos 1970. (N. T.)

"Eu sei que você está com raiva de mim. Então, estive pensando sobre uma punição..."

"Corey...", Angela o interrompeu, com os olhos marejados. Ela segurou o queixo dele com a palma da mão. "Não sei se você se lembra, mas não muito depois que você pegou o anel, tudo desmoronou para nós. Seu pai e eu fomos morar em casas separadas, em cidades diferentes, e forçamos você a escolher um de nós. Acho que talvez isso seja punição suficiente. O que você acha?"

Agora foi a vez de Corey ficar em silêncio. Seus lábios estavam apertados. Ele estava lutando contra as lágrimas, ela sabia.

"Venha aqui, meu bem", disse ela, estendendo os braços para ele, e ele se inclinou para um abraço, como não fazia havia muito tempo. Angela sentiu o coração bater forte pelo simples prazer de abraçar uma criança que raramente lhe dava a oportunidade. "Quando você roubou este anel, foi um garoto egoísta e descuidado. Mas devolvê-lo para mim, economizando seu dinheiro, escrevendo uma carta para aquela garota e usando a inteligência, foi o trabalho de um *homem*. Isso me deixa orgulhosa de você, Corey. Isso me permite saber que você está bem, apesar de tudo pelo que fizemos você passar. Estou feliz e agradeço de todo o coração."

"Não é tudo isso, mãe", disse Corey, a voz embargada.

"Sim, é. Eu amo este anel. E amo você."

Corey exalou, e sua respiração aqueceu o pescoço dela. Ele a apertou com força antes de soltá-la. Então, o olhar dele foi certeiro. "Mãe, a vovó Marie contou alguma coisa sobre o anel? Tipo, esses símbolos. Ela disse o que eles significam?"

"Ela me disse que são da África Ocidental. O anel era da avó dela, e eu não lembro por quantas gerações anteriores ele passou. Pelo menos mais uma. Acho que ela acreditava que era um amuleto da sorte."

Ele baixou a voz. "Mas e os símbolos? Ela nunca contou nada sobre eles? Tipo... se eles deveriam ter poderes ou algo assim?"

"Poderes?"

"Você sabe", disse Corey, encabulado. "Como se eles pudessem... fazer as coisas acontecerem?"

Angela não teve coragem de ridicularizá-lo. As especulações dos convidados sobre a vovó Marie deviam ter aflorado a imaginação do filho, e como ele poderia saber? Corey tinha 5 anos quando a vovó Marie morrera e mal se lembrava dela. Esta era a primeira vez que ele perguntava sobre a bisavó com verdadeiro interesse, como se quisesse alguma lembrança dela.

"Que tipo de coisas, Corey?", perguntou Angela. "Não entendi."

Corey desviou o olhar e voltou a encará-la. Seu suspiro parecia abrigar uma verdadeira tristeza. "Nada. Esquece."

"Bem, espere. A vovó Marie se apegou a muitas superstições dos seus ancestrais, então ela pode ter mencionado algo sobre o anel", disse Angela rapidamente. Uma das principais reclamações de Corey era que ela não levava as preocupações dele tão a sério quanto Tariq. "Vou ter que refletir sobre isso, ok? Pergunte amanhã, quando as coisas não estiverem tão tumultuadas."

"Sim, certo", disse Corey, embora seu rosto não tenha se iluminado. "As coisas estão bem entre você e o meu pai neste verão, certo? Ouço vocês andando pela casa à noite, o piso rangendo. Vocês não enganam ninguém. Achei que você deveria saber."

Angela riu, esfregando seu cabelo curto e crespo. "Não fique muito esperançoso, mas estamos tentando."

"Legal. Acho que todos nós cometemos erros, né? Alguns pequenos e outros grandes." Os olhos de Corey estavam excepcionalmente solenes e melancólicos agora. Ele pressionou a mão no abdômen, como uma mulher grávida sentindo seu bebê chutar. "E você só precisa tentar consertar todos eles, certo?"

"Corey, você está com uma cara horrível. Tem certeza de que está bem? Você não precisa ajudar com os fogos de artifício se quiser ir se deitar. Vou explicar para o seu pai."

Angela viu a incerteza no rosto do filho. Mais precisamente, parecia que ele não conseguia se decidir por uma expressão facial. Primeiro ele pareceu quase abalado, em seguida muito aborrecido e depois resignado. Corey poucas vezes permitia que suas emoções aflorassem de forma tão clara na frente dela, e observar o rosto dele a lembrava de analisar as emoções conflitantes da própria mãe quando criança, tentando adivinhar qual versão de Dominique Toussaint surgiria a seguir.

"Estou *bem*, cara", disse Corey com a voz impaciente.

"Então me faça um favor e vá até a adega e traga alguns refrigerantes, ok? Eles estão empilhados no canto. Traga algumas caixas. E pode trazer os fogos de artifício também."

Os olhos dele flutuaram até a porta da adega e voltaram. Ela pensou tê-lo ouvido fazer um muxoxo. A vovó Marie teria dado uma bofetada nela por fazer um som como aquele, mas ela e Corey haviam acabado de ter uma rara conversa agradável, uma conversa de verdade, então ela ignorou.

"Tenho que ir até a casa do Sean", disse Corey.

"Fale com Tariq, mas nós dois sabemos o que ele vai dizer. Tentei convencer vocês a desistir de um grande show de luzes, mas seu pai está ansioso por isso", disse Angela. "Agora vá buscar os refrigerantes, por favor."

Corey não respondeu. O que havia de errado com ele hoje? Angela observou-o abrir a porta da adega e olhar para baixo por um momento antes de descer as escadas em silêncio.

Ela ouviu a voz de vovó Marie em sua cabeça: *Agora, meu Anjo, tome cuidado*.

Angela estava prestes a dizer a ele para puxar a corda e acender a luz quando Corey logo se virou e olhou para ela da porta estreita. De repente, a expressão hesitante dele se transformou em uma de amor irrestrito que ele costumava mostrar a ela quando tinha uns 4 ou 5 anos. Tão amoroso que ele quase parecia febril. O pequeno Corey. Deus, como ela sentia falta daquele garoto doce e feliz. E ele estava ali de novo, sorrindo para ela como uma fotografia de dias mais fáceis.

"Vou cuidar de você direitinho, mãe", disse ele com uma piscadela exagerada. "Você vai ver."

Angela nunca esqueceu aquele sorriso de Corey.

Se ela tivesse olhado para o relógio, teria notado que eram 19h15. Faltavam exatamente cinco minutos para a festa acabar.

Às 19h16, a campainha tocou.

Tariq estava assando as costelas na churrasqueira no pátio dos fundos, conversando sobre os novos talentos do futebol universitário da temporada com Logan Prescott, Gunnar Michaelsen e Tom Brock, que trabalhavam havia muitos anos na madeireira de Sacajawea. A alguns metros deles, as sete crianças da festa, inclusive Glenn Brunell, jogavam *kickball* na clareira. Só as crianças mais velhas podiam ir atrás da bola caso ela fosse chutada para muito longe na mata, porque havia uma descida muito íngreme que poderia ser perigosa.

Até então, tudo bem.

Na sala de estar, o piano tocava uma versão atonal de "Getting to Know You", e Angela ficou irritada por Lancy Keane ou outra pessoa ter colocado um rolo no instrumento sem a sua permissão. O piano não era um brinquedo, vovó Marie costumava dizer. O xerife Rob Graybold tinha tirado a atenção das reflexões históricas de Lancy Keane, e o grupo ouvia atentamente as suas teorias sobre por que as pessoas se tornavam abusadoras de crianças. Como não esperava estar de serviço naquele dia, Rob já tinha bebido metade da segunda cerveja.

As conversas sobre Elijah Goode ou Marie Toussaint e seus chás que curam tudo haviam sido esquecidas.

Angela atendeu a porta e foi então que ela recebeu a segunda de suas três grandes surpresas do dia: um homem negro estava em sua varanda com meia dúzia de girassóis enormes. Ele havia raspado a cabeça, exibia um bigode fino e não tinha nenhum sinal dos óculos de armação redonda que usava no colégio, mas ela reconheceu sua boca. Os dentes. Os olhos. Myles Fisher estava esperando na varanda, assim como quando viera buscá-la na noite do baile.

"Ora, ora, vejam só quem apareceu", disse Angela.

Liza Brunell apertou o ombro de Angela por trás. "Não foi uma surpresa?"

Na mão de Myles, os girassóis realmente pareciam o sol em hastes. Angela deu um gritinho e, rindo, disse: "Myles, olhe só para você!".

Myles deu um passo em sua direção e a abraçou com uma firmeza inconsciente. Ela tentou não notar o aroma agradável e refinado de sua colônia ou como seus ombros haviam se alargado desde o colégio. Deu um beijinho nele antes de se afastar, mas se sentiu zonza de uma forma que a assustou. Os olhos de Myles brilhavam como moedas de cobre polidas, e a cabeça raspada combinava bem com ele, dando um ar de autoconfiança e controle. Ela não conseguia desviar os olhos do rosto dele.

"Angela Marie Toussaint", disse ele, pronunciando cada sílaba do nome dela lentamente, com afeto. "Pela primeira vez, não sei o que dizer."

"Pensei que você estivesse em Washington D.C.!"

"Ele vai fazer uma entrevista para ser o novo editor-chefe do *Lower Columbia News* em Longview", interrompeu Liza, animada. "Veio ao mercado na terça-feira e eu não conseguia acreditar. Disse que ele deveria vir para a festa e fazer uma surpresa para você."

"Essa é a única razão pela qual eu não liguei antes", disse Myles, aprofundando o olhar. "Eu queria ver essa expressão no seu rosto. Liza me pegou no meu primeiro dia de volta à cidade."

Ela ouvira dizer que Myles trabalhava como editor no *The Washington Post* havia anos. Por que ele trocaria o *Post* por um jornal tão minúsculo? Myles deu um tapinha na mão dela, vendo sua perplexidade. "Minha mãe está doente", ele disse baixinho, e Angela entendeu de repente. Os pais adotivos dele eram mais velhos, e o marido da dona Fisher morrera quando

Myles estava no primeiro ano da faculdade. Ela devia estar perto dos 90 anos agora, e provavelmente era a única família que ele tinha.

"Sinto muito pela dona Fisher, mas estou muito feliz em ver você, Myles. Quando algumas pessoas saem da cidade, elas realmente *saem da cidade*. Já fazia mais de vinte anos que não nos víamos."

"Você obviamente me confundiu com um homem muito mais velho." Os olhos de Myles absorviam os detalhes da casa com o mesmo apreço que ele havia demonstrado por Angela, e ela entendeu isso também. Ele tivera muitos bons momentos ali. "Olhe para este lugar! Angie, você fez um bom trabalho. Vovó Marie está radiante lá no céu, querida. Ela diria: '*Fantastique, cher*'."

Ela apertou a mão dele. "Espero que sim."

Angela ficou feliz por Tariq estar lá fora, na grelha, sem poder ver o rosto dele, porque ela não queria saber se os vestígios de ciúmes de seu marido ainda estavam intactos ou não. Depois de algumas cervejas, Tariq poderia agir como um tolo por nada. E, francamente, talvez aquela fosse a única vez que ele teria motivo para ter ciúmes, porque Myles estava bonito. Seu rosto tinha se arredondado de uma forma atraente, e seu corpo tinha ficado robusto, deixando de lado a rigidez dos músculos esguios de adolescente. O peito definido ficava aparente através de sua camisa de lycra cor de gelo. Ele malhava, pelo visto. Não da maneira rigorosa com que Tariq levantava pesos para sentir que ainda era um atleta, mas o suficiente.

Liza percebeu o olhar de Angela e apontou o dedo para ela, e Angela sorriu. Por um instante, ela se sentiu como se estivesse de volta ao corredor da Escola Secundária do Condado de Sacajawea, uma sensação estranha e gratificante. Ela se perguntou por que não dera uma festa como aquela antes.

"Preciso conhecer o homem que roubou minha garota", disse Myles. "Onde está esse Mustafá com quem você se casou? O jogador de futebol grande e mau? É verdade que ele também sabe ler?"

"Bobo, é melhor ficar quieto. O nome dele é *Tariq*", disse Angela, batendo em seu ombro. "Ninguém disse para você ir para a Columbia. Talvez, se você tivesse ido para a Universidade da Califórnia, como nós planejamos..."

"Myles Fisher, é você mesmo?", a voz de Art Brunell trovejou na sala de estar. "Guardem minhas palavras, pessoal: a primeira coisa que farei quando for prefeito é estabelecer restrições para que não tenhamos mais desses caipiras malandros voltando para a cidade!"

Todos riram então, um som que ressoou por toda a casa. Angela não conseguia se lembrar da última vez em que rira tanto, como se estivesse tonta de champanhe.

Eram 19h20.

Pelo resto de sua vida, isso era tudo de que Angela se lembraria: gargalhadas altas e estridentes. Melodias desafinadas de piano. Crianças lá fora gritando: *"Pega a bola!"*. Então, um POW! poderoso de algo explodindo e abafando tudo o mais no entorno.

Fosse o que fosse, estava bem perto deles, na casa. No saguão.

Angela olhou para Myles primeiro, como se, de alguma forma, a chegada dele tivesse trazido o som, mas ele só parecia profundamente assustado, com os ombros curvados. Logo, ela percebeu que o som tinha vindo de baixo deles. Da adega.

"Que diabos...", disse Rob Graybold. "Quem está disparando fogos de artifício?"

A explosão deixou todos na sala em silêncio. Até as crianças lá fora estavam quietas. O piano, os pássaros e quaisquer outros sons próximos ou distantes que estivessem presentes antes disso cessaram. Ao menos, pareciam ter se silenciado. Na quietude, a memória do som se tornou maior. Os girassóis estavam no chão, aos pés de Angela.

Corey, Angela pensou, sua mente estilhaçando. Então, ela gritou o nome dele.

O xerife Rob Graybold desceu as escadas da adega primeiro e ela se apoiou nele, empurrando. Ele disse a ela que ficasse para trás, para deixar que ele desse uma olhada, mas Angela não escutou e, mesmo se tivesse, não teria dado ouvidos. A luz da adega estava acesa, uma lâmpada brilhando no alto. Seus olhos seguiram os padrões de tijolos na parede da adega, as linhas pareciam borradas. Ela não conseguia ver nada além de Rob; não conseguia ver Corey.

"O que aconteceu? *An-giie?*", ela ouviu Tariq gritar alarmado, a quilômetros de distância.

Ela sentiu o cheiro de pólvora. Malditos fogos de artifício. Não era à toa que eles eram ilegais na Califórnia. Crianças perdiam membros e olhos. Por que diabos ela deixara Tariq sair com Corey e comprar foguetes feitos para iluminar o céu?

Não vai ser tão ruim. Há um médico aqui. Seja o que for, não será tão ruim.

Rob Graybold congelou em um dos degraus, e Angela não conseguia passar por ele. Ela ouviu o ar escapar dos pulmões dele em um som sibilante, pois estava pressionada contra suas costas. Sentiu o coração dele batendo forte e o cheiro de suor pungente de suas axilas, sob o fedor de pólvora queimada.

"Jesus, Maria e José", disse Rob Graybold. Ele se virou e tentou segurar o braço de Angela, puxando com tanta força que a machucou. "Precisamos trazer a médica aqui, Angie", disse ele, pálido como leite. "Não desça aí."

Mas agora Angela estava gritando. Ela se contorceu contra o corpo de Rob Graybold até conseguir se espremer para passar por ele, e sua luta fez os dois se desequilibrarem e tropeçarem escada abaixo.

Corey estava deitado de bruços exatamente no centro do chão da adega. Seu rosto estava virado para a parede oposta, um braço erguido quase até o rosto, o outro inerte ao lado do corpo, a palma para cima. Ele parecia estar tirando uma soneca. E devia ter derrubado algumas das bebidas, algumas das vermelhas, talvez algumas garrafas de xarope de cereja, porque sua cabeça estava no meio de uma poça vermelha que chegava quase até as prateleiras de vinho nos fundos da adega. E a poça continuava crescendo.

Outro odor surgiu para além do cheiro de fumaça e suor; um odor denso que ela ainda não podia se permitir reconhecer, embora soubesse perfeitamente o que era.

Ela não viu nenhum saco de fogos de artifício ou caixas de refrigerante perto de Corey. A única coisa que *viu* foi uma arma de brinquedo preta, muito realista, no meio da poça vermelha, a centímetros da mão de Corey. A arma tinha uma semelhança notável à que Tariq possuía, uma Glock preta com a coronha enrolada com fita adesiva, a que ele guardava na gaveta da mesinha de cabeceira até o dia em que ela finalmente vencera a batalha e ele a levara a uma loja de armas e se livrara dela. Sim, ele se livrara dela. Tariq dissera que sim. Ele marchara para dentro de casa e dissera: *Espero que você esteja feliz agora, vaca*, e lhe mostrara o recibo. Fora a primeira e última vez que ele a chamara daquilo, e mais tarde ele até se desculpou por isso. Mas ele se livrara da arma porque Angela havia gritado com ele, contando como ela, quando tinha apenas 12 anos, havia entrado no quarto da mãe e a encontrara lá com uma arma na boca, e apenas não era seguro ter uma arma, não com uma criança em casa. Angela sempre tentou ser cuidadosa, assim como vovó Marie dizia.

"Ele se livrou dela", murmurou Angela, embora estivesse vendo aquela arma de novo, com a mesma fita adesiva enrolada na coronha, uma miragem de uma vida que ela havia deixado para trás. "Ele se livrou dela."

Angela repetiu essas quatro palavras e nada mais pela meia hora seguinte. O tempo todo, o anel de ouro de vovó Marie brilhava em seu dedo como uma prova absoluta de que algumas coisas podem voltar.

Para a maioria dos convidados da festa de Quatro de Julho de Angela Toussaint, aquele foi o primeiro infortúnio na Casa Hereditária.

O
RETORNO

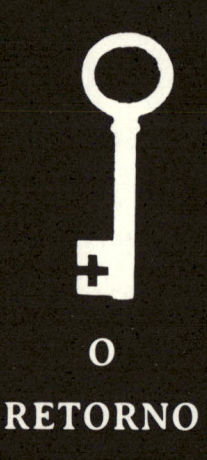

*Sua casa está parada atrás de você, pacientemente.
Ela sabe que você vai voltar, cher.*

Marie Toussaint

Dois

LOS ANGELES, CALIFÓRNIA
Dois anos depois

Ao final do quarto quilômetro, Angela Toussaint estava voando. Suas pernas esguias e definidas alcançaram um ritmo próprio, como se fossem máquinas de pistão impulsionando os tênis de corrida brancos ao encostarem no chão. Angela não percebia mais a força da gravidade nos pés, nem os pequenos choques do impacto nas pernas e no quadril. Não sentia mais a sensação incômoda nos pulmões ao lutar para inspirar mais oxigênio. Sentia apenas a brisa da manhã em seu rosto e o sangue correndo pelas artérias do seu corpo tenso. Voando. Finalmente, voando.

Aqueles eram o lugar e o momento favoritos de Angela. Ela não era nada, nem estava em lugar algum. Não tinha começo, nem fim, nem presente, nem futuro. Quando voava, desparecia de si mesma. Que dure para sempre desta vez, ela rogava. Que dure.

Só que nunca durava. Angela podia correr até cerca de quinze quilômetros sem muito esforço se desacelerasse o passo, mas ela nunca aprendeu a correr devagar. Quando corria, gostava de *correr*, para levar seu corpo até o máximo do que ele podia oferecer. Naquele dia, ela havia prometido começar devagar e treinar da maneira que os especialistas orientavam, mas quando deu por si, estava voando outra vez. Ainda assim, não conseguia voar por muito tempo: mantinha o passo acelerado por quase dois quilômetros — talvez três, em dias muito bons —, mas em seguida o corpo começava a se queixar. Uma pontada monstruosa na lateral do corpo. Pulmões ardendo. Ombros duros feito pedras. Os músculos de suas pernas ameaçavam se contrair.

Com um grito de frustração, Angela começou a desacelerar, as passadas pesadas e desajeitadas, e o mundo que passava como um borrão enquanto ela estava chapada de endorfina assumiu sua forma mundana novamente. Ela trotou até uma parada na trilha dentro dos 4 mil acres do parque Griffith, perto do zoológico de Los Angeles. Aquela era sua rota de corrida matinal favorita, apesar do grande número de outros corredores, que apareciam ali mesmo às 6h, quando o parque da autoestrada Golden State era oficialmente aberto. Era uma manhã nublada, então a luz do dia estava fraca, e uma cortina pálida escondia o topo da cordilheira de Santa Monica no horizonte.

Ofegante, Angela foi até um banco, onde apoiou uma perna e molhou a cabeça com a água da garrafa que carregava em uma bolsa de couro pendurada nas costas. Quando esvaziou quase metade da garrafa em si mesma, levou-a aos lábios e começou a beber. A água morna logo acabou. Ela jogou a garrafa vazia no cesto para lixo reciclável e se dobrou para tentar controlar a respiração, apoiando as mãos nos joelhos.

Quase cinco quilômetros a toda velocidade e sem vomitar. Aquilo era um bom sinal. Ela não tinha exagerado dessa vez.

"Você deve acordar todas as manhãs com a sensação de ter sido atropelada por um caminhão", disse uma voz desconhecida.

Angela ergueu os olhos e viu um homem a uns dez metros atrás dela se alongando na grama, com as pernas bem abertas enquanto a encarava. Ele estava sem camisa, tinha abdômen côncavo, um espécime típico da perfeição de Los Angeles — caso ela gostasse do tipo Richard Gere, ou de qualquer um que fosse. Essa era a parte do filme em que ela e o estranho iniciariam uma conversa, tomariam o café da manhã juntos e viveriam felizes para sempre. Só que aquela era a vida real. Na vida real, sempre havia um *para sempre*, ela sabia, mas feliz não tinha nada a ver com isso.

"Bom palpite", disse Angela entre as respirações difíceis.

"Você vem para cá quase todos os dias. Está treinando?"

"Maratona do Vale da Morte. Em dezembro", disse Angela. Ela não o reconheceu, mas por que deveria? Não reparava nos rostos que passavam por ela enquanto estava correndo. Era disso que mais gostava.

Ele torceu os lábios com a menção do Vale da Morte, então sorriu. Dentes perfeitos, bronzeado saudável. Estranhamente, a beleza dele a deixava inquieta.

"Enfrentando o deserto, hein?", comentou ele. "Eu faço a Maratona Internacional da Califórnia. Também é em dezembro. Essa é a sua primeira?"

"Fiz 40 anos este ano", disse ela. "É agora ou nunca."

"Tenho 44 anos e isso não é verdade. Estou na minha terceira." Apesar do cabelo um pouco ralo, Angela teria chutado que ele tinha mais cara de 35 do que de 44, mas acreditou nele. O homem se levantou, tirando a grama da parte de trás das coxas. Ela pensou que talvez ele tivesse se sentido um pouco inibido, pensando que seu saco pudesse estar saindo pelas pernas do short cinza de ginástica.

"Olhe", o homem começou. "Sei por experiência própria que é dez vezes mais fácil com um parceiro de treino. Minha esposa era a minha, mas o divórcio acabou com isso. Correndo o risco de parecer uma cantada barata: você gostaria de me encontrar aqui e treinar? Corro todos os dias, exceto aos domingos e às segundas-feiras. Meu nome é Ryan."

Escondida em uma caverna abandonada, úmida e fria, Angela ouviu sua alma feminina gritando: *Sim, sim, sim*. Ela preferia homens negros, mas não era cega. Mesmo que ela nunca fizesse nada com ele, exceto correr, esse cara seria uma desculpa para ela nunca perder um dia. Aquele foi um momento de conto de fadas, pensou; o momento em que as mulheres de sorte vivenciam e correm para contar às suas amigas. Mas ela não era uma mulher de sorte.

Angela recuou enquanto Ryan avançava, sua mão estendida para um aperto que ela nunca retribuiu. "É uma oferta generosa, mas prefiro treinar sozinha", disse.

Ele inclinou a cabeça, genuinamente perplexo. Pessoas como ele não estavam acostumadas com a palavra *não*. Ela o viu lançar um olhar educado para sua mão esquerda, procurando uma aliança. Não havia nenhuma, Angela nunca usava joias quando corria. O único anel que ela ainda valorizava era muito precioso para arriscar perder de novo. O homem deu de ombros. "Tudo bem, então. Tenho certeza de que verei você por aí. Avise-me se mudar de ideia. Mas... posso te dar um conselho?"

"Claro."

A expressão no rosto dele era a mais atenciosa que ela via em um estranho em muito tempo, embora ela tivesse acabado de dispensá-lo. Ela se sentia irritada consigo mesma, ao mesmo tempo que estava irritada com ele por quebrar a paz de seu refúgio. "Tente não correr tão forte no início e no final. Vai se machucar. Assim que estiver aquecida, corra o quanto quiser até os últimos quinhentos metros, e depois... apenas relaxe."

Relaxar.

"Obrigada", disse Angela, pensando em como era triste que ele a tivesse aconselhado a fazer exatamente o que ela havia esquecido há muito tempo. Ele poderia muito bem ter apenas dito que ela deveria bater os braços e voar até o topo das montanhas enevoadas.

* * *

"Não me enrole, Angela. Apenas me diga o que aqueles idiotas disseram."

Naomi Price falava com tanta precisão que ficava elegante até mesmo quando xingava. Cada sílaba era nítida e rica. Mesmo no viva-voz, Angela visualizava os lábios carmim perfeitamente delineados de Naomi acariciando seus dentes brilhantes enquanto falava, habilidade que adquirira com esmero em sua graduação em teatro pelo Instituto de Artes da Califórnia. A estrela negra em ascensão mais popular de Hollywood tinha presença inclusive quando não estava na sala com você — e Angela se lembrava de quando Naomi era uma jovem acima do peso de 20 anos atuando em uma novela da tarde.

Ela olhou para a paisagem urbana da Sunset Boulevard pela janela de seu escritório no décimo andar, balançando para a frente e para trás em sua cadeira de couro e girando o palitinho em um *latte* gelado. A névoa da manhã havia desparecido, e o sol do meio-dia iluminava as torres de vidro no horizonte como esculturas de gelo cintilantes. Do outro lado da janela, dois cartazes anunciavam um novo colar de diamantes da Cartier e um novo filme de Bruckheimer cheio de explosões, vendendo penitência de um lado e heroísmo do outro.

Angela evitara as ligações de Naomi o máximo que pôde. Ela só atendeu o telefone porque sua secretária estava almoçando e pensou que seria Stan Loweson, do FilmQuest. Stan ligava quando achava que ela não estava no escritório, pois preferia o correio de voz à verdadeira interação.

"Eles estão dizendo que oitocentos é o máximo que vão oferecer", disse Angela a Naomi.

O alto-falante fez um som como se tivesse sido atingido por uma rajada de ar.

"Foi só uma conversa preliminar", explicou Angela antes que Naomi pudesse retomar a fala. "Não sei por que você sempre faz isso. Você me paga uma porcentagem para não precisar lidar com essa merda. Isso se chama ne-go-ci-a-ção. É só o início. Nós dizemos não, eles oferecem mais dinheiro. Mas estou avisando: não será *muito* mais. Só devem chegar a 1 milhão. Você ainda não conquistou a bilheteria, Naomi."

"É melhor você lembrá-los que a revista *People* disse..."

"Eles sabem tudo isso. Stan disse parabéns."

"E na *Hollyview* na semana passada, Tom Cruise me mencionou como alguém com quem ele gostaria de trabalhar. Você enviou a fita para eles, certo?"

Angela ignorou o último comentário. Ela obedientemente ligara para os representantes de Cruise e, até que retornassem, tudo se resumia a boatos. Cruise era muito experiente para ter dito isso de forma pública sem real intenção, mas ela ainda pareceria uma idiota ao falar sobre isso com Stan.

"Um milhão, Naomi. E não será fácil conseguir isso."

"Eles esperam mesmo que eu fique nua na cama com aquele cara branco superestimado por essa mixaria? Ele tem quase idade para ser meu pai, e você sabe o quanto estão pagando a *ele*! Angela, isso é claramente *racismo*. Se eu fosse..."

"Garota, pare com isso", interrompeu Angela, suspirando. "Concentre-se no que é, não no que não é. Um milhão é o seu maior pagamento até agora. Uma carreira é construída passo a passo. Eu não me importaria se você fizesse isso pelo preço mínimo do sindicato — é importante assim. Um dia, se Deus quiser, você fará cenas de amor com Denzel Washington por 10 milhões de dólares. Mas esse dia, minha querida, ainda não chegou."

Naomi fez outro som indistinguível, algo entre um grito e um uivo, forçando Angela a diminuir o volume do viva-voz.

"Naomi, eu sou boa no que faço?", perguntou Angela no silêncio que se seguiu.

Naomi suspirou e o som reverberou pelo alto-falante. "A melhor", ela respondeu por fim.

"Então confie em mim. Vou lutar para conseguir esse 1 milhão para você. Em seguida, passamos para a próxima etapa."

Felizmente, a linha de Angela tocou. Stan, é claro. Às 12h15 em ponto.

"Tenho que atender outra ligação. Deixe isso para os profissionais, Naomi. Vá fazer abdominais ou o seja lá o que as pessoas bonitas fazem."

"Vá a merda, Angela", disse Naomi. Então, com a voz doce: "Ainda vamos jantar?".

"Sim, mas não no Roscoe. Não sei como você come frango frito, mas não posso comer essas coisas durante o treinamento. Ligo para você mais tarde para escolhermos um lugar."

O telefone tocou outra vez, atropelando parte da resposta de Naomi. "... como lá uma vez por mês, e este é o meu dia. Você adora as asinhas e os waffles que eu sei. Vamos, Angela, estou sonhando com isso há semanas!"

FORA DE ÁREA, o visor do telefone dizia. Não é o código normal de Stan, mas ele pode estar ligando de um celular.

"Preciso desligar. Acho que é o Stan."

"Bem, se for, você precisa dizer a ele que os dias do Butterfly McQueen acabaram, e é melhor ele acordar e perceber que os atores negros também precisam de dinheiro de verdade..."

Angela interrompeu a amiga no meio de um discurso inflamado. Ela mudou para a outra linha, usando seu melhor tom de voz de *não mexa comigo*. "Angela Toussaint."

Silêncio a princípio. Ela olhou para se certificar de que o visor do telefone dizia Linha 2. Dizia.

"Alô? Angela Toussaint", repetiu.

Uma mulher de tom inseguro e frágil enfim falou. "Angie?", perguntou. "Minha Nossa, você soa tão diferente quando está no escritório! Você realmente me deixou confusa, querida. Espero que não seja um momento ruim."

Angela não conseguiu responder a princípio. Não conseguia abrir a boca. Ela se sentou com as palmas das mãos pressionadas na mesa, congeladas no lugar. Suas entranhas pareciam se contrair, apertando seus pulmões com tanta força que ela decidiu não respirar. Pelo menos por enquanto.

Era Laurel Everly, a zeladora da casa de vovó Marie em Sacajawea.

"Angie?", disse a sra. Everly. "Você está aí?"

"Estou aqui." Angela não queria soar tão ríspida, mas essas foram as únicas duas palavras que ela conseguiu pronunciar. A sra. Everly tinha enviado três cartas nos últimos dois meses, mas ela não as abrira. Não abria nenhuma correspondência, exceto contas. Angela mudara seu número e se tornara um fantasma. Os clientes tinham seu número de celular, e era só isso que importava.

Duas semanas haviam se passado desde a última carta da sra. Everly, encaminhada de seu antigo endereço em Hollywood Hills. Angela não jogara aquelas cartas fora como fazia com a maioria das outras cartas que chegavam, mas conseguira se convencer de que tinha esquecido que estavam lá. A sra. Everly devia ter ligado para a assistência telefônica e encontrado a Agência de Talentos Toussaint, criada há dezesseis meses.

As coisas a que Angela atribuíra significado perderam a relevância: seu novo escritório, que ela dividia com uma secretária e uma assistente; os tênis de corrida embaixo da mesa; a fotografia que tirara com Sidney Poitier seis meses antes; o artigo emoldurado da *Variety* traçando seu perfil depois que ela orquestrara o pagamento de 10 milhões de dólares para uma história em quadrinhos, seu maior feito. Essa versão de Angela Toussaint era estrangeira, e agora ela se viu confusa por estar sentada ali. Era apenas Angie novamente.

"Bom... você parece ocupada", disse a sra. Everly, incapaz de esconder que tinha ficado chateada.

Angela pegou o fone e fechou os olhos, esfregando a têmpora. Ela podia sentir seus batimentos cardíacos ali. "Não, é... Na verdade, esta é sim uma boa hora, sra. Everly. É hora do almoço. Eu sei que você tem tentado me encontrar, mas eu tenho..."

POW!

O som que ela ouvia em sua memória — o som que nunca tinha parado de ouvir, na verdade — era um mero eco, nada como antes, mas era forte o suficiente. A boca de Angela ficou seca. Ela tentou espremer as imagens que começaram a atingi-la: a parede de tijolos. As prateleiras de vinho vazias. Uma crescente poça vermelha e feia no chão, serpenteando em direção à parede.

Então, sumiu. Angela ficou maravilhada com seu poder de limpar a mente.

"Como você está? Como estão as costas do sr. Everly?"

"Alguns dias são bons, outros não", respondeu a sra. Everly. "Mas poderia ser pior. Joseph fez 76 anos no mês passado e não estou muito atrás dele. Nós ainda fazemos todo o trabalho sozinhos, só tivemos que contratar um serviço para consertar parte do telhado depois da chuva do inverno passado. Você se lembra..."

Angela não lembrava. Quando fora a última vez que ela e aquela mulher se falaram? A mente de Angela tinha empurrado toda Sacajawea para um canto sombrio da sua mente, pelo menos enquanto estava totalmente acordada.

"Espero que você não fique com raiva de mim, Angie, mas mostrei a casa, embora nunca tenha recebido uma resposta sua. Eles estão me deixando maluca, ligando dia sim, dia não. São um casal muito legal, o homem é negro e a esposa é de Nova York, provavelmente judia, eu acho. Eles têm outra pousada em Seattle, ele disse, e quando contei aos dois sobre Marie, bem, você deveria ter visto o rosto dele se iluminar. Ele disse que poderia tornar a casa parte de algum tipo de passeio turístico, colocá-la em um catálogo. Ele falou sobre uma placa de bronze com o rosto de Marie, contando sua história. Disse que vão manter a tradição e manter o nome Casa Hereditária."

A princípio, Angela não conseguiu entender as palavras da sra. Everly ou o orgulho que ouvia em sua voz. Então o significado de tudo a invadiu.

"Você deixou desconhecidos entrarem na casa da vovó Marie?"

"Eu sei que é uma liberdade incomum, mas eu escrevi para você sobre isso..."

A próxima pergunta de Angela veio de repente, surpreendendo até a si mesma.

"Quanto eles estão oferecendo?"

"O mesmo que eu disse na minha última carta."

"Não me lembro do que dizia a carta, sra. Everly." Angela lutou para não soar tão irritada quanto estava. A sra. Everly tinha sido amiga de vovó Marie, então ela era um pequeno pedaço vivo da vida da avó. Angela não se atrevia a desrespeitá-la.

A sra. Everly baixou a voz, envergonhada por discutir dinheiro.

"Quatrocentos. Não sei se é um bom preço, mesmo que o mercado imobiliário esteja em baixa. A casa é tão especial e o terreno, nem se fala. Mas eles não se importam muito com a terra e a madeira... é pela casa que têm interesse. Nós odiamos vê-la vazia, sabe."

Nós significava ela e o marido. *Nós* significava toda a cidade. Não era da conta de ninguém se a casa estava vazia. Angela ouviu um bipe, era alguém tentando ligar.

"Muito obrigada por ligar, sra. Everly. Lamento ter sido tão difícil de contatar. Espero que você possa entender, depois de tudo." *Tudo* era uma pequena palavra, um resumo.

"Ah, sim", disse a sra. Everly, de repente mais maternal do que profissional. "É claro que entendo, Angie. Eu só estava com medo de que você ficasse magoada comigo."

"Não se preocupe. Eu lhe darei uma resposta em breve. Eu tenho outra ligação, então..."

A sra. Everly desligou sem discutir. Angela não atendeu a outra linha imediatamente, esperando pelo código da pessoa que estava ligando, para que ela não fosse pega desprevenida de novo. FILMQUEST PICTURES, dizia a tela. Stan Loweson, o rei das ligações na hora do almoço.

Naomi Price estava prestes a receber seu 1 milhão de dólares, quisesse Stan ou não. Qualquer pessoa que pensasse que Angela Toussaint era uma frouxa não fazia ideia de com quem estava se metendo.

POW!

Mas quando o telefone tocou três vezes, depois quatro, Angela não se mexeu para pegar o fone.

A ligação de 1 milhão de dólares caiu no correio de voz e desapareceu.

* * *

A Casa de Frangos e Waffles do Roscoe em Hollywood, discretamente escondida na Sunset Boulevard com a rua Gower, poderia ser difícil de encontrar se você ainda não soubesse onde ficava, mas era um item básico de Los Angeles. Oferecia a comida tradicional do Sul, dependendo dos especiais do dia — verduras, grãos e biscoitos —, mas suas verdadeiras atrações eram o frango frito e os waffles, celebrados em seu nome e servidos juntos em uma combinação que parecia incompatível apenas para pessoas que nunca a tinham experimentado. Os turistas que compravam mapas das casas de celebridades e passavam o tempo no Planet Hollywood ficariam muito mais bem-servidos com uma refeição rápida nas mesas simples do Roscoe, pensou Angela. Ao longo dos anos, ela tinha encontrado todos eles, de Robert De Niro a Samuel L. Jackson, comendo em Hollywood ou na região sul, bem-vestidos e prontos para o jantar.

Naquela noite, o maior nome jantando no Roscoe era Naomi Price. A mesa delas ficava nos fundos, mas embora a maioria dos outros clientes não tivesse reconhecido Naomi ou apenas balançasse a cabeça em um reconhecimento cordial, duas adolescentes com tranças microscópicas foram à mesa ficar puxando o saco de Naomi enquanto ela dava autógrafos. "Minha mãe não vai A-CRE-DI-TAR nisso...", dizia uma delas, tão animada que batia as mãos no ar como se estivessem pegando fogo.

E Naomi estava aproveitando. Ela sempre tinha tempo para *seu povo*, como ela chamava os fãs que se aglomeravam ao seu redor. No ano anterior, não houvera uma única vez em que Naomi não tivesse parado para conversar com um fã, fosse no Starbucks, no cinema ou no banheiro feminino. Esse grau de renome não era real no início, quando Angela abriu sua agência e Naomi era uma das poucas clientes conhecidas que confiaram nela o suficiente para contratá-la. Foi questão de sorte: elas haviam se conhecido de passagem enquanto Angela ainda estava no escritório de advocacia, tinham amigos em comum e Naomi estava pronta para uma mudança. O resto foi pura magia. Depois de uma década no negócio, com a orientação de Angela, Naomi se tornara um sucesso da noite para o dia.

Angela era agente havia apenas dezesseis meses, mas mesmo sendo uma novata ela estava vivendo o sonho de qualquer agente, criando um domínio. Ela e Naomi estavam ganhando muito dinheiro e estavam prestes a ganhar muito mais. Juntas, elas viam tudo se desenrolar, tão deslumbradas quanto entretidas com aquele processo. Magia era a única palavra para descrevê-lo.

Naomi tinha um rosto liso e oval que a fazia parecer uma modelo somali. Sua tez era um tom mais claro do que a de Angela e dois tons mais escuros do que a de Halle Berry, e ela possuía um busto natural e avantajado que humilhava o tamanho "p" de sua agente. Angela notou que ser Naomi Price era um trabalho em tempo integral: dos hábitos nutricionais rigorosos até a rotina de exercícios extenuante que ela fazia para combater sua tendência para engordar. Naquela noite, em um traje de corrida de grife branco e casual e uma trança grossa no meio das costas, Naomi usava uma sombra dourada e um batom cor de canela flamejante que parecia ter nascido em sua boca. Naomi era tão adorável que, às vezes, a aparência dela paralisava os pensamentos de Angela, como acontecia quando ela parava para olhar um lindo pôr do sol.

"Obrigada, srta. Price", disseram as garotas em coro antes de voltarem para sua mesa. Nenhuma delas deu a Angela uma segunda olhada. Naomi lhe dava invisibilidade instantânea.

"Tão ridiculamente fofas. Aquela alta me lembra minha prima Betty", disse Naomi, antes de colocar um garfo cheio de waffles com calda na boca. Aquele era o chamado "dia do lixo" de Naomi, o único dia do mês em que ela comia o que queria. O rosto de Naomi derretia de alegria enquanto ela comia. Mastigava o waffle como se nunca tivesse provado açúcar antes.

Angela tinha acabado de comer havia muito tempo, então seu prato era um cemitério de ossos de frango despojados. "Quero falar sobre o Stan", disse Angela. Por hábito, evitava discutir negócios até o momento do cafezinho depois do jantar, mas ela estava abrindo uma exceção.

Ainda curvada sobre o prato, Naomi olhou para ela com uma das sobrancelhas erguidas. "É melhor você não me dar más notícias enquanto estou comendo waffles, Angela."

"O negócio ainda está de pé. Mas eu quero ser honesta. Stan tentou me ligar cerca de cinco minutos depois que desliguei a chamada com você na hora do almoço. Não atendi o telefone, nem consegui falar com ele", disse Angela, e sentiu suas palavras não ditas sendo sugadas de volta para a garganta. Ela percebeu que acabara de engolir um soluço. Rapidamente, enxugou os cantos dos olhos. Naomi não era o tipo de amiga para quem Angela gostaria de chorar. Talvez chorasse para uma velha amiga, se ela não estivesse se escondendo delas, mas não para uma nova, sobretudo uma cliente. Por que tocou no assunto?

Ela percebeu que deveria estar desesperada para falar com alguém. A vida no mundo exterior não era tão organizada como tinha sido no Hospital Psiquiátrico Harbor, com sessões diárias de amizade marcadas para as 14h. No fim das contas, amizade por interesse era melhor do que não ter nenhuma.

"Querida!", disse Naomi, cobrindo a mão de Angela com o calor da sua. "O que aconteceu? Você quer sair daqui?"

Angela balançou a cabeça. "Não, aproveite sua comida. Desculpe."

"Desculpar pelo quê? Pensei que éramos amigas."

"Nós somos amigas." Angela havia passado mais tempo com Naomi no ano anterior do que com qualquer outra pessoa. Não via muitas memórias antigas refletidas no rosto de Naomi, e só isso já a tornava preciosa.

"Você sempre me ouve reclamando, não é? Me diga o que aconteceu."

Então, mesmo sem acreditar que era o certo, Angela contou a Naomi sobre a ligação da sra. Everly, a oferta pela casa da vovó Marie, o tempo que ela havia passado em Sacajawea quando criança. Havia coisas que ela não disse, mas não precisava. A Hollywood negra era um círculo pequeno e havia algumas coisas que todos sabiam.

"Acho que só quero me livrar daquele lugar", concluiu Angela.

Os olhos de Naomi, concentrados em Angela, estavam arregalados e absorviam tudo. "Isso é pesado, garota."

"Né?"

Naomi sorriu, quase cegando Angela com os dentes. "É a primeira vez que ouço você usar essa palavra. Você nunca diz *né*."

Apesar de tudo, Angela riu. Ela enxugou as narinas úmidas com o guardanapo amassado. "Sim, bem, a vovó Marie tirou essa palavra da minha cabeça. A cada verão, eu ia para a casa dela com uma atitude toda adulta, 'Você não pode me dizer o que fazer e o que dizer' e toda aquela besteira. Quando ela acabou comigo, fiquei com medo até de *pensar* na palavra *né*. Vovó Marie não brincava em serviço."

"Isso me lembra a Mama June, minha avó na Carolina do Norte. Ela faz parte daquela geração de Booker T. Washington. Dando o melhor de si. Representando a raça."

"Sim", disse Angela, animada e surpresa com aquele inesperado fio de afinidade. "Vovó Marie me fez ler todos os livros de Booker T.: *Up From Slavery*, os livros sobre Tuskegee. Ah, e eu tive que ler *As Almas da Gente Negra*, de Du Bois, também. Ela me fazia escrever resenhas de livros nas férias de verão. Muito tempo atrás, a minha mãe não tinha permissão para ir à escola naquela cidade porque era segregada, então a vovó Marie a ensinava em casa. Quando eu fui para lá, ela passou todo aquele conhecimento para mim também." E eu tentei passá-lo para Corey, pensou, mas guardou essa parte para si. O pensamento doeu, mas não tanto quanto costumava.

"Exatamente como eu!", revelou Naomi. "Mama June foi a primeira pessoa a me fazer recitar poemas de Langston Hughes. E ela me ensinou a andar com livros na cabeça para a minha postura. Achava que ela era louca, mas olhe para nós agora, Angela. Deus abençoe essas fortes mulheres negras, hein?"

"Sim. Deus as abençoe", disse Angela. Um raro esplendor inundou seu coração. Ela não se permitia pensar sobre o quanto sentia falta até mesmo de suas memórias de vovó Marie, já que boa parte de sua avó estava trancada dentro de uma casa que ela não suportava mais ver. Lágrimas vieram, mas não pareciam amargas. Nem drenaram suas forças.

"Vou te dizer o que eu acho", disse Naomi, inclinando-se para mais perto. "Sua decisão sobre vender a casa da sua avó e aquela história, isso fica entre você e Jesus. Talvez vender a casa seja a melhor coisa, no final das contas. Mas outra coisa que Mama June costumava me dizer: eu sou intuitiva. Tenho uma boa percepção das pessoas e das situações. E com certeza é útil nesta cidade, onde as pessoas puxam seu saco por uma hora e te esquecem na hora seguinte. Então, eu tenho um pressentimento sobre você, Angela."

Angela percebeu que também acreditava em intuição. Não acreditava sempre, mas acreditava agora. Ela possuía uma prova irrefutável disso: sabia que algo estava errado naquele dia da festa. O dia todo, ela sabia. Talvez fosse aquilo que a deixara louca por um tempo, apenas saber que ela sabia. E esse conhecimento não importava. Não a ajudou a evitar aquilo. POW!

"Qual é o seu sentimento?", perguntou Angela.

Naomi colocou o rosto tão próximo ao de Angela que seus narizes quase se tocaram. "Você não pode tomar essa decisão sem antes ir até a casa outra vez. Passe alguns dias por lá. Veja se você está pronta para se despedir."

Angela se afastou. "Eu não posso fazer isso."

"Você *acha* que não pode. Mas acho que você precisa, Angela. Se você nunca voltar e decidir vender aquela casa, você pode acordar um dia e perceber que cometeu um erro que não pode corrigir. E tudo porque você não sabia que estava pronta. O que você vai dizer aos seus ancestrais, então?"

Os ancestrais. Agora, Naomi parecia a vovó Marie. Ocorreu a Angela que ela nunca tinha aprendido mais sobre a vida de Naomi fora dos negócios porque ela também não compartilhava seu passado. Muito do seu trabalho envolvia tentar acalmar o ego da artista Naomi, ela se enganara ao acreditar que isso era tudo que contemplava aquela mulher. Naomi a conhecia melhor do que ela pensava, e ela não conhecia Naomi bem o suficiente.

"Você sabe o que aconteceu naquela casa, Naomi." Isso foi o mais perto que ela chegou de falar sobre o Quatro de Julho com alguém que não era psiquiatra.

"Sim, senhora, eu sei."

"Então você sabe por que não posso voltar lá."

"Eu também sei que é a casa da sua avó, e você não pode fugir dela. Se voltar lá e o amor tiver sido enterrado pela dor, então tudo bem. É nesse momento que você terá *certeza*. Vá em frente e a venda, deixe outra pessoa amá-la. Mas você não pode andar por aí pensando que é a mesma pessoa que era dois anos atrás, porque eu te vi naquela época, garota, e isso não é verdade."

Naomi estivera no funeral? Claro que sim, porque quase todos os clientes de seu antigo escritório de advocacia e de outros setores haviam comparecido por respeito. Eles também não estavam fazendo nenhum favor a ela. Ironicamente, ponderou Angela, o que acontecera no funeral fora provavelmente o motivo de tantos clientes hesitarem em contratá-la. Mas não Naomi. Ela tinha presenciado a coisa toda — o início do que parecia ser a queda irreversível de Angela na loucura —, e isso não importava para ela.

"Não posso passar por isso de novo", disse Angela.

"Angela, você *não vai*. Olhe, eu não estou dizendo que não vai doer: é claro que vai. Mas minha intuição me diz que você precisa fazer isso. E não é que precisa um pouco: precisa *muito*. E sabe de uma coisa? Se for te ajudar, vou com você."

Um jovem casal com roupas de estilo africano perambulava a poucos metros da mesa delas, fingindo ler um artigo de jornal emoldurado na parede de painéis de madeira enquanto olhavam para Naomi a cada poucos segundos, agitados. Ambos estavam na casa dos vinte anos, uma idade de que Angela mal conseguia se lembrar, uma invenção de sua própria imaginação. Ela sentia pena e inveja da mulher que tinha sido na época, sempre reclamando da vida porque achava que era muito difícil — quando ainda nem fazia ideia do que era realmente difícil. A dificuldade estava apenas começando.

O casal deu alguns passos na direção da mesa delas, e Angela sabia que perderia a atenção de Naomi para os fãs — Naomi chamava isso de "espalhar boas energias". Mas Naomi fez algo que Angela nunca a havia visto fazer antes: ela se afastou do casal curioso. Nada evidente, mas o suficiente para que sua linguagem corporal falasse nitidamente; um grande sinal de néon vermelho com a frase NÃO PERTURBE. O casal entendeu a mensagem. Com os rostos tristes, eles voltaram para seus assentos.

"Pense nisso, tá bem?", disse Naomi, olhando nos olhos de Angela. "Talvez depois que você conseguir meu 1 milhão no FilmQuest. Minha próxima sessão de fotos será só no final do mês. Por que não comemoramos em... Como é mesmo o nome da cidade da sua avó?"

De repente, Angela sentiu aquela bolha de conto de fadas estourar.

Como ela poderia esperar que Naomi Price largasse tudo para ir até a casa da vovó Marie com ela? Naomi detestaria Sacajawea. Pessoas como Naomi Price passaram a vida governando seus próprios satélites, e Angela era apenas mais um deles. Angela tinha visto Naomi falar com fãs e produtores com a mesma sinceridade intensa, e a capacidade de fazer as pessoas acreditarem que eram o centro de seu universo era a maior qualidade de estrela de Naomi.

Calma, garota, Angela repreendeu a si mesma, desviando o olhar dos olhos de Naomi. Angela estava obcecada, um sentimento que ela reconheceu como uma sensação de aperto no peito. Como os psiquiatras apontaram, sua tendência a ficar obcecada e desconfiar a traíra muitas vezes no passado. Por que era tão difícil se permitir ter uma amiga verdadeira?

"Chama-se Sacajawea", disse Angela, ignorando seus receios. "E eu vou pensar sobre isso."

E talvez, se Deus quisesse, ela realmente pensaria.

Três

Aquela seria uma das noites difíceis.

A TV de Angela exibia o cardápio diário de tragédias no jornal das 22h enquanto ela soltava a bolsa de gelo já derretido da coxa esquerda inflamada. Antigamente, ela costumava reduzir o ritmo quando sentia beliscões ou pontadas durante a corrida, mas agora ela havia aprendido a suportar o castigo e a diferenciar as dores normais das anormais. Passava gelo à noite, e pela manhã acordava gemendo e sibilando enquanto balançava suas pernas rígidas como as de um cadáver para o lado da cama. O que aquele cara lindo do parque tinha dito mesmo? A sensação de ter sido atropelada por um caminhão. Na mosca.

Mas ela poderia viver com isso. A dor física era a parte mais fácil de sua vida.

Parada ao lado do balcão da cozinha enquanto soltava outra bolsa de gelo, Angela tomou um gole de chá de ervas e sofreu só de pensar em ir para a cama. Ela não poderia adiar por muito mais tempo. Se não colocasse a cabeça no travesseiro às 22h30, não conseguiria se levantar às 5h30, e aquela era a única rotina que lhe dava tempo suficiente pela manhã para correr, ler o *Times* e as revistas, e começar a fazer seus telefonemas para a Costa Leste antes que os nova-iorquinos saíssem para almoçar.

Ela não tinha acendido as luzes. O desfile dançante e oscilante de cores brilhando da televisão lançava sombras estroboscópicas nas pilhas de caixas que lotavam o que deveria ser a sala de estar. Havia um sofá lá em algum lugar, mas principalmente o quarto parecia o mesmo de quando ela se mudara para o apartamento do Sunset Villas, oito meses antes. A única diferença agora era que a maioria das caixas tinham sido abertas. Ela nunca havia realmente desempacotado tudo e a todo momento precisava procurar suas coisas nas caixas. Ela poderia pensar em usos muito mais práticos para os 2.500 dólares mensais que gastava naquele apartamento no centro da cidade e no seu amplo depósito de 140 metros quadrados. Ela se mudara com o sonho de um lugar elegante para entreter seus clientes: a cozinha tinha piso e balcões de granito italiano, a varanda era grande o suficiente para dar uma festa, sombreada por palmeiras em vasos, e o banheiro principal, obscenamente grande, era equipado com uma banheira de imersão de mármore preto na qual ela praticamente morava com seus músculos doloridos.

Até então, ninguém tinha visto nada daquilo além dela, e quanto mais tempo ela passava vivendo ali, mais duvidava que alguém veria. Ela dormia e ocasionalmente comia lá, mas o apartamento parecia mais frio e austero com o tempo. Era uma visitante errante. Todas as manhãs, Angela acordava em meio ao caos das caixas e se perguntava se era assim que uma pessoa saudável deveria viver. A resposta, sem dúvida, era *claro que não*. Mas por mais que odiasse não ter aberto as caixas, ela também não reivindicara aquele espaço.

A voz da âncora passou por seus pensamentos. "...um bebê de Century City morreu esta noite depois que seu irmão, de 6 anos, acidentalmente atirou nele com uma arma que seu pai deixara ao alcance das crianças, disse à polícia. A tragédia aconteceu..."

Instintivamente, Angela pegou o controle remoto e mudou de canal. Parou no canal Lifetime, onde as *Supergatas* se divertiam na segurança de seu mundo confortável de cores pastel. Como ela podia ter se esquecido da regra de nunca assistir ao noticiário antes de dormir? Talvez ela estivesse se testando, esperando estar pronta para entrar de novo na sociedade desapegada de pessoas que não levavam as notícias noturnas para o lado pessoal. Se fosse o caso, ela simplesmente falhara no teste.

Angela terminou o chá, esperando que a raiz de valeriana, a passiflora e a kava-kava a derrubassem rápido, já que era tarde e ela não tinha mais tempo para um banho quente. O chá do supermercado não era tão bom quanto o da vovó Marie, mas teria que servir. Ela também não iria procurar no armário de remédios por seu frasco de ansiolítico. Aqueles dias haviam acabado. Ela aprenderia a fazer isso por si mesma, sozinha.

"Bem-vinda à hora do inferno." Angela suspirou e mancou em direção ao seu quarto.

Hora do inferno. Hora de dormir. Uma noite de cada vez.

* * *

Minha mãe não vai A-CRE-DI-TAR nisso.
Mãe? Posso falar com você? Tenho que te dar uma coisa.

Os olhos de Angela se abriram. Onze horas da noite, diziam os números vermelhos brilhantes em seu relógio.

Ela pensara que tinha conseguido. Ela quase dormira. Mas assim que sentiu seus músculos finalmente relaxarem com ocasionais minúsculos espasmos de sono, a tampa da caixa de Pandora em sua mente se abriu, liberando as vozes. Ela ouviu aquela adolescente do Roscoe, aquela que queria o autógrafo de Naomi, e Corey em seguida.

As vozes quase sempre levavam a Corey.

Algumas pessoas tinham pesadelos. Angela, não. Ela não tinha certeza se sonhava; há anos não conseguia se lembrar de um sonho. Mas a hora do inferno era a fraqueza no sistema de defesa de Angela: ela não conseguia controlar seus pensamentos quando estava naquele espaço entre o acordar e o dormir, vulnerável. Quanto mais perto ela flutuava em direção ao sono, mais animado ficava o zoológico de sua mente, reproduzindo imagens aleatórias, vozes e conversas inteiras, como se um elenco completo de personagens estivesse sentado em sua cabeça esperando a cortina se abrir.

Ora, *aqui* está você, Angela. Que bom que se juntou a nós outra vez, garota!

Às vezes, ela voltava rapidamente à consciência e percebia que não podia entender a sequência de pensamentos absurdos de seus sonhos, e então caía no sono, aliviada e sem ser molestada enquanto um burburinho inofensivo sussurrava em sua imaginação. Mas às vezes — a maioria das vezes — seus pensamentos voltavam a refrões familiares e dolorosos. Seus pensamentos a faziam de refém. Quando isso acontecia, parecia que ela estava fugindo do seu inconsciente como se tivesse caído em um poço, desesperada por luz e ar.

Minha mãe não vai A-CRE-DI-TAR nisso.

Corey e aquela garota do Roscoe teriam mais ou menos a mesma idade agora: 17 anos. Se Corey estivesse no restaurante jantando com elas naquela noite, poderia ter pensado que a garota era bonita. Poderia ter fingido estar olhando para outro lugar enquanto a observava com movimentos rápidos e astutos dos olhos, do jeito que ela havia notado pela primeira vez quando ele fizera 13 anos. Meu Deus, ela pensou consigo mesma na época, Corey está mudando. Corey está crescendo.

Exceto que ele não estava crescendo, não mais. Corey estava morto.

Morto.

Uma arma que o pai deixou ao seu alcance.
pow!
Seu filho da puta de merda. Olhe para este caixão e veja o que você fez. Assim como a mãe de Emmett Till* disse quando bateram em seu filho até a morte, eu quero que você veja. Você fez isso, Tariq. Olhe para o rosto dele. Veja o que você fez com ele, com a sua arma e as suas mentiras. Nem se parece mais com ele! você o matou, seu filho da puta de merda.
Vou cuidar de você direitinho, mãe.
Angela despertou de novo. Sentia na garganta o coração disparado, batendo forte. Ela levou a mão ao pescoço, tentando sentir se a passagem de ar estava bloqueada. Mas não. Ela podia respirar, mesmo que sua respiração engatasse ligeiramente. Sentiu um fio de suor no pescoço, traçando-o com o dedo indicador até a clavícula. Quando viu as caixas empilhadas ao redor de sua cama, ela as observou e piscou por alguns segundos, confusa. De onde vieram essas caixas? A dra. Houston não gostaria daquelas coisas em seu quarto. Ela não tinha autorização para ter tantas coisas. Era contra os regulamentos do Hospital Psiquiátrico Harbor.

Mas ela não estava no Harbor, estava?

Angela reconheceu suas venezianas refletindo ao luar, os números vermelhos brilhando no relógio digital. Mil cento e vinte. Aquele era o apartamento. Ela não estava vivendo mais no retiro mental privado, onde se internara por três meses após a morte de Corey. Havia deixado o Harbor quase dezoito meses antes. A dra. Houston prescrevera a ela uma receita de ansiolítico, encaminhara-a para um psicoterapeuta, garantira que ela estava muito melhor e dissera que estava livre para ir embora. Retome sua vida, dissera a doutora. Comece seu novo negócio, sua agência de talentos. Vá para casa.

Casa.

O rosto e as maneiras agradáveis da dra. Houston desarmaram Angela desde o início, mesmo que o bom humor da mulher parecesse ingênuo. *Um mar de sorrisos,* Angela pensara quando se sentara pela primeira vez

---

* Jovem negro que, aos 14 anos, foi linchado até a morte após ser indevidamente acusado de assédio por uma mulher branca no estado do Mississippi, em 1955. (N. T.)

no consultório da doutora no Harbor. Sem jaleco branco, nem prancheta, ela oferecera a Angela chá e biscoitos de chocolate recém-saídos do forno da cozinha. Usava um vestido leve e fazia perguntas gentis.

Por que você decidiu que deveria estar aqui, Angela?

Angela não tinha decidido que ela deveria estar lá, pensou. Os outros haviam decidido tudo por ela.

Tenho medo de machucar a mim mesma ou a outra pessoa, Angela respondeu.

Quem você tem medo de machucar além de você mesma?

Meu marido. Meu ex-marido. Ela gostou do som de *ex*, um apagamento. Uma coisa desfeita.

Ela disse à dra. Houston como estava folheando uma revista *Soldier of Fortune* um dia em uma banca de jornal nos meses após a morte de Corey, soluçando, perguntando-se seriamente se era verdade que era possível encontrar um assassino na seção de classificados. Era o que os boatos diziam. Pensou em um filme, um daqueles animes japoneses de que Corey tanto gostava — ela não conseguia lembrar o nome —, em que alguém contrata um assassino para matar si mesmo e depois muda de ideia. Ela mudaria de ideia também? Provavelmente. Pensara que seria muito melhor se ela seguisse o exemplo da mãe e engolisse um frasco de comprimidos. Então, ali parada, imaginara como seria contratar alguém para matar Tariq, e ela sabia que não mudaria de ideia sobre isso. Ela instruiria o assassino sobre o que dizer exatamente: "Diga a verdade e eu o deixarei viver". E Tariq iria gaguejar e implorar, e ele por fim contaria toda a verdade: *Sim, eu menti sobre me livrar da arma e a trouxe comigo para Sacajawea. Estava na minha mala. Corey deve ter encontrado. Eu menti o tempo todo. Metade das palavras que saem da minha boca são mentiras, sempre foi assim.* E o assassino diria a Tariq: "Eu também menti. Isso é por Corey, de Angela. Uma vida por uma vida", e depois que os olhos de Tariq se arregalassem de terror, o assassino puxaria o gatilho e atiraria na cabeça dele. Assim como Corey fizera.

Essa fantasia, disse à dra. Houston, era a única coisa que lhe trazia felicidade ultimamente.

Você tem uma imaginação muito ativa, disse Houston. *Quando você começou a acreditar que gostaria de matar seu marido?*

Quando vi que meu filho havia sido baleado com aquela arma.

Bem, não imediatamente, lembrou-se, corrigindo sua resposta. No início, desde que Tariq havia jurado a ela que tinha se livrado da arma anos antes, ela tentara o seu melhor para dissuadir Deus e o universo daquela coisa impossível que conspiravam, que era tentar fazê-la acreditar. Corey não estava com a arma de Tariq e, portanto, Corey não estava morto. Ela não estava vendo o que seus olhos pensavam que estavam vendo. Não poderia ser. Ele se livrara da arma. Ele disse isso.

Como seu marido explicou a presença da arma na casa?

Mentiras, respondeu Angela. Se ele tivesse contado a verdade quando tudo aconteceu — se ele tivesse se ajoelhado, aos prantos, como um pecador, e admitido que levara a arma com ele para Sacajawea —, ela teria sido capaz de perdoá-lo. Ela queria tanto não se sentir tão sozinha após a morte de Corey. Porque, sabe, no final, você está só. No início, era a preocupação de todos: as pessoas na festa, o escritório do xerife, os especialistas forenses que fizeram testes para determinar se o ferimento na cabeça havia de fato sido autoinfligido. Dia após dia, Angela conseguia se ocupar com os detalhes tentando entender o que, como e a hora exata em que havia acontecido, procurando um bilhete de suicídio (não havia nenhum, graças a Deus, então a decisão final foi *morte acidental*, embora todos admitissem que nunca saberiam de fato) e planejando o funeral. Os detalhes da opulenta casa funerária eram intermináveis e traumáticos em sua especificidade, como o que escrever na lápide ou que tipo de acolchoado haveria no caixão, mas tudo fora perversamente reconfortante para ela, um último projeto para o bem de Corey. Sua última chance de ser a mãe dele.

A cada passo da jornada, ela estava cercada por pessoas para quem a morte de Corey era a prioridade número um. Tons simpáticos e olhares sérios. Vamos investigar isso. *Nós cuidaremos disso.* Mas, com o passar do tempo, o número de pessoas naquele círculo de preocupação foi diminuindo e todas continuaram com suas vidas. A polícia demorava cada vez mais para responder às suas ligações, e depois de um tempo, quando ela falava com o xerife Rob Graybold e pedia a ele que repetisse os fatos para ela, começou a sentir certa impaciência da parte dele. *Não há mais nada para investigarmos, Angie,* ele disse a ela um dia com uma finalidade quase grosseira, e ela sentiu um lampejo de vergonha dolorosa. Um por um, eles foram todos embora, até que Angela foi a única que restou.

Se Tariq tivesse contado a verdade a ela, se tivesse pedido desculpas pela arma, ela não estaria sozinha. A solidão tinha sido quase tão ruim quanto ver a cabeça de Corey sangrando na adega.

Mas não. Tariq não disse a verdade. Ele manteve sua mentira original, aquela que ele inventara no dia em que voltara para casa e dissera: *Espero que você esteja feliz agora, vaca.* Ele jurou à polícia que se livrara da arma. Não se importou se a arma com que Corey atirara em si mesmo era idêntica à que ele tinha, com a mesma fita adesiva prateada enrolada na coronha. Agiu como um vigarista tentando escapar de uma acusação mesquinha, nunca dizendo a verdade, nem mesmo para salvar a alma após a morte do próprio filho. Ele chorou, soluçou e gemeu, mentindo o tempo todo. O xerife Rob Graybold e a polícia do condado decidiram que Corey devia ter encontrado a arma misteriosa por conta própria, e que ela não pertencia a Tariq. Uma grande coincidência, eles disseram.

Como se não bastasse Angela perder o filho, ela o perdera para uma mentira.

E as pessoas ainda se perguntavam por que ela fizera aquela cena no funeral — jogando uma cadeira dobrável de metal em Tariq, que acertou a mandíbula e o ombro dele antes de cair no chão, destruindo a triste tranquilidade da igreja como uma bomba — ou por que foram necessárias três pessoas para tirá-la de cima dele.

E agora você tem medo de machucar a si mesma?, perguntou a dra. Houston.

Sim, porque a vida me fodeu ao não me deixar ninguém para amar, Angela disse a ela. A verdade, doutora, é que todo dia parece que estou passando por um ritual de castigo que devo suportar antes que me permitam morrer. Posso ficar na cama por dias, fingindo que estou morta, e gosto disso. Finalmente entendi minha mãe: ela era uma visitante tão frequente da unidade psiquiátrica que deveria ter sua própria ala. Agora sei por que ela ia parar lá todo verão. Minha mãe ouvia os demônios rindo e via a verdade. Você quer saber qual é a verdade? Pessoas felizes são apenas pessoas que ainda não aprenderam nada. Depois de saber disso, é difícil voltar para a mentira. Mas quero desaprender o que sei. Quero recuperar a fantasia. Quero voltar a dormir como as pessoas felizes.

A cada noite, Angela percebia que era mais fácil falar sobre voltar a dormir do que realmente fazê-lo. Dezoito meses depois de ela ter deixado o Harbor e dois anos e dois meses desde a morte de Corey, dormir à noite ainda era a parte mais traiçoeira de seu dia.

No escuro, Angela abriu a gaveta da mesinha de cabeceira, que estava vazia, exceto pelo que parecia ser um exemplar de capa dura de *Negras Raízes*, de Alex Haley. Mas não era. Angela usara a capa do livro para cobrir a abertura de um pequeno cofre construído em forma de livro, uma maravilha que ela encomendara de uma loja de espionagem depois que uma cliente ficara delirando sobre como estava enganando a governanta ao manter suas joias no que parecia uma lata de spray de óleo WD-40. A confissão de Corey no dia de sua morte não fora o bastante para deixar

Angela mais à vontade com a possibilidade de roubo. Ela não possuía muitas coisas que considerasse de valor, mas a morte de Corey a deixara mais decidida a não se arriscar.

O cofre em formato de livro era acolchoado por dentro. Lá havia um pequeno estojo de anel de feltro. E dentro desse estojo, o anel de ouro da vovó Marie.

Mesmo com apenas a luz do luar, Angela podia ver o brilho fulvo do anel, embaçado pela escuridão. Ela deslizou o anel em seu dedo anelar esquerdo e fechou o punho, exatamente como fizera quando Corey o devolvera. Fechou os olhos quando o metal precioso tocou suavemente sua pele.

Mãe, eu fiz uma coisa e agora tenho que consertar.

Isso era um progresso, ela pensou. No primeiro ano, ela evitara o anel. Mantivera-o seguro, sabendo que tinha sido o último presente de Corey para ela, mas Angela achava muito difícil olhar para o anel no início. No entanto, ela havia se esforçado para voltar a usá-lo. Nos dias em que não corria, ela o usava para trabalhar. Quando sua assistente, Imani, elogiara o anel algumas semanas antes, Angela dissera: *Era da minha avó*, e fora bom mencionar a vovó Marie de novo, em homenagem a ela. Quando Angela usava o anel à noite, ela acreditava que a ajudava a dormir. Nem sempre, mas às vezes. Os espíritos de sua avó e de seu filho viviam naquele anel, e ela pensava que talvez se sentisse perdida daquele jeito por não estar se comunicando com eles com muita frequência.

O amuleto da sorte de vovó Marie. O símbolo de despedida de Corey.

Lágrimas quentes lavaram o rosto de Angela, mas ela estava tão acostumada com elas que quase não as notou. Pelo menos ela não estava dobrada em soluços, com a garganta ferida. Felizmente, aquelas noites exaustivas pareciam muito distantes. As lágrimas daquela noite, como as que ela derramara na frente de Naomi, não eram o veneno amargo que a levara ao Harbor. Essas lágrimas eram diferentes.

Vá para casa, dissera a dra. Houston.

Descalça, Angela caminhou pelo carpete exuberante de seu quarto até o corredor e pelo piso de madeira da sala de estar e foi até o telefone da cozinha, pouco usado, que ficava pendurado na parede acima do balcão. Discou o número e esperou, e o telefone tocou apenas uma vez.

"Oi, Naomi", disse Angela após a animada mensagem do correio de voz. "Estou ligando para o seu celular porque já passou da meia-noite, muito tarde para incomodar você em casa. Estive pensando sobre o que você disse, e quer saber? Você tem razão. Eu preciso visitar a casa. Acho que preciso passar algum tempo lá, estando pronta para isso ou não. Se você ainda quiser vir comigo..." — sua voz vacilou. Por que essa foi a parte difícil? — "Bem, eu ficaria realmente grata. Talvez você possa vir apenas por um fim de semana ou algo assim, e eu ficarei mais alguns dias depois que você partir. Nós podemos decidir isso depois. Mas eu queria te dizer agora, antes de mudar de ideia. Vamos combinar as datas amanhã, ok?"

No momento em que Angela voltou para a cama, ela caiu no sono com facilidade, como uma criança que nunca conhecera a perda e ainda tinha que aprender a ter medo. Nenhuma voz onírica a atormentava.

Com o anel da vovó Marie em seu dedo, Angela dormiu direto até o amanhecer.

Quatro

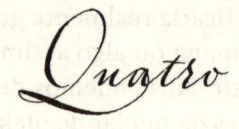

SACAJAWEA

"Aonde você vai?"

A pergunta pegou Rick Leahy de surpresa. A voz de seu filho quase passou batida porque veio da esquerda, o lado do ouvido ruim de Rick. Ele tinha acabado de tocar a maçaneta da porta do trailer que compartilhava com seus três filhos, esperando escapar despercebido, mas Sean estava jogado no sofá da sala de estar, quase invisível entre duas pilhas desorganizadas de roupas limpas. Rick não o tinha visto a princípio, mas agora era impossível não reconhecer o cabelo loiro-claro de Sean, idêntico ao de Rick na juventude, antes de seu cabelo escurecer para um tom mel na idade adulta. Sean olhava para a tela da televisão com uma tigela de cereal equilibrada sobre os joelhos.

O que Sean estava fazendo acordado às 10h de um sábado? As outras crianças ainda estavam na cama.

"Passeio rápido", disse Rick. Não era mentira, mas também não era toda a verdade. "Quer vir?"

Sean balançou a cabeça. Suas bochechas e seu queixo estavam cobertos com o que parecia ser o início de uma barba loira, precisando ser aparada. Ele sabia que Rick estava mentindo, mas ambos pareciam satisfeitos em entrar nesse jogo, sem forçar muito. Sean podia não gostar do lugar para onde Rick estava indo, mas também não havia nada que ele pudesse fazer.

"Volto em uma hora", disse Rick.

"As palavras *carma ruim* significam alguma coisa para você?", disse Sean.

Rick não tinha uma resposta de imediato para isso e não queria discutir.

"Eu gostaria de poder trazer seu amigo de volta, garoto, mas não posso", disse Rick após uma pausa, em seu tom de voz mais paciente. "De verdade, eu estou tentando entender como você se sente sobre isso. Nós apenas discordamos."

"É, tanto faz", disse Sean, o que, em outras palavras queria dizer, *é, vá se ferrar, pai*. "É a sua vida."

Rick sentia que estava contrariando o filho, uma sensação de que não gostava, especialmente depois do pesadelo que Sean vinha passando nos últimos dois anos. Mas ele também não iria conduzir sua vida de acordo com as superstições de Sean. Se fosse pelo filho, a propriedade ao lado teria sido isolada desde a morte de seu amigo Corey.

"Volto em uma hora", Rick repetiu, e se encaminhou para fora.

Castanha era o cavalo de montaria favorito de Rick, a égua de 6 anos que ele comprara logo antes de encontrar o terreno barato em Sacajawea que ele agora chamava de lar e que ocupava cinco acres de campos planos que contornavam a floresta. Ele tinha mais cinco outros cavalos: três eram seus e dois eram cavalos de corrida aposentados que aguardavam até que o dono deles em Portland conseguisse compradores ou interessados nos serviços de criação. Castanha, nome que fazia alusão à sua cor, era uma égua doce, um animal que entendia os caprichos de Rick sem muita persuasão. Rick colocou uma cesta de palha no ombro e montou o dorso do cavalo, usando como sela sob sua calça jeans gasta apenas um cobertor navajo grosso e estampado. A essa altura, depois de cavalgar por anos sem sela, ele percebeu que tinha *cojones* de ferro. Rick estalou a língua, esporeando Castanha com os calcanhares. "Vamos, garota", disse ele, e ela começou a trotar animada para longe do celeiro.

Sua irmã Bonnie dizia que ele colecionava crianças e cavalos, e talvez ela estivesse certa. Rick amava as duas coisas. Sean era seu filho biológico, fruto de uma noitada com uma mulher que, logo após o nascimento do menino, desistira dele, mas Tonya e Andres eram filhos adotivos que viviam com eles havia quase quatro anos. Miguelito, o menino de 4 anos que Rick havia adotado, fora levado no ano anterior por um tio que aparecera; a assistente social decidira que o garoto ficaria melhor com a família. Esse buraco que ficara em sua casa ainda doía loucamente. A agência havia avisado a Rick que algo assim poderia acontecer, mas imaginar a situação e de fato passar por ela eram coisas muito diferentes, era como tentar *imaginar* como seria ter a perna cortada. As crianças precisavam de um lar, às vezes apenas por um curto período de tempo, e ele voluntariamente oferecia a sua — mas se apegara muito a Miguelito. Depois que o menino foi embora, Rick trouxe os dois cavalos de corrida em vez de se candidatar para uma nova adoção. Ele faria isso em breve, talvez, mas ainda não era o momento. Os cavalos também não eram seus, mas ele sabia que o baque não seria tão forte quando chegasse a hora de eles partirem.

Acima dele, o céu encenava um conflito entre o sol fraco da manhã e as nuvens densas. Como de costume no outono, as nuvens pareciam destinadas a vencer no final, mas ainda não. Até agora, estava tão claro e quente que Rick tirou a jaqueta jeans e a amarrou na cintura. Veranico, ele pensou. Bom. Com a luz do sol queimando o orvalho da manhã, as condições eram perfeitas para seu empreendimento matinal. O solo estaria bom e seco.

A área cultivada de Rick era longa e estreita, em um ligeiro declive. A cerca que ele havia construído impedia um acesso direto para a floresta Toussaint por aquele lado, então Rick cavalgou com Castanha até o portão da frente, que estava aberto, e deu meia-volta a fim de encontrar a trilha para a floresta que ele havia aberto no solo nos últimos dois anos. Havia apenas alguns pontos que não eram muito íngremes para dar acesso a sua égua, se ele quisesse evitar ter que cavalgar todo o caminho até o fim da rua e, em seguida, seguir a mesma trilha que as crianças usavam para o Ponto. Rick não estava interessado n'O Ponto. Ele tinha seu próprio caminho, mais perto do limite de sua propriedade. A dona da casa, Angela Toussaint, tinha dado a ele permissão para cavalgar na propriedade sempre que quisesse, mas naquele dia ele não estava interessado em dar um passeio matinal. Foi sobre isso que ele mentira.

Ele queria se abastecer de ervas.

Sean chamava aquilo de roubo, mas Rick via de outra maneira. Angela Toussaint parecera uma pessoa fria quando fora à casa dele pela primeira vez e anunciara sua política de conhecer os pais de qualquer um dos amigos do filho dela, mas ela o convidara a pegar qualquer um dos presentes que a terra dela tinha para oferecer; nozes, amoras, mirtilos, maçãs ou meia dúzia de outras variedades de frutas que ele poderia encontrar se passasse um tempo andando por ali. *Caso contrário, tudo vai para o lixo*, dissera ela. Ela não mencionara o jardim de ervas abandonado atrás da casa, mas por que ele deveria ser excluído?

Castanha tropeçou e deslizou por uns quinze centímetros onde o solo estava solto e úmido na parte mais acentuada do caminho improvisado. Então ela se recompôs, e eles percorreram em segurança o trecho sob as copas dos pinheiros que sombreavam as terras dos Toussaint, o maior pedaço de floresta que restava na cidade. O caminho era tão estreito que mal era um caminho. O rosto de Rick foi açoitado por galhos finos e mortos dos quais não desviou a tempo. Ele mantinha o cotovelo levantado, protegendo-se contra os próximos galhos, que poderiam ser mais cruéis. No ritmo em que Castanha avançava, uma batida mais forte o derrubaria.

Ainda havia vãos entre os troncos e galhos que permitiam que a luz do sol entrasse e Rick visse a parte traseira da casa majestosa no cume acima dele, com todas as janelas escurecidas. Às vezes, Rick via Joseph Everly se movimentando no quintal, cuidando das roseiras ou arrancando o mato, sempre tentando recuperar a pequena clareira nos fundos. E outras vezes via uma luz acesa na casa, ou janelas abertas, sinalizando que Laurel Everly estava fazendo seu trabalho lá dentro. Mas, fora a presença dos Everly, a casa estava morta. Uma bela casa pós-vitoriana, sem vida.

Rick fantasiava sobre comprar a casa se algum dia ela fosse posta à venda, mas sabia que continuaria sonhando. Ele havia recebido a remuneração de um acordo trabalhista dez anos antes e desde então vivia como um pai atencioso em tempo integral, mas ele não poderia bancar uma casa como aquela. Deveria ter quatrocentos metros quadrados, e Sean dissera que o interior era como um museu. Além disso, Sean surtaria se ele tentasse comprar a casa dos Toussaint.

Ele queria ficar longe daquele lugar.

Aparentemente, Angela Toussaint se sentia da mesma forma, Rick ponderou. Uma baita pena.

Rick adorava coisas bonitas e desvalorizadas. Acreditava que talvez essa fosse a raiz do seu amor por crianças abandonadas. Ele não suportava ver crianças sem amor. Brigara pela guarda total de Sean depois que a desmiolada da mãe confessara que estava planejando vender o bebê loiro de olhos azuis para quem fizesse a maior oferta. E todas as crianças "achadas" dele tinham necessidades especiais. Tonya tinha 5 anos quando Rick a conhecera. Era praticamente cega, e seus olhos pretos contemplativos ficavam escondidos atrás de óculos de lentes redondas e grossas. Andres era descendente de porto-riquenhos com um enorme talento para o desenho, mas com problemas de aprendizado e um toque de transtorno de hiperatividade e déficit de atenção. Miguelito era um mexicano de pele escura, e sua etnia já era uma desvantagem em um sistema em que a maioria dos pais adotivos procurava por crianças que se parecessem mais como Sean. Apesar dos fatores que haviam feito suas crianças passarem a maior parte da infância em orfanatos, Rick sabia que os filhos eram lindos.

Lindos e desvalorizados. Assim como a mansão de Angela Toussaint.

No céu, um corvo soltou um guincho agudo para Rick. Os corvos daquela propriedade eram muito possessivos, e gorjeavam como se esperassem que ele pagasse um pedágio. Sem dúvidas, estavam protegendo seus ninhos. Este corvo estava pontual como sempre, como se fosse o ogro sob a ponte em um conto de fadas. "Vá a merda, corvo", murmurou Rick, e ouviu as asas do pássaro baterem com força, como se ele estivesse furioso.

Assim que a casa saiu da vista, Castanha diminuiu o passo, sem saber por onde prosseguir, pois o caminho de terra se bifurcava diante deles. Rick a incentivou a ir para a esquerda, passando pelo grande cedro com uma cratera em forma de coração no tronco, que servia como seu marco. Chegaram ao leito do riacho, cuja margem era repleta de framboeseiras e cavalinhas. As águas impetuosas começavam a rejuvenescer após as chuvas de outubro. No verão, essa parte do riacho secava até quase desaparecer, embora nunca tenha desaparecido por completo. Castanha pulou no riacho raso e atravessou até o outro lado, e os pinheiros deram lugar a amieiros vermelhos e áceres de folhas grandes, e então a uma pequena clareira.

Lá, Rick viu uma configuração torta de três postes de madeira escurecidos pelo tempo que iam até a sua cintura. Não havia cerca, e os mourões restantes, envoltos em trepadeiras e capim, provavelmente estavam ali desde a época da Grande Depressão. Em outros tempos, Marie Toussaint devia ir muitas vezes ao jardim para cuidar de suas ervas, porque as plantas ainda cresciam desenfreadamente em cachos que pareciam mais abundantes próximos da cerca. Rick encontrara o jardim de ervas por acidente durante um de seus primeiros passeios ali e se animara com a descoberta.

Havia uma grande variedade de ervas ali. Ele logo avistou os pés de manjericão, com seus caules peludos e flores branco-amareladas. Dava para sentir o cheiro de manjericão a um quilômetro de distância. Não muito longe dali, mais perto do riacho, ele viu um aglomerado de valerianas em flor. E um arbusto de rainha-do-bosque crescendo atrás de um dos postes da cerca. E também alguns caules finos de endro quase sem folhas. Seus olhos também captaram as lindas e grandes flores amarelas dos verbascos, aquecendo-se à luz do sol. Cerca de dez metros a leste, ele viu alguns grandes pés de sabugueiro, reconhecíveis por suas pequenas flores branco-amareladas e pelos cachos de frutinhas roxas, quase pretas. Tudo crescia por conta própria, algumas delas fora de época. As plantas não se importavam com o calendário. Aquele era o paraíso das ervas.

"Hoje será uma boa colheita", disse Rick, desmontando.

Ele desamarrou o cordão de couro da cesta e a abriu, tirando suas luvas de trabalho sujas, uma pequena faca de aparar e a foice de ponta afiada que usava para colher ervas. Depois de coletar e secar aquelas plantas, ele faria chás que ajudariam ele e seus filhos a lidar com dores de cabeça, indigestão, prisão de ventre, insônia, ansiedade e qualquer outro sintoma que um resfriado ou gripe pudesse apresentar. Sem contar que o manjericão tinha um gosto ótimo, era o ingrediente secreto das receitas favoritas de espaguete e frango com ervas de seus filhos.

De alguma forma, o manjericão que ele cultivava em sua horta não tinha o mesmo sabor e ele não conseguia fazer a valeriana crescer a partir das sementes. Além disso, nenhuma outra erva cultivada localmente ou comprada em mercados oferecia algo próximo à potência das que ele encontrava na propriedade dos Toussaint. Quando ele e seus filhos pegaram gripe no verão anterior, eles se curaram em apenas um dia. As pessoas na cidade diziam que a velha Toussaint era famosa por seus chás e agora ele sabia por quê.

Talvez fossem os nutrientes do solo. Fosse o que fosse, Rick riu ao imaginar a bela grana que ganharia se tivesse coragem de plantar algumas centenas de sementes de maconha ali no jardim de ervas abandonado dos Toussaint. Ele teria um verdadeiro império. Melhor do que ganhar na loteria, pensou.

Mas isso era só um pensamento inútil. Rick abandonara a maconha no mesmo momento em que desistira da faculdade, quando se viu responsável por criar um filho. Se ele tivesse uma veia empreendedora, faria um acordo com Angela Toussaint para cultivar mais ervas ali, cultivá-las e comercializá-las, mesmo que fosse apenas para uma clientela local. Caramba, pela maneira como as pessoas na cidade falavam, ele poderia ganhar dinheiro apenas usando o nome da mulher: *os chás mágicos de Madame Toussaint!* Usaria a foto de Marie na caixa. Ele podia ver isso dando certo.

Mas Rick Leahy tinha mais ideias do que motivação ou disciplina. Se ele não tivesse perdido a audição do ouvido esquerdo depois que uma empilhadeira o atingira no pátio de seu antigo emprego na Califórnia, provavelmente ainda estaria trabalhando lá, fantasiando sobre fugir e odiando cada minuto daquela situação. Mas Deus protege as crianças e os tolos, algo assim, diz o velho provérbio. Sua irmã contratara um bom advogado, e ele saíra com 500 mil dólares, mesmo depois de pagar honorários advocatícios e impostos. Bonnie sempre dizia que alguém com atitude teria, no lugar dele, investido aquele dinheiro e feito algo com ele, mas Rick estava feliz com seu pequeno pedaço de terra, seus filhos e seus cavalos.

Ao lado dele, Castanha bufava, inquieta. Seus cascos chegaram muito perto do endro, então Rick a guiou a uma distância segura de seu esconderijo, prendendo as rédeas dela na interseção em Y de um galho grosso de um tronco de amieiro que estava caído ali. Folhas secas estalavam sob suas botas enquanto ele caminhava de volta até o endro, onde sua cesta estava esperando. Um bom lugar para começar, como qualquer outro, ele decidiu.

Outro pássaro guinchou, e quando Rick ergueu os olhos, percebeu um corvo empoleirado em cada um dos três postes, todos olhando para ele com uma convincente imitação de seres inteligentes. Seus olhos pretos não piscavam, parecendo seguir os movimentos dele. Esquisito. Ele não conseguia se lembrar de uma única vez que tivesse ido ali e os corvos não tivessem se reunido no jardim para vigiá-lo. Ainda assim, ele não conseguia localizar os ninhos. "Ah, vejo que você trouxe amigos hoje", disse Rick com a voz alegre. "Bem, foda-se você e os seus amigos também."

Um mosquito zumbiu no ouvido direito de Rick, e ele distraidamente deu um tapa nele antes de começar sua busca pelas frutas com nervuras nas plantas de endro, que precisavam estar maduras o suficiente para serem úteis. Tinha que ser marrom, e a maioria ainda não estava pronta, mas uma parte estava. Boas o bastante. Os caules floridos também eram um bom remédio.

Uma música dos Doobie Brothers surgiu em sua cabeça, então ele cantou "Black Water" baixinho para sua égua, as árvores e os corvos. *"I wanna hear your funk in Dixieland... hey Mama, won't you take me..."* Ele tinha certeza de que estava destruindo a letra, como sempre, um defeito do qual Sean tirava sarro. Mas ele conhecia a melodia, e essa música sempre o levava de volta à sua infância em Santa Cruz. Assistindo a *Dias Felizes* com sua irmã, que tinha uma queda por Chachi. Comendo balinhas Now N' Laters. Ele quase podia sentir o gosto do doce em sua língua, picante e doce. *"By the hand, hand... gonna take your hand, little Mama... gonna dance with your daddy..."*

Rick achava que estava de bom humor, então a tristeza o pegou de surpresa.

Tivera sua cota de maus bocados na vida e aprendera a ignorá-los como parte da rotina. Ele consertava as coisas. Se fosse algo que não podia consertar, como a perda de Miguelito, ele derramava suas lágrimas e aprendia a conviver com o fato. Sempre dizia que esse seria seu segredo para a longevidade. Mas depois de quinze minutos coletando ervas, logo depois de passar do endro para a raiz de valeriana que dava a Andres, em pequenas doses, a fim de ajudá-lo a acalmar a mente à noite, Rick percebeu que se sentia tão triste que seus músculos ficaram pesados.

Parecia que ele tinha levado um chute no estômago, tamanho era o nó que sentia em seu interior, fruto da tristeza. A mudança foi tão gradual que ele nem percebeu que já estava à beira das lágrimas.

Rick parou de cantar. O que diabos estava acontecendo com ele? Ele ergueu os olhos dos pequenos montes de solo de onde havia arrancado as valerianas e olhou ao redor. Um corvo havia voado, mas dois ainda permaneciam, olhando. Os corvos não o divertiam mais.

"Vão embora!", exclamou ele, jogando uma pedra no poste mais próximo. Rick tinha um bom braço, então o acertou em cheio. Com gritos desagradáveis, os dois pássaros saíram voando. Mas eles não foram longe. Rick podia ouvi-los no topo das árvores; provavelmente todos os três estavam lá em cima. Ou mais.

Rick então viu em sua mente uma imagem. Mas não exatamente. Era mais como reviver o momento em que vira a imagem pela primeira vez, nítida e clara: os braços escuros de Miguelito estendendo-se para ele do abraço da assistente social no dia em que ela e o tio do menino foram buscá-lo. Eles haviam feito a transferência aos poucos, deixando o tio passar um tempo com Miguelito nas semanas anteriores à mudança, e Miguelito parecia gostar do sujeito, o que fora um alívio para todos eles. Eles haviam ensaiado as gentilezas na sala de estar, ele e as outras crianças fingindo que estavam cumprimentando o tio de Miguelito, magro e com a cara marcada, como um bom amigo, porque a assistente social achou que seria menos traumático dessa forma. Mas quando chegara a hora de Miguelito ir embora, o garoto soltara gritos feridos, os braços estendidos, os olhos castanhos implorando enquanto chamava por Rick. Lembrando-se do horror daquele instante, Rick sentiu as lágrimas inundarem seus olhos. Sua visão ficou turva.

"Filho da puta", disse Rick, sentindo o gosto de sua angústia outra vez. Primeiro o amigo de Sean dera um tiro na própria cabeça, então eles perderam Miguelito um ano depois, quando um tio se materializara do nada. "Quem diabos nós irritamos? Você pode me dizer que porcaria é essa?"

Ele não sabia com quem estava falando, mas tinha certeza de que alguém poderia ouvi-lo. Deus, talvez, o orquestrador de tudo isso. Em vez de dar alívio a Rick, essa sensação tornou sua dor e raiva mais agudas. Qual era o sentido de tentar espalhar o amor e fazer a coisa certa se no final não dava em nada? Qual era o objetivo de tudo isso?

Fosse o que fosse — fosse *quem* fosse —, Rick estava sendo observado naquele momento. Ele sabia disso.

"Desgraçado!", gritou ele de repente, quase perdendo o equilíbrio. Ele nunca tinha se sentido tão zangado, e o grito rasgou sua garganta. Sua voz fleumática e alterada ecoou profundamente no coração da floresta sombria diante dele, em direção ao Ponto e aos locais que ele raramente explorava. "Sua vadia desgraçada e sem coração! Vá foder a vida de outra pessoa! *Eu fiz a minha parte!*"

Saliva jorrava de sua boca. Ambos os punhos estavam fechados, duros como pedra. Ele queria machucar alguém, talvez matar algo. Rick respirava furiosamente.

Então, o momento se desfez. Rick ficou agachado ao lado da cesta, com a mente limpa, o humor terrível melhorou e ele ouvia os zumbidos e assobios dos insetos ao seu redor. O que diabos foi *isso*? Ele ainda podia ouvir seu último grito reverberando pela floresta. Palavras de um estranho em sua voz. Em um espaço de poucos minutos, ele deixara de cantar os Doobie Brothers e começara a gritar como um lunático. Suas axilas estavam úmidas, coçando desconfortavelmente.

As palavras carma ruim *significam alguma coisa para você?*

Pela primeira vez, as palavras *carma ruim* significaram muito para Rick Leahy. Ele começou a se sentir preso em uma rede, como se os galhos das árvores ao seu redor servissem de teia. Era quase como se ele não pudesse sair dali quando tivesse acabado o que fora fazer — e esse pensamento logo fez os pelos em sua nuca eriçarem. Rick nunca tinha sido claustrofóbico, dentro ou fora de casa, mas agora ele entendia o que aquela aflição significava. Ele se sentia preso.

"Isso é loucura. Na verdade, estou aqui sentado e chateado por absolutamente nenhuma razão", disse. Ele tentou usar um velho truque que aprendera quando criança, quando tinha pesadelos, de usar sua voz como garantia, como uma janela para a razão. Estimulado por sua onda de racionalidade, Rick riu de si mesmo. "Você está deixando os joguinhos mentais de Sean te afetarem. Assim não dá, Leahy."

O que aconteceu a seguir não tinha acontecido com ele quando era criança nem em qualquer outro momento.

No início, o som rascante que ele ouviu nas folhas atrás dele soou como o ruído da passagem apressada de um pequeno animal. Um coelho, um esquilo, talvez até um cervo. O som o assustou porque estava bem perto — dez metros, talvez quinze —, mas ele não viu nenhum movimento. Castanha, sentindo a mudança de seu humor, bufou, dando passos hesitantes para a frente e depois para trás, tanto quanto suas rédeas amarradas permitiam.

"Calma, garota", Rick disse a ela, na verdade falando para si mesmo.

O som surgiu de novo, um pouco mais alto desta vez, embora não tão próximo, e vinha da direção oposta. Rick virou a cabeça. Nada além da floresta à sua frente, onde era mais densa, longe de quaisquer clareiras, jardins ou caminhos batidos. Onde a luz do sol quase não batia.

Um homem pode ter feito aquele som. Ou algo maior.

"Sr. Everly?", chamou ele.

O zumbido do mosquito em seu ouvido foi ensurdecedor desta vez, e Rick deu um tapa na orelha com tanta força que doeu. Então, sua mão congelou onde estava, só que Rick não se sentiu aflito. Ele se sentiu entorpecido. Sua mão esquerda estava levantada e ele tinha batido na orelha *esquerda*. Fazia dez anos que ele não ouvia um som sequer naquele ouvido, e ainda assim ele tinha acabado de ouvir um mosquito zumbindo ali, um zumbido alto e forte.

"Que porra é essa...?", sussurrou ele.

Rick estalou os dedos perto do ouvido, esforçando-se para ouvir, mas o som era indistinto, sua orelha direita o enganava ao compensar. O espaço morto em seu lado esquerdo continuava lá. O juiz havia decidido que ele tivera *perda permanente de audição*, e Rick recebera os 500 mil dólares para justificá-la. Mas ele tinha ouvido algo ali um momento atrás. Um mosquito ou algum inseto. Alguma coisa.

O coração de Rick disparou, e ele se sentiu tonto com o fluxo de sangue que correu para sua cabeça. Ele não sabia o que estava acontecendo naquela manhã, mas não gostou. Nem um pouco. Também não esperaria para ver se iria gostar. Ali ele estava distante de todos. Ele podia gritar até ficar rouco e ninguém o ouviria.

"Sabe de uma coisa, Castanha? Acho que estou quase pronto para..."

Ele não terminou a frase, porque o barulho havia recomeçado, um movimento de folhas secas raspando o chão da floresta. Mas desta vez, mesmo com a orelha ruim, ele não se enganou: não era um coelho, um cervo, um homem ou qualquer outra coisa viva. Isso era muito mais alto, maior. A massa de folhas se moveu com um assobio contínuo e farfalhante, houve uma breve pausa e, em seguida, o movimento se iniciou outra vez. O ruído era como se alguém, com uma vassoura impossivelmente grande, varresse, varresse, varresse, bem devagar. Um grupo largo de folhas pareceu se mover ao mesmo tempo, como se o solo as sacudisse com certa ordem. Não havia nenhuma brisa, então não poderia ser o vento. O que era, então? Rick observou com os olhos fixos, mas não viu nenhum movimento em qualquer lugar em seu campo de visão. Mas ele ouvia, e isso era o suficiente. Ele ouvia o som rascante.

Vindo direto na direção dele, de algum lugar na floresta.

O sangue foi direito para o rosto de Rick. Ele se levantou de um salto, abandonando a cesta e as ferramentas. Libertou as palmas das mãos suadas das luvas, ainda respirando com dificuldade. Castanha relinchou quando ele se aproximou dela, com os olhos arregalados, e ele a silenciou enquanto um suor de nervoso gotejava em seus olhos. Ele acariciou o nariz e o focinho dela, estalando a língua e dizendo que ela era uma boa menina. Castanha puxava tanto que ele teve dificuldade em desamarrar as rédeas e, quando o fez, temeu que ela não ficasse parada para que ele pudesse montá-la.

Os cavalos eram super neuróticos, mas isso não era do feitio de Castanha. Ela estava com medo, do jeito que ficaria se eles estivessem cercados por uma matilha de lobos. Usando o amieiro como apoio, Rick se lançou sobre o lombo da égua, pousando com força. Seus testículos queimaram de dor. Depois de fazer um semicírculo confuso, Castanha virou-se em direção ao riacho, voltando por onde tinham vindo. "Vamos, garota", disse ele, e o homem e a égua começaram a fugir do jardim de ervas de Marie Toussaint. Algum tipo de pássaro, talvez um dos corvos, uivou atrás deles.

Rá-rááááááááááááááááááááááá

Por um terrível instante, o grito soou exatamente como o de Miguelito no dia em que o levaram embora. O puro instinto fez com que Rick ficasse ereto e olhasse para trás. Ele viu apenas sua cesta, os postes da cerca na clareira e as sombras na floresta. Os pelos nos braços de Rick ficaram arrepiados, e ele bateu os pés em Castanha para fazê-la ir mais rápido, curvando-se perto de sua crina. "Jesus... Aquele *não era* Miguelito", murmurou ele uma vez, depois duas, e logo acreditou naquilo.

Na metade do caminho para casa, quando ele não podia mais ouvir os sons estranhos das folhas se arrastando pelo chão ou dos pássaros papagueando gritos humanos — e enquanto encontrava um consolo rápido na ideia de que tinha imaginado a maior parte do que tinha ouvido —, Rick xingou a si mesmo por deixar a cesta de ervas para trás. Ele estava com uma dor de estômago terrível, e uma xícara de chá de endro cairia muito bem.

Cinco

Duas semanas depois
Sexta-feira

A estrada Ocean Beach, em Longview, conduzia os motoristas pela cidade sob os topos de colinas pontilhadas de casas luxuosas, meio escondidas atrás de árvores de folhas perenes. Como as ruas estavam escorregadias por causa das chuvas dos dias anteriores, o sol do meio-dia fazia o asfalto da rodovia de quatro pistas brilhar como se estivesse coberto de vidro.

O cenário à beira da estrada, porém, era menos impressionante: Ocean Beach era ladeada por redes de fast-food, mercearias e shoppings. Taco Bell. Starbucks. Restaurantes chineses. McDonald's. Walmart. Video King. As lojas pareciam mais lotadas do que Angela se lembrava, mas a cidade de 35 mil habitantes não parecia ter mudado muito, e continuava existindo muito bem sem ela, obrigada. Ela e Naomi logo passariam pela parte mais pitoresca — a afluência histórica do Old West Side e do Lago Sacajawea —, mas Angela não tinha ido a Washington para ficar passeando por Longview. No sentido mais literal, ela estava apenas de passagem.

Ela e Naomi haviam chegado ao Aeroporto Internacional de Portland uma hora antes e pegado o Ford Explorer que haviam alugado para a parte terrestre da viagem após o voo de duas horas. Chegar à cidade de vovó Marie, como sempre, era nada menos que uma expedição, e Angela, quando ia para lá, sempre se sentia um pouco como a nativa-americana que tinha o mesmo nome da cidade, Sacajawea. Depois de cruzarem a ponte do aeroporto de Portland para dirigir para o norte, entrando no estado de Washington, a maioria dos sinais de assentamento desapareceu, restando uma usina nuclear e placas de rodovias espalhadas que interrompiam campos, casas de fazendas, quilômetros de vegetação e uma cidade em frente à rodovia, chamada Kalama, que evocava imagens de um cenário de filme dos anos 1950, com outros poucos lembretes de que elas ainda estavam no século XXI. Era bonito, tudo bem, sobretudo em dias de sol como aquele, com as folhas de outono em seu esplendor, mas no fundo Angela era uma garota da cidade grande. Seus olhos eram cautelosos com os espaços abertos, estavam acostumados às distrações feitas pelo homem. Longview ficava a cerca de uma hora de Portland, e incontáveis deslocamentos em Los Angeles demoravam o mesmo tempo — mas, por algum motivo, a viagem até ali sempre parecia mais longa.

Naomi estava dormindo no banco do passageiro, segura com cinto de segurança, e com seu poodle miniatura preto, Onyx, aninhado a seus pés. Angela não gostava daquele cachorro — até poderia respeitar um pequeno terrier, mas um poodle? Ela e sua amiga chegaram perto de ter sua primeira discussão séria quando Naomi insistiu em levá-lo. Angela cedeu, lembrando que as pessoas que ficavam muito tempo longe de casa, como Naomi, quase sempre precisavam de algo que lhes transmitisse segurança, e Onyx era o que lhe proporcionava isso. Se ele estivesse com ela, não importava onde, Naomi se sentia em casa. Angela invejava isso e entendia o valor do cachorro, mesmo com aquela tosa ridícula. A coleira roxa era cafona, mas pelo menos Naomi não enfeitava Onyx com lacinhos cor-de-rosa.

Por enquanto, Angela estava feliz que o animal de estimação e a dona estavam dormindo. Ela não queria que Longview chamasse a atenção de sua amiga de nenhuma forma — *Ah, garota, podemos parar um pouco e beber um* latte*?*, ou *Ei, isso é um restaurante de comida tailandesa?*, ou *Onde fica aquele lago, Angela? Vamos parar e levar Onyx para uma caminhada.* Angela estava adiando aquela visita a Sacajawea havia muito tempo, mas depois que decidira fazê-la de uma vez por todas, mal conseguia pensar em outra coisa. O nervosismo ainda vibrava por dentro, e ela havia sofrido durante aquelas costumeiras noites infernais, mas, acima de tudo, sentia-se ansiosa. Ansiava por ver a casa da vovó Marie, a janela redonda do sótão, a nogueira, todas as referências de sua infância. Até mesmo a dor que a esperava ali era mais intrigante do que assustadora. Nas últimas semanas, ela aprendera a ver seu retorno ao local da morte de Corey como qualquer outro desafio que enfrentara em sua vida — algo que ela poderia vencer. E mesmo se estivesse errada, se não pudesse salvar nada da alegria que já sentira na casa da vovó Marie, pelo menos saberia disso e guardaria essa certeza. A força dessa certeza colocaria um fim naquele limbo.

Faltavam trinta minutos de viagem. Quase lá. O coração de Angela já estava acelerado.

"Não acredito que estou voltando para cá", sussurrou ela, maravilhada com sua coragem. "Deus te abençoe, Naomi. Tenho uma grande dívida com você. Eu vou trabalhar pra caralho por você. Esse primeiro milhão é apenas o começo."

Naomi, ainda dormindo, respondeu com um ronco delicado.

A cidade transformou-se em campo em um piscar de olhos. A estrada Ocean Beach virou a estrada estadual Quatro, diminuindo para uma faixa estreita em direção ao oeste, fora dos limites da cidade de Longview. Logo começaram a aparecer os comboios de caminhões madeireiros, alguns em pares, outros em grupos de quatro, cada um com uma dúzia ou mais de árvores grossas recém-cortadas amarradas a eles, sem galhos e com seus núcleos de seivas alaranjadas expostos. As árvores eram longas e de alguma forma tinham uma aura orgulhosa, apesar de seu estado decaído. Os shoppings foram substituídos por canais pantanosos em ambos os lados da estrada, até que o terreno ficou mais íngreme no lado norte, transformando-se em cristas rochosas onde caíam pequenas cachoeiras de água da chuva espumosa. PERIGO, ROCHAS, advertia uma placa amarela na rodovia. Uma cerca fora colocada em alguns dos cumes para manter as rochas no lugar e evitar que escapassem e acertassem o para-brisa dos carros. No lado sul, a água foi ficando menos pantanosa, alargando-se até convergir com as águas marrom-esverdeadas do rio Columbia. Se continuasse em frente, Angela acabaria no oceano Pacífico, mas isso levaria algumas horas e aquele não era seu destino. Sacajawea ficava a apenas cinquenta quilômetros de Longview. Estava perto.

Como sempre, Angela segurou o volante com mais força na estadual Quatro, atenta a pedras caindo, animais selvagens atravessando a pista e uma dúzia de outros perigos que assolavam aquela estrada. Uma placa avisava que a velocidade deveria ser reduzida para cinquenta quilômetros por hora por causa de uma curva que estava próxima. De agora em diante, Angela sabia, a estrada exigiria concentração total.

Seguindo uma das curvas acentuadas da estrada, Angela se animou ao ver um novo ângulo da água à sua frente, uma reminiscência do oceano que ela nunca alcançaria. Do outro lado do rio, no lado do Oregon, as águas eram contornadas por montanhas que quase se fundiam com as nuvens que pairavam acima delas. As nuvens estavam escuras, carregadas com a água da chuva não derramada, mas suas bordas brancas ainda brilhavam como algodão, iluminadas pelo sol do meio-dia. Gaivotas e outras aves marinhas giravam em torno umas das outras, algumas delas tão distantes que eram como pequenos borrões. Aquilo era lindo.

"Naomi", disse Angela. "Acorde. Você vai querer ver isso. Estamos quase chegando."

Piscando, Naomi olhou para a paisagem. "Nossa, é tão bonito. É aqui que sua avó morava?"

"É bem perto daqui."

"Não é de se admirar que ela não se importasse em ficar isolada aqui no meio do nada."

"Não é tudo isso", disse Angela.

Naomi se contorceu como uma criança animada. "Isso vai ser como ir a um spa, hein? Pousada Toussaint."

Por que não? Angela adorava a banheira no quarto do andar de cima, a janela panorâmica da sala de estar era perfeita para observar cervos enquanto se estava em frente à lareira, e ela e Tariq haviam instalado uma banheira de hidromassagem na varanda dos fundos, uma das últimas melhorias que haviam feito na casa. As pessoas pagariam um bom dinheiro para visitar um lugar como aquele. "Sim", disse Angela, sorrindo. "Espero que sim."

Sua mãe costumava dizer que a esperança nada mais era do que uma dor no peito que ainda não havia se manifestado. Mas Angela ainda era viciada nisso. Ela nunca aprendeu a desistir.

A kombi de Tariq estava estacionada na beira da travessa Toussaint.

"Jesus", disse Angela, pisando no freio. Seu coração deu um salto.

"O que houve?", perguntou Naomi. Onyx estava olhando pela janela com a devoção eufórica de um cachorro, e o abraço de Naomi foi o que o impediu de cair no chão após a freada repentina.

"Tariq está aqui. Essa é a kombi dele", disse Angela. Ela a fitou, como se achasse que o veículo iria desaparecer se ficasse olhando para ele. Aquilo não fazia sentido. "Que porra ele está fazendo aqui?"

"Calma, Angela. Olhe bem para a kombi", pediu Naomi com uma calma incomum. "Tariq não está usando aquele carro, a menos que esteja dirigindo por aí com dois pneus furados. Está vendo?"

Os olhos de Angela seguiram o dedo indicador de Naomi. A kombi estava torta para um lado: tanto os pneus dianteiros quanto os traseiros estavam vazios no lado voltado para a rua. O chão perto das portas estava cheio de latinhas de alumínio e embalagens de comida. Os jovens de Sacajawea estavam tratando a kombi como um veículo abandonado, provavelmente usando-a como ponto de encontro, um lugar para namorar e Deus sabe o que mais.

Quando Angela expirou, ela sentiu como se o homem de 130 quilos que decidira sentar-se em seu peito tivesse se levantado e ido embora. Agora, seu coração estava disparado outra vez. Ela desejou que a sra. Everly tivesse avisado que a kombi ainda estava estacionada ali.

"Você tem razão. Ele deve ter deixado o carro aqui. Provavelmente está aqui desde..." Desde o Quatro de Julho, calculava sua mente. Ela deve ter sido a última pessoa a dirigir aquela kombi, quando fora ao mercado comprar mais gelo para a festa. Ainda não tinha chegado à casa, e as memórias eram potentes o suficiente para assustá-la.

Não, não seria como ficar em um spa.

Naomi reprimiu uma risada. "Queria que você tivesse visto a sua cara quando pensou que ele estava aqui. Eu sei que não é engraçado, mas eu não gostaria de ser aquele homem se ele realmente estivesse na sua casa."

"Não, você não gostaria mesmo", disse Angela, lembrando-se da revista *Soldier of Fortune*. Seu tom de voz era venenoso.

Os lábios de Naomi se curvaram de brincadeira, mas seus olhos brilharam de preocupação. Ela deu um abraço rápido em Angela. "Você vai ficar bem agora?", perguntou ela.

Angela balançou a cabeça. "Eu sinto muito. Eu não desejo que ninguém sinta o que sinto por ele. É uma coisa que te devora. Não há nada pior nesta terra do que um mentiroso."

"Eu entendo."

As duas lutaram para subir os degraus de pedra com as malas, enquanto Naomi segurava a coleira de Onyx com força para que ele não saísse correndo. Apesar de estarem em boa forma, as duas mulheres respiravam pesadamente quando chegaram ao topo. Essa era a parte mais difícil de visitar a casa da vovó Marie: subir os 21 degraus, e ainda carregando a bagagem. Angela se lembrava de, quando criança, olhar da travessa Toussaint em direção à casa e sentir como se fosse subir ao topo do pé de feijão.

"Esses degraus não são brincadeira." Naomi bufou, caindo no banco de madeira branco da varanda. Onyx, latindo loucamente, enrolou a coleira nas pernas dela enquanto corria ao seu redor.

"Desculpe, eu... *merda*..." Angela quase deixou cair a bolsa na qual procurava pela chave da casa da vovó Marie.

Se ela estivesse no tribunal naquele momento, ela teria jurado que estava vendo os ombros enormes de Tariq aparecerem no canto da varanda, no lado direito da casa, onde um caminho pelo jardim levava ao pátio dos fundos. Ela teria jurado que podia ver seu rosto enquanto ele se aproximava dela. Mas em vez disso, seus olhos superaram sua imaginação e ela percebeu que era apenas Joseph Everly, com os cabelos brancos rareando, vestindo um macacão e equilibrando uma escadinha no ombro. A altura do sr. Everly não chegava nem perto da de Tariq, mas talvez a escada tivesse causado aquela impressão. Um bigode de suor se formara acima do lábio superior do sr. Everly. Sardas ou manchas senis, ela não tinha certeza do que eram, salpicavam a cabeça careca dele.

Não era à toa que Onyx estava latindo, Angela percebeu. Ele o ouvira chegando. Ou sentira seu cheiro.

"Desculpe, Angie, não tive a intenção de aparecer de fininho", disse Everly. Ele tinha dentaduras novas e brilhantes, que se ajustavam tão bem à boca que pareciam subtrair alguns anos de seu rosto, embora seu andar tivesse uma qualidade hesitante que indicava sua idade. "Bem-vinda ao lar, minha filha. Sentimos sua falta."

"Senti saudades de todos vocês também, sr. Everly", disse Angela.

"Vejo que você trouxe um cão de guarda desta vez. Como vai, senhorita?" O aceno de cabeça do sr. Everly na direção de Naomi foi educado, mas ele claramente não tinha ideia de quem ela era. Agora solto por Naomi, Onyx correu para farejar freneticamente os tornozelos do sr. Everly. Assim que as apresentações terminaram, o sr. Everly apoiou a escada contra a casa e enxugou o suor do rosto com uma toalha que estava no bolso da frente, e que era tão suja que Angela achou que fosse manchar o rosto dele. "Eu queria te encontrar assim que você chegasse, Angie. Odeio receber qualquer pessoa com más notícias, mas acho que isso não pode esperar."

"O que houve?", perguntou Angela, com o coração já apertado. Será que algo acontecera com a esposa dele?

O sr. Everly acenou para que ela saísse da varanda. "Venha comigo um minuto. Tenho que te mostrar uma coisa."

Ele parou diante do tronco maciço e viscoso da nogueira-preta, que ainda tinha a maior parte de suas folhas, embora as árvores menos resistentes do quintal já tivessem começado a trocar as suas. Com as unhas sujas de terra, ele apontou para o centro do tronco. "Está vendo isso? Venha olhar direito. Esta árvore vai precisar ser derrubada."

Uma deterioração em formato de V cortava o tronco da árvore direto no centro, e havia espaço quase suficiente para uma pessoa adulta caber dentro da fenda crescente. Era um milagre que a árvore ainda não tivesse se desfeito. Assim que ela se partisse totalmente, um lado enorme cairia sobre a casa. A árvore ainda estava de pé, mas já estava quase morta.

Merda, merda, merda.

A casa da vovó Marie iria parecer nua sem aquela árvore. Suas folhas sombreavam a frente da casa, cobrindo o telhado da varanda com frutinhas verdes que, uma vez abertas, revelavam nozes macias por dentro. A janela do quarto do segundo andar de Angela dava para aquela árvore quando ela era criança, e ela pensara muitas vezes em usar os galhos robustos para encenar uma fuga ousada durante a noite. Ela nunca tinha tentado, mas sempre se sentira tranquila por saber que podia. E uma vez, após uma discussão, Myles Fisher subira naquela árvore na madrugada para implorar a ela que fosse ao baile de formatura com ele. Angela dissera sim, e eles fizeram amor na noite do baile. Aquela árvore era sua companheira havia muito tempo.

Além disso, vovó Marie lhe dizia que o espírito de sua avó morava naquela árvore e que ela própria descansaria entre seus galhos depois que morresse. Parecia um desejo fantasioso na época, mas, de alguma forma, não parecia mais.

"Eu sinto muito, minha filha. Tenho certeza de que esta árvore significa muito para você."

"O que aconteceu?", perguntou Angela, passando os dedos pela área apodrecida, escura e úmida.

"Não acho que seja uma coisa só. Acho que o fator principal é a idade, Angie. Uma hora ela chega para todos nós. As árvores vivem muito tempo, mas não para sempre. E agora que a chuva começou de novo, esta já não aguenta o próprio peso."

"Quero passar alguns dias com ela. Você pode esperar até que eu saia para retirá-la?"

"Pode ser, mas não demore muito. Ela faria um buraco feio na casa. Não podemos deixar a chuva agir nela por muito tempo. Já está pior do que da última vez que estive aqui, e o vento está ficando mais forte, especialmente à noite."

Naomi não disse nada sobre aquele diálogo quando Angela voltou à varanda para destrancar a porta da frente, mas Angela teve a impressão de que algo na testa franzida de sua amiga dizia: *Não acredito que vocês estão fazendo tanto drama por causa de uma árvore doente.*

Pessoas da cidade, pensou Angela.

"A propósito, Angie", disse o sr. Everly do quintal enquanto ela abria a porta. "Acho que fazia tanto tempo que você não vinha aqui que não deve ter ouvido falar sobre o que aconteceu com seu vizinho."

Considerando as más notícias no início de sua visita, o retorno de Angela para casa fora melhor do que ela esperava. Ter Naomi junto era uma grande ajuda, uma distração. Servindo como guia turística da amiga, Angela foi capaz de ver a casa com novos olhos, sem se deter nas memórias de Corey preservadas em cada cômodo. As exclamações de Naomi davam a ela novos sentimentos de alegria a cada curva: *Sua avó parece uma princesa guerreira de Ashanti nesta foto, e olhe para aquele belo homem ao lado dela. Angela, esse piano é* maravilhoso! *É tudo mobília original na sala de estar? Essa bomba d'água na cozinha funciona mesmo? Aposto que esses livros da biblioteca devem ter uns cem anos. Amei as pias pequeninas nos quartos — eu nunca tinha visto isso antes. Angela, você nunca me disse que esta casa era tão grande. Se você for vendê-la, me ligue primeiro.*

O entusiasmo de Naomi era contagiante. Ela amou o assento almofadado da janela no patamar do segundo andar, posicionado para que se olhasse na direção dos quatrocentos metros de distância que separavam a casa do centro de Sacajawea e do rio além dele; ela amou o antiquado sofá-cama em um dos quartos de hóspedes, as cortinas com babados, os desenhos entalhados que decoravam o corrimão de madeira, os azulejos xadrez preto e branco da cozinha, a coleção de estatuetas de porcelana, o cheiro de cedro e lavanda que pairava na casa. Adorou os detalhes da casa que Angela deixara de ver até aquele momento em que Naomi a lembrou deles: os tetos abobadados em pontos estratégicos, os mosaicos gregos feitos nas bordas do piso da sala de estar e da biblioteca, a grande despensa ao lado da cozinha que evocava outra época, o canto ensolarado para tomar o café da manhã que mais parecia um pátio com todas aquelas janelas grandes, até mesmo o papel de parede velho e desbotado na escada, estampado com buquês de flores rosas decorados com minúsculos laços dourados. Naomi não perdeu uma única manifestação de grandeza na casa de vovó Marie. O tour durou uma hora inteira.

Angela evitou os pontos problemáticos, é claro.

A adega no final do saguão permanecia na sombra, a porta firmemente fechada. Angela ficou feliz ao notar que a sra. Everly havia trancado a porta do quarto de Corey, e Naomi teve o bom senso de não pedir a ela que a abrisse. Angela sentiu uma dor quando passaram pela porta branca de Corey — a porta do quarto que tinha sido dela na época colégio, mas que seria de Corey para sempre. Mais uma vez, a distração a fez passar por aquele momento com graciosidade. Ela entraria lá, sabia disso, mas não agora. Não hoje. Angela mostrou a Naomi o quarto que Tariq estava usando e ficou feliz ao ver que, embora a kombi dele ainda estivesse estacionada lá fora, todos os outros vestígios de sua presença haviam sido removidos pela sra. Everly ou pelo próprio Tariq. Agora havia apenas uma cama feita e móveis de vime. Graças a Deus pelas pequenas bênçãos, ela pensou.

Mas Angela não ficou feliz com tudo que viu. O grande quarto no andar de cima que servia como espaço de armazenamento — um depósito para móveis, lixo e papéis coletados por Angela, sua mãe, vovó Marie e provavelmente até mesmo por Elijah Goode — ao que parece não era arejado havia algum tempo, e o cheiro bolorento penetrou por baixo da porta fechada antes que Angela a abrisse para mostrar o cômodo a Naomi. O cheiro a irritou. A sra. Everly sabia que ela queria que aqueles quartos fossem arejados com frequência. Ela não gostava do cheiro de coisas velhas e sem uso. Quando Angela olhou para dentro, sentiu uma pontada ao lembrar que Corey, pouco antes de morrer, estava encarregado de organizar aquele cômodo como parte das tarefas atribuídas a ele, e então a memória das discussões entre eles ressurgiu. O lugar estava tão empoeirado que ela podia ver partículas de poeira flutuando à luz do sol, como enxames de minúsculos insetos. A única característica atraente no depósito era a porta do armário, pintada de um tom azul-claro que combinava com o exterior da casa. Ela estava aberta, revelando mais bagunça no chão do armário.

Mas o maior problema era o banheiro do andar de cima.

A aparência dele era prejudicada por um estreito anel de resíduo escuro ao redor do ralo da banheira. Havia uma mancha semelhante e granulada no fundo do vaso sanitário, onde também se via uma folha marrom-amarelada toda encharcada, que a sra. Everly, em um momento de descuido, devia ter deixado cair e então se esquecera de dar a descarga. Esses tipos de desleixo não eram do feitio da sra. Everly, e nem deveriam ser, pelo tanto que ela recebia. Bastou um jato de água da torneira para desfazer o anel de sujeira do ralo da banheira e uma única descarga para limpar o vaso sanitário. A sra. Everly também estava envelhecendo, ela pensou.

Ainda assim, para ela, o banheiro parecia ser o cômodo menos alterado de todos, com sua pia antiquada com torneiras duplas de latão, uma autêntica banheira com pés de ferro fundido e equipada com uma bica de chuveiro, um vaso sanitário com uma corrente pendendo da caixa, uma tábua de lavar enferrujada que decorava a parede e o banquinho de madeira do chuveiro ainda no canto, do tempo em que já era mais difícil para vovó Marie se banhar. O espelho alto e retangular acima da pia, com sua moldura ornamental de latão e design majestoso, refletira rostos que passaram por ali nos últimos cem anos. Dentro do espaço íntimo daquele banheiro, Angela se sentiu mais próxima dos antigos habitantes da casa, como se suas vozes estivessem murmurando nas paredes forradas de papel.

A voz de Corey também estava ali. Seus ouvidos não podiam ouvi-lo, mas algo dentro dela o ouvia.

Angela ensinou a Naomi os truques e as nuances de operar os eletrodomésticos e aparelhos da casa — sempre deixe a água se misturar na pia do banheiro, caso contrário, você pode se queimar, porque o aquecedor de água fica em uma temperatura muito alta; não use a bomba manual na cozinha porque vaza embaixo da pia; não deixe sua bagagem na frente dos aquecedores elétricos na parede.

Quando perceberam, já passava das 14h e elas ainda não tinham almoçado. Com a chegada da comida, a visita ganhou ares de festa do pijama. Calçando chinelos, as duas se sentaram no tapete oriental em frente à lareira na sala de estar, comendo fatias de uma pizza grande e sem queijo, totalmente vegetariana, da Pizza Jack, a única pizzaria da cidade que fazia entregas. Angela encontrou uma garrafa de Merlot no armário da cozinha, que alguém levara para a festa de Quatro de Julho, então elas estragaram suas dietas e a esvaziaram juntas. Logo, ambas estavam rindo das interpretações das canções nos rolos de pianola da vovó Marie, tão desafinadas que ficaram irreconhecíveis. Depois que se cansaram do piano, Naomi ligou o CD player — onde ainda estava o mesmo CD de John Coltrane da festa —, e Angela não o desligou nem mesmo quando "A Love Supreme", a primeira canção, trouxe à sua mente uma imagem nítida de Corey e da festa. A música tem esse poder. A intensidade do flashback quase fez seu estômago embrulhar, mas a sensação passou rapidamente. Angela terminou sua taça de Merlot, sentindo uma onda de tristeza ao se lembrar do problema com a nogueira. E, também, da pior notícia, que viera do nada.

Aconteceu uma semana atrás, na quinta-feira, na rua Principal, em plena luz do dia, disse o sr. Everly. *Terry Marlow estava dobrando a esquina com o caminhão madeireiro, você sabe, a caminho da estadual Quatro, e Rick Leahy apareceu. Ele estava atravessando a rua, sabe? Marlow não fez nada errado, é o que diz o xerife Rob Graybold e meia dúzia de testemunhas. Rick Leahy apenas entrou de repente na frente do caminhão. Foi quase partido ao meio. Dizem que o ouvido esquerdo dele não era muito bom, e foi por esse lado que o caminhão veio. Talvez ele não tenha ouvido. Ainda assim, é uma pena para as crianças. Ele deixou um trailer cheio delas para trás.*

"Então... Você conhece bem o seu vizinho?", perguntou Naomi, seguindo os pensamentos de Angela.

"Na verdade, para ser honesta, não muito. Eu o encontrei algumas vezes. Ele andava a cavalo na minha propriedade de vez em quando. O filho dele era o único amigo de Corey por aqui."

Naomi observou as chamas da lareira com um olhar melancólico. "Sinto muito, mas aquele senhor parecia tão casual. Vocês dois parecem que estão prestes a desabar de chorar por causa daquela árvore, e então ele dá essa notícia terrível sobre seu vizinho como se ele estivesse falando sobre o clima. Tipo, 'Ei, a propósito, seu vizinho se enfiou na frente de um caminhão madeireiro, você não soube? Acho que ele devia olhar para os dois lados antes de atravessar a rua'."

Naomi era uma excelente imitadora, e sua imitação da fala indiferente do sr. Everly fez Angela rir. Tinha acertado em cheio.

"Sim, essa é Sacajawea. Eles gostam de fofocar, e o pessoal daqui é frio com os recém-chegados. O sr. Leahy morava aqui há pouco tempo quando Corey conheceu o filho dele naquele último verão." Angela percebeu que, até onde se lembrava, aquela era a referência mais casual ao verão de 2001 que ela fizera, e também uma das únicas vezes que mencionou o nome do filho sem derramar lágrimas. "Acho que a cidade nunca gostou dele. Talvez o vissem apenas como um forasteiro, então consideram uma história interessante para contar."

Angela se perguntou o que teria acontecido com Sean e seus irmãos adotivos agora que o pai deles estava morto. Sean tinha perdido o amigo e depois o pai, perdas demais para um garoto. Se as crianças ainda estivessem na cidade, ela teria que ver o menino e dar-lhe suas condolências.

"Como você está se sentindo?", perguntou Naomi.

"Bem. Odeio dizer isso, mas acho que não tenho muito espaço para as tragédias de outras pessoas hoje. Ainda estou lidando com as minhas."

"É verdade."

"Esta visita está sendo ótima para mim, Naomi. Eu realmente te devo essa."

Naomi piscou para ela e estava prestes a dizer mais alguma coisa quando, de repente, desviou o olhar, observando tudo ao redor da sala. "Cadê o Onyx?", perguntou. "Não acredito que ele não está subindo em mim para tentar roubar a pizza."

Onyx não estava à vista. Podia ter passado uma meia hora ou mais desde que Angela o vira pela última vez. Naomi tinha jurado que o cachorrinho era treinado em casa, mas Angela estava convencida de que encontraria pelo menos um tapete sujo durante a visita. Naomi assobiou alto. "Onix?", chamou ela.

Elas ouviram um latido próximo, mas Onyx não veio. Naomi ficou de pé e chamou de novo. Angela se sentiu um pouco tonta quando se levantou para seguir Naomi — muito vinho, repreendeu a si mesma. Naomi estava no saguão, onde Onyx estava diante da porta da frente, olhando para elas. Apoiado nas patas de trás, ele começou a arranhar a porta, todo agitado. Era como uma bolinha frenética de pelos escuros.

"Merda. Naomi, não o deixe fazer isso..."

"Onyx, *pare!*", disse Naomi, então ela se agachou ao lado do cachorro. "Ele nunca fica assim na porta em lugares novos."

Angela examinou a porta em busca de marcas de arranhões e ficou aliviada ao não ver nenhum. Seu avô havia construído aquela porta, e ela odiaria ter que matar o cachorro de sua amiga logo no primeiro dia.

"Posso deixá-lo sair sozinho?", perguntou Naomi. "Não estou com os sapatos."

"Se eu fosse você, não o deixaria correr sem coleira. São seiscentos acres sem cerca", disse Angela.

"Tem certeza? Onyx sabe que não deve ir longe."

"Confie em mim, você não quer um poodle solto por aí. Os coiotes iriam adorá-lo."

Naomi arregalou os olhos ao ouvir a palavra "coiotes". Talvez nunca tivesse ocorrido a ela que, se houvesse cervos e alces por perto, também haveria coiotes e outras criaturas menos fofas. Vovó Marie sempre tivera gatos para caçar ratos, mas ela passou a mantê-los dentro de casa depois de perder seu gato malhado favorito para uma matilha de coiotes uivantes. No entanto, vovó Marie não tinha ressentimento dos coiotes; ela contara a Angela uma história pertencente ao avô do Índio John sobre como o espírito Coyote criara o rio Columbia e protegia os homens de monstros, e como ele e uma série de outros espíritos protetores moravam no quintal. Ela dizia que sua terra era uma encruzilhada onde todos os espíritos se encontravam.

"Calma, os coiotes não vão quebrar a porta, querida", disse Angela, vendo o rosto de Naomi. "Mas eu moro perto da floresta, e isso é a floresta, um lugar onde os animais vivem. Guaxinins, linces, cervos, coiotes. Nada vai nos incomodar, mas Onyx precisa estar acompanhado."

"E os ursos?" Agora os olhos de Naomi tinham ficado ainda mais arregalados.

Angela riu, balançando a cabeça enquanto subia as escadas para pegar os sapatos. "Ah, Naomi, pare! Pode haver um ou dois ursos-pretos por perto, mas vovó Marie me dizia que eles não costumam atacar pessoas. É com os ursos-pardos que você precisa se preocupar, mas eles não são daqui", disse Angela. "Você se esqueceu de perguntar sobre leões e tigres, querida."

"Isso não é engraçado!", gritou Naomi atrás dela. "O que têm os leões?"

"Você está em Sacajawea, querida, não no Serengueti." Apesar de todas as referências a criaturas incivilizadas da floresta, depois de levarem o cachorro para passear e dirigirem até a cidade para alugar a única cópia de *A nova paixão de Stella* da locadora de vídeo ("Estou chocada que eles tenham este", disse Angela à amiga, segurando a fita VHS como se fosse um tijolo de ouro), as duas dormiram bem naquela noite. Angela logo passaria a considerar a memória daquela noite de sexta-feira com Naomi como seu momento mais agradável desde a morte de Corey, no lugar mais improvável que se podia imaginar. Foi também seu último momento de tranquilidade em Sacajawea.

Nem Angela nem sua amiga dormiriam bem por muito tempo.

Seis

Sábado

De manhã, Onyx havia desaparecido.

Angela decidiu adiar sua corrida matinal com a intenção de preparar um café da manhã caseiro para sua amiga, usando as receitas que vovó Marie deixara em seu pote de biscoitos em formato de morango. Cozinhar era algo sagrado para vovó Marie. Havia mais de cem receitas naquele pote, todas exclusivas: biscoitos de batata-doce que ela aprendera com um professor itinerante, sopa de rabo de boi e broa de milho que aprendera com seu pai, coelho frito de um ancião da igreja, uma receita de salmão do Índio John, uma de pão assado de banana transmitida pela avó africana de sua *grandmère*. As tentativas de Angela de recriar aquela culinária eram outra maneira de manter vivo o espírito de vovó Marie. Por volta das 9h30, o andar de baixo estava impregnado de aromas de biscoitos amanteigados, ovos mexidos, canjica de milho com queijo e croquetes de salmão.

Angela ouviu Naomi chamando Onyx lá em cima, sua voz ficando mais alta conforme ela se aproximava da cozinha. O cachorro iria aparecer, Angela sabia. Havia tantos lugares aonde Onyx poderia ir. Ela só esperava que ele não estivesse deixando um rastro de xixi e cocô para marcar o caminho.

"Se não for o seu dia do lixo, sinto muito!", gritou Angela.

Quando Naomi enfiou a cabeça na cozinha, o que Angela viu foi surpreendente. Por mais que passasse muito tempo com Naomi, mesmo na academia, ela nunca a tinha visto sem maquiagem. Recém-acordada, Naomi continuava bela, mas a boca parecia ligeiramente contraída, a pele estava opaca e seus olhos pareciam muito menores sem o rímel. Ela parecia a irmã mais velha e mais comum de Naomi Price. "Não consigo encontrar o Onyx", disse Naomi.

"Ele está só explorando, tenho certeza. Não há onde ele se perder."

Naomi balançou a cabeça. "Não, Angela, estou preocupada. Ele estava no meu quarto e nossa porta ficou fechada a noite toda. Quando acordei, a porta ainda estava fechada, mas Onyx não estava mais lá. Você o deixou sair?" Sua voz estava fraca e assustada.

"Não, querida", disse ela. Angela viu a decepção no rosto de Naomi e se lembrou de como os donos consideravam seus animais de estimação como crianças. O cachorro provavelmente havia saído por alguma porta entreaberta no quarto. Angela secou as mãos no pano de prato com estampa de morango da vovó Marie. "Não se preocupe, nós vamos achá-lo. Ele não deve ter ido longe."

Chamando e assobiando em coro, elas começaram a busca pelo andar de cima. Na segunda varredura da casa, Angela se viu abrindo as portas dos cômodos fechados — até a do quarto de Corey, onde ela viu o pôster de Janet Jackson que o filho tinha na parede antes de fechá-la com pressa de novo. Não havia rastro do cachorro.

Depois de um tempo, os pensamentos ruins apareceram. Será que o cachorro passara mal? Comera algo que não deveria, como um produto de limpeza ou veneno de rato? Ela olhou para a porta da adega, mas não iria até lá, sob nenhuma hipótese, e Naomi também não pensou em olhar para lá. Mas elas procuraram em todos os outros lugares — embaixo do sofá, atrás do piano, nos armários —, e começaram a perder a razão quando passou a ficar mais evidente que algo estava errado.

"Continue chamando Onyx aqui dentro. Vou dar uma olhada lá fora", disse Angela.

A cabeça de Naomi se moveu com rapidez, seu rosto parecia preocupado. "Existe alguma maneira de ele ter saído sozinho?"

Angela já estava vestindo o casaco de lã preto que guardava no armário ao lado da porta da frente. O casaco cheirava como o de um estranho, fazia muito tempo que ela não o vestia. "Não consigo pensar em nenhuma maneira de ele ter escapado, mas não estamos o encontrando em casa. Não entre em pânico, Naomi. Nós *vamos* achar o Onyx."

Angela ouviu um latido do lado de fora assim que abriu a porta da frente. Naomi também. As duas correram para a varanda, seus olhos varrendo o jardim da frente e seus tufos de cerca viva. Onyx não estava lá. "Onyx? Aqui, garoto! Venha aqui, garoto", chamou Naomi, abaixando-se para procurar no arbusto de rododendro perto da varanda. Mas quando o cachorro latiu de novo, ficou claro que ele estava muito mais longe. O som parecia ter vindo da rua.

Angela só o viu quando estava chegando ao topo dos degraus de pedra. Dali, ela podia ver a travessa Toussaint lá embaixo, e Onyx estava na grama alta ao lado da kombi abandonada de Tariq, correndo de um lado para o outro no frenesi que os cães geralmente reservam para os carteiros do lado de fora de seu portão. O rabo do cachorro balançou em reconhecimento, mas ele não foi em sua direção. Em vez disso, ele corria e latia como se uma cerca o prendesse do outro lado da rua.

"Cachorro burro! Como você saiu?", repreendeu Naomi depois que elas desceram para buscar Onyx. Ele fazia uma dancinha feliz ao redor delas enquanto as duas o acariciavam, perseguindo a si mesmo em círculos. Angela ficou feliz em vê-lo, e ele parecia o cachorrinho feliz de sempre. Naomi colocou os braços em volta do pescoço de Onyx, e o cachorro molhou o rosto dela com a língua.

"Onyx, você me assustou pra caralho", disse Naomi.

O ocorrido lançou uma nuvem carregada sobre o café da manhã. Naomi não falou nada, mas Angela sabia que ela estava abalada. Afinal, naquela manhã ela havia despertado e de repente estava pensando que seu animal de estimação havia fugido, que ele poderia estar ferido, morto ou perdido, sem nenhum aviso ou explicação. Angela conhecia bem essa sensação repentina. Embora tenha ficado desapontada por não ouvir elogios à sua comida, ela deixou Naomi absorver o que acontecera durante a manhã enquanto elas se sentavam e faziam juntas uma refeição silenciosa no recanto do café da manhã. Angela notou que Naomi quase não comia os pedaços de croquetes preparados com tanto cuidado, mas dava para Onyx, debaixo da mesa, e ela a entendia. Por quanto tempo o cachorro ficou lá fora? E se ele tivesse encontrado um coiote?

A verdadeira visita delas havia começado, pensou Angela. Aquela não era como uma viagem para um spa ou uma festa do pijama das meninas. A maldade da vida as trouxera para a casa da vovó Marie — uma morte as trouxera para aquela casa —, e aquele tipo particular de maldade aparecia a hora que bem entendesse.

Angela percebeu que aquele seria o último dia inteiro delas juntas. No dia seguinte, Naomi voltaria a Portland onde pegaria o voo das 19h para Los Angeles. Na terça-feira, Naomi deveria estar em Vancouver, British Columbia, a fim de se preparar para suas três semanas de filmagem. Angela ficaria sozinha aqui pelos próximos dias e noites, com seu próprio trauma para resolver. Ela havia perdido muito mais do que um cachorro, e Corey não estaria esperando por ela na grama lá fora, ao lado da kombi de Tariq, por mais que ela desejasse. A ausência de Corey iria preencher cada fenda daquela velha mansão, e não apenas o quarto, que ela logo teria que ser corajosa para enfrentar.

Os ovos de Angela haviam sido preparados com perfeição e os temperos da vovó Marie davam um toque especial, mas naquela manhã a comida não tinha sabor algum.

Mais tarde, no meio da manhã, com Onyx na coleira, Angela e Naomi desceram a travessa Toussaint, então seguiram pela River Drive, uma rua que descia abruptamente por meio quilômetro, antes de enfim entrarem na rua Principal. Angela planejava passar correndo pela cidade até o calçadão ao longo do rio, talvez até a loja de iscas. Ela ficou impressionada com o quão bem Onyx as acompanhava, suas pequenas patas se mexendo rapidinho como as de uma lagarta. "Onyx corre com a mamãe quatro vezes por semana. Ele é meu personal trainer", disse Naomi com orgulho.

Naomi Price podia ser o rosto mais conhecido em Hollywood, mas, em Sacajawea, Angela que era da realeza. Eles atraíam olhares enquanto corriam, em especial porque as pessoas ficavam surpresas ao ver Angela passar voando por eles em trajes de corrida. Liza Brunell estava na janela pendurando um pôster no Downtown Foods — CEREJAS CHILENAS! $3,99 O QUILO —, e seu rosto brilhou quando viu Angela. Ela fez o gesto universal do telefone, colocando a mão ao lado da orelha, o polegar e o dedo mínimo estendidos: *Me liga*. Angela acenou e retribuiu o gesto em uma promessa, embora não diminuísse o ritmo da corrida.

Uma picape que passava buzinou duas vezes para dar as boas-vindas, e Angela acenou de volta para o braço estendido do motorista, embora ela não tivesse se virado rápido o suficiente para ver quem era. E no tribunal de estilo colonial do Condado de Sacajawea, Angela e Naomi passaram direto pelo xerife Rob Graybold, sentado em seu gabinete. Angela acenou para ele também, e o xerife se inclinou para fora da janela para que seu braço pudesse balançar com mais entusiasmo. "Oi, Angie!", gritou, presenteando-a com um raro sorriso. Ele parecia estar mesmo feliz em vê-la.

Pobre Rob, ela pensou. Ela incomodara aquele homem até o inferno depois da morte de Corey.

"Essas pessoas são amigáveis", observou Naomi, seus passos cortando suas palavras. "Até os policiais, hein? Eu deveria ter trazido minha câmera para tirar uma foto."

"Eles são amigáveis se conhecem você." Muitos deles haviam estado na festa. Em muitos aspectos, eles a conheciam melhor do que ninguém.

De volta à casa, Angela tomou uma ducha, mas Naomi preferiu um banho relaxante, então ficou de molho por quase uma hora na banheira com pés em forma de garra no andar de cima. Depois do almoço, elas se isolaram em salas diferentes para trabalhar. Naomi tinha que decorar umas páginas para a gravação, e Angela respondeu as mensagens que perdera na sexta-feira: as negociações de seu quadrinho milionário para uma série na Fox estavam em um impasse sobre o roteiro do episódio piloto, uma atriz que ela acabara de contratar fora condenada à reabilitação e Stan Loweson queria acrescentar duas semanas às filmagens de Naomi em janeiro em Praga. Ahã, claro. De graça, não, se era isso que ele estava pensando.

Foi só ficar longe do escritório por um dia que o caos se instalou. Mas Angela lembrou a si mesma que ninguém dissera a ela que isso seria fácil. Tudo o que vem com muita facilidade é mentira, vovó Marie costumava dizer a ela em todas as oportunidades, com tanta frequência que Angela as ouvia até em sonho.

Às 17h, alguém bateu na porta.

Onyx latiu de forma histérica, como se a batida fosse um insulto. "*Merda*", murmurou Angela, saindo da biblioteca, onde havia instalado seu laptop e o telefone sem fio. Ela não se importava com visitantes, mas não suportava os latidos. Não era à toa que ela nunca tivera um cachorro.

Onyx estava parado na entrada, latindo para a porta de madeira. "Pare com esse barulho. Você parece um maldito brinquedo de corda, não vai assustar ninguém assim. E você vai ver só se eu encontrar uma *única* poça de mijo nesta casa", disse Angela, dando tapinhas no topete macio e bem cuidado na cabeça dele. Ela gritou na direção do andar de cima. "Naomi, Onyx está solto!"

Nenhuma resposta, exceto pelo que parecia uma conversa abafada. Naomi estava no mundo de sua personagem, memorizando falas atrás da porta fechada. Aquele cachorro teria que dormir amarrado à cama de Naomi naquela noite, Angela decidiu.

Quando Angela abriu a porta, esperou encontrar Liza Brunell. Não era ela.

Em vez disso, Myles Fisher estava na varanda com uma camisa xadrez vermelha segurando uma vara de pescar como uma bengala. Angela não conseguiu falar a princípio, perdida na memória de quando ela o vira pela última vez: o cheiro de seu perfume no dia da festa. Os girassóis que ele trouxera. A felicidade dela quando ele chegara, interrompida por tanto horror. Sua paciente ajuda após a morte de Corey, quando ele estava quase invisível para Angela, que estava coberta por um véu de tristeza.

Myles e Liza Brunell foram os únicos dois moradores de Sacajawea a irem a Los Angeles para o funeral, e Myles organizara o serviço memorial público em Sacajawea para Corey. Depois ele enviou a ela o programa do evento, que era adorável, com um desenho do rosto de Corey feito a carvão. Ele anexara um bilhete informando a ela que duzentas pessoas haviam comparecido. Mas Angela não tinha enviado a ele nenhuma resposta, nem retornara suas ligações ou cartas preocupadas desde então, assim como havia feito com a sra. Everly.

Agora, lá estava ele. Angela se sentiu mal de tão culpada. Ela nem havia ligado para avisá-lo que estaria na cidade.

Sem dizer uma palavra, Myles apoiou a vara de pescar no batente da porta e entrou na casa. Ele se aproximou de Angela, puxou-a para si e envolveu-a com os dois braços, apertando-a com força. Ela o abraçou de volta, quase se jogando nele. Ele cheirava como se tivesse cozinhado ao ar livre sob o sol, mas por baixo disso estava o Myles de que ela se lembrava do colégio, jovial e íntimo, quase mais seu primo do que seu namorado. Quase, mas não exatamente. Lágrimas silenciosas escorreram pelo seu rosto enquanto ela o abraçava.

"Me desculpe", disse Angela.

Myles não respondeu a princípio, abraçando-a firme. Então, perto do ouvido dela, ele disse: "Você sabe mesmo como desaparecer, senhora. Mais de dois anos. Eu estava muito preocupado".

"Me perdoa?"

"Vou pensar sobre isso, mas ainda não decidi." Com isso, Myles se afastou um pouco e procurou os olhos dela. Então esfregou as lágrimas na bochecha direita dela até que a maior parte da umidade desaparecesse. "Tem certeza de que está bem?"

Ela fez que sim com a cabeça, sorrindo. "Nem sempre estive, mas estou agora. Eu vou te contar tudo sobre isso."

"Tudo bem, então", ele disse, e por um longo tempo os dois apenas se encararam. Ambas as mãos de Myles seguraram o rosto dela suavemente, e por um momento o coração de Angela deu um salto quando ela se perguntou se ele iria se inclinar para beijar seus lábios. O pensamento a fez se enrijecer e quase se afastar, mas ela ficou ali. Myles não a beijou, provavelmente nem pretendia fazer isso. No colégio, ele era tão poderoso em seu afeto, até mesmo no afeto platônico, que muitas vezes a confundia. Angela passara anos interpretando mal os sinais de Myles e acabara de fazer isso de novo. Talvez ele já até tivesse uma esposa.

"Quanto tempo você vai ficar?", disse ele por fim.

"Cerca de uma semana."

Ele sorriu, surpreso. "Que bom. Está planejando manter a casa?"

Angela lutou para engolir a saliva quando sua garganta se apertou. "Não sei."

Até que ouvissem Naomi vindo em direção à escada, nenhum dos dois percebera a maneira como Onyx se lançava contra as pernas deles todo entusiasmado, tentando se intrometer no reencontro. Com os passos que se aproximavam, por instinto os dois se afastaram um pouco.

"Você tem uns ratos grandes e peludos por aqui", disse Myles, observando o cachorro. "Eu poderia alertar umas pessoas a respeito disso."

"Shhhhh. Minha amiga Naomi Price está aqui. É o cachorro dela."

Myles semicerrou os olhos. "Naomi Price, a atriz?"

"É, ela mesmo. Vai ficar emocionada por você saber quem ela é. Você é o primeiro até agora."

"Angie, o que aconteceu com a nogueira? Há um..."

Antes que ele pudesse terminar a pergunta, Naomi apareceu na escada. Ela vestia apenas uma camiseta longa e calça legging, mas seu rosto estava destacado com uma variedade impressionante de tons terrosos. Myles deu a Naomi um sorriso largo, inclinando-se para oferecer um aperto de mão.

"Senhorita Price, é uma verdadeira honra", disse ele. "Você estava maravilhosa no papel de Coretta King ano passado."

As palavras mágicas. O projeto favorito de Naomi era um roteiro sincero que ela escolhera, a respeito da viúva de Martin Luther King Jr., Coretta Scott King, e Angela enfim pudera ajudá-la a montar o projeto na TNT. A bilheteria não fora incrível — cinco vezes mais pessoas viram Naomi interpretar uma stripper, ou a vítima de assassinato número três, na esquecível produção de Keanu Reeves lançada no mesmo ano —, mas Naomi fora indicada ao Emmy e ao Globo de Ouro por seu desempenho em *Coretta*. Era seu melhor trabalho no cinema.

"Você assistiu?", perguntou Naomi, um sorriso iluminando seu rosto. "Que maravilha!"

"Naomi, este é Myles Fisher", disse Angela. Então, um pouco depois: "Meu namorado do colégio".

Naomi lhe lançou um olhar rápido e perspicaz. Não era preciso dizer mais nada. Angela quase conseguia ver Naomi recolhendo a rajada de sensualidade que estava prestes a atirar em Myles. Ela fazia isso sem segundas intenções, mas era uma provocadora dos infernos, outro aspecto de seu poder de estrela do cinema. Qualquer coisa que ela dissesse fazia os homens enrubescerem e esquecerem que suas esposas e filhos estavam ao lado.

"Eu não sabia que havia outros negros na cidade."

"Eu sou o único."

"Então você terá que ficar para jantar, Myles", disse Naomi.

Myles olhou para Angela em busca de orientação. "Bem, eu não quero ser..."

Angela apertou a mão dele. "Claro que você tem que ficar. Está livre?"

Um sorriso jovial apareceu no rosto dele. "Muito ocupado para jantar com Angela Toussaint e Naomi Price? Tenho cara de idiota, por acaso? Claro que estou livre. Eu estou sujo por causa da pesca. Vou tomar um banho em casa, aí eu volto."

Nossa, ele parecia encantado. Angela não pôde deixar de se perguntar se ele estava mais animado para o jantar porque Naomi estava lá, mas ela decidiu que talvez não quisesse saber.

"Volte às sete, Myles. Que tal?", disse Angela.

"Sete, então." A voz dele se transformou em um estrondo gutural que ela nunca tinha ouvido antes. Galantemente, Myles pegou a mão de Naomi e a beijou. Fez o mesmo com Angela, embora seu olhar estivesse piscando levemente quando ele olhou para o rosto dela. "Até mais, moças."

"Garota, ele é *lindo*", disse Naomi assim que Myles desapareceu no quintal. "Você viu aquilo?"

"Ahã, vi, sim", murmurou Angela. Ela nunca o tinha visto beijar a mão de uma mulher antes. Myles deveria ter sido ator também, ela pensou.

"Você tem que enfiar esse homem na mala e levá-lo com você para Los Angeles. Ou então mandá-lo para mim."

Angela não respondeu. Ela não podia ser enganada por seus ecos infantis de ciúme, ou pela súbita demonstração de cavalheirismo de Myles na presença de uma atriz que ele admirava. Àquela altura, ela e Myles estavam separados havia mais tempo do que tinham ficado juntos, e não eram mais do que crianças na última vez que tinham sido amigos de verdade. Vinte e dois anos de separação era bastante coisa.

Além disso, Myles não estava brincando quando disse que não havia decidido se a perdoaria ou não por sumir após a morte de Corey. Ele poderia fingir que não estava bravo por educação, mas ela o conhecia bem demais. Myles devia ter escrito uma dúzia de vezes, e ela nunca agradecera uma única carta; ela provavelmente não tinha lido mais do que uma ou duas. Ele estava magoado, e ela poderia culpá-lo? Ela fazia a mesma coisa no colégio, ficava ocupada por semanas logo quando ele pensava que estavam se aproximando, e ele se cansara disso. Myles, ao contrário dela, sabia aceitar perdas.

Ela havia fugido dele. Tinha feito isso depois do que acontecera no Local quando eles tinham 18 anos e o fizera outra vez depois que Corey morreu. Ela devia uma explicação a ele, e decidiu que enfim lhe daria uma. Caramba, Myles vira o comportamento dela no funeral de Corey. Não devia ser muito difícil imaginá-la em um hospício. Ele provavelmente teria mais dificuldade em entender por que alguém a deixaria sair de lá.

Tal mãe, tal filha.

A loucura estava em seu sangue.

"Myles, como está a dona Fisher?"

"Minha mãe segue firme e forte", disse Myles, colocando brócolis cozido no vapor em seu prato. O arranjo da mesa era mais formal do que Angela pretendia, mas ela gostava de imitar a maneira como vovó Marie servia comida em sua porcelana em ocasiões especiais. Angela tinha preparado peitos de frango assados à moda jamaicana, arroz integral e brócolis, o mais perto que ela chegara de um jantar em anos, e ela estava se divertindo. A mesa de carvalho antiga acomodava oito pessoas, e eles estavam sentados em uma das extremidades, mais perto da janela. "Ela não me reconhece mais, não como filho dela. Até a Páscoa, reconhecia em alguns momentos. Ela ainda consegue andar, mas o Alzheimer está afetando seu cérebro."

Angela sentiu um aperto no coração. Ela gostaria de ter ido visitar a dona Fisher pelo menos uma vez antes de a mente dela se fechar para sempre, mas quando Corey morreu, todo o resto perdera a importância por um tempo. Ela deveria ter ligado, mesmo enquanto estava no Harbor. Ela sabia quantos anos a dona Fisher tinha e ouvira falar que ela estava doente. Vovó Marie e a dona Fisher eram as duas mães que Angela ganhara após o suicídio de Dominique Toussaint.

Vovó Marie começara a ensinar a Myles história e literatura negras quando ele tinha 10 anos. Os Fisher achavam que as aulas seriam boas para seu novo filho adotivo negro, e a dona Fisher também participava das sessões, curiosa e ansiosa. Foi assim que Angela conheceu a mãe de Myles, três semanas depois de descobrir o significado da palavra órfão. Sua mãe tinha acabado de morrer, e seu pai era alguém com quem

Dominique Toussaint havia passado uma noite, mas cujo nome ela nunca soubera. Quando Angela viu Myles e dona Fisher sentados juntos na mesa da biblioteca de vovó Marie, sentiu inveja. Dona Fisher podia ser branca, mas pelo menos Myles tinha mãe. Qualquer um podia ver isso.

"É uma doença terrível", disse Naomi. "Eu sinto muito."

Myles deu de ombros. "Ela está mais feliz agora que não está lutando para reter as memórias, graças a Deus. Ela sorri muito. Então, estou sentindo um pouco de alívio. Ainda assim, é difícil. Tive que entender que isso não é sobre mim."

"E não tem problema deixá-la sozinha em casa?", perguntou Angela.

"Temos duas enfermeiras agora. A enfermeira de fim de semana é uma boa senhora. O nome dela é Betsy, mas minha mãe a chama de Sandy."

"Sandy? Como seu antigo cachorro?", disse Angela. A memória repentina a surpreendeu.

Myles sorriu, olhando para Angela com olhos apreciativos. "Sim."

Myles e seu golden retriever eram inseparáveis, até que um dia Sandy cruzou o caminho da mira de um caçador, quando Myles tinha 16 anos. Aquela fora a primeira vez que ela o vira chorar. Mas não fora a última.

"Myles, vou incluir sua mãe em minhas orações", disse Naomi. "Até os cientistas admitem que a oração faz diferença quando as pessoas estão doentes."

Angela sentiu que aquelas eram coisas que ela deveria ter dito, mas seus sentimentos raramente se transformavam em palavras assim. Naquele momento, ela desejou que se transformassem.

"É muito legal da sua parte. Angela, sua amiga é muito gentil."

"É, sim. Eu não teria voltado para cá se Naomi não tivesse se oferecido para vir comigo."

"É mesmo?" Agora Myles olhou para Naomi com um brilho a mais de admiração. "Então nós dois temos que ser gratos a você. Você me economizou os gastos de contratar um detetive particular para procurar por Angela."

"Não se esqueça de que ela é minha agente. Não importa o que aconteça, eu vou manter ela saudável e feliz."

"Achei que era para ser o contrário", disse Myles.

Naomi se inclinou na mesa em direção a Myles. "Meu bem, ela acabou de conseguir meu primeiro contrato de um milhão de dólares", sussurrou Naomi. "Acredite, estou *muito* feliz."

Myles ergueu a taça de cristal com água. "Ao contrato de um milhão de dólares e ao futuro da *três* talentosa e gentil Naomi Price. Acho bom você usar óculos escuros, irmã, porque ele vai ser brilhante."

"É isso aí", disse Angela, e eles brindaram com as taças.

"Espere", Naomi deixou escapar. "E para Angela Toussaint, a mulher mais forte e inteligente que eu conheço."

"Isso!", disse Myles.

"Você quis dizer a mais filha da puta", murmurou Angela.

"Ei! Não vou deixar você falar assim da minha amiga", respondeu Naomi.

Os olhos de Angela arderam durante o segundo brinde e ela sentiu seu rosto ficar vermelho. Depois de se isolar de companhias por tanto tempo, o coração dela parecia estar derretendo no calor daqueles dois. Ela estava comovida e ao mesmo tempo se sentia confusa.

"É minha vez", disse Angela, suas palavras quase entalando na garganta. "A Myles Fisher...", ela titubeou, brigando consigo mesma. "Pela amizade mais verdadeira. Uma amizade que perdoa."

"*Merci, chérie*", disse Myles, mas Angela pensou ter visto seus olhos ficarem sombrios.

"Não me diga que você fala francês!", disse Naomi.

"Só um pouquinho do que a vovó Marie me ensinou. Nada de que eu possa me gabar."

Quando chegaram à sobremesa, uma salada de frutas, os três já haviam brindado à vovó Marie, ao pai e à avó de Naomi e ao seu Fisher, o que fez brotar uma lágrima no olho de Myles. Angela fez o último brinde.

"Para Corey. Ele está em boas mãos, com a avó dele", disse ela. Myles e Naomi disseram amém ao brindarem. Foi apenas nesse momento que Angela percebeu que tinha feito um progresso em que a dra. Houston nunca acreditaria. Ela brindara ao Corey e não se arrastara para baixo da mesa chorando. É a mágica da vovó Marie, ela pensou. O simples fato de estar naquela casa a fazia se sentir mais forte.

E a morte estava destinada a ser o assunto do jantar.

"Myles", disse Angela, "o que aconteceu com Rick Leahy?"

Myles balançou a cabeça, afastando a cadeira da mesa. "Rick, Rick, Rick", suspirou. "Ainda não acredito. Que azar. Ele foi atropelado por um caminhão na rua Principal, em plena luz do dia. Eu escrevi o obituário. Vou trazer quando vier da próxima vez."

"Você escreve pro jornal? Achei que você fosse o chefe."

"Sou editor-chefe, então eu contrato, demito e reclamo. Mas abri uma exceção para o Rick. Nós pescávamos juntos de vez em quando e batíamos papo. Ele era um cara legal."

Myles e Rick eram estranhos à cidade em alguns aspectos, Angela percebeu, e sendo uma criança adotada, era natural que Myles simpatizasse com um homem que resgatava crianças. Myles viera para Sacajawea aos 10 anos, depois de passar tempo em lares adotivos. Ele era só dois meses mais velho do que Angela — *vocês podiam ser gêmeos*, vovó Marie costumava dizer —, e ela o havia evitado até ele se matricular no Colégio de Sacajawea, por mais que vovó Marie tentasse muito juntar os dois ao longo de todo verão. Para Angela, Myles sempre fora um menino magrinho e estudioso, de pele escura feito alcatrão, que se esforçava demais para agradar os adultos, tinha o cabelo curto demais, chamava sua mãe branca de "senhora" e seu pai branco de "senhor". No colégio, porém, ela não conseguiu mais ignorar Myles. Ele era o único menino que parecia enxergá-la, perceber que ela era uma menina. Isso significara muito para ela e a assustara.

"O que aconteceu com os filhos dele? Sean Leahy era o melhor amigo de Corey", disse Angela.

"Eu sei. Rick falou sobre isso. Acho que uma tia está aqui para ficar com eles. Eles ainda estão aqui ao lado, Sean, o irmão e a irmã."

"Eles não têm mãe?", perguntou Naomi.

"Rick era pai solo", explicou Angela.

"E a menina ficou órfã duas vezes agora. Dois dos filhos de Rick são adotados", disse Myles, e Angela e Naomi balançaram a cabeça, murmurando em desaprovação. "Sean fez 18 anos recentemente e pode tentar ganhar a custódia dos irmãos e criá-los aqui, para que não tenham que se afastar de seus amigos e ser desarraigados de novo."

Dezoito. Apenas alguns meses mais velho do que Corey teria sido. Angela mal podia acreditar que uma criança tão próxima da idade de seu filho estava enfrentando uma responsabilidade tão grande. Ela se lembrou do cabelo loiro-claro de Sean, de sua risada nasalada, da maneira como ele e Corey costumavam se amontoar em alguma brincadeira feito cientistas loucos, sendo crianças juntos. Corey seria quase um homem agora, e Sean já o era.

"O pai dele não conseguiu ouvir o caminhão vindo?", perguntou Angela.

Myles juntou os dedos e não respondeu a princípio. Angela achou que pudesse estar se aprofundando demais no assunto, que Myles não quisesse mais falar sobre aquilo. Mas, por fim, ele se recostou na cadeira e seus olhos encontraram os dela.

"Bem... essa é a parte bizarra", começou ele. "Havia duas testemunhas, elas estavam a uma distância de Rick Leahy mais ou menos como essa entre nós e aquela cristaleira, e uma delas era o motorista. Você o conhece, Terry Marlow. Eu me sinto péssimo pelo cara. Ambos dizem que Rick viu o caminhão. Dizem que ele olhou direto para o rosto de Terry e, em seguida, entrou na frente do caminhão."

"Suicídio?", perguntou Angela. Suicídios sempre a levavam de volta para a mesa do café da manhã de sua mãe.

Myles balançou a cabeça, dando de ombros, como se estivesse se livrando de uma capa quente e desconfortável. "Terry disse que Rick estava sorrindo de orelha a orelha quando fez isso", disse ele. "Ele me contou que tem tido pesadelos, não só pelo que aconteceu, mas por causa da *maneira* como aconteceu. A maneira como Rick olhou para ele."

Sorrindo. Angela começou a sentir no cocuruto um calafrio diferente que desceu até seu pescoço, ombros e braços, deixando um rastro de frieza na pele. De repente, ela ouvira mais do que desejava. Colocou as mãos trêmulas debaixo das coxas.

"Eu não devia ter dito nada", disse Myles perceptivamente.

"Não, tudo bem, Myles. Eu que perguntei." Angela tentou sorrir.

"Acho que é hora de jogar palavras cruzadas", disse Naomi. "Trouxe meu jogo de casa. Sabe quem começou com a palavra a-s-f-i-x-i-a por 75 pontos e me venceu da última vez que joguei? Will Smith. É verdade. Aquele homem é tão inteligente. Eu o encontrei de novo..."

Naomi contava histórias como ninguém. Pela primeira vez desde a festa de Quatro de Julho, houve risadas estridentes na casa dos Toussaint. Desta vez, elas continuaram por horas a fio.

Sete

Angela estava plenamente acordada às 5h30, grata pela luz do sol tímida que indicava que tinha sobrevivido àquela noite. O quarto da vovó Marie era um lugar bonito demais para ter proporcionado a ela tão pouco descanso.

Ela se deitou no meio da cama, envolta por cortinas brancas que pendiam de um dossel. Dizia-se que a avó tinha compartilhado aquela cama com Elijah Goode antes de dividi-la com seu marido John. Com uma cômoda de mogno brilhante, uma pequena pia com uma saia branca e um discreto banco na janela, onde ela poderia se sentar e observar a floresta se quisesse, o quarto deveria ser confortável. Mas, se Angela dormira, ela não lembrava. Tudo o que conseguia lembrar era a sua mente inquieta, perturbada pelas palavras de Corey.

Vou cuidar de você direitinho, mãe.

Ainda sonolenta, Angela se lembrara das palavras exatamente como haviam sido ditas a ela — não era *Vou cuidar bem de você, mãe*, que era a promessa de um filho devotado, mas *Vou cuidar de você DIREITINHO*, o que pode ser algo completamente diferente. Uma ameaça. Um presságio. Ele tinha dito essas palavras minutos antes de dar um tiro na cabeça, causando o maior dano possível da melhor maneira que sabia. *Vou cuidar de você direitinho, mãe.* E Corey dissera isso com um sorriso. Não, um sorriso largo. Assim como Rick Leahy antes de entrar na frente do caminhão.

Angela sentiu um golpe violento e dolorido de raiva. Ela nunca se deixava ficar com raiva de Corey por muito tempo, mas estava com raiva agora. Ela queria seu filho de volta apenas para poder lhe dar um tapa.

E se, apenas supondo, Corey tivesse cometido suicídio por maldade? Para irritá-la por tê-lo obrigado a ficar com ela em Sacajawea? Para irritar sua mãe e seu pai por terem bagunçado a família? O que essas palavras significavam se *não tivesse sido* um acidente, e sim outro suicídio na família? O maior medo de Angela era que quando ela finalmente entrasse no quarto de Corey, encontrasse um grande bilhete suicida colado no espelho, mesmo que nunca houvesse existido um. *Vou cuidar de você direitinho, mãe.*

E ele fizera isso, não? Cuidara dela direitinho.

Angela se sentou na cama, esperando chacoalhar para longe o veneno de sua mente. Com a garganta apertada e o estômago embrulhado, ela achava que fosse vomitar. Sairia para uma corrida rápida antes que Naomi se levantasse. Seis ou oito quilômetros de uma potente corrida ao longo da estrada acabariam com os pensamentos ruins. Músculos doloridos eram bons para isso. Àquela hora de domingo, quase não haveria trânsito.

Feliz por ter um plano, Angela vestiu seu traje de corrida preto, o mesmo do dia anterior. A calça ainda estava um pouco úmida porque ela a havia deixado toda enrolada no chão, mas ela daria um jeito. Amarrou os tênis de corrida e a faixa na cabeça. Uma parada no banheiro e ela iria embora.

No corredor, Angela percebeu que a porta do quarto de Naomi estava entreaberta. Droga. Isso provavelmente significava que o cachorro tinha saído de novo e que ele podia ter descoberto uma maneira de refazer a rota de fuga que encontrara no outro dia. Angela espiou pela porta, esperando encontrar Naomi e Onyx no sofá-cama.

Mas ela não viu nenhum dos dois. As cobertas estavam puxadas e a cama, vazia. Naomi também não estava à mesa de chá com tampo de vidro, onde as páginas do roteiro estavam espalhadas ao lado de uma caneca de café.

Se Angela sabia de uma coisa na vida, era que Naomi Price não era madrugadora. Nos dias em que não estava trabalhando, Naomi não conseguia se arrastar para fora da cama até pelo menos 9h30 ou 10h, às vezes até mais tarde. Naomi não se levantaria antes das 6h. Angela sentiu a primeira vibração na nuca quando adentrou a sala vazia; uma pequena vibração, mas perceptível. Ela não gostou.

A porta do banheiro também estava entreaberta no corredor, e a luz estava apagada. Angela não achou que Naomi manteria a luz apagada, mas ela olhou dentro do banheiro mesmo assim. Vazio. Angela sentou-se no vaso sanitário e se obrigou a relaxar, permitindo que sua bexiga cheia se esvaziasse. Depois de dar descarga, lavar as mãos e secá-las nas próprias roupas, ela desceu a escada para procurar a amiga.

"Naomi?", chamou ela.

Sem resposta. Nenhuma das luzes do andar de baixo estava acesa. Angela acendeu a luz do saguão ao chegar ao pé da escada, dando vida ao lustre, que lançava um brilho ensolarado e manchado por todo o saguão. Talvez Naomi estivesse passeando com o cachorro, ela pensou.

Ou talvez ela e Myles tivessem planejado se encontrar e estivessem trepando na casa dele. Esse último pensamento, um golpe desagradável, a irritou em um grau surpreendente, mesmo quando ela disse a si mesma que aquilo era ridículo. Mas a porta da frente ainda estava trancada por dentro, até mesmo o ferrolho. Naomi podia ter trancado a fechadura da maçaneta por fora sem uma chave, mas não o ferrolho. A menos que ela tivesse saído pelos fundos.

Quando Angela se virou para caminhar em direção à cozinha, viu que a porta da adega estava aberta pela primeira vez desde sua chegada. Suas entranhas pareceram querer sair pela boca.

Por que diabos Naomi iria lá embaixo?

"Naomi?", chamou Angela, sem se aproximar. Sentia seu coração mergulhar até a boca do estômago e em seguida bater de volta contra o peito. "Naomi, se você estiver na adega, por favor, saia."

Ela ouviu uma pancada no telhado da varanda, uma noz rolando como uma pedra de tamanho médio. Mas nada mais.

Com a porta aberta ou não, Angela decidiu que não se aproximaria daquela adega. Ela podia ter se aberto sozinha por causa de uma bolsa de ar no saguão. Não havia razão nenhuma para Naomi e seu cachorro estarem lá, e Angela não iria enfiar a cabeça naquela adega a menos que ela mesma tivesse uma lista de ótimos motivos. Pelo menos uns vinte, talvez mais.

Em vez disso, Angela destrancou a porta da frente e ficou na varanda, no ar frio da manhã, gritando o nome de Naomi. O céu da manhã estava cinzento e pouco promissor. Angela foi até os degraus de pedra e deu uma olhada para a travessa Toussaint, vendo a kombi de Tariq estacionada de um lado e o Explorer do outro. Nada de Onyx e Naomi. Ela foi andando pelo caminho de pedras azuis do jardim ao longo do lado direito da casa, chegou aos degraus de cedro e subiu até a varanda do quintal. Nada de Naomi na mesa do pátio, sentada sob o ombrelone em uma das cadeiras. Nada de Naomi na banheira de hidromassagem, que estava coberta com seu selo de espuma, sem uso.

"Naomi!", gritou para a floresta além do declive atrás de sua casa, em direção ao jardim de ervas que não visitava há anos. Ela se virou novamente, desta vez para o norte, de frente para o Ponto, e chamou o nome de sua amiga de novo. Sua voz ecoou pelas copas das árvores enevoadas, sem resposta. Naomi não estava lá fora. Sua amiga não se aventuraria na floresta, com todo o medo que tinha de coiotes. Naomi estava em casa ou havia levado Onyx para uma caminhada em direção à cidade. Dedução simples e lógica.

Mas, quando Angela entrou de novo pela porta da frente, abraçada pelo calor da casa aquecida, ficou frente a frente com a porta aberta da adega, do outro lado do saguão. Naquele instante, Angela soube: Naomi estava lá embaixo. Parecia tão óbvio quanto o fato da sua própria existência. E, por algum motivo, Naomi não estava respondendo.

"Naomi!", ela gritou alto e claro. Se isso fosse uma pegadinha, era muito cruel, e ela não conseguia imaginar Naomi agindo assim. Sua amiga sabia o que tinha acontecido lá dentro.

Sem entender contra o que ou quem ela estava se armando, Angela encontrou um dos guarda-chuvas pretos antigos da vovó Marie no armário de casacos, do tipo que fazia Angela fantasiar sobre voar como a Mary Poppins. Sem abri-lo, ela brandiu o objeto e sua extremidade pontiaguda como uma espada, segurando firme o cabo de madeira polida, e o manteve perto de seu corpo enquanto dava seus primeiros passos em direção à adega.

Os batimentos cardíacos de Angela faziam calistenia, algo que ela não sabia ser possível. "Naomi, por favor, saia se você estiver aí", implorou Angela. "Eu não estou brincando. Isso não é engraçado."

Ela estava a um metro da porta, ainda longe para ver lá dentro. Incapaz de continuar, esperou muito tempo. Então, ela se viu dando os últimos passos em direção à porta da adega, e ficou parada no lugar onde ela nunca tinha pensado que ficaria outra vez. Olhou para baixo, além da escada. A luz da estreita adega não estava acesa e estava escuro lá dentro, mas a luz do lustre fornecia iluminação suficiente para que Angela enxergasse.

Roupas claras na pele escura. Uma pessoa estava deitada no chão.

"Ah, não", disse Angela, olhando fixamente para a escuridão, rezando para que a figura se dissipasse em uma alucinação. Em vez disso, tudo ficou mais claro. Angela jogou o guarda-chuva longe e puxou o fio para acender a luz da adega. "Naomi?"

Naomi Price estava deitada no meio da adega, o rosto virado na direção da parede oposta. Um braço estava estendido, com a palma para cima, e ela se parecia...

Com Corey.

Angela sentiu o cômodo girar por um momento, mas lutou para não desmaiar ou fugir, seja lá o que seu corpo estivesse tentando fazer. Ela voou escada abaixo com tanta rapidez que quase tropeçou nos próprios pés. Como da última vez. "Naomi?" Angela se ajoelhou ao lado da amiga, sacudindo-a.

"Humm..." Naomi fez um som. Sim, louvado seja Jesus, ela havia feito um som. Seu peito estava subindo e descendo com a respiração, e agora ela estava se movimentando, rolando para o lado.

"O que diabos você está fazendo aqui?", perguntou Angela. Lágrimas escorriam, lágrimas de pânico absoluto misturadas com um tipo de alívio que ela nunca poderia descrever.

Naomi piscou para ela sem compreender, com os olhos e o rosto turvos. Sua testa estava tão franzida que suas sobrancelhas quase se encontraram. "O que foi?", disse Naomi, irritada por ter sido acordada.

"Por que você está aqui no chão? Você está na adega."

Naomi piscou mais duas vezes e então se sentou como se tivesse levado um banho de água fria. Ela olhou ao redor com os olhos arregalados, primeiro para as paredes de tijolos e as prateleiras de vinho, depois para o chão. Olhou atentamente para o chão, tocando o pijama, olhando para as próprias palmas, e Angela de repente entendeu o que ela estava procurando: sangue. Sim, ela sabia o que acontecera na adega.

Não havia sangue, nem mesmo sangue seco. Agora que Angela estava lá, ela viu que o chão tinha sido esfregado e limpo. O local onde Naomi estava sentada tinha sido mais esfregado do que o resto, com manchas de limpeza destacando-se contra a sujeira antiga nas bordas. Ela estava sentada exatamente onde Corey havia morrido, mas não havia sangue.

"O que aconteceu?", perguntou Naomi, e lágrimas surgiram em seus olhos também.

"Você não se lembra de ter vindo aqui?"

Naomi olhou para Angela, tão perdida e horrorizada que Angela teve pena dela. *"O que está acontecendo?"*

Angela falou devagar e claramente, tentando não assustar Naomi ainda mais. "Naomi, eu vi que você não estava no seu quarto, então desci para procurar. A porta da adega estava aberta e te encontrei aqui, dormindo no chão."

Naomi balançou a mão, descartando sua explicação. "Não, não, não, não", repetiu ela, repassando o cenário em sua mente grogue. "Não pode ser. *Não pode ser.* Como eu vim parar aqui?"

"Não sei. Talvez você... seja sonâmbula?"

"Eu não sou sonâmbula." O rosto de Naomi se contraiu de descrença.

"Querida, olhe para você. Você desceu aqui de alguma forma."

Quando o rosto de Naomi ficou paralisado, Angela a puxou para perto e a abraçou, alisando o cabelo emaranhado de sua testa quente. Ela fez seus afagos metódicos e calmantes. "Está tudo bem, Naomi. Você estava apenas dormindo. Você não se machucou."

Ela ouviu Naomi soluçar e seu coração apertou. Com medo, ela assustara Naomi sem necessidade. Agora que Angela tinha o medo de sua amiga para enfrentar, ela magicamente esquecera o próprio. Ela estava ali na adega, agachada onde seu filho morrera, e era ela quem consolava. Sem dúvida, Deus tem senso de humor, ela pensou.

"Essa merda está esquisita, Angela", choramingou Naomi. "Está acontecendo alguma merda muito estranha aqui."

"Sonambulismo não é tão estranho. Eu sei que parece esquisito se nunca aconteceu com você antes, mas é mais comum do que você pensa." Outra coisa ocorreu a Angela, e sua voz soou alegre. "E sabe o que eu acabei de descobrir? Acho que sei como Onyx saiu ontem. Acho que você o deixou sair, assim como quando desceu aqui hoje de manhã. Você só não se lembra disso."

No mesmo instante, Angela percebeu que tinha estragado tudo. Ela falara sem pensar.

Naomi se afastou, mais abalada do que antes. "Angela, cadê o Onyx?"

Angela não fazia ideia.

Por mais de uma hora, Angela e Naomi vasculharam a casa e as áreas externas ao redor, mas não havia sinal de Onyx. Aquilo tinha se transformado em uma daquelas manhãs que equivaliam a um dia inteiro. O sol tinha brilhado alegremente por um tempo, mas agora o céu se rendera às nuvens cinzentas, prenunciando a chuva da tarde que se aproximava.

Angela ligou para a Sociedade Humana e o Controle Animal, deixando mensagens em ambos os lugares. Então, ela e Naomi dirigiram em direção à cidade, avançando devagar, observando cada beco, cada lata de lixo. Foram para o calçadão, para a casa de iscas, conversaram com os pescadores da madrugada acampados acima e abaixo do rio, e depois pegaram a rodovia Quatro, dirigindo alguns quilômetros para cima e para baixo. Um guaxinim morto ao lado da estrada, com as pernas esticadas no ar, fez Naomi gritar antes de perceber que o animal morto não era Onyx.

No caminho de volta para casa, elas pararam no portão da frente do trailer dos Leahy. Uma garota de óculos e marias-chiquinhas estava no jardim da frente brincando em um balanço de pneu. Depois de dizer que sentia muito por sua família estar passando por momentos tristes, Angela perguntou se alguém tinha visto um cachorro. A garota correu para dentro do trailer para verificar. A resposta, que ela relatou sem fôlego ao retornar, foi não.

"Porra", ela ouviu Naomi sussurrar, sem que a criança a escutasse.

A dura verdade se instalou: já passava das 9h e elas não haviam encontrado nenhum sinal do cachorro. A busca poderia levar o dia todo, e Naomi precisava sair às 16h30 para chegar ao aeroporto a tempo. Na melhor das hipóteses, elas teriam desperdiçado uma boa parte do último dia que tinham juntas. Na pior, Naomi teria que perder o voo. Esse não era realmente o pior cenário, como Angela bem sabia, mas sua imaginação não permitiria que ela considerasse o que poderia ser esse pior.

Elas iriam encontrar Onyx. Angela só não sabia quando.

Teria que começar a procurar na mata, e precisaria de ajuda. Ela havia assustado Naomi sobre o bosque e sabia que, por isso, não iriam nem chegar perto dele, então às 9h15 ela se viu inclinada sobre o balcão da cozinha, dando uma colherada no iogurte enquanto discava o número de Myles Fisher.

O telefone tocou apenas uma vez antes de alguém atender, mas não houve saudação. A linha estava silenciosa do outro lado.

"Alô?", disse Angela. "Myles está aí? Aqui é a..."

"Ah, só faça isso parar!", disse dona Fisher, irritada. Ela berrou, com a voz saindo distorcida porque a boca devia estar muito perto do bocal. Ela havia envelhecido, mas Angela logo reconheceu a voz, devido às incontáveis vezes que ela ligara para Myles na época do colégio.

"Perdão?", disse Angela.

"Isso dói, sra. T'saint. Por que você não faz isso parar? Vá em frente, faça isso parar, sua covarde. Você sabe como. Assim como você fez em 'Cisco. Não tenha medo. Do que você tem medo?"

As palavras de Angela morreram em sua garganta. Em 'Cisco? O que diabos isso significava? Ela não sabia o que dizer, nem exatamente o que acabara de ouvir. Angela levou vários segundos para lembrar que a mente de dona Fisher estava perdida para o Alzheimer. Angela ouviu a interferência e algumas palavras abafadas, e então a voz de Myles veio.

"Alô?"

"Myles, é a Angela."

"Desculpe, Angie. Minha mãe pegou o telefone. Ela gosta de atender, mesmo que não saiba com quem está falando."

"Mas, Myles, ela *sabia*. Ela me chamou de sra. T'saint."

"Sim... Ela viu o código do chamador. Ela ainda parece saber ler, quando quer. Não é muito provável que tenha reconhecido sua voz. Eu nunca digo nunca, mas ela só não está... aqui."

Ele estava certo, é claro — a velha dona Fisher a teria chamado de Angie, como todo mundo na cidade, não sra. T'saint —, mas Angela estava abalada após essa conversa com a mãe de Myles. Depois da manhã que tivera até ali, não era difícil tirá-la dos eixos.

"Está tudo bem? Nós estamos todos sentados para tomar o café da manhã", disse Myles. Havia uma distância em sua voz que parecia esmagadora. Ela não sabia quem eram *nós*, se ele estava apenas se referindo à mãe e à enfermeira ou a uma outra pessoa que tinha um passe para o café da manhã. Angela quase mudou de ideia sobre o motivo de ter ligado. Então, ela olhou para o deque do quintal, onde Naomi estava sentada à mesa junto a um copo de suco de laranja intocado, olhando acusadoramente para a floresta.

"Lamento interromper sua refeição. É só que... Myles, Onyx desapareceu."

"Quem?"

"O cachorro da Naomi." Angela se proibiu de chorar enquanto contava a história, até mesmo na parte sobre a adega. Ela não queria que ele se sentisse manipulado, como se ela estivesse tendo algum tipo de colapso. Mas esperava que ele quisesse ajudar.

A voz de Myles indicou preocupação. "Ok, deixe-me terminar aqui", disse ele, "e encontro você na sua casa em uma hora. Eu não quero alarmar ninguém, e é melhor não comentar isso com Naomi, mas um cachorro desse tamanho na sua floresta..."

"Eu sei", disse Angela. "Estou tentando não pensar nisso."

"Sinto muito pelo seu dia horrível, boneca. Chego aí em breve."

Houve uma época, vovó Marie dissera, em que Elijah Goode tinha uma cocheira onde a travessa Toussaint terminava em um beco sem saída, e onde a rua de barro perdia força e se transformava em mata densa. Mas a cocheira fora demolida décadas antes e o caminho parecia ter desaparecido também. Na memória de Angela, havia uma trilha clara de volta para a casa, aquela que ela e as outras crianças em Sacajawea sabiam que as levaria ao Ponto. Uma vez, alguém pendurou um velho short de ginástica em um galho de cedro como um ponto de referência, e quando vovó Marie o tirou de lá, um sutiã foi pendurado no lugar.

Todos os pontos de referência já tinham desaparecido. Corey levara ela e Tariq pela trilha após a chegada de Tariq naquele verão, e foi quando ela percebeu que nunca teria encontrado o caminho de volta para casa se não fosse pelo seu filho. O caminho não era indicado com clareza, como uma espécie de trilha; mas era estreito, de agulhas castanho-avermelhadas esculpidas por passos ao longo do tempo, serpenteando de forma aparentemente aleatória entre samambaias e troncos de cicutas estreitas e cedros vermelhos que, reunidos, cresciam e se assemelhavam a arquibancadas lotadas.

Juntos e hesitantes, Angela e Myles procuraram o caminho. Às vezes, eles encontravam bloqueios, e Angela tinha certeza de que a trilha estreita havia desaparecido, até que ela a viu ressurgir em um ângulo estranho, ao redor de um toco de árvore apodrecido ou além de um tronco caído acarpetado de um musgo verde brilhante. Quando perdeu o equilíbrio e se apoiou em um bordo, ela se maravilhou com a elasticidade do musgo macio sob sua palma. A árvore poderia estar morta, sem uma única folha, mas tinha tanto musgo preso que parecia estar trajando uma majestosa túnica, como se estivesse usando um vestido de festa.

A folhagem era tão densa que a luz do sol havia quase desaparecido, exceto por manchas de luz passando pelas folhas ralas dos amieiros e bordos. Angela pensou que devia ter vestido uma jaqueta por cima do moletom porque, sem a luz do sol, a temperatura caiu bastante. A floresta cheirava a umidade, a folhas em decomposição e a um perfume de abeto tão vívido e fresco que era de envergonhar os aromatizadores de ar. Isso tudo era *lindo*. Angela tinha seu próprio refúgio natural ali, e era um crime que ela fosse até lá tão raramente. Mesmo antes de Corey morrer, ela quase nunca visitava a cidade. Sua própria terra.

Angela e Myles seguiram grande parte do caminho em silêncio, exceto quando chamavam Onyx e indicavam o caminho um do outro quando se afastavam. O silêncio parecia certo. Angela esperava ouvir uma sinfonia de insetos e pássaros barulhentos, mas a floresta parecia mais uma capela. Quando ela enfim ouviu um pequeno animal se mexendo em um ninho de videiras próximo à trilha, pensou que Onyx iria correr na direção deles com a língua rosa pendurada para fora da boca. Mas ele não fez isso. O que quer que fosse, se camuflara tão bem que Angela não conseguia ver.

Esquilos. Guaxinins. Toupeiras. Lá eles tinham seu próprio mundo, escondido dela.

"Você acha que ele teve bom senso o suficiente para permanecer na trilha?", perguntou Angela.

"Não vejo por que não. Os cervos a usam. Está vendo?", disse Myles, empurrando o pé contra uma pilha de excrementos redondos e pálidos. Deixe para o Myles isso de reconhecer merda de cervo, ela pensou, sorrindo. Ele sempre fora mais apaixonado por Sacajawea, mais enraizado na região. Ela esquecera a maior parte do que sabia sobre a vida ao ar livre, e na verdade não se lembrava de ter conhecido muito dela.

A caminhada até o Ponto levava mais tempo do que Angela se lembrava, quase vinte minutos. As raízes grossas e nodosas das árvores a ajudaram a manter o equilíbrio conforme o caminho se tornava mais íngreme, então a incidência da luz do sol aumentou quando eles alcançaram a clareira, que era marcante por sua falta de vegetação. O Ponto era pouco maior do que uma piscina pública, um leito circular de folhas de pinheiro caídas ao redor de uma fogueira. Ela poderia jurar que era maior do que isso, mas tinha pensado a mesma coisa da última vez que estivera ali. Em sua imaginação, o Ponto era enorme.

A churrasqueira improvisada que Tariq colocara sobre a fogueira para cozinhar cachorros-quentes com ela e Corey ainda estava lá, só que mais enferrujada, e as toras e grandes pedras que cercavam a fossa formavam um ninho de lixo novo. Dezenas de latas de cerveja. Jornais. Bitucas de cigarro. Um balde esmagado do KFC. Quando Angela viu descartada uma caixa vermelha e desbotada de preservativos Trojan, sua mandíbula se tensionou de raiva.

"Qual é o problema desses garotos nojentos?", falou Angela. "Nunca deixamos esse tipo de bagunça aqui."

"Não, é uma vergonha", disse Myles. "Outra hora vamos limpar isso."

Angela ficou tão irritada com a falta de respeito que os adolescentes demonstravam pela terra, que demorou alguns segundos para perceber que Myles disse *nós*, e a palavra a aqueceu. Talvez tudo tivesse sido perdoado. Mas, de novo, Myles tinha suas próprias memórias ancoradas ali, e ele provavelmente estava tão ofendido quanto ela. Eles tinham 18 anos e tinham acabado de concluir o ensino médio quando foram até lá em busca de privacidade na noite do baile, seu vestido de chiffon se arrastando na vegetação rasteira na trilha. Se houvesse mais alguém ali, o plano B era estacionar a caminhonete do seu Fisher em algum lugar isolado na rodovia Quatro, em uma das antigas estradas madeireiras, mas Angela ficara aliviada ao ver que o Ponto era deles naquela noite. Na caminhonete não seria a mesma coisa.

Myles era virgem quando fora com ela para o coração da floresta de vovó Marie, e Angela decidira que lhe daria sua virgindade também; que a guardara para ele, apesar das quatro vezes que já tinha feito sexo. Ela era tão jovem antes, uma menina de 13 anos encantada por um instrutor de banda que fingira ser seu amigo, sentindo-se adulta porque ele oferecera a ela sua cerveja e seu pau. Angela nunca contara para a mãe ou para vovó Marie sobre suas visitas ao sr. Lowe, mas ela sabia muito bem que a vovó teria colocado aquele filho da puta na prisão, mesmo que sua mãe não estivesse em condições de se importar. Com Myles, Angela estava pronta para apagar aqueles momentos; os momentos que a faziam se sentir suja e usada quando ela pensava sobre aquilo.

Ela queria que parecesse certo. Ali, nada poderia parecer errado.

Naquela noite, Angela tinha sentido a nudez firme e escura de Myles através do zíper da calça jeans, surpreendendo-a por ser largo e grande como o de um homem, sendo que ela pensava nele apenas como um menino magricela. Angela lembrou-se do chão sob o cobertor, duro apesar da almofada de carumas, incomodando seus ombros até o doce momento em que, de repente, tudo ficou perfeito. Myles a penetrou devagar, entrando pouco a pouco, e ela se sentia firmemente presa a ele, como posse e possuidor. Aquela fora a primeira vez que ela entendera como era intenso estar com um homem que a *preenchesse*. Ela perdera o fôlego, cravando as unhas nas costas de Myles. Apenas Tariq a fizera sentir algo próximo disso desde então, naqueles dias que agora pareciam tão distantes que davam até a impressão de sua experiência com Myles no Ponto ter sido na semana passada. Ou ontem. O abdômen de Angela relaxou, vibrando.

Angela olhou timidamente para Myles, certa de que ele devia ter a mesma memória em mente, mas a atenção dele estava na tarefa que os tinha levado ali. "Ooooooo-nyyyyyyyyx", chamou Myles, colocando as mãos em concha ao redor da boca enquanto gritava para a floresta. Ele enfiou dois dedos nos lábios e deu um assobio que machucou o ouvido de Angela.

Um eco repetiu seu grito antes de desaparecer. O assobio também pareceu abrir caminho pela floresta antes de se calar. Nada de Onyx.

A trilha que os levara até ali não reaparecia do outro lado do Ponto, pelo menos não que ela conseguisse ver. Angela ajudou Myles a vasculhar as áreas vizinhas ao local, mas eles não se afastaram muito da clareira. Na luz, ela notou pequenas depressões nas bochechas dele, oriundas de acne do colégio que não tinha cicatrizado adequadamente ou de feridas de navalha. As pequenas marcas davam a seu rosto uma qualidade mais severa e acabada, evidência de que sua jornada da infância à idade adulta não fora isenta de cicatrizes.

"Eu me sentiria melhor com uma bússola", disse Myles.

"Podemos nos perder?"

"Por algumas horas? Pode apostar. É fácil ficar desorientado."

"Dane-se isso, então", disse Angela. Ela já tinha ouvido falar de um editor da *Village Voice* chamado Joe Wood que, alguns anos antes, nunca retornara de uma caminhada vespertina quando estava em Seattle para uma convenção de jornalistas de minorias, algo que acontecia com os trilheiros com frequência demais para o seu gosto. Angela nunca conhecera o homem, mas a notícia de seu desaparecimento a deixara apavorada. Poderia ter sido ela. Poderia ter sido qualquer um. "Vamos voltar e vasculhar o outro lado, no jardim da vovó Marie."

"Antes de voltarmos, preciso te contar uma coisa", disse Myles, em tom sério.

Então era isso. Eles estavam sozinhos pela primeira vez, e ele iria falar o que pensava. Angela tentou encontrar palavras para contar a ele o seu lado da história, como ela se sentira mortificada depois de atacar Tariq no funeral, os meses que passara no Hospital Psiquiátrico Harbor. Como tivera medo de que, se ela se permitisse ser amiga de Myles outra vez durante aquele período, poderia ter feito alguma loucura tão grande que teria estragado a amizade deles para sempre. Ou como ela poderia ter derretido na presença de Myles e se perdido completamente. Seu filho tinha morrido, pelo amor de Deus. O que diabos ele esperava? Os pensamentos de Angela eram tantos que ela não conseguia escolher um.

Os olhos de Myles iam brilhando à luz do sol conforme eles se aproximavam do caminho sombreado. "Quando saímos pela primeira vez, vi alguns restos perto de um arbusto", disse ele. A palavra *restos* não teve significado imediato para ela. Myles continuou: "Um pouco de sangue e pelos. Notei uma mancha escura, então dei uma olhada. Estava muito comido, mas é definitivamente um animal pequeno. Talvez já esteja lá há alguns dias, e não havia o suficiente para ter certeza de que era o cachorro... mas o pelo era escuro, e há uma chance. Uma boa chance, estou começando a achar".

"Jesus amado", disse Angela. "No caminho perto da casa?"

"Onde começa o caminho. Eu não vi nenhuma coleira, mas pode olhar você mesma no caminho de volta. Não sei o que você vai querer dizer a Naomi."

A floresta pareceu duas vezes mais gelada com a menção ao nome de Naomi. Uma dor de cabeça apertou as têmporas de Angela. Já seria ruim se Onyx tivesse fugido ou sido roubado, mas como ela poderia contar a Naomi que havia evidências de que algum animal poderia tê-lo devorado? Naomi ficaria traumatizada, e ela teria que se apresentar para uma sessão de fotos em dois dias.

"Que *merda*", disse Angela. "Merda, merda, merda."

"Sinto muito."

"Isso não está acontecendo. Por que isso está acontecendo?"

"As coisas sempre acontecem, boneca", disse Myles. Ele deslizou o braço pelos ombros dela, onde ficou acomodado e seguro, mas agora ela não conseguia apreciar o gesto.

Angela não queria examinar os restos mortais, mas ela precisava fazer isso. Como passara mais tempo com Onyx, seria mais provável que ela o reconhecesse.

Quando a travessa Toussaint e a kombi de Tariq apareceram ao longe na trilha, Angela pediu a Myles que mostrasse a carcaça. Abaixando-se, Myles apontou para trás do tronco largo de um cedro vermelho na beira da trilha, e Angela apoiou a mão nele enquanto espiava ao redor. Ela viu quatro corvos bicando o que parecia um monte de folhas. Um olhar mais atento disse a ela que as folhas estavam grudadas em algo embaixo delas. Do local onde estava, Angela não conseguia enxergar tanto, então caminhou além da árvore, passando por Myles, até estar a apenas um metro da coisa. Então, agachou-se.

Três dos corvos voaram para longe, mas um permaneceu, bicando o monte. O último corvo puxou um fio de carne vermelha, arrancando-o do monte com o bico. Angela sentiu seu iogurte matinal subir até a garganta, junto do gosto de ácido estomacal. O pássaro estava comendo o animal morto. Quase esquecera que os corvos faziam isso.

"Cai fora!", disse ela, brava, e o pássaro voou.

O corvo estava se alimentando de algo coberto de sangue seco. A princípio, o animal parecia ser pequeno demais para ser um cachorro, mas quando ela olhou mais de perto, percebeu que eram apenas *restos*. Essa parte tinha sido dividida, mas era maior, talvez duas vezes maior do que o que restara. Havia muito sangue para dizer qual poderia ser a consistência do pelo, mas um pontinho de luz do sol vindo de uma lacuna nas árvores acima deu a ela uma iluminação perfeita onde ela precisava: ela viu um pequeno chumaço de pelo brilhante e úmido. Pelo preto.

"Merda", sussurrou Angela. Não era certeza, mas era possível. Tornando-se provável.

"Viu o que quis dizer?", perguntou Myles.

"Deus, espero que não seja o Onyx. Por favor, não pode ser o Onyx."

"O que você vai dizer a ela?"

"Não podemos dizer nada. Agora não. Precisamos ter certeza."

"Você decide", disse ele, mas ela se perguntou se Myles estava desapontado com ela.

Em silêncio outra vez, ela e Myles circundaram a casa para ir até o quintal. O caminho que descia de lá até o jardim de ervas era íngreme e coberto de vegetação, então eles tiveram que ir se agarrando a galhos salientes a fim de descer pelo solo rochoso e lamacento sem tropeçar. As palavras de vovó Marie voltaram à sua mente: *Antes de agarrar qualquer galho, veja se é amigável*, ela dizia, alertando-a para testar a força de qualquer galho antes de confiar nele, uma frase que fazia Angela imaginar árvores maldosas conspirando para machucá-la. Raízes expostas cresciam em fileiras descendentes, perfeitas para servirem de degraus improvisados, e Angela se lembrava com muita clareza de ter feito essa descida quando era adolescente.

Mas a vegetação rasteira havia crescido desde a última vez que Angela estivera ali, e ela não conseguia se lembrar de seus pontos de referência, ou se o jardim de ervas estava à direita ou à esquerda de onde eles estavam. Aquele lado da propriedade tinha uma atmosfera muito diferente da parte que levava ao Ponto, era mais como um matagal pantanoso do que uma floresta, embora ainda houvesse árvores. Há muito tempo, um acre ou mais ali fora limpo. Vovó Marie criava galinhas, cabras e porcos, cultivando vegetais de um lado e ervas do outro. Agora, entregue à sua própria vontade, a terra havia crescido de forma desenfreada outra vez. Uma nuvem de mosquitos circulou os tornozelos de Angela, saídos de uma poça de lama em que ela quase pisara.

"Lá", disse Myles, apontando para a esquerda. "Acho que o riacho é por ali."

Aquela trilha, muito menos percorrida, não era mais uma trilha. Havia uma rede de samambaias na altura do peito no meio do caminho, então eles entraram no meio delas. Havia tantas teias de aranha presas entre as samambaias que o mar de galhos verdes parecia balançar da mão de uma marionete. Angela arrancava as teias enquanto caminhava, puxando-as de seu cabelo e de sua pele ao sentir seus fios pegajosos. Em outubro, as aranhas do jardim reapareciam com força, e Angela esperava não topar com uma das cuidadoras das teias, porque eram grandes demais para seu gosto.

"Onyx!", chamou Angela, um grito quase de frustração.

Myles também foi gritando o nome do cachorro até chegarem ao riacho, e foram seguindo até avistarem as três estacas de madeira marcando o terreno onde antes ficava o jardim de ervas da vovó Marie. Agora não era mais do que uma pequena clareira invadida por ervas daninhas. Angela se deu conta de que vovó Marie ficaria triste se visse isso. Ela imaginou a avó com seu chapéu de palha, meias caindo pelas panturrilhas grossas enquanto ela se curvava sobre o jardim, cortando e puxando as plantas. Ela usava enormes botas de borracha quando estava em seu jardim. Meu Deus, sim, Angela quase podia *ver*. A memória de vovó Marie ali era tão forte quanto a sua memória da transa com Myles no Ponto. Parecia tão real que era quase tangível.

Um corvo pousou em um dos postes da cerca com um grasnido, seus olhos brilhantes olhando para Angela. Ela costumava alimentar corvos e gralhas quando era mais jovem, hipnotizada por suas penas brilhantes cor de azeviche, mas perdera o interesse na primeira vez que vira um corvo comendo um esquilo morto. A sensação estava de volta agora, com força. O olhar do pássaro a deixou inquieta.

"Olhe para isso", disse Myles. Ela não tinha notado que ele estava fora de sua vista até ele aparecer atrás dela carregando uma cesta de palha aberta.

Angela não reconheceu a cesta, nem as ferramentas dentro. "Não é minha. Você acha que vovó Marie deixou isso aqui?"

"Não, é muito novo. Eu poderia jurar que Rick Leahy tinha uma cesta assim."

"Ele costumava cavalgar aqui", disse Angela, inspecionando a cesta mais de perto. Fora confeccionada com o que parecia ser um padrão nativo-americano ou africano, não era algo para se jogar fora. Dentro dela, havia luvas de trabalho, uma faca e algum outro tipo de ferramenta em cima de plantas secas que haviam perdido tudo, exceto um vestígio de sua tonalidade verde. Plantas mortas e os pertences de um homem morto.

"Você poderia levar para os filhos de Rick e ver se é dele?", pediu Angela. Sua visita anterior à casa tinha sido estranha o suficiente. Ela não queria voltar.

"Sim." Myles suspirou, fechando a cesta. Ele amarrou o fino cordão de couro para prendê-la.

"Quase parei de beber, mas agora estou feliz por não ter parado", disse Angela. "Eu preciso de uma taça de vinho esta noite. Um bom vinho gelado. Talvez cinco ou seis taças. Esta cidade vende bebidas alcoólicas aos domingos?"

"Não, mas eu tenho um pouco de sidra forte que posso trazer para você mais tarde."

"Traga também para Naomi. Se ela ainda estiver aqui esta noite, tenho certeza de que vai querer beber um pouco também."

Liza e Art Brunell estavam saindo da casa quando Angela e Myles voltaram. Só queriam um relatório de progresso das buscas, eles disseram, mas Angela sabia que estavam lá para se certificar de que ela estava bem. Liza deixara que ela imprimisse folhetos de "desaparecido" gratuitamente na loja e, então, também se ofereceu para pendurá-los pela cidade. Angela sabia que devia estar parecendo muito perturbada quando Liza a viu.

"Nosso labrador preto, Miko, é o nosso xodó, então entendemos", disse Art, apertando os cotovelos de Angela com força em vez de dar um abraço. Art flertava descaradamente quando Liza não estava com ele, tudo por diversão, mas na presença de sua esposa ele era totalmente sacerdotal. Liza Kerr ainda era a mulher mais linda do mundo aos olhos de seu marido. Art havia perdido um pouco de cabelo e alguns quilos desde a última vez que Angela o vira. Ele ainda tinha o queixo duplo, sua marca registrada, mas parecia bem. Liza também parecia bronzeada e saudável com seu cabelo cortado em um estilo pajem que ficava fofo nela, não tão severo como o corte de cabelo reto às vezes parecia. A vida não andava muito gentil com Angela ultimamente, mas estava boa para os Brunells, e ela estava feliz por eles.

"Eu ouvi um boato de que você ganhou a eleição, Art", disse Angela.

"É por isso que estou aqui", respondeu Art, piscando. "Cães desaparecidos fazem parte dos deveres do prefeito."

"Ligue se precisar de nós, docinho", disse Liza, enquanto se dirigiam para os degraus de pedra.

"Como está o Glenn?", gritou Angela atrás deles, lembrando-se de suas maneiras.

Art foi quem respondeu. "Está bem! Acabou de fazer 8 anos. Vamos pescar hoje."

Dentro da casa, como Angela imaginava, Naomi estava destruída. Ela já tinha ligado para a companhia aérea para adiar o voo e pediu a Angela que fizesse o possível para falar com o diretor, um jovem em ascensão no setor de videoclipes chamado Vincent D'Angelo. Naomi queria adiar o primeiro dia no set, talvez até quinta-feira. Angela sabia qual seria a resposta. D'Angelo estava seguindo a programação de seu estúdio e não teria espaço no orçamento para atrasos. Todos os atrasos custam dinheiro.

Enquanto Angela esperava o diretor retornar a ligação, travava um dilema com sua ética. *Você tem que tratar as pessoas como se estivesse olhando para um espelho*, vovó Marie dizia, e Angela também acreditava muito naquela regra de ouro. Se estivesse no lugar de Naomi, ela gostaria de saber sobre a descoberta de Myles. Ela não iria querer ter falsas esperanças. E se Angela estivesse agindo apenas como amiga, ela contaria a Naomi sobre os restos mortais por uma questão de honestidade, não importava o quão doloroso podia ser.

Mas como agente de Naomi, ela não tinha tanta certeza.

É por isso que não se faz amizade com clientes, Angela lembrou a si mesma cerrando os dentes, consultando o *palmtop* para tentar encontrar um número de qualquer outra pessoa da equipe de produção. Cinco anos antes, Naomi havia pulado fora de um projeto por causa de alterações de humor e fadiga causados por um medicamento para emagrecer. O escritório de advocacia de Angela havia chegado a um acordo com o produtor, mas o estrago estava feito: Naomi havia sido rotulada como furona e isso prejudicara sua carreira. Alguns produtores ainda perguntavam a Angela sobre a estabilidade de Naomi, e ela não os culpava por isso. Ela não podia deixar a atriz arriscar outro emprego, não por causa de um cachorro.

O dia mais longo do mundo estava ficando mais longo ainda.

De onde estava, ao lado do telefone da cozinha, Angela viu Myles e Naomi sentados do lado de fora à mesa da varanda, para onde haviam se retirado discretamente. As mãos de Naomi estavam cruzadas na frente dela, com os cotovelos apoiados na mesa, e as mãos de Myles estavam sobre as dela. Suas cabeças estavam muito próximas. Era uma cena difícil para Angela. Myles sempre fora um salvador, pensou sarcasticamente, e ficou furiosa consigo mesma por pensar nisso. Como ela podia invejar sua melhor amiga por qualquer conforto que ela pudesse obter? Mas lá estava ela, sendo mesquinha.

Ela se sentiu mais mesquinha do que nunca quando eles voltaram para dentro de casa, fechando a porta suavemente atrás deles, e ela ouviu Naomi dizer: "Obrigada pela oração, Myles. Eu precisava disso".

"O prazer é meu. Apenas confie em Deus, irmã. Você vai ficar bem."

Confiar em Deus. Isso era algo que Angela não era capaz de fazer desde a morte de sua mãe, quando ela decidira que religião era uma ilusão em um mundo cheio de exemplos de como Deus não estava prestando a devida atenção, ou então de como era explicitamente sádico. A morte de Corey não mudara sua opinião, mas ela invejava Myles e Naomi por sua crença. Bom para eles, ela pensou.

Foi uma noite tranquila. Myles foi para casa e ligou mais tarde, pedindo mil desculpas por não cumprir a promessa de levar a sidra forte. Disse que dona Fisher tivera um dia difícil, e queria ficar com ela.

A cada meia hora, Angela saía para andar pela casa, chamando Onyx. Naomi parou de acompanhá-la nisso e ficou em silêncio o resto do dia. As duas acabaram no sofá da sala, sem prestar atenção à música no aparelho de som. O comportamento apático de Naomi lembrou Angela de como ela se sentira após a morte de Corey, quase catatônica. Notou que a tristeza parecia a mesma. Os graus podem mudar, mas tristeza era tristeza.

Às 20h, quando ambas estavam tão cansadas física e mentalmente que já falavam em ir para a cama, o telefone tocou.

"Talvez alguém tenha encontrado Onyx!", disse Naomi.

"Não, sinto muito. É uma ligação de longa distância", respondeu Angela, observando no código de área que a ligação era de Vancouver, Colúmbia Britânica. Enfim alguém da produção estava retornando para ela. Angela levou o telefone sem fio até a cozinha para poder falar longe de Naomi.

Era Vincent D'Angelo, profundamente tenso, prestes a começar a rodar seu primeiro longa-metragem com 20 milhões de dólares de outra pessoa. "Um cachorro? É brincadeira, né?", disse com uma voz monótona. Ele parecia aliviado por ser algo tão fácil de negar.

"Ele não pode adiar", Angela relatou a Naomi, e ela balançou a cabeça, resignada. Angela nunca tinha visto os olhos de Naomi tão vermelhos. Jesus, ela ficaria uma bagunça se não saísse dessa, Angela pensou. "Ele disse que está esperando você no hotel para um ensaio amanhã à noite. Você vai precisar mesmo ir embora amanhã o mais cedo possível."

Naomi balançou a cabeça de novo, em silêncio. Ela estava abraçando uma das almofadas decorativas de estilo oriental do sofá contra o peito, como uma mãe desejando ter de volta seu filho perdido.

Angela realmente não queria ficar com raiva — ela não conseguia pensar em nenhum bom motivo para sentir qualquer coisa além de empatia pela amiga —, mas ficava mais irritada conforme o tempo passava. *Você acha que isso é ruim? Perder um cachorro? Tente perder seu filho, Naomi. Tente ver que ele deu um tiro na própria cabeça na sua própria casa, espalhando massa encefálica rosa e cinzenta no chão. Experimente saber que hoje de manhã você estava ajoelhada sobre o local exato em que isso aconteceu. O sangue sumiu, mas ainda sinto o cheiro, Naomi.*

"Então, como você quer fazer isso?", perguntou Angela. "Acho que devo ir com você para Vancouver. Eu ou Suzanne." Suzanne Ross era a assistente pessoal de Naomi, uma funcionária de meio período bastante inteligente. Ela sabia lidar com Naomi e ficaria feliz com o trabalho.

"Sim, ligue para Suzanne para mim. Eu quero que você fique aqui, Angela. Ele pode voltar." Naomi falou como se sua garganta estivesse se fechando. "Você acha que ele vai voltar?"

Naquele instante, a parte de Angela que era amiga de Naomi venceu a parte que era sua agente. "Eu não sei, querida", disse ela. "Eu gostaria de poder te tranquilizar, mas não posso. Para ser honesta, estou ficando sem esperanças."

Naomi pareceu dar um meio-sorriso, como se estivesse feliz em ouvir a verdade. Mas estava longe de ser um sorriso; sua expressão era a de quem acabara de testemunhar uma cena de filme de terror. "Posso dormir na sua cama com você esta noite? Não quero ficar sozinha no meu quarto", disse Naomi.

"Claro que pode. O que você quiser. Minha cama tem espaço de sobra."

Naomi enfim encontrou os olhos de Angela. Rodeados por rímel borrado, os olhos de Naomi pareciam pequenos, assombrados. Seu nariz estava vermelho como uma cereja. "Angela, lembra que eu disse que sou intuitiva?"

"Sim."

Naomi baixou a voz. "Venda esta casa, Angela. Apenas fique aqui alguns dias, para ver se Onyx vai voltar. A verdade é que me sinto mal por te pedir que fique por tanto tempo. Eu acho que você devia simplesmente ir embora."

O mesmo pensamento estava consumindo a mente de Angela, sobretudo depois daquele episódio pela manhã na adega. A descoberta da cesta abandonada de Rick Leahy no jardim de ervas também a incomodara. Talvez não fosse nada, mas ela estava começando a sentir como se aquela casa atraísse coisas ruins.

"O que sua intuição diz sobre o Onyx?", perguntou Angela, esperando que Naomi soubesse.

Naomi se levantou, cansada, jogando a almofada no chão. "Ele se foi. Algo está errado. Eu não sou sonâmbula, Angela. E mesmo se eu fosse, por que eu iria dormir na adega onde seu filho morreu? O que me faria fazer isso? Você sabe que isso é muito estranho. Isso não é uma maldita coincidência. E então o Onyx desaparece assim? Que porra é essa?" Naomi franziu as sobrancelhas, seu rosto repentinamente feroz. "Há algo sobre esta casa. Aquele cara que veio aqui antes, o prefeito e a esposa, ele disse que as pessoas aqui chamam esta casa de Casa Hereditária. Bem, eu não sei por que, mas, garota, pode acreditar em mim... Esta casa não tem nada de bom. Não sei o que é, mas boa ela não é."

* * *

Pela manhã, Onyx continuava desaparecido. Depois de sua última noite na casa, passada na cama de Angela e sem conseguir dormir, Naomi foi embora sem seu cachorro e voltou a Los Angeles no voo das 10h, para ter tempo de fazer as malas e seguir para Vancouver. Ela e Angela se abraçaram na calçada do aeroporto, então Naomi desapareceu no meio da multidão de viajantes que tinham seus próprios horários, suas próprias tristezas. Vendo a amiga partir, Angela sabia que já podia voltar para Los Angeles também. Em vez disso, ela pegou o carro e dirigiu para o norte. Em direção a Sacajawea.

Oito

10 de junho de 2001
Dois anos antes

"Eu não vim pra obedecer, muito menos *aceitar*... Então pega essa rima que agora eu vou *mandar*... Aí, meus truta, presta muita atenção no que eu vou te *ensinar*..."

A cabeça de Corey Toussaint Hill balançava enquanto ele recitava baixinho seu rap favorito, uma rima chamada "Rebelution" que ele havia escrito antes das férias de verão. Ele não cantava rap tão bem quanto seu amigo T., cuja voz rouca era idêntica à do DMX (se você fechasse os olhos, pensaria que era o próprio DMX que estava ali), mas Corey gostava da forma como a rima fluía, um verso se conectando suavemente ao seguinte. É isso aí, cara, disse T. ao ouvi-lo cantar, cumprimentando Corey com um tapa na palma da mão e uma sacudida. É isso aí, Corey. Essa seria a edição do título do CD que eles planejavam fazer no outono, com T. produzindo as batidas e lançando as faixas de rap enquanto Corey escrevia as rimas. O irmão de T. tinha um *mixer*, e eles iriam fazer tudo sozinhos e vender o álbum na escola e em festas, assim como o Sugarhill Gang e o antigo Puff Daddy costumavam fazer no início da carreira. Foi assim que muitos rappers começaram.

Parado do lado de fora do Downtown Foods, apoiando um dos pés calçados com um par de Air Jordans na parede de tijolos, Corey olhava para a luz do sol refletida no rio e se imaginava de volta em casa, na casa do pai, fazendo umas batidas em seu quarto, assistindo aos vídeos do Black Entertainment Television, comendo salgadinhos e tomando refrigerante de uva, talvez compartilhando uma ponta que encontraram no cinzeiro do carro do irmão de T. Corey tentara fumar maconha na primeira vez que T. levara uma ponta para ele, e ele não sentira nada, exceto a ponta dos dedos queimando quando tentou acendê-la, mas T. disse que ele ainda precisava aprender a segurar a fumaça nos pulmões. T. tinha prometido a Corey que roubaria um dos baseados enormes do irmão dele para que os dois pudessem fumar tudo sozinhos. Senão, eles apenas aumentariam o volume da música e ficariam bem loucos assim, T. disse.

Corey sabia o que ele queria dizer. Ele estava chapado de música em sua cabeça naquele momento. Ele precisava estar chapado de alguma coisa.

Corey sabia que poderia encontrar beleza ao seu redor se quisesse, mas não estava com vontade de ver coisas bonitas. O rio, os barcos, as árvores, tudo bem ver essas coisas no cinema, ou talvez em um fim de semana prolongado. Mas depois de uma semana em Sacajawea, Corey já estava pronto para pegar uma carona de volta para Oakland. Justo quando as coisas estavam começando a ficar boas em casa, ele teve que sair e ir para aquela cidade lamentável. Justo quando seu telefone tinha começado a tocar todas as noites, quando T. o apresentara a seus amigos, "Este é Corey Hill, o pai dele trabalha para os Raiders, ele tem cérebro e escreve rimas fodas", quando de repente tinha se tornado popular.

Ele quase pensara que havia cometido um erro ao se mudar para Oakland no sétimo ano, sem conhecer ninguém, sendo zoado por causa de suas roupas e do jeito que ele falava, ouvindo que parecia um garoto branco. Na Hollywood Academy, ele sempre fora diferente só porque era negro, e os outros meninos negros que ele conhecia da escola e os filhos dos amigos de sua mãe não mexiam com ele. Mas em Oakland, ele era um alienígena na escola pública, até que T. apareceu. Se você estivesse com T., estava *dentro*. As garotas que ignoravam Corey no corredor como se ele fosse um chiclete grudado na parede começaram a notá-lo, ele começou a receber convites para ir a lugares e todos lhe faziam a mesma pergunta: "O que você vai fazer no verão?".

O verão significava shows, churrascos, ver os filmes mais da hora e dormir até tarde. Nada de lição de casa, projetos, ensaios, equações. T. dissera que Corey poderia transar naquele verão, de verdade, porque Vonetta o achava bonitinho, e ela com 16 anos sabia o que estava fazendo. Ela sairia com um garoto mais novo se ele fosse maduro o suficiente, T. dissera. Corey não tinha certeza se achava Vonetta bonita porque as unhas e os cabelos dela eram falsos demais, mas ele gostava da ideia de seus lábios beijando os dele, seus dedos assumindo o comando, tirando as roupas dele. Ela olhava para ele no corredor como se tivesse vários planos em mente. Era líder de torcida e ia muito bem na aula de literatura, então ela também tinha cérebro, não só aqueles lábios. Mas às vezes Corey achava que os lábios já eram o suficiente. Eles eram grandes, carnudos e macios, do tipo em que ele pensava no banho e à noite, quando não conseguia dormir.

Nenhuma das garotas de Sacajawea tinha lábios como aqueles. Em primeiro lugar, era difícil *encontrar* garotas em Sacajawea; havia apenas seiscentos habitantes em toda a cidade, um quarto das pessoas em seu colégio em Oakland, talvez menos do que havia em toda a turma do último ano. E mesmo quando ele via algumas garotas pela cidade, elas, todas brancas, olhavam para ele como se pensassem *Nossa, um negro de verdade*. Às vezes, elas davam sorrisos tímidos para ele, mas não tinham nos olhos a mesma expressão de Vonetta. Só o que sentiam era curiosidade. Corey nunca flertara em Sacajawea, e ele já tinha percebido que isso não ia começar a acontecer agora só porque ele crescera sete centímetros desde o último verão e ganharia um carro no outono, quando fizesse 16 anos; uma promessa do pai, segredo deles.

Corey olhou para o relógio e suspirou. Ainda era meio-dia. Os dias se arrastavam naquela cidade como se fossem pagos por minuto. Ele ainda estaria relaxando na cama se a mãe não o tivesse obrigado a ir ao mercado com ela para ajudá-la a colocar as sacolas no carro. Ele esperava que ela fosse a um dos grandes supermercados de Longview, porque pelo menos eles tinham revistas de musculação e PlayStation 2, que eram melhores do que nada. Em vez disso, ela desceu a rua até uma lojinha minúscula onde quase não havia comida, muito menos as coisas que se poderia encontrar em um mercado de verdade, uma loja com algum bom senso. Uma loja do século XXI.

Depois de alguns minutos, Corey disse à mãe que esperaria do lado de fora. Ele não ia suportar a música daquela loja nem por mais um minuto. A música não era apenas antiga, era uma música antiga *ruim*, o tipo de música que fazia Corey se perguntar quem pagaria para gravá-la. Ele imaginava os cantores na frente daqueles grandes microfones antigos, de terno e gravata, cabelo escovado e um sorriso idiota, cantando sobre "Blue Moon" ou "Venus" ou sobre ser um "Teenager in Love" e "Walking in the Rain".* *Brega*. Não era que Corey achasse que toda a música dos anos 1950 e 1960 fosse ruim — ele gostava de Chuck Berry e James Brown e até mesmo um pouco de Elvis Presley; afinal, Elvis não tinha feito nada além de regravar algumas canções antigas de blues, mesmo que não tivesse dado os devidos créditos aos compositores. Mas as músicas

---

* Os títulos traduzidos das músicas são "Lua Azul", "Vênus, "Adolescente Apaixonado" e "Andando na Chuva", respectivamente. (N. E.)

das lojas daquela cidade pareciam ter a missão de fazer as pessoas dormirem. Às vezes, Corey pensava que o DJ da estação de rádio estava pessoalmente empenhado em irritá-lo.

T. nunca acreditaria neste lugar, Corey pensou enquanto inspecionava a rua. Ele jamais acreditaria que existia um centro sem postes de iluminação, ou mesmo sem uma placa de *pare*. Ele jamais acreditaria que havia um bar no centro da cidade chamado Salão do Rio, como se tivesse saído de um filme antigo de caubói do Clint Eastwood. Ele jamais acreditaria em como quase não havia letreiros néon em lugar algum, ou em como era ruim a seleção de filmes na locadora, que costumava ser a casinha de alguém e tinha cortinas de renda e toalhinhas de crochê por toda parte, e ainda cheirava a hortelã e café. E ele com certeza jamais acreditaria em uma cidade onde não havia nada além de pessoas brancas. *Nada.* Bem-vindo ao nosso planeta, estranho. Sempre que Corey via alguém de pele escura, ele já imaginava que devia ser um mexicano. Havia alguns mexicanos aqui e ali.

E ali estava outra coisa que T. jamais acreditaria, Corey notou. Dois garotos estavam do lado de fora do Salão do Rio, do outro lado da rua, compartilhando um cigarro, e o mais alto, de cabelos escuros, usava uma camiseta preta estampada com uma grande bandeira dos Estados Confederados. O garoto estava olhando para Corey de um jeito que ele não gostou, como se o estivesse desafiando a dizer algo sobre a roupa. Ele era mais gordo do que musculoso, com a barriga esticando a bandeira estampada da camiseta enfiada para dentro da calça, mas era um cara grande, não era alguém para mexer. Ele poderia ser do último ano, provavelmente um jogador de futebol americano que se achava especial porque ainda não sabia como o mundo era grande. Um tipo desse pode ser um problema, pensou Corey. Ele encontrou o olhar do menino e, depois de um tempo, o menino e seu amigo começaram a falar, desviando o olhar. Corey nunca iria demonstrar isso em seu rosto, mas ele estava aliviado.

Ninguém que Corey conhecesse teria coragem de usar aquela camiseta nas ruas. Por que diabos as pessoas usam essa bandeira nesta parte do país? Washington não era um dos Estados Confederados, e a guerra acabara fazia muito tempo. Pura ignorância, pensou Corey. Ele nunca entenderia por que a mãe sempre o levava para aquela cidade, a não ser para puni-lo por ser feliz o resto do ano.

Um cavalo cinza e um cavaleiro montado nele vieram trotando da esquina no meio da rua Principal, como se pertencesse ao tráfego de picapes e outros carros lentos. O cavalo era bonito, Corey tinha que admitir. Ele nunca tinha visto um cavalo daquela cor antes, aquele cinza profundo e fantasmagórico, com uma cauda e uma crina exuberantes para combinar. Um carro podia ser bom, mas um *cavalo* também tinha o seu valor.

Corey só notou o cavaleiro quando o cavalo passou bem na frente dele. O garoto no cavalo tinha a idade dele, cabelos longos e tão loiros que eram quase brancos, como os de um albino. Ele usava uma camiseta desbotada de um show do Public Enemy, que não combinava com aquela cena, a menos que fosse uma ironia.

O cavalo foi diminuindo a velocidade enquanto o menino dava um puxão casual e experiente nas rédeas, e Corey se sentiu estranho com a maneira como aqueles olhos claros como o céu se cravaram nele. Ele não queria aborrecimentos, então desviou o olhar.

"E aí, cara?", disse o menino. "É bom enfim encontrar alguma variedade por aqui."

O menino estava olhando para Corey de uma forma que ele não gostou. Interessado demais. Ou ele era um completo caipira ou outro *poser*. Havia garotos *posers* como aquele no colégio, que falavam merda e tentavam arduamente ser negros e depois voltavam para seus bairros totalmente brancos nos carros esportivos que seus pais ricos haviam comprado para eles. Nenhum policial os parava na rua sem motivo, então o que diabos eles sabiam sobre isso? Assim como aquele caipira provavelmente não sabia absolutamente nada sobre rap.

"Onde você conseguiu essa camiseta do Public Enemy?", perguntou Corey. "Em uma máquina do tempo?"

O menino arregalou os olhos, pego de surpresa. "Essa foi pesada. O que você tem contra P.E.?"

O cavalo queria continuar andando, mas o menino o segurou no lugar, puxando as rédeas com uma das mãos, sem pensar muito. Esse garoto provavelmente andara a cavalo a vida toda, como se não fosse nada de mais. Corey não sabia bem por que isso importava para ele, mas de repente importou.

"Nada. Você só me parece outro garoto branco tentando fingir que é negro", disse Corey.

O menino sorriu. "Para mim, você parece um negro rico tentando fingir que é um neguinho pobre."

"Do que você me chamou, seu merda?", Corey mal podia acreditar no que tinha ouvido, que um menino branco o chamara de "neguinho". Ele se aproximou, preparado para uma briga.

O menino estava sorrindo. "Cara, você sabe o que eu quis dizer. *Do gueto*. O que quero dizer é: por que você não relaxa em vez de levar tudo que eu digo pro pior lado?"

"Cara, você não me conhece. Com quem diabos você pensa que está falando? Por que não desce desse cavalo e repete isso na minha cara?", desafiou Corey. Ele *queria* brigar agora, não importava se ele iria ficar com o nariz arrebentado, um dos olhos inchado ou os nós dos dedos machucados. Corey sabia que bater nas pessoas doía porque ele já tinha feito isso antes, e não era como nos filmes. Mas ele estava ansioso para lutar de uma forma que não fazia desde o quinto ano, na Escola Primária Cesar Chávez. Uma vez, um garoto havia chutado uma bola de basquete das suas mãos e Corey viu tudo escurecer. Quando voltou a si, viu o outro garoto deitado no chão na frente dele com o nariz todo fodido, com muito medo de se levantar, dizendo que estava arrependido. Corey havia ralado a pele dos dedos, mas aquilo o tinha feito se sentir bem, ele tinha que admitir. Pela primeira vez, ele estava no controle. Depois disso, os pais o mandaram para uma escola particular, provavelmente ideia da mãe dele, como se garotos brancos com boas notas e que tinham poupança para a faculdade não brigassem também. Em geral, Corey evitava brigas, mas ainda se lembrava do quanto tinha gostado de dar um murro naquele garoto. Ele gostaria naquele momento também. Mais ainda.

Mas Corey sabia que devia se acalmar. O cara com a camisa da bandeira e seu amigo provavelmente se meteriam, e ele não poderia lutar contra três ao mesmo tempo, mesmo depois das aulas de taekwondo. Pior do que isso, ele estava em frente à janela panorâmica do supermercado, e sua mãe podia ver cada respiração que ele dava. Ela estava sempre olhando para ele, achando que ele ia fazer merda. Se ele começasse a surrar alguém naquele momento, aquele verão iria piorar. As coisas ficariam feias. Mais do que já estavam.

O menino acenou para ele. Ele não tinha ideia de quão próximo estava de apanhar, Corey pensou. "Foda-se. Você sabe o que eu quis dizer", disse ele. "Não estou tentando mexer com você, como algumas pessoas por aqui fariam." Com um movimento sutil de cabeça, o menino apontou para os dois meninos do outro lado da rua, que ainda estavam conversando, ignorando os dois. Ou pelo menos pareciam estar.

"Só sei que se você falasse isso lá de onde eu vim, você estaria morto", disse Corey.

O menino começou a rir. *Rir*! Corey tinha suspeitado que aquele idiota pudesse ser louco, mas agora ele tinha certeza. "Tudo bem, esquece, cara", disse o menino. "Eu não quis ofender." Ele puxou as rédeas de novo e seu cavalo seguiu em uma caminhada animada.

"Sim, pode vazar! É melhor torcer para que eu não descubra onde você mora, branquelo, quero ver você achar graça disso." Corey mal reconheceu sua voz. Ele parecia T. quando estava de mau humor. T. não brigava, sobretudo porque apenas sua voz já assustava as pessoas.

Corey devia ter levantado a voz, porque agora o garoto com a camisa da bandeira da Confederação e seu amigo estavam olhando também, prestando muita atenção, quietos. Sem olhar para trás, o garoto no cavalo acenou para Corey por cima do ombro.

"*Adiós*, amigo. Você não me engana. Não somos todos caipiras por aqui, sabe? Eu sou de Santa Cruz, e minha avó parece mais durona do que você."

Agora, o rosto de Corey estava queimando. Era como se aquele garoto de Sacajawea, um estranho, usasse óculos de raio X e tivesse visto toda a vida dele, do início até a Academia de Hollywood. *E aí, Oreo?* Corey desejou poder sair correndo atrás daquele idiota e derrubá-lo daquele cavalo. Filho da puta arrogante. Quem ele pensa que é?

"É melhor você aprender a ter um pouco de respeito, ou alguém vai te ensinar", gritou Corey atrás dele, em voz alta, e não se importou com quem ouviu.

"Public Enemy é foda!", gritou o menino para o céu com o punho erguido. "*It takes a nation of millions to hold us back!*"*

Um homem de boné saindo do Salão do Rio e uma velha com um vestido florido prestes a entrar na Sacajawea Collectibles pararam para ver do que o menino estava falando. O garoto com a bandeira e seu amigo ainda estavam olhando também. Fixamente.

"Branquelo maluco", murmurou Corey enquanto o garoto no cavalo se afastava. *It Takes a Nation of Millions to Hold Us Back* era seu álbum favorito do P.E., porque tinha a faixa "Don't Believe the Hype". Mas aquele menino precisava de um pouco de juízo.

---

* A referência traduzida quer dizer "É necessário uma nação de milhões para nos impedir". (N. E.)

"Corey, me ajuda aqui, por favor. Trouxe você aqui para me ajudar!", gritou sua mãe. Ela estava empurrando um carrinho frágil abarrotado de sacos marrons, tudo para ele carregar. Ela usara a voz que ele odiava, a voz de capataz, como a maldita professora dele. A cada verão ela tentava fazer com que ele fosse menos preguiçoso, sempre levando isso ao extremo. Ele não teria se importado em ajudar com a louça e coisas assim, mas ela o colocara do lado de fora, para arrancar ervas daninhas do jardim e cortar árvores naquele sol quente. Ou para subir e descer a travessa Toussaint, ou para se enfiar nas profundezas da floresta até o Ponto, para limpar o lixo que outras pessoas haviam deixado para trás. Ela nunca se lembrava de pedir por favor. Na maioria das vezes, ele não se importaria se ela pedisse com educação. Em vez disso, ela o tratava como uma pessoa escravizada, e tudo porque ela estava brava porque o pai não lhe dava nenhuma tarefa na casa dele. Seu pai tinha uma empregada. Qual era o problema?

O pai tinha prometido que falaria com ela e tentaria encontrar uma maneira de mudar as coisas naquele verão. Antes de Corey deixar Oakland, o pai prometera que ligaria para a mãe e tentaria resolver isso para que ela não o levasse para Sacajawea naquele verão, então ela ficaria com ele em Los Angeles. Isso poderia ter sido bom. Ele poderia ter revisto seus amigos, ido ao cinema todos os dias. Melhor ainda, o pai disse que se ofereceria para pagar a metade dos custos para a mãe levá-lo para Nova York ou para algum lugar no exterior. Merda, eles poderiam ter ido para Londres. Seria barato ir para Londres, ainda mais se o pai pagasse a metade da viagem. Ele queria fazer algo diferente, algo bom. Mas Corey estava preso em Sacajawea pelo terceiro verão consecutivo e era a mesma merda de sempre. O pai o decepcionara. Corey se perguntou se ele havia ligado para a mãe como prometera. Provavelmente não.

Provavelmente não queria lidar com ela. Corey não podia culpá-lo.

Corey odiava lembrar o quanto ela parecera magoada quando ele criara coragem para dizer a ela que queria viver com seu pai em vez de ficar com ela. Ele sobrevivera um ano com Angela depois que ela e o pai se separaram, mas ele não conseguia mais suportar o jeito tenso dela. *Se você não gosta, pode ir embora*, ela dissera, e ele respondera que, por ele, tudo bem. Ela quase havia chorado quando ele respondera isso, mas tinha que ser feito. Com o pai, ele sempre podia ser ele mesmo, assistir aos filmes que quisesse, sem se preocupar que um palavrão escapasse de sua boca, porque o pai apenas ria disso. A mãe estava sempre tão tensa que Corey se sentia sufocado.

Não era sua maldita culpa se eles estavam tão confusos que não podiam viver nem no mesmo CEP.

"Pensei em fritar uns hambúrgueres hoje", disse a mãe, tentando fazê-lo sorrir. Ela dizia que ele nunca mais sorrira, pelo menos não perto dela.

"Pode ser", respondeu Corey, ajudando a mãe a carregar as sacolas em seu BMW sem dizer outra palavra. Ele sabia que a mãe odiava quando ele ficava tão quieto, mas o que ele deveria fazer? Ele tinha muito a dizer e ela nunca quisera ouvi-lo. O pai curtia quase qualquer coisa, esportes, filmes, música, mas com a mãe as conversas eram sobre escola, objetivos e tarefas, e só. Quando ele tentara dizer a ela que T. gostava tanto de suas rimas que iria gravar um CD, tudo que ela disse foi *Que tipo de gente se chama T.? Seu pai já conheceu os pais dele?* E então ela disse: *Isso é bom como um hobby, mas espero que você tenha aspirações maiores do que ser um rapper.* Valeu, sua vaca.

Não admirava que o pai às vezes quisesse bater nela. Ele nunca fizera isso, pelo menos não que Corey tivesse visto, mas os olhos dele denunciavam: ele tinha vontade, e Corey não o culpava. Esse pensamento parecia errado, mas isso não o tornava menos legítimo.

Enquanto sua mãe dirigia de volta para casa, Corey procurou o menino no cavalo cinza. No final da rua, quando teve certeza de que não o encontraria mais, Corey viu os flancos do cavalo. O menino ainda estava montado, ao lado de uma caminhonete vermelha brilhante com uma caçamba cheia de fardos de feno, e conversava animadamente com um homem grande que parecia mexicano. Eles estavam perto do meio-fio, a poucos metros do carro de Corey. Pela janela aberta, Corey podia ouvir a voz do menino, e parecia espanhol. "*¿Es verdad? ¿Estás seguro?*", ele o ouviu dizer, e Corey o entendeu porque estava estudando espanhol havia dois anos. *É verdade? Tem certeza?*

"Mãe, você pode ir mais devagar?"

"O que foi agora, Corey?" Ela parecia irritada, como sempre, mas foi diminuindo a velocidade do carro.

"Só um segundo", pediu Corey, e bateu na janela para chamar a atenção do menino. O menino olhou para ele, sorrindo em reconhecimento. Ele acenou como se fossem amigos.

Corey apontou para ele, então fez um gesto lento e deliberado de cortar sua garganta. *Você está morto*, murmurou ele, para que a mãe não ouvisse. Em troca, ainda sorrindo, o menino mostrou o dedo do meio, fingindo coçar o queixo. Aquele moleque estava a fim de apanhar.

"Você fez um amigo?", perguntou a mãe, tentando olhar para trás em seu espelho retrovisor. Ela não tinha notado o dedo médio do garoto porque ele havia disfarçado bem.

"É, algo assim", disse Corey.

Ele mal podia esperar para encontrar aquele garoto metido a esperto de novo.

Naquele mesmo dia, suando ao sol do fim da tarde, Corey fantasiava sobre os lábios de Vonetta enquanto ensacava ervas que ele e sua mãe tinham arrancado no dia anterior ao longo da travessa Toussaint. Tarefa de merda, mas pelo menos ele estava fora de casa. Ao se aproximar da linha da propriedade, onde a trilha de ervas daninhas arrancadas terminava, Corey notou um garotinho cuja pele era quase da mesma cor de T. O menino tinha cerca de 8 anos, cabelos crespos avermelhados e bagunçados, e estava parado ao lado da cerca de madeira do vizinho. Ele vestia shorts jeans e suas pernas eram magras, com joelhos grandes e nodosos.

Havia negros morando na casa ao lado? Corey não podia acreditar.

Aproximando-se, Corey percebeu que o menininho negro estava conversando com o mesmo garoto que andava a cavalo na cidade. Ele não esquecera os cabelos brilhantes e a camiseta do Public Enemy. O branquelo estava pintando um daqueles portões de madeira de rancho com pinceladas desleixadas de branco enquanto falava com o garoto mais novo, envolvido demais na conversa para notar Corey.

O grito de um homem fez os dois meninos olharem para trás, em direção à casa, e de repente a criança saiu correndo. Depois, Corey percebeu que o branquelo estava olhando diretamente para ele. Então, o garoto voltou para sua pintura sem dizer nada.

Corey se aproximou do portão, protegendo os olhos da luz do sol com uma das mãos enquanto saía da propriedade de sua mãe. A casa do branquelo ficava um pouco afastada, no declive, um grande trailer com cortinas nas janelas. Tinha um celeiro ou estábulo no terreno também, que Corey nunca notara. A criança desapareceu pela porta da frente do trailer.

Ninguém ia ver se ele desse uma boa surra naquele garoto, pelo menos um soco na boca. Mas Corey perdera o ímpeto para isso naquele momento. Em vez disso, perguntou: "Onde está o seu cavalo?".

"Pastando nos fundos."

"Que tipo de cavalo é daquela cor?"

"É um andaluz. O nome dela é Sheba."

"Ah, tá", disse Corey. Ele largou a sacola plástica no chão, observando as pinceladas do branquelo na cerca. Ele esperava que sua mãe não visse esse garoto pintando, para não ter ideias.

"Quer que eu pegue um pincel para você?", perguntou o garoto.

"Até parece! Não, Tom Sawyer. Eu pareço com o Huckleberry Finn para você?"

O garoto riu. "Não, você se parece mais com o Jim."

Corey de repente se lembrou de por que queria socar aquele garoto. As pessoas chamavam o tal personagem de *Negro Jim*, e todo mundo sabia disso. Mas ele decidiu deixar para lá. "Quem era aquele menino que estava aqui um segundo atrás?", perguntou.

"Andres? É o meu irmão mais novo."

"Você tem um irmãozinho negro?"

"Ele nasceu em Porto Rico. Deve ter negros em Porto Rico também."

"Existem negros em todas as Américas. Você sabe, o comércio transatlântico de pessoas escravizadas? Aprenda um pouco de história", disse Corey. "Então, ele é adotado?"

"Sim", disse o garoto. Ele de repente parou de pintar e olhou para o rosto de Corey. "Por que você foi tão babaca comigo lá na cidade?"

"Eu? Vou te explicar uma coisa, porque está bastante claro que ninguém se preocupou em te ensinar isso antes", disse Corey. "Aqui, *neste* planeta, você não pode simplesmente dizer a primeira coisa que passa pela sua cabeça. Eu estou falando sério: se você tivesse dito essa merda de 'neguinho' para outra pessoa, iam te derrubar daquele cavalo."

O garoto pensou um pouco. "Ok, talvez você esteja certo. Estou sempre irritando as pessoas. Eu digo o que vejo. Talvez eu seja honesto demais."

"Não, você só é *burro*."

"Enfim, desculpe."

Corey deu de ombros. "Sim, eu também, acho. Eu não estava sendo legal."

Os dois ficaram em silêncio. Corey estava prestes a perguntar aonde as garotas de Sacajawea costumavam ir quando o outro garoto falou outra vez. "Se você acha que sou burro, está enganado. Meu Q.I. é 148. Às vezes é mais alto. Depende do teste."

"Você fica divulgando o seu Q.I. por aí? Isso é babaca, cara. O meu é 150, e nem por isso eu saio por aí me gabando. Você quer que as pessoas pensem que você é melhor do que elas?"

"Você está mentindo. O seu não é tão alto." Pela primeira vez, o garoto parecia irritado.

"Você pensava que era o cara mais inteligente daqui?"

O garoto franziu a testa e voltou para sua pintura. Corey teve certeza de que ele devia ser um ímã de valentões. Conhecera outros garotos como aquele, que arrebentavam em qualquer teste que dessem a eles, mas que eram péssimos em lidar com as pessoas. Corey também costumava se sentir assim.

"Aposto que você escuta muito *gangsta* rap", disse o garoto.

"Às vezes. Eu gosto de Snoop, Dre e DMX."

"Típico. Tudo lixo feito para as rádios. Não dizem nada."

"São vocês, garotos brancos do subúrbio, que gastam um monte de dinheiro só para tentar irritar seus pais. Não reclame para mim. O que você ouve?"

"Rappers que têm algo a dizer. Rap político, rap consciente. Public Enemy, Sistah Souljah, Mos Def, Arrested Development, Speech, the Roots, Wyclef Jean. Alguns são das antigas, meu pai que me mostrou."

"Por mim, beleza", disse Corey. "Curto essas coisas. Mos Def é um poeta de verdade."

"Você já ouviu falar de um grupo chamado Orishas?", perguntou o garoto.

"Não me é estranho. Como é mesmo o nome?"

"Orishas. São cubanos."

"Sim, já ouvi falar", disse Corey. Ele tinha um amigo cubano em Oakland, Osvaldo, que praticava *santería*. A família de Osvaldo ia a cerimônias onde os *santeros* sacrificavam cabras e galinhas pelos orixás em cerimônias que às vezes duravam a noite toda, longe dos olhos da polícia. Osvaldo tinha nos olhos um fogo de fé que fazia Corey querer saber mais sobre a *santería*, e Osvaldo sempre tinha histórias. Ele contara a Corey sobre como as cerimônias haviam ajudado sua família a sair em segurança de Cuba, ou sobre como haviam salvado a vida de seu pai no Vietnã, ou ajudado a trazer sua tia de volta do leito de morte. Osvaldo dizia que uma vez vira um homem de muletas saltar quase dois metros no ar, montado por um orixá, com o rosto cheio de felicidade. Osvaldo também afirmava que havia jogado uma praga no cara com quem sua ex-namorada estava saindo, cobrindo sua mão com um pó especial e oferecendo um aperto de mão ao pobre coitado. Fodi com ele direitinho, dissera Osvaldo, e ele não estava brincando. Corey tinha cuidado ao apertar a mão de Osvaldo depois disso. Nunca se sabe.

Corey daria qualquer coisa para ver magia de verdade. Quando era pequeno, ele encomendara uma dúzia de cartas e truques de mágica que havia nas últimas páginas dos quadrinhos, sempre esperando que a magia fosse real. Algo desaparece. Algo surge do nada. Algo se move em uma mesa. Mas isso nunca acontecia. Todos os conjuntos de mágica que ele encomendava eram cheios de ilusões, truques, iscas. Nada daquilo era real. Mas pode haver magia de verdade por aí em algum lugar, ele imaginava. As pessoas em Sacajawea diziam que vovó Marie conhecia o vodu; diziam que ela resolvia problemas, dava chá para dar sorte às pessoas e ajudava a trazer os peixes de volta para o rio quando estavam em falta. Isso era magia. Esse era o tipo de magia de Osvaldo.

"Os CDs deles são sobre *santeira*?", perguntou Corey, esperançoso.

"Não, mano. É rap. Orishas é apenas o nome que usam. Alguns dos ritmos podem ser de cerimônias de deuses ou sei lá o quê, mas os caras são cubanos jovens que têm algo a dizer. Mas cantam em espanhol. Quem não sabe espanhol tá perdendo."

"Estou estudando espanhol", disse Corey, embora lamentasse que não houvesse mais nada sobre magia nos CDs. "Você não é o único que sabe um pouco de espanhol."

O rosto do menino se iluminou. "Ah, então você tem que ouvir os Orishas. Eu vou pegar o CD." Ele largou o pincel na lata de tinta. "Qual é o seu nome, afinal?"

"Corey."

"Eu sou Sean. Tem certeza de que vai ouvir?"

"Acho que sim", disse Corey. "Se for bom."

"Você tem que me emprestar um dos seus, vamos fazer uma troca. Quando você terminar, destrocamos."

"A maior parte está na casa do meu pai. Mas eu tenho o *Doggy Style*, do Snoop."

"É, pode ser." Desta vez, Sean se virou para correr de volta para o trailer.

"Achei que você não gostasse de *gangsta*!", gritou Corey.

"Mas esse é um clássico. Sempre abro exceção para um clássico."

"Legal", disse Corey, sorrindo. Ele teria que entrar em casa e se esgueirar em seu esconderijo secreto no armário para encontrar o *Doggy Style*. A mãe censurava as músicas que ele ouvia, e ele não deveria ter nenhum CD com letras explícitas, o que significava que ele só tinha permissão para tocar edições de rádio e Will Smith no aparelho de som do quarto. Na maioria das vezes, ele usava seu discman e esperava não ser pego. Seria bom compartilhar sua música com alguém em vez de ouvi-la escondido o tempo todo. T. provavelmente acharia que Sean era da hora, pensou Corey. T. gostava de grupos antigos como Arrested Development também.

Terminada a troca, Corey foi para casa.

Na privacidade de seu quarto, ele ouviu pela primeira vez a mistura dos Orishas de baladas cubanas da velha guarda e hip-hop, e a cada faixa gostava mais, mais do que a anterior. A música era diferente, mas boa. Ele reconheceu um pouco o estilo, porque Osvaldo deixava música cubana tocando durante a aula de confecção do anuário do sexto tempo, eles tinham liberdade para ligar o aparelho de som naquela aula porque a sala era pequena e a professora, legal. Xangô sempre estava presente na letra das canções que Osvaldo colocava para tocar. Corey reconhecia aquele nome toda vez que o ouvia. Osvaldo dizia que Xangô era seu deus pessoal.

Os Orishas também cantavam sobre Xangô. A bateria deles provavelmente tocava para Xangô, Corey pensou. Um dia, Osvaldo, fazendo palhaçadas na aula, tinha mostrado a ele uma dança para Xangô. Batendo os braços como uma galinha, quadris tremendo. Os outros colegas riram, mas Corey achava que era legal pra caramba dançar para um deus. Ao vê-lo fazer aquela dança, Corey percebeu que Osvaldo, apesar de ter a pele branca, era mais africano do que ele. A África ainda vivia em Osvaldo.

"Essa música é boa", disse Corey, balançando a cabeça com a música.

Com 24 dias restantes ali, Corey Hill começou a acreditar que o verão poderia não ser tão ruim.

Naquela noite, Corey sonhou com uma porta pintada de azul-claro, um azul infinito. Era o mesmo sonho que ele tinha todas as noites desde sua chegada a Sacajawea, que sempre começava assim que ele adormecia. Era o único elemento em seu espaço de sonho. Corey se acomodava no sonho com familiaridade, banhado em sussurros sem vozes reais enquanto caminhava em direção à porta que visitava com tanta frequência.

Atrás da porta azul, Corey ouvia alguém chamando seu nome.

Nove

Dias atuais
Segunda-feira

Aconteceu sem querer. Em vez de ir para a esquerda em direção ao quarto principal, onde planejava tirar uma soneca depois de levar Naomi ao aeroporto, Angela foi para o quarto do outro lado do corredor, próximo ao assento da janela, o cômodo com a porta fechada. Ela girou a maçaneta de latão, abriu a porta e entrou.

Como as cortinas estavam abertas, o sol que batia forte do lado de fora iluminava o pequeno quarto. O assoalho de madeira simples refletia a luz do sol nas paredes brancas. O quarto parecia um espaço de sonho e, por um instante, pareceu ser uma coisa viva porque muitos dos ângulos a impactaram de uma vez: Janet Jackson exibindo uma barriga esculpida no pôster na parede, a calça jeans e a toalha de Corey jogados nas costas de sua cadeira, a mesa coberta de caixas de CD, seu caderno aberto ao lado deles, uma mochila preta cheia saindo da porta aberta do armário, os Air Jordans de Corey no meio do quarto, um tombado de lado, o outro em pé, apenas jogado. Corey deve estar atrás da porta, Angela pensou, certa disso. Ela quase podia ouvi-lo respirar.

Havia um bilhete cuidadosamente dobrado na pilha de travesseiros na cama arrumada. Angela estava tão calma que não sentiu pânico ao vê-lo, embora aquilo indicasse que uma parte da visão que tinha em pesadelos tinha se tornado realidade. Não havia um bilhete ali naquele dia. Ela, Tariq e o xerife Rob Graybold haviam vasculhado aquele quarto em busca de um bilhete, haviam aberto as gavetas da mesa e folheado o caderno de Corey, cheio de poemas e letras de rap, e não havia nenhuma carta explicando por que ele estava morto. Aquele bilhete era novo. Angela desdobrou o papel e leu o que dizia a familiar escrita tremida de uma velha senhora:

*Angie,
Eu fiz a cama, mas achei melhor não mexer em nada sem sua autorização. Se você quiser que este quarto seja limpo, por favor, me avise.
Abraço,
Laurel Everly*

Deus a abençoe, sra. Everly, Angela pensou. Seria melhor se a cama não tivesse sido feita, mas isso também era bom. Uma sala intocada era a única maneira de se comunicar com Corey agora, onde ela poderia passar um tempo no espaço pessoal de seu filho e tomar nota de evidências dele.

Ela precisava vê-lo outra vez.

Angela olhou atrás da porta, e a *jaqueta bomber* de couro marrom do filho estava pendurada lá. Ela dera aquela jaqueta de Natal para ele, e ele gostava tanto dela que a trouxera para Sacajawea, apesar do calor do verão. O couro marrom da jaqueta ainda cheirava a novo. Com cuidado, Angela tirou a jaqueta do gancho e procurou o cheiro de seu filho. O cheiro de couro era mais forte porque a jaqueta não pertencera a ele por muito tempo, mas Corey estava lá na gola. Colônia barata de adolescente, glicerina e óleos de um hidratante para o cabelo que ele começara a usar para fazer seus *dreadlocks* negros brilharem. Na axila, o forro preto da jaqueta cheirava a desodorante e um resquício de almíscar azedo. *Sim.* Corey tinha um cheiro forte desde a puberdade, como seu pai. Sentir seu cheiro foi um choque. As pernas de Angela pareciam fraquejar, mas era apenas uma pontada. Ela gostaria de poder engarrafar e guardar o cheiro de Corey.

O que a havia impedido de ir ver seu filho? Corey estivera ali o tempo todo.

Em seguida, ela foi até a mesa dele e ficou lendo os poemas deixados no caderno. Ela havia tentado uma vez antes, desesperada para encontrar vestígios dele, mas não fora capaz de terminar. Dessa vez, ela não estava tão incomodada com a sexualidade e os palavrões como tinha ficado logo depois que ele morreu, quando ela queria tanto encontrar apenas seu carinho infantil preservado, não sua masculinidade crescente. Ela se sentira tão arrasada pela decepção com o que *não estava* em suas palavras que, em sua memória, os poemas de Corey eram pornográficos, uma fonte de vergonha. Agora, ela lia os escritos de Corey com outros olhos, apreciando-os.

Fala meu docinho,
Nos meus sonhos, a mulher selvagem,
Que vai me engolir in-tei-ri-nho.
Posso passar em viagem
Pelas curvas do seu corpo indecente?
Tá ouvindo a minha batida?
Segura minha luxúria com sua mão quente.
Quero provar a sua Terra Prometida.

"Você estava mesmo se tornando um escritor, não?", disse Angela.

Por uma hora, Angela ficou sentada na beira da cama de Corey e leu, esquecendo-se de Naomi e Onyx. As criações de seu filho a impressionaram. Os poemas de amor dele estavam cheios de metáforas sexuais surpreendentemente astutas, mas nem todos os poemas eram sexuais. Ela se divertiu ao ver que ele tinha escrito um poema sobre o cavalo de Sean, Sheba. E suas rimas de rap, embora estivessem repletas de *foda* e *merda* para torná-las palatáveis para os jovens, eram mais do que a bravata vazia que ela presumia que fossem. Um rap mais longo, chamado "Rebelution", parecia ser um apelo aos jovens negros para olhar além das expectativas da sociedade. Uma de suas passagens favoritas de "Rebelution" era: *Tiras? Melhor vazar / Não tô aqui pra obedecer / Não dou moral pra escravista / Nem pertenço às suas cadeias / Em rebeldia, eu sou especialista.*

Inevitavelmente, ela chegou a uma página em branco e depois a outra. E outra. Ela havia chegado ao fim do trabalho de Corey. Angela folheou o caderno, sem encontrar nada até chegar quase no fim, com apenas cinco ou seis páginas restantes. Lá, ela viu a caligrafia de Corey em letras maiúsculas tão grandes que quatro palavras ocupavam quase a página inteira: NÓS FODEMOS COM TUDO.

A palavra TUDO fora sublinhada seis vezes. A tinta estava escura e o papel, muito rasgado, então ela sabia que Corey devia ter pressionado fortemente a página. A visão daquela frase sinistra foi um contraste tão marcante com os outros escritos que Angela sentiu as pontas dos dedos estremecerem ao tocar as palavras. As páginas seguintes do caderno eram de um branco sombrio. Ela verificou uma por uma. Vazias.

Poemas sexuais secretos. Medos secretos. A vida secreta de seu filho.

Angela massageou a nuca dolorida. Corey podia ter escrito essas últimas palavras perto da data de sua morte. Ele separara aquela página do trabalho que lhe importava, talvez escolhendo-a ao acaso em um momento de ansiedade. Será que ele havia conhecido uma garota e a engravidara? Ele tinha se matado porque estava com medo de contar a ela e Tariq sobre algo que tinha feito?

"Era mesmo tão difícil falar comigo, Corey?", perguntou Angela. "Eu era tão ruim assim?"

Não era uma nota de suicídio, não exatamente, mas era uma evidência de que Corey estava chateado com alguma coisa. Não era uma surpresa. Ela sabia que ele estava chateado naquele dia. Ela perguntara ao filho várias vezes o que estava errado, mas aquela foi a primeira pista que encontrara. Por que aquele caderno não fora considerado uma evidência? Como haviam deixado isso passar?

Suicídio. A palavra a atingiu, mas Angela sempre soube que era possível. Não, era provável. Ela preferia acreditar que um garoto inteligente como Corey havia encontrado uma arma, a colocado acidentalmente na cabeça e puxado o gatilho? Uma criança pequena poderia fazer isso, mas um adolescente? Sim, aconteceu, dissera o xerife Rob Graybold. Os adolescentes jogam roleta russa o tempo todo. Ou Corey pode não ter percebido que a arma estava carregada. Ela aceitara a teoria da morte acidental apenas porque era mais aceitável do que a alternativa.

A última nota de Corey não tinha nada a ver com ela, e Angela sentiu o alívio percorrer sua alma. A quem o "nós" da frase se refere, então? E será que havia uma relação entre NÓS FODEMOS COM TUDO e suas últimas palavras para ela, *vou cuidar de você direitinho*? O coração de Angela disparou, embora isso não tivesse nada a ver com o medo que a mantivera longe da casa da vovó Marie e do quarto de Corey por tanto tempo. Isso era outra coisa. Determinação. Excitação, até. Ela poderia resolver isso. Ela encontraria a resposta porque não tinha mais medo de procurá-la.

Angela foi até o armário de Corey, onde algumas de suas roupas estavam cuidadosamente penduradas enquanto a maioria estava jogada no chão, escondidas da vista. Desta vez, ela não parou para procurar seu cheiro. Angela estudou as roupas no chão, percebeu que estavam quase todas sujas, manchadas de grama, lama e suor seco. Ela verificou os bolsos da calça jeans dele. Encontrou um ingresso do filme *Velozes e Furiosos* com censura para menores de 18 anos. Tariq devia ter levado Corey para assistir em Longview, maldito. Uma embalagem de chocolate. Moedas. Ela não sabia o que estava procurando, mas imaginou que saberia quando encontrasse.

Angela foi até a mochila e encontrou uma caixa de preservativos dentro do compartimento fechado com zíper. A caixa estava aberta, então ela contou os preservativos embrulhados dentro, e contou onze. Um estava faltando. Isso fazia sentido, ela se lembrou: havia um preservativo escondido na carteira de Corey, que ele tinha no bolso de trás no momento de sua morte. Ela levara aquela carteira para casa com ela, e provavelmente estava em sua caixa de pertences de Corey, em algum lugar do quarto. Naquele momento, ela desejou ter trazido a caixa para Sacajawea.

Angela encontrou uma dúzia de cds na mochila, todos marcados com avisos sobre letras explícitas. Safadinho, Angela riu. Ela fazia a mesma coisa com a vovó Marie no colégio, mantendo seus álbuns de Richard Pryor escondidos dos olhos curiosos de sua avó, ouvindo-os tarde da noite, com o volume baixinho. Ela não conseguia deixar de pensar que Richard Pryor era definitivamente o que havia de melhor no meio artístico, mas cada geração tem seus heróis, ela se lembrou. Estava ansiosa para o dia em que Corey deixasse de ser menor de idade, quando ela não se sentisse responsável por guiar seus valores, quando ela enfim poderia ter dito, *Certo, Corey, coloque uma música do Snoop Dogg e me diga o que tem de tão especial na maconha e nas bocetas.* No dia em que Corey se formasse na faculdade, ela planejava compartilhar uma taça de vinho com ele, e naquele dia eles poderiam ter começado a se tornar amigos, em vez de apenas dois indivíduos de temperamento forte com visões conflitantes, o papel em que estiveram atolados durante toda a vida dele.

Tariq nunca tivera uma relação de pai com Corey, comportando-se como um amigo desde o dia em que o menino começara a falar, e Angela sempre se sentira forçada a assumir o papel de adulto responsável. Dominique Toussaint nunca fora estável o suficiente para se manter informada de onde Angela estava, com quem estava ou o que fazia, deixando-a tomar suas próprias decisões e, como consequência, Angela bebia cerveja e fumava maconha aos 12 anos, tendo perdido a virgindade alguns meses depois, quando tinha 13. Vovó Marie impusera limites. Corey nunca teve a chance de crescer e entender por que Angela era tão rígida, tão obcecada por não o expor a predadores e armadilhas aparentemente inócuas. Para Corey, Angela tinha sido o policial chato, enquanto o pai era o legal, e isso não era justo. Ela nunca tivera a chance de ser amiga dele também.

Angela sentiu um pouco de sua força recém-descoberta esvair-se à medida que novas lágrimas caíam. Ela precisava se deitar. Foi para a cama de Corey e se deitou em cima da colcha abraçando os joelhos, em posição fetal. Ela esperou pelos soluços, mas eles nunca vieram. Uma sensação crua de arrependimento queimou em seu peito, ardeu, mas logo esfriou. Luto em doses menores e controláveis.

Ela conseguiria fazer isso.

De onde estava deitada, Angela olhou para o brilho do sol que entrava pela janela e seus olhos pousaram no assento abaixo dela, onde Corey havia deixado empilhadas sua caixa de som, uma pilha de meias limpas e exemplares da revista *Vibe*. Olhando fixamente para aquilo, Angela sentiu uma memória surgir, e algo mais nebuloso do que uma lembrança. Algo que ela não conseguia nomear.

Ela lembrou que o assento da janela naquele quarto, assim como os do quarto principal e do corredor, era também a tampa de um baú. Angela não tinha certeza se Corey sabia sobre aquele espaço, mas sentiu um desejo irresistível de ver se havia algo ali dentro. E *havia* algo lá dentro. Pela primeira vez desde a festa de Quatro de Julho, Angela sentiu uma intuição genuína.

Ela moveu com cuidado os itens do assento da janela para o chão e tirou a almofada. Feito isso, agarrou a madeira caiada sob o forro estofado e a levantou com as duas mãos.

Angela ficou boquiaberta. E conforme seus olhos viajavam de uma ponta a outra do espaço, ficava ainda mais espantada.

Uma toalha branca estava lá, aberta e com uma pedra em cada canto, como se para segurá-la no lugar. Uma tigela branca da cozinha fora colocada no centro, com uma descoloração que lhe dizia que provavelmente estivera cheia por um bom tempo; a água devia ter evaporado lentamente. Ao lado, havia uma vela branca que fora acesa várias vezes, meio derretida, com o pavio carbonizado. Havia um tipo de medalha de santo manchada, com uma fita azul desbotada. E uma fotografia.

Com os dedos trêmulos, Angela trouxe a fotografia para mais perto dos olhos, para que pudesse ter certeza do que estava vendo: era uma foto de Corey aos 3 anos, sorrindo nos braços de uma vovó Marie de cabelos brancos. O rosto dela já estava ficando mais fino na época da foto, e foi se afinando cada vez mais durante o pouco tempo de vida que lhe restava depois que aquela foto fora tirada.

Natal de 1988. Dois anos antes da morte de vovó Marie.

Era um altar. Vovó Marie tinha altares em seu quarto, com velas em abundância, imagens de Jesus e todos os tipos de bugigangas, embora ela nunca tivesse explicado o significado dos altares para Angela além de dizer que era o lugar onde ela orava. Vovó Marie também costumava deixar tigelas de água espalhadas pela casa, tanto na mesinha de cabeceira quanto em cima da geladeira, para servir como uma espécie de bênção. Afastando o mal. Sempre parecera algo bobo para Angela.

Angela colocou a foto de volta no lugar, notando três sacos de papel amontoados no canto do baú, perto da borda da toalha. Todos os sacos estavam bem fechados, embora o mais próximo dela fosse o mais frouxo. Angela pegou aquele primeiro, e era mais pesado do que parecia. Ela olhou dentro. Estava cheio de terra escura até a metade.

O segundo saco era mais leve, manchado de pingos desbotados de graxa no fundo. Este estava cheio de ossos secos de galinha. Sem cartilagem ou carne. Apenas ossos.

"Meu Deus", disse Angela, surpresa. Ela sentiu a carícia de dedos frios invisíveis na sua espinha. Cautelosamente, levou o saco ao nariz, cheirando-o. Apenas secura e uma vaga reminiscência de carne. Os vermes tinham terminado o trabalho havia muito tempo. Aqueles ossos eram velhos.

Confusa, Angela abriu a boca amarrotada do terceiro saco, e desta vez uma pena preta se projetou repentinamente na direção dela. No susto, Angela largou o saco, caindo de costas, as palmas das mãos firmando-a contra o piso.

O saco de papel estava no chão diante dela, imóvel. Várias penas pretas de pássaros se espalharam pelas tábuas do assoalho, mas o movimento fora apenas parte de sua imaginação, ela decidiu. Esse saco estava cheio de penas. Penas de corvo.

Aquele devia ser um dos antigos altares de vovó Marie. Era tosco, não tão exuberante quanto o altar do antigo quarto dela. Angela se arrependia de não ter deixado o altar da avó intacto, e agora ela acidentalmente desenterrara um que nunca tinha visto. Ela verificou o espaço do baú mais uma vez e encontrou uma pilha de cartões presos por um elástico vermelho. Quase os deixara passar porque estavam de pé, encostados no lado do baú mais próximo a ela, quase fora de sua visão. Tirou o elástico. Cada cartão tinha um único símbolo desenhado em marcador preto. Um triângulo. Uma onda dupla. Esses símbolos pareciam familiares para ela. Onde ela os vira?

A resposta estava em seu dedo anelar esquerdo, ela percebeu. O anel da vovó Marie.

Angela comparou as marcas em seu anel com as dos cartões, uma dúzia ao todo, e cada símbolo tinha uma correspondência, mesmo que alguns estivessem feitos de forma um pouco diferente do que outros. Os cartões eram numerados à mão, e Angela de repente reconheceu a letra. Quando o fez, sentiu o que parecia uma punhalada de eletricidade.

Aquela era a letra de Corey, não de vovó Marie. Meu Deus, aquele altar era de Corey?

Sentada sozinha na quietude iluminada do quarto de seu filho, Angela prendeu a respiração. Corey perguntara a ela sobre os símbolos em seu anel no dia em que ele morreu. Ela não conseguia se lembrar de suas palavras exatas, mas ele perguntara se os símbolos tinham poder. Minha nossa, sim, ele tinha perguntado. Ele tinha perguntado.

Angela não sabia o que isso significava, mas sabia que era importante. Isso importava, e o fato de que importava estava a assustando pra caramba, de forma lenta, mas gradual. Preservativos e CDS profanos eram uma coisa, mas Corey estava escondendo uma parte de si que ela não conhecia. Como ele aprendera a fazer um altar? Vovó Marie morrera antes de ter a chance de ensinar a ele, e vovó Marie nunca ensinara a Angela ou a Dominique nada de significativo sobre o vodu, então por que ensinaria a Corey? E se não fora ela, então quem?

Ficando de joelhos para olhar de novo para dentro do baú do assento da janela, Angela examinou a variedade de objetos lá dentro com uma ansiedade crescente. Seus olhos não conseguiam desviar da fotografia da vovó Marie e Corey, que ele mesmo devia ter colocado lá por alguma razão que ela não conseguia entender. Vovó Marie parecia velha e cansada, quase cansada demais para sorrir, e Corey, de bochechas rechonchudas, explodia de alegria por uma nova vida. Os dois estavam juntos em uma pose, as bochechas pressionadas uma contra a outra, congelados no tempo.

NÓS FODEMOS COM TUDO, dizia a nota de Corey.

Angela tinha uma ideia clara de quem era o "nós". E embora estivesse em um péssimo momento, ela iria descobrir cada pedaço de informação que pudesse sobre as últimas semanas de vida de seu filho. Ela já havia feito perguntas antes, muito tempo antes, e não chegara a lugar algum.

Mas, desta vez, ela já havia chegado em algum lugar.

Dez

A mulher pálida que atendeu a porta parecia preocupada e desconfiada, como se estivesse acostumada a crueldades gratuitas feitas por estranhos. Ela não sorriu e, embora provavelmente não fosse mais velha do que Angela, sua testa já estava bastante marcada por rugas.

"Eu sou sua vizinha", apresentou-se Angela. "Trouxe algumas coisas para o Sean. Ele e meu filho eram amigos. Sinto muito pelo que aconteceu."

Os olhos pequenos da mulher estavam opacos, indiferentes. "Obrigada", disse ela.

"Eu posso falar com Sean?"

A mulher deu um passo para o lado. Seu perfil a fazia parecer mais pesada, com a maior parte de seu peso nas costas. "Entre. Ele está no quarto", disse ela.

Angela deu uma olhada rápida ao redor do trailer antes de seguir a direção apontada pela mulher. Viu pratos precariamente empilhados na pia da cozinha perto da entrada, e duas crianças que pareciam ter respectivamente 8 e 10 anos estavam sentadas em frente à televisão na sala de estar. Os óculos grossos da menina refletiam a tela do aparelho, e o menino de pele mais escura, que era mais velho e mais alto, tinha um cabelo crespo que merecia mais atenção e carinho. Nenhuma das crianças olhou em sua direção, estavam paralisadas pela programação da TV depois da escola.

O quarto de Sean era o primeiro à direita, reconhecível pelos pôsteres colados na porta e pelo guincho estridente de uma guitarra que vinha de dentro. Angela bateu.

"Já abaixei o volume!", veio o grito irritado. Ele poderia muito bem ser Corey.

"Sean, sou eu, a mãe de Corey. Angela Toussaint."

Depois de um instante, a música desapareceu no meio de um *riff*. A porta se abriu e Sean apareceu, com a franja caindo sobre os olhos. Seu cabelo estava mais desgrenhado do que Angela lembrava, mais parecido com o estilo que o pai dele usava. Sean também tinha crescido bastante. Media um metro e oitenta e era esguio.

"Oi, querido", disse ela, sorrindo tristemente. "Sinto muito pelo seu pai."

Sean afastou o cabelo dos olhos, apoiando a palma da mão na testa. Por um momento, ele olhou para Angela com uma expressão indecifrável, mais do que simples surpresa. "É, pode entrar", disse ele, fechando a porta atrás dela.

O quarto de Sean Leahy era um desastre. O chão tinha alguns espaços vazios, mas a maior parte estava coberta com roupas, pôsteres de shows, livros, placas de trânsito, manequins de loja nus com uma pintura corporal bizarra ou esboços de carvão, tudo com cheiro acentuado de tabaco. Sean tirou uma pilha de roupas de uma cadeira dobrável de metal e a virou para oferecer um lugar a Angela. Em seguida, sentou-se na cama.

Angela também se sentou. "Eu estava vasculhando o quarto de Corey e encontrei alguns CDs que achei que você fosse gostar. Lembro o quanto vocês gostavam de música. Eu não sabia bem o que trazer para você, então, se quiser, um dia você pode ir ao quarto dele e ver se tem alguma outra coisa que você gostaria de pegar para você."

Angela trouxera dez dos CDs de Corey para Sean, principalmente aqueles com letras explícitas, porque ela não conseguia se separar de mais nada, mesmo de músicas que ela nunca tinha ouvido falar. Agora, na presença de Sean, ela se sentia magnânima. Ela queria fazer algo mais por ele.

"Obrigado. Aposto que foi difícil abrir mão disso", disse Sean. Ele olhou dentro da bolsa brevemente depois de colocá-la no chão, entre as pernas.

"Corey iria querer que você ficasse com eles."

Ela esperava que o presente o relaxasse, mas depois de seu olhar inicial de sondagem, o menino não estava mais fazendo contato visual com ela. Não era muito evidente, mas ele apenas olhava para Angela por poucos segundos e, em seguida, direcionava os olhos para a parede atrás dela ou para o chão. Para qualquer lugar, menos para o rosto dela.

"Você está passando por um momento horrível", disse Angela.

Um breve suspiro, mas nenhuma resposta.

"Eu realmente sinto mui..."

"Merdas acontecem, não é? Perdão pelo meu linguajar."

Aquele não era o mesmo menino educado que costumava visitar a casa de Angela e passar tanto tempo discutindo os livros da biblioteca com ela, o amigo alegre de Corey. Sean estava nervoso e distante, e Angela teve a sensação de que, se ela não fosse logo ao assunto, ele pediria para ela ir embora. Por experiência, Angela sabia que a dor deixava pouco espaço para a hospitalidade.

"O que aconteceu com seu pai foi horrível", disse ela, "mas eu queria falar com você sobre Corey."

Sean se mexeu na cama, esfregando a nuca. Seus olhos azul-claros pularam em direção a ela, então se afastaram. "O que tem ele?"

Angela enfiou a mão no bolso de trás da calça jeans e tirou os cartões marcados com os símbolos de seu anel. Era um tiro no escuro, ela sabia, mas era a maneira mais rápida de responder à pergunta tão preocupante que surgira com sua visita ao quarto de Corey. Ela mostrou os cartões para ele. "Você poderia dar uma olhada nisto e me dizer…"

Sean ficou de pé. Ele ergueu as palmas das mãos como se estivesse sendo roubado, cambaleando para longe dela. "Eu não quero isso."

Angela fez uma pausa, surpresa com a reação dele. "Você sabe o que é isso?"

O garoto não respondeu. Sua mandíbula estava cerrada, tensa. Ele se comportara daquela mesma maneira quando ela e o xerife Rob Graybold o interrogaram logo após a morte de Corey. Ele não oferecera nada além de um olhar acuado.

"Guarde isso", disse Sean, quase com raiva. Isso quase a assustou.

"Certo, vou guardar." Ela enfiou os cartões de volta no bolso, fora de vista. "Está vendo? Já guardei."

Sean olhou para ela com cautela, depois sentou-se de novo, colocando as mãos entre os joelhos. Ele ficou em silêncio por um minuto ou mais. Angela ficou em silêncio também, aguardando.

Sean esfregou os dedos distraidamente, talvez com vontade de fumar um cigarro. "Eu não sabia que você estava de volta até ver o sr. Fisher aparecer ontem", disse Sean. "Ele trouxe a cesta do meu pai. Entendi que um cachorro sumiu ou algo assim?"

"Sim. O cachorro da minha amiga Naomi desapareceu durante a noite. Ainda estou procurando por ele."

"Aquele cachorro já era."

A certeza na voz dele a surpreendeu. Se ela fosse policial, teria certeza de que Sean tinha algo a ver com o desaparecimento de Onyx. Mas não era isso, não exatamente. Era outra coisa. "Por que você diz isso?"

Sean balançou a cabeça, mas não respondeu.

"Tem algo que você quer me dizer, Sean?"

"Você não está segura naquela casa. Se eu soubesse que você estava pensando em voltar, eu teria ligado e avisado para não vir de jeito nenhum. Tudo naquela propriedade é uma merda. Eu avisei meu pai também, mas ele não me ouviu."

"Bem, eu estou ouvindo."

Sean se recostou no colchão, apoiando-se nos cotovelos. Ele pensou, então suspirou. "Meu pai foi até lá algumas semanas atrás, no início de uma manhã de sábado. Ele voltou abalado e não estava com a cesta, mas não nos disse por quê. Disse que não se sentia bem, dor de estômago ou algo assim. Eu disse: 'Eu avisei, não foi?'. Ele ficou esquisito por alguns dias, mas depois pareceu melhorar. Na semana seguinte, ele morreu."

"Eu sei. É horrível, Sean. Mas por que você acha que isso tem a ver com a minha propriedade?"

Seus olhos, ardentes, se voltaram para os dela de novo. "Porque eu sei."

"Mas *como* você sabe, Sean?"

"Corey e eu sabíamos. A gente ia tentar consertar, mas ficamos sem tempo."

"Não entendi. O que vocês iam tentar consertar?"

Pela primeira vez, Sean parecia à beira das lágrimas. Anos derreteram de seu rosto.

"O que a gente fez."

Angela sentiu um calafrio percorrer seu corpo ao se lembrar das palavras NÓS FODEMOS COM TUDO. Seu cérebro de repente projetou uma imagem macabra de seu filho e Sean enterrando um corpo na floresta, as pás penetrando o solo.

"O que vocês fizeram, Sean?"

Ele apertou os lábios, sem responder.

"Eu não vou te causar problemas. Só preciso saber", disse ela.

"Nós deixamos ela puta."

"Quem vocês deixaram puta?"

Ele piscou e baixou a cabeça.

"Sua propriedade", sussurrou.

Angela se esforçou para ligar os pontos, era como tentar enxergar em uma neblina pesada. "Você... acha que fizeram algo para a propriedade?" Sean não confirmou o que ela disse, mas também não negou, então ela continuou: "E o que vocês fizeram teve algo a ver com os símbolos nos cartões?".

"A gente estava só brincando. Corey aprendeu algumas coisas sobre feitiços e descobriu como conseguir seu anel de volta. Depois, tudo ficou fora de controle."

Feitiços. A imagem esquecida de um enterro secreto, Angela escondeu o anel de vovó Marie na palma da mão sem se dar conta direito, sentindo-se protetora. "O anel da minha avó? Aquele que ele pediu à garota da Califórnia que devolvesse?"

Sean olhou para ela de soslaio, esboçando um sorriso. "Foi isso que ele te contou?"

"O que realmente aconteceu?"

"Ele perdeu seu anel há muito tempo, quando era criança. Com os feitiços, descobrimos como trazer de volta coisas perdidas. Existe uma maneira de fazer isso. Você precisa usar a medalha daquele santo, Santo Antônio. Enfim, foi assim que tudo começou. A gente estava só brincando, mas a coisa saiu de controle. Agora está tudo fodido de vez, e não tivemos a chance de *desfoder* isso. Então, sim, o cachorro morreu. E Corey morreu. E meu pai morreu. E você vai morrer também, se não voltar para a Califórnia na primeira chance que tiver." Ele olhou para ela com firmeza, quase *através* dela. "Fique longe daquela casa, sra. Toussaint. E principalmente do Ponto. Vá embora e não volte mais."

Jesus, sem dúvidas aquele menino estava delirando, Angela pensou, apesar dos ecos do aviso idêntico de Naomi. Corey teria caído em uma ilusão semelhante? Angela tinha visto o que parecia ser a medalha de um santo no baú do assento da janela, então Sean não estava inventando aquilo. Não tudo, de qualquer maneira. Ele parecia alguém que havia entrado para uma seita. O que *acontecera* com esses meninos no espaço de algumas semanas, em um único verão?

"Sean, alguém disse para vocês que tem algo errado com a minha propriedade?"

"Ninguém precisou dizer merda nenhuma. A gente não estava cego. É você que está, sra. Toussaint." Sean estava resmungando, outra vez sem olhar para ela.

Angela decidiu que, na primeira chance que tivesse, iria falar com Myles sobre como convencer Sean Leahy a consultar um psiquiatra. As outras duas crianças provavelmente também precisavam de terapia. Algo havia se rompido naquela casa, e o que quer que tenha acontecido ali podia ter se infiltrado em sua casa também. Em Corey. Por que ela não tinha visto isso antes?

O coração de Angela ficou acelerado. "Sean, Corey alguma vez falou sobre se matar?"

Sean fez que não com a cabeça.

"Ele te mostrou aquela arma alguma vez ou disse onde a conseguiu?"

Mais uma vez, a resposta foi não e, presumindo que ele estava falando a verdade, Angela se sentiu aliviada com o pequeno conforto. Pelo menos aquele menino não tivera qualquer participação na morte de Corey. Era um pensamento horrível, mas na virada bizarra da conversa, esse cenário também ocorreu a ela.

"Mas vocês dois acreditavam que fizeram magia usando feitiços. Corey acreditava mesmo nisso?"

"*Nós fizemos magia.*" Os dentes de Sean estavam cerrados.

"E vocês dois acreditavam que tinham feito algo ruim. E, como resultado, a propriedade foi amaldiçoada."

Sean de repente colocou as mãos nas bochechas, balançando a cabeça. Lágrimas escorreram de seu rosto. "Cara, você é igualzinha a ele!", disse Sean, com a voz ríspida. "Igualzinha ao meu pai. Você acha que tudo isso é besteira."

Angela se levantou. A mulher que ficava com as crianças, a tia, não gostaria que ela incomodasse o sobrinho. "Se acalme, Sean. Acho melhor eu ir embora."

"Você vai entender em breve, sra. Toussaint. Tudo vai ficar claro, em cores vivas."

"De verdade, eu espero que sim, Sean."

"Isso é o que você pensa", disse Sean em tom severo. Angela estava ansiosa para ir embora, mas quando ela se aproximou da porta, Sean a chamou em uma voz muito mais suave: "Ei... posso perguntar uma coisa antes de você sair?".

Ela o encarou outra vez, e seus olhos estavam vidrados. "O que é, querido?"

"Antes de o Corey morrer, ele parecia normal para você?"

Angela sentiu uma onda de dor. "Não", respondeu ela. "Não parecia, especialmente logo antes do ocorrido. Eu sabia que algo estava errado. Ele estava ansioso em um segundo, feliz e sorrindo no seguinte. Foi estranho, e eu fiquei preocupada. Não era ele mesmo de jeito nenhum."

"Nem meu pai", disse Sean. "A não ser que seja normal sorrir como um idiota e pular na frente de um caminhão quando for à cidade pegar uns sandubas para seus filhos comerem no almoço. Os filhos que você *amava*. Então, se você acha que estou falando maluquices, talvez você deva se perguntar sobre isso. Pergunte a si mesma o que Corey e meu pai tinham em comum."

De certa forma, foi a coisa mais razoável que Sean tinha dito até o momento. Angela teve certeza de que aquela família estava ligada à morte de Corey, e tinha mais do que uma leve sensação de que, assim que ela resolvesse o quebra-cabeça, o que descobriria seria pior do que a morte de duas pessoas. Muito pior, talvez.

"Vou fazer isso", disse Angela. "Juro, Sean, já estou me perguntando."

* * *

"Uau", disse Myles ao telefone assim que soube da conversa dela com Sean.

"Pois é."

"É estranho. Eu não sei o que concluir disso."

"Vou fazer aquele garoto abrir o bico mesmo se tiver que levar o xerife comigo da próxima vez."

Myles suspirou. "Uau", repetiu ele. "Odeio fazer declarações imprudentes, mas..."

"Você pode apenas me dizer o que está pensando, Myles."

A chuva que ameaçava há dias estava finalmente caindo com um tamborilar constante e persistente no telhado, dando a entender que não iria embora tão cedo. A chuva no sudoeste de Washington era furtiva, sem trovões ou relâmpagos, mas aquela era uma verdadeira tempestade. Angela se deitou na cama, só de camiseta e calcinha. Ela planejara tirar uma soneca, mas sua mente estava acelerada, tornando o sono impossível. Com o céu escurecendo pela janela, ela decidira ligar para Myles, como se fosse um hábito de longa data. A voz dele ao telefone a acalmara.

"Estou pensando no que você está pensando", disse Myles. "As mortes de Corey e Rick Leahy podem estar conectadas de alguma forma. Sean é sempre irredutível sobre eu nunca chegar perto da sua propriedade. Para mim isso é superstição, porque ele perdeu o amigo lá, e eu conversei com o pai dele sobre isso uma vez. Mas Sean nunca disse nada sobre magia ou feitiços, e nem Rick. Essa é a parte que me deixa perplexo. Eu não sei o que pensar. Estou pasmo com isso, como todos nós nos sentimos no ano passado, depois do que aconteceu com June McEwan."

June McEwan, a diretora da Escola Secundária de Sacajawea, havia sido professora de economia doméstica de Angela muito tempo antes. Ela ainda tinha cabelos ruivos brilhantes e Angela se lembrava de tê-la visto na festa de Quatro de Julho, embora não tivesse tido a chance de falar com ela.

"O que aconteceu com June? Ela também morreu?"

"Não, não. Eu esqueci que você esteve completamente fora de contato. No verão passado, June convidou o irmão para o jantar de domingo, tradição deles, então ela se levantou da mesa, parou atrás da cadeira dele e começou a estrangulá-lo. Ela quase o matou, Angie. O pescoço dele estava preto e azul. Ele literalmente teve que lutar contra ela com uma das facas da mesa."

Angela se sentou, segurando o telefone perto do ouvido. "June McEwan tentou matar *Randy*?" Randy McEwan, mais próximo da idade de Angela, era um dos homens mais gentis que ela já conhecera. Ele e a irmã eram inseparáveis.

"Mas você já está com a cabeça cheia", disse Myles. "Esqueça esse assunto."

"Não se atreva. O que diabos aconteceu? Eles estavam discutindo?"

"Não. Ele insiste que tudo estava bem entre os dois. Ela estava de bom humor um pouco antes de acontecer, ele disse. Depois, ela começou a gritar sobre como tinha que matá-lo. Ele foi forçado a interná-la por um tempo, e depois ela se mudou. Pensei em June depois da morte de Rick por causa da imprevisibilidade e de como aquilo foi estranho. Tem acontecido muito ultimamente. A morte de Corey foi a primeira coisa, porque todos ficaram arrasados. A cidade inteira ficou, Angie, de verdade. Um ano depois, June surpreendeu a todos outra vez. Agora, o Rick."

A pouca luz que atravessava a cobertura de nuvens estava desaparecendo rapidamente com o anoitecer, e Angela não gostou da nova escuridão que começou a envolver seu quarto. Rapidamente, ela acendeu a arandela ao lado da cama. À luz, ela se sentiu menos nervosa. Mas só um pouco. Aquela seria sua primeira noite dormindo sozinha na casa da vovó Marie, e ela já estava com medo da escuridão.

"Alguma notícia sobre o cachorro?", perguntou Myles.

"Não, infelizmente." Angela suspirou. "Isso foi outra coisa que me incomodou sobre Sean. Ele tinha certeza de que o cachorro não seria encontrado."

"Você já conversou com Naomi?"

"Sim, liguei para ela cerca de uma hora atrás. Ela ainda está um caco, mas me disse para lhe agradecer por tudo, a propósito."

"É um prazer. Ela é um doce. Estou feliz por tê-la conhecido."

Angela fez uma pausa, sentindo a mesma agitação desconfortável de quando vira Naomi ajoelhada em oração com Myles. "Eu poderia falar bem de você para Naomi, sabe? Ela é solteira e você é exatamente o tipo dela."

Myles riu, embora a risada parecesse forçada. "Não se preocupe. Ela mora em Hollywood e eu moro em Sacajawea. Não daria certo, daria?"

Touché. Aquilo pareceu mais direcionado a ela do que a Naomi, e Angela se arrependeu por ter tocado no assunto. "Myles, quero falar com você sobre por que desapareci", disse ela. "Você poderia vir para cá?"

"Agora?"

Angela quase perdeu a coragem, mas se manteve firme. "Sim. Hoje à noite."

"Não, desculpe, Angie. É hora do jantar e está chovendo. E, para dizer a verdade, tenho certeza de que não seria uma boa ideia."

Sentada sozinha em seu quarto na casa da vovó Marie, os 22 anos que haviam se passado desde o colégio pareciam apenas imaginários. Lá estava ela tentando pedir perdão a Myles depois de um buraco emocional, provavelmente tentando atraí-lo para sua cama a fim de sentir o toque de um homem depois de uma eternidade, e ele estava educadamente mantendo distância. Como nos velhos tempos, quando ela estragara tudo e perdera o respeito dele.

"Não estou com raiva", disse Myles, preenchendo o silêncio. "Seu filho morreu, Angie. Além disso, éramos quase desconhecidos. Você não me devia nada. Você tem sua própria vida."

Ai, ai e ai. Dois socos de esquerda e um cruzado de direita. No Ponto, fazendo amor, ela e Myles juraram um ao outro que eram almas gêmeas. Eles podiam ser crianças, mas parecia real na época. Quase parecia real agora.

"Isso não é verdade", disse ela. "Nunca deixamos de nos conhecer."

Ele não respondeu de imediato, mas quando o fez, sua voz pareceu querer encerrar o assunto. "Bem, eu estou cozinhando um frango para minha mãe, então vamos considerar isso um adiamento. Obrigado pela atualização sobre Sean. Toda essa história de magia é perturbadora, eu concordo. Você não devia ignorar isso."

Ele parecia ansioso para se despedir, mas Angela não estava pronta para desligar e se render à casa vazia. Não tão cedo. "Sim, aquele garoto *acredita* na magia também", disse Angela, procurando um assunto menos espinhoso. "Você devia ter visto como ele ficou assustado quando tirei os cartões com os símbolos de vodu da vovó Marie."

Myles mordeu a isca. "É isso o que aqueles símbolos no anel significam?"

"É isso que estou presumindo. A vovó Marie acreditava em vodu, como muita gente. Você lembra."

"Claro que sim. Os *loás* e tudo mais. Você me mostrou o santuário do quarto dela."

"É uma pena, mas não sei nada sobre o anel ou os símbolos dele."

"Então, esse é o seu primeiro passo", disse Myles. "Você precisa aprender tudo que Corey sabia. Precisa descobrir do que ele e Sean tinham tanto medo. Por que haveria uma maldição."

O tom prático dele fez o couro cabeludo de Angela coçar. "Você acha que a história de Sean pode ser verdadeira?"

"Não. Mas se houver alguma possibilidade de seu filho ter se matado por causa de suas crenças, você deve saber quais eram essas crenças. Esse anel continua aparecendo, então é um bom começo, boneca. Mas agora eu preciso mesmo ir. Você está bem?"

Não, Angela percebeu. Ela não estava bem.

"Estou bem. Tenha um bom jantar", respondeu.

Eles se despediram e desligaram. Angela logo percebeu todos os sons ao redor. A chuva batendo na casa em torrentes. Três batidas fortes no telhado em rápida sucessão, indicando mais nozes caindo. A chuva se acumulando na calha do lado de fora de sua janela, fazendo um barulho tão alto quanto um motor vacilante tentando ganhar vida. Ela se lembrou do aviso do sr. Everly sobre a árvore, mas espantou aquilo da mente, seu velho e útil truque. Ela não iria ficar sentada no escuro pensando na iminente perda de sua árvore ou no cachorro desaparecido de Naomi. E muito menos ia ficar se preocupando com a crença de Sean em maldições e feitiços. Já que aqueles pensamentos desagradáveis iriam atormentá-la na hora de dormir de qualquer maneira, ela poderia muito bem adiá-los o máximo possível.

Ela precisava de um banho quente. Na comoção, não tomara um único banho desde que chegara à casa.

Depois de tirar a camiseta, Angela foi ao banheiro, acendeu a luz e examinou os seios nus no espelho do banheiro. Nada mal para uma mulher de 40 anos, ela decidiu. Seu peitoral se contraíra desde que ela começara a correr, e seus seios ainda estavam alertas; não aparentavam ter 18 anos, mas não se inclinavam em direção à Mãe Terra tanto quanto ela temia. Os lábios de Myles haviam sugado esses seios no Ponto, tão doce e suavemente que ela mal sentira, exceto em roçadas úmidas. Será que agora a boca dele seria mais firme? Ela provavelmente nunca saberia, e isso só fez sua curiosidade ficar mais ávida.

Jesus, ela estava se apaixonando por Myles de novo? Ou estava apenas com tesão?

Quando Angela se inclinou sobre a banheira, ela imediatamente deixou de pensar sobre seus seios e, também, esqueceu Myles.

O chão da banheira branca estava coberto por uma camada de uma sujeira áspera e marrom, que não estava ali duas horas antes. Duas folhas marrons úmidas, podres e com manchas escuras estavam ao lado do ralo, como a folha que ela vira no primeiro dia no banheiro. A sujeira na banheira não cheirava a esgoto, parecia mais com lama velha, mas Angela bateu com raiva o calcanhar nu no chão de ladrilhos quando a viu. Além de tudo, ela estava tendo problemas de encanamento também? Mais uma coisa para resolver, pensou.

"Merda", disse ela, desligando a luz. Aquele era um problema para amanhã, não para hoje.

O ralo da banheira gorgolejou baixinho atrás dela. Angela ouviu o barulho amplificado contra as paredes do banheiro, alto o bastante para fazê-la se virar para espiar no escuro. Viu sua própria sombra alongada na luz lançada pela porta, mas não conseguia enxergar além da borda branca e brilhante da banheira. Ouviu algo espirrar na banheira, provavelmente mais lama e, em seguida, o borbulhar do ralo. O som abafado variava em tom, mais baixo e mais alto, alegre e brincalhão. A banheira parecia cantar para si mesma.

As pontas dos dedos de Angela formigaram, ficando geladas. Tão frias que pareciam queimar.

Mãe? Posso falar com você? Tenho que te dar uma coisa.

Angela esperava que algo surpreendente acontecesse, e aconteceu.

Acima dela, do lado de fora da casa, houve um estalo estrondoso e, em seguida, o barulho violento de folhas molhadas ao vento. O som a cercou, aproximando-se com a promessa de um choque. Com um grito, Angela se agachou e ergueu o braço como se quisesse impedir que o teto desabasse sobre ela. Angela estava congelada, suas veias ardiam.

Ela não podia se preocupar com a banheira agora. A nogueira estava caindo.

"Meu Deus..."

Angela estava parada logo abaixo da trajetória da árvore. Quando lhe ocorreu que estaria mais segura se corresse, a árvore já estava pousando. O impacto sacudiu o teto e a parede ao lado dela no corredor com um golpe perturbador. Angela sentiu o chão vibrar sob seus pés e gritou de novo. O espelho decorativo na frente do corredor balançou para a direita e depois para a esquerda, mas parou em uma posição torta, sem cair.

E foi só isso.

Angela prendeu a respiração e ficou imóvel enquanto olhava para cima, esperando ver linhas em zigue-zague correndo pelo teto enquanto a árvore lutava para entrar na casa. Mas não havia rachaduras e não havia mais som. Nada além de silêncio agora, exceto pela chuva. A árvore tinha caído e nada mais havia acontecido.

Angela respirou fundo e sua racionalidade começou a voltar. Ela não se machucara. O dano à casa podia não ser muito maior do que um arranhão na pintura ou talvez algumas telhas deslocadas. Ela tivera muita sorte, mas não se sentia sortuda. Ficou agachada no corredor na mesma posição, imóvel. Ouvindo. Aguardando.

Porque *aconteceria* outra coisa. Essa certeza residia em um lugar que não aderia à razão; um lugar sem palavras e não mapeado. Ela sentia aquele formigamento na ponta dos dedos, a mesma sensação que experimentara naquele Quatro de Julho, e esse formigamento indicava eventos grandes, catastróficos. Ela não tinha percebido até aquele momento o quanto vivia com medo do dia em que a queimadura de frio voltaria, imaginando que surpresas terríveis ela arrastaria consigo.

E veio. Naquela noite. Logo antes de a árvore cair. Desta vez, ela não iria ignorar.

A consciência sussurrou dentro dela, tentando nascer. Angela ficou parada, mal respirando, porque parecia que se parasse de respirar por um breve momento, saberia por que seus dedos tinham formigado. A árvore era apenas a menor parte daquilo tudo. Ela sabia.

O coração de Angela inchava e desinflava em um ritmo frenético no peito. "Você está tentando falar comigo, vovó Marie?", sussurrou Angela. "Estou ouvindo, vovó. Estou ouvindo."

Sua única resposta veio na enxurrada de chuva forte no telhado, em uma língua que ela não conhecia.

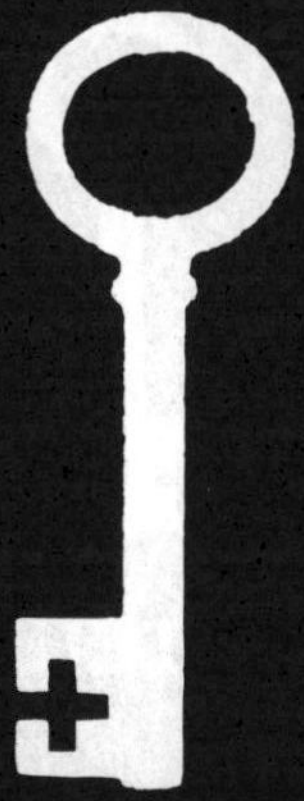

VISITEUR

Lutar contra o Poder.
Temos que lutar contra quem detém o poder.

Chuck D., **Public Enemy**

Onze

OAKLAND
Madrugada de terça-feira
1h00

Fazia tanto tempo que Tariq Hill não se sentia bem que ele até tinha esquecido que isso era possível. Mas naquela noite ele estava bem, muito bem. Sentia-se ele mesmo novamente, melhor do que ele mesmo, caminhando em direção à entrada do Club Paradiso com seu sobrinho DuShaun e três outros novatos com um passo manso, o jeito que um homem caminha quando a vida vai bem. Enquanto ele e os jogadores se aproximavam da corda de veludo do clube com ares de armazém, a multidão do lado de fora se agitava sob a brilhante lâmpada externa. Uma corrente tangível faiscava através da linha enquanto os olhos dos espectadores dançavam com devaneios de como deve ser quando se agita um estádio com 63 mil torcedores de futebol americano.

Vinte a dez. Fora uma boa vitória sobre o Rams, sobretudo em uma noite de segunda-feira. Algo para fazer o Rams pensar duas vezes quando a equipe fosse para St. Louis no final da temporada.

"É isso aí, DuShaun!", gritou uma mulher, esperando chamar a atenção do garoto. DuShaun olhou na direção da voz com um sorriso infantil, acenando. A mulher que gritara estava com um grupo de amigas, talvez garotas universitárias, os seios protuberantes lutando para sair das blusas, as saias subindo por suas nádegas. Quase como crianças brincando de se arrumar, só que aqueles corpos ficavam marcados naquelas roupas. Os olhos de DuShaun se desviaram das garotas e ele trocou um olhar com Tariq, como se estivesse verificando se o tio ainda estava lá. DuShaun era um menino batista rigoroso que namorava uma garota que conhecera no grupo de estudos bíblicos e, embora tivesse apenas 21 anos, falava sobre se casar em breve. Ele não tinha ido ao Paradiso à procura de garotas.

Mas tentação era tentação. Tariq sabia disso melhor do que ninguém. "Elas podem muito bem trabalhar em uma esquina", disse Tariq, conduzindo DuShaun enquanto passavam pelas garotas.

"Quanta frieza, tio Tariq", disse DuShaun, rindo.

"Vocês são jogadores de futebol?", perguntou uma voz delicada atrás deles. Tariq se virou e viu dois adolescentes encolhidos contra a parede, não muito longe da entrada. O mais alto era um menino desleixado, com olhos muito ansiosos, e que aparentava ter 14 anos, mas foi a menina quem falou. Seu cabelo espetado era da cor de suco de laranja. Apesar de seus saltos de dez centímetros e maquiagem suficiente para três pessoas, seu corpo magro ainda estava em formação. Ela era alta, mas não deveria ter nem 14 anos. Onde estavam seus pais?

Instintivamente, Tariq roçou a palma da mão no cabelo dela, tocando de leve as pontas secas e espinhosas. Ele sempre quis que ele e Angela tivessem uma menina também, mas as coisas não tinham dado certo. As coisas não tinham dado certo de nenhuma maneira. "Querida, você não tem nada para fazer aqui", disse ele. "Vá para casa antes que eu mande alguém aqui atrás de você. Você ainda terá muito tempo para ser uma mulher adulta."

"Vocês são jogadores de futebol?", repetiu a garota, e tirou uma alça fina preta de seu ombro ossudo, deixando-o à mostra para ele. "Meu amigo tem cocaína."

Tariq não queria que seu bom humor acabasse, já que não tinha ideia de quando estaria bem-humorado outra vez. "Vão para casa", disse ele, com mais firmeza. "Se vocês ainda estiverem aqui quando eu voltar, podem acreditar que não vão gostar. Não estou de brincadeira."

Quando o segurança inflado com anabolizantes acenou na porta para que ele entrasse, Tariq deu às crianças um último olhar severo. Seus rostos, olhando para trás, estavam confusos. Os jogadores deram tapinhas no ombro de Tariq, rindo enquanto o seguiam. "Pregando aqui na frente do clube", disse Reese. "Cara, você é pior do que o DuShaun. Você não vai salvar nenhuma alma aqui. Eles não estão ouvindo."

"É verdade", disse DuShaun, com um tom de voz que dava a impressão de que a visão daquelas crianças quase o tivesse feito perder o gosto pela vida noturna.

Mas aquela era uma comemoração. DuShaun tinha corrido penosos 65 metros no jogo daquela noite, e surpreendera a defesa do Rams ao pegar um passe de Gannon e lançar um míssil perfeito que percorreu trinta metros no campo, marcando o último *touchdown* de sua equipe. A especialidade de DuShaun Hill. O novinho não só corria, mas também *arremessava*. Arremessava muito. Mas isso todo mundo já sabe.

Tariq não era treinador, mas decidira trabalhar aquele braço de DuShaun, lembrando-se da precisão dos passes do garoto quando era zagueiro no colégio. Como *running back* na Universidade do Estado da Flórida, DuShaun nunca aproveitara esse potencial, mas Tariq percebeu que ele ainda tinha aquele jeito. Quando as sessões de prática dos Raiders terminaram naquele verão, Tariq começou a executar com ele um treino de padrões de passe por algumas horas por dia, forçando DuShaun a encontrá-lo com a bola. Trinta jardas. Quarenta jardas. Cinquenta, sessenta. O menino sabia arremessar. Os Raiders o tinham recrutado na sexta rodada sem muita expectativa, mas DuShaun Hill estava se tornando uma estrela, e a temporada estava apenas começando.

Tariq queria compartilhar as boas novas com Angie. Ela não atendia suas ligações desde o divórcio, mas ainda era sua confidente fantasma, a pessoa em quem ele pensava primeiro quando tinha novidades de sua família. Para Tariq, havia duas Angies: a mulher com quem ele fizera amor naquele verão em Sacajawea, que lhe mostrara com cada suspiro e palavra que ainda o amava como nos tempos da faculdade, e a nova Angie, delirante, que emergira da adega.

Decidiu que ligaria para o escritório de Angie mais tarde e deixaria uma mensagem sobre DuShaun, mesmo que ela nunca ligasse de volta. Antes de Corey morrer, ela sempre queria saber como seu irmão Harry e os filhos dele estavam, eles eram o porto seguro deles durante conversas difíceis. DuShaun era sobrinho de Angela quase tanto quanto de Tariq, e provavelmente faria bem a ela saber como o garoto estava indo bem. DuShaun não era Corey, nem de longe, mas nos meses desde que seu sobrinho fora morar com ele, Tariq se sentia melhor de uma maneira que não esperava ser possível.

Essa única coisa boa ajudava a compensar o resto, os aspectos que não eram bons de jeito nenhum. Tariq tinha uma consulta médica no dia seguinte e não esperava nenhuma notícia boa. Naquela noite, ele se sentia como um novo homem, louvado seja Jesus Todo-Poderoso. Pelo menos por uma noite.

"Estou morto. Estou sentindo o cansaço só agora, tio Tariq", disse DuShaun, sua voz quase perdida na batida de "This Is How We Do It", de Montel Jordan. Por um instante, Tariq ficou cego pelas luzes estroboscópicas brancas e vermelhas do clube. A pista de dança estava cheia, mesmo que o resto do clube estivesse meio vazio porque os seguranças só permitiam que as pessoas entrassem em um filete, fazendo com que o espaço lá dentro parecesse precioso. Todos os olhos na sala cavernosa os seguiam enquanto caminhavam em direção ao bar; parecia que estava voando, Tariq pensou, como se pudesse flutuar sobre aqueles olhares de adoração.

"Você vai se sentir assim em jogos como aquele. Foi uma barra, DuShaun. Estou orgulhoso de você", disse Tariq. "Vamos ficar mais um pouco, depois você vai poder relaxar. Você merece."

O barman estava ansioso para anotar o pedido deles, prevendo uma gorjeta gorda, como se achasse que todo jogador de futebol americano fosse milionário. DuShaun e seus amigos eram novatos, e apenas Reese tinha ultrapassado sete dígitos quando foi contratado. Mas não por muito tempo.

Enquanto Reese e os outros pegavam uma cerveja, DuShaun seguiu o exemplo de Tariq e pediu um refrigerante de gengibre. Em Tallahassee, uma prisão por dirigir embriagado afugentara DuShaun da cerveja e da maconha na faculdade, o que era bom, Tariq disse a ele, porque a tendência ao vício corria na família. Ele e DuShaun manteriam um ao outro longe de problemas. Tariq não iria de fininho para o banheiro cheirar carreiras de cocaína como fazia quando Corey morava com ele, até pouco antes do fim. Tariq decidira se recompor e tentar convencer Angie a se mudar para Oakland com ele, e nos seis meses anteriores à morte de Corey ele nem passara perto de cocaína. Nem em qualquer momento depois. Ele havia perdido o gosto. Ele perdera o gosto até pelos Marlboros, e olha que os cigarros deveriam ser a droga mais difícil de abandonar. A morte de Corey enfim o ajudara a fazer isso. Às vezes, ficar limpo parecia tão fácil que Tariq não conseguia descobrir o que havia de errado com ele antes. Ele preferiria ter morrido escravo da cocaína a ficar sóbrio e perder Corey, mas se ele não podia ter um, se contentaria com o outro.

De onde estavam no bar, Tariq reconheceu um grupo de veteranos da linha defensiva arrastando os pés ao som da música na pista de dança, homens de 130 quilos em camisetas pretas justas e jaquetas grandes demais, cercados por mulheres com tecidos esvoaçantes e vestidos transparentes. "Duuuuuuu-Shaun!", berrou um dos defensores, um grito de guerra. Os outros jogadores se juntaram, aplaudindo.

"Bom braço, cara."

"É a Sensação Hill, *baby*!"

DuShaun ergueu seu copo, sorrindo timidamente. Seu rosto largo de queixo quadrado brilhava.

Sim, Tariq pensou, isso era o que ele queria. DuShaun raramente ficava com os jogadores em seu tempo livre, preferia ficar no quarto assistindo a vídeos e ouvindo música em seu aparelho de som. Tariq ouvira rumores de que alguns dos jogadores haviam confundido a mentalidade de menino inocente de DuShaun com um problema de atitude, mas ali no Paradiso, DuShaun poderia mostrar a seus companheiros que era um deles. Era sua festa de debutante.

O bom humor de Tariq disparou. Tinha passado um dia inteiro se sentindo bem, desde o nascer do sol até aquele momento.

Até que ele olhou para o outro lado do clube e viu um homem de paletó branco.

Um homem esquisito de meia-idade com umas entradas no cabelo estava sentado em um dos sofás de veludo preto do outro lado da sala, sem olhar na direção de Tariq. Ao vê-lo, Tariq de alguma forma sabia exatamente como seria: a bebida do cara estava acabando e ele precisaria pegar mais uma. Ele iria caminhar até o bar e tentar falar com DuShaun. Depois, iria se machucar.

O homem vestia um paletó branco, como se pensasse que era Don Johnson em *Miami Vice*, fora de moda há décadas. Às vezes, Tariq se sentia parecido com aquele tipo de homem, o tipo que tinha dificuldade em descobrir quais partes de sua vida estavam perdidas havia muito tempo; pessoas que empurravam as coisas com a barriga apenas pelo hábito. Tariq inicialmente sentiu pena do homem. Mas o sujeito de paletó branco se portava como se tivesse dinheiro — seu relógio brilhava do outro lado da sala —, e seu senso de prerrogativa o colocaria em apuros. Foi assim que Tariq viu em sua própria mente: o homem iria até o bar e conversaria com DuShaun. Diria coisas desnecessárias.

E Tariq iria machucá-lo. Essa parte era a mais vívida em sua mente.

Tariq observou o homem de paletó branco se levantar da cadeira, com o copo vazio na mão. Ele começou a cambalear na direção do bar, passando pelos corpos balançando na pista de dança. Até mesmo sua caminhada galopante era exatamente do jeito que Tariq havia imaginado.

Tariq não se importava mais sobre como sabia de antemão quando as coisas iam acontecer. Ele tivera a sensação mais cedo no jogo, assistindo do camarote: antes mesmo de DuShaun ter deixado a multidão, Tariq tinha visto seu sobrinho cortando após o passe de Gannon, driblando a primeira marcação e deixando a bola voar. Tariq vira isso em sua mente e aconteceu um segundo depois. Sua visão do futuro foi um desenvolvimento surpreendente — assustador, na verdade, como *flashbacks* ao contrário —, mas com todas as preocupações que tinham atormentado Tariq nos últimos dois anos, ele passara a encarar aquela gota de habilidade psíquica como uma coisa pequena e inútil. Mal tinha energia para percebê-la.

Além disso, ele geralmente não gostava do que via.

"Você é DuShaun Hill!", exclamou o homem de paletó branco, enfim se aproximando, e Tariq ouviu sua voz arrastada. O homem cheirava como alguém que já estava bebendo havia algumas horas, exatamente como Tariq previra.

DuShaun, que estava conversando com Reese, olhou para o homem com cautela. A maioria das pessoas sabia manter distância nos clubes, mas sempre havia alguém que não sabia. "E aí, cara", disse DuShaun, sempre educado, do jeito que Harry e sua esposa o criaram.

"O que aconteceu com você, D-Hill?", perguntou o homem, usando o apelido universitário de DuShaun. "Você corria 110, 120 metros por jogo na universidade. Não é mais como um jogo da faculdade, hein? Achei que você tivesse vindo para Oklahoma para *jogar*."

Tariq sentiu os jovens jogadores perto dele se enrijecerem, murmurando. DuShaun ainda sorria, mas Tariq podia ver o aborrecimento de seu sobrinho nas sobrancelhas franzidas dele. "Eu não sei que jogo *você* estava assistindo esta noite, cara", disse DuShaun. "Mas me desculpe. Vou tentar fazer melhor para você na próxima vez."

Reese riu alto, cobrindo a boca com a palma da mão enorme.

"Espero que sim, D-Hill", disse o homem, sem entender o sarcasmo de DuShaun. "Achei que você fosse *jogar*. Aquela exibição que você fez hoje não é nada, mas..."

"Cala a boca", disse Tariq.

A voz de Tariq fez um corte profundo na conversa, encerrando-a. O homem virou a cabeça para olhar para ele, e deve ter visto seu futuro imediato nos olhos de Tariq. Deu um passo para trás, erguendo o copo vazio como se desviasse de um golpe. "Calma, cara. Só estou tentando dizer..."

Não era *exatamente* como Tariq imaginava; ele tinha que admitir que, em sua mente, ele se vira arrebatando o copo vazio da mão do homem e acertando-o em sua têmpora. Em seguida, quando o homem se curvou tentando entender se seu crânio estava rachado, Tariq se viu elevando o joelho até o nariz do homem, achatando-o e o deixando como um pedaço de barro ensanguentado. E isso seria apenas o aquecimento.

Não foi o que aconteceu. Em vez disso, Tariq sentiu algo como um *flash* piscando em sua cabeça. Depois disso, o homem estava caído de bunda no chão. A palma de Tariq disparou direto para a frente, empurrando o homem com força. O homem sentiria aquela mão em seu esterno por pelo menos alguns dias.

"Que *porra* é essa...", disse o homem, levando a mão ao peito. Seus olhos vítreos ficaram nítidos e sóbrios. Ele estava mais assustado do que ferido. Não sabia se esse seria o único golpe de Tariq ou se fora apenas o primeiro. Tariq ainda não havia se decidido.

Os frequentadores do clube que estavam naquele raio se afastaram, de olho em Tariq para tentar adivinhar o que ele poderia fazer a seguir. Tariq viu uma mulher lançar um olhar de desaprovação para ele, e ele sentiu uma pontada. Ela o lembrou de Angie, mais uma vez desapontada. DuShaun segurou um dos braços de Tariq; Reese, o outro.

"Some daqui", disse Tariq para o homem caído no chão, mantendo sua voz moderada. Ele não queria estragar a noite de DuShaun. "Da próxima vez, não seja tão ignorante."

O homem rastejou para trás como uma aranha; depois, quando decidiu que a distância era segura, se misturou à multidão, cambaleando. Os frequentadores do clube esqueceram o momento tenso e retomaram suas conversas e pedidos de bebidas. Nenhum sangue. Nada para olhar.

"Como é que aquele cara fala com a gente desse jeito?", murmurou Reese. "Ele estava viajando."

Tudo acabou rápido, ou talvez aquele *flash* em sua cabeça tivesse disparado algo vital, porque o bom humor de Tariq havia desaparecido. Era um absurdo que ele estivesse se divertindo um instante antes daquilo. Seu estômago doía, e ele podia sentir o familiar cheiro azedo saindo de seus poros. Lembrou-se da consulta médica do dia seguinte, e isso o fez sentir uma raiva persistente que se instalou em todo o seu espírito. Mais uma vez, pensou em Angie. Ultimamente, ele se pegava pensando muito na ex-esposa, conduzindo conversas unilaterais com ela. Sim, ele teria que entrar em contato com Angie logo, ele jurou. Eles tinham muito a conversar.

Por um lado, Angie estava com problemas que ela nem sabia. Problemas profundos, do tipo que não dá para fugir, mas é melhor tentar. Às vezes, ele também via isso. De certa forma, ele via isso melhor que o resto.

"Está tudo bem, tio?", perguntou DuShaun.

"Sim", disse Tariq. "Vocês todos se comportem. Eu preciso de um pouco de ar."

Tariq Hill tinha uma visão totalmente nova em sua cabeça, e o futuro estava esperando por ele.

Doze

SACAJAWEA
Terça-feira

Angela acordou com o barulho das motosserras.

O dilúvio da noite anterior não tinha parado, só diminuído, então ainda havia uma chuva constante, variando entre garoa e chuvarada. Mas a chuva não silenciara o zumbido, o estouro e a marcha lenta das motosserras em frente à casa de Angela, o som da indústria concentrada. Mais do que isso, era o som da comunidade.

Angela ligara para o sr. Everly na noite anterior para contar a ele sobre a árvore e perguntou se ele poderia entrar em contato com uma empresa de remoção. "Besteira", dissera o sr. Everly. "Se já estiver caída, vou anunciar. Vamos garantir que nenhum dano aconteça à casa."

De fato, quando Angela olhou pela janela do andar de cima, viu homens de Sacajawea no jardim da frente lá embaixo, a maioria aposentados de cabelos grisalhos em camisas de mangas longas, suspensórios e bonés. Ela contou seis homens serrando o tronco ou removendo entulho. O sr. Everly estava lá, é claro, e Angela reconheceu os outros: Logan Prescott, Gunnar Michaelsen e Tom Brock, que haviam estado em sua festa de Quatro de Julho; e um homem muito mais velho chamado Rex, que às vezes dava palestras para a Sociedade Histórica sobre o passado madeireiro da região. Até mesmo Art Brunell estava lá fora, usando uma parca e um boné de lã, ajudando a arrastar pelo quintal os galhos que os experientes madeireiros cortavam do tronco da árvore. Lascas de madeira voavam em pequenas nevascas enquanto os dentes das motosserras mastigavam a madeira. Angela podia ouvir vagamente as vozes e os risos dos homens através da janela — *Tem certeza de que consegue? Uau, cuidado com esse, Rex* —, camaradagem e conselhos. Todos eles haviam visto acidentes com árvores. Rex se movia com cautela, incapaz de fazer muito mais do que monitorar o trabalho e remover pilhas de galhos do caminho, mas Angela não conseguia se lembrar da última vez que vira tanta energia nos passos do velho. Ele estava feliz por fazer parte de algo outra vez, por menor que fosse.

    Eles tinham vindo para um enterro, Angela pensou. Uma árvore perdida, uma era perdida. A indústria madeireira estava em depressão, nada era como antes, e esses caras tinham memórias de uma época diferente. Angela sentiu uma nova tristeza ao ver o poderoso tronco da árvore partido ao meio, com um lado dobrado em direção aos degraus de pedra sob o peso de seus grossos galhos cheios de folhas, a metade maior repousando sobre a casa. Mas aquilo tudo também era um retorno ao lar. Ela estava de volta onde passara a melhor parte de sua infância, e aquelas pessoas a amavam. E mesmo se eles não *a* amassem, amavam vovó Marie. Foi uma sensação boa, quase o bastante para fazê-la esquecer os medos da noite anterior. Quase.

    Angela foi se vestir. Era hora de ver os danos na casa.

    Lá fora, Joseph Everly respirava com dificuldade, coberto de suor e aparas de madeira frescas. Ele falava com autoridade, como se fosse o capataz de um grande local. "Derrubei algumas telhas em cima", disse ele, gritando para ser ouvido por cima das serras. "Não dá pra ver daqui, não até a última parte daquela árvore cair, mas eu dei uma olhada no telhado. Tem uma rachadura feia na janela do sótão do andar de cima. Teremos que trocá-la. Mas, fora isso, está tudo bem, Angie. A casa é excelente. Você tem um pequeno milagre nas mãos."

    Sua esposa arrancaria a pele dele se soubesse que ele, com todos os problemas nas costas, estava subindo no telhado, pensou Angela. Agora, dois homens estavam pulando tão despreocupadamente no telhado enquanto manobravam em volta dos imensos galhos da árvore que Angela teve certeza de que cairiam. Nenhum dos dois era tão velho quanto Rex ou o sr. Everly, mas estavam pelo menos na casa dos sessenta. Gunnar Michaelsen, um dos homens no telhado, tinha barba e cabelos brancos. Ele levava mais jeito para trabalhar de Papai Noel em uma loja de departamentos, não de pé no telhado dela com uma serra elétrica nas mãos enluvadas.

    "Aquilo lá em cima parece perigoso, sr. Everly", disse Angela.

    "Só é perigoso se você não sabe o que está fazendo. E esses meninos *sabem*." A voz do sr. Everly tremia de orgulho. "Fiquei na Weyerhauser por trinta anos. Gunnar, Tom e Logan ficaram na Sacajawea Logging por 25 anos cada um. Rex estava na Morrell, creio eu, há *muito* tempo. Rex, para quantas equipes você trabalhou?"

Angela não tinha notado Rex se aproximando atrás deles, atraído pela conversa. As roupas do homem mais velho cheiravam a tabaco. Ou ele não tinha dentadura ou não se preocupava em colocá-la, então suas palavras ficavam pegajosas na boca. "Minha mãe era cozinheira de acampamento para Morrell, então comecei com eles quando tinha 12 anos e fiquei até fecharem. Depois fui para a Crown Zellerbach, que era a maior nos anos 1940, durante a guerra. Cortei árvores até os 60 e depois trabalhei na máquina de carregamento até me aposentar aos 85 anos."

Weyerhauser. Sacajawea Logging. Morrell. Crown.

Angela não sabia nada sobre extração de madeira, exceto que seu avô John tinha perdido a vida para aquele trabalho duro na floresta, mas ela ouvia os nomes das empresas com frequência, mesmo aquelas que já não existiam. Em Sacajawea, os homens se identificavam por suas afiliações madeireiras, assim como as tropas de combate se identificavam pelas divisões militares, especialmente os madeireiros mais velhos. Os últimos griôs de tempos antigos.

De repente, Angela sentiu falta de vovó Marie; não da maneira confusa que sentira nos 13 anos após a morte da avó, mas realmente sentia *saudade* dela, do mesmo jeito que sentia de Corey. O tipo de falta diária que deixava um vazio e fazia sua vida parecer errada, desordenada. Roubada. E se os espíritos de vovó Marie e de sua avó antes dela realmente *estivessem vivendo* naquela árvore? Para onde eles iriam agora que a árvore tinha morrido?

"Cuidado aí embaixo!", berrou Gunnar. Sua motosserra gritou, e uma grande tora de madeira caiu do telhado com um baque estremecedor e pousou com o cheiro forte e penetrante de seiva, a força vital da árvore. Os homens no solo se reuniram em torno da massa espessa e musgosa de um tronco de árvore recém-podada, admirando-a. Esses homens amavam as árvores à sua maneira, da maneira especial que um caçador ama sua caça. Eles amavam as árvores mais do que a maioria das pessoas, ela pensou.

Alguém deu um tapinha nas costas de Angela, ela se virou e viu os olhos de Art, preocupados. "Como vai você, Angie?", perguntou ele. Ele passou um braço ao redor dela, abraçando-a e trazendo-a para perto. A bondade de Art era outro conforto daquele lugar que ela havia esquecido. Ele dera nela um abraço semelhante na saída da aula de inglês, no corredor da Escola Secundária de Sacajawea, depois que soube que ela e Myles haviam terminado, uma semana depois do baile de formatura. *Não sei, Angie, acho que, de todas as pessoas, vocês dois eram feitos um para o outro, não era apenas uma coisa de escola, mas para sempre*, ele dissera, e ela quase caíra no choro porque não conhecia outras pessoas que também enxergavam isso. Essa certeza do "para sempre" foi o que a assustou. Isso e saber que ela nunca poderia ser o que Myles merecia.

Naquela época, aos 18 anos, ela ainda tinha a vida toda para viver, ou assim ela pensava. Agora, Angela estava se acostumando com a certeza de que o melhor de sua vida havia ficado para trás, assim como aqueles madeireiros sabiam que seus melhores dias não voltariam mais.

"Eu odeio perder qualquer coisa, Art", respondeu ela, observando sua árvore ser desfeita pedaço por pedaço.

"Sim, eu também", disse ele com uma voz de quem entendia quase bem demais, uma voz que poderia soar como a empatia vazia de um político se ela não o conhecesse há tanto tempo. "Eu também, Angie. Acho que não há uma pessoa que não odeie."

"Eu quase pirei quando Art disse que estava vindo aqui para ajudar", confidenciou Liza Brunell enquanto ela, Angela e a sra. Everly preparavam o café da manhã para a equipe de homens do lado de fora. Eles fizeram bagels com ovos fritos em uma eficiente linha de montagem na cozinha, ecoando a rotina dos madeireiros. "Espero que ninguém dê uma motosserra a ele. Art provavelmente se cortaria ao meio."

"Que horror, Liza", disse Angela, rindo.

"Mas você lembra como ele é desastrado. Isso não mudou. A sra. Everly sabe."

O rosto da sra. Everly ficou vermelho. Laurel Everly era uma mulher de fala mansa que usava seu cabelo grisalho fino em atraentes tranças francesas, exatamente como vovó Marie. Observando a sra. Everly com a vovó Marie durante suas visitas regulares e os encontros de carteados, Angela pensava que ela era hostil, mas aprendera que a mulher era apenas dolorosamente tímida. A sra. Everly quase nunca ia trabalhar quando Angela estava em casa, preferindo deixar bilhetes. Hoje ela havia ido especialmente por causa da árvore.

"Bem, eu não usaria a palavra *desastrado*", disse a sra. Everly.

"A sra. Everly é muito gentil. Ele é, sim, desastrado", disse Liza. "Isso não significa que eu não o amo. Art é um gênio em um milhão de coisas, mas eu vejo quem ele é e quem ele *não é*. Ele está muito feliz por ser prefeito, já que pode ter uma desculpa para estar envolvido em tudo. Está como um pinto na porra do lixo."

A sra. Everly se encolheu ao ouvir as profanações de Liza, uma brincadeira que Liza gostava de fazer com ela. "Ele tem sido um dos nossos melhores prefeitos", disse a sra. Everly diplomaticamente.

"Um dos melhores prefeitos desta maldita cidade", concordou Liza, e a sra. Everly se encolheu de novo, tocando a grande cruz de prata que usava no pescoço, como se para lembrar ao Salvador que ela mesma não tolerava blasfêmia, mesmo que esta ocasionalmente se infiltrasse nas companhias dela.

"Onde está Myles?", perguntou Liza a Angela de repente.

"Por que está me perguntando? Deve estar no trabalho."

"Vocês dois pareciam confortáveis no domingo, só isso."

Angela balançou a cabeça, sorrindo. "Lá vai você de novo se meter na minha vida."

"Como se eu nunca tivesse feito isso. E então?"

A sra. Everly de repente começou a organizar a despensa, não exatamente fora de alcance, mas longe o suficiente para que todas pudessem fingir que ela não estava ali. Angela suspirou e encontrou o olhar faminto de curiosidade de Liza.

"Não estou notando nenhum interesse da parte dele. Acho que Myles está saindo com alguém."

"Aqui na cidade não está", disse Liza. "Eu saberia. Não tem nada rolando com aquelas enfermeiras que cuidam da mãe dele, caso esteja se perguntando. A mais jovem tem namorado, e a outra não gosta de homens, se é que você me entende. Ela e sua 'amiga especial' vivem em Skamokawa."

"Você é tão intrometida, Liza. É outra pessoa, então, talvez em Longview. Eu só tenho um pressentimento. Ou é isso, ou ele ainda está bravo pelo coração partido da época do colégio."

"Isso é passado, Angie."

Angela pensou na nudez escura de Myles naquele dia no Ponto, e seu estômago estremeceu. "Não sei. Não tenho tanta certeza disso."

"Tenho um plano", disse Liza. "Quanto tempo você vai ficar na cidade? Art renovou o pequeno teatro para mim, o do antigo hotel, sabe? Costumava haver shows burlescos lá nos anos 1930. É realmente minúsculo; acomoda cerca de quarenta pessoas. Mas vamos estrear na sexta à noite com minha primeira peça. Por que você não convida Myles para ir com você? Pelos velhos tempos."

"Você está trabalhando em uma peça?"

"Sim. É uma peça de três atos. Eu escrevi, dirigi e estou atuando. Você não vai acreditar no elenco que montamos; um cara daqui de Sacajawea, uma mulher maravilhosa de Skamokawa e alguns jovens de Longview. É minha primeira produção, Angie. Nada tão empolgante, mas..."

Angela abraçou Liza, interrompendo-a. Liza encontrara uma maneira de realizar seu sonho, e com o apoio de Art, por incrível que pareça. Abraçando-a, Angie sentiu ondas alternadas de alegria e inveja por sua amiga. Todas as escolhas de Liza pareciam ter dado certo para ela, e nenhuma das de Angela funcionara. Ela perdera a família no momento em que decidiu ficar em Los Angeles em vez de se mudar para Oakland com Tariq. Não tinha sido justo da parte dele aceitar um emprego sem consultá-la — e ela sempre soube que sua oferta dos Raiders era apenas uma desculpa para uma fuga rápida dela —, mas Angela deveria ter ido de qualquer maneira, independentemente dos sócios. Ela e Tariq eram igualmente teimosos, e Corey ficara perdido entre eles.

Sim, Tariq fizera uma série de escolhas erradas na vida, mas Angela precisava admitir que sua própria participação nisso havia sido enorme. Pela primeira vez desde a morte de Corey, ela pensou em seu ex-marido com um sentimento diferente de raiva. Tariq fizera questão de dirigir até Sacajawea em sua velha kombi, a da faculdade. Ele a havia tocado como um amante, parecia ansioso para discutir um futuro. Eles haviam chegado *tão perto* de salvar sua família, aquela vítima irrecuperável de seus sonhos separados.

"Isso é tão bom, Liza", disse Angela, falando sério. "Estou feliz por você."

"Sim, tivemos sorte. Compramos o espaço do teatro e estamos batizando-o de Teatro de Sacajawea. Estou surpresa que Art não tenha te dado um panfleto. Ele sempre tem alguns no bolso e os distribui como se fossem os bótons da reeleição."

"Mal posso esperar para ver."

"Você vai convidar Myles?"

Angela sorriu com tristeza. Sempre havia uma pequena chance de ela se contagiar com a felicidade de Liza. "Certo. Por que não? O não já está garantido, afinal."

"Pense positivo", disse Liza com um olhar de repreensão. Ela sempre fora fortemente influenciada por essas coisas de pensamento positivo, mesmo na época do colégio; foi a doutrinação de seus pais. Angela se perguntou se sua própria vida teria sido diferente se Dominique Toussaint fosse capaz de pensar em qualquer coisa além de seus demônios risonhos.

Algo sobre a memória de sua mãe — ela não tinha ideia do que — fez Angela se lembrar da banheira no andar de cima. "Sra. Everly, quem é o seu encanador? Estou tendo problemas com a banheira."

O rosto da sra. Everly apareceu de trás da porta da despensa, muito mais solene do que Angela esperava. Na verdade, se apenas um instante antes o rosto dela estava vermelho, agora parecia quase pálido. "A banheira lá de cima?"

"Sim. Você notou um problema com lama no ralo? Alguma coisa estava saindo dali ontem à noite. Acho que era lama."

A cozinha ficou em silêncio, exceto pelo ronco das motosserras do lado de fora. Liza estava fatiando bagels um momento antes, mas parou no meio do corte, a faca pairando sobre a tábua. Angela não tinha mais dúvidas sobre a cor da sra. Everly: seu rosto tinha mesmo empalidecido. Ela apertou os lábios com tanta força que eles quase desapareceram. Angela olhou para Liza, e o rosto de sua amiga parecia estranho também. Pensativo, um pouco alarmado.

"O que está acontecendo?", perguntou Angela.

A sra. Everly e Liza se entreolharam, confusas. Liza voltou a cortar os bagels e nenhuma das duas falou. Havia um segredo no ar. Talvez dois, ao que parecia. Angela se inclinou para perto de Liza, observando a mandíbula de sua amiga ficar tensa. "Diga", pediu ela. "Por favor."

Liza balançou a cabeça. "Não sei nada sobre problemas de encanamento, Angie. Quando você mencionou a banheira lá em cima, só me veio algo à mente…"

A sra. Everly se afastou da despensa, intrigada. Ela também queria ouvir mais. "Algo sobre lama?", perguntou a mulher mais velha.

Liza cobriu a boca com a mão enquanto sorria. "Vocês duas vão pensar que estou louca, e aqueles caras estão com fome. Vamos logo levar o café da manhã para eles."

"O café da manhã pode esperar", disse Angela. "O que você sabe sobre a banheira?"

Liza suspirou. "Ok, tudo bem, lá vai. Já vou avisando que é coisa boba. Meu avô me contou uma história — na verdade, ele me contou essa história várias vezes —, e ela tem a ver com a banheira lá de cima."

Angela sentiu seu coração pular, e uma discretíssima sensação de frio fez cócegas em seus dedos. Se não fosse pela experiência da noite anterior, ela não teria percebido. Mas percebeu, e sua mente estava preparada para absorver cada palavra de Liza.

"Vovô era xerife em Sacajawea nas décadas de 1920 e 1930. Talvez você soubesse disso. Ele tinha muitas histórias, mas nenhuma como a que me contou sobre esta casa e aquela banheira no andar de cima. Vou começar do início: você já sabe sobre o deslizamento de terra que aconteceu neste lado da cidade em 1929, certo? Todas as outras casas desta rua até a River Drive desapareceram. Bom, não eram casas *resistentes*: algumas eram casas de madeira construídas por famílias pobres com a ajuda dos vizinhos, pessoas que não podiam comprar terras. Vovô dizia que algumas das construções nem eram legais, os moradores eram invasores. E havia uma grande casa que ficava bem no final, no topo da ribanceira. Por muito tempo, aquela era a melhor casa de Sacajawea. Bom, talvez ainda seja. A rua inteira foi soterrada pela lama e todas as casas sumiram, exceto ela. Algumas semanas depois, algo aconteceu. O vovô costumava me dizer a data exata, mas não lembro mais. Pode ter sido em Quatro de Julho." Com isso, Liza parou. Ela se assustou. "Sim, era Quatro de Julho... Me lembrei agora. Dia da Independência. O vovô recebeu um telefonema de um homem chamado Halford Booth, que tinha uma fábrica de conservas aqui." Os ouvidos de Angela se encheram com a menção ao dia Quatro de Julho. Sua audição primeiro enfraqueceu, e então ficou mais nítida.

"Eu me lembro de Hal Booth", disse a sra. Everly, sorrindo com uma lembrança afetuosa.

"Um de seus filhos estava doente, o vovô nunca me disse qual deles. Ele sempre a chamou a Criança, mantendo sua identidade em segredo. O sr. Booth disse que a criança estava com febre e tendo convulsões, e ele precisava da ajuda do vovô para encontrar um médico. Não sei por que não havia médicos em Sacajawea, mas alguns costumavam viajar naquela época, dividindo seus atendimentos entre as cidades. De qualquer forma, o vovô deu uma olhada na criança e decidiu que não havia tempo de ir a Longview ou Skamokawa para encontrar um médico. A criança estava quase morta, dizia ele. Quase posso ouvir ele dizendo agora: *quase morta*. Disse que soube assim que pôs os olhos nela. Reuniu alguns homens e todos trouxeram a criança aqui, para a casa da sua avó. Contou que foi uma enorme luta para passar pela lama e subir todos aqueles degraus carregando a criança, mas ele sabia que este seria o lugar certo. Dizia que nunca tivera tanta certeza em sua vida, como se fosse uma inspiração divina. Você pode não saber, Angie, mas o pessoal daqui não gostava muito da sua avó naquela época. O fato é que o vovô gostava dela ainda menos do que a maioria. Ele foi criado no Alabama e..."

Angie tinha ouvido as histórias de vovó Marie sobre o xerife Kerr. Sobre as armas e o chumbo grosso que estragara a porta da frente, até que o marido construiu uma nova para ela.

"Era uma época diferente", disse Angela, para que Liza seguisse em frente. Essa era uma história sobre o Quatro de Julho que vovó Marie nunca lhe contara, e isso era mais importante para ela do que uma discussão sobre política racial em Sacajawea — mesmo que os tempos não tivessem mudado tanto quanto Liza gostava de pensar. Corey também reclamava dos olhares desagradáveis dos garotos locais.

"Sim, os tempos eram diferentes", disse Liza, aliviada por continuar sua história. "Mas digo isso apenas para que você saiba o sacrifício que foi para ele trazer a criança aqui. Ele sempre dizia: 'Algo maior me fez fazer isso, um poder superior'. Ele jurou isso a vida toda. A sra. T'saint tinha ganhado uma boa reputação após o deslizamento, por ter ajudado aquelas pessoas e cuidado de todos aqueles animais, então este parecia a ele o lugar certo aonde ir. No início, a sra. T'saint e o Índio John não queriam que o vovô e os outros entrassem, mas no fim acabaram deixando. E sua avó soube imediatamente, assim como o vovô, que algo terrível estava acontecendo com aquela criança. Ele podia ver nos olhos dela. A sra. T'saint estava com medo. E do jeito que ele descrevia a cena, ela não estava com medo por pensar que a criança iria morrer — era como se ela estivesse com medo *por si mesma*. Vovô me disse que não percebeu isso na hora, só mais tarde, depois do que aconteceu.

"Ela deu instruções, quase como se estivesse esperando por eles. 'Leve a criança para cima', disse ela. A criança estava delirando, zombando dela, xingando-a. Ela — vou chamar a criança apenas de *ela*, tá? — também estava queimando de febre, por isso a sra. T'saint e o Índio John queriam colocá-la na banheira. A sra. T'saint encheu a banheira com água gelada e o Índio John trouxe gelo. Outra coisa que você precisa lembrar, afinal, é que a maioria das pessoas não tinha banheiros internos como aquele em 1929, pelo menos não por estas bandas. Muitas pessoas, incluindo o vovô, ainda usavam banheiros externos. Por isso aquele banheiro ficou gravado na mente do vovô como algo especial — uma pia, uma banheira, aquele espelho, um vaso sanitário com corrente para puxar a descarga, e tudo *lá em cima*, novinho em folha. Ele nunca tinha visto nada parecido. Ele se sentiu como se tivesse levado a criança para um hospital de verdade, um lugar moderno.

"Mas havia outras coisas que ele percebeu e não gostou. Velas acesas. Aromas incomuns, provavelmente incenso. E um tambor que o Índio

John tinha. Aquele tambor realmente o deixou nervoso. O vovô dizia que no minuto em que ouviu a sra. T'saint começar a falar mandinga de negro e índio — perdoe a expressão —, pensou que havia cometido um erro e que o sr. Booth nunca o perdoaria. O sr. Booth colocara uma criança doente nas mãos do vovô, e ali estava esta senhora praticando o que parecia um *hoodoo*. O vovô contava que disse ao sr. Booth sem rodeios que eles precisavam ir para outro lugar, mas sua avó teve uma conversa particular com o sr. Booth e ele disse que ficariam aqui e ponto final. Ele realmente bateu o pé. Disse que acreditava nela e nada o faria mudar de ideia."

"Hal Booth era um homem teimoso", acrescentou a sra. Everly discretamente.

"A sra. T'saint tinha uma tigela cheia de água e borrifou um pouco daquela água no chão, seguindo um padrão. Vovô estava prestando muita atenção porque ele já havia decidido que se algo acontecesse com aquela criança, sua avó teria que ser legalmente responsabilizada. Isso mesmo, ele tinha decidido *isso*. Assim que a criança entrou na banheira, a sra. T'saint usou os dedos para espalhar gotas de água na testa e no pescoço dela. Do jeito que alguém faria com água benta, mas o vovô dizia que a água cheirava como se estivesse misturada com rum. Todo o banheiro cheirava a rum, ele se lembrava bem disso. Ela disse algumas palavras em um idioma estranho que parecia francês para ele, mas *não era* francês."

"Crioulo", disse Angela, com a boca seca.

"Exatamente. Ela provavelmente estava fazendo algum tipo de oração, foi o que ele pensou. Para *quem* era a oração, ele não sabia, e essa era a parte que o preocupava. Mas ela começou a orar, fazendo sei lá o que com a água da tigela. Em seguida, enquanto todos eles estavam lá, algo começou a acontecer. Vovô me disse que a princípio pensou que a criança estava soltando gases sob a água. Havia apenas algumas bolhas entre suas pernas. Mas as bolhas não iam embora. Em vez disso, surgiam mais e mais. O vovô jurava que a banheira inteira começou a ferver como um caldeirão em cima do fogão. A água não estava quente, mas se agitava loucamente, espirrando em todos. Isso pegou todos de surpresa, dizia ele — até mesmo a sra. T'saint. Ela ficou com aquela expressão de medo no rosto novamente, como se estivesse vendo a própria morte. Depois eles perceberam que a água na banheira não estava apenas borbulhando e agitada, mas tinha ficado marrom. Depois, *preta*. Vovô sempre me disse que se aquela banheira não havia se enchido totalmente de lama na frente de todos que estavam assistindo a tudo aquilo, então ele tinha um parafuso a menos. A lama voou em todas as paredes. Ele dizia que nunca esqueceu a visão do rosto daquela criança logo acima da lama na banheira, sorrindo como o gato de Cheshire, mas com os olhos revirados para cima, de modo que só se via o branco."

O frio de Angela tinha voltado, desta vez com força total, travando seu braço. Sem perceber, ela estava se apoiando no balcão da cozinha. A sra. Everly foi afundando devagar até se sentar em uma das banquetas, com os olhos arregalados.

Angela não queria ouvir mais nada, mas não conseguia abrir a boca para dizer isso.

"De alguma forma, durante toda aquela confusão, Índio John começou a tocar o tambor e a sra. T'saint começou a cantar. O vovô dizia que ela parecia ter enlouquecido, pela forma como agia. Como se não fosse ela mesma. Sua voz soava diferente, mais alta e grossa do que a dela ou de qualquer mulher. O vovô decidiu naquele momento que ele viveria para testemunhar o Apocalipse. Tudo o que ele conseguia pensar era em maneiras de tentar se acertar com Deus, se desculpando por todos os pecados que cometera desde a infância. Mas depois de um tempo, contou ele, a lama parou de escorrer. A criança na banheira parou de sorrir e começou a chorar. E sua avó estava de quatro no chão do banheiro, ofegando como um cachorro. Lágrimas escorriam de seus olhos. Então ela disse: 'A criança está bem'. Estava feito. Mas *não estava* feito. Só não tenho certeza se devo contar a próxima parte, Angie." Os olhos de Liza estavam vermelhos. Ela contara sua história com uma paixão que Angela confundira com entusiasmo, mas na verdade ela parecia exausta.

"Continue, Liza", pediu Angela.

Liza piscou e as lágrimas apareceram. "Sua mãe, Dominique, não estava em casa quando o vovô e os outros chegaram. Ela estava com 8 anos na época e estava na igreja, em um programa especial. Era mesmo o Dia da Independência, porque esse era o tema do programa. O Índio John a levara até lá, e eles ainda não tinham ido buscá-la. Mas antes que o vovô e o sr. Booth pudessem pegar a criança que haviam trazido, alguém bateu na porta. O vovô dizia que ficou pálido assim que ouviu a batida, porque não era uma batida normal. Era do tipo que traz más notícias.

"Era alguém da igreja, um dos professores da escola dominical. O vovô contava que o homem parecia ter visto sua própria versão do inferno naquele dia também. Era Fenton Graybold, se bem me lembro, o avô de Rob Graybold. Ele atravessara a cidade correndo para dizer à sra. T'saint e ao Índio John que tinha algo errado com Dominique. Ela estava sentada na sala de aula cantando com todos por um momento, e depois colocou as mãos sobre os ouvidos e começou a gritar como se estivesse tentando ressuscitar os mortos. Ninguém conseguia acalmá-la e ela não deixava ninguém tocá-la, então Fenton Graybold correu por mais de um quilômetro para dizer à sra. T'saint e ao Índio John que fossem buscá-la. Vovô dizia que o sr. Booth nunca mais teve problemas com a criança depois disso tudo, mas Dominique nunca mais ficou bem da cabeça desde então. Ele disse que era como se...", mas Liza não terminou, suspirando. Ela olhou para Angela cheia de culpa, voltando para o presente. "É uma história antiga. Eu não deveria ter tocado na parte sobre sua mãe."

A mandíbula de Angela tremeu. "O que seu avô disse, Liza? Ele disse que era como se... o quê?"

Desta vez, a sra. Everly falou com a aspereza de uma fumante de longa data, embora ela não fosse. "Era como se o que Marie expulsou da criança de Hal, seja lá o que fosse, foi parar em Dominique", disse ela.

Liza não precisava confirmar; todos sabiam que era isso o que seu avô queria dizer, mesmo que ele não tivesse formulado dessa forma. As três mulheres ficaram sentadas em um silêncio longo e profundo. Enfim, as motosserras se aquietaram do lado de fora enquanto os homens se aproximavam do fim de sua tarefa. Aquela era uma tarde comum no século XXI, a era da tecnologia, mas as três estavam na cozinha fazendo café da manhã enquanto falavam sobre um demônio real, um tipo de demônio como o do filme *O Exorcista*. Pior ainda, nenhuma delas ria daquilo.

A mente de Angela ficou em branco por um tempo, e ela lutou para encontrar seus pensamentos. "Por que você não mencionou isso antes, sobre o Quatro de Julho?"

Liza apertou a mão de Angela com a palma úmida. "Eu juro, eu não havia feito essa ligação até agora, falando com você. Querida, por favor, é uma das velhas histórias do vovô. Isso não significa..."

"Não é só uma história", disse a sra. Everly. Ela parecia nervosa quando elas voltaram a atenção para ela, mas continuou: "Marie nunca me contou todos os detalhes, mas muitas vezes ela chamava a condição de Dominique de 'seu castigo'. Perguntei a ela sobre Dominique uma vez, sobre sua doença, e ela disse que a filha nascera uma criança normal, foi uma criança alegre por anos e que só adoeceu mais tarde. Também disse que Dominique foi tirada dela para puni-la. Nunca me explicou o que queria dizer com isso ou por que pensava que estava sendo punida. Mas falava disso com tanta certeza, tanta tristeza. Sempre tive pena de

Marie, com Dominique daquele jeito. Quando jogávamos cartas, acho que eu a via sofrer como poucas outras pessoas viam, embora ela não falasse sobre isso. Nem mesmo para você, Angie. Ela insistia em manter qualquer coisa vagamente dolorosa longe de você."

A cabeça de Angela doeu. Ela tivera apenas duas enxaquecas na vida, com tontura e náusea, além da pressão semelhante a um torno nas têmporas. Uma enxaqueca estava chegando. Algo pior do que uma enxaqueca. "Sra. Everly, por que você reagiu daquele jeito quando mencionei a banheira lá em cima? Eu vi seu rosto. Vovó Marie te contou sobre isso?"

A sra. Everly baixou os olhos, envergonhada. Ela ocupou as mãos arrumando os pratos de sanduíches já frios de bagel e ovo frito. "Ela não dizia nada. Marie era uma mulher muito reservada. Jogávamos Copas e eu a ajudava a limpar a casa, e nada mais", disse ela. "Mas eu nunca gostei daquele banheiro, o de cima."

"Por que não?"

"Ele faz meus ouvidos me pregarem peças. Muitas vezes pensei que estava... ouvindo coisas. Geralmente passos. Uma porta batendo. Uma vez, eu estava na escada e pensei ter ouvido alguém gritar daquele banheiro. Era a voz de uma criança. Quando fui olhar, não havia ninguém lá. Outra vez, eu estava passando pelo banheiro e pensei ter ouvido respingos na banheira. Pensei que era água, mas quando fui ver... encontrei lama."

"Na banheira?"

"Sim, na banheira, no chão, no vaso sanitário, na pia. Havia bastante lama. Talvez isso tenha acontecido seis meses depois da morte de Corey, e eu não quis incomodar você com isso. Então, chamei um encanador, mas ele não encontrou nada nos canos que explicasse isso, e eu não vi mais lama desde aquele dia."

"Bem, há um pouco lá agora", disse Angela. "E o cachorro da minha amiga desapareceu do interior de uma casa trancada. E não é só isso. Provavelmente há mais coisa."

Mais uma vez, a cozinha ficou em um silêncio profundo. Todas elas ficaram atentas, esperando ouvir um barulho estranho lá em cima naquele instante, mas não ouviram. A mente de cada uma das três mulheres criou horrores separados em torno da questão que as consumia: *O que estava acontecendo naquela casa?*

Seus pensamentos poderiam ter continuado naquela vertente por um longo tempo se Art e os outros homens não tivessem entrado cheios de marra e exigido o café da manhã, encharcados de suor e chuva, apreciando aquela memória conjunta de façanha sobre a natureza.

* * *

Angela só tinha visto redações de jornais em filmes, *Todos os Homens do Presidente* e *Ausência de Malícia*, onde as redações pareciam importantes, a sede para trabalhos essenciais. Por isso, os escritórios de Longview do *Lower Columbia News* eram decepcionantes. O jornal não era tão pequeno quanto ela temia, mas era muito organizado e, apesar das grandes manchetes das edições antigas postadas nas paredes, a sala não tinha nenhum ar de urgência. Ninguém estava com pressa para entregar uma fotografia ou um disquete aqui ou ali, os telefones estavam quase silenciosos e os poucos membros da equipe na sala completavam languidamente as tarefas do dia. Sem prazos. Sem pressão. Nenhum trabalho que estivesse mudando o mundo.

Não era um lugar em que alguém tão inteligente quanto Myles merecia estar.

Mas o escritório de Myles era outra história. A área de espera era decorada com padrões em cor malva na parede e um sofá combinando ao lado da mesa da secretária, e Angela notou, mesmo com a porta fechada, que o escritório devia ser grande. Uma pessoa estava esperando para ver Myles, um homem de meia-idade de camisa social e gravata que parecia ansioso. Pelo menos Myles tem poder, ela pensou. A placa na porta do escritório era metalizada e elegante: MYLES R. FISHER, EDITOR-CHEFE. Nada mal.

A secretária cinquentona, que usava sombra em excesso nos olhos, arqueou as sobrancelhas e perguntou a Angela como poderia ajudá-la. Angela disse que queria ver o *sr. Fisher*, e não, ela não tinha hora marcada, mas, por favor, ligue e diga ao *sr. Fisher* que ela estava ali. Se ele estivesse ocupado, ela ficaria feliz em esperar no sofá até que o sr. Fisher pudesse vê-la.

Myles saiu imediatamente, e meia dúzia de homens e mulheres carregando cadernos apareceram atrás dele. Era provável que Myles tivesse interrompido a reunião quando soube que ela estava ali. Angela admirou a camisa violeta-escura de Myles e a gravata prateada debaixo de seu terno cinza feito sob medida. Ele poderia se vestir como um lenhador em Sacajawea, mas quando ia trabalhar em Longview, ainda tinha ares de Washington, D.C.

"Onde você aprendeu a se vestir?", perguntou Angela enquanto ele a abraçava. Ela desejou ter ficado de boca fechada quando notou os olhos curiosos da secretária, mas agora era tarde demais. Myles franziu o cenho zombeteiramente e deu um tapinha no ombro dela para conduzi-la ao escritório. Myles disse ao homem que estava esperando por ele que precisaria de mais alguns minutos. A última coisa que Angela viu antes de Myles fechar a porta atrás deles foi o sorriso solícito do homem que ficou aguardando.

"Bem, olha só quem é o c.n.n.c." Angela brincou. "O sr. Chefe Negro No Comando."

"Não é tão divertido quanto parece. Talvez tenha que dispensar um pessoal no início do próximo ano", disse Myles, oferecendo a ela um assento em uma das duas cadeiras de couro diante da mesa. Havia uma mesa de reuniões para seis pessoas perto da janela, ladeada por estantes de mogno. De alguma forma, até mesmo as palmeiras nos vasos estavam recebendo luz suficiente ali, crescendo como se estivessem em uma selva. O escritório era lindo.

"Estou vendo por que o jornal está com problemas financeiros", disse Angela. "Este escritório era assim quando você chegou aqui ou você deu a eles uma lista de exigências?"

"Fiz algumas sugestões sobre o ambiente de trabalho que prefiro e, em troca, eles têm um jornal melhor e que vende mais exemplares", disse Myles, os olhos brilhando. Havia um toque de cinismo nele, assim como havia nela; eles sempre reconheceram isso um no outro. Myles estava sentado na beira da mesa, com a perna cinza e bem passada de sua calça a dez centímetros do joelho dela. Ela não conseguia se lembrar da última vez que notara a proximidade de alguém assim, mas gostou de ter notado.

"Estou muito feliz por você estar aqui, Angie. Eu gostaria de saber que você estava vindo, mas", ele deu de ombros, "você pode ficar na cidade mais uma hora, até as 17h? Saio mais cedo e vamos tomar um café. Tem um Starbucks aqui agora."

"Sim, vou para o meu quarto", disse Angela. "Você pode me pegar quando estiver pronto."

A expressão de Myles mudou, se fechando. "Como assim? Que quarto?"

Angela odiava deixar de lado o clima de brincadeira que mantivera desde que entrara no prédio do jornal, mas ela devia estar querendo muito falar sobre aquilo, porque acabou puxando o assunto. "Não vou ficar em casa esta noite", disse ela. Sua voz não falhou, um grande avanço.

Myles se aproximou, preocupado. "É porque a árvore caiu?"

"Jesus", disse Angela, rindo apesar da pontada em sua garganta. "Você vai publicar uma matéria sobre isso no jornal de amanhã? Como ficou sabendo da minha árvore?"

"Cidade pequena, boneca. Art veio falar comigo sobre uma notícia hoje cedo, aí ele me contou."

"Não, não é a árvore. São muitas outras coisas. Você não tem tempo para conversar agora, então pode vir ao Red Lion mais tarde? Estou no quarto 205. Ou posso encontrar você no Starbucks..."

"Não, não", disse Myles, levantando-se. "Claro que vou te buscar. Quarto 205. Lamento que esteja passando por um momento tão difícil aqui, Angie. Gostaria de não ter tido esta última reunião. Mas devo terminar em uma hora e vou direto para lá. Podemos jantar mais cedo. Há um Red Lobster decente perto do seu hotel. As sobremesas são ótimas."

"É difícil dizer não a uma boa sobremesa."

"Então estamos combinados", disse Myles, sorrindo.

Eles haviam trocado apenas algumas palavras, e Angela já se sentia mais radiante, pelo menos em algum pequeno espaço de sua psique. Ela confiava em seus instintos — sentia-se determinada a fazê-lo, já que a intuição a servira tão bem nos últimos dias —, e eles a haviam levado até Myles. Ela esperava que não estivesse usando suas preocupações para flertar com ele, mas não podia evitar. Angela precisava dele.

Como Myles havia prometido, o Red Lobster perto do shopping Three Rivers em Longview tinha sobremesas excelentes. Angela estava grata por estar em um restaurante grande e movimentado. Em Los Angeles, ela sempre reclamava de precisar comer fora de casa, mas depois de alguns dias preparando as próprias refeições, estava feliz por ter ido ao restaurante. Ela já se sentia mais estável, de volta ao território familiar. O menu era infinito. Ela pediu uma *frozen* margarita para beber, só porque era algo fácil.

Myles ouviu sua história do começo ao fim, tudo que havia acontecido desde a conversa por telefone. A longa série de eventos surpreendeu até ela, já que haviam se passado menos de 24 horas entre tudo aquilo. Mas estava tudo lá, em um horror amorfo.

"E agora você acha que sou uma lunática delirante", concluiu ela.

Myles encarava o teto enquanto ela falava, concentrando-se. Ele olhou para Angela e apertou sua mão sobre a mesa. "Não, não acho. Eu juro."

"Então você acredita que minha mãe pode ter sido possuída em 1929?" Após contar sua história, o humor de Angela melhorou outra vez. Ela se viu sorrindo. "Isso com certeza explicaria muita coisa."

"Isso explicaria muita coisa na *maioria* das famílias", disse Myles. "Você está procurando uma resposta fácil, Angie. Há muita coisa que sua teoria do demônio não explica. Se sua mãe foi possuída em 1929, o que isso explica sobre Corey? Isso foi mais de setenta anos depois."

Nesse momento, Angela ficou perplexa. Ela estivera tentando pensar em uma resposta para isso desde a história de Liza. "Não sei." Ela suspirou. "É uma maldição herdada? Salta uma geração? Ou talvez seja algo na própria casa, algo de que ele se aproximou demais. A banheira, pelo que entendi."

"E o cachorro de Naomi Price?"

Angela suspirou. "Talvez coiotes. Ou talvez o cachorro também tenha algo a ver com isso. Eu não sei, Myles. Mas não posso passar mais uma noite lá. Estou no ramo do cinema, e se isso fosse um filme, esta seria a parte em que o público ficaria gritando para a mulher sair da casa. Então é exatamente isso que estou fazendo."

"Isso me parece um julgamento bom e sensato."

Angela ficou olhando, cética. "Mesmo?"

"Com certeza."

"Você acha que tenho um bom motivo para ter medo da casa?"

"Acho que você precisa dormir em algum lugar onde não sinta medo."

Ela queria mais, mas isso bastava. Ele não iria agradá-la; Myles sempre tivera uma alma honesta. Ele dizia o que pensava, sem bobagens. Ela havia aprendido há muito tempo a nunca fazer a ele perguntas para as quais não quisesse respostas. Angela tomou o último gole de sua margarita, procurando a garçonete para pedir outra. Sua cabeça já parecia mais leve. "Myles, eu sei que você ficaria aqui falando comigo a noite toda se achasse necessário. Mas você tem que ir, não é? Estou com a sensação de que você tem alguém esperando por você."

"Minha mãe está com uma enfermeira."

"Não estou falando sobre a dona Fisher."

A impaciência passou pelo rosto de Myles, mas logo se dissipou. Ele olhou para a toalha de mesa e suspirou, recostando as costas na almofada do banco. "Tem muitas outras coisas acontecendo na sua vida para se preocupar com isso, Angie."

"Desculpe, mas não gosto de não saber. Cada vez que estou perto de você, sinto alguém olhando por cima do seu ombro e tento entender o porquê", disse ela.

Myles esperou para responder, mas não muito. "O nome dela é Luisah. Ela mora aqui em Longview. É instrutora de ioga. Estamos saindo há seis meses." Ele deu a notícia com pouca entonação, as mãos cruzadas sobre a mesa.

A dor veio como uma pequena ondulação sobre Angela. Ela esperou que diminuísse, mas demorou mais do que ela esperava. *Merda*. Myles tinha uma namorada. "Meus instintos estão me surpreendendo ultimamente", disse ela, mas por um momento, nenhum dos dois conseguiu pensar no que dizer a seguir. Angela ouviu talheres tilintando, uma conversa monótona e música ambiente com temática latina. Ela sentiu muita falta da margarita.

"Você estava certo. Este não era um bom momento", disse ela.

Myles riu, mas não era um som feliz. "Eu não achei que seria." Maldito, ele não estava prestes a dizer mais do que precisava. Ele era muito compassivo.

"Você a ama?"

Com isso, a surpresa faiscou nos olhos de Myles. "Por que está perguntando isso?"

"É outra coisa que eu quero saber. Se você a ama."

Em vez de responder, ele procurou a garçonete desaparecida e a encontrou com um aceno. Myles pediu que ela trouxesse a conta antes que Angela tivesse tempo de pedir sua segunda bebida. "Ok, retiro a pergunta", disse Angela depois que a garçonete saiu apressada.

"Você não tem que retirar a pergunta. Não é uma pergunta fácil e é especialmente difícil falar sobre isso com você. Espero que saiba por quê."

"Claro que sei por quê", disse Angela. "É mais difícil para mim. Tenho certeza de que meu ex-marido tinha uma namorada chamada Luisa. É uma personagem recorrente e estou começando a não gostar dela."

Myles sorriu tristemente, com um olhar distante. "Desta você gostaria", disse ele. O guardanapo dela vibrou quando ele suspirou. "Sinto muito, Angie. Eu deveria ter contado sobre isso imediatamente. Mas eu não sabia se..."

"Se isso me incomodaria."

Ele deu de ombros. "Sim."

"Eu gostaria que não", disse ela. "Mas é verdade."

"Percebi." A conta veio na velocidade da luz. Myles havia deixado seu cartão American Express Platinum sobre a mesa, então a garçonete o pegou e desapareceu novamente. "Você acha que talvez devêssemos falar sobre a casa da sua avó em vez disso?", perguntou ele.

"Não, tudo bem. Eu disse o que queria dizer. Só estou cansada agora. Quero voltar para o meu quarto e adormecer vendo TV."

"Angie, ouça", começou ele. "Luisah é..." E não terminou.

Merda. Ele a ama, então, pensou Angela. "Ela é o quê?"

"Ela é uma boa pessoa. É afro-japonesa. Vegetariana. Nós nos divertimos juntos. Assistimos a peças de teatro e filmes de arte em Seattle. Há uma Igreja Metodista Episcopal Africana lá, que frequentamos algumas vezes por mês. Fazemos caminhadas. Eu estou apaixonado? Não sei. A última vez que soube que estava apaixonado, eu tinha 18 anos."

Angela se sentiu incomodada com o magnetismo nos olhos de Myles. Ela não conseguia desviar o olhar dele e não teve uma resposta rápida desta vez, exceto por seu batimento cardíaco acelerado.

"Seis meses não é muito tempo", disse ela, já arrependida do que dizia.

"Também não é pouco tempo."

A garçonete voltou bem na hora.

Para voltar ao hotel foi necessário apenas atravessar a rua escorregadia da chuva, e Angela não teve tempo de pensar em uma maneira de se livrar sem dor da conversa com Myles. Ela queria saber, mas o fato de saber lhe dava gases. O verdadeiro sinal de amor, ela pensou. Enquanto Angela se concentrava em acalmar sua barriga, veio à sua mente a imagem de uma banheira cheia de água agitada, tornando-se marrom, depois preta, e ela sentiu a garganta se contrair.

O Red Lion ficava no limite com Kelso, cidade vizinha a Longview, perto da rampa que levava à rodovia. O Saturn preto de Myles parou antes que ela percebesse, estacionado em frente às portas duplas automáticas na entrada do saguão do hotel. Um carrinho de bagagem metalizado vazio brilhava do lado de fora. A maioria das pessoas que parava ali nunca se aventurava além do serviço de quarto, ela imaginou. Era um hotel de negócios para pessoas que passavam por Longview a caminho de outros lugares e, nesse sentido, combinava perfeitamente com ela.

Myles deixou o carro ficar em ponto morto, mas quando ela não se mexeu, ele desligou o motor. Com as janelas fechadas, o cheiro da colônia que ela reconheceu da festa do Quatro de Julho encheu o carro, um aroma picante e agradável. Os braços e as pernas de Angela pareciam bobinas de forno quentes, da mesma forma que sentia na época do colégio, quando ela e Myles se sentavam lado a lado no sofá da vovó Marie, tentando se tocar, mas sem se tocar. Aquela situação era familiar para eles. Então, como agora, Angela queria se inclinar para beijá-lo ou pegar ousadamente em sua coxa. Uma cama king size a esperava em seu quarto, e vovó Marie não estava mais monitorando sua castidade, ou o que restara dela.

Mas Angela tinha começado isso e tinha de terminar.

"Estou feliz por você, Myles", disse ela. "Acho que deveria ter voltado há seis meses."

Myles olhou para o volante, piscando. "Tem isso também." Sua voz era solene.

"Nosso cupido, Liza, com certeza ficará desapontada. Ela acha que você está esperando por mim."

"Eu estava", disse ele, olhando para ela de soslaio, e o coração de Angela se contraiu. "Naquele verão em que você voltou. Ouvi dizer que você estava na cidade com seu filho, que estava com problemas no casamento. Eu queria que você fosse feliz, isso era o principal. Mas com a doença da minha mãe, começou a parecer um pouco... como se fosse para ter acontecido dessa forma. Eu voltaria, você voltaria. Algo poderia acontecer. Nós retomaríamos de onde paramos. Então, Tariq apareceu e Corey morreu. Tudo isso está nas minhas cartas."

Angela fechou os olhos. Seu peito parecia estar se despedaçando. "Merda. Não consegui ler." Ela mal conseguia se lembrar da razão pela qual não leu, só sabia que tentara se esquecer de tudo após aquele Quatro de Julho. "Mais um motivo para desejar que meu filho nunca tivesse morrido", disse ela, por fim.

O comentário foi desagradável, mas de algumas coisas é preciso rir. Rir para não chorar.

Ele beijou a bochecha dela, pressionando os lábios com firmeza. "A menor das razões", sussurrou Myles.

Angela segurou o rosto dele com a palma da mão. A pele dele estava mais áspera do que no colégio, marcada, mas ainda maravilhosamente dele. Dois centímetros separavam seus lábios. "Qual é o meu problema? É normal se agarrar a uma coisa que aconteceu no ensino médio?", perguntou ela.

Myles cobriu a mão dela, em seguida tirou-a do seu rosto até que a mão dela descansasse em seu próprio joelho. Ele deu um tapinha nos nós dos dedos de Angela antes de soltar sua mão, e ela sentiu a ausência do calor do corpo dele. "Não é normal e não é só você", disse ele. "O que aconteceu conosco é a coisa mais próxima que conheci da magia. E às vezes dói pra caralho, falo por mim mesmo. Mas o negócio é o seguinte, boneca: tivemos algo especial na casa da sua avó Marie, assim como tivemos algo especial no Ponto. Eu não consigo explicar isso. Mas você sabe."

"Sim", disse ela.

"Bem, vamos guardar essa memória, então. Esse é o nosso presente mútuo. Quanto ao resto, passei anos batendo minha cabeça contra a parede porque sempre parece que vamos ficar juntos, mas depois nos separamos. Isso quase me deixou louco depois do colégio, moça, e começou a me deixar louco de novo depois que Corey morreu. Mas um dia percebi que não *tenho* que entender, e enquanto eu me lembrar disso, estou em paz." E ele estava. Myles parecia sereno. Angela tentou pensar se alguma vez tinha visto esse tipo de serenidade de perto, ou até mesmo se a havia experimentado.

Myles coçou o queixo. "Não sei o que está acontecendo na casa ultimamente, nem por que coisas horríveis aconteceram lá", disse ele, "mas sei que não pode ser a casa em si. Eu te beijei naquela casa, no sofá da sua avó. Qualquer lugar que pode nos dar o que sentimos não pode ser marcado por algum tipo de maldade, alguma maldição. Não é a casa da sua avó. Eu não acredito nisso, Angela, nem vou acreditar."

"Eu também não entendo, Myles. Mas acho que sim. De alguma forma, é."

Eles ficaram sem palavras. O silêncio no carro só aumentou a consciência de Angela sobre a presença física de Myles; sua masculinidade e sua proximidade pareciam insuportáveis. Ela gostaria que ela e Myles fossem pessoas diferentes, porque pessoas verdadeiramente egoístas sempre pareciam conseguir o que queriam, não importando as consequências. Mas ela aprendera muito sobre as consequências para ignorá-las.

"Diga a Luisah que sinto muito por ter segurado você aqui", disse Angela.

"Vou fazer isso", disse Myles. Ela ouviu o alívio em sua voz.

"Diga a ela que, se ela se cansar de você, não me importo com produtos de segunda mão."

"Vou deixar essa parte de fora", disse ele, sorrindo. Ele fez uma pausa. "Eu te amo, boneca. Sempre amei."

"Eu também." Sua voz saiu embargada. Foi preciso mais força do que Angela teria imaginado para abrir a porta do carro, levantar-se e ficar parada sobre os próprios pés, enquanto via o carro de Myles dar a volta na garagem e ir embora.

A jovem de 18 anos que ela era quando deixou Sacajawea não deveria poder ter decidido mandar Myles embora, ela pensou. Uma jovem de 18 anos não tinha como entender quantos atos na vida, depois de realizados, não poderiam ser desfeitos.

Treze

SACAJAWEA
10 de junho de 2001

"Isso é sacanagem. Como sempre, ela tá viajando", murmurou Corey.

O quarto da bagunça do andar de cima parecia pior do que ele se lembrava, com aglomerados de coisas emaranhadas umas nas outras, cômodas velhas e rachadas, penteadeiras e estantes de livros, tapeçarias e lençóis desbotados, livros, jornais e caixas em pilhas que chegavam à sua altura, fazendo-o sentir como se estivesse à entrada de um labirinto. O quarto ficava no lado ensolarado da casa, e era quente como o inferno porque não havia cortinas ou persianas na grande janela dupla. O ambiente parecia abafado e a poeira já fazia cócegas em seu nariz. Ele dissera à mãe que sua rinite alérgica tinha piorado no ano anterior, mas ela lançara um olhar como se pensasse que ele estava inventando só para não fazer algum trabalho. Por que ela era tão rápida em achar que ele sempre estava mentindo?

"Esta lâmpada é incrível", disse Sean, com a voz abafada porque ele estava escondido atrás das caixas, fora da vista de Corey. "Aposto que tem, tipo, uns oitenta anos. Acha que sua mãe vai me deixar ficar com ela?"

"Do jeito que você fica puxando o saco dela o tempo todo, ela vai deixar você levar o que quiser", resmungou Corey. Sean tratava cada visita à sua casa como uma viagem de campo, fazendo aquelas encenações cheias de *Ah, meu Deus. Que biblioteca incrível, sra. Toussaint! Você se importa se eu pegar este livro emprestado? Ah, sim, lemos Richard Wright e Zora Neale Hurston na minha turma de inglês em Santa Cruz no ano passado, sra. Toussaint. Esta é uma bela fotografia de sua avó, sra. Toussaint. Já pensou em ampliá-la e emoldurá-la na parede? Seu trabalho é tão legal, sra. Toussaint; eu adoraria encontrar celebridades o tempo todo.* Corey percebeu que Sean agia assim porque não tinha mãe, apenas o pai, a irmã e os irmãos, mas ainda assim aquilo o irritava. Que Sean fosse lá e tentasse morar com ela por alguns dias, então, já que ele achava que sua mãe era tão legal. Isso daria a ele um rápido choque de realidade.

Arrumar o quarto da bagunça foi a última tarefa que a mãe incumbiu a ele, como se ela já não estivesse ocupando todo o seu tempo. Ela o fizera ler dois livros e escrever relatórios sobre eles no verão anterior, mas naquele ano ele tivera que ler três — e tinham que ser livros da biblioteca da vovó Marie, para que ele se esquecesse de Stephen King, Steven Barnes e Tom Clancy, os autores que lia para se divertir. Ele tentou encontrar os livros mais curtos e finos que pôde, mas *Go Tell It on the Mountain*, de James Baldwin, era cheio de problemas para desfrutar em um dia de verão. A linguagem de Baldwin era profunda, e Corey conseguia se identificar com o personagem adolescente envolvido nos dramas de sua família, mas não conseguia se entregar ao livro. Talvez estivesse muito chateado com a mãe para se permitir gostar da obra. Corey sentia que passava todo o tempo trabalhando e lendo, mas preferia ler a limpar, isso era certo. Ele não tinha feito aquela bagunça. Por que devia limpar?

"Não sei o que diabos ela espera que eu faça com toda essa merda", disse Corey.

"Ela disse para deixar tudo limpo. Talvez você devesse colocar os móveis de um lado e as caixas do outro", sugeriu Sean, esticando os braços magros para abrir a janela. Quando a levantou, a janela cedeu com um guincho áspero e ar fresco entrou no quarto. "Vou te ajudar. Não vai demorar muito. Depois, podemos ir cavalgar."

Corey quase sorriu com a ideia. Sean o deixara montar em Sheba alguns dias depois de se conhecerem, e ele gostava de sentar-se no alto do dorso largo do cavalo, sentindo o movimento chocante dos passos de Sheba abaixo dele, puxando seu pescoço para trás. Tinha montado em acampamentos de verão quando era mais novo, mas era diferente estar sozinho, cavalgando em uma trilha ou no centro da cidade com Sean, conversando enquanto eles deixavam os cavalos andarem. Ele pegara o jeito, puxando as rédeas para fazer Sheba ir aonde ele queria. Adoraria estar cavalgando na floresta sombreada atrás da casa, até o riacho onde os cavalos gostavam de beber água, em vez de ficar ali com toda aquela bagunça.

"Ela paga pessoas que poderiam fazer isso. Essa é a parte mais escrota", disse Corey.

"Você fala muito palavrão. Já percebeu isso?"

"E se eu me curvar no ângulo certo, você pode beijar a minha bunda. Já percebeu isso?"

Sean riu. "É sério. Miguelito anda pela casa falando *bosta* o tempo todo, e meu pai acha que é minha culpa."

Corey riu. "Eu sempre me esqueço de cuidar da minha boca perto de criancinhas. Desculpe. É um hábito."

"Todo mundo tem seus maus hábitos", disse Sean, e de repente Corey sentiu o cheiro de fumaça de cigarro. Ele se virou e viu Sean se inclinando para fora da janela aberta, soprando fumaça para fora com o braço estava pendurado no parapeito. Sean olhava para a floresta.

"Apaga isso, cara. Sério."

"A janela está aberta", disse Sean, como se Corey não pudesse ver com os próprios olhos.

"Merda, não estou nem aí. Minha mãe tem um nariz que você não acreditaria. Ela provavelmente está sentindo o cheiro lá de baixo e daqui a pouco vai subir aqui toda agitada. Seu pai pode deixar você fumar na sua casa, mas isso é coisa de hippie. Minha mãe não é assim."

Sean deu de ombros e a fumaça saiu de suas narinas em dois fluxos, assim como os personagens de desenhos animados da Warner Brothers quando estavam furiosos. "Ele quer que eu pare, mas não fica me incomodando. Mas quer saber? Acho que estou viciado nisso."

"Sim, igual ao meu pai. Ele não consegue ficar cinco minutos sem acender um cigarro. Mas isso não é problema meu. Você pode arrastar seu traseiro viciado em nicotina lá para fora e fumar, mas aqui dentro você tem que apagar essa merda."

Suspirando, Sean esmagou o cigarro na sola do sapato e jogou-o pela janela. "Tanto faz."

"Depois, é melhor ir buscar aquela bituca. Se ela encontrar primeiro, vai vir pra cima de mim."

"Você tem muito medo da sua velha, hein?", disse Sean, sorrindo para ele.

"Vá se foder. Você não é obrigado a morar aqui."

"Aposto que você não consegue passar dez minutos sem falar palavrão."

"Feito. Cinco dólares", disse Corey.

"Faça vinte minutos por 10 dólares, então. Começando agora."

"Fechou. Dinheiro fácil", disse Corey, e eles concordaram. Então, Corey espirrou e teve que se segurar para não dizer *porra de sala empoeirada do caralho*. Ele quase perdeu a aposta em um segundo. Corey pegou um dos jornais antigos, um *Portland Oregonian*, e a manchete era da década de 1970, algo sobre Watergate. Se vasculhasse a pilha de jornais, provavelmente encontraria manchetes sobre tudo, desde o primeiro voo espacial até o início da Primeira Guerra Mundial. Talvez histórias mais antigas ainda. Devia ter cem anos de lixo só nesse quarto.

Corey e Sean empurraram para o lado uma velha escrivaninha de vime e cadeiras de madeira bambas para começar a abrir caminho. Sua mãe tinha dito que queria poder analisar tudo e decidir o que manter, mas se dependesse de Corey, ele simplesmente contrataria uma equipe para tirar tudo dali e jogar fora. Qual era o sentido de deixar tudo se acumular? Seu pai dizia que ser acumulador era um mecanismo de defesa, uma maneira de as pessoas tentarem evitar a morte. Se isso fosse verdade, devia ser genético, porque a vovó Marie tinha essa mania e sua mãe fazia o mesmo em casa. Ela não jogava quase nada fora. Mantinha encaixotados em algum lugar do armário dela todos os papéis da escola e cartões de festas de fim de ano que ele já havia escrito.

Sean começou a tagarelar sobre os Seahawks e por que ele pensava que eles fariam uma temporada melhor naquele ano, talvez até melhor do que os Raiders, o que era uma piada. Corey ficou de boca fechada porque sabia que Sean estava apenas tentando incitá-lo a falar um palavrão, e não cairia nessa.

De qualquer maneira, Corey perdeu a aposta.

Depois que ele e Sean tiraram uma pilha de caixas do caminho, Corey deu uma boa olhada na porta do armário no fundo da sala, atrás de um mancebo envolto em tecidos. Ele espirrou de novo, mas quase engoliu o espirro com a surpresa que teve. Seus braços ficaram arrepiados. Ele cambaleou em direção à porta, derrubando o mancebo ao empurrá-lo para fora do caminho.

A porta do armário estava pintada de azul-claro.

"*Puta merda*", disse Corey.

Sean soltou uma risada triunfante. "Dezessete minutos! Ah, cara, você quase me convenceu, mas eu sabia que não ia durar. Você é tão patético! Agora está me devendo 10 dólares."

Corey ignorou Sean, parando diante da porta enquanto a olhava de cima a baixo. A tinta parecia fresca e vívida, exatamente como ele sabia que seria. Seu olhar pousou na maçaneta de vidro e seu corpo parecia carregado de eletricidade. "Eu sonho com esta porta", Corey disse baixinho.

"Se isso é a melhor coisa que você faz nos seus sonhos, sinto muito por você."

"Eu tô falando sério", disse Corey. "Cara, é *esta* porta. É uma sala com paredes brancas e caixas, e a porta fica nos fundos. E tem uma maçaneta de vidro. E no meu sonho, a maçaneta começa a brilhar como uma luz." Em sua mente, ele viu vagamente um *flash* de luz branco-azulada, a luz que ele tinha visto em seu sonho. Depois, nada. "Mas eu sempre acordo antes de conseguir abri-la."

Se Sean tivesse perguntado a ele naquela manhã se ele alguma vez sonhara com uma porta azul, Corey teria dito que não. Ele não tinha se lembrado do sonho até aquele momento, ao ver a porta à sua frente, mas depois que a viu, pensou que era possível que tivesse sonhado com ela várias vezes naquele verão. Talvez todas as noites desde que chegara a Sacajawea.

As mãos e os pés de Corey ficaram frios.

"Você parece assustado", disse Sean.

"Sei lá, só é estranho. Tipo um *déjà-vu* ou algo assim."

"Então, o que você está esperando? Sonhos são mensagens, cara. Talvez tenha uma pilha de dinheiro lá dentro. Ou, espera aí... talvez tenha um cofre!"

Com essas palavras, Corey sentiu seu mau pressentimento desaparecer. Devia ter algo valioso escondido lá, e até onde ele sabia, achado não é roubado. Uma tarde de trabalho enfadonho acabara de se transformar em uma aventura. Ele sentiu seu ombro estalar quando puxou a maçaneta com força. A porta estava trancada. "Merda", disse ele.

"Segundo palavrão em vinte minutos. Temos uma regra para isso? Eu esqueci."

"Vá se foder. Me dá aquela faquinha que você carrega."

"É melhor você torcer para que haja algum dinheiro aí, *hombre*, porque você está atolado em dívidas."

Enquanto Sean observava, Corey manipulou o buraco da fechadura com a fina lixa de unha do canivete suíço de Sean, tentando destrancar a porta. Suas mãos estavam um pouco instáveis, devido ao choque de ver a porta e à lembrança de seu sonho recorrente, mas ele continuou procurando o pino certo. Ele só tinha que encontrar o lugar exato.

"Você está fazendo isso errado", disse Sean.

"Como se você soubesse mais que eu."

"Sério, é o outro lado..."

No meio da discussão, Corey ouviu um clique e a porta se abriu.

Corey deu um pulo para trás, esbarrando em Sean, que deu um passo para trás também. A porta se abriu tão rapidamente que era quase como se houvesse um peso atrás dela, uma mola. Mas nada saiu de trás da porta, que estava aberta pouco mais do que uma fresta. Corey sentiu o cheiro de ar amanhecido flutuando para fora; roupas velhas, naftalina, cedro. Os cheiros eram fortes, e provocaram nele um ataque de espirros. O ar estava pesado. Seus olhos lacrimejaram quando ele espirrou.

"Saúde", disse Sean.

"Obrigado."

O armário era estreito e pequeno, mas estava abarrotado. As roupas estavam amontoadas umas contra as outras em cabides, formando um monte denso e apertado, e o armário transbordava de sapatos, fitas e papéis, e também havia ali uma bengala, uma espingarda de aço fosca com um cano estreito e muitas outras coisas. Em um quarto cheio de lixo, Corey pensou, aquela era a Meca do lixo.

"Não vejo um cofre", disse Sean, desapontado.

Mas Corey não queria desistir tão rápido. Por que ele estaria sonhando com aquela porta a menos que houvesse algo para encontrar ali? "Vou procurar mais um pouco. Mas primeiro temos que tirar essas roupas."

Corey pegou braçadas inteiras de cabides de madeira com casacos e ternos pesados, e Sean ia pegando cada leva, encontrando um lugar no quarto para empilhá-las. Os tecidos de lã davam uma sensação de aspereza nos antebraços de Corey, arranhando e provocando coceira. Ele estava espirrando tanto que precisaria pegar um lenço de papel logo, ou então ficaria com ranho por todo o rosto.

"Ei, Corey, saca só, dá uma olhada nestas *roupas*", disse Sean. "Este terno parece ter cem anos. Existem lugares onde podemos vender coisas assim."

Sean ergueu um terno em um cabide para Corey ver. O terno cinza-escuro tinha um casaco longo que não parecia de nenhum estilo que Corey reconhecesse, a menos que fosse um casaco de smoking, mas não parecia exatamente um smoking porque os botões e a gola eram muito altos. Era apenas diferente. Velho, como Sean disse. Corey cheirou o tecido, mas seu nariz coçava com o odor forte de naftalina velha. Aquelas roupas pertenciam a alguém que já estava morto, pensou Corey.

"Ei, cara, você está certo. Poderíamos vender coisas assim para lojas de antiguidades, de fantasias..."

"E lugares que vendem adereços para filmes e peças de teatro", disse Sean.

"Isso aí. Minha mãe poderia nos dar umas dicas."

A empolgação de Corey vacilou quando ele pensou na mãe. Ela não os deixaria venderem coisas do armário por eles próprios. Ela diria *não*, a palavra favorita dela, mesmo que não houvesse um bom motivo.

A espingarda encostada no armário chamou a atenção de Corey de repente, e ele correu os dedos ao longo do cano frio, que era mais comprido do que as espingardas modernas que ele tinha visto. Ele ergueu a arma; não era tão pesada quanto parecia, tinha apenas cerca de cinco quilos. Corey a examinou, tentando calcular a idade da coronha de madeira, mas não sabia o bastante sobre armas. No entanto, aquela sem dúvidas era real. Ele pegara em uma arma de verdade apenas uma vez, aos 9 anos, quando o pai o deixou segurar seu revólver, uma arma com fita adesiva enrolada na coronha. Mamãe dissera *não* quando papai pedira para levá-lo a um campo de tiro, um passeio pelo qual Corey havia implorado, e ele não vira uma arma desde então. O pai sempre se oferecia para levá-lo para atirar, mas Corey não queria mais do mesmo jeito que quis naquela época, quando isso tinha importância.

"Esta arma também já existe há algum tempo", disse Corey.

"Meu pai saberia melhor do que eu, mas isso parece uma arma por retrocarga, talvez", disse Sean. "Pode ter oitenta ou cem anos. Um colecionador pode se interessar."

Corey ergueu a arma, apoiando a coronha sólida contra o peito, esticando os braços para equilibrar o cano. Ele sentiu uma onda de poder, imitando a postura de um franco-atirador. A arma tinha uma pequena mira em forma de trave e Corey fechava e apertava um olho, alinhando seus alvos enquanto o dedo massageava o gatilho de aço. Ele apontou para um canto da parede acima do batente da porta. Em seguida, para uma lâmpada colocada em cima de uma lamparina. Depois, para a cabeça de Sean, que desviou.

"*Porra*. Não brinque com isso. Não se aponta uma arma para as pessoas", disparou Sean. Todo aquele ar brincalhão sumiu de seus olhos. Corey quase não o reconheceu como o cara descontraído com quem ele estava convivendo desde a semana passada, o cara que quase não falava palavrões e sempre tinha algo engraçado para dizer.

"Desculpe", disse Corey, abaixando a arma. De repente, ele sentiu um arrepio gelado descer por sua espinha. Ele estava com o dedo no gatilho de uma arma que poderia estar carregada e a apontara para a cabeça de Sean sem pensar duas vezes. Ele poderia muito bem ter 9 anos de novo, pensou. "Eu realmente sinto muito, cara. Foi idiota."

Sean não parecia tranquilo. "Não sabemos se está carregada ou sei lá o quê, certo?"

"Você tem razão. Eu fiz merda. Acho que pensei que a arma era tão velha que provavelmente não funcionaria." Sean estava certo em estar chateado, mas ao mesmo tempo Corey desejou que ele deixasse o ocorrido para lá. Ele não tinha paciência para pessoas que faziam alarde das coisas. Esperava que uma piada aliviasse o clima. "Esta arma parece tão velha que acho que alguns caubóis podem ter usado ela para massacrar indígenas locais há muito tempo."

O lábio de Sean se curvou ligeiramente para cima. "Tanto faz, não é grande coisa. Mas mesmo que fosse tão antiga, não significa que não funcionaria."

"Verdade."

"E de qualquer forma, só para você saber como realmente aconteceu, os caubóis não massacraram os indígenas nesta área. A maioria dos povos morreu de doenças em 1800, como as nações wahkiakum e cathlamet, e muitos do povo chinook. Foi mais como um massacre médico, porque eles não tinham imunidade. Eu li isso na Sociedade Histórica", disse Sean, e Corey soube que as coisas estavam bem entre eles de novo. Sean, o sabe-tudo, estava de volta, apoiado em seu conhecimento como um homem de uma perna só se apoia em muletas, pensou Corey. Ainda assim, ele estava feliz por Sean não estar muito chateado.

"Você devia estar bem entediado para resolver frequentar a Sociedade Histórica", disse Corey.

"Entediado? Quando a gente se mudou para cá, eu queria me matar."

"Que bom que não sou só eu." Corey colocou a arma de lado, envergonhado com o quão descuidado ele tinha sido. A vida em Sacajawea era dez vezes melhor com Sean por perto, então ele precisava ser mais grato ao cara. "Desculpe de novo por isso. Vamos colocar alguma música."

Corey ligou o aparelho de som que montara no chão, e a percussão cubana e os vocais dos Orishas encheram o quarto. Campanas, chocalhos, trompetes, violões. A música fez Corey pensar em palmeiras e na praia, e de repente ele não se sentiu tão longe da Califórnia. Quanto mais ele ouvia o CD, melhor seu humor ficava. Isso o surpreendeu. A música que estava tocando agora, "Madre", era uma homenagem a uma mãe que se sacrificara pelos filhos, a favorita de Corey. Cantando em espanhol, Corey esqueceu os passeios a cavalo. Ele e Sean ficaram trabalhando no quarto abafado, vasculhando o armário.

Corey ficou animado ao ver uma grande caixa-forte enferrujada no chão, embaixo de uma sapateira. Não tinha fechadura e, quando puxou para abri-la, encontrou recibos e livros-razão de uma tal Farmácia E. J. Goode na rua Principal, 150, em Sacajawea, datados de 1922.

"Temos que levar isso para a Sociedade Histórica", disse Sean.

"Acho que sim", respondeu Corey, esvaziando-o. Ele esperava encontrar dinheiro dentro, mas sem sorte. Os papéis eram apenas os registros financeiros do mesmo falecido cujas roupas eles haviam encontrado. Essa tinha sido a maior emoção deles até agora, e não era nada. Talvez ele nunca tivesse realmente sonhado com essa porta, Corey pensou. Ou, se tinha sonhado, talvez não significasse nada. Ele não tinha mais certeza.

"Preciso ir embora", disse Sean quando o CD se repetia pela terceira vez e os dois estavam cobertos de poeira. "Eu preciso de um cigarro, tipo, *agora*. E meu pai está me esperando de volta às 17h."

"Tudo bem, cara", disse Corey.

Na porta do andar de baixo, Corey deu a Sean um rápido abraço de um braço só, como o que ele dera em seus amigos em Oakland antes de partir. Sean era legal, ele pensou. Eles teriam sido amigos em qualquer lugar, provavelmente, não só em Sacajawea. De pé no saguão, Corey sentiu o cheiro de comida apimentada sendo preparada. O jantar seria o ponto alto de seu dia, como sempre. A hora das refeições era a única coisa sobre a qual ele e sua mãe concordavam.

De dentro da despensa, Corey enfiou a cabeça na cozinha. Sua mãe estava de pé diante de uma panela, segurando uma página de receita perto do rosto e mexendo uma colher de pau enquanto lia.

"Posso beber uma Coca?"

Ela não desviou o olhar do cartão. "Quantas latas você já tomou hoje?"

Droga. Ela era realmente brutal, gerenciava cada detalhe de sua vida.

"Só uma."

"Ok, mas duas é o limite. Muito açúcar. A família do seu pai é cheia de diabéticos."

Qualquer coisa que tivesse a ver com seu pai tinha algo de errado. Nenhuma surpresa nisso. Suspirando, Corey abriu a geladeira, e a rajada de ar frio que veio dela foi agradável. Ele ficou ali fantasiando sobre como seria aquela casa se tivesse ar-condicionado. A mãe dele dizia que não precisava, mas ela só podia estar de sacanagem. A casa podia ficar fresca no outono, mas era quente como o inferno no verão.

Corey pegou sua lata de refrigerante, puxando o anel. "O que está cozinhando?", perguntou, espiando a panela laranja que ela estava mexendo. Ele viu pedaços de frango, pedaços de salsicha, camarões minúsculos e quiabo em um molho avermelhado. Fosse o que fosse, estava com uma cara ótima.

Sua mãe sorriu, e ele se surpreendeu outra vez com o que um sorriso fazia naquele rosto. "Gumbo", disse ela. "Uma das receitas da vovó Marie."

"Bem, tem um cheiro bom pra ca...", Corey parou bruscamente. Ele estava prestes a dizer *tem um cheiro bom pra caralho*, como teria dito a seu pai. Se Sean estivesse ali, ele teria explodido de rir. "Tem um cheiro bom pra caramba, mãe. Mal posso esperar pelo jantar."

"É mesmo?"

Corey se virou para olhá-la por causa de algo em sua voz, e o rosto dela o deixou inquieto. Os olhos de sua mãe ficaram suaves, uma expressão que o lembrou a maneira com que as meninas gordas da escola olhavam para o quarterback, Rodrick Lovell, no corredor, querendo algo que elas sabiam que não podiam ter. Ele se sentia mal por aquelas garotas quando as via, e quase se sentiu mal por sua mãe agora. "Você sempre foi uma ótima cozinheira", disse ele, desviando o olhar dos olhos dela e de como eles o faziam se sentir. "De qualquer forma, ainda tô trabalhando lá em cima. Me chama quando estiver pronto, valeu?"

"Querido, você não precisa continuar hoje. Basta fazer um pouco de cada vez."

"Não, tá legal. Tem umas coisas legais lá em cima." Ele não contou a ela sobre seus sonhos e a porta azul porque se sentiria um idiota e ela o olharia como se ele realmente fosse. Mas, mesmo depois de decidir não falar nada, Corey pensou que gostaria de ter contado, para não deixar aquele silêncio no ar.

"O que você achou?", perguntou sua mãe. Ela sempre parecia saber o que ele estava pensando.

"Roupas velhas, papéis, essas coisas. Nada de mais." Ele já estava voltando para o saguão. Talvez ele falasse sobre isso mais tarde. Agora, ele tinha que encontrar o que estava procurando. Estava feliz por ela não ter chamado de novo.

Quando subiu a escada em direção ao quarto da bagunça, Corey percebeu que, exceto pelo caminho que levava da porta à janela, e outro caminho que ia da janela ao armário, o quarto parecia pior do que antes. O armário parecia pequeno a princípio, mas a confusão das coisas que tiraram dele se espalhou pelo resto do quarto. Pilhas de roupas. Pilhas de papéis. Só de olhar para tudo isso, ele sentiu dor de cabeça e, por um momento, ficou irritado de novo. O que isso tinha a ver com ele?

No entanto, ao retornar para o armário, seu entusiasmo voltou.

As roupas não estavam mais ali, deixando o núcleo do espaço vazio. Corey imaginou que a tinta branca deformada e descascada na parede posterior estava visível pela primeira vez em décadas. Ele notou mais algumas caixas-fortes na prateleira de cima, mas, depois da decepção da caixa anterior, aquelas já não o intrigavam. Ele as deixaria para o fim, em uma última tentativa de achar dinheiro, ouro ou certificados de ações. Por enquanto, o chão ainda estava cheio de sapatos, aparelhos irreconhecíveis e roupas caídas. E se houvesse uma tábua de piso oculta?

Corey estava pronto para encontrar algo que mudaria tudo. Algo que importasse.

No final das contas, a busca de Corey durou dez minutos.

Nada mais chamou sua atenção enquanto ele andava pela bagunça no chão do armário, e ele não conseguiu encontrar nenhuma tábua de madeira solta, então seus olhos vagaram de volta para a prateleira de cima, para as caixas-fortes. Ele pegou uma cadeira e se equilibrou, puxando-as para baixo, uma por uma. Das quatro caixas que encontrou, duas estavam trancadas, uma estava cheia de frascos de remédios sem rótulo e frascos vazios, e a última tinha outra pilha de recibos, que datavam de 1925. Corey riu ao ver os nomes dos produtos listados nas colunas de vendas: Comprimidos rejuvenescedores. Restauradores de visão. Cura de masculinidade.

Que monte de merda, ele pensou.

E. J. Goode teve um ótimo ano em 1925, Corey notou enquanto olhava a papelada. A renda daquele ano fora de 100 mil dólares, cerca de cinco vezes o que ele ganhara em 1922. O negócio por correspondência era o que rendera a maior parte do dinheiro, não a farmácia na rua Principal, 150, então Corey decidiu que a farmácia tinha sido apenas uma fachada. E. J. Goode pode ter sido o farmacêutico simpático da vizinhança, mas pelo correio ele vendia produtos que eram pura baboseira, e ele sabia muito bem disso. Não havia penicilina naquela época, muito menos Viagra. Comprimidos rejuvenescedores? Como Goode conseguira se safar vendendo aquele lixo? As pessoas não sabiam que era mentira?

A menos que *não fosse* mentira, Corey pensou, e sua imaginação se agitou.

Corey voltou para a caixa-forte cheia de frascos vazios e a abriu, sacudindo os frascos e ampolas, segurando-os contra a luz. Alguns tinham resíduos de pó grudados no vidro, mas a maioria estava vazia. E. J. Goode poderia ter colocado qualquer coisa nesses frascos, Corey pensou. Mas a mãe dele não tinha dito que vovó Marie e Goode namoraram por um tempo antes de ele morrer? E se ela tivesse ajudado seu negócio com um pouco de magia? Uma conversinha com os *orixás*?

Os ouvidos de Corey pareciam zumbir, e ele se sentiu tonto. O garoto se levantou para recuperar o equilíbrio e, ao fazer isso, percebeu que não tinha verificado se havia mais alguma coisa na prateleira de cima, atrás do espaço onde os cofres estavam. Encontrou páginas de jornal amareladas e esfareladas, e as empurrou para o lado a fim de se certificar de que não havia mais nada escondido embaixo delas.

Havia algo ali. Corey pegou o objeto e o puxou.

Era uma grande bolsa preta coberta de poeira cinza. Mas tudo parecia *certo*: o peso, o tamanho, a aparência. Em vez de um *déjà-vu*, desta vez Corey sentiu como se estivesse tendo um vislumbre do futuro. Ele segurou a bolsa com o coração disparado.

Corey não conseguia se forçar a abri-la e não conseguia deixá-la de lado. Ele estava feliz por Sean ter ido embora, porque o amigo não teria entendido o que era descobrir algo que ele sabia que deveria ter, mas que ao mesmo tempo ele sabia que *não* deveria ter. Era dele, e não era. Os pensamentos de Corey ficaram confusos. Se ele não soubesse o que fazer, pensaria que aquilo o estava deixando com medo.

"Tô ficando doido", disse, e não tinha ninguém no quarto para discutir.

Ele tinha desligado o rádio havia muito tempo, por isso o quarto estava silencioso. Respirou fundo antes de abrir o minúsculo pino de metal da bolsa. Com cuidado, como se fosse arrebentar, puxou a tira de couro e abriu bem a fenda. Estava cheio de papéis, mas nenhum dinheiro. *Merda*.

Corey puxou o calhamaço, cerca de cem páginas. Ele só percebeu que estava segurando um manuscrito quando viu a folha de rosto: *Le Livre des Mystères*, dizia bem no meio da página, datilografado com uma máquina de escrever que borrava a tinta nas letras E.

Era francês, então Corey não tinha certeza do que significavam aquelas palavras. Ele estava estudando espanhol, não francês. Ainda assim, as duas línguas eram semelhantes o suficiente para que ele pudesse decifrar todas elas, exceto uma. O *sei lá o que* dos Mistérios, dizia. *Livre. Libre*. Liberdade? Não, isso não fazia sentido.

Livre, livre...?

A resposta veio com uma descarga de adrenalina: *Livre* significava "livro", é claro, como *libro* em espanhol. Aquele manuscrito era intitulado *O Livro dos Mistérios*. Corey sorriu, sentindo-se triunfante. Não havia o nome do autor abaixo do título, mas Corey viu uma assinatura rabiscada no canto inferior direito, datada do ano de 1929. *Marie F. Toussaint* estava escrito em uma assinatura feminina elegante, tão bonita que parecia quase caligrafia de profissional.

Corey sentiu o sangue acelerar em suas veias. Vovó Marie havia escrito um livro e a mãe dele não sabia. Sua mãe cozinhava as receitas da vovó Marie, cantava suas músicas e lia os livros em sua biblioteca como se a casa inteira fosse uma homenagem a vovó Marie, mas Corey tinha certeza de que ela não fazia ideia da existência daquele livro. Ela ia ficar louca quando visse isso.

Agachando-se, Corey virou para a próxima página. Estava toda datilografada, com espaço simples, quase sem parágrafos, e ele nem precisou traduzir a palavra digitada na parte superior central da página, sob o numeral romano i: *Magie*.

Magia.

"Tomara que não esteja tudo em francês", disse Corey, examinando a primeira página, e ficou aliviado quando reconheceu palavras em inglês.

Tenho medo de colocar as palavras no papel, mas temo ainda mais perdê-las. Deixo estas palavras aqui para que sejam documentadas e rezo para poder conduzir o espírito apropriado para estas páginas quando eu partir, no alvorecer do novo milênio. Talvez eu a oriente, Dominique, quando você estiver bem de novo, ou a seu filho ou filha que ainda está para nascer. Ou talvez tenha um bisneto que seja a própria imagem de grandmère e direcione o sono dele para este pedaço de seu destino. E quando ele despertar, vou mostrar a ele a história de sua linhagem.

Enquanto lia, Corey mal se lembrava de respirar. Vovó Marie dissera que conduziria seu bisneto até ali durante o sono. O que mais ela poderia querer dizer, exceto através de *sonhos*? Ele era o bisneto! E aquele ano, 2001, era o novo milênio, embora a maioria das pessoas tenha cometido o erro de se empolgar no ano anterior, estocando comida, água e lanternas como se fosse o fim do mundo.

Vovó Marie o chamara ali, como ela disse que faria.

Como alguém que estava morto poderia guiar seus sonhos?

"Puta merda", disse Corey, e os palavrões chocaram seu ouvido, como se vovó Marie estivesse na sala com ele. Sua pele ficou úmida, da nuca até a parte de trás das coxas. Poderia ser algo como os fantasmas em *O Sexto Sentido*?

Talvez ele não visse pessoas mortas, mas pessoas mortas poderiam vê-lo?

As memórias que Corey tinha da vovó Marie eram quase oníricas porque ele era muito pequeno quando ela morreu, mas ele se lembrava de como ela costumava dar a ele uma moeda de 25 centavos sempre que ele se sentava em seu colo, puxando a moeda da orelha dele, ou pelo menos era isso que parecia para ele, com o movimento rápido que ela fazia com o punho. Vovó Marie havia falecido em 1990, o ano em que ele fizera 5 anos, e sua morte arruinara o Natal. Ela estava morta havia onze anos. No entanto, Corey sentiu uma vivacidade na sala, algo além de si mesmo. Ele olhou em volta, procurando por sinais de algo incomum;

uma lâmpada tremeluzente, movimento sob as cortinas penduradas sobre os móveis, algum farfalhar dentro das caixas, insetos incomuns. Ele não viu nem ouviu nada para explicar o que sentia, mas a quietude parecia enganosa. Premeditada.

"Tem alguém aqui?", perguntou, sem saber se estava mesmo esperando por uma resposta. Se algo respondesse de volta, pensou, ele gritaria como uma garotinha.

Mas não houve resposta. Sua respiração era o único som, e estava mais pesada agora. Não houve nenhum movimento ao redor dele. A sensação enervante que tomara conta de Corey quando ele viu a porta azul reapareceu. Ele quase estremeceu ao se ajoelhar sobre as páginas, sentindo ondas de mal-estar que eram quase físicas. Corey não sabia o que era, mas havia algo naquela sala com ele.

"Vovó Marie?", chamou. Ele nunca se sentira tão idiota, mas não conseguia parar de falar. "Espero que seja você, porque não sei quem mais poderia ser. Se você está aqui, e se está falando comigo em meus sonhos... quer dizer que Deus está aí com você também?"

Corey nunca se considerou religioso; papai o levava à igreja talvez uma vez por ano, e com a mãe não era muito diferente. Ambos deveriam ser cristãos, mas não agiam como tal, apenas cristãos de Natal e Páscoa que não rezavam antes das refeições. Corey sempre agradecia por si mesmo quando comia, mesmo que fosse por uma fração de segundo. Era um hábito que ele aprendera sozinho porque, enfim, parecia uma coisa boa a se fazer. Ele não tinha sua comida como algo garantido, então por que não agradecer a Deus por ela?

Corey sabia que existia algo, mas não se preocupava com o que era, já que planejava viver uma vida boa para que ele e Deus estivessem sempre juntos. Para ele, o inferno era a consciência tentando ser ouvida, coisas que devoram as pessoas a ponto de elas acharem que devem ser punidas quando morrerem. Ele conhecia garotos que já haviam destruído suas consciências — uma delas, o irmão de T., certa vez quase matara uma mulher grávida ao cruzar o sinal vermelho. Uma advogada o livrara da prisão, mas aquilo não o ajudava a dormir à noite. Corey não gostava do que via nos olhos das pessoas quando suas consciências estavam queimando. Ele via aquele olhar no semblante do pai às vezes, e provavelmente também o veria nos olhos da mãe se prestasse atenção. Corey sempre planejara tratar bem as pessoas e, se existisse um Deus, imaginava que Ele cuidaria dele quando chegasse a hora.

Mas aquilo, agora, era outra coisa. Algo concreto. Algo em que realmente acreditar.

"Essa coisa toda de luz branca é real, vovó Marie?", perguntou Corey. Agachado daquele jeito, seus joelhos pareciam se liquefazer então ele se sentou com as pernas cruzadas no chão para se manter firme. Percebeu que estava tendo problemas para recuperar o fôlego. Seu corpo havia perdido o interesse pelos procedimentos normais, mas sua mente estava em chamas.

Ele tinha que descer correndo com a bolsa e levá-la para a mãe, pensou. Ele tinha que compartilhar isso com ela. A mãe dele conhecia vovó Marie melhor do que ele, e durante boa parte do tempo ela ainda vivia no passado, no mundo de vovó Marie. Aquela bolsa pertencia a ela. Se vovó Marie queria se aproximar de alguém, provavelmente era dela.

"Sim, já entendi", disse Corey, imaginando a conversa: "'Ei, mãe, vovó Marie me levou até esta bolsa através dos meus sonhos. A propósito, ela disse oi. Sua mãe disse oi também'".

Não, vovó Marie chamava por *ele* em seus sonhos, não ela. Exatamente como ela havia escrito.

A mãe de Corey não gostava de falar sobre magia. Ela ficava envergonhada quando alguém perguntava sobre o vodu da vovó Marie, como se fosse algo constrangedor. Ela até poderia gostar daquelas páginas porque amava a vovó Marie, mas não as trataria como algo que pudesse ser real.

Corey manipulou os papéis com cuidado, endireitando-os antes de colocá-los de volta na bolsa onde os encontrara. Decidiu que leria tudo depois do jantar, e iria guardar aquelas páginas em algum lugar seguro e pegá-las mais tarde, quando tivesse privacidade, depois que a mãe estivesse na cama. Se fosse egoísmo, sinto muito, pensou Corey. Ela estava tentando se apossar de cada pedacinho dele naquele verão — seu tempo, seus pensamentos, seu ânimo —, mas agora ele tinha algo que só ele possuía.

A mãe dele não sabia que aquilo estava lá, então como poderia sentir falta dela?

Corey levou a bolsa preta para o quarto e a escondeu embaixo do travesseiro. Então, parou no banheiro e lavou as mãos para o jantar. Deixou a água correr por muito tempo na pia do banheiro, olhando para si mesmo no espelho com a moldura de latão chique que parecia ter saído de um palácio chinês. Seus próprios olhos no espelho o assustaram, uma das sensações mais estranhas que ele já tivera. Seu coração batia tão forte que parecia estar no ritmo de uma música punk hardcore.

"Isso que você está sentindo é só culpa, *hombre*", falou Corey a seu reflexo, como Sean diria.

O livro de vovó Marie seria um tesouro para a mãe dele, e Corey o estava escondendo dela. Não era uma grande mentira, do tipo que machuca, mas ainda era uma mentira. Assim como nos velhos tempos, quando ele roubara o anel da vovó Marie do quarto da mãe, como se fosse um viciado em crack, para tentar impressionar uma garota. Ele pensava que se sentiria melhor depois de todo aquele tempo, mas às vezes só se sentia pior.

Ele planejava mostrar o livro para a mãe quando terminasse, mas não dissera a mesma coisa sobre o anel? Ele o tirara da caixa de joias de Angela e ficara surpreso ao encontrá-lo. Queria aquele anel porque não conseguia parar de olhar para ele quando ela o usava, então o experimentou, deslizando-o sobre o polegar. *É só por uma semana*, disse a si mesmo. *Eu vou devolver*.

Exatamente como agora. Mas isso não era o mesmo que roubar. Era?

Enquanto descia a escada, Corey ouviu a voz de sua mãe no telefone da cozinha. Ela estava discutindo com alguém, usando sua voz de advogada (não que houvesse muita diferença na maioria das vezes). Ele deixou de lado a ideia sobre falar com ela quando ouviu seu tom severo. Talvez Sean estivesse certo. Talvez, de alguma forma, ele sentisse medo dela.

Corey estava com fome, mas em vez de caminhar em direção à cozinha, foi para a sala de estar. Subiu no sofá, apoiando os cotovelos no encosto, curvando-se para trás enquanto observava o jardim da frente através janela panorâmica. Normalmente, alguns filhotes de cervo apareciam na hora do jantar, e Corey gostava de vê-los comer as maçãs que a mãe dele deixava para eles na grama sob a nogueira. Já era hora de eles aparecerem.

Mas o quintal estava vazio hoje, exceto pelo arco-íris das flores de verão desabrochando. Isso era uma coisa boa sobre a casa da vovó Marie; era muito bonita, como se fosse uma foto de revista.

"Mãe, você deixou comida lá fora?", perguntou ele, depois de ouvi-la desligar o telefone.

"Nossa, esqueci! Eles já chegaram?"

Seus pés correram nos ladrilhos da cozinha.

"Ainda não."

Quando Corey olhou pela janela outra vez para ver se os filhotes estavam escondidos atrás dos arbustos, ele viu algo que o convenceu, definitivamente, de que a magia de vovó Marie poderia ser tão real quanto prometia: Corey percebeu a coloração verde-oliva de um carro estacionado no outro lado da rua. Seus olhos captaram a cor, sacando o que era aquilo antes mesmo de seus pensamentos.

Em instantes, seu pai alcançou o topo dos degraus da rua com uma mochila dos Raiders pendurada no ombro, sorrindo feito um idiota. Ao ver Corey na janela, o pai acenou. Foi a visão mais marcante da vida de Corey. Ele não queria piscar, com medo que a miragem desaparecesse.

"O meu pai está aqui", disse Corey, antes que ele mesmo acreditasse.

Corey sentiu as mãos de Angela em seus ombros quando ela se aproximou. Ele sentiu o cheiro de cebola crua e gordura de frango na pele dela, então soube que podia confiar nos próprios olhos. Aquilo era real. Ela também vira.

"É Tariq?", perguntou ela. Pela primeira vez, a mãe dele não parecia brava. Foi a primeira vez em anos que Corey ouviu a mãe dizer o nome de seu pai como se isso significasse algo para ela.

Catorze

OAKLAND
Nos dias atuais
Terça-feira à tarde

"Tudo negativo", disse o médico, colocando os exames de Tariq à sua frente. "Nenhuma bactéria ou célula incomum, nada nos raios X, nenhuma úlcera. E você disse que não está sentindo a dor hoje?"

Tariq suspirou, abotoando a camisa após a rápida inspeção do médico em seu abdômen na pequena área de exame do consultório. O dr. Yamuna era um especialista gastrointestinal, o terceiro que Tariq consultava desde agosto. Seis médicos diferentes em dois anos, e todos eles com o mesmo papo-furado. Tariq havia se esforçado muito para não criar esperanças, mas sentiu algo mais profundo do que decepção, que era quase insuportável. "Não agora. É ruim à noite e quando acordo pela manhã", disse ele.

"Você viajou por alguma região tropical nos últimos cinco anos? Você pode ter encontrado um inseto com o qual não estamos tão familiarizados aqui." Os dedos do médico brincavam com sua barba.

"Não."

"Você sofreu uma queda ou algum tipo de lesão? Sei que você está acompanhando o time de futebol..."

Tariq estava tão cansado de se repetir depois de dois anos indo a médicos que mal conseguia controlar a voz. "Eu trabalho no escritório comercial, não no campo", disse ele. "Não, cara, não há ferimentos. Só essa maldita dor no estômago, e ninguém me diz merda nenhuma."

O dr. Yamuna suspirou, olhando para ele por baixo de sobrancelhas pretas fartas que pareciam lagartas gêmeas. Tariq esperou que ele dissesse mais alguma coisa, mas o médico permaneceu em silêncio. Tariq percebeu que ele estava se preparando para seguir em frente, pronto para ir para casa. Já passava das 17h.

"Se daqui a seis meses alguém me dizer, do nada, que estou com câncer...", disse Tariq quando o médico mostrou que não tinha mais nada a dizer. *Eu vou processar você*, concluiu para si mesmo. Aquele pequeno idiota teria uma chuva de problemas, como os céus se abrindo durante o dilúvio de Noé. Tariq sentiu seus dedos flexionando enquanto imaginava o que faria com esse cara se ele deixasse passar algo grande como câncer. Algo que não poderia ser impedido se fosse tarde demais.

"Fico feliz em poder dizer que não há sinal de câncer, sr. Hill."

"Bem, com certeza tem alguma coisa errada."

"Você teve algum trauma emocional nos últimos anos? Coincidindo com as dores?" Aquele jogo velho e desgastado. Os psiquiatras não passavam de charlatões que distribuíam pílulas para manter as pessoas anestesiadas. Crack para a burguesia. Talvez Angie tivesse se dado ao luxo de perder o juízo, mas ele não. Por mais fácil que fosse acreditar no contrário, por mais natural que fosse a tentação, ele não podia passar a vida culpando a morte do filho por cada dor que sentisse.

Aquilo era outra coisa.

A dor no estômago, quando mais forte, o tirava do sono e o fazia chorar no meio da noite. Um homem adulto, gritando na escuridão como uma criança chamando pela mãe. Ele quebrara o braço em dois pontos durante um treino em seu primeiro ano na Universidade da Califórnia, e depois seu tendão de aquiles o eliminara de vez durante sua partida final no último ano. Em ambas as vezes, ele sentira a pior dor de sua vida. Mas aquele era outro parâmetro de dor. Ele já acumulara mais de um mês de licença médica naquele ano, nos dias em que não conseguia nem se levantar da cama. Uma semana antes, ele chorara até dormir, acreditando que a dor estava tentando roubar algo dele — e estava finalmente vencendo.

Agora lá estava outra pessoa tentando dizer a ele que aquilo era coisa da sua imaginação.

"Deixe-me dizer uma coisa, doutor", disse Tariq, saindo da mesa de exame. Ele deu dois passos largos em direção ao médico, até ficar a centímetros dele. Tariq era quinze centímetros mais alto e, de repente, quis que o dr. Yamuna se lembrasse disso. "Não fale besteira, cara. Eu sei a diferença entre dor imaginária e dor real."

"As dores psicossomáticas não são precisamente *imaginárias*", disse o médico. Propositalmente ou não, ele protegeu o peito com a prancheta de metal. "A dor é muito real, mas às vezes o estímulo é psicológico. Especialmente no caso de traumas graves."

"Eu poderia te ensinar algumas coisas sobre traumas graves, doutor", disse Tariq. Seu rosto estava quente, todo o seu corpo estava quente, e ele sabia que teria que sair dali. Ultimamente, não precisava muito para irritá-lo, como no clube na noite anterior, e agora lhe faria bem jogar no chão tudo que estava naquele balcão, incluindo o dr. Ranjan Yamuna. No momento, era muito difícil não fazer isso. Ele queria quebrar a cabeça daquele cara contra o chão com o calcanhar, o pisão de Oakland.

O dr. Yamuna se encolheu contra o balcão cheio de caixas de cotonetes, luvas de plástico e desinfetantes. Mais alguns centímetros e ele derrubaria um copo de amostra vazio no chão. "Acho que terminamos por hoje, sr. Hill. Lamento não poder ajudá-lo."

Um merda inútil, pensou Tariq. Todo cérebro e zero atitude. Tariq olhou para o médico, gostando da maneira como o rosto do homem endureceu, se preparando. Ele estava com medo, e Tariq adoraria dar a ele algo para temer. Talvez fosse por isso que sua barriga doesse tanto: a tensão de não ser capaz de agir de acordo com as coisas que realmente queria fazer. Talvez a contenção fosse ruim para sua saúde.

"É, estou perdendo meu tempo", disse Tariq, e saiu do consultório.

Tariq viu pessoas na recepção olhando para ele de forma engraçada quando ele parou na mesa para perguntar se eles precisavam de mais alguma coisa dele. Sua voz era gentil e simpática. Agradável como um coral gospel nas manhãs de domingo. A mulher sentada lá era o que as mulheres diziam ter "ossos largos", mas ele chamava apenas de gorda, olhando para ele com uma expressão estúpida. Ele ouviu um sussurro de algum lugar atrás da divisória, era a voz do dr. Yamuna, em um tom abafado que as pessoas usavam quando queriam chamar a polícia. E chamar a polícia por quê? Homens como esse deixavam ele enojado.

Só para provar que o dr. Yamuna é um mentiroso por contar histórias sobre ele, Tariq tirou um chapéu imaginário para a mulher grande atrás do guichê e sorriu seu melhor sorriso. Um sorriso para o tipo de mulher que ele achava boa; o tipo de sorriso que a faria se sentir bem consigo mesma. Ela sorriu de volta. Sem bagunça, sem confusão. Apenas um cara tentando obter cuidados médicos decentes, para variar, contra todas as probabilidades. Ele se virou para seguir seu caminho.

Ele tinha que se livrar da raiva e ir tomar seu remédio de verdade.

Tariq subiu em seu Toyota Land Cruiser preto e se dirigiu para a ponte Bay Farm Island de Alameda. Se o trânsito não estivesse ruim, a rua Martin Luther King Jr. em Oakland seria um trajeto de apenas trinta minutos. Embora adorasse o tamanho de suas rodas novas, ele sentia falta do vw. O curioso era que ele sonhava com a kombi com cada vez mais frequência: ele se via sentado no banco do motorista, nunca indo a lugar nenhum porque em seus sonhos a kombi sempre tinha dois pneus furados. Para ele, os pneus furados eram um lembrete de como o carro estava caindo aos pedaços. Ele a tinha desde 1980, e a kombi já tinha doze anos quando a comprou, então seu motor desligou cinco vezes durante o trajeto de Oakland a Sacajawea naquele verão. Mas ele havia morado naquele carro durante seu primeiro semestre na Universidade da Califórnia, enquanto esperava pelo dinheiro da bolsa; à noite, ele lia na luz acima do painel e, em seguida, adormecia no banco de trás. Ele beijou Angie pela primeira vez naquela kombi. Ele dirigiu aquela kombi para Las Vegas quando ele e Angie fugiram para se casar, tocando fitas cassete de Luther Vandross e Teddy Pendergrass o caminho todo, conversando sobre que nome dar ao bebê. Marie se fosse uma menina. Corey ou Harry se fosse um menino. Ambos morrendo de medo, mas felizes.

Quando ele foi vê-la em Sacajawea pela última vez, sabia que seria importante chegar naquela kombi. Mas não adiantou. O carro não fora o bastante para compensar o caminhão de merda prestes a atingir o ventilador. Tariq tinha voado para Los Angeles para o funeral de Corey, e ele nunca teve tempo para ir até lá buscar a kombi e voltar dirigindo ou para contratar alguém. Parecia inútil.

Ele tentara ligar para o escritório de Angie naquela manhã. A secretária dissera que Angela tinha ido passar a semana em casa, o que talvez significasse que ela estava em Sacajawea. Se não houvesse outra razão, Tariq pensou, a kombi estacionada em frente à casa da avó de Angie poderia motivá-la a ligar para ele em breve, mesmo que fosse só de raiva. Mas ele estava começando a desistir desse movimento também. Quando Corey morreu, tudo morreu. Não podia culpá-la — ele a desapontara várias vezes —, mas provavelmente não tinha sido por acaso que ele deixara uma das últimas relíquias de seu passado estacionada no lugar onde seu futuro havia desaparecido. Agora, aquele lugar era apenas um cemitério em sua mente; a kombi vazia, um santuário.

O trânsito não estava tão ruim. Em vinte minutos, Tariq chegou à Livraria Marcus, que se misturava aos prédios cinzentos e oprimidos ao redor, esqueletos de dias melhores na esquina da rua 39 com a Martin Luther King Jr. A essência da Marcus estava preservada por dentro, um novo mundo. Cores e música, conhecimento e beleza, espalhados por todos os cantos. Era isso que ele amava na livraria, a beleza bem no meio da rua que mais valorizava a loja. Tariq entrou e ouviu Miles

Davis tocando seu trompete nos alto-falantes. Cada vez que Tariq ia lá, a música o esperava. Miles. Coltrane. Hugh Masekela. A Marcus era o remédio que médicos não poderiam lhe dar.

Tariq se perdeu nos livros, que lotavam todas as prateleiras, todos os espaços. Eles estavam em pilhas atrás da escrivaninha, nas mesas, na janela. Tariq havia se afastado das biografias, a única seção que costumava atraí-lo após a morte de Corey, quando ele começou a frequentar a Marcus regularmente. Descobriu os thrillers de autores negros e ficou viciado. Depois, os mistérios. Só então começou a ler Walter Mosley, e teve que se perguntar por que diabos tinha demorado tanto. Agora, aprendera que havia negros escrevendo ficção científica — e se *isso* fosse verdade, ele queria ver com os próprios olhos. Ele não sabia que havia negros no espaço sideral, não pelos filmes e livros que vira quando era criança. Isso era novidade para ele.

Tariq nunca havia gostado de ficção antes. Esses tipos de livros pareciam frívolos, exceto pelos clássicos de Richard Wright, James Baldwin, Claude Brown e John A. Williams, livros que seu irmão Harry havia passado para ele. Com tanto para aprender sobre o mundo real, como poderia justificar a perda de horas vagando pelos reinos do faz de conta? Com tantos problemas reais, ele nunca tivera tempo para se preocupar com os imaginários. Agora, cada vez mais, descobria que *tinha* tempo. Ele ainda lia uma biografia por semana, mas agora lia outros livros também, deixando-os espalhados em sua mesinha de cabeceira ou nos banheiros, abertos para que pudesse revisitá-los quando quisesse. Havia livros por toda a casa.

Tariq não precisava de um psiquiatra para lhe dizer que estava substituindo seu vício em cocaína por livros. Ele podia perceber isso por conta própria. E exceto pela dor nos olhos por causa da pouca luz, Tariq não conseguia ver o lado negativo disso. Ele podia ter perdido um pedaço de sua vida depois da morte de Corey, mas estaria ferrado se não tivesse encontrado algo novo. Nada seria como a velha vida, nada seria como ter seu filho de volta. Ele abriria mão de todos os livros que leu, ou da chance de lê-los, se pudesse ter Corey de volta. Mas ele estava se alimentando das descobertas na Marcus, e havia momentos em que se sentia quase inteiro novamente. Momentos breves e gloriosos.

As coisas estavam tão boas agora como nunca estiveram desde aquele Quatro de Julho — exceto por seu maldito estômago. Essa era a única coisa que ainda estava muito errada. Ele e a barriga brigavam quando ele tentava se concentrar na leitura à noite, e todas as noites ele lia até cair no sono, não importava quanta dor sentia. Tomava essa decisão antes de abrir a primeira página, e até então estava funcionando. Nenhuma dor controlaria sua vida. Nada controlaria sua vida.

A livraria estava quase vazia naquela noite. O único outro cliente era um homem baixinho com uma *dashiki* e um colar de búzios que se autodenominava irmão Paul. Era um homem inteligente, mas embora Tariq respeitasse o conhecimento dele sobre a política e a história do Caribe, não estava no clima para conversa. Ele ainda estava muito tenso por causa da visita ao médico. Tariq sabia que precisava dar espaço a si mesmo e manter as outras pessoas longe para o próprio bem delas.

Os psiquiatras chamavam isso de controle da raiva. Ele passara boa parte da vida resistindo a esse tipo de humor uma vez por ano, e já era infernal o bastante, mas agora o mau humor vinha regularmente. Três ou quatro vezes por semana, às vezes mais. A dor recorrente estava causando isso, ele tinha certeza. Ela o estava deixando com raiva. Tariq muitas vezes se perguntava se a raiva era seu estado natural agora, e se os momentos de tranquilidade eram a exceção. Outro motivo para evitar cocaína ou bebida: ele não queria machucar ninguém, e naqueles últimos dias ele poderia machucar. Era provável.

Mas não havia como se esquivar do irmão Paul. Ele já estava a caminho. "Boa noite, irmão Hill", disse irmão Paul, encurralando Tariq ao lado dos cartões de felicitações, uma série de rostos negros e desenhos com inspirações africanas.

"E aí, irmão Paul... Só vim encontrar alguém aqui. Não tenho tempo para conversar." Como um mentiroso verdadeiramente reformado, Tariq compreendera que a verdade tinha o seu lugar. No fim de semana anterior, seu sobrinho havia prometido encontrá-lo ali esta noite, e DuShaun era a única pessoa com quem ele tinha vontade de falar. Em vez de ficar ali se sentindo encurralado, ele poderia dizer ao irmão Paul para seguir seu caminho. Ele deixava que a verdade o libertasse sempre que possível, uma das vantagens de não se preocupar com o que as pessoas pensariam dele, exceto Harry e seu sobrinho.

Irmão Paul olhou para ele de uma forma que fez Tariq se perguntar se ele tinha ouvido. "Como está a dor no estômago? O que o médico disse?", perguntou irmão Paul.

Tariq sentiu um sobressalto. Foi o mais perto que ele chegou de acreditar que alguém estava lendo sua mente, e não gostou nem um pouco da sensação.

"Você mencionou seu problema para mim, irmão Hill", disse o irmão Paul quando Tariq não respondeu. "Eu te dei meu livro sobre ervas para levar para casa na semana passada. Você me convidou a autografá-lo para você."

Agora que ele disse isso, Tariq tinha uma lembrança longínqua de ter levado para casa o livro publicado pelo irmão Paul sobre medicamentos fitoterápicos, um com um arco-íris na capa, mas ele não tinha pensado nisso desde então. O irmão Paul escrevia livros de autoajuda e cura da Nova Era, um gosto que Tariq ainda não tinha cultivado. De repente, ele se lembrou de ter conversado longamente com o irmão Paul na semana anterior sobre a dor. O irmão estava muito longe, dizendo que ele deveria procurar uma nova droga clandestina supostamente feita de sangue africano, ou alguma merda afrocêntrica desse tipo. Tariq ficou surpreso por ter esquecido uma conversa como essa, mas ele andava fazendo muito isso ultimamente. Esquecendo as coisas, como quando seu rosto ficava enterrado na cocaína.

"Este médico também não sabe de nada", disse Tariq.

"Os médicos não sabem muito". O irmão Paul falava como um hipnotizador, escolhendo com cuidado as palavras, enunciando bem devagar. "Eles não entendem algumas aflições."

"Isso aí."

"Sua dor parecia muito ruim."

"Acertou essa também."

"É hora de você se livrar disso, irmão Hill", disse o irmão Paul. Do jeito que ele disse, poderia ter a resposta escondida no bolso de trás. "É hora de fazer a dor passar."

Tariq olhou fixamente para ele outra vez, perguntando-se se o irmão Paul estava brincando. Mais do que isso, imaginou o que poderia *fazer* com alguém que tentasse brincar com ele agora, uma fantasia que tinha mais apelo do que sua conversa atual com o irmão Paul. Em sua mente, ele podia se ver agarrando o irmão Paul pelos *dreadlocks* grisalhos, aproximando-o de seu rosto para ser claro — *Eu não disse que não tenho tempo para conversar, porra?* —, e em seguida jogando-o para trás com toda a força, observando suas pernas no ar ao cair de costas no balcão de literatura geral. Apenas o suficiente para dar um choque real, fazer seus dentes baterem uns nos outros. Tariq gostou muito da ideia.

Tariq concluiu que essa conversa acabara. O irmão Paul tinha um metro e setenta, era um homem pequeno. Tariq nunca havia batido em ninguém muito menor do que ele em sua vida, homem ou mulher, e não queria que hoje fosse a primeira vez. "Irmão Paul", disse Tariq, parecendo tão cansado quanto se sentia, "é hora de você seguir seu caminho."

Outra vez, o irmão Paul pareceu não ouvir. Ele fitou Tariq com os olhos castanhos sinceros, salpicados de manchas verdes nas bordas das pupilas. Tariq nunca tinha notado o verde antes, e isso chamou sua atenção, o que o fez manter seus olhos nos do irmão Paul. "Você tem procurado médicos para o corpo. Onde está o seu médico para o espírito, irmão Hill?"

"Você tem uma sequência para o livro que está tentando me vender?"

"Eu vejo seu sorriso, mas você e eu sabemos que não há motivo para sorrir. Você está abalado. E eu vou te dizer como eu sei disso: eu posso sentir o cheiro."

A raiva desapareceu, com o entorpecimento tomando seu lugar. Com exceção de médicos, Tariq não havia mencionado o cheiro para ninguém, muito menos a alguém que ele conhecia tão pouco. "Você... sente o cheiro...?"

"É muito forte", disse o irmão Paul.

Tariq sabia que o cheiro era forte — não havia como negar isso —, ele só não tinha ideia de que mais alguém soubesse. Tariq notara o mau cheiro pela primeira vez nos dias após a morte de Corey, não muito forte no início, mas onipresente. Às vezes cheirava a lixo carbonizado deixado na chuva, mas muitas vezes era pior. Como algo podre. Como o gato morto que ele e seus amigos encontraram no meio-fio do lado de fora do prédio quando ele tinha 8 anos. Inchado. Decompondo-se sob o sol quente, ficando preto. Molhado ou seco, o cheiro chegou à sua pele, vazando de seus poros. Às vezes era fraco e mal se podia notá-lo, e outras vezes era tão avassalador que ele ficava com ânsia de vômito.

Mais uma vez, os médicos não tinham servido para nada. Quando o cheiro não desapareceu — quando trocar o sabonete e desodorante e tomar os comprimidos de clorofila não funcionou —, ele visitou alguns especialistas. Primeiro um dermatologista, depois um neurologista para verificar se havia um tumor no cérebro, e um clínico geral só para completar. Esses médicos não apenas não lhe deram nenhum conselho sobre como ele poderia se livrar do cheiro terrível como também o farejaram de cima a baixo e disseram que não chegavam a *sentir* cheiro de nada. Mesmo nos dias ruins, quando Tariq cheirava como se o intestino estivesse para fora do corpo.

Ninguém perguntara por que ele cheirava daquele jeito. Ninguém o olhou de soslaio, nem se afastara dele, nem o evitara imediatamente. Inclusive, DuShaun nunca tinha dito uma palavra, nem tapado o nariz, e eles moravam na mesma casa. Nos dias ruins, quando seu próprio cheiro o deixava enjoado, Tariq procurava multidões para ver quem notaria. Ninguém notava. As pessoas roçavam nele sem olhar para trás. Até agora.

O irmão Paul baixou a voz, colocando a mão em volta do braço de Tariq, no bíceps. "Escute, irmão Hill... me perdoe por abordá-lo desta forma, mas eu tenho que falar. Você me conhece como um homem que encontra na livraria, mas não me *conhece* de fato. Escrevo livros e ensino dança africana. Eu sou meio acadêmico, meio herborista, meio psíquico."

Com a palavra *psíquico*, Tariq sorriu mais amplamente. Ele não conseguiu evitar. "Você vê gente morta, irmão Paul?", disse ele, provocando. Corey adorava *O Sexto Sentido*; ele devia ter assistido àquele DVD uma dúzia de vezes no ano antes de morrer, ensaiando para a morte.

"Não sei muito além do que uma das minhas tias em Trinidad me ensinou, um pouco de leitura de cartas, então não reivindico o *status* de especialista. Mas eu sinto o cheiro de algo em você há muito tempo. Não sabia como chamá-lo ou abordá-lo, então deixei isso para lá", disse o irmão Paul. "Mas agora está pior, irmão Hill. Muito, muito pior do que antes. Está... *perigoso*. Eu uso essa palavra porque quero dizer no sentido mais forte. É grave. Você também sabe disso. Você deve saber."

Claro que Tariq sabia. A questão era, ele percebeu, que depois de um tempo ele apenas se acostumara com o cheiro. Era difícil de explicar, mas ele não se incomodava tanto com o cheiro quanto com a dor. Era a *dor* que ele não conseguia mais tolerar. O irmão Paul acenou para que ele abaixasse a cabeça e, quando o fez, Tariq percebeu que o irmão Paul cheirava a flores secas. Ele não estava acostumado a ficar tão perto de qualquer homem — isso o deixava desconfortável —, mas Tariq gostava do cheiro limpo e puro do irmão Paul. Foi algo quase maravilhoso.

Tariq também percebeu como o irmão Paul estava nervoso. Ele notou uma pulsação minúscula e rápida em seu pescoço.

"Venha, deixe-me ler você", disse o irmão Paul, perto de seu ouvido. "Eu moro nesta mesma rua, não muito longe. Ou deixe que eu traga as cartas para você para que possamos ver o que elas dizem. Não há tempo a perder. Vamos ver o que temos que fazer para parar essa dor. Vamos parar o fogo."

Parar o fogo. A voz do irmão Paul era como música; suas palavras, uma revelação. Tariq tinha que parar o fogo. Ele tinha que parar o que estava dentro dele, essa coisa que ele não podia ver. Tariq abriu a boca para dizer que sim, ele iria com o irmão Paul, mas não disse o que havia planejado. "Meu sobrinho vai me encontrar aqui. Talvez outra hora."

O rosto do irmão Paul ficou sombrio enquanto ele encarava Tariq. "Tem certeza, irmão Hill? Só vai piorar e ficar ainda mais difícil de limpar. Mesmo que você não queira minha ajuda, vá ver outra pessoa. Você não pode esperar."

Como a maioria das pessoas que toma decisões que vão mudar a sua vida, Tariq tomou aquela sem pensar muito. "Irmão Paul", disse ele, "você precisa me deixar sozinho agora."

Havia mais palavras pouco diplomáticas agitando sua mente, palavras que ele teve que lutar para não deixar escapar em voz alta: *Estou começando a me perguntar se você é boiola, irmão Paul. Não gosto do jeito como você está me tocando, colocando a porra do seu rosto perto da minha orelha, e se você não recuar, posso levá-lo ao banheiro e encontrar um desentupidor para te dar o que você realmente quer. Mas não posso prometer que serei gentil. Como Tina Turner disse em "Proud Mary", espero que você goste de algo duro.*

Os olhos do irmão Paul pareceram dar-lhe uma pontada, mas ele não demonstrou verdadeira surpresa, raiva, medo ou qualquer outra coisa que Tariq teria esperado de alguém que podia perceber verdades invisíveis com tanta clareza. O irmão Paul não desviou o olhar ou soltou o braço de Tariq; continuou segurando-o suavemente, como um ministro.

"Tudo bem, então, irmão Hill. Sinto muito por ouvir isso. Eu sinto muito mesmo", disse outra vez o irmão Paul com sua voz de hipnotizador. Ele não teria parecido mais triste que aquilo se Tariq tivesse acabado de confidenciar a ele que seu médico havia dito que ele estava sofrendo com câncer terminal, que havia chegado ao fim do último dia de sua vida.

O homem que aos poucos deixava de ser Tariq Hill chegou em casa e encontrou DuShaun com os pés apoiados na mesa de centro, assistindo à TV de tela plana na sala escura, no antigo lugar favorito de Corey. "Onde diabos você se meteu?", perguntou Tariq, batendo a porta da geladeira. Normalmente, se estivesse de mau humor, ele pegava uma cerveja, mas não havia cerveja em casa. Em vez disso, Tariq encontrou um burrito de feijão que sobrara do Taco Bell e colocou no micro-ondas. "Por que me deixou lá esperando na Marcus? Fiquei ligando para o seu celular. Você se esqueceu ou o quê?"

DuShaun, assim como a televisão no mudo, ficou em silêncio no início. Isso não era típico dele.

"Cara, o que houve?"

"Eu estava sentado aqui pensando sobre o que você fez, tio Tariq", disse DuShaun suavemente. "Aquilo não foi certo."

"O que *eu* fiz? Você me deixa esperando por mais de uma hora na livraria e tem a pachorra de falar sobre a merda que outra pessoa fez?" O micro-ondas apitou, avisando que o burrito estava pronto, mas Tariq não foi buscá-lo.

"Tô falando sobre ontem à noite."

Tariq foi para a sala para encarar o rosto de DuShaun no brilho da televisão. DuShaun era um menino negro da Geórgia, e nem a luz de uma televisão de sessenta polegadas era suficiente para que Tariq visse se o sobrinho estava falando sério ou não. Ele estava prestes a perguntar se aquilo era uma piada quando viu uma mulher na tela da televisão, alguém que ele conhecia.

Qual era o nome daquela garota? Ele gostava de acompanhar o que Angie estava fazendo e tinha lido sobre esse filme para a TV e sobre como Angie havia contratado a atriz para sua nova agência de talentos. A atriz usava um casquete e dirigia um Buick 1960. Esse era o filme sobre Coretta Scott King, ele percebeu, o que a tornara famosa. "Naomi Price", disse Tariq, respondendo à sua própria pergunta.

A voz de DuShaun se animou. "Sim, ela é tão gata que os olhos até doem."

"Sua tia Angie é a agente dela. Eu poderia mandar uma mensagem para ela."

DuShaun olhou para ele com expectativa, e seu rosto lembrou o de Corey. *Você realmente disse o que acho que acabou de dizer?* Como quando ele dissera a Corey que daria a ele um PT Cruiser prata no seu aniversário de 16 anos, antes de se lembrar que teria de discutir isso com Angie primeiro — e *merda*, ele pensou, ela provavelmente teria dito que Corey era muito jovem para ganhar um carro. Ela teria dito que ele deveria trabalhar para isso. E talvez ela estivesse certa, mas ele disse que compraria, então foda-se. Era nesses momentos que os segredos eram úteis. Foi então que pareceu conveniente que Angie morasse a centenas de quilômetros de distância.

O rosto de DuShaun ficou inexpressivo, e ele mudou o canal com o controle remoto para os destaques do jogo no ESPN. Ele trocou a tempo de eles verem a especialidade de DuShaun Hill sob dois ângulos de câmera, um passe perfeito para a linha de cinco metros. Os olhos de DuShaun não brilhavam enquanto ele observava. "Não, cara, ainda estou chateado", disse. "Não tente mudar de assunto. Precisamos conversar sobre isso."

"Do que diabos você está falando? Eu sei que você não tá aqui sofrendo porque dei um empurrão naquele idiota no clube na noite passada. Ele vai superar. Pare de ser tão fresco."

"Por que eu me importaria com um idiota bêbado?", disse DuShaun. "Eu quis dizer *depois* disso."

A raiva havia diminuído antes, mas Tariq não tinha notado até aquele momento, quando reapareceu. Era assim que as coisas eram atualmente, alguns momentos de calma despercebidos e então a raiva, uma maré crescente e irreprimível. Ele lembrou a si mesmo que DuShaun podia ter um metro e noventa e cem quilos, mas ele ainda era um menino embrulhado naquele corpo. Tariq teria que ser paciente.

"Desta vez, fale de forma concisa e apresente seu ponto de vista", disse Tariq, como se falasse com uma criança.

"Não gostei de você me oferecer aquelas coisas, tio Tariq."

"Agora estamos chegando a algum lugar. Que coisas?"

DuShaun olhou para ele com o rosto sombrio. "Ah, então é *assim*?"

"Menino, pare de enrolação e diga o que você tem a dizer."

"Você sabe que eu não uso cocaína", disparou DuShaun com tanta raiva que cuspiu. "Isso me irritou. Você sabe o que eu passei tentando ficar longe disso, o que o treinador disse. Você faz todos aqueles discursos sobre como ficou limpo, todas as armadilhas, e depois tenta ficar chapado comigo? Você acha que eu não quero estar lá com os caras depois dos jogos? Estou orando por isso todos os dias, morando com você em vez de ter meu próprio canto, ficando em um maldito quarto de hotel de estrada depois dos jogos em vez de ir aos clubes ou coisa do tipo, e logo *você* vem e tenta me drogar..."

"Eu não uso cocaína há quase três anos, DuShaun", disse Tariq. "Você está enganado."

Com isso, DuShaun desviou o olhar, mas não antes de Tariq ver seus olhos furiosos. Ele admirava isso. O garoto se mantinha cuidadosamente controlado fora do campo, mas Tariq tinha visto como ele podia se energizar quando era importante, quando precisava empurrar alguém pelas costelas para garantir um metro a mais. DuShaun era fluente em raiva. "Eu não acredito nisso", disse DuShaun.

"Eu disse que você está enganado."

"Você precisa de ajuda, cara", retrucou DuShaun, balançando a cabeça. "Você nem *lembra*? Isso é muito triste. Você está sempre pregando como se tivesse superado tudo, mas agora tá aqui tendo apagões. Vou ligar para o Reese. Ele viu o desenrolar de tudo. Segunda à noite, eu e

Reese saímos do clube, fomos para o seu carro..." DuShaun analisou o rosto confuso de Tariq. "Você está tentando me dizer que não se lembra de nada disso?"

"Vá em frente e termine." Tariq não estava mais com raiva, ele estava interessado. Fascinado. Ele se sentou no braço do sofá, esperando. "Você saiu do clube, chegou ao meu carro e então o quê?"

"Aquela garotinha estava lá dentro com você. E isso é outra coisa — é doentio, cara. Aquela menina parecia ter idade para ser minha irmã mais nova. Quantos anos aquela garota tinha? Treze? Ela estava de joelhos no banco de trás, e estava pagando um boquete pra você. E você ficou tipo: 'E aí, pessoal, tem espaço nesta garota para nós três. Juntem-se a nós'. Ou alguma merda assim. Você sabe que Reese não concorda com isso desde que se casou no ano passado. E não mexemos com drogas, meninas novinhas nem nada disso."

"Essa é uma história e tanto, DuShaun", disse Tariq. "Mas é mentira."

Mesmo no colégio, Tariq nunca tinha estado com uma garota tão jovem. Ele zoava na época da Universidade da Califórnia, como todo mundo, mas logo ficava entediado com garotas que achavam que um lance rápido com um jogador de futebol as deixasse importantes, e que de alguma forma chegariam aos mesmos lugares a que achavam que *ele* estava indo. Ele tinha conhecido Angie, que tinha seus próprios sonhos em seus olhos, seus próprios lugares para ir. Mesmo se ele tivesse ficado chapado na segunda à noite e não se lembrasse — o que era impossível —, ele não estaria no carro com uma garota mais jovem do que Corey. Qualquer um saberia disso.

DuShaun viu seu rosto incrédulo. "Vou ligar para Reese agora, tio Tariq. Acabei de falar com ele sobre você no telefone. Ele mesmo ainda não consegue acreditar."

"O que aconteceu depois?"

"Você acenou com aquelas coisas para fora da janela e tentou dar para mim. 'De graça para a família', você disse. Você tinha um saquinho cheio de cocaína e ficou balançando na minha cara. Ficou me dizendo para me drogar com Reese e então todos nós teríamos uma chance com a garota. Ela estava dizendo que tinha que ir embora, e você ficou tipo 'Por que a pressa?', segurando a cabeça dela, dizendo que ela não tinha terminado. Eu estava tipo, 'Droga, cara, você está tentando mandar todos nós para a cadeia?'."

Mentiras, mentiras, mentiras. Por que todo mundo contava mentiras sobre ele? Depois de todas as reclamações de Angie sobre suas mentiras — e ele teve que admitir que dissera algumas tão boas que ele próprio acreditara —, ela própria se tornara a maior mentirosa no final das contas. Dissera à polícia que ele havia levado uma arma para aquela casa, mas ele não fizera isso. Ele fora questionado como um bandido quando deveria estar se preocupando em enterrar seu filho morto. O pior momento de sua vida, e Angie se voltou contra ele. Vadia maluca do caralho.

Ele não tinha trazido aquela arma com ele para Sacajawea.

Ele não tinha trazido aquela arma.

Ele não tinha. Ele não via aquela arma havia anos. Tivera que escolher entre socar a cara de Angie para calá-la ou se livrar da arma. Não vendera a arma como dissera a ela, mas fizera a segunda melhor coisa possível: a entregara para Luisa e pedira a ela que guardasse a arma para ele. A casa de Luisa era o único lugar onde ele tinha alguma paz, e ele explicara como Vince, seu companheiro de equipe, lhe dera aquela arma, e como aquela arma era tudo que Tariq tinha como lembrança após Vince ficar tetraplégico e morrer um ano e meio mais tarde. Angie não queria ouvir, mas era só isso. Vince cuidara dele por dois anos na Universidade da Califórnia, era um dos melhores defensores que Tariq já tinha visto, e eles eram como irmãos. Angie via de outra forma, mas aquela arma era só isso — uma lembrança do seu amigo.

Ele tinha levado a arma que tanto amava para Luisa e disse a ela que ficasse de olho nela. E muito tempo depois de dizer a Luisa que eles precisavam se afastar, porque Angie estava olhando esquisito para ele o tempo todo e ele decidira que não podia continuar correndo atrás dela, Luisa ainda assim manteve a arma. Ela era uma boa mulher, não era do tipo que guardava rancor. Ela havia levado a arma consigo quando se mudou para Chicago; foi o que ela disse quando ele falou com ela por telefone no dia 5 de julho, um dia após a morte de Corey. Ela não conseguia encontrar, mas sabia que estava em algum lugar, e jurou que aquela arma não poderia ter chegado perto de Corey.

Mas estava lá. A arma na adega tinha um número de série apagado como a de Vince, a mesma fita, tudo. Isso foi o que mais incomodou Tariq, não ser capaz de descobrir de onde a arma tinha vindo. E Angela mentindo sobre ele, dizendo que ele tinha feito algo que não tinha. Atacá-lo no funeral de seu próprio filho. Dizendo a todos que ele era o responsável.

Mas ela estava errada. A casa era a responsável. Olhando para a decepção crua no rosto de seu sobrinho, Tariq enfim entendeu o fato descoberto e desagradável: aquela casa em Sacajawea, onde sua kombi estava estacionada naquele exato momento, tinha dado a arma a Corey. A casa queria que Corey a tivesse.

"Você precisa de ajuda, tio Tariq."

"Você não é o primeiro a me dizer isso hoje", disse Tariq, lembrando-se do sussurro do irmão Paul em seu ouvido. O irmão Paul falava a verdade, e ele havia sentido o cheiro. Tariq desejou agora ter ido ver o irmão Paul para descobrir o que suas cartas teriam dito. As cartas os teriam assustado e deixado os dois sem palavras, mas seria bom saber. "Nada do que você acabou de dizer aconteceu, DuShaun. Você está errado."

Ele já havia dito isso três vezes e, de repente, não havia nada que Tariq odiasse mais do que ter que se repetir. A raiva havia desaparecido por um tempo, mas estava de volta. Ele poderia machucar DuShaun antes que o garoto pudesse prever. Ele poderia chutar suas bolas e sufocá-lo. Da próxima vez, DuShaun pensaria duas vezes antes de tentar acusá-lo de coisas que ele não tinha feito. Tariq não tocava em cocaína havia quase três anos. Os livros eram seu único vício agora, e ele tinha orgulho disso.

"Tio Tariq, fiquei assustado. Acho que não posso ficar aqui. Estou falando sério."

"Saia, então", disse Tariq. "Você já está aqui há muito tempo."

Ele disse isso do jeito mais educado que pôde, mas DuShaun olhou para ele como um cachorro ferido. "Sim, acho que você está certo", disse o sobrinho, com a mesma voz baixa com que começou. "Achei que isto estava funcionando, mas as coisas não são como eu pensava."

"Aparentemente sim. Você tem seu contrato com a NFL, garotão. Vá atrás da porra da sua própria casa."

DuShaun levantou-se e Tariq também. DuShaun era um pouco mais alto que Tariq, e mais largo. Todos os jogadores eram maiores e mais largos do que quando ele jogava. DuShaun poderia chegar ao campeonato profissional se trabalhasse o braço. Aquele menino poderia ser uma ameaça dupla, algo especial.

Mas os pensamentos calorosos de Tariq desapareceram quando seu sobrinho deu um passo em sua direção. Em vez disso, Tariq imaginou como seria esmagar a traqueia de DuShaun com um golpe rápido em sua garganta, fazer os olhos do garoto se arregalarem enquanto ele lutava para respirar. *Opa, desculpe, seu filho da puta ingrato.* Quando DuShaun o abraçou, Tariq não sentiu nada. Ele permitiu que o abraço durasse um momento, então empurrou DuShaun para longe. "Vá embora, cara."

De novo aqueles olhos castanhos magoados. E desta vez os olhos fizeram Tariq se lembrar da última vez que vira DuShaun lançando para ele aquele olhar triste e apático.

Depois do jogo da noite de segunda-feira. No clube.

Havia uma lâmpada brilhando atrás da cabeça de DuShaun, lançando sombras sobre seu rosto. A música martelava pelas paredes do clube como um tambor de guerra abafado. Ele tinha notado DuShaun e Reese, ambos parados do lado de fora da janela de seu Land Cruiser, olhando para ele. A boca da garota era desajeitada e Tariq a agarrou pelo cabelo para mantê-la imóvel, para evitar que a porra dos dentes dela o machucassem. Ela ergueu os olhos, os lábios úmidos brilhando à luz da lâmpada.

Ele abaixou a janela e ofereceu a palma da mão a DuShaun. "De graça para a família", disse, mostrando o saquinho de pó que acabara de comprar do amigo daquela vagabunda do lado de fora do clube, onde os dois estavam parados, muito jovens para entrar, mas procurando por um pouco da magia lá de dentro. *Vocês são jogadores de futebol?* A garota tinha dito a ele. Foi assim que tudo começou. Ela havia começado.

"Por que vocês não experimentam um pouco e se juntam a nós?", sugeriu Tariq a DuShaun e Reese pela janela do carro, balançando o pó perto do rosto de DuShaun. "Ela tem espaço para nós três. Podemos alargá-la, se precisar." Isso foi o que ele *realmente* disse. DuShaun entendeu tudo errado. Se DuShaun ia contar histórias, deveria acertar os detalhes.

"Eu preciso ir embora", disse a garota. Ela estava com medo, só isso. Primeiro havia um homem, e agora eram três, e ela havia mudado de ideia. Ele compreendia isso; a garota tinha só 13 anos. Ela mentira e dissera que tinha 15 anos, mas ultimamente Tariq podia ver além das mentiras. A garota puxou a cabeça, tentando sair das mãos de Tariq, e isso o deixou louco. Ele a segurou com mais força, prendendo os dedos em seu cabelo espetado e oleoso, perto da raiz.

E DuShaun se inclinou mais para perto da janela, fora do brilho da luz. Perto o suficiente para Tariq ver os olhos de seu sobrinho. Olhos perdidos e vazios, tentando aceitar o que estavam vendo.

Esses mesmos olhos.

Algo horrível aconteceu no clube, Tariq percebeu, perplexo. *Mas não era eu.*

A sala desapareceu ao seu redor, deixando apenas esse pensamento para ancorar a si mesmo. Suas pernas perderam a sensibilidade quando seu coração congelou, gelo puro. Ele se lembrou do irmão Paul mais uma vez, da música em suas palavras, e seu peito doeu tanto que sufocou um grito na garganta. Não era a mesma dor que queimava seu estômago à noite, aquela à qual ele resistia há tanto tempo. A dor em seu peito era de tristeza, o horror absoluto de sua perda.

Eu realmente fiz isso, mas NÃO ERA EU. *Jesus, por favor, me ajude...*

"Saia, DuShaun. Por favor, fique longe de mim", ele conseguiu dizer, suas últimas palavras.

Tariq encarou os olhos do sobrinho por mais tempo do que deveria, recusando-se a piscar. Mas ele se cansou. Ele já estava cansado havia tempos; sua alma estava lutando desde a festa de Quatro de Julho, e era tempo demais para ficar lutando. Mais do que um homem mais fraco conseguiria. Por fim, Tariq piscou com força.

Quando abriu os olhos, a dor havia sumido. A preocupação também. Sem bagunça, sem confusão.

Pela primeira vez em dois anos, Tariq Hill se sentiu muito bem. Verdade seja dita, ele nunca se sentira tão bem. Tariq Hill era um homem novo em folha e estava surfando na melhor onda da vida dele.

Quinze

SACAJAWEA
Terça-feira à noite

Liza Brunell tinha banido frases tóxicas como *Eu fiz a coisa mais estúpida hoje* de seus monólogos internos há muito tempo, mas ela vinha pensando nessas palavras o dia todo. E agora que ela havia terminado de cortar lenha de macieira para o fumeiro do quintal e ajudara Glenn com seu relatório de ciências do terceiro ano — (Tipos diferentes de folhas!!!, gritava a bagunça coberta de folhas na mesa de jantar) —, sua mente estava livre para retomar o discurso inflamado contra si mesma.
    Ela tinha feito a coisa mais estúpida hoje.
    Liza deu um tapinha nas costas de Glenn. Ele estava em sua posição típica, deitado no colchão entre ela e Art, o queixo apoiado nas mãos, o traseiro para cima enquanto assistia à televisão ao pé da cama. O vídeo do *Aladdin* chegara ao fim, assim como o momento em família.
    "Nove horas", disse ela. "Hora de dormir."
    "Não estou com sono!"
    "Não nos importamos se você está com sono. Este é o momento da mamãe e do papai."
    Glenn fingiu estar chocado. "Vocês não se importam se eu estiver com sono?" Ele olhou para ela e depois para o pai. Art estava sentado do outro lado da cama, as costas contra a cabeceira e o rosto enterrado na papelada. Estava pesquisando as obrigações fiscais para melhorar as escolas do Condado de Sacajawea, pensando que poderia fazer aquilo ser aprovado, como fizera com a nova prisão, e estava ficando louco. Art queria ajudar Sacajawea a prosperar do jeito que ele prosperara, por meio de decisões astutas e muita sorte, mas Liza não tinha certeza se ele entendia a realidade da época. Aquele era um condado pobre. As pessoas não tinham dinheiro e não queriam novos impostos, mesmo se fosse para o bem dos filhos. Algumas pessoas no condado sequer *tinham* filhos; havia apenas doze alunos na turma do

terceiro ano de Glenn, e menos ainda no segundo ano. No fundo, de qualquer maneira, ela sentia que a área estava morrendo, incluindo as escolas. Ela conhecia três famílias que estavam mandando seus filhos para a escola católica particular em Longview, e a ideia também passara por sua cabeça. Mais de uma vez. Ela precisava pensar no futuro de Glenn.

"Pai, isso é verdade? A mamãe disse que você não *se importa* se estou com sono ou não."

Art não ergueu os olhos. "Sim, isso resume tudo", disse ele. "Eu não me importo. Você, Liza?"

Liza deu de ombros. "Eu não estou nem aí."

"Vocês são chatos", disse Glenn, pulando da cama. "Não vão nem contar uma história para eu dormir?"

Liza tirou os óculos de leitura e estendeu os braços para um abraço. "Vamos, querido. Falando sério, mamãe e papai estão cansados hoje. Se você quiser ler uma história sozinho, mantenha a luz acesa até as 21h30. Mas quando eu olhar lá para o seu quarto, é melhor que você esteja lendo. Sem G.I. Joe, sem Star Wars, sem Game Boy. Só lendo, senão você vai dormir. Você está enrolando."

Glenn franziu a testa e resmungou, mas não discutiu. Liza lhe deu um abraço longo e apertado e um beijo na bochecha. Mais alguns anos, ela pensou, e ela teria que lutar por um abraço. Aquilo podia começar a qualquer momento. "Esse é meu garoto bonzinho."

"Venha", disse Art a ele, acenando. Quando Glenn saltou, Liza ouviu Art sussurrar para ele, fingindo que eles tinham uma vida secreta sem ela: "Você e eu. Quatro horas amanhã. Nossa enseada favorita. É melhor aqueles peixes se cuidarem".

"*Uhuuu!*", gritou Glenn. Ele correu para fora da sala, os braços estendidos, virando como um avião.

"Dentes!", avisou Liza.

"Sim, tenho todos, mãe!", gritou Glenn de volta.

"Não vai ter por muito tempo, aquele espertinho", murmurou Liza. "É melhor mesmo ele escovar. E desde quando você tem tempo de sair para pescar durante a semana? Você está mimando demais esse menino, Art."

"Quem está mimando quem? Amanhã fará sol e adoro sair para pescar. É bom para minha imagem. Você sabe, eu sou um cara normal, não um burocrata atrás de uma mesa."

Do jeito que Art se comportava às vezes, quem via pensava que ele tinha ganhado um assento no Senado dos EUA, pensou ela, revirando os olhos.

Mas Liza tinha uma preocupação maior, que ela não fora capaz de esquecer o dia todo. Ela encostou os joelhos contra Art, sua pose de menina.

"Eu fiz uma coisa muito estúpida hoje", disse ela.

Art nunca resistia à pose de menina, mesmo quando estava imerso no trabalho. Ele acariciou os cabelos dela, seus óculos refletindo o rosto de Liza à luz da lâmpada da mesa de cabeceira. "Ahhh...", disse ele em sua voz mais mimada. "Conte tudo ao Tio Art." Tio Art era um personagem de fantasia recorrente no quarto deles; um gentil padre confessor que frequentemente se revelava um molestador pervertido. Naquela noite, no entanto, o tio Art estava preparado para ouvir.

Então, Liza contou a ele como o rosto de Angie ficara quando ela ouviu a história da lama. "Eu acho que Angie foi até Longview para dormir em um quarto de hotel esta noite", concluiu Liza. "Eu não acredito que fui *tão estúpida*. O que eu estava pensando, para contar isso a ela? Trazendo de volta a mãe dela, e o Quatro de Julho. *Esse* foi o meu momento de ouro. A festa de Quatro de Julho! Cristo..."

Art fez uma careta de dor. "Caramba. Sim, eu teria tentado encontrar uma maneira de pular a parte sobre o dia 4", disse ele, deixando de lado sua voz de Tio Art. "Essa foi ruim. Mas agora está feito, pequena. Angie sabe que você não fez por mal."

Liza suspirou, desligando a televisão com o controle remoto. A próxima parte pareceria loucura para ele, mas ela precisava desabafar. Ela e Art nunca escondiam nem mesmo as pequenas coisas um do outro. Apesar de alguns momentos embaraçosos, até agora esse sistema funcionara muito bem. "Art, não sei como dizer isso, mas é como se eu *tivesse* a intenção de fazer mal. Não de propósito, não exatamente... mas quando comecei a contar essa história, gostaria que você tivesse ouvido como comecei a despejar os detalhes. Você se lembra de como o meu avô contava bem histórias, mas já se passaram dez anos desde que ele morreu. Não repeti essa história para ninguém até hoje."

"Sim, nem mesmo para mim. Muito obrigado."

"Meu avô me pediu para não contar e eu mantive minha palavra. Ele foi muito específico sobre isso, Art... todo esse papo sobre como tinha que ser um segredo porque apenas ele e três outros homens viram o que aconteceu, além do Índio John e da sra. T'saint. Todos estavam convencidos de que tinham visto o diabo de perto naquele dia e juraram ficar calados para que o diabo mantivesse distância. Você sabe: você nos deixa em paz, nós te deixamos em paz. Ele disse que a criança na banheira nunca se lembrou de nada."

"Aposto que era Randall Booth na banheira. Aquele cara era esquisitíssimo."

"Quem era Randall Booth?"

"Ele era o dono do hotel nos anos 1950. Um cara estranho *de verdade*, meu pai me diz. Ele costumava..."

"Você vai me deixar terminar antes de começar com uma das suas fofocas mal contadas?"

"Desculpe, pode continuar."

Liza suspirou. Art falava melhor do que ouvia. Por isso, às vezes conversar com ele era exaustivo. Ela quase perdeu a vontade de continuar, mas prosseguiu: "Quando eu contei essa história a Angie hoje, pareceu que eu já vinha contando ela há anos. *Sinceramente?* Parecia que eu estava *vendo* isso acontecer em vez de estar descrevendo algo que eu não ouvia há anos. Juro por Deus, quando me ouvi mencionar o dia Quatro de Julho, tive vontade de arrancar minha própria língua. Eu simplesmente não conseguia parar."

Art não riu dela, o que foi um alívio. Ele olhou para ela com olhos solenes. "Eu tenho uma pergunta para você refletir, madame Liza."

"O quê?"

Ele hesitou. "Não vamos fingir que nunca conversamos sobre como gostaríamos de comprar aquela casa se Angie a colocasse à venda. É possível que você estivesse apenas... dando um empurrãozinho?"

Liza engasgou. Ela agarrou o travesseiro e o usou para bater em Art, acertando um golpe na têmpora dele. "Que horror! Como você pode dizer isso? Você deve pensar que é casado com a maior vaca de todas."

Art arrancou o travesseiro dela. "Acho que sou casado com uma mulher maravilhosa que por acaso adora aquela casa", disse ele em um tom pacificador. "Nós dois adoramos. É uma mansão perfeita para um prefeito, com vista do cume para a cidade. Cinco quartos! E imagine isso... um dia, quando nossos netos estiverem nos visitando, poderemos dizer a eles: 'Olhem, crianças, foi aqui que a vovó e o vovô se beijaram pela primeira vez'."

"Nunca nos beijamos naquela casa", disse Liza.

"Foi no Ponto. *Atrás* da casa. Tudo aquilo pertencia à sra. T'saint. Eu dei uma olhada nos registros da propriedade. Ela tem cinquenta, sessenta acres lá atrás."

Liza balançou a cabeça, rindo. Ela havia esquecido que o Ponto fazia parte das terras de Angie, que não era um espaço público. No verão após a formatura do ensino médio, quando descobriu que suas notas e talento não lhe renderiam nenhuma bolsa de estudos, ela quis ficar bêbada, então ela e Melanie encontraram uma festa tarde da noite no Ponto. Angie não foi para lá, e Liza se lembrava do motivo: Angie estava deprimida pelo rompimento com Myles. Ao ver a agonia de sua amiga, Liza tinha jurado a si mesma que não ia ficar muito sério com nenhum garoto até que ela fosse muito mais velha. Depois da faculdade. Depois que ela chegasse aos palcos de Nova York.

"Lá estava você, vestindo uma blusa branca, o rosto brilhando à luz do fogo", disse Art de repente, a voz distante. "Eu tinha uma queda por você desde o quinto ano, mas naquela noite... Eu disse: 'Deus, se você me deixar ficar com Liza Kerr, eu nunca vou te dar motivo para ficar descontente comigo'. Isso foi exatamente o que eu disse, uma pequena oração."

"Tem certeza de que era com Deus que você estava falando?" A pergunta dela era apenas meio de brincadeira.

"Aquilo foi um trabalho do Chefão, Liza. Não tem outra maneira de explicar. Você nunca me notou durante todo o ensino médio, e menos de quinze minutos depois de eu fazer aquela oração, estávamos nos agarrando atrás de uma árvore. E não apenas nós. Melanie e Rob, Doug e Christine..."

"Angie e Myles."

"Bem, eles são a exceção. Quase todos os outros casais que se uniram no Ponto ainda estão juntos, incluindo meus pais. Se quiser minha opinião, é por isso que a taxa de divórcio no condado é tão baixa. Meus pais nunca confessaram, mas meu pai insinuou que eu fui concebido lá. Já pensou?"

"Prefiro não pensar." A imagem dos pais gordinhos de Art se agarrando na floresta não era nada atraente.

"Eu tenho muito interesse naquele lugar, e você também. E toda a propriedade pode ser colocada à venda em breve, se Angie decidir se desfazer dela. Esse pode ser o seu motivo para o que aconteceu hoje, Liza. É por isso que você contou aquela história assustadora."

Tomara Deus que Art esteja certo, ela pensou. Quantas vezes, desde o funeral de Corey, Liza quase ligara para Angie em Los Angeles para fazer uma oferta? *Ah, todo mundo está bem aqui. Escute, Angie, não te vemos há um tempão e estamos nos perguntando sobre seus planos para a casa da sua avó...* Laurel Everly havia mostrado a casa uma vez para um possível comprador, e Liza não era a única pessoa em Sacajawea que tinha se irritado porque estranhos haviam conseguido essa primeira chance. Naquela semana, Liza planejara dar a Angie alguns dias e depois fazer a pergunta. Contar essa história *pode muito bem* ter sido deliberado da parte dela. Mas...

"Ok, isso também me ocorreu", disse Liza, aninhando-se nos braços de Art. Ela esfregou a mão na barriga grande e pálida do marido — *Mais almofada para apertar*, como ele gostava de dizer. "Mas não acredito que tenha sido uma manobra barata do meu inconsciente, Art. A maneira como todas nós nos sentimos paradas naquela cozinha hoje, eu preciso te dizer: eu nem quero a casa agora. É sério."

Art olhou para ela, incrédulo. Ele tirou os óculos. "Ah, por favor. Você ri de mim por pegar moedas na calçada e guardar minha mensagem de sorte do Ming's."

"Sim, sim, eu sei. Eu ainda acho isso estúpido... nos dois casos. Mas sentimos algo lá hoje. Nós três. Eu não sei as palavras para descrever isso."

"Eu vou te dizer o que você sentiu...", disse Art, beijando a ponta do nariz dela. "Você sentiu como é a atuação magnífica de uma atriz de primeira contando uma história de fantasmas. Você foi tão bem que assustou a si mesma. Guarde para a noite de estreia, pequena."

Deus o abençoe, pensou Liza. Art sempre encontrava uma maneira de fazer a conversa girar em torno das coisas que ele imaginava serem extraordinárias sobre ela. Ela havia sido tão superficial quando adolescente, era uma maravilha que Art não tivesse perdido a admiração sincera e tranquila quando eles se viram pela primeira vez no Ponto. Ele sempre via nela algo que ela ainda não conseguia enxergar. E talvez ele estivesse certo. Talvez ela só fosse culpada por ter se perdido no personagem naquela manhã, imergindo em sua personalidade de atriz. Ela não atuava de verdade havia muito tempo, não era de se admirar que estivesse se deixando levar. Essa possibilidade nunca ocorrera a ela.

"Você é muito inteligente às vezes", disse ela. "Você merece um pedaço de bolo de chocolate alemão. Comprei um na feira de bolos da escola de Glenn hoje."

Art voltou para seus papéis, carrancudo. "Talvez amanhã. Não vou comer mais agora à noite."

"O que aconteceu?" Art nunca recusava comida, a menos que estivesse doente, e ele nunca admitiria estar doente. A última vez que adoecera, ficara andando por aí com pneumonia por vários dias e acabara no pronto-socorro com uma infecção grave o bastante para quase matá-lo, aquele teimoso idiota. *Exatamente como o que aconteceu com Jim Henson*, disse o médico em Longview, dizendo a eles como Art teve sorte.

"Só uma coisinha nos últimos dias. Nada demais ", disse Art. "Uma dorzinha de estômago. Uma virose, talvez, ou muito estresse. O *News* vai publicar uma matéria sobre o financiamento da escola amanhã, e estou tão nervoso quanto um novato ficaria em seu primeiro banho no bloco D da prisão de Alcatraz. É só isso."

Liza não se convenceu, mas não o pressionou. Ele ficaria bem, ela disse a si mesma.

Ele sempre ficava.

Depois que eles apagaram as luzes e a casa ficou em silêncio, Liza odiou fechar os olhos. Cada vez que o fazia, via o banheiro do andar de cima da casa de Angela, jogando lama para todos os lados. Seus olhos bem abertos começaram a enganá-la na escuridão do quarto; enquanto olhava para as paredes e o teto, ela podia jurar que viu a lama surgir em padrões variados ao seu redor. Mas a lama não estava lá; desapareceram quando ela piscou. Eram apenas sombras. Percebeu que ela realmente *se assustara* contando a história de seu avô mais cedo.

Os olhos de Liza vigiavam a porta de seu banheiro escuro, e seus ouvidos ouviam os sons da banheira. A casa estava cuidadosamente silenciosa, mais do que de costume. Mesmo Miko, dormindo em sua cama de cachorro no corredor do lado de fora, não estava correndo todo inquieto, na esperança de subir na cama com eles. Ao lado dela, Art respirava pesadamente durante o sono, às vezes até roncando. E emitindo um único murmúrio zangado de seu estômago que ela mal conseguia ouvir.

Dezesseis

SACAJAWEA
Quarta-feira

"Eu sei, é uma surpresa receber notícias minhas", disse a voz de Tariq, e o coração de Angela disparou.

Ela estava checando as mensagens do escritório em seu quarto de hotel enquanto a CNN tagarelava sobre eventos mundiais na televisão. Depois de uma conversa de uma hora com sua assistente sobre quais chamadas precisavam de sua atenção, Imani disse a ela que havia uma mensagem privada no correio de voz de terça-feira, que ela mesma deveria ouvir. A voz profunda de Tariq em seu ouvido foi um choque.

Ele suspirou na gravação. "É uma bela manhã de terça-feira e estou com saudades. Não foi para isso que liguei, mas é a verdade, Snook. Eu estaria mentindo se dissesse que não. De qualquer forma, DuShaun entrou para os Raiders, você deve ter ouvido falar disso, e agora ele é uma das estrelas iniciantes. Futebol americano não é sua praia, e não vou te aborrecer com os detalhes, mas ele fez um puta jogo na segunda-feira à noite. Achei que você gostaria de saber. Ele está morando comigo, e nós dois estamos felizes com isso. Acredite ou não, estou mantendo o garoto longe de problemas. É um ótimo rapaz."

Angela sorriu. Sim, DuShaun era um ótimo rapaz, o primo favorito de Corey. Bom para Harry e Yolanda, ela pensou. Seu cunhado e a esposa dele eram a única família que ela possuía, mas Angela não falava com eles desde o funeral. Outra ponte que ela queimara ao se exilar da vida.

"Enfim, querida, sua secretária mencionou que você ficará fora por alguns dias, e estou feliz em ouvir isso. Espero que faça uma boa viagem. Eu sei que você está fazendo grandes coisas, eu estou segurando as pontas por aqui também. Alguns problemas médicos, mas vou cuidar disso. Tenho uma consulta médica mais tarde hoje, e talvez isso ajude a esclarecer as coisas. Envie alguns bons pensamentos para mim, Snook. Se cuida."

Angela pegou o celular, discando de memória. Uma voz gravada anunciou uma lista de coisas com as quais ela não se importava. Ingressos para a temporada. Programações de jogos. Memórias da equipe. "Financeiro. Tariq Hill, por favor", disse ela, quando uma telefonista a resgatou.

A espera na linha, desta vez, foi silenciosa. E curta. Tariq tinha um novo secretário, um homem, e ele disse a ela que Tariq ligara dizendo que estava doente. Ela queria deixar uma mensagem? Pela primeira vez, Angela se perguntou o que diabos ela estava fazendo. O que iria dizer? *Ei, desculpe por ter atacado você assim no funeral depois de ter feito sua parte para ajudar a matar nosso filho. Espero que você esteja se sentindo melhor.*

"Diga que Angie retornou a ligação dele."

Ao desligar, Angela se sentiu livre. Sua raiva de Tariq era um peso, e ela estava cansada de carregá-lo. Ela poderia nunca ser capaz de perdoá-lo, mas conseguiria falar com ele, pelo menos. Poderia ser civilizada. Ele ligara, considerando que ela nunca dissera uma palavra gentil para ele em mais de dois anos. E ela percebeu que se sentiu triste. O sentimento a confundiu, mas ela reconheceu a pontada. Sentira uma grande tristeza na noite anterior, percebendo o que havia perdido com Myles, e agora ela podia estar perdendo outra coisa por causa de uma ligação perdida.

O que ela perdera? Sua chance de ouvir Tariq finalmente dizer a verdade?

Angela se preparou e em seguida discou outro número, o número para o qual costumava ligar quando queria falar com Corey. O número ainda estava fresco em sua mente, uma coisa viva. Ela esperava ouvir a voz de Corey em seguida, e quase ouviu, porque a voz que atendeu era jovem e arrogante: "E aí? Esta é a residência dos Hill. Pressione 1 para falar com Tariq Hill. Pressione 2 para DuShaun Hill. Que o amor de Deus encontre você todos os dias. Paz." Era a voz de DuShaun na máquina, quase inalterada desde a última vez que ela o vira, quando ele tinha uns 17 anos. Desta vez, Angela desligou sem deixar recado. Ela se sentia uma intrusa.

Ela discou um novo número. Angela tinha muito a resolver em Sacajawea antes de voltar para Los Angeles, e aquela seria uma longa semana. Ela sabia o próximo número de cor também, infelizmente. Não esqueceria nem se tentasse.

Seu colega de escola estava em sua mesa e ele atendeu ao primeiro toque. Sem correio de voz, sem gravações, sem secretária. Uma voz humana de verdade. "Estava esperando a sua ligação", disse o xerife Rob Graybold, após as gentilezas iniciais e suas condolências pela árvore caída.

"Por quê?"

"Eu vi Myles no tribunal esta manhã, e ele disse que você tem algumas preocupações sobre Sean Leahy. Quer passar aqui e conversar?"

O diz-que-diz de Sacajawea a surpreendeu, mais uma vez. "Prefiro que nos encontremos na casa de Sean."

"Não vamos colocar a carroça na frente dos bois, Angie. Deixe-me primeiro ouvir o que você está pensando. Aquele menino acabou de perder o pai, precisamos levar isso em consideração."

"Ele sabe algo sobre Corey, Rob."

"Então vamos descobrir o que ele sabe, eu prometo a você." Rob fez uma pausa. "Já que você está no telefone, obrigado por tirar aquela kombi de lá. Eu ia comentar antes de você deixar a cidade. Era uma coisa desagradável parada lá. As crianças entrando lá e tal. Era meio perigoso."

"Que kombi?"

"Aquela kombi velha que estava estacionada em frente à sua casa não está mais lá. Ou pelo menos foi o que Joe Everly disse quando o vi no restaurante ontem à noite. Você não sabe nada sobre isso?"

Angela não soube o que responder. A kombi estava lá quando ela saíra de casa na noite anterior. As pontas dos dedos dela perderam a sensibilidade.

O xerife Rob Graybold suspirou. "Bem, venha aqui, Angie. Você também pode preencher um boletim de ocorrência."

Havia um espaço morto onde a kombi estivera, um pedaço de grama tão seco e sem luz do sol que parecia queimado. Sem a kombi, o monte de lixo que a cercava era mais ofensivo; embalagens velhas de comida, latas de cerveja, preservativos usados. Era desagradável, sem dúvida. Como alguém conseguiria fazer aquela kombi dar partida depois de dois anos, e ainda por cima sair com dois pneus furados? Os olhos de Angela procuraram por hastes quebradas de grama alta, indícios de que os pneus pesados de um caminhão de reboque teriam passado por ali, mas não encontrou nada. De fato, não havia rastros. Enquanto Rob esperava ao lado da viatura do xerife de Sacajawea, Angela subiu correndo os degraus de pedra a fim de verificar se havia algum tipo de bilhete na porta da frente da casa. Nada.

Angela olhou para baixo da varanda da vovó Marie, em direção ao local onde a kombi estava estacionada, e o espaço vazio a perturbou. "É bom que você tenha ligado, Tariq, mas você deveria ter me dito que estava vindo para a cidade", murmurou ela no silêncio da tarde cinzenta.

Não. Decidiu que não era isso. Tariq teria mencionado isso quando ligou. Ela teria que registrar o desaparecimento da kombi na categoria crescente de ocorrências estranhas desde seu retorno, uma longa e deprimente lista. Ela desejara que a kombi desaparecesse, não foi? Talvez um de seus desejos enfim tivesse se tornado realidade.

Havia uma cratera onde ficava a nogueira, preenchida com solo novo, marcando o lugar em que obviamente algo grande estivera. Angela olhou para a janela redonda do sótão, que estava rachada em dois lugares, arruinada. Uma pequena seção das telhas do telhado despencara onde a árvore caíra diretamente, revelando madeira lascada embaixo. A casa estava em pedaços.

Sentindo-se mais à vontade porque o xerife estava esperando do lado de fora, Angela logo entrou na casa. Tudo dentro parecia exatamente como estava quando ela saíra, um alívio. No andar de cima, ela pegou os cartões do assento da janela do quarto de Corey, esperando que Sean mostrasse o mesmo medo quando os visse de novo. Ela checou a banheira antes de descer as escadas, e ainda havia lama lá dentro, mas não mais do que no dia anterior, e estava seca. Bom sinal.

"O que você acha? Quer registrar um boletim de ocorrência?", perguntou Rob, apoiado no capô viatura. Angela balançou a cabeça. A kombi não valia o esforço.

"Vamos conversar com Sean, Rob."

O xerife Rob Graybold era magro, tinha um metro e oitenta e uma postura que indicava sua missão como Boina Verde e médico durante a Guerra do Golfo. Os produtores de maconha e operadores de laboratórios de metanfetamina que haviam se estabelecido no Condado de Sacajawea cometeram o erro de presumir que o xerife de um pequeno condado teria pouca inteligência ou habilidade. Mas o histórico de prisões de Rob era um dos melhores no sul de Washington. Ele também matara um homem em Skamokawa no final dos anos 1990, dando um tiro certeiro em um turista que atacou a esposa com um facão do lado de fora do trailer em que estavam. Reza a lenda que Rob atirara no homem sem pestanejar, tão confiante em sua pontaria que deu um tiro que a maioria dos policiais no cinema teria medo de tentar, mas só depois de passar meia hora tentando convencer o homem a largar a enorme lâmina. Você não vai atirar em mim, dissera o homem, um lamentável erro de cálculo. Rob atirou para matar.

Rob era um de seus poucos colegas de classe em Sacajawea que sempre permanecera intacto, quase idêntico ao que sempre fora. Mesmo no colégio, ele era sério e indiferente, como se estivesse se preparando para tarefas desagradáveis. Hoje, seu uniforme bege estava passado, seu chapéu de caubói, inclinado, e seu distintivo, seus sapatos e o coldre de couro, brilhando. Se o xerife Rob Graybold não conseguisse abalar Sean, pensou Angela, ninguém conseguiria.

Rob chamou primeiro, e Sean estava esperando por eles. Ele os encontrou do lado de fora da porta da frente, levando os dois até uma mesa de piquenique sob um cedro ao lado do trailer. Seu cabelo loiro-claro estava bem penteado, com gel segurando a franja longe da testa desta vez, para não caírem nos olhos. Respondeu a todas as perguntas sem hesitar, chamando Angela de "senhora" e o xerife Graybold de "senhor". Ele trouxe um jarro de chá gelado e serviu-os educadamente. Observando-o, teria sido fácil achar que Sean passara por interrogatórios por boa parte da vida e tivesse se comportado admiravelmente bem em todos.

Quando Angela espalhou os cartões na mesa, Sean mal esboçou qualquer emoção.

"Sim, eu já vi isso", disse ele. "Como eu já disse à sra. Toussaint, eles eram de Corey. Ele achava que eles podiam fazer feitiços."

"E *você* achou que eles podiam fazer feitiços também", corrigiu Angela.

"Como uma superstição, talvez. Como aquela de não deixar os chinelos virados pra sua mãe não morrer. Eu nunca vi nenhuma magia na vida real, apenas coisas na TV."

Ele estava mentindo! Angela esperava que Sean fosse evasivo, mas ela mal conseguia conciliar o menino calmo diante dela agora com os destroços trêmulos que vira apenas dois dias antes. "Sean...", disse ela, severa.

O xerife Graybold bateu em seu joelho sob o tampo da mesa de madeira envernizada, silenciando-a.

"Sean, por que você acha que Corey atirou em si mesmo?", perguntou ele.

Sean deu de ombros. "Não sei, xerife. Eu pensei sobre isso, mas não sei dizer. É louco. Foi um choque e tal." Ele abaixou a cabeça, o que Angela cinicamente decidiu ser um movimento calculado para ganhar a solidariedade deles antes de se repreender pelo pensamento.

"Claro que foi, filho", disse o xerife. Após uma pausa sensível, ele continuou: "Corey escreveu algo em um caderno que pensamos que você poderia nos ajudar a interpretar. Ele escreveu as palavras *Nós fodemos com tudo*. Você tem alguma ideia do que ele quis dizer com isso?".

"É, Sean, você se lembra do que disse sobre a propriedade estar amaldiçoada? Que algo que você e Corey fizeram amaldiçoou a terra?" Angela não conseguia mais ficar em silêncio.

"Não, *senhor*", respondeu Sean, ignorando Angela. "Eu não sei nada sobre isso. Ele nunca me mostrou esse caderno. Ele escrevia poemas, acho, mas não me mostrava nenhum."

"Sim, acho que um jovem seria reservado sobre uma coisa dessas", disse o xerife. Seus olhos verdes enviaram a Angela uma mensagem rápida, mas simples: *Fique quieta*. Ela cruzou os braços, suspirando. No longo silêncio, eles ouviram relinchos agitados de cavalos no estábulo.

"Ainda está com Sheba lá atrás?", perguntou o xerife.

"Sim, senhor. Minha tia mandou os outros de volta, os machos que tínhamos."

"Se pensar em vender Sheba, me avise. Melanie andou procurando por um andaluz na internet, mas eles custam uma fortuna", disse Rob, sua voz soando alegre, como se eles estivessem prontos para partir. Ele até fechou seu bloco de notas, e eles tinham acabado de começar!

"Os andaluzes são grandes cavalos. Mas eu acho que não vou vender a Sheba, senhor."

"Se você encontra uma boa égua, fique com ela", disse o xerife, e logo emendou: "O que você sabe sobre um garoto chamado Beaumont Cryer?".

Neste instante. Sean manteve sua expressão cuidadosamente sob controle, mas toda a cor sumiu de seu rosto. De repente, ele parecia doente.

"Quem?", perguntou.

"Você não sabe quem é Beaumont Cryer?"

"Bom..." Sean hesitou. "Sim. Claro. Todos o chamavam de Bo."

"O que mais você sabe sobre ele?"

A mão de Sean se moveu em direção à testa, procurando o cabelo para tirar do rosto, um hábito. "Ele não... fugiu ou algo assim?"

"Ele desapareceu no mesmo verão em que você conheceu Corey", disse Rob. Seu bloco de notas estava aberto de novo, sua caneta pronta para fazer anotações. Sean olhou para Angela, como se pedisse ajuda, mas Angela estava perdida. Ela nunca tinha ouvido falar de um garoto chamado Beaumont Cryer. Pelo visto, o xerife Graybold tinha suas próprias perguntas. "Bo passava bastante tempo no Ponto, não é? Você e Corey também andavam por lá. Quando você encontrava o Bo lá... ele alguma vez disse alguma coisa sobre sair da cidade? Algo que possa nos ajudar?"

Sean abriu a boca para falar, mas hesitou. Ele estava pesando o que dizer, mas não escondia bem. "Não tenho certeza se me lembro de ter encontrado Bo Cryer no Ponto", disse ele, por fim. "Eu não tenho nenhuma memória disso." Para Angela, ele parecia um senador testemunhando em uma audiência no Congresso.

"Tem certeza, Sean?", disse o xerife Graybold em tom suave. "Nunca tiveram nem uma discussão boba?"

"Isso foi no Pizza Jack", Sean deixou escapar, depois falou mais devagar. "Quer dizer, não foi uma briga nem nada. Não foi nada de mais. Bo disse algumas coisas para provocar Corey. Bo era assim. Não deu em nada."

Isso era novidade para Angela, mas por mais que ela tentasse monitorar o paradeiro de Corey, a vida que os adolescentes compartilhavam com outros adolescentes era conhecida apenas por eles. Corey mencionara alguns meninos locais que faziam comentários maliciosos e lançavam olhares hostis, outra das razões pelas quais ele odiava passar os verões em Sacajawea. Ao lembrar-se disso, Angela sentiu uma pontada de remorso. Ela estava tão empenhada em tentar recriar as experiências de sua adolescência para Corey que todos os anos o desenraizava e o isolava em um lugar onde ele se sentia um estranho. Desde a morte dele, isso parecia irracional de uma forma que a horrorizava. Lágrimas umedeceram os olhos de Angela. Ela nunca deveria ter levado o filho para lá. O que ela daria para ter aquele verão de volta?

"Tem *certeza*, Sean?", perguntou o xerife Graybold outra vez. "Você tem certeza de que não foi nada?"

Sean olhava para Rob Graybold como se soubesse que era inútil mentir, mas era tarde demais para começar a dizer a verdade. "É, não foi nada. Depois soubemos que ele tinha desaparecido."

"E quanto tempo depois disso Corey atirou em si mesmo? Você se lembra?"

Sean engoliu em seco, seu pomo de adão lutando contra a garganta. "Alguns dias, talvez. Não sei."

Angela não conseguia mais ficar quieta. "Rob... Eu não sei onde você quer chegar, mas você está perdendo o foco. Sean, você precisa nos contar sobre o que me contou. Sobre os feitiços."

Sean olhou para ela com olhos tristes e exasperados. "Não sei nada sobre magia, sra. Toussaint", disse ele. "Juro por Deus. Corey estava interessado, só isso."

"Mas você disse que a propriedade está amaldiçoada", disse o xerife Graybold. "Não é mesmo? Você não dizia isso para seu pai o tempo todo? Isso é o que eu ouço do pessoal. Você dizia para ele não chegar perto de lá."

Sean piscou. Ele estava à beira das lágrimas, e Angela de repente sentiu pena dele. Ela não esperava que Rob fosse pressionar tanto. "Eu dizia que era karma ruim, porque Corey morreu lá", disse Sean.

"Corey morreu na *casa*, Sean, pelo que entendi. Mas há uns cinquenta acres de terra lá atrás. Por que você avisaria seu pai e qualquer outra pessoa que quisesse ouvir para ficar longe da propriedade?"

Sean olhou para Angela novamente, desta vez com olhos ferozes. "Talvez *ela* entenda. Quando algo ruim acontece, você quer ficar longe disso. Não é? Você não quer falar sobre isso. Você quer esquecer o que aconteceu. Você entende, não é, sra. Toussaint?"

"Sim, Sean, eu entendo", disse ela, aproveitando a oportunidade para tentar se aproximar dele. "Mas às vezes não podemos ficar longe. Nós temos que voltar. Porque se não fizermos isso, outras pessoas se machucarão. Não consigo pensar em nada de bom que já saiu de um segredo, mesmo que você tenha prometido a um amigo que iria guardá-lo. Mesmo que tenha prometido isso a um amigo que morreu."

Conte, pensou Angela, desejando poder controlar Sean com a mente. *Por favor*. Mas os olhos de Sean se estreitavam conforme ele afundava mais em si mesmo, escapando para suas próprias contemplações.

O sol estava baixo no céu. Devem ser quase 17h, Angela percebeu. Ela mal conseguia se lembrar de como passara o dia, exceto pelas ligações que fizera e por essa conversa com Sean. Os dias eram preciosos demais para desperdiçar, e ela não estava ansiosa para voltar a Longview e ficar confinada em seu quarto de hotel. Estava tão perto da casa da vovó Marie que ela quase se sentiu tentada a dormir lá. Quase.

O grito do rádio do xerife Graybold foi tão alto que Angela deu um pulo. Rob pressionou o rádio contra a boca. "Graybold", disse ele.

"Rob? Há uma denúncia de um possível homicídio perto do cais, perto do museu histórico. Gunnar Michaelsen está esperando lá com o neto. Tommy fez a ligação." A voz era de uma mulher.

"O que diabos Tommy sabe sobre um homicídio?"

"É a chamada, Rob. Ele parecia frenético. É melhor você conferir."

"Entendido", disse Rob, e Angela notou seus ombros caírem. Os olhos dele ficaram frios do jeito que poderiam ter ficado quando ele estava em Skamokawa naquele dia, logo antes de apertar o gatilho. "Isso parece uma perda de tempo. Tommy e alguns amigos pregando uma peça, aposto. Mas tenho que ir."

Sean parecia aliviado por ter perdido a atenção de Rob, mas Rob tinha um tom severo para ele. "Não desapareça até que nos falemos de novo. Entendeu?"

"Sim, senhor", disse Sean, já na metade do caminho de volta para a porta da frente de seu trailer.

"Rob, precisamos conversar", pediu Angela.

"Então você vai ter que ir comigo, Angie."

Começou a garoar quando Rob partiu para o cais em sua viatura de xerife de Sacajawea, um Ford Bronco prata com uma faixa azul brilhante pintada na lateral. Ele dirigia sem sua sirene e sem aparente pressa, os limpadores de para-brisa gemendo enquanto passavam lentamente de um lado para o outro do vidro. A visão da travessa Toussaint e a casa de vovó Marie empoleirada acima dela desapareceram no espelho retrovisor.

"Sobre o que era tudo aquilo?", quis saber Angela.

"Aquele garoto Cryer desapareceu na época em que Corey morreu, e pareceu claro para mim agora que Sean sabe algo sobre isso. Eu talvez o..." Rob não precisava terminar.

"Corey nunca me disse nada sobre isso", disse Angela. Rob deu de ombros, evasivo, e ela sentiu uma onda de raiva ao perceber que seu filho poderia estar sob suspeita de um crime. "Você nunca pensou que havia alguma credibilidade no que eu disse pra você, não é?"

"Desculpe, Angie, mas eu sigo as pistas. Feitiços e maldições não são razoáveis; os fatos, sim. Existem muitos fatos ligados a Sean Leahy. Se você seguir do seu jeito e eu seguir do meu, talvez nós dois resolvamos isso. Assim como você, quero saber o que aconteceu naquele verão. Foi um verão ruim no condado de Sacajawea. Perdemos dois de nossos meninos." Seus olhos estavam subitamente fixos na estrada à sua frente. "Esperemos não ter perdido mais ninguém."

O braço esquerdo de Angela formigou tanto que ela o agarrou e levou para perto do peito. *Merda*. E agora? "Não acho que essa ocorrência seja uma farsa, Rob", disse ela, pensando em voz alta.

"Quer saber? Você pode estar certa. Estou quebrando os regulamentos, trazendo uma civil comigo sem avisar, Angie, então, quando eu estacionar, não saia de perto do carro."

Laney Keane acenou para que eles descessem em frente ao enorme sino marítimo e à antiga escuna montada em exibição fora da Sociedade Histórica, que encostava na margem do rio. Ela correu para a janela de Rob, sem fôlego. Angela não via Laney desde a festa de Quatro de Julho.

"Tommy está *histérico*. Todo mundo está lá atrás, no cais."

Rob agradeceu e passou com seu Bronco pelo meio-fio para dirigir pela grama lamacenta que levava ao cais — privilégio de policial, e de fato era mais rápido do que caminhar. Uma outra viatura já estava estacionada vários metros à frente deles. Só agora Rob ligou as luzes de emergência, que flamejaram em vermelho contra a parede traseira da

Sociedade Histórica e a beira da água. Quando Angela abriu a porta do carro, um vento forte do rio soprou em seu rosto, despenteando seu cabelo. Ela sentiu cheiro de vida marinha podre. Alguém estava alimentando um bando de gaivotas nas proximidades, e os gritos dos pássaros incomodaram seus ouvidos. As gaivotas sempre pareciam estar histéricas.

Oito pessoas vestindo jaquetas leves estavam amontoadas no cais. Angela ignorou as instruções de Rob para ficar perto do carro e o seguiu passo a passo. Havia uma criança no centro da multidão, enrolada em um cobertor laranja da polícia, e Gunnar Michaelsen estava parado perto dele com as duas mãos plantadas nos ombros do menino. O rosto e o cabelo da criança estavam manchados de lama, uma visão que fez Angela parar. Não havia histeria na multidão, não como Laney descrevera, mas o silêncio era ainda mais perturbador.

O pescoço do garoto enlameado estava esticado, sua cabeça virando de um lado para o outro enquanto os adultos falavam acima dele. Um policial magrelo que Angela não reconheceu conversava com Rob e apontou para uma enseada com um banco de areia lamacento e rochoso, a cerca de quarenta metros dali. Angela viu uma jaqueta azul, uma caixa de equipamento e varas de pescar na margem arenosa do outro lado da trilha, que estava cheia de pequenas conchas que as gaivotas carregavam no ar e quebravam nas rochas abaixo. Em seguida, o policial apontou para o barco a remo de fibra de vidro amarrado, boiando na água ao lado do cais. Havia outra vara de pescar no barco, uma vara e molinete que pareciam caros.

Mesmo estando a poucos metros de Rob, Angela ouviu apenas fragmentos do que foi dito. "...Todos os três estavam ali por volta das 16h30...", disse o policial, narrando para Rob com precisão. "...Tommy diz que ele segurou o rosto da vítima debaixo d'água e a estrangulou... sacudiu ela violentamente... depois, quando ela parou de se mover, carregou o corpo para o barco e remou de volta... Tommy o viu colocar o corpo no carro... Tommy precisou pegar a trilha para voltar... e correu gritando para Laney, e ela ligou para a polícia."

A multidão ouvia como se estivesse em um evento fúnebre. Rob balançou a cabeça e fez anotações, olhando para o barco e depois para o banco de areia, que era acessível tanto pela água quanto por uma trilha tortuosa e rochosa ao longo da margem do rio. Ele olhou para a trilha, provavelmente repassando em sua mente tudo que o policial havia dito. "Colin", disse Rob ao policial, "ligue para o escritório de advocacia do prefeito."

"*Ele não está lá!*", gritou o menino, as primeiras palavras que Angela o ouviu falar.

"Já tentamos o escritório dele. Ele saiu cedo hoje", disse o policial.

"*Ele foi para casa. É para onde ele disse que estava indo!*", berrou o menino, e Gunnar esfregou seus ombros para tentar acalmar o neto. As maçãs do rosto de Gunnar, acima de sua barba, estavam tão tensas que parecia que iam explodir se ele falasse. Ele parecia assombrado. Era difícil acreditar que ainda ontem ele estava brincando no telhado da casa dela, curtindo a tarde com os amigos.

"Mantenha-os em casa, então", disse Rob. "Vamos ligar para Liza."

Quando o barco a remo na água flutuou mais para perto do cais, Angela distinguiu as letras vermelhas brilhantes pintadas com amor em seu leme pontiagudo: HIZZONER, dizia. Era o barco de Art. Acontecera algo com Art?

Com o coração acelerado, Angela se aproximou do xerife enquanto ele pegava o celular com o número para o qual seu assistente já havia discado para ele. "Liza? Oi, aqui é o Rob. O Art está em casa?" Angela, como todo mundo, ficou atenta durante a pausa que se seguiu. Por um instante, houve silêncio, exceto pelo gemido das gaivotas e os traços indistinguíveis da voz animada de Liza ao telefone.

"Não, não há necessidade de interrompê-lo", disse Rob. "E Glenn? Ele também está aí? Ele está bem?" O xerife balançou a cabeça, indicando aos espectadores que ela havia dito que sim. Graças a Deus, pensou Angela. Graças a Jesus, Alá e a todos os outros. Mas ela notou que Tommy parecia mais confuso do que aliviado, e o rosto de Gunnar não estava menos assombrado.

"Não, não há nada de errado", disse Rob. "Vou passar aí em alguns minutos. Quero perguntar uma coisinha a Art. Eu aviso quando chegar aí." Ele desligou. Rob chamou o policial mais para perto a fim de lhe dar instruções particulares, depois se agachou até ficar no nível dos olhos de Tommy. "Acho que talvez tenha havido um mal-entendido, Tommy. Você quer dar uma volta comigo em um carro de polícia de verdade?"

Apesar das lágrimas, o rosto de Tommy se iluminou e ele assentiu. Rob levou Tommy e Gunnar até o seu Bronco estacionado e abriu a porta traseira. Sem dizer uma palavra, Angela deslizou para o banco do passageiro. Rob provavelmente preferia que ela não fosse junto — afinal, o carro dela estava estacionado perto do escritório dele, a apenas dois quarteirões de distância, era fácil ir caminhando —, mas ela queria ir com ele para ter certeza de que Art e Liza estavam bem. Rob ligou o motor sem olhar para ela.

A rua Spruce, onde Art e Liza moravam, ficava do outro lado da rodovia Quatro, a oitocentos metros do centro, em direção à reserva de veados-de-cauda-branca entre Sacajawea e Skamokawa. Era uma viagem curta, mas que se pareceu interminável pelo silêncio no carro. Angela olhou para o rosto de Gunnar no espelho retrovisor; ele não parecia tão frágil como antes, mas não estava confortável. Nem Tommy, que fechara os olhos balançava para a frente e para trás, cantando uma música baixa para si mesmo.

"Você gosta de pescar, Tommy?", perguntou Angela, tentando distrair o menino.

Tommy não abriu os olhos. "Eu *gostava*", disse ele com a voz triste.

Gunnar olhou para Angela pelo espelho retrovisor, então ela não disse mais nada para a criança.

A rua Spruce tinha seis casas, três de cada lado, com terrenos de cinco acres, por isso geralmente não era um lugar movimentado. Mas Angela viu os carros esperando assim que Rob dobrou a esquina, três deles estacionados ao longo do meio-fio, além da viatura de outro xerife. Marlene Odell, da mercearia, estava encostada no carro, fumando um cigarro. Logan Prescott e Tom Brock também estavam lá, de braços cruzados. Uma família vizinha estava de pé no jardim da frente, do outro lado da rua, mantendo uma distância educada, mas determinada a ver o que pudesse. A visão da multidão esperando fez o estômago de Angela se embrulhar de pavor.

Ela viu Rob tocar em seu coldre antes de abrir a porta do carro, sentindo sua arma. O que diabos estava acontecendo?

"Liza não disse que estava tudo bem, Rob?", sussurrou ela.

"Isso é o que ela disse. Fique quieta, Angie. Estou falando sério desta vez."

Quando Rob disse a Gunnar e Tommy para esperarem no carro, o menino se contorceu. "Você pode perguntar se Glenn pode vir aqui fora?", perguntou Tommy com urgência.

"Pode deixar", disse Rob, e deu a Tommy um pequeno sorriso antes de sair.

Um cão preto magro e de grande porte guardava o quintal da casa, jogando-se contra a cerca enquanto latia com raiva. A casa de dois andares de Art era branca com detalhes em verde-escuro, e uma simpática caixa de correio de madeira dizia BRUNELL logo acima da abóbora sorridente recém-esculpida no chão. Só então Angela se lembrou de que o Dia das Bruxas seria em duas semanas. Ela havia esquecido completamente. Em

Sacajawea, os feriados começavam a ser celebrados com antecedência, com decorações minuciosas, como se fosse lei.

Angela seguiu Rob até onde achava que poderia sem ser advertida. Então, ela parou e postou-se como os outros, a alguns passos da varanda da frente. A varanda estava coberta com fitas laranja e pretas, mas o que chamou a atenção de Angela foi o falso cemitério ao lado dos degraus, um pequeno pedaço de solo plantado com três lápides cinzentas em tamanho decrescente; mamãe urso, papai urso e bebê urso. Ela não entendeu a piada. Não era nem um pouco engraçado.

A campainha tocou dentro da casa. Outra longa e silenciosa espera. Quando Liza abriu a porta, o senso de normalidade de Angela voltou rapidamente. "Que *merda* está acontecendo com Miko? Ele não para de latir", disse Liza, então ela abriu um sorriso para Rob. "Oi, Rob. Chegou rápido."

No entanto, o sorriso de Liza morreu quando ela olhou para além de Rob e viu todas as pessoas reunidas no seu quintal. Angela nunca tinha visto Liza empalidecer assim. "Qual é o problema?"

"Provavelmente nada, querida. Só preciso dar uma palavrinha com você e Art."

O rosto de Liza relaxou um pouco, mas ela não ficou satisfeita com a resposta. Voltou-se para Angela, olhando-a como se implorasse pela verdade. "Angie, o que está acontecendo?"

Angela desistiu de se segurar para ficar fora do caminho de Rob. Ela levaria uma bronca mais tarde, ela sabia, mas Liza estava com medo. "Está tudo bem, Liza", disse Angela, caminhando para a varanda. "Aconteceu uma coisa no centro."

"Liza, eu sei que isso parece estranho", disse Rob. "Mas houve um probleminha no rio hoje cedo, e eu preciso falar com Art. Ele pode ter visto algo."

Liza pegou a mão de Angela, apertando-a com força. Liza olhou fixamente para Rob, questionando-o, antes de voltar os olhos para os observadores reunidos na frente da casa. "É por isso que duas viaturas e metade da cidade estão acampadas na frente da minha casa? É, acredito, sim."

"Vamos conversar lá dentro, Liza", disse Rob calmamente.

Liza lançou um olhar irritado a Rob, então abriu caminho. "Ok, Rob, vocês dois podem entrar. Art está lá em cima assistindo ao noticiário, como eu disse a você no telefone. Ele acabou de voltar. Tinha saído para pescar com Glenn e Tommy Michaelsen."

"Angie tem que ficar aqui fora, Liza. Isto é um assunto particular."

Os olhos de Liza faiscaram. "Até onde sei, esta casa ainda é *minha*."

"Tudo bem", disse Rob, cedendo. Ele sabia que era melhor não irritar Liza; Angela se lembrava de como ele irritava Liza quando os dois namoravam no segundo ano do ensino médio. Rob pressionou a mão nas costas de Angela, guiando-a para dentro de casa. Ele fechou a porta atrás deles. O saguão parecia fumegante, cheirando a molho de tomate e alho. "Onde está Glenn agora?"

"Art disse que ele queria tirar um cochilo. Está no quarto dele."

"Você falou com Glenn quando ele chegou?"

"Não, Rob", disse Liza, irritada. "Eu estava na cozinha. Eles chegaram há uns quinze minutos, e Glenn estava cansado. O Glenn... *fez* alguma coisa?"

Art apareceu no topo da escada à esquerda do saguão, enfiando uma camisa xadrez por dentro da calça jeans. "Oi, Rob. Angie. O que está acontecendo?"

"Rob está perguntando sobre o Glenn", respondeu Liza.

"Glenn?" A jovialidade sumiu do rosto de Art. "Podemos ajudá-lo em algo?"

"Eu só gostaria de falar com ele, se estiver tudo bem. Houve um problema no rio e achamos que ele pode ter algumas informações para nós."

"Porra, Rob, eu estava lá com ele há menos de meia hora", disse Art. "Estávamos pescando. Tenho certeza de que Glenn não viu nada que eu não vi. Ele não poderia ter visto. O que está acontecendo? Você está escondendo alguma coisa." Havia rispidez na voz de Art. Ele tinha ficado ofendido.

"Art, desculpe, mas preciso ver Glenn. Depois de falar com ele, vou explicar tudo. É uma baita história e vale a pena esperar. Eu prometo."

"Rob Graybold, isso é alguma brincadeira de mau gosto?", perguntou Liza.

"Não, Liza. Não é uma brincadeira. Você pode me levar até o quarto de Glenn, por favor?"

Liza e Art trocaram olhares de confusão mútua, então Liza se juntou ao marido na escada acarpetada. "Venham, então", disse Liza com a voz ríspida, fazendo um gesto para subirem.

Ao pé da escada, Rob pressionou o dedo indicador suavemente contra a clavícula de Angela. Seu sussurro poderia muito bem ser um grito, pelo seu semblante. "Fique lá embaixo. Caso contrário, você vai voltar lá para fora. Diga 'Sim, Rob, entendi'."

"Desculpe, Rob", disse ela, envergonhada.

Rob seguiu Art e Liza, mantendo uma distância cuidadosa atrás deles nas escadas. Angela assistiu à procissão, de repente desconfortável por estar na casa. Ela não pertencia àquele lugar. O que quer que estivesse acontecendo com Art e Liza não tinha nada a ver com ela. Pensou que a melhor coisa seria voltar silenciosamente para fora. Mas não fez isso. Ela ficou ao pé da escada, apoiando a mão com firmeza na esfera de madeira que enfeitava o corrimão, esperando. Ela se sentiu fisicamente enraizada ali, como quando a árvore caiu. E o formigamento também estava lá, e desta vez não cessava.

Um instante depois, ela soube por quê. Angela sentiu um odor tão forte vindo do andar de cima que suas narinas arderam. Sua garganta se fechou com força quando levou a mão ao rosto para cobrir o nariz. Ela deu um passo para trás. "Jesus, vocês estão sentindo esse cheiro?"

Os três pararam para olhar para ela. Art e Liza estavam inexpressivos, mas Rob parecia impaciente. "Cheiro de quê?", perguntou ele.

Como eles *não* sentiam o cheiro? Tinha o cheiro dos matadouros pelos quais ela passara na Interestadual 5, no norte da Califórnia, um ensopado de fezes de vaca e hectares intermináveis de montes de carne podre. O cheiro era tão forte que Angela teve a impressão de andar por um curral de gado, com os tornozelos mergulhados na podridão. Ela balançou a cabeça e o cheiro enfraqueceu, mas ainda estava lá, vindo das escadas. De muito perto dela. "Vocês não estão sentindo cheiro nenhum?", perguntou ela.

Pelas expressões em seus rostos, a resposta foi não.

"É cheiro de quê?", quis saber Rob.

"É de... algo..." *Morto*, Angela queria dizer. Podre. Liza parecia exasperada, lançando um olhar para Angela que implorava para que ela não estendesse aquela visita. Pelo bem de sua amiga, Angela hesitou. "Não sei. Achei que fosse alguma coisa, mas..."

Rob suspirou, desistindo. Ele seguiu Art e Liza pelo corredor no topo da escada, e os três desapareceram. No andar de baixo, Angela farejou o ar outra vez. Seus braços estavam doloridos e formigavam, como se estivessem irritados com o cheiro; distraída, Angela se coçou, cruzando os braços. O cheiro estava mais fraco agora, mas ainda era pútrido. O que diabos poderia haver lá em cima?

E por que os outros não sentiam o odor também? Era impossível *não* sentir.

Angela *queria* seguir as instruções de Rob. Ele já estava irritado com ela, e ela não queria causar problemas de verdade. Apesar disso, seu pé se ergueu instintivamente e ela apoiou o peso no primeiro degrau. Quando seu sapato afundou no carpete, o cheiro ficou mais nítido, mais próximo. Angela deu mais um passo. Outra vez, uma versão mais forte do cheiro surgiu. Seu estômago se revirou. Sujeira fétida. Carne podre fedorenta. *Dentro* da casa de Liza?

"Glenn, você tem visita!" Angela ouviu Liza chamar enquanto batia na porta mais próxima da escada. Quando Angela chegou ao segundo andar, ela viu pôsteres do Homem-Aranha decorando a porta fechada. O carpete cor de gelo no andar de cima estava manchado de lama, da escada até a porta de Glenn, e Liza percebeu isso ao mesmo tempo. "Art, que sujeira é essa?! Qual de vocês espalhou toda essa porcaria pela casa?"

"Ah, caramba, eu não vi isso. Desculpe, pequena. Vou limpar."

Angela se aproximou mais, farejando o ar. Estava mais perto agora, sobre ela. Quando a força total do cheiro a tomou, ela não teve mais dúvidas sobre a fonte porque estava bem à sua frente: o fedor flutuava de Art. Nem se ele tivesse passado a tarde rolando em cocô de vaca e carne em decomposição estaria cheirando mal daquele jeito. Angela sentiu sua garganta latejar ao se aproximar de Art e cheirar seu ombro. *Argh.* O que no mundo faria alguém feder assim? O cheiro não era...

"Estamos entrando, querido", disse Liza, abrindo a porta.

Tarde demais, Angela percebeu que não queria estar ali. Ela deveria ter esperado do lado de fora. Deveria ter ficado no cais. Deveria ter ficado no portão de Sean Leahy. Seus braços formigantes tentaram avisar o tempo todo que ela não iria gostar de estar naquele lugar. Mas ela *estava* lá, e os movimentos das três pessoas ao seu redor adquiriram uma característica surreal. Quando os três entraram no quarto de Glenn, Angela ficou parada na porta com a sensação de estar observando suas ações através de um vidro esfumaçado.

Os lençóis tinham sido arrancados da cama, revelando o colchão coberto de plástico. Havia uma forma de pouco mais de um metro enrolada com firmeza nos lençóis sobre o colchão, deitada. Precisamente no centro, na vertical. Imóvel. Poderia ser Glenn, mas ele não estava tirando uma soneca.

"Que diabos está fazendo? Você não consegue respirar assim! Isso *não é engraçado*, Glenn Brunell!", gritou Liza, furiosa e alarmada. Ela agarrou os lençóis enrolados na cabeça de Glenn, ou onde a cabeça deveria estar. Depois de alguns puxões hábeis, um pé pálido apareceu e caiu mole sobre o colchão. O queixo de Angela caiu. Por um momento, ela até se esqueceu do fedor.

Liza gritou em pânico. "*Me ajudem a desembrulhá-lo!*"

Angela, ainda se sentindo como se estivesse testemunhando o pesadelo de outra pessoa, não conseguia se mexer. Mas Art se juntou a Liza, puxando descontroladamente as dobras dos lençóis, tentando libertar Glenn. Angela ouviu Rob dizer algo em seu rádio, as palavras saindo como rajadas de metralhadora, mas ela não conseguia entender. Percebeu que ele estava falando em códigos. Ele também sacou sua arma, uma Glock preta. Angela reconhecia uma Glock quando via uma.

"Art, vá até a janela. *Afaste-se da cama*", disse Rob.

Ou Art não ouviu as instruções de Rob ou fingiu não as ouvir, porque ele juntou o amontoado de roupa de cama em seus braços. "Não, não, Liza, deixe que *eu* faça isso", disse Art, e enquanto Liza olhava com horror, Art jogou a trouxa pesada sobre a cama, e Glenn quase caiu no chão. Conforme os lençóis se afrouxavam, Angela teve um vislumbre do cabelo ruivo de Glenn. O sangue dela virou chumbo.

"Art, *pare com isso!*", gritou Liza, agarrando o braço do marido.

Art levantou a trouxa de novo, os nós de seus dedos estavam brancos como marfim. Com um grunhido, arremessou Glenn para longe, tentando desenrolar os lençóis. Desta vez, uma ponta do tecido caiu da cabeça e Angela viu o rosto manchado de lama de Glenn. A ponta da língua de Glenn pendia de sua boca, inchada e roxa. Os olhos turvos do menino estavam arregalados. Seu pescoço se curvou ligeiramente quando Art ergueu a trouxa em seus braços com outro grunhido. O rosto do menino morto olhando diretamente para Angela estava de cabeça para baixo, balançando sobre o braço de Art.

"Ele está de pé agora", disse Art, sorrindo. "O que você queria perguntar a ele, Rob? Se você tem uma pergunta, basta dizer. Liza está fazendo o jantar e meu apetite voltou, então estou pronto para comer. Glenn e eu acabamos de voltar da pesca."

O tímpano de Angela estourou de dor quando Liza começou a gritar.

Dezessete

OAKLAND
Quarta-feira à noite

Tariq acordou do sonho mais maravilhoso com latidos incessantes.

O sonho era assim: ele estava pescando, passando um tempo agradável com seu filho. Ele não era ele mesmo no sonho, nem o menino era seu filho verdadeiro. Mesmo assim, era bom observar o menino e seu amiguinho lançando as linhas, apontando quando a isca estava muito solta nos anzóis, e insistir para que não puxassem as linhas muito rapidamente da boca dos peixes famintos.

No instante mais memorável do sonho, ele surpreendeu seu filho mergulhando a cabeça dele na água lamacenta. Ele viu bolhas de ar correrem para a superfície da água enquanto o menino tentava gritar. *Ele não sabe que precisa* SEGURAR A RESPIRAÇÃO *debaixo d'água?* Foi uma luta boa. Uma luta valente, para uma pessoa tão pequena. Contorcendo-se, chutando, arranhando. Tariq se perguntou por um instante se não deveria soltar o menino e deixá-lo entender a experiência. Deixar que ele risse disso, porque era tão bobo, na verdade, alguém tão fraco lutar contra alguém tão forte. Uma vez que ele realmente entendesse isso, o menino poderia ter rido até a barriga doer.

Mas foi Tariq quem sufocou o menino no sonho, porque ele entendeu que o mais puro prazer da experiência seria quando a luta cessasse, uma espécie de simetria parental. Como era aquela frase mesmo? *Eu trouxe você a este mundo e posso tirar você dele.*

Além disso, ele tinha que matar o menino. *Tinha*, porque a morte do menino havia sido decidida. A mãe dele deveria ser punida, porque aquela *vadia* a estava usando, se comunicando através dela. No sonho, Tariq havia explicado isso para o menino de antemão — era melhor lidar com as pessoas com franqueza, mesmo as pequenas, e até mesmo as pessoas que viviam em sonhos. Ele disse, *Eu tenho que te matar, Glenn.* Sim, ele lembrou, o menino do sonho se chamava Glenn. E a melhor parte? Quando ele disse isso, o menino apenas sorriu, pronto para enfrentar a situação como um homem.

Quando acordou, Tariq ficou triste por ser expulso do sonho. Ele estava excitado, uma sensação deliciosa de desejo físico que adoraria explorar, mas não conseguia lidar com sua ereção no momento por causa dos latidos. Aquele latido barulhento e irritante estava lá fora, chamando sua atenção. Tariq não queria que nenhuma atenção fosse trazida à sua porta.

A casa estava escura, a luz do entardecer morrendo pelas janelas. Ele percebeu que devia ter dormido durante todo o dia. Sentou-se na cama e piscou, olhando com surpresa para a bagunça profana diante dele. Ele pareceu se lembrar de uma época, não muito tempo antes — talvez tenha sido *ontem* —, quando aquele fora um lugar muito bom para se viver. Havia alguma ordem, alguma organização. Móveis em pé, revistas e correspondências empilhadas, televisão de tela grande intacta, sossego.

Decidiu que na próxima vez que precisasse bater em alguém, ele faria isso com mais compostura. Por que destruir um aparelho de televisão caro arremessando alguém nele? Era mais importante querer ter razão jogando uma mesa de centro ou manter um pouco de ordem na sala? Ele gostaria de poder entrar no cômodo sem tropeçar em coisas quebradas. Ele gostava de ter uma sala de estar arrumada. Isso lhe dava paz de espírito. Ele deveria ter pedido ao hipócrita do DuShaun para resolver aquilo com ele lá fora, do jeito que os caubóis e brigões de bar corteses faziam.

Perder a paciência fora infantil. Se ele estava bravo porque DuShaun se afastara da luta em vez de encará-la como um homem, ele deveria ter ido atrás dele. Ele deveria tê-lo atropelado com seu Land Cruiser, esmagando-o contra a parede. Merda, ele tinha um taco de beisebol no armário — por que não correra atrás de DuShaun e batera a nuca dele nos assentos baratos? De que adianta ir de cômodo em cômodo, quebrando as coisas?

Tariq se sentiu um bobo por isso. Ele precisava aprender a controlar seu temperamento. Ele ainda não tinha dominado o conceito de respirar fundo e contar até dez. Não era isso que Angie sempre dizia?

Mais latidos, desta vez com ganidos e arranhões frenéticos em sua porta.

"Estou indo!", gritou Tariq, e os latidos pararam.

Tariq acendeu a luz da varanda e abriu a porta. O cachorro estava ansioso para entrar antes, mas se encolheu ao ver Tariq, colocando o rabo entre as patas, tentando desaparecer no alpendre de cimento. Merda de bola de pelos.

"Bem, já era hora, coisinha", disse Tariq.

Um maldito poodle preto. Nem para ser um poodle padrão, um animal nobre, companheiro de um caçador. Em vez disso, aquele era um daqueles miniaturas. Um maldito poodle toy com orelhas esvoaçantes e peludas, mais parecido com uma boneca do que com um animal. Tariq se inclinou para ver a coleira do cachorro e sentiu os membros do animal tremendo.

ONYX, dizia a etiqueta. Pelo menos era o cachorro certo. Essa parte correu como deveria.

E quanto ao resto? Tariq saiu. Ele viu seu Land Cruiser estacionado na garagem, onde estava desde que dirigira da Livraria Marcus para casa na noite passada. Isso não era o que ele esperava, de forma alguma. *Filho da puta.*

Mas, espere...

Meio quarteirão descendo a rua, perfeitamente iluminada pela luz laranja do poste, ele viu a pintura verde-oliva de sua kombi, estacionada e esperando. O revestimento cromado parecia mais brilhante do que há muito tempo. Tariq apalpou o bolso, tirando uma única chave pendurada em um chaveiro. Ele sorriu. Gostava quando as coisas corriam bem. Quando as coisas se encaixavam.

O cachorro, sentindo-se mais corajoso, começou a cheirar os sapatos de Tariq, pronto para recuar ao menor incentivo.

"E aí, gosta do seu novo papai?", disse Tariq.

Depois de farejar com mais cuidado, o rabo do cachorro balançou. Ele latiu, pulando, suas unhas arranhando as panturrilhas de Tariq. Os arranhões irritaram Tariq, mas ele manteve a cabeça fria. Ele e o cachorro tinham que se dar bem, pelo menos por um tempo. Tinham um trabalho a fazer.

Tariq jogara todo o conteúdo da geladeira no chão durante seu chilique na noite anterior, então ele levou o cachorro para a cozinha para deixá-lo lamber o linóleo. Isso o satisfaria. No entanto, ele pegou o balde de KFC velho antes que o cachorro pegasse. Ossos de frango não eram bons para cães. Ele não podia deixar Onyx engasgar, não antes de ser devolvido à sua dona de direito.

Era assim que funcionava. O *baka* tirava, e o *baka* devolvia.

"*Bon appétit*", disse Tariq. "Aprecie a refeição. Eu tenho que fazer as malas."

Ele não precisaria de muito, mas havia algumas coisas que ele queria levar com ele agora que sua kombi retornara, o renascimento completo.

Ele precisava de roupas limpas, seu barbeador elétrico, seu conjunto de halteres, seu taco de beisebol, algumas facas afiadas das gavetas da cozinha, um pouco de corda da garagem.

O básico.

E ele não tinha muito tempo. Por mais que Tariq odiasse ser apressado, ele estava com pressa. Tudo se resumia àquele filhinho da mamãe chorão e tagarela, DuShaun. Havia uma centena de maneiras diferentes de Tariq ter calado a boca dele para sempre na noite anterior, mas ele não fizera isso. Ele *não o fizera* por razões que o desconcertariam para sempre. E por causa daquele descuido, ele tinha que sair agora, porque DuShaun estava no Oakland International para buscar Harry naquele exato instante, esperando do lado de fora do portão de desembarque. Certo, era difícil acreditar que Harry viajaria de Atlanta por causa de uma surra à moda antiga. Surras não eram novidade para Harry; seu pai tinha batido muito neles e nas suas irmãs, pior do que a surra que DuShaun tinha levado. Mas irracional ou não, seu irmão estava chegando em um voo da United naquele exato minuto. DuShaun planejava trazer Harry para sua casa, e então os dois iriam surpreendê-lo lá, ou pelo menos era isso que eles planejavam. Até Reese poderia aparecer. DuShaun também ligara para ele.

Isso não era uma merda?

Bem, eles teriam que fazer sem ele aquela festa de programa de reabilitação. Por mais tentador que fosse ficar lá e ouvir o que eles tinham a dizer, havia um princípio considerável na questão: você não mata pessoas só porque elas o irritam. Isso era insensato e ruim. Sempre que possível, você só mata as pessoas que deveria matar. As pessoas que *precisam* morrer.

Por exemplo, seu lindo sonho de pesca. Tariq apreciou o simbolismo do sonho: ele e o menino estavam *pescando*. Isto é, pescando respostas. Pescando soluções. Para lições.

Ele deveria dar uma lição naquela *vadia*. A audácia dela era impressionante, mesmo agora. Ela não tinha aprendido nada, mesmo depois de todo esse tempo. Ela havia realmente pensado que só porque sua carne havia morrido, não havia mais nada para aprender? Ela realmente esperava esconder o que sobrou da sua linhagem? O espírito insípido dela o perseguira por mais de dois anos, lutando para confundi-lo, para desfazer seu futuro. Tariq sabia que ela ainda estava observando, e esse conhecimento o mantinha atracado à sua empreitada. Focado, como ele costumava dizer.

Nem DuShaun, nem Harry, nem Reese faziam parte de sua empreitada. E aquele intrometido esquisitão do irmão Paul também não fazia, por mais que Tariq quisesse lhe fazer uma visitinha. *Tão perto, irmão Paul, tão perto. Você teria morrido no processo porque subestimou com o que estava brincando, mas aquela* vadia *estava tentando trabalhar através de você. Ela é forte, a* vadia.

Talvez ele decidisse sobre o irmão Paul outra hora, outra noite. Deixe que ela assista também. Que ela veja mais inocentes sofrerem.

"Continue assistindo, *manbo*.* Onde estão seus amigos Xangô e Oyá agora, sua vadia pomposa? De que adianta a sua palavra roubada agora?" disse Tariq. Ele jogou as roupas em sua mochila de couro para que ele e Onyx pudessem sair sem interferência ou sermões.

Marie Toussaint teria muito a que assistir agora.

Tariq Hill estava prestes a cair na estrada.

---

* Termo feminino utilizado para referir-se à pessoa do mais alto escalão no vodu haitiano, isto é, uma sacerdotisa. (N. T.)

Dezoito

SACAJAWEA
Quarta-feira à noite

Não havia nenhuma reunião oficial agendada nas salas da Câmara Municipal de Sacajawea, na parte de trás do tribunal, mas às 20h a sala estava lotada com mais de 150 pessoas, seus rostos brilhando com as luzes fluorescentes no alto. Os assentos já estavam ocupados havia muito tempo, mas mais pessoas teriam vindo se tivessem avisado com maior antecedência. Um policial postado na porta garantia que ninguém com menos de 18 anos entrasse, nem mesmo com um dos responsáveis. *"Problema de gente grande"*, dizia o policial aos adolescentes, que circulavam como falcões. Era uma multidão que parecia estar raivosa, Angela notou. Os rostos exibiam caretas céticas, e muitas das pessoas reunidas estavam se contorcendo, prontas para um confronto.

Angela piscou e as lágrimas escaparam de ambos os olhos. Ela se virou para procurar Myles. Guardara um lugar para ele próximo ao pilar central, nos fundos, não muito longe da porta, na esperança de que ele chegasse a tempo. Por mais que ela tivesse odiado ter que avisar alguém do *Lower Columbia News*, Myles tinha que estar presente. Mas onde ele estava? Ela ligara para ele 45 minutos atrás.

Rob e Melanie foram para a frente da sala e as pessoas se afastaram para deixá-los passar. Eles estavam de mãos dadas, sem olhar para ninguém enquanto caminhavam. Rob estava vestindo seu uniforme, mas levava seu chapéu na mão. Ele e Melanie se colocaram entre a bandeira americana e o emblema de Sacajawea pintado na parede; uma colagem de uma águia, um mapa da trilha de Lewis e Clark e o perfil de cabelos compridos da homônima da cidade, Sacajawea. A reunião estava prestes a começar.

Angela procurou Myles novamente. Desta vez, ela viu serpentear porta adentro uma pessoa usando uma camisa azul-escura, uma tonalidade emprestada das ruas de Roma, e ela soube que era ele. Nenhum outro homem em Sacajawea tinha uma camisa social dessa cor. Myles estava tentando abrir caminho pela multidão na porta usando o ombro, e tinha um caderno de repórter fino preso entre os dedos.

O policial deu um tapinha no ombro de Myles. "Desculpe, senhor. Sem imprensa."

"Colin, dá um tempo. Eu não trouxe nenhum fotógrafo e eu moro aqui."

O policial hesitou, então acenou para que ele entrasse, apesar dos resmungos ao seu redor. Myles correu para o lado de Angela. Ele se inclinou, beijando sua bochecha. "Você está bem?", sussurrou ele.

Ela balançou a cabeça. "Sim", respondeu. A resposta mais precisa era uma longa história, mas a essência dela era sim, ela estava bem, na medida do possível, considerando o que tinha visto naquele dia. Tudo o que ela notara na última hora foram uma dor de cabeça e espasmos ocasionais nas pernas, quando pensou que elas iriam se dobrar sob ela. Mas até mesmo isso estava diminuindo. Ela estava melhor do que pensava.

No pequeno palco montado na frente, um técnico entregou a Rob um microfone conectado a um pequeno amplificador, e Rob colocou seu chapéu no pódio onde Art normalmente comandava as reuniões do conselho municipal. Quando Rob levou o microfone à boca, o amplificador guinchou alto, fazendo algumas pessoas perto do palco gritarem de surpresa. Rob largou o microfone. "Ouçam, é... Eu não vou usar isso. Todo mundo consegue me ouvir?"

O grupo murmurou que sim. As conversas à deriva na parte de trás cessaram, e quando Rob recomeçou a falar, a sala estava tão silenciosa que ele não precisou levantar a voz. Os olhos dele brilhavam como bolas de gude vermelhas.

"Obrigado a todos por terem vindo", disse ele, e teve que limpar a garganta duas vezes antes de continuar. "Estas são circunstâncias incomuns, e eu agradeço por vocês terem vindo ouvir o que tenho a dizer. Eu não conseguia pensar no que mais fazer a não ser convocar uma reunião municipal, já que os telefones do meu escritório estavam tocando sem parar. Em vez de contar a um de cada vez, achei melhor contar tudo a todos de uma vez. Assim, não há mal-entendidos. Mas, por favor, tenham paciência comigo. Este foi o dia mais difícil da minha vida, pior do que qualquer dia que tive no Golfo."

Seu público havia se transformado em pedra, esperando para ouvi-lo.

Rob respirou fundo enquanto Melanie esfregava seu antebraço. "Art Brunell foi preso e está sob custódia na nova prisão. Sinto em dizer que Glenn Brunell morreu hoje cedo. Art o levou para pescar... e enfiou a cabeça dele debaixo d'água e a segurou até que ele se afogasse. Esses são os fatos que me foram apresentados. Art afogou Glenn hoje. Uma testemunha ocular afirmou que Art fez isso de propósito, com a intenção de matá-lo."

Angela ouviu Myles soltar um suspiro dolorido. Ela disse a ele o que sabia ao telefone, mas o relatório de Rob ainda era chocante, reduzido a seus fatos horríveis.

Rob tentou continuar, mas o público explodiu, abafando suas palavras. "Isso é *mentira*!", gritou com a voz rouca um homem alto de barba abundante do outro lado da sala. Ele deve ter capturado o sentimento dos presentes, porque seus protestos ficaram mais altos. Rob teve que esperar muito tempo por uma calmaria. Ele aguardou pacientemente, permitindo que eles desabafassem até que a sala ficasse quieta de novo.

"Alguns de vocês conhecem parte da história, e vocês sabem a idade da testemunha envolvida, então entendo por que vocês têm suas dúvidas. Mas houve outros desdobramentos, pessoal. Outros se apresentaram." A sala ficou em silêncio, esperando. Angela não tinha ouvido falar sobre outros desdobramentos. Ela passara as últimas duas horas tentando ajudar a mãe de Liza a impedir que Liza gritasse.

"Há mais duas testemunhas. Uma afirma que Art disse a ela no mercado esta manhã que iria matar seu filho hoje. Naquele momento, a testemunha achou que era uma piada, mas agora ela não acha. Outra me disse que Art fez um seguro de vida de 50 mil dólares para Glenn em Longview ontem. Liza disse que não sabia nada sobre isso, e eu acredito nela. Mas recebemos uma cópia da apólice."

"Isso não significa *merda* nenhuma!", gritou o mesmo homem barbudo, sua voz mais rouca do que antes.

"Rourke, eu odeio isso mais do que você", disse Rob. "Eu estive na casa hoje. Eu vi o corpo de Glenn. Tive que algemar Art. Sei como você se sente. Mas preciso dizer, sem revelar muitos detalhes, que Art estava se comportando de um jeito muito, muito errático. E eu sei que não houve um julgamento ainda..."

"É, não houve mesmo!", gritou uma mulher atrás de Angela, sua voz tinha uma rouquidão raivosa. Angela se virou e reconheceu a mulher corpulenta como uma das primas de Art.

"Eu entendo, Sarah. Eu entendo. Mas preciso te dizer com franqueza, isso tudo não é nada bom. Art está enfrentando a séria possibilidade de uma pena de prisão, mesmo que seja declarado um afogamento acidental. E não podemos manter isso fora da imprensa. Vejo que Myles está aqui..."

Angela sentiu uma pontada de culpa quando o público se virou para olhar para Myles, seguindo o olhar de Rob. Agora, a raiva que fervia na sala era direcionada a eles, o calor de mais de uma centena de pares de olhos. Angela não se sentia uma estranha assim há anos.

"Mas não podemos culpar Myles", disse Rob. "Uma estação de TV em Portland quase enviou alguém aqui esta noite, só que eu os barrei. Todos nós queremos fazer o melhor que podemos por Art e Liza, mas não há como manter isso em segredo. Amanhã, a esta hora, as câmeras de TV estarão aqui. E talvez não apenas de Portland. Certo, Myles?"

"Talvez", disse Myles, com a voz rouca. "Ele é o prefeito e, infelizmente, há uma criança envolvida. Eu não ficaria surpreso se uma emissora noticiasse isso. É possível."

Houve novos murmúrios de raiva e surpresa. Do palco, Melanie murmurou a pergunta *O quê?* para Myles. Ela parecia desolada porque estranhos iriam saber da vida deles.

"Bem, Art sempre quis ser o centro das atenções, e ele está prestes a conseguir isso", disse Rob; uma piada macabra, e algumas pessoas até riram. "Não importa como tudo acabe, temos amigos que precisam de nossas orações. Liza está... bem, ela não está bem. Está na casa dos pais. Se você for um amigo, não tenha medo de ir visitá-la, mas espere um ou dois dias." Ele fez uma pausa, distraído momentaneamente por seus pensamentos sobre Liza. Essa pausa forçou Angela a interromper os próprios pensamentos, porque ela não podia se permitir pensar em Liza. Angela tinha uma noção de como Liza se sentia naquela noite, e ela nunca desejaria isso para um inimigo, muito menos para uma amiga. Liza não tinha dito uma palavra coerente desde sua visita ao quarto de Glenn.

Rob estava exausto, obviamente à beira das lágrimas. "Podemos nunca descobrir o que aconteceu aqui, ou por quê. Meu cérebro não compreende isso, e nem o de vocês vai compreender, depois que vocês ouvirem toda a história. Acreditem em mim quando digo isso. Mas todos nós nesta sala, em nossos corações, sabemos que Art Brunell não queria matar aquele menino. Art amava Glenn, e ele preferiria ir para o inferno a machucar seu filho. Sabemos isso sobre Art Brunell, porque esse é o Art Brunell que conhecemos."

Houve um burburinho, e por um instante o lugar virou uma concentração de améns. Angela e Myles murmuraram com eles.

"Não sou pastor como meu pai e meu avô, mas vamos abaixar nossas cabeças por um minuto", disse Rob.

Esse minuto durou mais de cinco. Ninguém na sala sequer tossiu.

* * *

Angela não estava dormindo quando ouviu as batidas leves na porta de seu quarto de hotel às 2h, mas ficou olhando para a porta por um longo tempo sem se mover, se perguntando se enfim já estaria sonhando.

"Angie?", sussurrou a voz de um homem atrás da porta.

Ela saltou da cama, assustada. Se olhou no espelho para ver se estava vestida decentemente, e estava. Vestira o pijama após seu longo banho em vez de colocar uma camiseta como costumava fazer, em busca de conforto. A seda acalmava sua pele. A luz das velas na sala aquietara sua psique e seu espírito. Após a reunião, sentindo-se insegura e infeliz, ela comprara duas grandes velas brancas no Triangle Mall; uma queimava na mesa de cabeceira, a outra na cômoda, colorindo o quarto com uma luz amarelada bruxuleante. Vovó Marie sempre acendia velas em momentos importantes, quando precisava fazer orações ou quando precisava se fortalecer. Seu quarto agora cheirava a baunilha, outro conforto.

Qualquer coisa que ajudasse a esquecer aquele outro cheiro, ou pelo menos tentasse ajudar a esquecê-lo.

Quando Angela abriu a porta, viu Myles encostado no batente. Ele havia afrouxado a camisa e estava com a gravata em volta dos ombros. Seus olhos pareciam horríveis.

"Você está com sorte", disse ela. "Eu tenho uma cafeteira."

"Deus te abençoe, moça", disse ele. "Mas sem cafeína. Eu preciso dormir hoje à noite."

"Chá de ervas?"

"Perfeito."

As duas xícaras de chá de ervas que Angela tomara antes de dormir não haviam ajudado muito, e com Myles provavelmente não seria muito melhor, mas ela não queria destruir suas esperanças. Talvez o sono viesse mais fácil para alguém que não tinha visto o corpo de Glenn pendurado nos braços de Art.

Myles atravessou a sala e desabou na poltrona ao lado das cortinas listradas, fechadas contra o céu noturno. Ele olhou para a frente, sem falar, e seu silêncio não a incomodou. Angela estava feliz por ter algo para resgatar sua mente, mesmo que fosse apenas encher a garrafa da cafeteira com água, conectá-la à tomada e ligá-la. Observando-a, Myles respirou fundo e suspirou como se estivesse tentando limpar os pulmões. "Acabei de falar ao telefone com a mãe de Art", disse ele.

"Você ligou para ela tarde da noite?"

Seus olhos tristes encontraram os dela. "Não. Eu estava no escritório e ela me ligou. Ela queria que eu evitasse a publicação da matéria sobre a prisão de Art. Eu tive que dizer a ela que não poderia fazer isso."

"Eu sei", disse Angela, embora pedisse a Deus que ele pudesse. Ela esperava que sim.

"Ela acha que estou querendo uma grande história. Ela me chamou de 'espertalhão oportunista'."

"A sra. Brunell disse isso?"

"Logo antes de desligar. Foram exatamente essas palavras. Art e eu fizemos um projeto para um jornal escolar juntos no último ano, e ela me convidou para jantar algumas vezes. A mãe dele foi a primeira pessoa que me disse para não ter medo de ir até Nova York para fazer faculdade. Ela disse que mudaria minha vida, e estava certa. Agora eu sou um espertalhão oportunista."

Angela estava sentada de pernas cruzadas no chão, aos pés de Myles. "Não leve para o lado pessoal, Myles. As mães são ferozes quando se trata de proteger os filhos. Eu sei, eu era uma."

Myles estremeceu. "As coisas que você diz às vezes...", disse, balançando a cabeça. Ele apoiou a palma da mão, firme e pesada, no topo da cabeça dela. "Eu odeio que você tenha passado por isso. E agora Liza e Art, *merda*. Parece que ele quebrou, Angie."

A voz de Angela ficou mais suave. "Eu vi. Ele quebrou mesmo." Ela fez uma pausa, decidindo que aquilo não estava certo; era um termo preciso, mas não era suficiente. "Algo o fez quebrar."

Gentilmente, os dedos de Myles massagearam o couro cabeludo dela. "Sinto muito que você tenha visto isso. Eu realmente sinto."

"Bem, a parte boa é que eu estava lá por Liza. Fico me lembrando de como ela tentou vestir um suéter em mim naquele dia em que encontramos Corey. Em julho! Eu pensei: *Por que ela está fazendo isso?* Então ela me disse que eu estava tremendo, e eu realmente estava. Da cabeça aos pés." Ela havia se esquecido disso até aquele dia, ao ver Liza tremendo. Outra memória perdida daquele dia.

"Liza teve sorte de você estar lá. Todos temos sorte de tê-la aqui."

Surpreendentemente, Angela percebeu que a dança leve das pontas dos dedos de Myles em seu couro cabeludo estava causando uma sensação de calor em sua cabeça. Merda. Mesmo agora, seus hormônios não conseguiam parar quietos.

"Vou ver a sua água", disse ela.

"Não, deixe por enquanto", disse Myles, fechando os olhos.

Se Angela não estivesse tão cansada, e se o dia tivesse sido diferente, ela teria perdido a esperança de conseguir respeitar o compromisso dele com outra mulher. E mesmo com as coisas naquele estado, ela não conseguia confiar em si mesma. Estava tendo dificuldade de pensar em motivos para continuar vestida. Aprendera a afogar suas mágoas no sexo há muito tempo, quando criança. Só que os pecados eram punidos, não eram? Os pecados eram punidos, mas às vezes a punição vinha sem pecados. Às vezes, a punição apenas chegava.

"Você consegue notar, Myles?", disse Angela. Ao falar essas palavras, ela teve arrepios.

Ele abriu os olhos, olhando para ela a fim de tentar entender o que ela queria dizer. Então, sua cabeça caiu para trás contra o encosto. "Sim. Estou notando algo. Primeiro Corey. Depois, June McEwan tenta estrangular seu irmão. Rick Leahy entra na frente de um caminhão carregado de madeira, sorrindo. Agora, Art afoga seu filho. Uma série de atos violentos e irracionais, como uma lenta histeria em massa. Mas o que isso significa? O que está causando isso? Isso é o que eu não sei." Myles esfregou as têmporas, suspirando.

Não, ele ainda não notou, Angela percebeu, desapontada. Ela teria que guiá-lo devagar. "É uma maldição, Myles", disse ela. "Tudo começou com uma possessão que deu errado em 1929."

Myles afagou sua cabeça. "Ouça o que está dizendo, boneca. Não posso publicar isso em um jornal."

"Tudo em que você acredita tem que ser algo publicável no jornal?"

"As pessoas estão com medo, Angie. Elas querem saber o que está acontecendo."

"Estou só conversando com Myles Fisher. O que *você* acha que está acontecendo?"

Myles endireitou o corpo, cruzando as mãos entre os joelhos. Ele parecia relutante em falar. "Angie, eu não ia te contar isso..."

Antes que ele pudesse terminar, Angela se sentiu murchar. Ela pensou na música do The Wiz, "Don't Nobody Bring Me No Bad News". Até aquele momento ela estava se saindo bem no âmbito das coisas horríveis que sabia, mas estava cheia.

"Aquela história que Liza lhe contou, aquela sobre a banheira, não é verdade", disse Myles.

"Como você sabe disso?", perguntou ela.

"Em 1929, apenas um dos seis filhos de Hal Booth ainda morava com ele. Os outros eram todos homens adultos, tinham saído de casa havia tempos. A mais nova era uma menina, Maddie, que tinha 16 anos na época."

"Maddie...", repetiu Angela, quase reconhecendo o nome.

"É a minha mãe. Seu nome de solteira era Maddie Booth. Hal Booth era seu pai, e ela era a criança da história. Mas nesses trinta anos ela nunca me disse uma única palavra sobre isso, e minha mãe sempre me contou muito sobre a história da família, sobretudo depois que começou a ficar doente. Ela queria que eu soubesse de tudo, as coisas boas e as ruins. Não acredito que o incidente da banheira tenha acontecido, Angie, nem com ela, nem com seus irmãos. É uma história apócrifa, um tipo de lenda da cidade. E estou preocupado que, se você passar muito tempo atrás de velhas histórias de fantasmas, perderá a chance de encontrar a verdade."

A mãe adotiva de Myles estava na banheira! Nunca ocorrera a Angela que a criança ainda estivesse viva, mas dona Fisher tinha pelo menos 90 anos. "Ela pode não se lembrar", disse Angela. "Depois que o demônio foi expulso."

O olhar de Myles estava triste, e ela entendeu. Ele achava que ela estava tendo um colapso nervoso também. Se sua teoria da histeria em massa fosse verdadeira, Angela era a candidata perfeita a levar uma criança para pescar ou a se enfiar na frente de um caminhão. Ela não esperava que fosse fácil convencer alguém sobre tudo aquilo, mas esperava que Myles fosse a pessoa que acreditaria. "Você não acha estranho que isso tenha acontecido um dia depois que Liza me contou essa história?", perguntou Angela.

"Claro que é um momento estranho. É tudo estranho. Mas isso não torna a história verdadeira."

"Você acreditaria em mim se eu dissesse que senti o cheiro hoje?", perguntou Angela.

"Que cheiro?"

"Seja lá o que for, senti o cheiro da coisa que levou Art a fazer isso. O cheiro vinha dele, Myles. Estávamos na escada e ninguém mais o sentia. Mas estou te dizendo, era um cheiro que não passaria despercebido. Estava impregnado em Art. Antes de Rob abrir a porta do quarto, eu sabia que Art tinha feito algo horrível. Eu senti o cheiro nele. Eu sabia." Angela viu a preocupação surgir nos olhos de Myles, que ficaram mais alertas. Ela devia estar parecendo uma paciente psiquiátrica. Mas ela era uma paciente psiquiátrica, não era?

"Adrenalina?", sugeriu Myles. "Art estava nervoso. Ele provavelmente estava ocultando..."

Angela balançou a cabeça por um longo tempo. "Não, Myles. Este cheiro era de algo que não era humano. Algo não vivo. De outro lugar."

Ele acariciou seu rosto com um olhar triste. "Não posso embarcar nessa com você, Angie. Quase sempre há outra resposta. Você apenas não consegue processar o quão monstruoso tudo isso tem sido."

"Mas e se for real e estiver bem na nossa frente?"

"Se eu achasse que era real, descobriria como combater isso. Inventaria um plano."

"Eu tenho um plano. Preciso conversar com a dona Fisher."

"Eu sabia que você diria isso. Você pode tentar falar com ela, mas não irá longe. Ela fica lúcida cada vez com menos frequência, e eu valorizo esses momentos. Mas ela quase não fala. É perda de tempo."

"Eu deveria visitá-la, de qualquer maneira."

"Tudo bem. Apareça depois que eu sair do trabalho amanhã ou depois de amanhã, se eu ainda tiver algumas células cerebrais sobrando. Vai ser divertido. Eu vou fazer o jantar. Acho que nunca cozinhei para você. Eu não sou ruim na cozinha. Cozinho bem, principalmente pratos cubanos." Suas frases eram apressadas, murmuradas. Myles estava exausto, quase dormindo em pé. Angela pensou que talvez ele tivesse bebido a caminho do quarto dela.

"Tenho certeza de que você é bom em qualquer coisa que se dedique a fazer", disse ela.

Com isso, Myles sorriu. À luz das velas, o rosto dele parecia ébano polido e seus dentes, as teclas brancas de um piano novo. Ele provavelmente estava feliz por ter encerrado a parte maluca da conversa, a parte que o fizera se perguntar se ela estava sã.

O olhar entre os dois de repente pareceu longo demais. Perigoso.

"A água já ferveu", disse ela, levantando-se. Ela sentiu os olhos dele observando-a atravessar a sala e se perguntou se a luz das velas permitia que ele apreciasse as curvas de suas nádegas através da calça de seda. Ela não estava usando nada por baixo, o que ele provavelmente podia ver muito bem. Ela pensou em tirar as calças enquanto caminhava, mas quando tentou fantasiar sobre montar em Myles na cadeira, tudo que ela via era a língua roxa e inchada de Glenn Brunell. Então a memória daquele cheiro voltou.

Angela procurou o rosto de Myles atrás dela no reflexo do espelho enquanto estava em frente à pia, na esperança de afastar o rosto de Glenn e a consciência de como o mal cheirava de perto. "Estou feliz que você veio", disse ela. "Eu precisava de companhia. Só espero que você não se sinta culpado amanhã, Myles."

"Se eu tivesse um motivo para me sentir culpado", disse ele, "não teria vindo."

Touché. Angela cutucou o saquinho de chá na caneca com uma colher, irritada. Ele havia se treinado para não observá-la mais daquele jeito, puramente por lealdade a alguém com quem ele namorava havia seis meses?

"Luisah não está muito feliz comigo", disse Myles.

Angela se virou, ficando de frente para ele. Myles envolvia a gravata em uma das mãos, agitado. "O que você quer dizer?"

"Ontem à noite ela me fez a mesma pergunta que você fez. Se eu a amava."

"E?"

Myles esfregou o canto de um olho com o dedo indicador e logo afastou a mão do rosto. "Acho que 'não sei' não era a resposta que ela esperava. Ela disse que gostaria de se casar. Ela está esperando que eu faça o pedido. Ela me perguntou se eu a amava e eu disse a verdade."

Angela se encolheu, constrangida pela mulher e por ele. "O que aconteceu?"

"Acho que estamos dando um tempo agora."

Angela conseguiu ficar triste por Myles, e de repente uma lembrança a invadiu: no dia anterior, vendo sua árvore ser destruída, ela dissera a Art o quanto odiava perder qualquer coisa, e ele tentou confortá-la. Jesus.

Art estava na prisão. Art afogara Glenn. Uma nova dormência se espalhou por seu peito.

"Eu estraguei tudo", disse Myles. "Eu não fui atencioso o suficiente, fiquei preguiçoso e a machuquei. Machuquei a mãe de Art também. Eu tinha o poder de causar a ela um pouco menos de dor, de dar a ela mais algumas horas de alívio antes de continuarmos com aquela matéria, mas eu não poderia fazer isso. Porque é notícia. Então, algumas pessoas em Sacajawea que conhecem Art desde sempre vão ouvir sobre isso pela primeira vez quando abrirem o jornal pela manhã, e isso vai fazer doer ainda mais. A mãe de Art foi correta, precisa em todas as palavras. Eu sou um espertalhão oportunista."

"Isso é mentira", disse Angela. "Você não é tão espertalhão."

Myles sorriu, mas era um sorriso cansado. Angela percebeu que ele não teria ido até lá naquela noite se tivesse outro lugar para ir. Era tão oportunista quanto ela, mas tudo bem. Eles se mereciam. Silenciosamente, ela levou para Myles sua caneca de chá, que ele bebeu de um gole só antes de colocá-la na almofada do assento entre as suas coxas.

A cafeteira mal esquentava a água, então ele não precisava ter medo de queimar nenhuma parte sensível do corpo. Angela sentou-se na beira da cama, estudando o rosto de Myles, o brilho da camisa azul contra sua pele escura e a caneca entre suas pernas.

"Quando eu acordar amanhã", disse ele, "quero que esta semana tenha sido um pesadelo."

"Amém", disse ela. "Exceto por este momento."

"Sim. Vamos manter esta parte. Mas só esta."

Eles se encararam por um longo tempo, e desta vez o olhar não a deixou nervosa. Ela não sentia necessidade de preenchê-lo, ocultá-lo ou questioná-lo. Era simplesmente aquilo, e ela gostou. Depois de um tempo — muito tempo —, Myles fechou os olhos. Então, sua cabeça tombou. Quase imediatamente, ela ouviu sua respiração ficar lenta quando ele adormeceu. Ela havia esquecido que as pessoas adormeciam tão rápido.

Angela o observou por um tempo, estudando suas nuances à luz das velas. Ela podia sentir o cheiro de sua colônia, fraca após um longo dia, ainda agarrada a ele. Seus sapatos eram tão brilhantes quanto os de Rob. Ele usava um relógio de pulso de prata elegante, mas não ostentoso. Sua pele era da cor de solo escuro e fértil. No fim das contas, a visão dele dormindo em sua cadeira era maravilhosa.

Ainda de frente para Myles, Angela se aninhou ao pé da cama e fechou os olhos. Ela possuía um novo plano para dormir: sempre que as imagens feias vinham à sua mente e tentavam arrastá-la de volta para o quarto de Glenn (e depois para a adega e sua poça de sangue), ela abria os olhos e via Myles ali. Esperara muito tempo por um privilégio tão simples. Angela seria capaz de abrir os olhos a qualquer hora durante a noite e encontrar o homem que ela amava ao seu alcance.

Dezenove

Quinta-feira

Myles Fisher acordou com os olhos turvos na cadeira do quarto de hotel de Angie às 6h30, com uma cãibra forte no lado direito do corpo. Quando abriu os olhos, sentiu uma sensação esquisita de irrealidade. Estava em um lugar desconhecido e usava as roupas da noite anterior. Ele devia ter dormido por mais de quatro horas, mas se sentia mais cansado agora do que quando chegara.

E ele não deveria estar ali. Isso era o pior de tudo.

Ele viu Angie dormindo ao pé da cama com um pijama dourado, finalmente em paz. Uma fresta nas cortinas espalhava uma linha de luz do sol pelo rosto dela abaixo das pálpebras, fazendo suas maçãs do rosto saltarem, e ele sentiu o sangue pulsar em sua virilha. O rosto dela parecia tão delicado quanto o de uma criança. Sua camisa estava um pouco solta na gola, o bastante para ele conseguir ver parte de seus seios, uma visão íntima. Myles encarou por mais tempo do que desejava, então desviou os olhos para outro lugar.

Ele teria que dar tudo de si para se levantar, dar um beijo de bom-dia na bochecha de Angie e caminhar até seu carro, em vez de apenas se deitar na cama junto de Angela até que ela acordasse e percebesse que ele estava ali. Talvez a cama tivesse sido seu motivo secreto para ir até lá, mas, à luz do dia, ele sentiu um choque preocupante de realidade: Angie estava passando por um momento infernal e estava instável. Quando Angie ficava assim, ela virava a vida dele de cabeça para baixo. Ele não deveria estar a sós com ela em um quarto de hotel. Myles tentou se convencer disso por dez minutos, olhando para Angie enquanto ela dormia, tentando não encarar os seios dela.

Ela se internara. Ela não tinha dito ainda, mas Myles tinha quase certeza disso. Quando Liza mencionou o boato de que Angie tinha ido para um hospital psiquiátrico há mais de um ano, Myles escrevera a ela diligentemente, tentando fazer com que ela soubesse que poderia confiar nele se quisesse. Mas ela nunca confiou. Myles esperava que ela tivesse conseguido se recompor após a morte de Corey, mesmo que não estivesse disposta a aceitar a ajuda de amigos, mas ela ainda estava confusa, pelo que ele podia ver. O momento era errado, mais uma vez.

Myles caminhou até a beira da cama e beijou a bochecha de Angie. Ele pôde sentir o cheiro de seu cabelo, uma fragrância de coco. Quando os lábios dele tocaram sua pele, Angie se mexeu e abriu os olhos. Ela sorriu ao vê-lo. Seu sorriso sonolento era sincero. "Que horas são?"

"Passou das 6h. Preciso ir, Angie."

Ela parecia desapontada, mas ele sentiu uma onda de determinação. Ele brincava de irmão mais velho de Angie desde os 15 anos, mesmo quando não se sentia fraternal. Estava começando a entender que um irmão era tudo que ele deveria ser para ela. Talvez não fosse tão ruim.

"Tome o café da manhã comigo", pediu ela. "Fique."

"Não, boneca. Eu nem deveria ter ficado tanto tempo. Eu preciso ir para casa e me trocar."

O sorriso de Angela ficou tímido. "Eu sabia que você se sentiria culpado, Myles. Você é tão previsível."

"Só um pouco", disse ele.

"Por quê?"

Em vez de responder, Myles tocou sua testa e alisou seu cabelo, e em seguida puxou sua orelha suavemente. Tocá-la era fascinante, até mesmo o minúsculo orifício em sua orelha onde a agulha a perfurara. "Apesar da vontade de me juntar a você na cama esta manhã, Angela Marie, temo que não fomos feitos para sermos amigos que dormem juntos."

Ela pareceu surpresa. "Quem disse que seríamos só isso?"

"Qualquer outra coisa não seria certa."

"Não acredito em sempre fazer a coisa certa", disse ela.

Uma única manhã não era suficiente para responder a isso. Ela havia perdido os últimos 22 anos, então ela não tinha visto os destroços: suas idas ao terapeuta em Columbia porque ele não conseguira dormir por dois anos inteiros depois de ela ter ido embora. Como ele se casara com Marta depois da faculdade, atraído por seus aspectos que o lembravam de Angie, as piores partes, as mais tempestuosas. Angie não sabia o quão perto ele chegara de detestar as duas. Marta se sentira confortável na sombra de Angie, e agora essa sombra era uma sombra sem nome. Ela o seguia. Ele tinha acabado de perder Luisah em algum lugar naquela sombra, tinha certeza.

"Fazer a coisa certa é minha nova política, Angie. É culpa da idade."

"Você acha que eu sou uma psicopata, não é?", disse ela. Seus olhos estavam sérios.

Ele sorriu. "Não." *Psicopata* não era a palavra certa. *Quebrada* era melhor; e o tipo de defeito que quebrara Angie era quase transmissível pelo ar. "Você jura?"

Ele beijou seus lábios, um selinho. "Eu juro. Tenho que ir. Ligue se precisar conversar."

Fora do hotel, Myles soltou uma risada monótona e exasperada. Na semana passada, ele se parabenizara pelo estado de organização de sua vida: amigos, uma namorada, um trabalho de que gostava mais do que esperava, seu reencontro com a natureza no noroeste do Pacífico. Era difícil estar com dona Fisher, mais do que ele pensava que seria, mas a experiência tornava tudo mais fácil ao longo do tempo. Deitado na cama com Luisah depois de fazer amor duas noites antes, ele dissera a ela como sua vida parecia certa. Agora, Myles se repreendia por sua cegueira. Ele estava se oferecendo para compartilhar sua vida com ela, sem nunca dizer isso.

Uma mãe à beira da morte tende a atrapalhar seu julgamento, pensou ele.

Do lado de fora do saguão do hotel, o jornal da manhã já estava esperando na caixa, prensado entre a caixa de Portland Oregonian e um estande para o jornal de classificados *Nickel*. Ele pescou uma moeda do bolso, mas podia ver a manchete através da tampa de plástico da caixa azul: PREFEITO DE SACAJAWEA PRESO POR MORTE DO FILHO, DE 8 ANOS.

Art, Liza e Glenn sorriem em um retrato de família com uma floresta ao fundo, a foto da campanha de Art. A manchete não tinha as letras garrafais da notícia da erupção do Monte Santa Helena em 1980, mas era atraente. Ou melhor, assustadora. Surreal. Myles só conseguia imaginar como seria para as pessoas no condado de Sacajawea sentar casualmente e ler seu jornal matinal enquanto comiam presunto e ovos. Pessoas que encontravam Art e sua família na igreja aos domingos.

Lá fora estava chuviscando. Myles sentiu-se tentado a ligar para Luisah e perguntar se ele poderia dar uma passada na casa dela, já que ela se levantava às 6h30 todas as manhãs para fazer ioga. Ele tinha uma muda de roupa na casa dela, que ficava a apenas dez minutos de distância. Mas o que ele iria dizer a ela? Que no dia seguinte à decisão deles de dar um tempo ele passara a noite em um quarto de hotel com outra mulher? Ele não mentira para Luisah durante aquele tempo todo, e não havia razão para magoá-la com a verdade.

Ele precisava ir para casa.

O céu chuvoso ainda estava rosado na parte das nuvens que cobriam a extensão do rio quando o Saturn de Myles fez uma curva na rodovia Quatro, dirigindo para oeste em direção a Sacajawea. Ele massageou a cãibra no pescoço com uma das mãos enquanto dirigia com a outra, e seu carro se arrastou ligeiramente em direção à pista em sentido contrário. A enorme grade de um caminhão de madeira rumo ao leste apareceu na curva, e o caminhão sacudiu seu carro quando passou de raspão. A rapidez com que o caminhão apareceu e a chuva de poeira e cascalho contra o para-brisa deixaram Myles em estado de alerta.

Myles odiava a rodovia Quatro. Quando tirara carta de motorista, aos 16 anos, dirigia seu carro em torno das curvas estreitas em velocidades que jogavam a adrenalina lá em cima, mas seus dias de imprudência tinham acabado. Desde que voltara, atropelara um cachorro durante seu trajeto diário para Longview. E então, não uma, mas duas vezes, ele teve que trocar seu para-brisa por causa da queda de pedras. *Uma chance em um milhão*, dissera o cara que substituíra o para-brisa nas duas vezes, mas Myles achava que não. Todo mundo tinha uma história sobre a rodovia Quatro envolvendo um veado ou uma chuva de pedras. A beira da estrada estava pontilhada de cruzes improvisadas, colocadas ali pelos entes queridos das vítimas de acidentes, muitas vezes turistas cujo dia na areia de Long Beach tinha dado errado. Havia cercas envolvendo as cristas rochosas e sinais de alerta nas curvas, mas quando as pessoas comentavam sobre o quanto Myles devia estar aproveitando a vida tranquila em Sacajawea depois de ter morado na grande e malvada Washington, D.C., ele só pensava na rodovia Quatro.

Tudo era relativo, ele sempre dizia.

ENTRADA DO CONDADO DE SACAJAWEA, anunciava a placa amarela da rodovia. Myles sentiu uma onda de nervosismo. Olhou para o banco do passageiro e viu o jornal outra vez, o rosto alegre de Art em cores. "Eu odeio isso", disse ele para o carro vazio.

Ele sabia como a família de Art se sentia. Essa era a parte mais difícil.

Quando ele tinha 8 anos, Myles viu uma reportagem sobre a morte de seu pai na TV. *Não é o Buddy?*, perguntara sua prima Twyla, apontando para a tela, e Myles tinha visto a fotografia de aparência raivosa de seu pai, uma foto de quando fora preso, ele descobriria mais tarde. A voz onisciente do apresentador dizia que ele fora *morto em uma tentativa de assalto naquela manhã*. Vernon Richardson, *morto* depois de tentar impedir um roubo na estação do Golfo na 14, entre Pike e Pine. *Morto* ao chegar ao hospital. Se Twyla tivesse dito a ele para não prestar atenção à TV porque era tudo inventado, ele teria acreditado nela. Mas, em vez disso, Twyla estava ao telefone dizendo a alguém: *Buddy morreu. Ele morreu. Sim, as notícias dizem que Buddy está morto.* Foi assim que Myles soube que tinha ficado órfão.

Claro, a polícia nunca tivera a intenção de surpreendê-lo assim, ele sabia agora. A polícia tentava informar os familiares antes de divulgar os nomes dos mortos. Mas como a mãe de Myles morrera de overdose de heroína dois anos antes, e como os pais de seu pai estavam mortos, a polícia achou que não havia ninguém para contar. Ninguém sabia que Vernon Richardson tinha uma sobrinha que o chamava de Buddy, seu apelido de família, e eles com certeza não sabiam nada sobre seu filho de 8 anos, Myles Richardson, que morava com ela temporariamente, embora ela mal tivesse dinheiro para cuidar dele. Ele não existia. Então lá estava no noticiário o rosto de seu pai em uma foto granulada de uma antiga prisão, antes de ele conseguir o emprego no posto de gasolina, usando um uniforme que ele lavava todos os dias. Essa foi a primeira e última vez que quase ninguém em Seattle ouviu o nome de Vernon Richardson.

Myles não falava com sua prima Twyla desde os 15 anos e não tinha certeza de onde ela estava ou como estava. Ele ainda conseguia acessar uma espécie de caleidoscópio de imagens antigas, mas, na maioria das vezes, as imagens mal pareciam relacionadas a ele, eram memórias de outra pessoa: os piores dias de seus pais, quando eles vendiam drogas em seu apartamento no Hope Circle Projects, e como ele correra para o banheiro com sua mãe uma vez, observando-a despejar pacotes de pó no vaso sanitário depois que a polícia bateu na porta, suas mãos tremendo como se o próprio Deus estivesse na porta. Dois policiais brancos haviam jogado seu pai no chão e prendido suas mãos atrás das costas, como Kunta Kinte na minissérie *Raízes*. Mas a coisa mais horrível era a foto de seu pai no noticiário, com um estranho dizendo que ele estava morto. *Buddy morreu*.

O celular de Myles tocou. Ele olhou para o telefone no suporte acima do câmbio, mas não conseguia distinguir o número exibido na tela e manter os olhos na estrada. Também não conseguiu alcançar o botão do viva-voz. Myles tinha uma regra pessoal que o proibia de atender o celular na rodovia Quatro. Havia muitas curvas na estrada, muitas surpresas.

O telefone tocou quatro vezes e parou.

Quem ligaria para ele às 6h50, a menos que fosse uma emergência? Candace, a enfermeira dos dias úteis, podia ter notícias sobre a mãe dele, que andava acordando no meio da noite para pedir água ou cereal, se comportando como uma criança o tempo todo. Ou podia ter sido Roger, o repórter designado para a história de Art. Roger ganhara um Pulitzer depois do Monte Santa Helena, e era tão obcecado por suas matérias quanto qualquer um dos burros de carga ambiciosos que Myles conhecera no *Post*, então não ficaria surpreso se Roger estivesse no trabalho tão cedo.

Mas provavelmente era Angie, querendo respostas. Myles gostaria de ter algumas para dar, mas não sabia por que estivera no quarto dela. Era a história de sua vida: uma mulher doce e estável quer se casar com ele, e ele não a ama. Em vez disso, está gravitando ao redor de uma mulher que ele não conhece mais direito desde o colégio, que acabara de ter um colapso nervoso e que acredita que um demônio havia possuído não apenas a mãe dela, mas a dele também. Ele estava mais velho, mas não mais sábio, pensou.

Quando o telefone tocou de novo, a curiosidade de Myles venceu. Ele deu uma última olhada na estrada e viu que estava sozinho em um trecho decente em linha reta. Ele apertou o botão do viva-voz. "Alô, aqui é o Myles."

A pessoa que ligou também estava em um celular, a julgar pela estática. A chamada parecia distante, mas ele ouviu trechos de uma velha canção de Teddy Pendergrass, "Close the Door". Ninguém falou do outro lado, mas Myles ouviu um cachorro latindo. Esses cachorros minúsculos parecem todos iguais, ele pensou.

"Fale mais alto, por favor", disse Myles.

"Você conseguiu o que queria?", perguntou o interlocutor, um homem.

"Quem é?"

"Você sabe quem é."

"Se eu soubesse, não teria perguntado", disse Myles. O interlocutor estava jogando com ele. Tinha uma voz profunda de radialista e parecia ser negro, ou então estava fingindo que era. Provavelmente era algum doido. Alguém irritado com a matéria do jornal.

NÚMERO DESCONHECIDO, o visor do telefone dizia quando ele verificou.

"Cara, vou te dizer, ela ainda rende uma foda gostosa. É uma safada", a voz disse, perdendo toda a seriedade, tornando-se coloquial. "Seu instrutor de banda a pegou de jeito quando ela estava com uns 13 anos, essa aí começou cedo. É assim que nascem os tarados. Ela consegue engolir um pepino inteiro. Mas eu não tenho que te dizer isso, tenho? Você se lembra, Myles, na floresta? Aquilo que ela fez, quando ela apertou você por *dentro*? Você engasgou como se tivesse visto o fantasma da sua mãe. Sua mãe *verdadeira*, quero dizer."

O pescoço dolorido de Myles travou. Ele teria freado e parado no acostamento se pudesse, porque estava com tanta raiva que sua visão ficou embaçada um pouco antes de se reorientar, algo que nunca tinha acontecido com ele. "Que porra é essa?", perguntou ele.

A pessoa na linha riu. "Ah, desculpe. Isso foi muito pessoal?"

"Você quer deixar isso pessoal, seu filho da puta? Então venha falar comigo pessoalmente."

"Conte com isso, Myles. Tente não morrer antes de eu chegar aí."

A voz e a estática desapareceram assim que a estrada se estreitou e dobrou, seguindo o capricho do rio. Myles recuperou a concentração a tempo de fazer a curva sem precisar entrar na contramão, onde qualquer carro no sentido contrário teria colidido contra o dele. Seu carro era o único na estrada.

Exceto pelo cervo.

Em outras circunstâncias, Myles teria admirado o animal: era um veado-de-rabo-preto já adulto, com pelagem escura e chifres da cor de mogno. Ele devia pesar mais de noventa quilos, um prêmio gigante pelo qual seu Fisher estaria disposto a sacrificar uma boa parte das economias de sua vida se tivesse a chance de derrubá-lo com seu arco. Myles só tinha visto um rabo-preto desse tamanho de perto uma vez, quando Gunnar Michaelsen ensacara um nas encostas das Cascades no fim de semana em que Gunnar e seu Fisher o haviam levado para caçar depois da formatura do colégio. Aquele poderia ser o irmão gêmeo daquele animal.

Nada desse espanto, no entanto, estava na mente de Myles quando ele viu o cervo na rodovia Quatro no momento em que fazia uma curva a oitenta quilômetros por hora. Sua cabeça esvaziou-se de tudo, exceto da visão do animal diretamente em seu caminho, imóvel como um monumento à vida selvagem. Os olhos castanhos brilhantes do cervo o encararam, estranhamente imperturbáveis. Myles não teve tempo de alcançar a buzina ou de fazer qualquer coisa, exceto pisar no freio com força.

Esse era o problema da rodovia Quatro: não havia para onde ir. Do lado do motorista, uma barreira frágil oferecia pouco consolo contra a perspectiva de cair na ravina em direção ao rio Columbia; e o outro lado era quase todo rochoso, prometendo um forte impacto se ele se deslocasse muito na direção oposta. Ele estava encurralado. Sua melhor escolha teria sido acertar o cervo e aceitar o prejuízo, mas ele freou devido ao seu tamanho imponente. E freou com muita força.

Myles percebeu seu erro apenas quando sentiu o carro derrapar, forçando o volante. O asfalto molhado ou o cascalho solto, ou ambos, o jogaram para fora da estrada. Ele tentou corrigir a direção, mas já havia muito impulso. Myles perdeu o controle do carro.

"Meu Deus", disse ele, a oração mais verdadeira que já havia proferido. A morte parecia certa de uma forma que inundou seu corpo com alfinetadas de gelo, endureceu seu rosto como ferro.

Myles berrou, pisando no freio e girando o volante na direção contrária, lutando para interromper a derrapagem. Mas o carro não respondia. Os pneus cantaram quando a estrada e o cervo desapareceram de seu para-brisa, e em vez disso a face da rocha ficou totalmente à vista. Ela passou como um borrão, e em seguida ele estava olhando para a estrada atrás de si, para a curva pela qual acabara de passar. Seu carro deu meia-volta, ainda girando, e o rio estava vindo em seguida. "Jesus... Jesus... Jesus... Jesus..."

O carro parou, jogando o pescoço de Myles para trás. O silêncio era tão completo que ele se perguntou por um momento se estava morto. Seus olhos pareciam ter se fechado. Não havia escuridão, nem luz. A imobilidade absoluta o manteve paralisado em seu feitiço.

Estou vivo, ele pensou por fim, mal ousando ter esperança.

Ele devia estar. Estava úmido de suor, o rosto quente. Seu coração era uma broca em seu peito. As mãos seguravam o volante como se ele fosse cair para a morte se o soltasse. Tudo o que conseguia ver através do para-brisa era o rio, mas o carro havia parado antes de cair na ravina. O para-choque de seu carro apenas amassara a barreira baixa.

Quando Myles se orientou, olhou por cima do ombro para procurar o cervo. O animal ainda estava parado no mesmo lugar, só que agora ele estava a seis metros do para-choque traseiro. Ele não se moveu, exceto para virar a cabeça na direção de Myles. Com os olhos do cervo ainda o observando, as alfinetadas cobriram Myles outra vez. *Aquele bicho estúpido quase me matou*, ele pensou. Vingança.

Myles ficou sentado no carro por um momento, de frente para a calmaria do rio e com o porta-malas avançando na faixa em sentido contrário. Se ele tivesse atingido a barreira com mais força, poderia ter caído. Ele estaria sob a água naquele instante, se esforçando para sair do carro, isso se tivesse sobrevivido ao impacto. *Obrigado, obrigado, obrigado, Jesus*. Myles sabia que precisava mover o carro, mas não estava pronto para começar a dirigir de novo. Ele queria um pouco de ar. Sua respiração estava presa nos pulmões.

Myles viu um flash de luz vermelha no espelho do lado do motorista. Uma viatura parou atrás dele, as luzes de emergência acesas, se assemelhando a uma aparição.

"Você está bem?", disse Rob Graybold em sua janela.

Myles balançou a cabeça, a respiração pesada. "Sim. Quase acertei aquele cervo."

"Bem, mova esse carro rápido", disse Rob. "Dirija até aquela parada de pesca à esquerda. Preciso tirar esse bicho dali antes que alguém morra. Eu só vi aquele filho da puta gigante quando você fez a curva. Tem certeza de que está bem?"

Myles fez que sim com a cabeça. A desorientação estava passando. Jesus mostrara misericórdia a ele desta vez. Milagres não eram mais reais do que aquele que ele acabara de viver, ele pensou. Com os batimentos cardíacos desacelerando, Myles colocou o carro em marcha à ré, longe da água, para dar meia-volta. À distância, ele podia ver um caminhão de madeira em direção ao leste em sua pista, longe o suficiente, mas vindo rápido em sua direção.

"De agora em diante, vou pegar a balsa", disse Myles, endireitando-se na estrada.

Myles dirigiu até o acostamento a cerca de sessenta metros de onde quase caíra, uma faixa de cascalho grande o suficiente para alguns motoristas estacionarem e pescarem sobre a barreira. Desligar o motor o deixou à vontade. Myles tinha pescado ali algumas vezes. Costumava ficar parado pacientemente à sombra da árvore florida de corniso, mal conseguia uma fisgada durante a maior parte do dia e depois puxava um salmão chinook de vinte quilos quando estava pronto para recolher as coisas e ir para casa. Uma tarde, a caminho do trabalho, parando por capricho bem ali, ele pegara um salmão gordo como uma doninha. Essa memória acalmou Myles, desfazendo o nó em seu estômago.

As luzes da viatura de Rob ainda estavam piscando quando ele chegou à janela de Myles alguns minutos depois. "Seu dia começou bem, hein?", disse Rob.

"Cara, eu não sei de onde veio esse cervo."

"Uma rachadura na cerca, acho. Ele correu direto para lá quando eu o afugentei. Nunca vi um cervo chegar até aqui. Você tem sorte de estar vivo."

"Graças a Jesus Todo-Poderoso."

Rob olhou para a água. Estava ventando muito naquela manhã, então as ondas escuras subiam em formações brancas dançantes em toda a superfície. O tom rosado já sumia do céu à medida que ficava mais claro além das nuvens de chuva agrupadas. "Você deve ter dobrado aquela curva bem rápido, para derrapar daquele jeito. A quanto você estava? Uns oitenta?"

Lá vem, pensou Myles. Ele lamentou ter interrompido a reflexão matinal do xerife, porque Rob provavelmente não estava de bom humor. "Sim. Recebi um telefonema estranho, estava distraído. Eu não deveria ter atendido o telefone."

"Eles precisam banir esses malditos telefones na estrada", disse Rob, ainda sem olhar para ele. "Alguém está te ameaçando, Myles?"

Tente não morrer antes de eu chegar aí, dissera o interlocutor. Isso tinha sido uma ameaça?

"Não é nada. É pessoal." Ele tinha certeza de que devia ser Tariq Hill. A voz de barítono de Tariq era memorável, e Myles conversara com ele no funeral de Corey, apertando sua mão enquanto tentava não olhar muito de perto para o poço particular de tristeza nos olhos do homem. Tariq era a única pessoa que provavelmente sabia tanto sobre Angie, ou os detalhes da experiência sexual de Myles com ela no Ponto. Agora, além de tudo, ele tinha que lidar com as divagações do ex de Angie, um ex-jogador de futebol. O caos já havia começado.

"As pessoas estão chateadas. Avise-me se alguma coisa sair do controle", disse Rob.

"Pode deixar." Tariq devia ser um homem patético e problemático para fazer uma ligação daquelas. A ideia deixou Myles triste. "Acho que somos as duas pessoas menos queridas na cidade hoje, Rob."

Rob deu uma risadinha amarga. "Sem ofensa, mas não nos vejo na mesma categoria."

Myles deveria saber que isso aconteceria. Por alguma razão, Rob nunca gostara dele. O time de basquete da Escola Secundária do condado de Sacajawea não era bom, mas ele e Rob jogavam até a exaustão tentando se destacar. Essa competição nunca se transformara em amizade como às vezes acontecia, embora Myles desejasse que sim. Algo havia eliminado essa possibilidade muito tempo atrás. Talvez fosse Melanie, pensava Myles. Ela teve uma queda por ele por um tempo no colégio, ou pelo menos era o que se dizia. Myles ainda via lampejos de algo rápido e brilhante nos olhos de Melanie quando ele a encontrava na cidade, e era possível que a esposa de Rob mencionasse seu nome com muita frequência em casa.

"Lamento que você se sinta assim, Rob", disse Myles. "Mas quando meu repórter ligar hoje, eu certamente gostaria que você falasse com ele."

"Ele terá que entrar na fila. Tive notícias de uma garota da CNN esta manhã."

"Já?" E a mãe de Art ficara mortificada com o fato de que vários condados ficariam sabendo do colapso inexplicável de seu filho. Myles não esperava uma resposta tão rápida da mídia nacional.

"Sim, tem uma matéria de primeira página no *Lower Columbia News*, e acho que esse é o tipo de notícia que se espalha", disse Rob em tom sarcástico, olhando o jornal no assento de Myles. "Acha que poderia ter tornado esse episódio ainda maior? Essa foto de família é um toque legal. Parabéns, você espalhou a história. O pessoal da delegacia de Portland está a caminho do tribunal agora. Achei melhor conseguir um pouco de paz aqui esta manhã, porque com certeza não haverá nenhuma por um bom tempo."

Isso doeu, Myles percebeu. "Você acha mesmo que eu estava curtindo meu trabalho noite passada?"

Rob não respondeu. Em vez disso, ele começou a escrever uma multa por excesso de velocidade. Rob arrancou a multa de seu caderno e a balançou na janela de Myles, inclinando-se mais perto. Seu hálito cheirava a café. "Estou feliz que você esteja bem, Myles. É sério. E eu sei que você tem um trabalho a fazer, assim como eu. Mas vou lhe dar dois conselhos: para começar, preste atenção quando estiver dirigindo, para que eu não tenha que lavar seu sangue do assento com uma mangueira. A próxima coisa a fazer é dizer àquele repórter idiota, o tal Roger, para que pare de ligar para a casa da mãe de Liza. Ele ligou quatro vezes na noite passada, e isso é indecente. Estou surpreso com você." Sua voz tremeu nas últimas palavras, com raiva.

Droga. Roger foi sem noção, Myles pensou. "Eu não sabia que ele estava assediando a família, e direi a ele para parar. Eu realmente peço desculpas. Mas posso pedir um favor?"

"Estou ouvindo."

"Eu sei que você é bem próximo do médico legista. Se você receber o relatório da autópsia primeiro, você vai nos ligar antes de ligar para as grandes estações de notícias?"

"O que você quer com isso?", perguntou Rob.

"Ouvi dizer que havia hematomas. No pescoço."

Apesar de sua irritação, os olhos famintos e sonolentos de Rob queimaram de vontade de compartilhar uma coisa terrível, como um convertido de uma religião sinistra. "Sim, havia hematomas. Isso é verdade. Art sufocou o menino. Não sei o que o matou, se foi isso ou o afogamento, para falar a verdade. Quando eu tiver um relatório, você saberá mais. É um registro público. Mas vou ligar para você, não para Roger."

"Obrigado. Isso é o suficiente. Eu agradeço, cara."

Myles lembrou que eles estavam falando sobre o pequeno Glenn Brunell e sentiu um estupor tomar conta dele. Ele tinha visto aquele garoto na semana anterior, quando os olhos de Glenn estavam grudados no Game Boy enquanto ele estava sentado de pernas cruzadas do lado de fora das câmaras do conselho municipal, alheio ao mundo banal dos adultos ao seu redor. Entediado? Myles havia perguntado a ele, e Glenn apenas balançara a cabeça, sem olhar para cima, como se já tivesse ouvido a pergunta uns cinquenta vezes. Seu pescoço não estava machucado naquela noite.

Myles poderia ter acreditado em um afogamento acidental, uma brincadeira que dera errado, mas como Art poderia ter acidentalmente sufocado Glenn com força suficiente para machucá-lo? Aquilo fora assassinato, não havia desculpas. Ele não sabia o que fazer com um homem daqueles. Aquela família engraçada e animada tinha sido uma mentira, e desaparecera em um único dia. E Myles começara a gostar de Liza desde que se mudara de volta para a cidade, desde o funeral de Corey. Eles haviam voado juntos para Los Angeles, e Liza passara grande parte da viagem tentando convencê-lo a não desistir de Angie. Dê tempo a ela. Tudo pode dar certo no final, ela dissera, sempre positiva. Basta olhar para mim e Art.

Ele precisava enviar um cartão ou uma cesta de frutas a Liza. Queria fazer algo por Angie também. Ele gostaria de saber o que mais podia fazer por qualquer uma delas.

"Espero que seja o fim disso tudo", disse Myles.

"Com certeza é melhor que seja."

Rob não perguntou o que era *tudo*. Ele estava enterrando cadáveres em Sacajawea desde a festa de Quatro de Julho de Angie, Myles lembrou. Mais do que a maioria, Rob já sabia.

"Você está brincando", disse Angela.

"Garota, eu não conseguiria inventar essa história nem se tentasse. Estamos atrasados pelo menos quatro dias."

Angela atendera o celular só porque pensara que poderia ser Myles, até que se lembrou de que ele não tinha o número dela. Ainda assim, ela ficou feliz em ouvir a voz de Naomi, uma âncora para a vida mais simples que Angela tinha até alguns dias antes. Não era mais fácil, mas era mais simples.

Os passos de Angela diminuíram enquanto ela contornava o lago Sacajawea em Longview. Ela estava se esforçando para que sua mente ficasse vazia, ajudando-a a esquecer tudo por um minuto inteiro de cada vez. Um vento forte e gotas de chuva geladas haviam afugentado todos os outros corredores matinais, então Angela ficou com o caminho de cascalho só para si enquanto corria sob a copa dos galhos das árvores. A água da chuva lavou seu rosto, e ela esperava que estivesse lavando seu espírito também. Ela precisava se renovar o máximo possível antes de voltar para Sacajawea.

"Estávamos prestes a começar as filmagens, então aquele bebê chorão do Jake torceu o tornozelo na academia e disse que não conseguia ficar em pé", disse Naomi. "Quase todas as minhas cenas são com ele, claro. Então, estou presa. E isso depois de ter vindo correndo para cá, deixando meu pobre cachorro no meio do nada. Eu sabia que não deveria ter ido embora, Angela. Vou pegar um voo para Longview esta noite."

Angela quase tropeçou nos próprios pés. "Não, não faça isso."

"Eu não posso ficar aqui enquanto Onyx estiver sabe-se lá onde. Ele desapareceu no domingo! Eu sei que você está fazendo o seu melhor para encontrá-lo, mas eu estaria procurando de outro jeito porque ele é meu bebê. Você já anunciou uma recompensa, como eu pedi?"

Angela não respondeu porque mal ouviu a pergunta. Saber que Naomi estava longe era a única gota de alívio que sentira depois que Myles partira naquela manhã, quando ela precisou se arrastar para fora da cama de uma forma que a lembrou daqueles dias antes de ir para o Harbor, quando ela quase morava na cama. Reconhecendo-se cada vez menos naquela época, ela arrancava os cílios e os pelos das sobrancelhas e tinha que pintar o rosto quando saía, o que raramente acontecia. Ela nunca mais queria revisitar aquela parte arruinada e debilitada de sua mente.

Mas isso seria difícil. O mundo estava em frangalhos outra vez. Ela precisava manter Naomi longe. A fonte do fedor que ela sentira em Art poderia estar na casa, no solo, no ar. Naomi não podia ir para lá.

"Querida...", começou Angela. "Eu quero que você se sente." Ela planejara fazer isso pessoalmente, mas a hora e o lugar não eram mais sua escolha.

Naomi prendeu a respiração. "O quê? *Merda*, Angela." Era como um apelo, pedindo a ela que não continuasse.

"Eu não sabia como te dizer isso. Eu sinto muito..."

Naomi não a interrompeu, mas Angela quase podia ver as lágrimas da amiga em seu silêncio. Foi difícil, mas não tão difícil quanto teria sido se Art não tivesse afogado Glenn no dia anterior. "Onyx está morto. Myles e eu o encontramos na floresta atrás da casa."

"Talvez seja outro cachorro. Tem certeza de que é ele?" Sua voz era teimosa e objetiva.

"Tenho certeza. Ele estava com a coleira." Isso era uma mentira, mas perdoável, Angela pensou. "Querida, sinto muito, muito mesmo. Nós dois sentimos."

Silêncio absoluto outra vez.

Angela parou perto de uma mesa de piquenique úmida e áspera e sentou-se no banco, sentindo a água da chuva infiltrar-se em suas calças de corrida. De onde ela estava, o comprimento do lago salpicado de chuva se estendia de um lado, enquanto as casas mais antigas e majestosas da cidade ficavam tranquilamente do outro. Aquele era um lugar pacífico, ela percebeu. Foi por isso que ela veio, porque Angela precisaria acumular toda a paz que pudesse encontrar.

"O que aconteceu?", por fim disse Naomi.

Angela fez uma pausa, perguntando-se se Naomi queria mesmo saber que seu cachorro fora encontrado em pedaços. Ela escolheu misericórdia. "Não temos certeza", disse ela. "Uma picada de cobra, talvez."

Naomi soluçou, soltando um grito. Naomi enfim acreditou nela, e Angela lamentou tanto pelas mentiras quanto pela verdade. Ela se xingou por não ter tido bom senso no começo. Ela nunca deveria ter trazido Naomi para Sacajawea.

"Eu estava com tanto medo de que algo acontecesse com ele naquela floresta. Não estava, Angela? Naquele primeiro dia, quando ele sumiu, fiquei com tanto medo de que ele estivesse sozinho na floresta. Antes de sair, eu sabia que algo havia acontecido com ele. Eu *sabia*. Eu..." Um soluço a interrompeu.

Angela deixou sua amiga chorar. Ela precisara disso uma vez, quando chamara seus amigos para chorar, até que ficou cansada de ouvir a própria miséria. Ela esperou, olhando para um pato marrom nadando entre hastes de grama na água com uma fila de quatro patinhos atrás, uma visão que quase a hipnotizou. "Isso é o que você deve fazer, Naomi", disse Angela depois de um tempo, e Naomi se acalmou, ansiosa para ouvir. "Não fique naquele hotel. Não há razão para você estar lá. Mas não venha para cá."

"E se..."

"Eu já cuidei do Onyx para você. Ele está enterrado na floresta." Essa mentira provocou outro soluço, mas dessa vez Angela não esperou o feitiço passar. "Vou pedir a Suzanne para reservar um quarto para você no melhor spa que ela encontrar. Vá a algum lugar bonito, como termas. Tire um tempo para você. Saia do trabalho. Fuja da dieta. Tome sorvete. Está me ouvindo?"

Naomi fez um som vagamente afirmativo.

"Eu acho que é a melhor coisa para você agora. Você está sofrendo. Cuide-se por alguns dias e depois volte ao trabalho. É por minha conta."

"Não posso deixar você fazer isso, Angela", disse Naomi. Sua voz estava dilacerada pelas lágrimas.

"Você não tem escolha. Vou fazer isso. Eu quero."

"Só se você vier comigo", disse Naomi.

"Eu não posso, querida."

"Por que não? Você tirou a semana de folga." Ela estava quase chorando.

"Estou presa aqui por um tempo. Aconteceu uma coisa."

"O que houve?"

Angela fez uma pausa. Não havia uma boa forma de explicar, mas ela decidiu tentar. "Como quando Corey atirou em si mesmo. E quando meu vizinho entrou na frente de um caminhão. E quando você entrou sonâmbula na adega. E quando Onyx morreu. Esse tipo de coisa."

"Angela, você está me assustando. Apenas vá embora desse lugar."

"Eu não posso. O que quer que esteja acontecendo aqui tem a ver com a minha família."

"E daí?"

"É minha responsabilidade", respondeu Angela, porque ela não conseguia pensar em outra maneira de explicar.

"Você não está fazendo sentido."

"Eu sei", disse ela, sorrindo para si mesma. "Não se preocupe. Estou dormindo em um hotel e não vou ficar na cidade por muito tempo. Você vai a um spa?"

"Vou pensar sobre isso", sussurrou Naomi.

"Apenas vá. Por favor." Ela fez uma pausa. "Naomi... você andou se sentindo mal?"

"O que você quer dizer?"

"Você está com dor de estômago desde que saiu daqui? Algo estranho?"

"Eu só estou com dor de cabeça, mas meu estômago está bem. Por quê?"

Angela ligara para a casa de Liza naquela manhã e fizera uma única pergunta para o pai exausto dela, que era o único na casa que conseguira se recompor o suficiente para atender ao telefone. Depois de se desculpar pela intromissão, Angela perguntou: *Por acaso Art disse que não estava se sentindo bem anteontem?* Na verdade, respondeu o sr. Kerr, Liza disse que Art teve uma dor de estômago na noite anterior à morte de Glenn.

Angela se sentiu melhor enquanto corria, mas agora o pressentimento que havia começado para valer na noite anterior estava ganhando força. Ela não sentira um leve calor nos braços, o formigamento de novo? Angela tinha quase certeza disso e seu coração disparou. "Há algo acontecendo na cidade. Esse é outro motivo pelo qual você precisa permanecer aí. Quero ter certeza de que você está bem, porque te amo, Naomi. E sinto muito pelo Onyx."

Ela ouviu Naomi fungar enquanto chorava. "Se eu prometer ir a um spa, você promete sair da casa assim que puder? Antes que algo mais aconteça?"

"Eu prometo", disse Angela, embora duvidasse que pudesse cumprir essa promessa.

LES MYSTÈRES

"As pessoas me perguntam,
'Por que o Demônio vem?'
Por que a chuva vem?
Tudo tem o seu tempo."

Marie Toussaint, *Le Livre des Mystères, 1929*

Vinte

Das anotações de Marie Toussaint

Eu era a quinta de cinco filhos, a caçula da família, e, alguns diriam, a mais mimada. Meus irmãos Charles, Gil, Henrietta e Nadine preferiam a companhia um do outro, porque eu nasci muito mais tarde, então eu passava meu tempo brincando sozinha ou no colo de grandmère. Ela gostava de me dizer que estava esperando por mim, perguntando: "Por que você demorou tanto para chegar, cher?". Ela me repreendia como se eu tivesse escolha. "Eu cheguei aqui o mais rápido que pude, grandmère", eu dizia a ela, rindo enquanto os dedos secos dela faziam cócegas na minha barriga macia.

Grandmère era uma manbo e era muito procurada por seus talentos. Ao longo da minha infância, madame Fleurette, como ela era conhecida, era visitada por todas as classes sociais de New Orleans; negros e brancos, ricos e pobres, pessoas com e sem instrução. Um homem branco com um bigode parecido com um guidão veio a ela uma vez porque queria ser eleito senador pelo seu estado, e ele mandou para nossa família caixas de doces e biscoitos por seis natais seguidos depois que ganhou aquele assento valioso. Mais tarde, ele se tornou um congressista dos Estados Unidos, mas a essa altura seus pacotes de Natal haviam parado de chegar. Grandmère dizia que ele deveria estar grato a Ogum e Xangô, porque ninguém gostaria de ir para uma batalha sem eles ao lado. As pessoas sempre esquecem aqueles que as ajudaram. Aprendi isso jovem, mas saber disso não me salvou do meu destino, do meu próprio esquecimento.

Desde o início, amei o vodu e os loás mais do que meus irmãos e irmãs, e, ao que parecia, mais do que minha própria mãe, que fora uma manbo na juventude, favorecida com visitas de espíritos em seus sonhos. Eu sabia que devíamos nossa casa, nossas roupas e nossa sorte aos loás e às bênçãos de Jesus Cristo, cujo crucifixo ficava pendurado acima da minha cama. Grandmère me treinara desde que eu era jovem. Eu tinha apenas 7 anos quando meu doce Papa Lebá veio até mim pela primeira vez, quando grandmère fez seu chamado ritualístico "Papa Lebá! Ouvri bàryè", para que ele abrisse a porta para os loás, e de repente eu me senti como se estivesse flutuando no céu. Não me lembro de nada do que aconteceu a seguir, mas me disseram que Papa Lebá dobrou minha coluna como se fosse a de um velho retorcido, e eu fiquei mancando e falando a língua de Papa Lebá, a língua de um ancião. Todos se maravilharam, porque é raro um loá montar uma criança; o perigo para os jovens é muito grande porque eles ainda não são fortes o suficiente para carregar tal fardo. No entanto, eu era forte quando criança. Estou convencida de que, quando pequena, fui mais forte do que nunca. Papa Lebá sempre me agradou, e meu amor por ele foi semeado no início da minha vida.

Um dia, quando ela temia estar perto da morte, grandmère me pediu para usar seu anel. Eu tinha apenas 12 anos, por isso o anel era grande demais para o meu dedo anelar, mas ela o ajustou ao meu polegar. "Assim, sempre poderei encontrar você", disse ela. Eu não entendi o significado de suas palavras na época, mas fiquei feliz em possuir um anel tão lindo, especialmente porque ela não o havia oferecido aos meus irmãos. Eu estudei a arte ritualística do anel e não reconheci o vèvè como um daqueles que eu a via desenhar no chão ao mesmo tempo em que o fubá escorregava delicadamente entre seus dedos enquanto ela chamava os loás. Pedi à grandmère que explicasse os desenhos do anel para mim, e ela disse que eram do sonho de um ancestral; que o anel havia sido extraído na África Ocidental. Os desenhos eram pistas para um idioma secreto conhecido apenas por nossa linhagem, contando nossa história, preservando nosso poder. "Por meio deste anel", grandmère me disse, "vou lhe ensinar a língua dos loás, para que você possa falar com eles como se fossem iguais."

Essa conversa não era incomum para grandmère, que muitas vezes fora acusada de pomposidade, até mesmo de heresia, por pensar tanto em si mesma. Eu achava que seus críticos eram apenas invejosos, já que nenhuma outra manbo em New Orleans, na Louisiana, ou talvez em todo o Sul dos Estados Unidos, poderia reivindicar seu poder. Centenas de pessoas percorriam quilômetros para suas cerimônias de chuva, e seus exitosos rituais de cura eram lendários. Grandmère sempre dizia que era parente da grande sacerdotisa Marie Laveau, o que era uma mentira, mas havia verdade suficiente embasada em suas mentiras para servir bem aos loás e ao povo. Mesmo as pessoas que não gostavam de sua arrogância a procuravam quando precisavam de ajuda.

Grandmère me ensinou cedo que eu não era regida pelas regras que governavam os outros. Nossa riqueza e posição nos deram privilégios, dizia ela. Como consequência, quando eu estava na cidade, ousava ir a lugares *designados apenas para brancos, o que atormentava meus pais.* Grandmère *me dava coragem. Na África, dissera ela, nossos ancestrais diretos podiam alçar voo. Criar milagres era nosso direito de nascença, dizia ela. Com meu anel, ela disse, eu cresceria para fazer um grande milagre acontecer, algo que nenhuma outra* manbo *ou* bòkò *poderia reivindicar. Eu me tornaria o chefe do espírito da família.*

Esperei toda a minha vida pelo milagre que grandmère *prometeu. Às vezes, cheguei perto de destruir estes papéis porque me convenci de que ela mentira para mim, que era outra de suas histórias elaboradas para servir de metáfora. Algumas vezes eu quis destruir estes papéis, quer suas palavras fossem mentiras ou não, tão grande é o poder do que está dentro destas páginas. Duas vezes eu joguei fora o anel que ela me deu e duas vezes eu o recuperei; uma vez, fiquei procurando por ele durante um mês em um campo aberto, até que o encontrei brilhando ao sol. É um dilema terrível: culpo o anel e culpo a palavra, mas apenas o anel e a palavra podem restaurar o que foi arruinado. Eu detesto o anel e a palavra, e ainda assim devo estimá-los.*

Uma maldição me assombra. Talvez o "mau-olhado", a praga de muita inveja, tenha causado a minha maré de azar depois que grandmère *morreu. Fiquei cega para a maldição até que fosse tarde demais.*

Eu não falei por um ano inteiro depois que grandmère *morreu, quando eu tinha 18 anos, tamanha era a dor no meu coração. Esperava que ela viesse para mim imediatamente, em sonhos e visões, mas ela não veio. Em sua terra natal, o Haiti, a doença do não falar,* pa-pale, *costuma vir após o parto, mas no meu caso foi após uma morte. Quase não me banhei ou comi. Minha família não sabia o que fazer comigo.*

Foi Philippe Toussaint, o jovem crioulo que serviu como advogado de meu pai, que me tirou da minha prisão de luto, com seu sorriso gentil, sua sagacidade e atenção constantes. Por dois anos, ele me cortejou e eu o rejeitei. Eu não queria me tornar uma esposa, como muitas outras do meu sexo queriam. Fui para o Hospital Mary McLeod e para Escola de Treinamento para Enfermeiras, aprender enfermagem a fim de complementar minha prática de vodu, e, quando voltei, Philippe ainda estava esperando por mim. Novamente, como já disse, eu era mimada. Por que deveria me contentar com uma coisa ou outra — minha educação ou meu pretendente — quando poderia ter as duas?

Por fim, nós nos casamos. Ele construiu uma linda casa perto de meus pais. Tivemos uma filha, Dominique. Eu não estava mais com raiva da vida pela perda de grandmère, *nem pela ausência de seu espírito.*

Então, como se quisesse provar sua maldade, a vida se tornou um pesadelo.

Aquela noite é dolorosa demais para eu descrevê-la por completo, mas basta dizer que é muito difícil compreender que os seres humanos sejam capazes de tamanha monstruosidade. Tudo começou quando Philippe se interessou por política, encorajando outras pessoas negras a se registrarem para votar, apesar do domínio de Jim Crow. Com minhas bênçãos, ele poderia ter acumulado mais poder do que qualquer homem negro na história do estado, e havia muitos outros que sabiam disso. Éramos ingênuos em não esperar represálias.

Não tive avisos, nem sonhos. Eu havia orado pela segurança de Philippe, mas não foi o suficiente.

Eles vieram buscá-lo com seus rifles à noite, quando estávamos dormindo. Eles o arrancaram da minha cama, do meu abraço desesperado. Minha bebê era muito jovem para compreender a violência, mas Philippe foi morto diante de nossos olhos. "Lembre-se dessa cena, neguinha", um de seus torturadores cuspiu em mim, como se eu pudesse esquecer uma cena tão repugnante que poderia ser uma representação do inferno.

Esses homens logo morreram por seus crimes, os loás me ajudaram a puni-los, mas isso foi um consolo pequeno para mim. Papa Lebá tentou me consolar oferecendo-se como meu marido espiritual, uma cerimônia consagrada por um prétsavann do Haiti, um padre do mato, com as assinaturas de testemunhas devidamente coletadas em nossos papéis de casamento, e eu jurei a Papa Lebá que nenhum homem de carne e osso deveria me tocar aos sábados, seu dia sagrado. Mas mesmo sendo a nova noiva de um loá tão poderoso e generoso como o querido Papa Lebá, não consegui me livrar do luto.

Meu coração morreu com Philippe. Mal me restou coração para minha filha, que agora conhecia apenas um dos pais, mas não a dei às minhas irmãs, como elas me imploraram. Ah, se eu tivesse! Em vez disso, leve minha preciosa Dominique de New Orleans para longe do Sul, o mais longe possível do local do assassinato de seu pai.

Foi então que grandmère começou a aparecer em meus sonhos e visões, oferecendo-me o milagre que ela havia me prometido quando eu era menina.

Foi então que minha jornada para a danação começou.

Vinte e Um

Quinta-feira

Sob um céu chuvoso de cor de neve suja, a criatura que um dia fora Tariq Hill dirigia uma kombi Volkswagen 1968 em direção ao norte na interestadual Cinco, no sul de Washington, quase uma hora depois de Portland. Onyx estava aninhado no chão do lado do passageiro, dormindo ou fingindo dormir. Onyx nem sempre fora tão quieto, mas ele ficara esperto desde que Tariq o acertara com um chute rápido nas costelas duas horas antes. O cachorro quase arruinara sua conversa por telefone com aquele metido do Myles Fisher, com toda a barulheira que vinha fazendo. Tariq quis chutar Onyx mais duas ou três vezes, mas se conteve, contando até dez. Ele estava ficando melhor nisso. Controle da raiva.

Tariq abriu o porta-luvas e tirou alguns estojos de fita cassete desbotados pelo sol e espalhou-os no banco do passageiro. Teddy Pendergrass, Marvin Gaye, Al Green. Coincidentemente, todos os seus favoritos. Quando ele colocou uma delas no toca-fitas, "I'm So Tired of Being Alone" chiou nos antigos alto-falantes da kombi, distorcendo a voz de Al com um assobio nas notas altas. Ainda assim, o som da música era celestial. Ele se lembrava muito de quem ele tinha sido. Música, até agora, era sua lembrança favorita de si mesmo.

Tariq dirigia a 110 quilômetros por hora, o exato limite de velocidade, nem mais nem menos. Estava com pressa, mas não seria parado por excesso de velocidade. Não acreditava que seria educado se alguém com uniforme de policial tentasse atrasá-lo. Nunca gostara muito de uniformes da polícia, culpa de algumas maçãs podres. Ele se lembrava disso também.

Aquela *vadia* da Marie era uma maçã podre. Ela estragara tudo perto dela, todos que ela tocou. Marie se perdera de sua neta preciosa por um tempo, mas ela nunca se perderia do *baka* que a atormentava.

Era uma pena que ele tivesse adquirido seu conhecimento tão tarde, Tariq pensou, ou ele saberia desde o início que a linhagem de Angie estava estragada, que ela seria impossível e que o menino seria tão ganancioso quanto sua bisavó. Tariq conhecia toda a história vergonhosa, porque o *baka* Sem Nome a havia sussurrado enquanto despertava dentro dele, contando-lhe com alegria sobre a queda das tolas criaturas de carne e osso que tentavam ser deuses.

Exu tinha sido bom demais com Marie e seus antepassados, disse o *baka*, agradando-os descaradamente com suas atenções. Esse era o jeito de Exu, cego por seu amor pelos filhos. Ao longo dos tempos, quando a linhagem de Marie o chamava da Iorubalândia, de Cuba, do Haiti ou das Américas, orando por Exu Lebá, Eleguá ou Papa Lebá — por qualquer um dos nomes pelos quais ele era conhecido —, Exu vinha rapidamente. Ele tinha sido generoso, sua falha eterna. Tolice!

Os filhos de alguém, disse o *baka*, só podem ser motivados pelo medo.

No entanto, Exu ordenara a Iemanjá e Oyá, seus espíritos companheiros, que controlassem a fome, os terremotos e os furacões para salvar a linhagem de Marie uma dezena de vezes. A maior parte de sua linhagem tinha sido poupada da escravidão do outro lado do mar, mas para aqueles que ele havia perdido, Exu atendera às suas orações na barriga dos grandes navios, e eles permaneceram fortes. Ele resgatara Fleurette, a *grandmère* de Marie, de um barraco no pântano, trouxera filhos ao útero estéril dela, casara bem sua filha Sonia com aquele homem de passabilidade branca que ela tanto amava, regara-os com propriedades e riquezas. E eles se tornaram tão vaidosos!

Quando o marido de Marie foi assassinado, Exu apressou seus apelos de luto a Ogum e Oyá para aplicar as penalidades contra aqueles que haviam tirado a vida do homem desafortunado. Aqueles assassinos despertavam com furúnculos em seus corpos, fogo em seus órgãos genitais, morrendo um por ano, e sempre no aniversário da morte do marido de Marie. Então, Exu conduziu Marie para o solo sagrado no extremo oeste para recomeçar sua vida, longe do lugar onde seu amado morrera. Ele havia lhe dado o controle da terra para usá-la como quisesse.

E como Exu fora recompensado? Exu, o grande deus Trapaceiro, fora enganado.

"Mas agora você entendeu, não é, Marie?", disse Tariq. "Você era apenas uma tola bruxa de carne e osso brincando com o que não devia. Você era uma criança, Marie. Você ainda é uma criança."

Exu a levara para a terra de boa vontade, para a Floresta das Encruzilhadas, mas quando Marie a encontrou, ela se tornou insuportável. Ela poderia ter oferecido libações e sacrifícios e coletado e guardado um pouco do solo sagrado em uma algibeira para usar em volta do pescoço, cruzado no peito. Aquele solo seria adequado para ela, e o *baka* dali poderia ter dormido para sempre, imperturbável. Ela poderia ter ido a qualquer lugar com a terra e garantido saúde e felicidade para seus filhos, netos e bisnetos.

Em vez disso, aquela vadia tinha orgulho de roubar a terra.

Nem mesmo isso, porém, fora a pior ofensa; a terra fora roubada por outros e não reconhecera nenhum dono. A terra pertencia ao espírito, não à carne. Os nativos tinham entendido isso sobre a terra, e Marie deveria saber também.

Mas nem mesmo Exu conseguiu perdoar a maneira como ela sujou a terra.

Oh, me perdoe, Papa Lebá, eu não sabia, ela afirmou depois em tantas orações a ele, quando ela fingia estar chocada com a potência de seus desejos. Ela, que fora ensinada por Fleurette, uma sacerdotisa que teria sido queimada como bruxa em tempos anteriores por ser tão insolente com seus dons, governando colheitas, chuvas e nascimentos. Ela, a quem fora ensinada a história da linhagem da qual descendia. Ela, cujos sonhos revelavam orações esquecidas, orações de muito antes da jornada de seu povo através do mar. Ela, que usava o anel extraído de ouro, abençoado pelo círculo de sacerdotes mais poderoso da terra original de seu povo. Para ela, era ainda mais imprudente alegar que não conhecia seu poder!

E Marie era inteligente. Ela mantivera sua progênie na ignorância, privando-os de seu conhecimento, como se Exu pudesse ser aplacado com uma penitência tão pequena, e como se o *baka* pudesse ser facilmente banido do rastro deles. Mas era tarde demais para penitência. E o *baka* não poderia ser enganado tão facilmente. O *baka* tinha levado a filha de Marie com facilidade, e os esforços de Marie haviam sido fracos. O *baka* não seria banido.

Especialmente agora que pegara o garoto.

Tariq uma vez amara o menino, como uma criatura de carne e osso. Mas um bobo era um bobo, fosse o menino seu filho ou não. Ele era muito fácil de enganar. Todo ser de carne era fácil de enganar. Logo, o *baka* pegaria o último da linhagem de Marie, para fazer dela um exemplo. O *baka* quase cumprira sua missão. Exu, em sua raiva, não interveio.

Angela Marie — filha de Dominique, neta de Marie, trineta de Fleurette — era a última da linhagem. Angie era a última.

Tariq a sentia por perto. Ele podia ver o rosto dela nas sempre-vivas por onde a kombi passava na rodovia, pintado nas brechas entre as árvores. Seu rosto estava esculpido ao redor dele agora, trazendo suas próprias memórias. Mas o *baka* avisara Tariq: haveria trapaças. Haveria mensageiros. Tudo isso era evidência do orgulho daquela *vadia*, seu esforço para preservar sua progênie. Marie e sua linhagem haviam mantido Tariq sob controle por dois anos, por pura força, ou então ele teria cumprido seu chamado muito antes. Ele não podia desconsiderar o poder da linhagem dela.

Mas a linhagem de Marie não era a mais forte. Tariq iria ensinar isso a ela, finalmente.

Como se tivesse tido uma revelação, Tariq abriu o porta-luvas da kombi e sorriu com o que encontrou: a arma estava lá esperando sobre os antigos papéis de registro, mapas e recibos que haviam migrado para aquele espaço ao longo dos anos. A coronha da arma ainda estava enrolada em fita adesiva velha, mas seu cano preto brilhava como nunca. A arma havia sido confiscada quando o menino morreu, apreendida.

Tariq perdera essa arma antes. O *baka*, mais uma vez, a devolvera.

Haveria uma beleza irônica em matar Angie com essa arma, Tariq percebeu. Ela sempre tivera medo dela; ela sabia, mas nunca entendera o quê.

A visão da arma trouxe de volta outro fantasma de memória: em sua vida de carne e osso, Tariq e seu irmão Harry haviam ouvido tiros através da parede do quarto que compartilhavam quando crianças, aquela fora a primeira vez que Tariq ouviu o som aterrorizante tão de perto. Ele não conseguia se lembrar do nome da mulher, mas se lembrava da emoção e do choque de saber que sua vizinha havia cometido um assassinato. Ela era uma boa mulher, essa era a questão. Uma mulher sorridente e educada cuja casa era um dos poucos lugares onde ele, Harry e suas irmãs tinham permissão para brincar de doces ou travessuras. Quando ele perguntou a seu pai como uma mulher tão legal poderia um dia matar o marido a tiros, seu pai respondeu: *Às vezes você fica bravo. E quando fica bravo demais, é capaz de fazer qualquer coisa.* Essa era uma lição que Leland Hill havia ensinado a seus filhos, repetindo-a muitas vezes.

E Angie tinha visto quando ele levara aquela arma para casa. Ela tinha observado como os hematomas na mão de seu pai o haviam deixado ansioso para resolver as discussões com os punhos ou com uma arma. Ele nunca a tocara daquela forma, mas queria. Ele podia não ter apontado aquela arma para o peito dela em vida, mas ela sabia que ele tinha imaginado isso muitas vezes. Angela tinha visto isso nele, assim como o irmão Paul.

Angie, uma verdadeira filha da linhagem de Marie, conhecia seu futuro.

LONGVIEW – RODOVIA ESTADUAL QUATRO, dizia a placa verde da estrada familiar, anunciando uma saída que desviava para o campo cinquenta metros à frente. Mesmo sem a placa, Tariq sabia que estava quase chegando à estrada para Sacajawea. Ele estava perto do lugar. Estava quase em casa.

Tariq a queria naquele verão. Ele havia dirigido um longo caminho para recuperá-la, assim como estava fazendo agora. Ele tinha sentido o gosto da pele e da língua dela, e jurara desfrutar a carne de Angie mais uma vez da mesma forma que apreciava suas músicas antigas: com um prazer repleto de requinte e gratidão. Ele tinha uma lembrança das dobras de sua feminilidade, aqueles vales e elevações rosas e marrons, que o faziam gemer baixinho enquanto dirigia. Essa memória era muito melhor do que a música.

Haveria tempo para brincar. O *baka* havia prometido isso a ele.

Mas então, Tariq deveria terminar.

Ainda assim, Tariq acelerou além da saída de Longview sem olhar para trás, sem desviar da Interestadual para a estrada que levava a Longview e Sacajawea. Em seu espelho, ele observou a saída recuar atrás dele. "Até logo, Angie", disse ele. "Vejo você em breve, Snook."

Ele nunca tinha lidado bem com a paciência, mas iria dominar esse traço hoje.

Tinha mais uma viagem a fazer. Cinco horas ao norte dali, na Interestadual Cinco, do outro lado da fronteira com o Canadá, outro detalhe precisava ser resolvido. Mais uma tarefa especial estava aos pés de Tariq antes que ele pudesse voltar para casa e para sua esposa.

Tariq precisava falar com uma mulher a respeito de um cachorro.

Vinte e Dois

VANCOUVER, BRITISH COLUMBIA
No mesmo dia

"Tem certeza? Você não pode ir hoje, Naomi? Eu poderia levá-la a Victoria na hora do jantar."

Sua assistente estava tentando tanto agradá-la que Naomi sentiu pena da garota. Naomi balançou a cabeça e bolas de gude estalaram dentro de seu crânio. Ela nunca tivera uma dor de cabeça tão forte em sua vida; não como a do dia do Emmy para *Coretta*, nem mesmo como a que teve depois da morte de Mama June e da de seu pai seis meses depois, no pior ano de sua vida. Naomi estava deitada no sofá da sala de estar de sua suíte de dois cômodos no Sutton Place Hotel, descalça, vestindo o roupão branco do hotel sobre as roupas de ginástica que vestira antes da ligação com Angela que arruinara seus planos para aquele dia.

O turbante de tecido tradicional de Suzanne e os grandes brincos de argola dourados faziam com que ela parecesse uma xamã africana, Naomi pensou. Ela sentiu uma leve pressão nos olhos quando Suzanne colocou delicadamente uma toalha fria e úmida no rosto dela, acima do nariz. Suzanne estava cuidando dela havia uma hora, fazendo o seu melhor, mas o que Naomi queria mesmo era a massagem que Angela lhe fizera nos bastidores do Emmy, com movimentos perfeitos nas têmporas que haviam feito sua dor de cabeça desaparecer como por mágica.

"E se eu preparar uma mala para o fim de semana?", perguntou Suzanne. "Então iremos direto para o spa quando sua dor de cabeça passar. Eu reservei o voo para Los Angeles bem cedo amanhã, então se eu não te levar hoje..."

"Continue fazendo suas coisas, querida. Eu me viro para chegar lá. São apenas algumas horas daqui."

Deixe que Suzanne vá para casa, ela pensou. Inferno, talvez ela voasse para casa amanhã também. Ou iria para Sacajawea, se despedir direito do cachorro, não importava o que Angela dissesse. Ou talvez ela ficasse onde estava por quatro dias seguidos. Isso também parecia tentador.

Tudo o que Naomi queria agora era um pouco de silêncio, para que sua cabeça a deixasse em paz.

"Naomi, Angela vai me matar se você não for àquele spa", disse Suzanne, como se Naomi tivesse expressado suas dúvidas em voz alta. Suzanne parecia nervosa e triste, mais parecida com a garota de 21 anos que era, não com o dínamo de raciocínio rápido que ela fora nos últimos dias. Suzanne estava dando tudo de si no trabalho.

"Não deixe Angela te assustar", disse Naomi. Ela quase sorriu, até que percebeu o que estava prestes a dizer: *Angela late, mas não morde*. Novas lágrimas, novas ondas de dor. Porra. Sempre que a mente de Naomi tentava se desviar de Onyx, sua dor de cabeça a punia. Um pensamento desagradável se externou em forma de lágrimas. "Angela viu Onyx morto na floresta antes de eu ir embora e não me contou", sussurrou ela.

"Por que ela faria isso?", perguntou Suzanne.

"Por que mais? Ela queria que eu fosse trabalhar."

Era tão óbvio agora que Naomi se sentiu estúpida. Angela só queria seus dez por cento. Bennett lhe avisara. Amigos, amigos, negócios à parte, seu irmão mais velho sempre dizia, lembrando-a de que Naomi era muito rápida em abrir seu coração às pessoas. Naomi sentiu suas entranhas se agitando, estimulando sua dor de cabeça. Ela estava à beira do tipo de choro que era melhor chorar na privacidade. Lágrimas da alma, Mama June costumava dizer. Nenhuma quantidade de paracetamol, massagem ou toalhas frias aliviariam a dor da perda de Onyx.

"Estou bem", disse Naomi a Suzanne. "Você pode ir embora."

Suzanne apertou os ombros de Naomi, massageando-os com força. Seu aperto dizia que ela sabia por que estava sendo mandada para fora da sala. "Estou sempre por perto. Me ligue se precisar." Ela beijou a testa de Naomi.

Sozinha em sua suíte, Naomi ficou imóvel, tentando afastar a dor. Graças a Deus por Suzanne, ela pensou. Quando a moça terminasse sua graduação em cinema pela Universidade da Califórnia, em janeiro, talvez ela viesse trabalhar em tempo integral, ficaria um ou dois anos com ela até fazer seus próprios contatos na indústria. Naomi havia prometido a si mesma uma assistente em tempo integral quando recebesse seu primeiro cachê de um milhão de dólares; e no início do ano, isso aconteceria. Com o que mais ela gastaria seu dinheiro? Marido? Filhos? Não nesta vida, querida. Ainda não. Ela não tinha tempo para férias e estava morando na mesma casa que comprara com o dinheiro da novela.

Ela também não tinha mais Onyx para gastar seu dinheiro com ele. Ela estava nessa sozinha agora.

E justamente quando as coisas estavam indo tão bem! Ela enfim conseguira. Todo mundo dizia isso. Ela estava prestes a explodir como uma grande estrela. O futuro pelo qual ela lutara desde que interpretara Dorothy em *O Mágico de Oz*, com direção de Cornelia Dozier no Teatro Infantil da Eighth Street, estava acontecendo na frente de seus olhos, a profecia se provando verdade. Esta deveria ser a época mais feliz de sua vida.

Então, por que estava tudo tão horrível? Cada vez mais horrível a cada dia?

Ela aceitara que Mama June e o pai não haviam vivido o bastante para ver isso. A ausência deles a perfurava a cada triunfo, mas ela poderia viver com isso. E ela aceitara a forma como seus velhos amigos e novos homens a evitavam, como se eles não a encontrassem em meio aos holofotes brilhando sobre ela. O amigo de Angela, Myles Fisher, fora o primeiro homem que ela conhecera naquele ano que a havia tratado como se ela pudesse ser sua amiga, irmã ou namorada. Ele não tinha medo ou raiva dela, nem se sentia intimidado por ela. Aleluia.

Isso era raro. Mais do que raro. Mas com Onyx, seu crescente isolamento não a incomodava.

Agora, toda a perfeição se fora. Onyx tinha sido testemunha de seus dias e sua companhia, seu bebê, seu conforto. Onyx a amava com fervor, tratando-a como mãe desde que Mama June o dera a ela ainda filhotinho no dia de sua formatura na faculdade. Onyx estava lá desde o início, a forçando a pensar em alguém além de si mesma. Agora, a cada nova bênção, ela parecia perder mais uma coisa para abrir espaço.

Nós não devemos conhecer os caminhos de Deus, Mama June sempre dizia para tentar confortá-la quando nenhuma outra palavra se encaixava. O Senhor dá com uma das mãos, mas tira com a outra. Ela aceitava isso também, mas doía.

A campainha da suíte tocou suavemente. Naomi não se moveu, seus olhos ainda escondidos atrás da toalha. Porra. Talvez ela devesse mesmo ir ao spa hoje para que ninguém pudesse encontrá-la.

"Naomi?", disse uma voz exuberante. Parecia Vince.

Com um suspiro, Naomi se levantou e caminhou até a porta e quase tocou a maçaneta, parando antes que seus dedos a alcançassem. Ela precisava ter cuidado ao abrir a porta agora. Bennett a lembrara de que havia malucos por toda parte. Naomi tinha acabado de ler uma história sobre uma atriz que tinha um fã maluco que se masturbava regularmente atrás de suas roseiras.

"Quem está aí?", perguntou Naomi, para ter certeza. Pelo olho mágico, ela viu o lóbulo da orelha de um homem. Ele estava desviando o olhar da porta.

"É o Vinny, querida. Desculpe incomodar, mas tenho uma surpresa."

Aquela voz era de Vince, sim, com seu sotaque do Brooklyn e sua laringe endurecida pelo cigarro. Naomi sempre achara bobagem um homem tão grande como Vincent D'Angelo usar um apelido de criança. Ela abriu a porta, embora o aperto que sentia nas têmporas estivesse se espalhando para o pescoço. Foi apenas um sentimento, mas também mais do que isso. Foi uma intuição. Uma intuição ruim.

Vince sorriu, mostrando um mar de dentes. "Como está a mulher mais bonita de Vancouver?"

Naomi olhou para seu roupão e shorts. Ela havia esquecido que mal estava vestida. "Quando eu a vir, vou perguntar. O que foi, Vince? Não estou me sentindo bem."

O rosto de Vince ficou inexpressivo. "Eu sei, e sinto muito por tudo, do começo ao fim. Seu agente me ligou mais cedo, sei que você teve um problema e eu te decepcionei. Depois desse negócio todo com Jake, você provavelmente quer me matar e procurar alguém novo. Estou certo?"

Naomi não disse nada, porque não tinha energia para mentiras educadas hoje. Onyx ainda poderia estar vivo se Vince tivesse dado a ela tempo para procurá-lo. Talvez não tivesse feito diferença, mas ela nunca saberia. Esse trabalho parecia cada vez mais insignificante, uma sequência de azares.

Enquanto Naomi o encarava, o sorriso de Vince voltou a brilhar. "Estou tão empolgado em poder fazer isso, Naomi. Por favor, lembre-se disso daqui a um ano, quando eu estiver implorando para que você trabalhe comigo de novo e você estiver não apenas com raiva de mim, mas *muito além* do meu orçamento. Combinado?"

"O que, Vince? Eu realmente não..."

"Seu irmão está aqui", disse Vince, radiante. "Ele trouxe algo que você vai adorar."

"Bennett está aqui?", perguntou Naomi. Sem perceber, ela agarrou os braços de Vince, pronta para beijar sua bochecha barbeada se ele confirmasse. Bennett não tinha contado a ela que estava vindo para Vancouver! Bennett nunca mais tivera tempo de visitá-la e ela quase não sentia mais falta dele.

Uma pessoa se moveu perto de Vince, alguém que estava fora de sua visão. Então, um homem negro e alto surgiu no corredor. Vince tinha um metro e oitenta e cinco, e aquele cara era mais alto ainda, erguendo-se sobre os dois. Ele não era Bennett. Nada nele era sequer remotamente parecido com Bennett.

"Esse homem não é meu irmão", disse ela a Vince, e o rosto bronzeado de seu diretor ficou pálido.

"Você está brincando", disse Vince. "Eu pensei..."

Foi então que Onyx latiu.

Não importava que Angela tivesse dito a ela apenas algumas horas antes que Onyx estava morto. Ou que ela não podia ver o animal dentro da caixa de transporte azul que o homem alto carregava ao seu lado, com um laço vermelho no topo. Naomi criara seu cachorro desde filhote e conhecia seu latido.

"*Onyx!*", gritou Naomi, e o homem riu. Ele se ajoelhou no tapete e abriu a porta da caixa. Onyx veio correndo e saltando em direção a ela, sua cauda balançando com fervor enquanto ele latia.

"Naomi... você está dizendo que este não é seu irmão?", perguntou Vince, preocupado.

"Não, está tudo bem. É o Onyx!", exclamou Naomi, entre ondas de risos e lágrimas enquanto seu cachorro lambia seu rosto. "Ah, meu Deus, *é mesmo o meu cachorro!* Ele me trouxe meu cachorro!"

A mente de Naomi estava confusa, mas ela lembrou que conhecia aquele homem: era Tariq Hill, ex-marido de Angela. Ela o vira pela última vez no funeral de Corey, e uma vez, há muito tempo, em uma festa na casa deles em Hills. Ela se perguntou como não o havia reconhecido antes. Ele estava vestindo uma camisa de náilon preta e calça preta, da mesma forma que estava vestido no funeral do filho.

"Então, tudo está perdoado?", quis saber Vince. "Está tudo bem por aqui?"

"Eu te amo, Vince", disse Naomi, e ele sorriu, o alívio enchendo seus olhos. Vince deu a Tariq um caloroso aperto de mão, agradecendo-o. Então, foi embora, alegre e à vontade, sem considerar a possibilidade de que ele poderia ser o último ser humano a ver Naomi Price viva.

Os olhos de Onyx estavam brilhantes e ele parecia bem alimentado, até rechonchudo. Seu pelo cheirava a shampoo. Parecia até que alguém tinha cortado as unhas dele, notou Naomi. Onyx parecia bem, e ele não cabia em si de tanta energia, subindo em Naomi enquanto ela se sentava no chão de seu quarto de hotel. Ele também sentira saudades dela.

Cada vez que tocava em Onyx, Naomi sentia como se estivesse sonhando acordada.

"Sinto muito por aquela confusão sobre seu irmão", desculpou-se Tariq, sentando-se no sofá. "Menti para o *concierge* porque ele estava me importunando sobre o cachorro, e achei que essa era a única maneira de ele ligar para o seu quarto. Aquele cara, Vinny, me ouviu falando na recepção e ficou louco de empolgação. Ele queria me acompanhar para ver a cara que você ia fazer, e eu não quis estragar o barato dele."

"A-Angela me disse hoje de manhã..."

"Sim, isso é por nossa conta, Naomi. Já tínhamos decidido fazer uma surpresa para você, e ela sabia que eu estaria aqui em algumas horas. Esperamos que você nos perdoe, já que está com Onyx de volta."

Para Naomi, aquela pegadinha tinha sido de péssimo gosto.

"Eu vou matar aquela mulher. Ela não perde por esperar", disse Naomi, embora não conseguisse sentir raiva com Onyx em seus braços. Ela pressionou a bochecha contra o pelo felpudo dele, deliciando-se com seu cheiro fresco. Depois de dois minutos inteiros abraçando e acariciando o cachorro, Naomi começou a se recompor e sua mente se inundou de perguntas. Ela ofereceu a Tariq uma Heineken de seu frigobar, tão animada e confusa que suas mãos tremiam.

"Quem o encontrou?", quis saber ela. Em sua alegria, se esquecera de perguntar.

"Um garoto em Sacajawea o encontrou e escondeu dos pais a coleira e a etiqueta, até que o pai dele viu um cartaz na cidade. Acontece que eu estava lá quando eles ligaram para Angie, e a viagem até aqui é rápida."

Parecia algo absurdamente simplório e aquela era a maior história pra boi dormir que Naomi já ouvira. Por que Angela convidaria o ex-marido para participar de uma pegadinha? O que poderia ter acontecido em três dias para deixá-los de bem um com o outro?

Tariq não falou mais nada, ficou sentado no sofá com as longas pernas cruzadas à sua frente, bebendo a cerveja. Olhando para ele, Naomi de repente não quis mais estar na mesma sala que ele. *Não há nada pior neste mundo do que um mentiroso*, Angela dissera quando elas chegaram em Sacajawea e viram a kombi de Tariq, soando como alguém que fizera um passeio panorâmico pelo inferno.

Naomi segurou Onyx com força para impedi-lo de cair enquanto ela se levantava do chão. Ela podia sentir a batida inquieta do coração dele contra seu peito, encontrando o coração dela. "Vou para o quarto me trocar", disse Naomi, esperando que Tariq entendesse e se retirasse.

"Sem pressa. Vou esperar aqui e ver o que está passando na tv."

Droga, ela pensou, mas a culpa era dela. Como poderia pedir a ele que fosse embora quando tinha acabado de lhe oferecer uma cerveja? Outra vez ela estava sendo legal demais. Naomi ouviu a voz de Bennett em seu ouvido.

A sala de estar da suíte era separada do quarto por portas francesas com cortinas brancas semitransparentes, então Naomi fechou as portas atrás dela e as trancou. Sua mente estava girando.

Aquele não tinha sido apenas um dia estranho. Ela andava tendo muitos dias estranhos ultimamente.

Uma vez Prince enviara a ela um bilhete no banheiro feminino dizendo que ele era um grande fã e pedindo um autógrafo em uma toalha de papel, rapidinho, porque estava atrasado para ir a um lugar fabuloso. Também houvera um dia em que um homem, olhando boquiaberto para ela em Sunset, ultrapassara um sinal vermelho e se enfiara em uma lixeira do outro lado da rua, e quando ela correu até lá para ver se ele estava bem, o cara apenas pediu para tirar uma foto dela, ignorando o sangue que escorria de um corte em sua testa. Outra vez, ela fora convidada para o Jantar de Correspondentes da Casa Branca *e* para o Oscar, tudo de braços dados com Robert Mitchell, encontros organizados pelo publicitário dele puramente para exibição no ano em que ele fora indicado a Melhor Ator, para que ninguém soubessem que ele era gay. Todos aqueles dias haviam sido estranhos.

Hoje, porém, fora mais do que estranho. Nenhuma das peças se encaixava.

Naomi se sentou na cama e pegou o telefone do hotel, ainda agarrada a Onyx. Ela discou o número do celular de Angela, esperando que ela estivesse com sinal. Seus dedos estavam trêmulos, e ela discou errado na primeira vez porque seus olhos estavam fixos nas portas francesas. Ela ouviu a televisão da sala ligar em um volume bem alto, então Tariq começou a passar pelos canais.

Silêncio na linha. Naomi esperou, rezando para que Angela atendesse. Apenas um sinal de ocupado veio. "*Porra*", disse ela, sua dor de cabeça tumultuando tudo. Talvez ela tivesse discado errado de novo.

Onyx de repente ganiu e rosnou, como se fosse morder o braço dela. Ofegante, Naomi puxou o braço, afrouxando o aperto em torno dele, e logo Onyx voltou ao normal, abanando o rabo, lambendo o rosto dela. A adrenalina encharcou Naomi, trazida por um terrível pensamento.

"O que aconteceu, bebê?", disse Naomi. Ela correu os dedos nos pelos de Onyx enquanto discava, e ele estremeceu quando seus dedos alcançaram sua caixa torácica. Ele estava sensível ali, ela percebeu. "Onyx, você está ferido? Alguém te machucou?"

O sinal de ocupado veio outra vez, mais alto e mais teimoso do que antes. Desta vez, Naomi desligou e discou 502 para o quarto de Suzanne, do outro lado do corredor, e o sinal de ocupado veio imediatamente. O número do celular de sua assistente estava anotado no bloco ao lado de sua cama. O coração de Naomi acelerou enquanto ela discava. "Por favor, atenda, Suzanne...", sussurrou ela.

O telefone, mais uma vez, estava ocupado. Nenhuma combinação de números funcionava. Isso também era estranho.

"Não tem muita coisa pra ver na TV local, né?", chamou Tariq da outra sala. Ele parou em um canal de língua francesa antes de mudar de canal de novo.

Naomi não respondeu, obrigando-se a ficar completamente imóvel, lutando contra o pânico que surgira do nada. A única coisa a fazer agora era pedir-lhe que fosse embora.

"... chocou amigos, familiares e apoiadores na idílica cidade ribeirinha de Sacajawea, batizada em homenagem à guia nativa americana que acompanhou Lewis e Clark em sua expedição histórica..." O volume da televisão na sala de estar aumentou de repente, assustando-a. A voz aguda de uma apresentadora de notícias vibrava nas paredes.

Naomi se levantou, ainda segurando Onyx. A voz da apresentadora cortou todos os seus pensamentos.

"... em uma cidade onde os residentes preferem falar sobre a última festa municipal ou sobre a melhor época para se pescar a truta arco-íris, apenas uma pergunta está na mente de todos hoje: por que seu carismático prefeito, Art Brunell, de 41 anos, contrataria uma apólice de seguro de vida para seu filho de 8 anos e, em seguida, supostamente o afogaria... bem aqui?"

Naomi desconfiava de sua audição. Há poucos dias tinha conhecido um homem chamado Art Brunell na casa de Angie, o prefeito da cidade. E a mulher do noticiário disse Sacajawea?

Naomi pegou o controle remoto do quarto. Ela abriu o armário de frente para sua cama, onde ficava a TV. Ela foi passando os canais ansiosamente, até que enfim encontrou a voz correspondente na CNN, onde ela viu uma enseada antes que a imagem mudasse para uma repórter em pé na frente do tribunal pelo qual ela e Angela tinham passado correndo com Onyx alguns dias antes. Em seguida, Naomi viu uma fotografia assustadoramente recente do homem que tinha dito a ela o quanto ele sentia por seu cachorro desaparecido, que a casa da avó de Angela era tão amada que todos a chamavam de Casa Hereditária. A garganta de Naomi ficou seca.

Eles estavam dizendo que aquele homem matara seu *filho*?

Há problemas e *problemas*, Bennett gostava de dizer, lembrando-a de não dar muito valor a algumas coisas. Mantenha tudo sob perspectiva. Não se preocupe com as coisas pequenas e tal. Fique fria, querida. Esse era o Bennett. Há problemas e *problemas*.

Olhando para a televisão, Naomi sabia que ela estava envolvida no segundo tipo de problema. Um dia estranho daquele jeito estava estranho por algum motivo. Um dia estranho daquele jeito estava brincando com ela. Aquilo era um problemão, mesmo pela definição de Bennett.

"Problemas com o telefone?", disse a voz profunda de Tariq ao lado dela.

Naomi gritou, um som estrangulado. As portas francesas estavam escancaradas e Tariq estava de pé atrás dela. Ao vê-lo, ela quase caiu na cama. Ele parecia ter entrado no quarto sem esforço. Onyx latia com raiva para Tariq, se contorcendo nos braços de Naomi, mas ela o segurou com toda a força.

"Não o machuque", disse ela. Naomi não tinha dúvidas agora de por que as costelas de Onyx estavam doloridas.

Tariq sacou uma pistola preta de trás da calça, segurando-a na altura do quadril em uma postura que parecia casual mesmo em seu ar de ameaça. O cano apontado para o peito dela parecia um buraco de alfinete preto em comparação ao cilindro grosso. Quando ela conseguiu desviar o olhar do orifício para o rosto de Tariq, ficou surpresa com a expressão alegre dele.

"O que você quer?", perguntou Naomi. Ela conseguiu parecer indignada.

"Eu lhe devo explicações", disse Tariq em tom gentil. "Promete que vai ficar quieta?"

Ele estava sendo gentil, fosse o que fosse. Naomi assentiu, cerrando os dentes. Talvez ele só quisesse desabafar. Ele diria a ela como Angela sempre o entendera mal, o quanto ficara ferido quando seu filho morreu, como ele se sentira horrível no funeral quando Angela o xingara na frente de Deus. Ela prometeria não contar a ninguém sobre a arma e mandá-lo embora. Às vezes, pessoas perturbadas só queriam que alguém as ouvisse. Ela o ouviria.

"Não é sua culpa. Você não sabia de nada", começou Tariq. "Todo mundo tem dito que sua sorte mudou por causa do trabalho duro e do seu rosto bonito, e eu não vou tirar seu mérito. Mas você teve ajuda,

ajuda de Angie e da avó dela. Elas têm posto as coisas em movimento. Pessoas poderosas sonham com você e veem seu rosto em toda parte por dois dias inteiros. Você sabia disso? Pergunte a Vincent. Pergunte a Stan Loweson, do FilmQuest. Foi o que aconteceu com eles. Isso é o que as pessoas querem dizer quando falam que o destino está sorrindo para você. Isso é ótimo, não?"

Naomi assentiu com fervor, como se entendesse, embora mal estivesse ouvindo, ficando mais brava consigo mesma. Aquele homem era o tipo de psicopata sobre o qual ela havia lido nos jornais. Por que ela não se preparara para isso? Ela rira de Bennett quando ele perguntara se ela iria contratar um guarda-costas. *Só não o deixe bravo*, ela pensou. *Deixe que ele continue falando, Jesus, e me ajude a encontrar uma maneira de sair dessa*. Em sua visão periférica, ela procurou por lugares para se esconder, uma toalha ou um lençol que ela pudesse jogar em Tariq e ter um minuto para...

"Mas você foi usada, Naomi. Marie usou você para mandar Angie de volta para Sacajawea, de volta para a casa. Marie arrastou você para essa história e agora você está envolvida. Mas você não sabia que Marie estava falando com você, não é? Você não ouvia a voz dela. Bem, ela estava falando com você, meu bem. Você fez exatamente o que ela queria que você fizesse... como uma marionete, Naomi. Marie disse 'pule', e você respondeu 'é claro!'."

Tariq parecia estar ficando agitado, e Naomi olhou para o buraco de alfinete mais uma vez. Se o dedo de Tariq escorregasse no gatilho, se o dedo apenas se contraísse, ele iria matá-la. Ele estava apontando a arma para ela. Meu bom Senhor, o que havia de errado com esse homem?

De repente, Naomi se sentiu obrigada a ouvir novamente. Ela queria chorar, mas estava com medo.

"O reino da carne pode ser um lugar solitário se você não sabe como chegar àqueles que partiram, e você nunca aprendeu isso, não é? Não sente falta do seu pai, Naomi? E de Mama June? Bem, eles estão aqui. Eles estão aqui, assistindo."

Os nomes de seu pai e de sua avó surpreenderam Naomi. Ela olhou boquiaberta para Tariq, deixando escapar um suspiro que parecia um soluço. Seus laços com a realidade haviam se afrouxado fazia algum tempo, desde que ela vira Onyx outra vez, mas então sua mente se libertou. Ela estava balbuciando. Ela nunca tinha feito isso antes.

"Shhhh. Fique quietinha", disse Tariq. "Eu prometo, não vou machucar você. Eu trato mulheres bonitas com respeito. Exu está feliz com sua família — Mama June sempre deixava tabaco e uma bengala para ele na porta. Não estou aqui para te causar dor. Estou aqui para punir Marie. Você deveria ter sido mais cuidadosa ao escolher suas amizades, Naomi. E você vai ter que parar de chorar, ou vou ficar bravo. Não sou um santo e estou tendo problemas com meu temperamento."

A mão de Naomi voou até sua boca. Ela pensava que os gemidos vinham de Onyx, mas eram dela. Ela fechou os olhos. Na santidade da escuridão, seu terror retrocedeu o suficiente para que ela pudesse respirar sem se sentir sufocada.

A palma larga e fria de Tariq tocou seu rosto. "Você teria sido atemporal", disse ele.

Teria sido. As palavras machucaram Naomi. Ela pensou em gritar, mas então percebeu que a televisão da sala estava tão alta que ninguém a ouviria. Tariq apertou ainda mais a mandíbula dela, atrás da orelha, empurrando a cabeça dela para o lado. Ofegante, Naomi abriu os olhos, um reflexo. Ela precisava enxergar o que estava para acontecer.

Ela era uma observadora agora. Isso não podia estar acontecendo. *Não podia*.

E então, assim que ela decidiu que aquilo não estava acontecendo, viu que realmente não estava.

O cano da arma havia sumido. Tariq ergueu a arma no ar, girando-a na mão até segurá-la pelo cano. A coronha coberta de fita adesiva estava voltada para ela, segura. Inofensiva.

"Viu? Eu não vou te machucar", repetiu Tariq, seus olhos estudando os dela com grande curiosidade. Ele a puxou para si, para bem perto até abraçá-la, apertando Onyx suavemente entre os dois. Mas Tariq manteve distância, não se empurrou contra ela como ela temia que fizesse, em um prelúdio para o estupro. Pelo canto do olho, Naomi viu Tariq levantar o braço direito, a coronha da arma voltada para o teto. Muito, muito longe dela.

O sentimento esmagador de gratidão de Naomi durou até que a mão de Tariq que segurava a arma desceu em um movimento cortante e ela gritou, tentando se afastar, convencida de que ele iria machucar Onyx.

"Você será linda para a posteridade", disse Tariq, mas ela não o ouviu. Ela pensou ter visto uma erupção de luz vermelha. Mas, fiel à sua palavra, Tariq não a machucou.

Naomi Price estava morta antes de sentir qualquer dor.

Vinte e Três

SACAJAWEA
No mesmo dia

Angela sentia saudades da velha rua Principal.

As enormes janelas do Downtown Foods estavam escurecidas, de luto. No velho hotel de tijolos ao lado, a tenda amarelada anunciando a peça de Liza, *A Última Época Boa*, parecia uma piada de mau gosto. Os cavaletes laranja por todo o lado sul da rua Principal bloqueavam os cruzamentos residenciais que conduziam ao rio. Duas vans de emissoras de TV estavam estacionadas do lado de fora do tribunal, uma com uma grande antena parabólica no teto, proporcionando ali um espetáculo que as vans de emissoras em Los Angeles não ofereciam. Era hora do almoço, e dezenas de pessoas se reuniram em torno das vans. As crianças mais velhas brincavam em bicicletas e skates, aproveitando a importância recém-descoberta de sua cidade. Angela se perguntou se as aulas tinham sido suspensas ou se os pais haviam decidido por conta própria manter os filhos em casa naquele dia, perto deles.

Graças a Deus não foi assim depois que Corey morreu, ela pensou. *Como Liza estava suportando isso?*

Enquanto Angela dirigia lentamente, ela viu Myles em um grupo de quatro ou cinco repórteres comparando notas do lado de fora das portas do tribunal, mas ele não a viu. Naquele instante, sem ser vista, Angela se sentiu sozinha de uma forma que a aterrorizou, até que foi amortecida pelo sentimento.

Moun fèt pou mouri, vovó Marie costumava dizer. As pessoas nascem para morrer. Angela freou, e o carro atrás dela buzinou antes de passar por ela com um rugido impaciente. Crioulo! Ela não conseguira se lembrar de mais do que uma ou duas palavras de crioulo em trinta anos. Quando ela era jovem, vovó Marie lhe ensinara canções em crioulo, e ela reconhecia muitas frases quando criança, diziam-lhe, mas ela esquecera o idioma depois de um tempo, morando em

Los Angeles com a mãe. A mãe dela não sabia crioulo e não queria saber. Mas a frase de vovó Marie tinha acabado de surgir em sua mente como se pertencesse àquele lugar.

"Continue falando comigo, vovó Marie", disse Angela. "Estou te ouvindo."

Os sussurros de vovó Marie vinham de muitas maneiras; o formigamento, uma presciência sutil que a fazia se sentir um pouco fora de sincronia com o mundo ao seu redor, palavras e ideias surgindo em sua cabeça. Vovó Marie estava ficando mais forte? Ela esperava que sim. Do contrário, Angela não teria nada a esperar além de mais funerais, e quem sobrasse teria que comparecer ao dela. Isso era um *fato*, não um medo.

Ela precisava de uma resposta, agora. Estava ficando sem tempo.

Enquanto seu sentimento de desespero crescia, Angela percebeu que tinha chegado à casa de pescador restaurada que agora era a Sociedade Histórica de Sacajawea, que ficava depois da escuna antiga, perto do píer aonde Rob a havia levado no dia anterior. Decidiu que deveria parar ali. Ela engoliu o gosto ruim em sua boca quando viu o cais vazio, imaginando Art carregando seu filho enlameado e afogado de seu barco para o carro que ele poderia ter estacionado exatamente onde ela estava estacionando agora. Ao sair do carro, ela notou outra vez o cheiro azedo de peixe da margem do rio. A garoa acariciou seu rosto.

Talvez vovó Marie quisesse que ela fosse até ali.

Um minúsculo sino tocou quando Angela entrou no edifício histórico da sociedade, que tinha um cheiro bolorento apesar do ar-condicionado que mantinha o espaço frio demais para ser confortável. A sala principal estava apinhada de mesas e estantes cheias de lembranças da cidade: velhas lâmpadas a óleo, uniformes da Primeira e da Segunda Guerras Mundiais, medalhas, vitrines cheias de cartas e fotografias históricas.

Laney Keane apareceu dos fundos e tomou um susto ao ver Angela. O rosto dela era magro, ossudo demais para parecer saudável. Seu cabelo curto e liso estava uma bagunça. "Não acredito", disse Laney, paralisada no lugar. "Eu estava prestes a ligar para você."

Que bom. Realmente *havia* um motivo para ir até lá.

"Por quê?", perguntou Angela.

"Porque..." Laney piscou, envergonhada. "Bem, como posso dizer? Eu me lembrei de uma coisa e... queria te contar...", Laney ajeitou os folhetos turísticos na mesa da recepção, separando as pilhas para a marina, para o refúgio de cervos, para a trilha de Lewis e Clark.

Angela a observou o mais pacientemente que pôde. "Diga, Laney."

Laney a fitou com olhos tão fundos que pareciam quase machucados. "Eu vi os três saindo ontem de barco e acenei. Eles estavam sorrindo, os três. Da minha janela dava para ver onde eles estavam pescando, bem aqui. Fico pensando: 'E se eu tivesse olhado pela janela?'. Se eu tivesse visto algo... Depois ele deve ter passado direto pela minha janela. Eu simplesmente não vi..." Laney olhou em direção ao cais e à trilha sinuosa que levava à enseada. Angela viu a fita amarela da polícia pendurada no banco de areia.

"É isso que você queria me dizer?"

Laney balançou a cabeça com um suspiro, apertando os lábios finos. Ela engoliu em seco. "Tenho pensado muito na sua festa, Angie. Sobre o que aconteceu. Tudo bem se eu falar sobre isso?"

Tudo sempre voltava para o Quatro de Julho.

"Por favor", disse Angela, embora só a ideia já a deixasse enjoada.

"Eu sempre quis falar sobre o piano. Na sua sala de estar."

"O que tem o piano?"

"Eu o estava estudando naquele dia. Meus avós tinham um igual àquele, com rolos de pianola, e eu adoro pianos antigos. Eu estava olhando para o seu piano e abri a caixa para ver o estado dele. Então, ele começou a tocar um pouco antes... logo antes..."

O piano estava tocando antes do tiro. "Eu me lembro", disse Angela.

"Mas não fui eu, Angie." O rosto de Laney tinha uma expressão triste, como se ela tivesse sido acusada de um crime. "Eu não mexi nos rolos. Eu nunca faria isso sem pedir permissão. E a barra estava vazia. Não estava nem se movendo. Eu sei, porque eu estava a centímetros dele. E depois... Eu olhei para as teclas e elas estavam tocando. Só... *tocando*. As teclas se mexiam por conta própria, eu *juro*. Procurei você para mostrar o que estava acontecendo, e ouvi você rindo, mas então..." O rosto pálido dela parecia porcelana antiga, mapeado com rugas da idade. "De qualquer forma, isso sempre ficou na minha mente. Sempre me assombrou. E sabe quem estava parada ao meu lado quando o piano começou a tocar? June McEwan. Nós duas comentamos sobre como era curiosa a maneira como ele começou a tocar. Rimos na hora, ficamos tão assustadas, mas depois nos olhamos e eu vi a mesma pergunta em seus olhos: *Bom, mas como está tocando?* E o tiro veio logo em seguida. Tomamos um susto. Eu nunca esquecerei isso. Mais tarde, quando June tentou machucar Randy, também foi muito estranho... e me lembrei daquele maldito piano." O lábio inferior de Laney se contraiu. "Acordei bem cedo esta manhã e queria te contar isso, Angie. Estava reunindo coragem."

Angela apertou seu braço, que parecia tão frágil quanto o de uma velha, embora Laney não tivesse mais que uns 50 anos. O olhar selvagem nos olhos de Laney a lembrou de uma das pacientes que ela conhecera no hospital psiquiátrico, a sra. Shaw, uma doce viúva de 80 anos que fora totalmente destruída pela vida, assombrada por ataques de ansiedade após décadas sendo espancada pelo marido. "Tire o dia de folga, Laney", disse Angela. "Por que você abriu? Ninguém vem hoje. Feche e vá para casa."

O rosto de Laney murchou, desapontado. "Você não acredita em mim?"

"Claro que eu acredito. Eu sei que algo terrível está acontecendo. Algo na casa."

Laney abriu um sorriso fraco. "Sim. É exatamente isso. É algo terrível, Angie."

"Antes de ir para casa, preciso lhe pedir um favor. Preciso de sua ajuda imediatamente. Vovó Marie alguma vez lhe deu algo para arquivar? Qualquer papel ou bugiganga?"

Laney pensou muito, franzindo a testa. Então balançou a cabeça. "Eu perguntei a ela várias vezes. Também perguntei a ela sobre o piano. Mas ela nunca quis..." Ela parou, e o sol pareceu brilhar em seu rosto preocupado. "Mas houve uma entrevista uma vez. Tenho quase certeza de que ainda a tenho! Comecei uma série sobre heranças quando vim aqui pela primeira vez, entrevistei pioneiros da cidade..."

O coração de Angela deu um salto. Ela segurou o rosto de Laney entre as palmas das mãos. "Eu preciso ver isso", pediu.

"É uma fita cassete. Eu vou encontrar para você. Vamos lá atrás."

Nos fundos ficava a pequena biblioteca da Sociedade Histórica, uma sala acarpetada com duas mesas para leitura e algumas estantes de livros quase vazias. Enquanto Laney vasculhava um arquivo perto da janela, Angela analisou os títulos: *Praia do Paraíso*, *Sul de Seattle*, *O Guia Noroeste de Ervas* e *Plantas Medicinais*. Títulos locais. Nada de que ela precisasse agora.

"Aqui está!", exclamou Laney com orgulho, exibindo um único estojo de fita cassete. "Acho que ela não estava se sentindo bem no dia, então não é a fita inteira. Apenas o primeiro lado, se me lembro bem..."

O rótulo digitado no cassete dizia MARIE F. TOUSSAINT, 23-11-90.

Vovó Marie dera essa entrevista um mês antes de morrer.

O peito de Angela ficou apertado de culpa. Ela deveria ter entrevistado vovó Marie uma dúzia de vezes e capturado essa história ela mesma. Ela não deveria ter deixado aquele trabalho para uma estranha. Vovó Marie nunca gostara de falar sobre si mesma, mas ela deveria tê-la forçado. Era a história de Angela também.

"Onde posso ouvir isso?"

"Vou trazer o toca-fitas e os fones de ouvido. Você pode se sentar aqui e ouvir."

O toca-fitas gigantesco que Laney trouxe tinha a etiqueta ESCOLA DE SACAJAWEA, provavelmente uma antiga doação. Mas parecia funcionar, então Angela colocou os fones de ouvido grandes e acolchoados e esperou que o zumbido passasse depois de apertar o *play*. Laney saiu da sala para dar privacidade e fechou a porta atrás dela.

"... tem certeza de que está ligado?", surgiu a voz de vovó Marie de repente, drenando o fôlego de Angela. Ela parecia mesmo ter ficado um pouco rouca à medida que envelhecia, mas a voz de sua avó e o padrão cuidadoso de fala eram inconfundíveis, reconhecidos imediatamente. Angela fechou os olhos, desejando poder entrar na gravação e envolver a avó nos braços. Como a voz da vovó Marie poderia estar ali se ela realmente se fora?

"Sim, senhora", a voz de Laney veio, muito mais alegre do que agora. "Estamos gravando."

"Bem, vamos prosseguir então, mocinha."

"Você é uma das pioneiras remanescentes nesta cidade, sra. Toussaint", começou Laney.

Vovó Marie odiava ser chamada de pioneira, lembrou Angela. Um segundo depois, a fita confirmou sua lembrança: "Ah, eu não tolero essa palavra! *Pioneira*. Assim você faz parecer que eu deveria estar sentada aqui usando um boné de pele de guaxinim", disse vovó Marie.

"Bem, esta cidade se chama Sacajawea, e os nativos americanos gostam de homenagear os mais velhos..."

"Espero que os indígenas não sejam os únicos, ou então o mundo está em apuros", disse vovó Marie. "Bem, deve ser isso que acontece quando você atinge uma certa idade. Quando seu cabelo fica grisalho e sua memória fica longa, de repente você é uma pioneira e uma anciã. Não desperdice suas palavras sublimes comigo, *cher*. Eu não as mereço. Nem todo mundo com cabelos grisalhos é digno de honra."

"A senhora está sendo modesta. A senhora fez uma contribuição tão maravilhosa para a cidade. Suas aulas particulares..."

Vovó Marie suspirou violentamente, interrompendo Laney, e Angela não conseguiu entender as primeiras palavras que ela murmurou. Ela reproduziu a fita três vezes, mas o som estava abafado demais. "... tão honesta quanto eu posso ser. Há muito repousando em minha alma, muito feito e muito desfeito. Passei minha vida adulta tentando consertar os erros que cometi quando era jovem, que é o que todos nós fazemos, suponho, mas meus erros foram grandes e minha vida muito curta. Também há muito em mim."

De repente, vovó Marie fez um som estranho e, depois de alguns segundos, Angela percebeu que a vovó tinha começado a chorar. Angela nunca tinha visto vovó Marie chorar. Ela sentiu uma pontada de inveja. Por que ela se abrira com Laney mais do que jamais se abrira com ela?

"Devemos interromper a entrevista?", perguntou Laney.

"Não, prossiga. É bom dizer isso. As palavras são poderosas. Você sabe disso, não é?"

"Ah, sim, senhora. É por isso que faço o que faço. Amo preservar as palavras."

"Nem todas valem a pena preservar. Digo muito isso. As palavras também são traiçoeiras. Elas sobrevivem a você. Perseguem você. Você não sabe do que estou falando quando digo isso, mas as palavras podem até mover a Terra. Basta um punhado delas."

"Sim! Isso é tão profundo, e é exatamente assim..."

Vovó Marie a interrompeu. "Você não me entende, *cher*, mas tudo bem. É melhor que você não entenda. Eu não gostaria que você ou qualquer outra pessoa vivesse com o que eu sei. Minha vida foi azeda por mais tempo do que doce. Perdi Dominique, que Deus tenha sua pobre e doce alma. Mas eu salvei Angela disso, não salvei? Claro que sim."

Ao som de seu nome, o coração de Angela disparou. *A salvou de quê? Por favor, que haja algo nesta fita que eu possa usar*, ela orou. *Por favor, vovó Marie.*

"Sua neta?", perguntou Laney.

"Sim. Minha neta. Ela virá para o Dia de Ação de Graças. Ela vem quatro vezes por ano, ela, o marido e o filho. E aquele bebê é a cara cuspida e escarrada do meu primeiro marido, Philippe. Os olhos, a mandíbula... Angela também se parecia com o avô, mas não como o bebê se parece. Uma das bênçãos de Deus, ter Philippe de volta. Angela deu-lhe o nome do meio, Toussaint, em homenagem a Philippe. Quanto ao primeiro nome, nunca entendi, mas ela disse que foi em homenagem a um menino de uma série de televisão sobre uma enfermeira na década de 1960. Disse que foi a primeira vez que viu um garotinho negro na TV. Imagina batizar uma criança de Corey em homenagem a um personagem de TV? A coisa mais estúpida que já ouvi. Mas pelo menos Philippe também está no nome."

Angela revirou os olhos, quase rindo, apesar de sua tristeza. Ela e a vovó Marie haviam discutido sobre o nome de Corey, e agora tudo estava voltando, era como uma discussão em andamento. Nesta fita, ao menos, o tempo não se movera um centímetro sequer.

Vovó Marie continuou: "Milagres de Deus, milagres de Deus. Você vê? Perdi Philippe, Eli e John, então tive três maridos... todos eram maridos para mim, pelo menos... e perdi todos eles em pouco tempo. Não tive mais de três anos com nenhum deles. Mas a Angie, ela tem um marido para manter. Um homem muito inteligente, e tão bom com o menino. Ele e Angie têm suas desavenças, mas todos os casais passam por isso. Angie é a primeira de nós a ter um marido desde minha mãe. Não sei se nós, mulheres, somos mais difíceis de conviver ou se os homens são mais difíceis de segurar".

Vovó Marie tinha sido muitas coisas, Angela pensou ironicamente, mas ela não era nenhuma vidente. É verdade que os primeiros anos de Angela com Tariq foram bons, mas eles se perderam nas discussões nos anos que se seguiram à morte da avó. Quase desde o momento em que ela morreu, na verdade.

"Então, apesar das dificuldades em sua vida... tudo fica mais fácil porque você sabe que deixou sua neta e seu bisneto no mundo?", perguntou Laney.

"Bem, claro, *chérie*! Eles são minha alegria. Se não fosse por eles, seria melhor se eu nunca tivesse passado por aqui." Lágrimas vieram aos olhos de Angela. Graças a Deus vovó Marie não vivera para ver a morte de Corey.

"Qual foi a coisa mais difícil, sra. Toussaint?", perguntou Laney.

"A preocupação", disse vovó Marie. "Eu pensei que a preocupação me levaria à morte, mas o diabo deve querer me segurar aqui para eu me preocupar mais um pouco."

"O que mais te preocupou na sua vida?"

Houve uma longa pausa e o zumbido na fita voltou por um momento antes que ela continuasse a falar. "Que os outros sofressem pelo meu orgulho", respondeu vovó Marie. "Eu não suportaria. É por isso que fiquei aqui todo esse tempo, para pagar pelo meu erro. Faço orações todas as manhãs. Duas horas todas as manhãs. As orações são a água de que preciso para apagar o fogo."

"Não entendi."

"Bem, pense no chão de uma floresta depois que um incêndio foi apagado. As chamas se foram, as que você pode ver, mas o chão ainda está quente porque está fumegando por baixo, enterrado. Uma cutucada pode fazer com que ele volte a rugir. *Cher*, a preocupação com essa cutucada vai me seguir até o túmulo! Se Deus quiser, minha neta será mais forte do que eu. Odeio deixar um fardo tão grande para ela...

gostaria de poder carregá-lo sozinha... mas não acho que viverei até os 103 anos. Isso é o quanto eu teria que viver para acabar com isso de vez. Essa é a distância que minhas palavras percorreram, um caminho inteiro até um novo século. Mas vou viver neste anel, pode acreditar. Eu estarei com ela quando chegar a hora, eu oro a Jesus Todo-Poderoso." Vovó Marie suspirou. "Acho que estou cansada. Você se importaria de voltar outro dia?"

"Não!", gritou Angela, endireitando-se no banco de madeira. Ouvindo as últimas palavras de sua avó, ela se curvou sobre o toca-fitas, ficando tão perto que seu queixo quase encostou nele. Mas a fita não lhe deu atenção. Quase imediatamente, as vozes cessaram e o zumbido encheu seus ouvidos. Com os dedos atrapalhados, Angela apertou o botão para avançar a fita, mas houve só silêncio até o fim. O segundo lado também estava em silêncio. Vovó Marie havia partido.

Merda. Angela queria jogar o grande toca-fitas do outro lado da sala e virar a mesa para garantir. "*Por que você não me contou?!*", gritou ela. Angela não sentia tanta raiva de nenhum morto desde o dia em que encontrara a mãe na mesa da cozinha. Dominique a deixara sozinha, sem nenhuma maneira de se defender, assim como vovó Marie. "Por que você não me deu uma *chance*?"

Ela nunca tinha ouvido uma palavra sobre aquilo tudo. Nada sobre orações diárias. Nada sobre um incêndio. Nada sobre como vovó Marie esperava que ela finalmente consertasse tudo. Angela ouviu a gravação mais duas vezes, tentando enxergar seu caminho através da névoa das palavras de sua avó.

Não acho que viverei até os 103, ela disse.

Vovó Marie tinha 92 anos quando morreu, em 1990. Se ela tivesse vivido até os 103 anos, teria morrido em 2001. O ano em que Corey morreu. O que deveria ter acontecido?

Angela tinha acabado de colocar a fita cassete em sua bolsa quando Laney bateu na porta e espiou dentro da sala. Seu cabelo despenteado caiu sobre o rosto. "Algum problema?", perguntou ela.

"Sim", disse Angela, de pé. "Mas é problema meu, não seu. Eu tenho que pegar essa fita emprestada. Vá para casa hoje, Laney. Feche esse lugar e descanse um pouco. Você precisa disso."

Laney não se mexeu imediatamente. Seus olhos se fixaram nos de Angela. "Meu irmão em Salem está morrendo de vontade que eu o visite. Seria uma boa hora para viajar, não é?", perguntou ela.

Gentilmente, Angela roçou o queixo de Laney com a palma da mão. "Sim, um momento muito bom. E, Laney?"

"Sim?" A mulher parecia esperançosa, como se Angela tivesse uma resposta de ouro. Ela não fez isso, mas tinha algo para compartilhar. Não tudo, ainda não. Mas algumas peças.

"Ligue para mim se tiver dor de estômago", disse Angela. "Ligue imediatamente."

Laney Keane, que ouvira o piano começar a tocar na festa de Quatro de Julho, pouco antes da morte de Corey, não precisava de mais explicações. Ela assentiu com fervor. "Ligo para você de Salem", ela disse. "É onde estarei esta noite."

A família Leahy estava arrumando uma minivan encostada na porta do trailer. Angela ficou parada na rua em frente à propriedade, observando a procissão de crianças carregando caixas abertas, utensílios domésticos e brinquedos para fora de casa em um ritmo que não era frenético, mas também não era lento. Alguém, de última hora, havia tomado a decisão de partir imediatamente.

A tia de Sean a viu primeiro e se virou para dizer algo ao sobrinho, que estava usando um boné de beisebol marrom virado para trás. Depois de olhar para o veículo de Angela, Sean enxugou as mãos na calça jeans e começou a longa caminhada pelo caminho de terra até chegar na janela do carro dela. Lá, ele olhou de volta para sua família, com as mãos enfiadas nos bolsos.

"Vão viajar?", perguntou Angela.

"Por alguns dias, talvez", disse Sean. Pela quantidade de caixas, não devia ser verdade. Um mentiroso do começo ao fim, ela pensou. Sean era o único pedaço de Corey que restava ali, e ele estava indo embora. Angela ficou aliviada por causa da família dele, mas se sentiu abandonada. Ela não tinha percebido o quanto estava confiando na esperança de que ele lhe contasse algo. Qualquer coisa.

"Eu preciso de você, Sean", disse ela.

"É, eu sei. Mas Andres e Tonya precisam de mim mais ainda."

"Eu acho que sei um jeito de proteger vocês."

Pela primeira vez, Sean encontrou seu olhar. Seus olhos eram mordazes. "Você acha?"

Angela não conseguiu responder. Em vez disso, ela olhou para a propriedade de Sean, em direção ao curral e aos estábulos, que pareciam vazios. "Onde estão os cavalos, querido?"

"Já estão a caminho." Sean piscou, seus olhos brilhantes. "Talvez eu tenha que vender Sheba. Não tenho certeza." Ele enfiou a mão no bolso de trás, tirando um pedaço de papel amassado, que deu a ela. O coração de Angela disparou, até que ela viu que ele havia escrito apenas um número de telefone. "Você pode dar isso ao xerife se você o vir? Diga que sinto muito, mas tive que ir embora. Eu tentei resistir, juro por Deus. Queria que Andres e Tonya tivessem uma casa de verdade pelo menos uma vez, um lugar de que pudessem se lembrar. Esse era um sonho antigo do meu pai, mas tudo isso virou pó. De qualquer forma, estaremos em Boston. Por enquanto."

Algo havia assustado de verdade aquele menino, pensou Angela. Algo o impedia de proferir uma palavra do que sabia.

"Estou feliz por você ter sido amigo de Corey, querido", disse Angela, tocando seu rosto. "Eu não sei o que aconteceu com vocês dois, mas ele foi mais feliz nas últimas semanas por causa de você e da sua família. Isso significa muito para mim. Eu nunca vou esquecer isso."

Sean assentiu, olhando teimosamente para a rua de terra batida sob seus pés. Ele manteve a voz firme. "Eu sinto muito mesmo por..." Seu rosto mudou, ficando vermelho. "Você sabe."

"Eu sei", disse Angela. "Fiquem seguros. Cuide de sua família."

"Sim, você também. Tome cuidado. Fique firme, sra. Toussaint."

De repente, Sean se inclinou na janela do carro de Angela e beijou a bochecha dela. O gesto afetuoso pegou Angela tão desprevenida que ela quase deu um pulo. Ela havia esquecido como suas emoções eram potentes, presas dentro dela em tantos nós intratáveis. Angela teria que deixar uma grande parte de si mesma desamarrada se voltasse para a casa de vovó Marie naquele dia. Ela vinha carregando aqueles nós por muito mais tempo do que nos últimos dias, ou mesmo desde a morte de Corey. Às vezes, parecia que ela era feita só de nós.

"Corey podia ser chato às vezes, mas ele realmente amava você, sra. Toussaint", disse Sean. "Ele estava chateado por você e o pai dele estarem tão distantes. Pode não parecer, mas sei que ele não queria morrer. As coisas nem sempre são o que parecem, entende?"

Ela aquiesceu. Podia ser uma pista ou apenas um chavão. "Eu sei. E obrigada por dizer isso."

Sean deu um tapinha na porta do motorista, seu adeus. Palavras não ditas torceram seu rosto por um momento, então ele acenou solenemente e se virou para correr de volta para casa, onde seus irmãos estavam esperando. Angela observou Sean correr ao lado deles, batendo de brincadeira na lateral da cabeça do irmão. O menino saltou na direção das pernas de Sean, tentando agarrá-lo, e então Sean a sacudiu, se soltando. A garota soltou uma risada, uma gargalhada de pura alegria que, no entanto, soou quase desesperada. Talvez tenha sido sua primeira risada desde a morte do pai, Angela pensou. Ela rezou para que não fosse a última.

"Boa viagem", sussurrou ela, tanto para ela quanto para eles.

Angela parou a vinte metros dali e estacionou o Explorer alugado em frente aos degraus de pedra que a impressionavam desde que era jovem, os degraus que levavam ao castelo de sua avó. Ela reuniu o material que comprara em Longview naquela manhã: uma câmera digital, blocos de argila, canetinhas coloridas, um pequeno monte de cartolina laranja, martelo e pregos. Ela entrara em uma loja de ferragens e fora andando sem rumo pelos corredores, parando quando sentia que deveria. Apenas parte dela estava pensando em tudo. O resto, ela esperava, tinha sido a mão de alguém tentando ajudá-la. Vovó Marie? Deus? Talvez até Corey. Ela gostava dessa ideia.

Ela aceitaria toda a ajuda que conseguisse.

Angela olhou para a casa da vovó Marie, desprotegida pela nogueira caída, e teve que se lembrar de que já amara aquele lugar. A casa parecia simples e sombria, com todas as suas imperfeições evidentes: a janela quebrada do sótão, o gramado mutilado onde a árvore estivera, a pintura desbotada. Ela não conseguia entender por que aquele homem queria comprar a casa, atraindo-a de volta para Sacajawea. Tudo o que ela achava que amava na casa de repente parecia uma mentira. Ela gostaria de ter comprado algumas latas de querosene também. Gasolina.

"Basta me dar mais um bom motivo", disse Angela da rua para a casa, "e quando eu terminar com você, vou te queimar até não sobrar mais nada. Pode ter certeza de que vou."

Com o capô quente do carro servindo de apoio, Angela começou a escrever uma mensagem na cartolina com a ponta grossa de uma canetinha preta. Escrevendo devagar, ela revelou tudo que sabia, tudo que ela poderia pensar para compartilhar:

NÃO ENTRE NESTE IMÓVEL!!!

COREY HILL MORREU AQUI EM 04-07-01.
ART BRUNELL ESTEVE AQUI 2 DIAS ANTES DE GLENN MORRER.
RICK LEAHY ESTEVE AQUI UMA SEMANA ANTES DE MORRER.
TODOS SENTIRAM DOR DE ESTÔMAGO.
SEU ESTÔMAGO DÓI? LIGUE PARA 555-2969.

O sinal de alerta era um gesto frágil, e a garoa constante borraria a tinta, mas era um começo. Ela já havia dito aos Everly para ficarem longe de sua casa, então ela diria o mesmo a todos os outros. Angela afixou um cartaz na parede de pedra ao pé da escada, uma no cedro ao lado do caminho que levava ao Ponto, uma no poste que ficava na esquina da cerca dos Leahy e o último na porta da frente que o avô dela tinha construído. Os pôsteres laranja eram chamativos, impossíveis de não serem notados.

Ninguém poderia dizer que não foi avisado.

Muito depois de o som de suas marteladas ter cessado, o coração de Angela seguia no ritmo do martelo, bombeando freneticamente. Ela ficou na varanda com sua bolsa de suprimentos, tentando criar coragem para entrar. Ela poderia passar mal. Estaria louca se achasse que não. Qualquer que fosse a doença que roubava almas e estava infestando Sacajawea, o ponto de maior exposição era a casa de vovó Marie. Essa coisa morara ali havia pelo menos dois anos, desfrutando de sua privacidade. Angela apertou a própria mão, sentindo o anel de vovó Marie em seu dedo. Corey tinha encontrado o anel na hora certa, ou ela também teria se perdido. Ela já estaria morta. Angela tinha tanta certeza disso quanto tinha do seu próprio nome.

Vin pale ou, cher. Venha falar comigo.

A porta da frente estava trancada, o que lhe trouxe alívio. Se estivesse destrancada, talvez ela não tivesse conseguido se forçar a entrar, preparada para encontrar uma violação antes mesmo de seu primeiro passo.

Ao abrir a porta, Angela alcançou o interruptor do saguão, acendendo o lustre brilhante.

E seu pé parou no meio de um passo.

Folhas marrons e secas estavam espalhadas pelo vestíbulo em uma camada espessa. O tapete oriental e o chão pareciam apenas uma colcha de retalhos aleatória através da massa de folhas mortas. As folhas seguiam até a adega, cobrindo os degraus que levavam ao segundo andar. Elas haviam enterrado a sala de estar, acomodando-se como camuflagem nas teclas do piano. Enquanto Angela olhava para a bagunça, uma única folha flutuou do andar de cima, pousando como papel na mesa do telefone no saguão, na frente da fotografia de vovó Marie. O coração de Angela disparou como um animal selvagem procurando por uma rota de fuga. Os batimentos cardíacos quase cortaram sua respiração.

"*Filho da puta*", disse Angela. "*Quem é você?!*"

Não caíram mais folhas na frente dela, como se tivessem feito um acordo silencioso de esperar até que ela fosse embora. Angela temia ouvir o som de algo correndo por baixo das folhas, mas isso nunca aconteceu. Até agora, a casa estava silenciosa, esperando que ela partisse. Respirando com dificuldade, Angela arrastou os pés pelas folhas crepitantes até as janelas da biblioteca. As folhas haviam invadido aquele cômodo também, cobrindo os livros nas prateleiras e fazendo uma nova almofada no assento de sua cadeira de leitura. Cada uma das três janelas compridas com acabamento branco ao longo da parede sul da biblioteca estava bem fechada, Angela checou depois de abrir as cortinas. Ela cruzou o saguão para ir à sala de estar, uma catástrofe que ela não se permitiria ver completamente. Ela se atirou pelas portas francesas para verificar as janelas côncavas da sala de jantar, que também estavam fechadas.

As folhas não tinham vindo de fora. Ela já desconfiava disso, mas queria ter certeza.

Havia folhas dentro da cristaleira, transbordando de xícaras de chá e bombonieres de vidro. Mais folhas escondiam a mesa da sala de jantar, os azulejos pretos e brancos da cozinha, a mesa da copa, as prateleiras da despensa. A casa parecia uma ruína, como se há anos não houvesse telhado para segurar as folhas.

De repente, Angela entendeu por que havia comprado uma câmera.

Metodicamente, ela tirou fotos, mantendo o olho atrás do visor da câmera enquanto as folhas rangiam sob seus tênis de corrida, marcando cada passo. Percebeu que a visão não era tão assustadora quando ela observava a casa através da câmera. Tudo o que ela via estava confinado em uma pequena imagem em uma caixa, apagando sua presença. Angela caminhava com os olhos fixos atrás da câmera, mesmo quando não estava tirando fotos.

O andar de cima era mais do mesmo, com o chão tão denso quanto o de uma floresta. Havia folhas no corredor, em seu quarto e, claro, no banheiro. Angela não encontrou nenhum resíduo de lama ao examinar a banheira com a câmera, mas havia folhas pretas e úmidas agarradas às laterais, como se tivessem ficado coladas ali. Angela tirou mais fotos, cena por cena.

Só então ela percebeu que estava falando sozinha há algum tempo. Talvez não para si mesma.

"Isso deveria me assustar?", perguntou Angela quando o flash da câmera iluminou o banheiro, refletido no espelho. "Você vai ter que fazer muito melhor do que isso. Nada é pior do que o Quatro de Julho. Está ouvindo? Isso aqui não é nada."

Ela quase acreditou em sua própria bravata. Segurando a câmera com força, ela evitou que suas mãos tremessem. A raiva superou seu medo.

"Minha mãe estava morta na cozinha quando cheguei em casa da escola, no lugar onde ela estivera sentada desde as 7h em um dia quente de maio, e quando digo quente, falo mais de 35 graus, e você acha que essa merda vai me assustar? Você acha que essa merda vai me expulsar como aquele garoto assustado do terreno ao lado? Você se ferrou *muito* desta vez. Porque eu vou te pegar. Está me ouvindo? Vou fazer você se arrepender de ter descoberto onde eu moro. Vou fazer você se arrepender de ter ouvido o nome da minha avó Marie. E vou fazer você se arrepender *pra caralho* de ter tocado no meu filho."

O rosto de Angela tremia e lágrimas silenciosas escorriam por seu rosto enquanto ela olhava para a cama de Corey, envolta em folhas mortas. "Vou mandá-lo direto para qualquer que seja a parte do inferno de onde você saiu rastejando", sussurrou Angela, e tirou outra fotografia.

De volta ao andar de baixo, Angela tremia tanto que havia momentos em que ela tentava ficar completamente parada, para se acalmar. Era difícil lembrar seus motivos para voltar ali, e ela entrava em pânico toda vez que se esquecia. Ela *precisava* de algo daquela casa. Talvez vovó Marie se conectasse melhor quando ela estivesse lá. A câmera a ajudou a se sentir melhor, porque Angela tinha um trabalho a fazer. Ela havia fotografado todas as partes da casa? O homem da loja dissera que aquela câmera poderia tirar fotos daquele dia até o dia do Juízo Final.

Angela se lembrou da adega.

Ela estava com raiva de si mesma pela espiral de medo que contraía seus músculos, fazendo-a parar por um minuto inteiro antes que pudesse tocar na maçaneta da porta. Claro, era assim que ele queria que ela se sentisse, ela pensou. Ele apreciava seu medo. Bem, foda-se.

Para provar que podia, Angela girou a maçaneta e abriu a porta da adega.

A escuridão cerrada nas escadas foi repentina e desconcertante, um repositório de cenas imaginárias. Angela acendeu a luz. Seu braço parecia pesar uma tonelada, mas ela conseguiu. A luz se acendeu e as trevas obedeceram, desaparecendo.

Angela colocou o rosto atrás da câmera outra vez.

Havia uma poça perfeita de sangue preto-carmesim no chão da adega, com bordas arredondadas como as de uma nuvem. O sangue escorreu pelas rachaduras no concreto, serpenteando em direção às prateleiras de vinho vazias em uma linha fina e irregular. O cheiro de sangue era tão forte que Angela tossiu, engasgando.

"Seu *filho da puta*", disse Angela. Com as pernas bambas, ela desceu dois degraus para focar a câmera, inclinando-se na tentativa de tirar uma foto. Não importava o quão forte ela segurasse a câmera, suas mãos tremiam tanto que eram quase inúteis. Mas ela acionou o botão da câmera três vezes, fazendo o seu melhor para capturar o sangue no chão, então cambaleou de volta escada acima, batendo a porta atrás dela.

O estômago de Angela embrulhou. Ela correu às cegas pisando nas folhas da biblioteca até o banheiro, um cômodo pequeno que também tinha sido invadido. Angela vomitou no vaso sanitário, afogando a única folha que flutuava ali. Seu abdômen se contraiu, expelindo tudo em seu estômago. A transpiração correu para os olhos de Angela. Ela chorou enquanto vomitava.

"Tudo bem", disse ela, rouca, entre as tréguas de seu estômago, caindo de joelhos porque suas pernas pareciam areia. Seus joelhos bateram contra o piso de ladrilho, lançando correntes de dor que forçaram lágrimas aos seus olhos. "Tudo bem, vovó Marie... é melhor você estar bem aqui, e é melhor você começar a me mostrar o que fazer. É melhor você me dizer *agora mesmo* o que aconteceu com Corey e como impedir que mais pessoas sejam mortas. E quer saber mais? Eu posso apenas ir embora. Eu não comecei essa merda. *Vou para a porra da minha casa.*"

No banheiro minúsculo, a voz de Angela ecoou ao seu redor. A chuva espirrava contra a janela do banheiro, e ela saltou com o baque úmido de uma grande gota.

Era essa a sua mensagem? Estava no chiado do aquecedor? Nos ruídos ocos no ralo? Angela ouviu com todo o seu ser aqueles sons por trás de suas palavras, uma resposta, qualquer coisa que pudesse ter significado.

"Você fazia orações por duas horas todas as manhãs e não me ensinou *uma* sequer?", disse ela. "Você me ensinou sobre todos aqueles escritores e não me deixou nada *seu*? *Qual era a porra do seu problema?!*

Você pensou que eu não poderia me machucar se eu não soubesse de nada? Essa merda *ainda está aqui*, vovó Marie, e levou meu filho! Você me ouviu?"

Angela desabou no chão, o peito arfando.

Merda, merda, merda. Vovó Marie não estava ali. Ou, se estava, seus modos de comunicação eram tão esotéricos que Angela ficou exausta com o esforço de ouvi-la. Ela estava farta de símbolos, pistas e premonições; ela nunca quisera dar atenção à parte dela que não era seu cérebro. Não, ela queria abrir os olhos e encontrar um bilhete datilografado esperando por ela, uma maldita pilha de papéis, escritos por vovó Marie especialmente para ela. Um *livro* sobre como socar tudo que a estava espancando. Isso era o que ela queria, e que merda que a vovó Marie não tinha deixado isso para ela.

"Vovó Marie, não posso fazer isso sozinha", disse Angela. "Não posso."

Por uma hora, Angela ficou deitada entre as folhas no chão frio do banheiro e esperou por um sinal que nunca veio, fazendo uma centena de interpretações sobre tudo ao seu redor. Ela tentou ver ordem nas folhas no chão, ouvir o código Morse no tamborilar da chuva, ouvir sussurros abafados nas pausas entre suas respirações. Ela tentou de todas as maneiras que conhecia e algumas que não conhecia, procurando por *qualquer coisa*.

A resposta, em vez de chegar como uma voz externa vinda de algum lugar invisível, deslizou na mente de Angela como um pensamento agudo e vívido.

Vovó Marie *havia* deixado instruções em casa. Corey as encontrara primeiro.

Vinte e Quatro

28 de junho de 2001

"Eu encontrei uma coisa", disse Corey.

Era agora ou nunca. Ele adiara o máximo que pôde, tentando decidir se queria contar. Ele e Sean quase haviam terminado suas duas grandes fatias de pizza no Pizza Jack, recheadas de calabresa, salsicha e carne moída, e estavam esperando o gelo de seus refrigerantes gigantes derreterem. Não havia nenhum cliente do lado de fora nas mesas de piquenique de plástico branco quando os dois chegaram, mas agora uma picape monstruosa tinha acabado de parar, cheia de alunos do ensino médio sentados ao lado de bicicletas lamacentas amarradas à caçamba, então o lugar estava prestes a ficar lotado. Sean provavelmente não ia querer ficar ali se houvesse muita gente. Sheba e Castanha, que estavam amarradas a um poste dez metros atrás do Pizza Jack, não gostavam de estranhos.

Sean bebeu os últimos goles de refrigerante, os olhos grudados nos de Corey. "Você encontrou dinheiro?"

"Não, uns papéis. Minha bisavó escreveu."

"Pena que não é dinheiro. O que ela escreveu?"

"Feitiços." Corey disse as palavras o mais friamente que pôde, como se feitiços fossem parte de sua conversa diária, mas ele sentiu suas orelhas queimando. Isso era vergonhoso e só iria piorar.

"Feitiços mágicos", repetiu Sean, nem uma pergunta nem uma declaração. Ele deixou as palavras suspensas.

"Sim, ela sabia vodu. Bem, a palavra real é pronunciada *vo-du* ou *vo-dun*. Ela era uma sacerdotisa, o que chamam de *manbo*. Ela escreveu alguns feitiços." Havia mais nos papéis de vovó Marie do que feitiços; era parte história pessoal, parte documento religioso, parte contos admonitórios. Algumas de suas páginas eram tão densas, com toda aquela conversa sobre deuses, demônios e maldições, que Corey não tivera paciência para ler tudo. Mas os feitiços eram puro ouro. O filão principal.

"De que tipo?", perguntou Sean.

"De todo tipo. Para ter sorte. Feitiços de amor. Pragas. De trazer de volta coisas que você perdeu."

Sean enfiou o resto da pizza na boca. "Tá brincando. E eles funcionam?"

"Eu não sei ainda. Vou testar um hoje à noite, no Ponto. À meia-noite."

"Você tá zoando?"

"Não."

Os olhos de Sean triplicaram de tamanho. "Você tem que me deixar assistir."

Corey riu. Isso era o que ele esperava que Sean dissesse. "Porra, claro", respondeu Corey, e ele e Sean fizeram um high five e deram um aperto de mãos por cima da mesa. Corey não tinha gostado da ideia de caminhar até o Ponto sozinho no meio da noite, mas os feitiços de vovó Marie eram específicos sobre a hora e o lugar, e ele queria fazer aquilo direito. Dentro do razoável, pelo menos.

"Tudo bem se eu dormir na sua casa hoje? Caso contrário, vou ter que sair escondido. Você sabe como é", disse Corey. Ele tinha um toque de recolher às 23h, mais uma das ordens da mãe.

"De boa. Meu pai não vai se importar, contanto que eu volte antes de 1h", disse Sean. "Isso vai ser demais! Que tipo de feitiço você vai fazer? Nada com energia negativa, certo?"

A maneira como Sean falou isso era como se ele já tivesse respeito por aquilo, o que era bom. Corey apenas folheara partes do manuscrito de vovó Marie, mas lera o suficiente para entender que, para ela, magia não era brincadeira. Ela pensava que a magia a tinha metido em problemas, e se ela estivesse aqui, não iria querer que ele tentasse nem mesmo o feitiço mais inofensivo sem que ele tomasse centenas de precauções. Mas ele já havia decidido não fazer nada de perigoso. Corey estava feliz por Sean sentir o mesmo sobre isso, então eles não teriam que discutir mais tarde.

"Um dos mais fáceis se chama *O Perdido*", disse Corey. "É um feitiço para trazer de volta algo que você perdeu."

"Como o quê?"

"Não tenho certeza. Provavelmente nada muito grande. Então escolha algo pequeno."

"Eu também posso escolher algo?"

"Sim, nós dois vamos. Assim, estaremos juntos nisso."

"Senti até um arrepio quando você disse isso", disse Sean, seu rosto repentinamente sério, contemplativo. Então, seu sorriso voltou. "Isso é incrível. Os feitiços perdidos de uma sacerdotisa vodu!"

Corey acenou com a mão para que Sean baixasse a voz. Três garotas da picape já estavam no balcão fazendo os pedidos, mas três garotos estavam do lado de fora da porta, provavelmente falando sobre as garotas que tinham vindo com eles. O maior parecia familiar para Corey, e ele e seus dois amigos já estavam olhando para a sua mesa.

Corey falou baixinho. "Escolha algo que você sabe com certeza que perdeu, então, se der certo, você saberá que foi a magia. Algo que você não vê há anos."

"O que você vai escolher?", perguntou Sean.

Corey hesitou. Quantos segredos de sua família ele queria contar?

"Eu perdi um anel da minha mãe quando estava no quinto ano. Quero recuperá-lo para ela." Isso era verdade, mas Corey ainda não estava pronto para contar o resto da história a Sean. Vovó Marie havia escrito em seus papéis que os símbolos do anel o ajudariam a fazer a magia real, muito maior do que os feitiços que ela havia descrito. Se ele soubesse no quinto ano o que sabia agora, com certeza não teria dado aquele anel para Sherita. Aquele anel estava na família dele havia várias gerações.

"Como é que isso funciona? Você não tem que sacrificar uma cabra nem nada, não é?", disse Sean.

"Cara, não ria, mas, sim, precisa usar uma galinha. Vou usar sangue de galinha do supermercado. É uma concessão."

"Isso vai funcionar?"

"Não sei, mas não estou pronto para começar a cortar cabeças de frango. Ela fala muito sobre sangue, o significado do sacrifício, como o sangue é a força vital do mundo. É profundo. Eu vejo o motivo, de verdade, mas prefiro não ir por esse caminho. Tenho vontade de ser veterinário, sabe? Como vou sair por aí matando animais?"

Sean ficou em silêncio. Ele sacudiu o gelo no fundo do copo, depois tirou a tampa e jogou o gelo goela abaixo. Ele mastigou por um tempo, fazendo barulho, então cuspiu a maior parte. "Quer saber? Acho que estou ficando com medo, *hombre*."

Merda. De repente, Sean soou bem razoável.

Corey esperara todo aquele tempo porque queria ser cuidadoso. Sem dúvida, se o pai dele não tivesse aparecido, Corey teria tentado um feitiço imediatamente. Mas a chegada dele tornara todo o resto menos importante, e ele mal havia pensado nos papéis durante os primeiros dias. Os três estavam agindo como uma família, fazendo coisas juntos, voltando a rotinas que ele quase havia esquecido. Sua mãe estava rindo de novo. Por um tempo, isso tinha sido mágico para ele.

Mas sua curiosidade estava de volta. Ele mudara de ideia sobre experimentar os feitiços dezenas de vezes. Ele queria tanto ver aquela magia que mal conseguia aguentar a curiosidade, mas os papéis de vovó Marie pareciam um documento legal, com uma advertência após cada frase. *Conclua todos os rituais de limpeza antes de tentar implementar qualquer fórmula menor*, ela escrevera, ou *tome cuidado com o grave risco à mão não treinada*. O que ele deveria fazer? Ouvir as partes de que gostava e ignorar as outras? Ele lia a maioria dos livros dessa forma, mas com esse era diferente, como se ele devesse diminuir o ritmo e levar o tempo que fosse necessário. Vovó Marie dissera que ela mesma já havia cometido um erro. E ela era a especialista.

Mas, caramba, era só um pequeno feitiço. Nada que fosse machucar alguém ou fazer uma pessoa te amar do nada, ou que tentasse tirar alguma coisa de alguém. Aquele era um feitiço para fazer algo voltar. Um feitiço para conseguir de volta o anel da mãe, que agora só Deus sabia onde estava. Um feitiço para desfazer um erro.

Ele faria as cerimônias de limpeza mais tarde, disse a si mesmo. Não tinha tempo agora. Os rituais de limpeza de vovó Marie eram repetitivos e as listas de ingredientes necessários, infinitas. Quando ele teria tempo para colher cedro, sálvia, alecrim e alfazema? Como diabos ele poderia encontrar um pergaminho, água benta e chifres de cabra? Ele não queria ser um sacerdote vodu; ele só queria experimentar a magia. Só uma coisinha.

"Não tem problema se você não vier", disse Corey a Sean. "Vou ficar com você esta noite, depois vou fazer papel de bobo, procurando bobagens na floresta."

"Você acha mesmo que é bobagem?" Sean pareceu surpreso.

Corey balançou a cabeça, dando um peteleco em um pedaço de salsicha que escapara de seu prato de papel. Como de costume, Sean podia ver através dele. "Não", disse ele. "Rituais de magia são praticados em todo o mundo. Por que não, certo?"

"Sim, isso é o que eu estou dizendo. Só tome cuidado quando brincar com isso."

Corey ouviu risos e observou as três garotas da picape se afastando do balcão e saindo pela porta de vidro, rindo enquanto carregavam a caixa de pizza. Uma delas, uma garota jovem de cachos loiros, ria tanto que seu rosto estava em um tom de vermelho brilhante. Corey não conseguiu desviar o olhar, absorto na imagem dela. Todas as garotas que Sean conhecia estavam fora da cidade no verão ou tinham acabado de se formar no colégio e se mudado para cidades maiores, ele dissera, por isso garotas estavam escassas naquele verão. Aquelas eram mais velhas, talvez estivessem no último ano do ensino médio, e definitivamente eram bonitas.

Assim que Corey ouviu a voz, ele percebeu que devia ter esquecido onde estava.

"Que porra você tá olhando, seu neguinho?"

O que ele estava pensando? Estava em uma cidadezinha, e não tinha pensado sobre as meninas serem brancas, ou ele ser negro. Ele não estava acostumado a ter que pensar nisso o tempo todo.

Corey não teve que olhar ao redor para ver quem havia falado, cuja voz matou o riso. O menino não era exatamente gordo, mas tinha cara de quem vivia comendo cheeseburgers com bacon. Era o garoto que o estava encarando na rua Principal no dia em que ele conhecera Sean, aquele com a camiseta da bandeira da Confederação. Agora, Corey notou uma fenda profunda em seu queixo e uma estranha mecha esbranquiçada no cabelo preto, uma marca tênue sobre a têmpora. Corey reconheceu sua postura de pernas largas; era jogador de futebol americano, ou queria ser. Ele tinha um metro e oitenta de altura. E estava com os amigos.

Aquilo poderia se transformar rapidinho em uma briga.

"Ei, Bo, você não tem o direito de falar assim com ele", disse Sean, antes de Corey pisar no pé de Sean debaixo da mesa e pedir a ele que ficasse quieto.

"Cala a boca, viado. Tá com medo que eu deixe seu namoradinho negro chateado?"

Os dois outros meninos, que não eram tão grandes, mas eram grandes o suficiente, riram. Uma das garotas também sorriu de leve, mas as outras duas se aglomeraram perto de Bo, como se quisessem contê-lo. Não era a primeira vez que o viam agindo como um idiota, Corey adivinhou. Ele gostaria de ter convidado seu pai para almoçar hoje. Ninguém iria querer fazer merda com Tariq Hill por perto.

"Ah, Bo, pare com isso. Ninguém fez nada com a gente. Deixe os caras em paz", disse uma das garotas. "Bo, vamos pegar a pizza e ir embora", disse outra, a loira para quem Corey estava olhando. Ela não parecia tão bonita agora, com o canto da boca virado para baixo, os olhos cansados. Corey esperava que um dos garotos também tentasse dissuadir o valentão, mas nenhum dos dois tentou.

Foda-se a defesa, decidiu Corey. Seu pai dissera que ficava surpreso com a frequência com que conseguia evitar uma briga usando um pouco de respeito, mesmo que não fosse de propósito. "Ei, cara, se eu insultei você ou seus amigos de alguma forma, desculpe", disse Corey para o menino, olhando-o nos olhos. "Não precisa xingar. Eu não quis desrespeitar você ou seus amigos."

Corey estava orgulhoso de sua mentira, mas ele deve ter dito a coisa errada ou da maneira errada.

O garoto com a mecha grisalha deu dois passos pesados até a mesa, apressado. Corey se levantou, certo de que estava prestes a apanhar. Sean estava sentado segurando o prato vazio, sem se mover. Ele não ajudaria se alguma coisa realmente desse errado. Corey já sabia disso.

"Você está tentando dar uma de espertinho? Se acha melhor do que eu?", disse Bo, tão perto que Corey podia sentir o cheiro de seu desodorante. E de cerveja. Os olhos de Bo eram como bate-estacas, e Corey não conseguia encará-lo. Se o fizesse, sabia que ou ficaria puto ou começaria a rir.

"Não sei do que você está falando, cara", disse Corey. Em sua primeira semana em Oakland, ele quase fora espancado do lado de fora de um cinema com exatamente a mesma conversa. As pessoas o acusavam de ser esnobe antes que ele mal dissesse uma palavra. A mãe dele dizia que Corey deveria sempre usar uma linguagem adequada, mas com certeza isso não ajudava muito.

"Está tentando agir como se não fosse negro? Você fala como branco, mas só o que eu vejo é um neguinho magrelo."

Corey deu um passo para trás, furioso. Ele tinha acabado de ler sobre essa mesma merda nos papéis de vovó Marie, sobre seu bisavô sendo puxado de sua cama na Louisiana no meio da noite, morto por homens brancos que o chamavam de neguinho. Os agressores podiam tê-lo castrado e queimado, e quem sabe mais que tipo de loucura tinham feito; vovó Marie não tinha conseguido se obrigar a escrever tudo. Aquele garoto racista precisava saber em que ano estavam, e Corey desejou poder ser quem ia ensiná-lo. Filho da puta. Mas havia uma grande diferença entre desejo e realidade. Ele sabia disso.

"Vamos, Sean", disse Corey, ainda mantendo os olhos baixos. Ele rezou para que Sean pegasse a dica.

Sean não precisou ouvir duas vezes. Assim que Corey falou, ele se levantou e foi desamarrar os cavalos. Não existia nada além de um bosque a poucos metros do poste, e Corey não gostava de pensar no tipo de dor que três caras poderiam causar nele se estivessem fora de vista.

"Onde você pensa que está indo?", disse Bo. "Eu deixei você ir a algum lugar?"

Puxar o saco não ia funcionar dessa vez. Aquele garoto era um valentão que, pura e simplesmente, não gostava de negros. Corey ergueu o olhar para encontrar o de Bo, lembrando-se da segunda lição do pai: dê a eles algo que os faça pensar duas vezes. Corey endireitou os ombros, erguendo o queixo para o garoto mais alto. Ele empurrou a cadeira de plástico que o separava, como se estivesse pronto para mandar ver.

"Eu não tenho medo de você", disse Corey. "Eu não pareço *negro* o suficiente, seu caipira burro ignorante? Vá se *foder*. Que tal?"

Dessa vez, ele acertou em cheio. Ele podia não ter impressionado Sean naquele dia em que se conheceram, mas desta vez Corey parecia durão, com o corpo relaxado, os braços se agitando, a voz baixa. De repente, ele parecia o tipo de bandido que tinha uma nove milímetros escondida na parte de trás da calça e que conseguia derrubar alguém sem pensar muito. Ele havia se transformado em um *Supernegro*, o único tipo de negro que um garoto de Sacajawea conhecia, dos clipes de rap, dos filmes e da TV. *É melhor tomar cuidado ou eu vou foder com você.*

E ele acertou em cheio. Ele podia ver pelo jeito que Bo piscou, a surpresa que passou por seu rosto antes que ele se lembrasse de sua máscara. Desta vez, quando os outros meninos riram, Corey teve certeza de que eles estavam rindo de Bo. *Olha onde você se meteu, cara*, os meninos estavam pensando.

"Como se você pudesse fazer alguma coisa", disse Bo, mas não parecia ter certeza.

"Deixa seus amigos fora disso, covarde, e eu vou te mostrar", disse Corey, soando tão convincente que ele mesmo acreditou.

Merda, ele fizera três anos de taekwondo, e ficara em terceiro lugar em um torneio uma vez desde que conseguira sua faixa verde. Ele não teria escolhido um oponente do tamanho de Bo, mas isso não significava que não poderia vencê-lo. Ele poderia chutá-lo com força no estômago e em seguida dar um chute giratório na cabeça. Corey podia ver tudo em sua mente.

Castanha relinchou atrás dele, tirando Corey de sua fantasia. Com uma das mãos segurando as rédeas soltas de Sheba, Sean já estava montando em Castanha, mantendo os olhos nervosos em Bo e seus amigos. Última chance de um primeiro ataque para calar esse cara, Corey pensou.

Mas ele não fez isso. Em vez disso, correu até Sheba, agarrando a armação da sela, encaixando o pé esquerdo no estribo a tempo de erguê-lo bem alto na sela com um salto, sua melhor montaria até agora. Suas bolas doeram pra burro quando ele se sentou, mas ele não se importou. Era hora de dizer adeus ao Pizza Jack.

"Aonde você vai? Você não ia me mostrar alguma coisa?", disse Bo.

"Vá se foder, idiota", disse Corey, e se vangloriou para Beaumont Cryer, inclinando-se na sela com o dedo médio levantado. Aquilo era por Philippe Toussaint, pensou ele, pela noite em que seu bisavô não pôde se defender.

"Você está louco", disse Sean ao lado dele. "Vamos embora."

"Esse é o plano", disse Corey, e ficou tentado a terminar com um "*Hi--ho, Silver*" enquanto pegava as rédeas de Sean. Era assim que ele se sentia, como se estivesse saindo de um tiroteio em um bar do velho oeste.

Só que ele não estava indo embora.

Sheba se moveu, mas não seguiu Sean e Castanha, que haviam avançado para o caminho empoeirado ao lado da rua Quatro. Em vez disso, Sheba balançou seu longo pescoço de um lado para o outro, bufando. Quando ela começou a andar, voltou em direção ao poste atrás do Pizza Jack. Ela dando a volta.

De repente, a diversão se foi.

"Vamos, Sheba", disse Corey, cravando os calcanhares nas laterais do flanco dela. A égua cambaleou, mas para trás, não para a frente. Então, ela girou de novo. Sean assobiou para ela da rua, o assobio estridente que sempre a fazia correr, mas ela o ignorou.

Sheba estava nervosa. Ela percebia quando havia um problema.

Corey ouviu risadas das outras crianças e rezou para que uma boa risada acalmasse Bo.

"Ir se foder? Sim, é uma boa ideia", disse Bo. "Quer ver eu foder com você?"

Corey ouviu a porta da caminhonete abrir e não gostou daquele som. Levar uma surra era uma coisa, mas as pessoas tinham armas nos carros.

Ele tentou virar a cabeça para ver o que Bo estava fazendo. Quando todas as três garotas começaram um coro frenético de *Não, Bo, para!*, Corey sentiu seu coração disparar. Ele viu a garota loira espremida ao lado de Bo no lado do motorista, tentando tirar algo de suas mãos, mas não conseguia ver o que era. O giro que a égua deu desviou seus olhos. Os outros meninos não estavam mais rindo.

"Ei, Bo, *não faça isso!*", gritou Sean. Sério, sem brincadeira. Assustado de verdade.

Feixes de luz voaram da mão de Bo em direção a Corey. Ele viu chamas rosas e amarelas, tramas delicadas faiscando no ar, uma visão que o confundiu completamente. Mas quando ele ouviu o estouro e um assobio ensurdecedor abaixo dele, percebeu o que Bo tinha feito: aquele filho da puta tinha jogado algum tipo de rojão no cavalo.

As meninas gritaram, meio rindo enquanto corriam de volta para o restaurante para sair do caminho do foguete giratório. No início, os círculos de Sheba apenas se tornaram mais frenéticos, mas quando Corey sentiu uma onda de calor perto de sua perna direita, Sheba começou a empinar e a dar coices.

O movimento assustou Corey, puxando-o com tanta força que ele tinha certeza de que teria a língua arrancada quando seus dentes se chocassem. Ele conseguiu se segurar, agarrando-se às rédeas, mas a nuca de Sheba o atingiu no rosto, esmagando seu nariz e envolvendo-o em sua crina. "*Merda...*"

Sheba bateu os cascos no chão e Corey escorregou na sela. Ele estava escorregando para o lado esquerdo, então ele lutou para travar a perna direita no lugar, com a intenção de permanecer montado. Estava quase se endireitando quando Sheba recomeçou a escoicear, erguendo suas enormes ancas, deixando-o totalmente desequilibrado.

Dessa vez, Corey voou. Ele se sentiu voando, liberto.

A queda de Corey terminou em uma mancha escura de solo atrás da última mesa de piquenique, e o enorme casco dianteiro de Sheba pousou com uma névoa de poeira a cinco centímetros de seu nariz. A mente de Corey fazia um ruído monótono, mas seus instintos logo o fizeram rolar quando ele caiu e bateu o ombro direito com força no chão. A rolagem não foi suave nem bonita, mas o ajudou a evitar bater o cotovelo ou o joelho, o tipo de lesão que seria mais grave. O pior veio no final da rolagem, no concreto. Ele arranhou seriamente o braço direito e seu ombro bateu em uma das cadeiras de plástico.

Meia dúzia de rostos olhavam fixamente enquanto Corey permanecia imóvel, esperando a dor entrar em ação.

"Você está bem?", perguntou Sean, de pé perto dele.

Corey sentiu que deve ter voado mais de um quilômetro. Ou dois ou três metros, de qualquer maneira. Ele quase sorriu, com a adrenalina a mil.

"Sim, estou bem", disse ele, e sentou-se para mostrar. Seu braço esquerdo estava em chamas por causa do arranhão sangrento do pulso até o cotovelo, e seu nariz também estava dolorido, mas não parecia quebrado. O casco de Sheba teria rachado sua cabeça se ela tivesse pisado nele. E se ele tivesse caído no concreto em vez do solo mais macio, ele teria quebrado alguns ossos. Mas, no fim, tinha levado só alguns golpes e solavancos. Aquela seria uma boa história para contar em casa, mesmo que ele tivesse caído. Ele tinha caído *direito*.

"Seu cuzão!", gritou Sean para Bo. "Você não pode assustar um cavalo assim com alguém montado nele! Pessoas podem morrer. É melhor você torcer para que ela não tenha se queimado!"

"O que você vai fazer, seu bicha?", disse Bo, dando um forte empurrão em Sean que o fez cair no chão, quase em cima de Corey. "Mandar sua irmãzinha retardada atrás de mim? Ou seu irmão negro com aquele cabelo de fodido?"

O gerente da pizzaria e dois homens que comiam lá dentro ouviram o assobio do foguete e saíram, olhando curiosamente da porta. O gerente não parecia feliz, caminhando em direção a eles com um avental enquanto tirava as luvas de plástico transparente. Corey ficou feliz em ver adultos. Isso significava que provavelmente a coisa não sairia mais ainda do controle.

"Ei!", explodiu o gerente. "Parem com isso agora, ou o xerife estará aqui em um minuto."

Essa ameaça foi o suficiente para fazer os amigos de Bo voltarem para a caminhonete, mas Corey teve que travar os braços em torno de Sean para impedi-lo de atacar Bo. Sean estava tão bravo que quase conseguiu se soltar. Seus olhos estavam raivosos de uma maneira que Corey nunca tinha visto.

"Cara, relaxa", disse Corey, rindo. "Acabou."

Corey não conseguia acreditar. Ele imaginava que Sean era uma daquelas pessoas superprotegidas que passaria a vida inteira sem saber o que era desejar machucar alguém, e se lembrou de quando também fora uma dessas pessoas.

Eles não falaram sobre isso, exceto para decidir a história que contariam: Sheba ouvira um estouro no escapamento de um carro, empinara, Corey caíra e arranhara o braço. Nada de Beaumont Cryer. Nada de injúrias raciais. Nada de fogos de artifício.

Ambos concordaram que mentir seria mais fácil. Sean disse que seu pai levava numa boa a maioria das coisas, mas não seria assim se soubesse que alguém lançara um rojão contra sua égua de exibição cinza andaluz de 8 mil dólares. Seu pai iria querer chamar a polícia (a mãe de Corey também, ele sabia, e ela provavelmente ligaria para a NAACP*), e então eles

---

* Sigla para National Association for the Advancement of Colored People (Associação Nacional para o Progresso de Pessoas Negras) fundada em 1905 para lutar pelos direitos de pessoas negras nos EUA. (N. T.)

estariam no meio de alguma briga entre polícia e figurões. A polícia podia prender Bo por alguma acusação criminosa tosca, mas ele tinha irmãos, disse Sean. E primos. Havia brigões por todo o condado de Sacajawea.

Então, eles não contaram a verdade.

Corey foi para casa e mostrou aos pais o arranhão, contando a mentira sobre a qual ele e Sean haviam concordado. A mãe dele ficou nervosa, queria levá-lo ao médico, mas seu pai passou antisséptico no machucado e disse: *Vai ficar tudo bem. Deixe Corey passar a noite na casa do amigo*, provavelmente porque estava morrendo de vontade de ficar na casa sozinho com ela. E sua mãe cedeu muito rápido, Corey notou. O pai dele sabia como amolecê-la. Talvez ele fosse o único que conseguia.

Aquela noite daria certo para todos, Corey pensou.

Depois que Sheba foi banhada, penteada e alimentada, ela parecia disposta a deixar o susto para trás. Corey ajudou Sean a escová-la após o banho, puxando com delicadeza os dentes rígidos da escova por sua crina. Ela comia alegremente as maçãs na palma da mão dele, esfregando-o com o focinho frio e os lábios úmidos que pareciam borracha. Se aquela égua tivesse dado um passo errado hoje, Corey percebeu, ele estaria morto agora. Aquele era mesmo um animal que merecia respeito. "Você se saiu bem hoje, garota", disse Corey, esfregando as mãos no dorso robusto e volumoso da égua.

Mas ele e Sean não falaram sobre isso. Durante grande parte da noite, eles assistiram à TV com o irmão e a irmã de Sean enquanto o sr. Leahy reforçava uma parede fraca na baia do lado de fora. Quando as crianças e o sr. Leahy foram para a cama, Sean colocou um filme, *Matrix*. Embora fosse um dos filmes favoritos de Corey, seus olhos mal se desviavam do brilho azul esverdeado do relógio do videocassete.

Ele estava esperando que o relógio marcasse 23h. Finalmente, marcou.

"Estou indo", disse Corey. No vídeo, o fodão do Morpheus estava se libertando das drogas que controlavam sua mente e das correntes, correndo em direção ao helicóptero de Neo em meio a um furacão de balas.

Sean largou a revista *Vibe* que estivera folheando na outra ponta do sofá. "Vou pegar minha jaqueta", disse ele. Por alguma razão, ele mudara de ideia sobre ir também.

A caminhada até o Ponto não seria fácil no escuro, Corey percebeu. Ele havia levado seus pais lá alguns dias antes, mas à noite era outra história, quando um manto de escuridão envolvia tudo que ele reconhecia. Ele e Sean levaram lanternas, mas um túnel de troncos de árvores fantasmagóricas pairava em seus feixes, prendendo-os, escondendo a trilha. Com uma mochila pendurada no ombro, Corey se apoiava no bastão de madeira que havia trazido da sala da bagunça para sua cerimônia, enterrando-o com força no solo a cada passo. Eles caminhavam devagar, sem pressa.

Ao redor deles, a floresta parecia estar em festa. Havia tantos insetos assobiando, farfalhando, chilreando e zumbindo que Corey se perguntou como conseguia dormir com aquele barulho próximo à sua janela. Não havia nada de silencioso no campo. Sua rua nos subúrbios era muito mais silenciosa do que aquele lugar à noite. Mas mesmo agora, quando falar algo poderia deixar ele e Sean mais à vontade, eles não faziam nenhum som enquanto caminhavam.

Por fim, os troncos das árvores desapareceram e o céu se abriu. Estrelas brancas nítidas e uma meia-lua brilhavam acima deles como luzes de um farol. Eles estavam no Ponto, na clareira. Havia um pouco mais de luz lá, mas não muito. De onde estavam, Corey não conseguia ver a trilha e não sabia se ela continuava do outro lado. Ele varreu o solo com o feixe de sua lanterna, tentando se orientar. Encontrou um círculo de pedras coberto por uma grade. Isso era bom. Ele sabia exatamente onde eles estavam. Ele e seus pais haviam grelhado cachorros-quentes ali, em um outro passeio de família que agora mais parecia sonho do que realidade. *Por favor*, que eles se resolvam, Corey pensou outra vez. "Precisamos fazer uma fogueira", disse ele.

"Mentes brilhantes pensam igual. Aposto que você está feliz por eu ter um isqueiro comigo agora, *hombre*."

Eles demoraram quinze minutos para acender uma fogueira boa porque a madeira que encontraram nos limites do Ponto estava úmida, mas a persistência valeu a pena. Depois de apenas fumegar nos primeiros minutos, o fogo enfim ganhou vida dentro da torre de gravetos e galhos. Ele lançava tanta luz em seu círculo brilhante que lembrava Corey do crepúsculo, amarelo alaranjado e lindo. Mariposas rondavam a fogueira e a madeira estalava e cuspia brasas nelas.

Assim que o fogo foi aceso, Corey admitiu para si mesmo que sentira medo no escuro. Ele não queria ficar pulando nas sombras a noite toda. Ele precisava da luz do fogo.

Corey respirou fundo, sorvendo o ar. Aquele ar não era o mesmo que o diurno, e não era o mesmo do centro de Sacajawea. Era tão doce e pesado que ele fechou os olhos e o apreciou por um tempo. Percebeu por que as pessoas gostavam de dormir ao ar livre, respirando aquele ar a noite toda. Aquele era o ar de um *gourmet*, alguém que levava a respiração a sério.

"Que horas são?", perguntou Corey, sem estar pronto ainda para abrir os olhos e checar o relógio.

"Faltam oito minutos", disse Sean.

"Vamos nessa." Os suprimentos de Corey estavam prontos, esperando no chão ao lado do fogo, na mochila que ele trouxera. Ele ensaiara aquela cerimônia em seu quarto por três noites, recriando as diferentes etapas, e ele poderia fazer tudo em cinco minutos. Até menos. Vovó Marie dissera que ele tinha que concluir a cerimônia à meia-noite. Já estava quase na hora.

"Tá dentro?", disse Corey, esfregando as mãos sobre o fogo, embora seus dedos não estivessem frios. As noites de verão eram frescas ali, mas não frias. Ainda assim, o calor puro contra sua pele era bom.

Sean fez que sim com a cabeça. De onde ele estava, do outro lado da fogueira, ele parecia um fantasma pálido.

"Diga o que você quer trazer de volta", disse Corey. Sem perceber, ele baixou a voz para um tom de sussurro. Era quase meia-noite e tudo parecia certo.

Sean sussurrou de volta. "Antes de desaparecer para sempre, minha mãe me mandou uma carta quando eu era pequeno. Mas fiquei puto e a joguei fora quando ela parou de ligar. Também havia uma foto. Era a única que eu tinha dela. Eu as quero de volta."

"Eu disse *uma* coisa."

"Elas vieram no mesmo envelope. Tecnicamente, é uma coisa só."

Corey ficou surpreso ao perceber que suas mãos tremiam um pouco, como quando ele encontrara a bolsa no armário. Parado perto da fogueira para que enxergasse, Corey tirou a página preparada da mochila. À luz do fogo, o papel parecia dourado. Ele tinha que começar agora.

Antes de qualquer cerimônia começar, você deve pedir permissão ao Papa Lebá para falar com os outros loás. Como já escrevi, Papa Lebá é a ponte entre os homens e os espíritos, e você deve se esforçar ao máximo para não o ofender. Nossa história tem sido tempestuosa, como você leu. Quando você falar com Papa Lebá, fale de coração com toda a reverência que é devida a ele. Fale com ele com amor, pois é apenas por amor que ele anseia.

Vovó Marie havia escrito muitas páginas sobre Papa Lebá em seu livro e, de repente, Corey desejou ter lido mais sobre por que sua história com Papa Lebá era tão tempestuosa. Ele não conseguia se lembrar exatamente — era algo sobre sentimentos feridos dele, os pés dele sendo pisados —, mas esperava que a história antiga não prejudicasse seu feitiço aquela noite. Corey não queria massacrar as palavras crioulas que vovó Marie escrevera, então leu a tradução da oração: "Papa Lebá, abra o portão para mim Ago-e... Atibon Legba, abra o portão para mim. Abra o portão para mim, Papa, para que eu possa entrar no templo..."

O fogo brilhou mais forte com um estalo alto, então diminuiu outra vez. Corey sentiu algo escondido fora da luz do fogo e não achou que fosse sua imaginação. Papa Lebá estava ali? De repente, ele se sentiu exposto. Foi uma luta para continuar. "Por favor, aceite minhas oferendas, Papa Lebá", disse Corey, com a voz trêmula.

Corey estendeu seus presentes para Papa Lebá no solo seco ao lado do fogo, como vovó Marie escrevera: a bengala de madeira que ele e Sean haviam encontrado no armário do andar de cima, três moedas brilhantes, as últimas gotas de rum de uma garrafa pequena que encontrara no fundo da despensa em sua casa, uma pitada de tabaco de um dos cigarros de Sean e dois ossos de coxa de galinha, que ele cruzou em um X.

Ainda ajoelhado, Corey tirou uma garrafa de água e uma tigela de sua mochila, enchendo-a cuidadosamente com água. Então, ele procurou dentro de um bolso e tirou dele um punhado de folhas e galhos que juntara antes. Eram para o Senhor da Floresta, Gran Bwa. Ele levara uma segunda tigela e também a encheu com água; sua mão estava tremendo tanto agora que derramou parte da água, mas ainda havia o suficiente para encher a tigela até a metade. A segunda tigela era para Madame Lalinn, o espírito da Lua. Ele encontrou um espelho de bolso que comprara no Downtown Foods e o jogou no fundo da tigela dela, depois olhou para o espelho a fim de ver sua imagem refletida. Seu rosto estava sombrio à luz do fogo, mas ele viu sua expressão grave. Ele parecia mais velho do que esperava.

Por um instante, vendo a si mesmo, Corey hesitou. Aquela fora uma boa ideia?

Mas ele tinha ido longe demais para parar. Corey puxou uma medalha enferrujada do bolso da frente. Aquele tinha sido o item mais difícil de encontrar, e ele estava quase desistindo até que visitou uma loja de antiguidades na rua Principal. Era uma medalha de Santo Antônio, que pertencera a uma mulher cujo marido nunca mais voltara da Segunda Guerra Mundial, o lojista lhe dissera. Ele esperava ter mais sorte do que ela.

Corey colocou a medalha entre as duas taças. Ele pigarreou para falar. "Gran Bwa, Madame Lalinn... Santo Antônio... por favor, me ouçam esta noite e devolvam o que perdemos. Por favor, deem-me o anel da minha mãe e, por favor, entreguem a carta da mãe de Sean a ele."

"E a foto", sussurrou Sean, e Corey estava absorto demais na cerimônia e nas chamas do fogo para se irritar com a intrusão de Sean. O último item em sua mochila era um recipiente de plástico lacrado contendo corações de galinha que ele comprara no Downtown Foods, ainda frio da geladeira. Ele ergueu um pouco a tampa e derramou água ensanguentada no solo ao lado das duas tigelas e da medalha de Santo Antônio. A água respingou em gotas vermelhas na terra, em um padrão que lembrava um cata-vento. "Por favor, aceite este sacrifício de sangue", disse Corey. "Desculpem-me por não ser uma galinha de verdade."

O relógio de Sean apitou. Meia-noite. O fogo diminuiu, ou pareceu diminuir.

"É isso?", perguntou Sean, depois de um tempo.

Corey piscou. Além da sensação anterior de que alguém poderia estar observando os dois, ele não havia sentido nada. "Acho que sim", disse ele. "Não tenho certeza. Vamos dar uma olhada."

Eles acenderam as lanternas, vasculhando o terreno. Nada foi alterado ou movido. Cada item estava onde ele os havia colocado.

"As coisas são devolvidas imediatamente?", perguntou Sean.

Corey examinou a página de vovó Marie, procurando por suas instruções para O Perdido além das gotas de sangue de galinha. Ela não mencionara nada sobre quanto tempo levaria. Ele suspirou, frustrado. "Não sei. Talvez tenhamos feito algo errado."

Ele não deveria ter realizado os feitiços fora de ordem, era isso. Ele deveria ter feito aqueles feitiços de limpeza primeiro, para tentar banir o espírito maligno sobre o qual vovó Marie havia escrito, se é que existia tal coisa. Por que tudo era tão complicado? Por que ele não conseguia fazer um truque simples funcionar? Corey de repente se sentiu bobo, irritado e cansado. O que ele esperava? Se houvesse mágica de verdade no mundo, ele já teria visto evidências disso. Apareceria na CNN.

Ele jogou a água das tigelas, apagando metade do fogo. A escuridão ia caindo sobre eles conforme perdiam a luz, mas o fogo lutava para sobreviver.

"Cara, vamos indo", disse Corey a Sean. "Eu não acho que funcionou."

"Não deveríamos esperar para ver?"

"Voltaremos pela manhã. Não podemos ficar aqui a noite toda."

Sean começou a discutir, mas os dois ficaram em silêncio absoluto quando ouviram o som da floresta, agudo e maníaco. Se Corey estivesse sentindo qualquer sensação nas pernas ou em outro membro, ele teria corrido. Ambas as tigelas caíram de suas mãos, uma delas se espatifando em uma grande pedra perto da fogueira. Sean se agachou, apontando sua lanterna para a floresta, com os olhos arregalados como quando quis avançar no valentão do Bo.

"Quem está aí?"

Corey ficou impressionado com o comando na voz de Sean, até que percebeu que a voz era dele. Também ficou surpreso ao perceber que pegara a pedra mais próxima a ele, pronto para jogá-la na primeira coisa que se movesse. Ele agarrou a bengala também, segurando-a com força, para servir de arma.

O som era uma risada, ele percebeu. A risada estava mais perto deles, bizarra e infantil, mas tão alta que mal parecia humana. Corey ouviu o barulho de folhas sendo esmagadas na floresta sob os passos de alguém correndo em sua direção. O medo que Corey sentira em relação a Bo no Pizza Jack algumas horas antes fizera seu coração disparar, mas o medo que ele sentia agora o congelou, como se um bloco de gelo tivesse se firmado em seu estômago. Ele não era mais Corey Toussaint Hill, estudante do segundo ano do ensino médio e que faria 16 anos no outono; ele era uma criatura sem rosto sendo caçada por outra.

Sean gritou e Corey se virou para olhar para ele. Ele viu uma imagem nítida em sua mente de alguma coisa arrastando Sean para o fogo.

"*Puta mer...*"

O que Corey realmente viu, porém, foi uma menina. Uma adolescente branca e alta correu da floresta em direção a eles, seu vestido longo e pálido voando atrás dela, e a visão repentina dela deixou Sean tão chocado que ele perdeu o equilíbrio e caiu muito perto da fogueira. Sean se afastou do calor, esfregando as palmas das mãos chamuscadas no peito enquanto olhava boquiaberto para a garota.

Ela estava descalça, tinha cerca de 16 anos. Seu cabelo estava preso em duas belas marias-chiquinhas loiras, uma pendendo de cada lado da cabeça, e por um momento Corey pensou que era a mesma garota que ele vira no Pizza Jack, aquela por quem Bo tinha perdido o juízo. Mas não, ela era mais alta do que aquela garota, e seu corpo era menor. Ela estava usando um vestido azul-claro com mangas curtas e bufantes que pareciam antiquadas e, embora fosse um vestido elegante, ele notou que estava rasgado na bainha, quase gasto em farrapos. Era final de junho, mas a temperatura naquela noite era de cerca de 15 graus. Ela não estava com frio?

"Vocês deveriam ter visto a cara de vocês!", disse a garota, dobrando-se de tanto rir.

Corey baixou a pedra, mas não a largou. "Quem é você?", perguntou ele.

Ela não respondeu, ainda consumida em sua risada. Ela se jogou no chão de pernas cruzadas ao lado do que restava do fogo. Ela não puxou o vestido para cobrir os joelhos em modéstia, então Corey se viu olhando para a sombra entre suas pernas pálidas e peludas.

"Papa Lebá, ouça minha oração!", gritou a menina, zombando, e caiu de lado, rindo.

Corey e Sean se entreolharam. Agora que percebera que seu pior pesadelo não havia ganhado vida aos gritos, Sean estava sorrindo um pouco. Ao vê-lo sorrir, Corey sorriu também. Ele olhou para os itens a seus pés, a tigela quebrada, a medalha de santo Antônio, os ossos de galinha cruzados. Ele teve que rir também. Um pouco.

"Sim, ok, parece engraçado", disse Corey para a garota. "Mas você não deveria aparecer assim. Eu estava prestes a acertar você com esta pedra."

"Você não acertaria nem um elefante com essa pedra", disse a garota, sorrindo.

Foi o sorriso. Pela primeira vez, Corey percebeu como ela era bonita.

Seus dentes eram brancos como os dos atores que às vezes iam às festas da mamãe em Los Angeles, lustrados e esfregados. As maçãs do rosto, à luz do fogo, pareciam uma escultura em madeira. Ela não era tão bonita quanto Vonetta, sobretudo porque ela não tinha os lábios de Vonetta, mas ela não era feia.

"O que você está fazendo aqui sozinha no meio da noite?", perguntou Sean.

A garota juntou as dobras do vestido e se agachou perto do fogo, equilibrando-se na planta dos pés descalços. "Me divertindo", disse ela. "Assistindo a vocês dois agindo como tolos."

Corey recolocou a página na bolsa de vovó Marie. Ele não queria que aquela garota doida visse seus feitiços, não importava o quão bonita ela fosse. "Em primeiro lugar, não é da sua conta", disse Corey.

Intrigada, a garota se levantou rapidamente. Ela se aproximou de Corey, até que ficou na frente dele e ele pôde ver seus olhos, quase luminescentes à luz do fogo. Eles eram cinzas ou azuis? Havia uma marca de nascença no alto de sua bochecha direita, parecia uma lua crescente, e ela era pelo menos cinco centímetros mais alta que ele. "Ele respondeu?", perguntou a garota.

"Quem?"

"Papa Lebá. Quando você o chamou, ele respondeu?" Seu olhar profundo o enervou.

"Não sei", disse ele.

Ela deu um sorriso provocador, então balançou a cabeça devagar para a frente e para trás. "Des-cul-pe...", disse ela em uma voz cantante, com um olhar de quem sabia coisas que não deveria. "Papa Lebá não está aqui. Eu sou a única aqui esta noite." A garota se jogou contra ele e os seios dela afundaram em seu peito. Eles pareciam travesseiros macios e quentes, acolhedores.

Corey recuou, assustado. A garota riu de novo, e ele sentiu o sangue correr para seu rosto.

O calor do corpo o atraía, quase o mantinha no lugar, e Corey sentiu sua virilha ficar inchada, contraindo-se de excitação. Havia garotas assim na escola dele, que iam atrás de qualquer cara que passava por elas. Do jeito que estava vestida e descalça, aquela garota mais parecia uma sem-teto. Ela também precisava de um banho. Ela não cheirava a sabonete.

"Onde você mora?", perguntou Corey.

"Por aí", respondeu a garota.

"Qual o seu nome?"

"Becka."

"Meu nome é Sean", disse Sean rapidamente, talvez por estar se sentindo excluído.

Becka deu uma olhada rápida para Sean e deu de ombros.

"Não é com você que eu quero falar", disse ela.

Ai. Isso foi cruel, Corey pensou.

"Você não mora aqui na floresta, né?", perguntou Corey.

Becka deu de ombros outra vez. Seus olhos estavam de volta nos dele, aquele olhar infinito. "Por que você não manda o seu amigo para casa e fica comigo esta noite?", perguntou ela. "Vou te mostrar onde eu moro."

Sean suspirou, obviamente esperando que Corey o deixasse. Mas Corey balançou a cabeça. Apesar de uma ereção crescente que parecia cada vez mais com uma clava de ferro conforme Becka se aproximava dele, a situação toda parecia errada. Ele tocou no cabelo dela, macio e fino. Ele poderia muito transar naquela noite, ele percebeu. Mas não queria, não assim. Ela cheirava mal.

"Não", disse ele, antes que pudesse se demover de sua decisão.

"Por que não?", perguntou ela.

"Você não quer nem saber meu nome?", perguntou Corey.

"Eu sei o seu nome."

"O quê?"

"Toussaint", sussurrou ela, dizendo o nome como se fosse um tesouro. Os pelos de sua nuca se eriçaram.

"Eu uso meu primeiro nome", disse ele. "Corey."

"Fique comigo esta noite, Corey. Vou te ensinar magia de verdade."

"Corey?", disse Sean, parecendo nervoso. "É melhor a gente voltar."

O dedo indicador de Becka cutucou Corey no peito, e ela o deslizou em direção ao umbigo. O estômago de Corey vibrou violentamente e ele agarrou a mão dela. Uma vez que a mão dela ficasse abaixo de sua cintura, seu cérebro desligaria e ele ficaria ali naquela noite, quisesse ou não. Já antecipando aquele toque, seu pau estava inchando de uma maneira absurda, determinado a cumprir sua missão. Sua calça jeans parecia confinante, dolorosa.

"Meu amigo está certo", disse Corey, com vergonha de se ajustar na frente da garota. "Escute, você é muito bonita, mas temos que ir. Talvez eu possa te ver outra hora?"

O sorriso não saiu do rosto da garota. "É claro", disse ela. Ela recuou um passo, dois, então acenou e girou nos calcanhares. Ela estava correndo de volta para a floresta, para a escuridão.

"Como posso entrar em contato com você?", chamou Corey.

"Diga meu nome", disse ela.

"Tem certeza de que vai ficar bem aqui?", gritou Corey de novo. Mas a garota não respondeu. Corey observou-a recuar até sair da área de luz do fogo, e então ela se foi, deixando apenas o som de seus pés nas folhas e nos galhos na escuridão, correndo.

"Que diabo foi isso?", Sean disse baixinho, ao lado de Corey. Os dois observaram a floresta para ver se ela voltaria, mas ela não voltou. Sua breve aparição parecia um sonho para ele. Se Sean não estivesse lá, Corey poderia ter acreditado que tinha imaginado a garota.

"Não sei", disse Corey. Seu coração estava batendo forte. Ele mudou de posição para que sua calça jeans não o machucasse. Então, deu um tapa em seu bíceps quando sentiu um mosquito picar seu braço.

"Essa é a garota mais estranha que eu já vi."

"Você está com ciúme", brincou Corey, depois deu um tapinha no ombro de Sean. "Não, cara, eu sei o que você quer dizer. Ela parece uma sem-teto para mim. Acho que ninguém mora aí. Pensei que fosse apenas uma floresta."

"Devíamos denunciá-la."

"Poderíamos, mas ela não será encontrada a menos que queira."

"Você não vai transar com ela, vai?" A pergunta era um julgamento.

"Não", disse Corey, embora ele não tivesse certeza. Se ela não era uma sem-teto, era diferente. Ela podia ser um pouco estranha, mas era bonita pra caralho. Havia maneiras piores de perder a virgindade.

"Eu não faria isso se fosse você", disse Sean. "Lembre da Glenn Close em *Atração Fatal*. Quando uma garota que você não conhece fica empolgada desse jeito, cuidado. É problema. E o jeito que ela apareceu assim que você terminou o feitiço? Eu não gosto disso, melhor voltarmos para casa."

Agora que Sean colocara as coisas dessa forma, Corey percebeu que ele estava certo. Toda aquela situação era estranha.

Mas ele lamentava ter mandado Becka embora.

O sonho de Corey com Becka começou com ela da mesma maneira que ela aparecera à meia-noite, agachada perto do fogo em seu vestido, com as pernas abertas, ousada.

Mas no sonho, Sean não estava lá. Corey estava sozinho com ela.

Com as pálpebras pesadas de promessas, Becka pegou Corey pela mão e o puxou para fora da luz do fogo, em direção à floresta. Ela caminhava rapidamente, conhecia o caminho, puxando-o para além de seus pontos cegos enquanto eles se aventuravam mais fundo nas partes da propriedade de sua mãe que ele não conhecia. Ele viu uma cabana de toras coberta de musgo e com uma luz fraca que brilhava pela porta aberta, e aquela estrutura de telhado baixo se misturava tão bem com a floresta ao redor que ele nunca a teria visto se não fosse pela luz.

Que bom, ele pensou. Ela não é uma sem-teto. "Quem mora aqui com você?", perguntou Corey a ela.

"Ninguém mais mora aqui", disse ela. "Só eu."

Não havia móveis dentro da cabana, nem janelas, como uma caverna, mas todo o chão estava coberto por um enorme tapete de pele de urso. Vagamente, Corey se perguntou de onde vinha a nebulosa luz amarela dentro da cabana, porque não conseguia ver uma lâmpada ou uma vela acesa. A cabana também tinha um cheiro azedo, o mesmo cheiro que ele notara quando a conheceu, mas ele parou de se incomodar com isso quando Becka fechou a porta da cabana e tirou o vestido pela cabeça. Seus mamilos empinados eram de um rosa brilhante, suas auréolas olhando para ele como olhos arregalados. Corey ficou boquiaberto, fascinado. Ele nunca tinha estado tão perto de uma garota nua. Sem uma palavra, ela começou a tirar a camisa dele. Então, ela puxou a calça dele e lentamente a baixou também. Quando ele estava nu, ela o puxou e os dois se deitaram juntos no pelo áspero do tapete. Ela se agarrou a ele, e seu corpo era como uma vestimenta de pele macia e quente.

Becka estava montada nele, seus seios nus balançando conforme ela se agachava. Quando Corey se afundou dentro dela, o choque do prazer o fez ter espasmos, fazendo-o curvar a cintura. Ele não esperava que o interior dela fosse tão febril, ou seu aperto tão forte. A boca dele se abriu sem emitir palavra, seus olhos se fecharam.

Merda, ele pensou. Seus quadris queriam explodir, mas ele ainda não podia deixar. Ele não queria que ela soubesse que ele nunca fizera sexo antes.

No sonho, Corey abriu os olhos e percebeu que sua cabeça, erguida, estava diretamente ao lado da cabeça do urso morto, aqueles dentes afiados e amarelados tão perto de seu nariz quanto o casco de Sheba estivera. Dentes grandes. Tão grandes, na verdade, que Corey percebeu que aquele tapete não era de urso. A cabeça do animal era maior e mais estreita do que a de um urso, seus dentes mais longos, mais finos e com uma curva mais acentuada. Como o Pé Grande, pensou ele, se é que isso existia. Maior do que isso. O tapete de pele da criatura cobria o chão da cabana, e havia mais pele subindo pelas paredes. Nenhum animal poderia ser tão grande! Enquanto ele estava deitado nu com as costas contra o pelo grosso, Corey sentiu algo se contorcer sob o animal morto, pressionando suas clavículas.

Acordando.

Com um suspiro, Corey acordou.

Ele estava em um saco de dormir no chão do quarto superlotado de Sean. Seu batimento cardíaco poderia sozinho ter encerrado seu sonho, porque era estridente no peito. Havia um brilho fraco entrando pela janela, embora o céu estivesse quase escuro. Eram cinco da manhã, dizia o rádio-relógio de Sean na mesa. Ele podia sentir o cheiro dos sapatos de Sean em algum lugar perto de seu nariz. O cheiro azedo de seu sonho, ele entendeu.

Corey estava tão duro que seus testículos estavam inchados, doloridos. Droga. Um segundo atrás, ele estava tendo o sonho sexual mais realista de sua vida, e agora tinha acabado. Por que aquele maldito urso teve que aparecer e estragar tudo? Corey já havia esquecido a imagem do rosto da criatura, mas sabia como isso o fazia se *sentir*, especialmente quando se movia. Aquilo o assustara e o fizera acordar.

Esse susto pode ter sido parte de seu sonho, mas sua ereção era real. Corey se contorceu no saco de dormir. Isso era pior do que quando ele tinha se envolvido com a prima de 18 anos de T., de Detroit, no Natal anterior, que o chocara quando ela repousara a mão na virilha dele, apertando-o. O namorado dela estava na sala ao lado jogando basquete no PlayStation 2 com T., então o toque tinha sido uma brincadeira para ela, mas para Corey fora uma revelação, uma das coisas mais memoráveis que já haviam acontecido com ele. Mais tarde, T. disse a ele que sua prima sempre vinha atrás dele também, mesmo eles sendo parentes de sangue. Aquela garota na floresta podia ser uma aberração, mas ela o queria de verdade. Tudo o que ele tinha que fazer era dizer sim.

E se ele voltasse para o Ponto agora? Ele a encontraria lá?

Corey olhou para a cama, onde Sean estava roncando com os braços cruzados sobre os olhos. Conforme a vigília aguçava a memória de Corey, ele se lembrou da textura do cabelo da garota e do cheiro primitivo de sua pele imunda. O pensamento de seus seios pressionados contra ele quase fez Corey gemer. Ele provavelmente poderia escapar para o Ponto e voltar antes que Sean acordasse. Sean estava muito tenso e não precisava saber.

"Cara, você não pode fazer isso", sussurrou Corey para si mesmo, sentando-se. "Esqueça aquela garota."

Não importava o quão excitado ele estivesse, ele não estava desesperado a ponto de fazer sexo na floresta com uma sem-teto estranha e que não cheirava bem. Ele iria se levantar, ir ao banheiro de Sean e cuidar pessoalmente do seu "probleminha". Que inferno, ele já estava acostumado com isso. Ele poderia escrever uma droga de um livro sobre isso, assim como vovó Marie.

Com o corpo rígido, Corey saiu do saco de dormir e caminhou de cueca pelo corredor até o banheiro, cobrindo a virilha com as mãos, caso alguém o visse. Ele era azarado o bastante para encontrar o pai de Sean, ou a irmã mais nova dele, dando-lhes uma saudação involuntária.

O banheiro estava uma bagunça, bolorento e lotado de brinquedos de borracha. Corey fechou a porta e a trancou, garantindo que ninguém pudesse entrar. Droga, aquele sonho tinha sido tão real. Corey ainda podia sentir a maneira como Becka o envolvera, agarrando-o. Ele abriu a água quente da pia. Com as mãos úmidas e um pouco de sabão, ele fechou os olhos e recriou o sonho da melhor maneira possível. Ele colocou as mãos em forma de concha na água morna sob a torneira.

Corey notou um brilho amarelo na pia, algo brilhando no pequeno espaço entre seus dedos. Um brinquedo estava para ser sugado pelo ralo, ele pensou. Mas quando ele olhou mais de perto, percebeu que não era um brinquedo.

Um anel de ouro com uma faixa grossa estava aninhado contra a tampa do ralo, correndo o risco de cair no cano. A garota na floresta desapareceu da mente de Corey. A água que ele segurava em suas mãos caiu sobre suas coxas nuas quando ele recuou, chocado. "O quê..."

Ele agarrou o anel úmido, com cuidado para não deixar que ele escorregasse pela ralo. Levou o anel para perto do rosto, olhando para ele com uma das mãos tremulando. Havia símbolos nas laterais do anel. Desenhos.

Meu Deus. Meu Deus. Meu Deus.

Aquele era o anel de sua mãe. Aquele era o anel da vovó Marie.

"*Puta merda*", disse Corey.

Ele disse isso mais uma dúzia de vezes antes de se recompor.

Vinte e Cinco

Quinta-feira à noite

A casa dos Fisher ficava no lado sudoeste de Sacajawea, perto da marina, um bangalô de três quartos com um cais próprio. A casa ficava quase escondida atrás de bordos de folhas grandes com folhas amarelas brilhantes, seus troncos envoltos em samambaias e trepadeiras retorcidas. As folhas estavam caindo, então o quintal estava enterrado da mesma forma que a casa de vovó Marie estivera antes de Angela passar horas varrendo a bagunça, ensacando o máximo de folhas que pôde. Essas folhas amarelas eram mais coloridas e ainda pareciam mais vivas do que mortas, então ela não se importava com elas. Conforme Angela subia a passarela curva, ela passou pelo Saturn de Myles em vez da velha picape Chevy vermelha de seu Fisher, e a ausência do veículo mexeu com ela. Tantas coisas eram as mesmas, mas nada era igual.

Quando Myles abriu a porta, ele pareceu surpreso. Ele ainda estava de camisa social, embora tivesse tirado a gravata e desabotoado alguns botões da camisa. Ele não esperava companhia.

"Combinamos de jantar hoje à noite", disse ela. "Lembra?"

"Achei que fosse só uma ideia. Onde você esteve? Não retornou minhas ligações."

"Não recebi nada", disse ela. "Meu telefone não está funcionando hoje."

Angela não conseguira fazer nenhuma ligação da casa da vovó Marie, e o sinal de seu celular, que geralmente funcionava em Sacajawea, havia morrido. Ela suspeitava que seus problemas com o telefone também faziam parte daquilo, uma pequena parte. Não havia mais coincidências a partir de agora.

Myles parecia constrangido. Ela também se sentiria, em outras circunstâncias.

"Tudo bem se a comida não for suficiente", disse ela. "Não estou com fome."

Enfim ele sorriu, quase timidamente. "Eu queria fazer algo especial para você, frango cubano com feijão preto e arroz, o menu completo. Tudo o que temos é um refogado congelado."

"Não se preocupe. Não vim aqui para comer."

"Você é implacável", disse Myles, apertando sua cintura com uma provocação gentil, e ela sorriu de certa forma. Era tão bom estar perto dele. Algumas horas antes, ela pensara que nunca poderia sorrir outra vez. "Entre, Angie. Eu sei por que você está aqui. Ela está na sala de jantar e está em um dia bom."

A sala de estar parecia inalterada para Angela, velhas fotos de família e móveis pouco inspirados envoltos em plástico, mas a sala de jantar estava tão iluminada e cheia de vida nova que a assustou. A tinta era de uma cor de pêssego intenso e as paredes eram decoradas com máscaras, a maioria esculpidas em cascas de coco pintadas. Ali, a mobília era festivamente branca, nada como a sala de jantar simples, porém elegante na casa dos Fisher anos atrás. Angela não a reconheceu.

Mas ela reconheceu a mulher sentada na ponta da mesa enquanto a enfermeira dava comida em sua boca. Dona Fisher aparentava todos os dias de seus 90 anos, sua pele cheia de rugas, suas mãos finas e delicadas como os pés de um pássaro. Grande parte de seu cabelo havia sumido, e o que restava parecia tufos de algodão pegajoso agarrados à cabeça. No entanto, alguma essência de seu rosto fora preservada nos olhos e entre as rugas profundas. Angela sorriu ao ver a marca de nascença de dona Fisher, a lua crescente sob seu olho direito. Até sua postura era a mesma, rígida e orgulhosa, enquanto ela se inclinava para a frente em sua cadeira, esperando para ser alimentada.

Ao ver dona Fisher novamente, Angela quase se esqueceu do motivo de sua visita.

"Dona Fisher? Você se lembra de mim? Sou Angela Toussaint, amiga de Myles."

Os olhos cinzentos de dona Fisher encontraram os dela e Angela viu que voltavam à lucidez. Ela sorriu, ainda mastigando o resto de sua comida. "Eu lembro, sim", disse ela. "Olá, Angela."

A decepção tomou conta de Angela. Dona Fisher estava fingindo que a conhecia. Ela não teria dito Angela, repetindo o nome, e sim apenas Angie.

"Como vai?", perguntou Angela a ela, embora já soubesse.

"Me divertindo", disse dona Fisher. "Assistindo a vocês dois agindo como tolos." Seus olhos sérios encontraram os de Angela, causando uma sensação estranha. Talvez dona Fisher *soubesse* quem ela era.

Myles deu de ombros, se desculpando. "Desculpe, Angie. Pode ser algo que ela viu na TV."

"Ou algo que ela ouviu alguém dizer ao telefone", disse a enfermeira, e Angela olhou diretamente para a mulher pela primeira vez. Era uma mulher jovem, de rosto corado, de cerca de 30 anos, e olhava para Angela com uma intensidade ousada que a fez lembrar de como as lésbicas amavam seu cabelo curto. Seus amigos gays garantiam que ela seria uma rainha no circuito feminino.

"Esta é Candace. Candace, Angie Toussaint", apresentou Myles.

Candace sorriu ao apertar a mão de Angela. "Ah, *a* Angie Toussaint. É ótimo enfim conhecê-la."

Myles pigarreou. "Chega, Candace. Angie, quer que eu te prepare um prato?"

"Claro", disse Angela, embora ela não tivesse nenhum apetite. Ela só desejava o calor daquela sala, a facilidade de sorrir e se perder ali. Devia ser por isso que Myles pintara a sala dessa maneira, ela pensou. Ele precisava de brilho na casa, algo para entorpecer a dor de ver sua mãe desaparecer aos poucos. "Tudo bem se eu comer com você esta noite, dona Fisher?"

"Você não acertaria nem um elefante com essa pedra", disse dona Fisher com insistência, e Myles e Candace riram, surpresos.

"É sempre um mistério", disse Candace, balançando a cabeça.

"Uau. Ela não estava falando frases completas até agora", disse Myles. Ele parecia emocionado.

Angela se aproximou de dona Fisher, atrás de sua cadeira, e apoiou as mãos nos ombros ossudos da mulher. Então ela se inclinou e enterrou devagar o rosto no cabelo de dona Fisher, cheirando-a o mais profundamente que pôde. Transpiração, talvez xampu. Ela não cheirava a nada estranho.

"Eu te amo, dona Fisher", sussurrou Angela, quase chorando. Aquela mulher passara horas contando a ela sobre sua juventude em Sacajawea, seu trabalho com a Cruz Vermelha durante a Segunda Guerra Mundial e o quanto ela amava seu filho. Ela raramente, ou nunca, usava a palavra *adotado*. De certa forma, Angela conhecia mais detalhes da vida de dona Fisher do que da de vovó Marie. Mas o único segredo que dona Fisher e vovó Marie compartilhavam, pelo visto, elas guardaram para si mesmas.

"Por que você não manda o seu amigo para casa e fica comigo esta noite?", disse dona Fisher a ela.

"Meu amigo?", perguntou Angela. "Quem é meu amigo?"

Dona Fisher baixou a voz para um tom de sussurro. "Eu sei o seu nome", disse ela.

"Qual é?", indagou Angela. Ela beijou o topo da cabeça de dona Fisher, uma mecha de cabelo felpudo.

"Toussaint", respondeu dona Fisher, dobrando o pescoço para trás na tentativa de conseguir olhar nos olhos de Angela.

"Muito bom", disse Angela, embora algo no olhar profundo da mulher a perturbasse.

Myles e Candace aplaudiram, satisfeitos com a troca.

A comida era sem graça, como avisado, mas Angela não se importou. Ela gostava de assistir a Myles e Candace idolatrando dona Fisher na mesa, os jogos verbais que eles jogavam tentando manter sua mente ocupada para que ela não ficasse inquieta e pulasse da cadeira. Ela era muito parecida com uma criança! De vez em quando, dona Fisher procurava os olhos de Angela de novo, olhando fixamente para eles.

De seu assento ao lado de dona Fisher à mesa, Angela apertou a mão da mulher, que parecia fria ao toque. "Dona Fisher, você se lembra do que aconteceu em Quatro de Julho de 1929?"

A expressão alegre de Myles desapareceu, e Candace pareceu confusa.

Dona Fisher assentiu ansiosamente, apertando os dedos de Angela. "Fique comigo esta noite, Corey", disse ela, enunciando tão claramente que não havia como se confundir com suas palavras. "Vou te ensinar magia de verdade."

Myles havia se mudado para o quarto principal de seus pais, que tinha uma porta de vidro que dava para uma varanda com vista para o rio. Esse quarto também era pintado de uma cor clara, amarelo-mostarda, e as paredes eram cobertas por máscaras intrincadas acentuadas pela iluminação por trilhos. Ao contrário daquelas que estavam da sala de jantar, as máscaras do quarto eram esculpidas em madeira rica e pareciam mais africanas do que caribenhas, e Angela sabia por seus clientes que colecionavam arte africana que elas provavelmente eram muito caras. O quarto estava cheio demais para o tamanho que tinha, já que Myles fora forçado a enfiar grande parte de sua vida em uma casa que já estava mobiliada.

Quase não havia espaço para andar ao redor da cama king size, e a enorme mesa do computador de Myles e suas estantes ocupavam quase uma parede inteira. Ao lado, porta-retratos e prêmios estavam pendurados na parede. Uma das fotos exibia um menino que parecia latino, com um sorriso desdentado em uma praia. Ali também estava o diploma de mestrado pela Escola de Jornalismo de Columbia, ao lado de um prêmio de redação de colunas da Associação Nacional de Jornalistas Negros. O último item era um prêmio de Voluntário do Ano de Big Brothers/Big Sisters em Washington, D.C.

O único item na sala que ela imaginou que pudesse estar ali o tempo todo era o tradicional arco de madeira de seu Fisher, que ficava encostado na parede em um canto perto da porta de vidro deslizante. Angela sorriu quando viu o arco. Ela criticava Myles por caçar quando eram mais jovens, mas ele dizia claramente que fazia isso porque sonhava em passar um tempo com alguém como seu Fisher quando ele morava no orfanato; seu Fisher o lembrava de seu tio Guy, que morava no campo e morrera quando ele tinha 7 anos. Normalmente, ele admitia, ficava feliz quando as flechas de seu Fisher mudavam de direção com o vento e seu alvo corria para um lugar seguro. Angela duvidava que Myles ainda caçasse.

Mas, de novo, era possível que sim. Ela não conhecia aquele homem, lembrou-se com tristeza.

Angela olhou pela porta de vidro para o convés, que estava iluminado pelo crepúsculo alaranjado. As lascas do rio que ela podia ver além das árvores do quintal pareciam lençóis de chamas. Myles havia amarrado uma rede no convés e, quando percebeu um movimento repentino com o canto do olho, seu olhar encontrou um estranho comedouro em forma de tubo pendurado ao lado da rede. Dois beija-flores ruivos com bicos incrivelmente longos e finos voavam ao redor do comedouro, bebendo do líquido claro que quase havia sido drenado lá de dentro. Suas asas batiam tão rápido que pareciam invisíveis, fazendo com que aquelas delicadas criaturas de dez centímetros parecessem flutuar em vez de voar.

"O que você dá para os beija-flores?", perguntou Angela, intrigada.

Myles não respondeu a princípio. Ele estava sentado à sua escrivaninha em silêncio, como estava há vários minutos, olhando para as fotos armazenadas em sua câmera digital. Ele apertou os olhos para a tela iluminada da câmera, inclinando-a para a frente e para trás a fim de obter uma imagem mais nítida.

"Myles? Como você alimenta os beija-flores?"

"Água com açúcar", disse ele, distraído. "Eles são pequenos, mas gulosos. Já enchi isso duas vezes hoje. Você relatou isso ao Rob?"

"Relatei o que ao Rob?"

"Esse vandalismo, Angie. Isso no chão da sua adega é sangue?"

"Tinha cheiro de sangue. Então, sim, eu diria que sim."

"Precisamos ligar para Rob agora. Por que você esperou tanto?"

Sua voz tinha aquele tom de vamos-fazer-algo-sobre-isso que ela sempre amara em Myles. Ele era um solucionador, assim como seu Fisher tinha sido. Cada vez que ela visitava aquela casa, seu Fisher estava embaixo do carro ou no galpão, consertando coisas, e normalmente ele mostrava ao filho suas habilidades. No colégio, Myles sabia como trocar óleo, cortar lenha, construir um rádio e atirar com um arco, capacidades que o tornavam diferente de qualquer outro garoto do colégio que ela conhecera em Los Angeles.

Myles se levantou e foi até ela, olhando-a nos olhos. "Angie, você está me ouvindo? Temos que ligar para a polícia e relatar isso."

"Não há nada para a polícia fazer", disse ela. Ela desejou que Myles entendesse isso para que eles pudessem passar logo para conversas mais importantes.

"Esta manhã recebi um telefonema excêntrico de alguém que talvez fosse seu ex-marido. Não sei como ele conseguiu meu celular, mas ele disse algo que parecia uma ameaça. Então, à luz disso, alguém vandalizando sua casa e deixando sangue em sua adega não é algo que eu ignoraria. Você entende meu raciocínio?"

"Tariq ligou para você?" Isso era novo e inesperado. Mas ela deveria saber que Tariq teria algo a ver com isso, ela pensou. Afinal, a kombi dele havia desaparecido de forma misteriosa.

"Eu disse que se ele tivesse algum problema comigo, deveria resolver pessoalmente. Tariq disse que estava planejando fazer isso, mas que eu deveria tentar não morrer antes que ele chegasse aqui. Esse é outro motivo pelo qual liguei para você hoje, para que fique de olho em Tariq. Deixei mensagens para você no hotel e na casa da vovó Marie esta manhã. Tentei ligar de novo para você nesses dois lugares há duas horas. Eu estava pensando em ir até a casa da vovó Marie depois do jantar porque estava ficando preocupado."

"Não ouvi nada na casa da vovó Marie. Essa coisa não deve estar deixando meu telefone tocar."

"Coisa?", disse Myles. Seus olhos, preocupados antes, estavam totalmente alarmados agora. Ele suspirou, dando tapinhas em seu ombro. "Angie, sente-se na cama. Nós precisamos conversar."

Fotografias não seriam suficientes para Myles, Angela percebeu. Ele teria que ver com seus próprios olhos. Tudo bem, porque ele iria. Ela não tinha dúvidas disso.

"Eu quero que você use isso", disse ela, e puxou o colar redondo de argila que fizera para ele naquele dia, imitando as formas e a ordem dos símbolos no anel de vovó Marie o melhor que podia. Ela amarrara um cordão de couro no pingente de argila depois que vários pingentes haviam assado e endurecido em seu forno, e o pendurou no pescoço de Myles. Era longo, e pendia logo abaixo do peitoral dele. Com a camisa aberta, ela viu a corrente de ouro de um grande crucifixo que ele usava. Aquilo seria bom para ele também, ela pensou. Angela desejou que ela mesma tivesse um crucifixo. Ela e Jesus não se falavam havia muito tempo.

"O que é isso?", perguntou Myles, examinando o pingente tosco. Ele parecia impaciente.

"Algo para mantê-lo seguro. Espero, pelo menos", ela disse. "Seria melhor se você e dona Fisher fizessem as malas e fossem embora, mas sei que você não fará isso. Então, eu fiz um amuleto para você. Prometa que não vai tirá-lo."

Ele não discutiu. "Sim, eu prometo. Obrigado", disse em tom educado. "Agora, sente-se. Vamos conversar."

Assim que se sentou na cama bem-arrumada, Angela percebeu como estava cansada. Ela tivera um longo dia na casa da vovó Marie, com muito em que pensar. Ela se deitou e se aninhou de lado, apreciando a colcha fria contra seu rosto. A cama tinha o cheiro de Myles. Ele dizia a ela que sempre fizera sua cama quando criança porque seu orfanato em Seattle insistia nisso, e ele pelo visto nunca quebrou o hábito. Ela sentiu o colchão ceder um pouco quando Myles se sentou ao lado dela. Ele massageou seu braço, apertando ritmicamente.

"Estou preocupado com você, Angie", disse ele. Sua voz falhou.

"Eu sei."

Pela porta fechada, Angela ouviu Candace tentando persuadir dona Fisher a ir para a cama. Depois do jantar, por algum motivo, dona Fisher sentiu uma necessidade obsessiva de esvaziar as gavetas da cômoda, reorganizando seus pertences sem parar. Outro aspecto de sua doença, Myles disse a ela.

"Eu sei que não é da minha conta", disse Myles, "mas ouvi sobre sua hospitalização."

Angela deu uma risadinha. Do ponto de vista dele, loucura era a resposta fácil, tudo bem.

"Qual é a graça?", perguntou ele.

"Aquilo era uma coisa, Myles, e esta é outra. Passei três meses em um hospital, mas só porque não queria seguir a tradição da família e me machucar. Fechei meu coração e deixei outras pessoas cuidarem de mim por um tempo. Aquilo não tem nada a ver com o que está acontecendo agora. Você ouviu o que dona Fisher disse no jantar. Ela me chamou de Corey. Ela estava canalizando algo que falava com meu filho sobre magia, e você ainda não consegue ver. Você não quer."

Myles não respondeu de imediato. Através da parede, Angela ouviu dona Fisher exigir saber onde estavam todas as suas meias. Ela parecia furiosa.

"Ouça", disse Myles. "Boneca, admito que meu coração deu um pulo quando dona Fisher disse isso sobre Corey. Não vou fingir que tenho uma explicação para isso. Mas minha mãe está sofrendo de demência. Infelizmente para todos nós, não houve um dia em que ela não dissesse algo que não fizesse sentido. É quem ela é agora. Mas você está com um problema sério. Alguém entrou em sua casa e..."

"Ou alguma coisa."

"Rob precisa ser informado", insistiu Myles. "Eu deveria ter mencionado a ligação de Tariq quando o vi hoje. Sofri um acidente esta manhã, por falar nisso. Eu comecei a girar na rodovia Quatro. Então, sim, estou me sentindo nervoso e cauteloso, Angie. Perdi o controle do carro logo depois que Tariq me ligou."

Angela fechou os olhos, estremecendo. "Merda", sussurrou ela. Ela sabia que aquilo tentaria levar Myles também. Ela sentiu o desespero tentar deslizar sobre ela, como uma mortalha. "Seu estômago dói?", perguntou Angela, com medo de ouvir a resposta.

"Não. Por quê?"

"Eu acho que o estômago de Tariq pode estar doendo. Ele disse que iria ver um médico."

"Você falou com ele? Quando?" Myles se inclinou para mais perto dela na cama.

"Terça-feira de manhã. Ele deixou uma mensagem no meu escritório. Ele parecia bem, mas disse que estava doente. Art também estava doente. Você sabia disso? Liza disse que o estômago dele estava doendo na noite anterior ao assassinato de Glenn. E o estômago de Rick também doía. Pode perguntar a Sean. Corey também teve isso."

"Aonde você quer chegar, Angie?"

"Sua mãe foi levada até a porta da minha avó quando ela estava doente em 1929, e ainda hoje as pessoas estão adoecendo. Estou falando de algum tipo de surto. Abra seus olhos."

Finalmente, Myles pareceu intrigado. "Estou ouvindo. Que tipo de surto?"

"Possessão", disse ela, e Myles suspirou outra vez. Ele iria parar de ouvir agora, ela sabia. Mesmo assim, ela continuou: "Não acho que ainda esteja dentro de dona Fisher, mas ela tem algum tipo de conexão com essa história. Acho que é por isso que ela disse aquilo sobre Corey no jantar, e por isso que ela me chamou de sra. T'saint outro dia ao telefone, falando sobre São Francisco. Acho que quando dona Fisher fala comigo, ela se lembra de interações antigas com essa coisa, seja lá qual for. A memória disso está gravada nela. Ecoa dentro dela, talvez". Enquanto falava, Angela sentiu seu nível de compreensão se aprofundar, e isso lhe deu uma esperança fugaz. A verdadeira compreensão era a única arma que ela teria.

"Deus, você parece bem segura disso", disse Myles, mais surpreso do que cético.

"Nem sempre. Mas às vezes, eu sei de coisas. De cada vez mais coisas com o tempo, Myles."

Myles não estava mais massageando seu braço. Em vez disso, ele começou a acariciá-la, as pontas dos dedos roçando a lateral de seu rosto. A excitação vertiginosa que ela sentira na noite anterior se fora, mas algo mais sóbrio e calmo veio em seu rastro, um brilho que fez seus membros derreterem no colchão.

"A partir de agora, começamos a confiar um no outro", disse Myles. "Admito que você saiba das coisas, mas respeite meu palpite também. Por favor, Angie. Tariq é perigoso."

Angela concordou. Tariq não parecia perigoso na mensagem telefônica que deixara para ela, mas ela não sabia o que tinha acontecido com ele desde então. "Concordo", disse ela.

"E vou dizer de novo: Rob precisa saber sobre aquele sangue."

"Venha até a casa amanhã", disse Angela. "Se você continuar achando que é vandalismo, ligaremos para Rob imediatamente. Cruze os dedos, Myles. Estamos combinados?"

"Tudo bem", disse Myles, parecendo aliviado. "Mas não volte lá agora."

"Eu não pretendo. Estou em um hotel em Longview, lembra?"

"Sim. Eu lembro." Myles exalou, e seu hálito era familiar como um cobertor de estimação. Ele deslizou a palma da mão por baixo do moletom dela e a repousou em sua barriga, pressionando como se para mantê-la ali. As palmas das mãos de Tariq sempre estavam calejadas por causa da sala de musculação, mas a palma de Myles era lisa como a de um menino. Sob seu toque, ela sentiu seu sistema nervoso despertar depois de horas de retração. Seu estômago deu um salto. "Você poderia ficar aqui", disse ele, como se ela tivesse pedido para ouvir aquelas palavras saírem da boca dele.

"Achei que você disse que não era uma boa ideia."

Os olhos de Myles procuraram os dela, pareciam moedas brilhantes. "Angie, às vezes eu olho para você e vejo uma mulher que está completamente destruída, e isso me assusta muito. Essa é a verdade. Mas às vezes eu vejo..." Ele balançou a cabeça.

Myles devia ter se decidido. Ele se içou para mais perto dela, envolvendo um braço ao redor de suas costas para puxá-la contra ele. Seus lábios deslizaram sobre os dela levemente, então pressionaram com força, sua língua encontrando a dela. Angela já havia beijado Myles muitas vezes antes, mas nunca na forma de um homem de 40 anos. Seu beijo faminto era estranho para ela, como se quisesse provar a Angela que o menino tímido que ela conhecia havia morrido. Ela segurou o rosto de Myles entre as palmas das mãos enquanto o beijava, com medo de machucá-lo por se agarrar com muita força. Seus corpos se procuraram, unindo-se. A ereção dele se aprofundou com força contra a barriga dela através da calça. Ele era tão grande quanto o rio Nilo, ela se lembrou.

Angela afastou a boca com força. Beijar Myles a tinha absorvido tanto que ela não estava respirando o suficiente. "Estava com saudades", disse ela, acariciando o couro cabeludo nu dele, sentindo a penugem de seu cabelo raspado começando a crescer.

"Não precisa sentir minha falta", disse ele. "Estou aqui."

"Conte-me tudo sobre quem você é, Myles."

A mão dele sob a blusa dela subiu rapidamente, repousando em seu seio. Seu polegar encontrou a firmeza de seu mamilo à espera, e ele esfregou o dedo em círculo em cima do sutiã de náilon, o que a fez pressionar as coxas, acumulando o formigamento agradável preso entre elas.

"O que posso te dizer?", perguntou Myles.

"Quem é o garoto naquela foto na sua parede?"

"É uma foto muito antiga do Diego, meu enteado. Ele tem 17 anos agora."

"Você foi casado?" Claro que ele devia ter sido, mas ela odiava a ideia.

"Por três anos tumultuados após a graduação. Eu achava que Marta era você. Eu estava errado." Myles ergueu o moletom e ela observou a seriedade em seu rosto enquanto ele olhava para sua pele nua, para seu sutiã. Ele parecia quase entristecido, ansioso, enquanto seus olhos viajavam por ela. Lentamente, ele abaixou a cabeça, beijando seu umbigo. O calor rápido e úmido de sua boca a fez se arrepiar.

"Eu fui correr esta manhã. Eu não tomei banho", disse Angela, de repente acanhada.

"Sempre adorei o seu cheirinho adocicado e salgado, Angela Marie", disse Myles. Ele lambeu a barriga dela com sua língua larga, umedecendo seu caminho até em cima. Ele libertou os seios dela e sua língua os encontrou também. Todo o corpo de Angela estremeceu quando ele a engoliu.

Myles deslizou uma das mãos pelo elástico de sua legging, navegando por dentro da calcinha. Os dedos dele percorreram seus pelos pubianos, tocando de leve o clitóris, e Angela se enrijeceu. Ela era sensível, e muitas vezes os dedos de Tariq eram muito ásperos, desconfortáveis mesmo quando ele tentava ser delicado. Instintivamente, Myles manteve seu toque leve, tão fugaz que ela desejou que ele a pressionasse com mais força. Seus quadris se ergueram, implorando.

O dedo indicador de Myles esfregou e provocou até entrar nela, seguro e profundo, e ela sentiu seu corpo beijá-lo, úmido. A língua dele agitava um mamilo enquanto sua mão livre apertava o outro com suavidade. Quando Myles curvou o dedo indicador dentro dela, massageando-a no lugar preciso que tão poucos homens conheciam, Angela cerrou os dentes e segurou um grito na garganta, onde apenas Myles podia ouvir. Seu prazer a surpreendeu tanto que lágrimas surgiram em seus olhos.

A coisa não poderia pegá-los aqui, ela percebeu, arqueando-se contra Myles.

A coisa não poderia pegá-los naquela noite.

Angie estava meio adormecida nos braços de Myles, então ele teve cuidado para não a acordar. Mesmo cochilando, ela naturalmente escorregou a mão para agarrá-lo com força, como sempre fazia, como se planejasse pegar o órgão dele para si. Então, a mão dela ajudou a guiá-lo para dentro dela.

Ele encontrara três preservativos na gaveta de sua mesa de cabeceira, felizmente, mas aquele fora o único que sobrevivera à noite deles juntos. Ele planejou guardá-lo até o amanhecer, mas quando acordou e sentiu a pele quente de Angie no escuro, ele a quis de novo. Ele não sentia esse tipo de urgência desde que era adolescente e tremia enquanto a umidade quente dela o absorvia. A camisinha pareceu desaparecer. Ele sentia a pele dela contra a dele, como uma fusão.

Angie murmurou, e seus músculos internos cerraram-se como um punho, prendendo-o momentaneamente. O domínio dela sempre o assustava. Myles se apoiou nos cotovelos, sentindo-se inchar no abraço íntimo dela. Seus dentes se cerravam conforme ondas de desejo o percorriam, apertando-o nos testículos, uma maré irreprimível. *Você engasgou como se tivesse visto o fantasma da sua mãe*, dissera Tariq, e ele quase engasgou de novo agora. Apenas a lembrança perturbadora daquelas palavras provocantes salvou Myles de ejacular muito cedo.

Myles queria que aquele momento durasse. Sua cabeça estava quieta, o tipo mais profundo de silêncio, o tipo que ele sentiu na primeira vez dentro de Angie, quando todos os fios soltos do mundo se entrelaçaram em algo que fazia sentido. Em casa, dentro de Angie, ele entendia tudo que queria saber.

O aperto de Angie relaxou. Talvez, ele pensou, ela tivesse enfim caído no sono.

Myles começou a se movimentar lentamente de novo, empurrando para dentro, retirando-se devagar, então empurrando para dentro outra vez até que suas pélvis estivessem unidas. Com o peitoral erguido sobre dela, o amuleto que Angie fizera pendia do seu pescoço, balançando entre eles. Ele não usava joias, exceto pelo crucifixo de ouro, que nunca saía de seu pescoço, então ele quase arrancou o cordão de couro algumas vezes porque parecia estranho. Mas ele havia prometido a Angie que o usaria e, embora tivesse que morder a língua para não dizer a ela que tinha toda a proteção de que precisava do bom Deus lá de cima, ele honraria aquela promessa. Ela havia feito aquilo para ele. Enquanto Myles se movimentava dentro dela, o amuleto de argila de Angie girava.

Angela se mexeu ligeiramente embaixo dele, o rosto ainda relaxado pelo sono, e sua preocupação desapareceu. Ela soltou um muxoxo. "Eu te amo, Angie", disse Myles, e ele pensou ter visto seu sorriso. "Não fuja de mim, senhorita. Não faça isso de novo."

Myles não sabia o que o fez se virar, mas dois anos em casa com a mãe haviam lhe dado uma audição afiada. Ele se virou para olhar para a porta e ficou surpreso ao ver que estava entreaberta. Uma figura esguia os observava da escuridão, quase invisível, exceto pela camisola que vestia. Candace tinha ido para casa naquela noite, e ela nunca abriria a porta dele sem bater.

Myles poderia jurar que trancara a porta.

"Mãe? Você sabe que deveria estar na cama", sussurrou ele. Ele rolou para longe de Angie, arrancando a camisinha e se cobrindo. Milagrosamente, Angie não se mexeu. A pobre menina estava gasta até as meias, como dizia seu Fisher. Myles vestiu a calça, que ele havia deixado largada no chão nas últimas horas de frenesi. Ele estava feliz que o quarto estava tão escuro. Mesmo que ele já houvesse lavado e limpado dona Fisher incontáveis vezes, ele ainda não queria ficar nu diante dela.

Dona Fisher estava imóvel na porta, com uma das mãos apoiada no batente. Não era normal que ela ficasse tão quieta, ou parada, e Myles ficou tenso. Por mais que ele tivesse lutado contra as incursões selvagens da imaginação de Angie, ele próprio pensava sobre isso e ouvira outras pessoas dizerem as mesmas palavras quando ele visitava o grupo de apoio no hospital em Longview nos dias em que precisava de companheirismo: *É como se eles estivessem possuídos.*

"Mãe, você está com sede?", perguntou Myles. Ele saiu do quarto, fechando a porta atrás de si para que não incomodassem Angie. Não havia luz suficiente no corredor para ver a expressão no rosto da mãe. Ela podia estar com sede, ou com fome, ou com medo do escuro, ou convencida de que havia intrusos imaginários do lado de fora de sua janela. A mãe dele não estava mais aquele caco que ficara na época em que cada memória perdida a apavorava ou a deixava com raiva, mas ela raramente ficava em paz. Se Myles pudesse lhe dar uma coisa, seria apenas isso. Paz. Ele acariciou sua testa. Ela estava suada. Talvez o quarto dela estivesse quente demais.

"Se você continuar se levantando assim, teremos que contê-la à noite. Ou mandar você embora. Eu sei que você não vai gostar disso. Eu quero que você seja feliz o maior tempo possível. Então você tem que ficar na cama. Entendeu, mãe?"

Para ela, ele era apenas o homem que morava na casa e, embora ficasse feliz em vê-lo quando ele voltava, ela o chamava de todos os nomes, exceto Myles. Na maioria das vezes, ela o chamava de Jake, pensando que ele era seu Fisher. Ainda assim, ele não conseguia olhar para o rosto da mãe e não falar com ela do jeito que fazia desde o dia em que ela aparecera pela primeira vez no lar de seu grupo e dissera que ele era justamente o garotinho que ela estava procurando. Myles pegou na mão da mãe, mas ela a puxou. Dona Fisher sempre fazia isso também. Movimentos repentinos a deixavam nervosa.

"Vamos, mãe", disse ele pacientemente. "De volta para a cama."

Ela cedeu, deslizando a palma da mão na dele. "Vejo você em breve, Snook", disse a mãe em tom suave.

Ela nunca o chamara de Snook, mas o apelido carinhoso fazia parecer, estranhamente, que ela estava falando com ele, como costumava fazer. Às vezes, honestamente, ele tinha certeza disso.

"Sim, mãe", disse ele. "Você vai me ver em breve."

* * *

Myles estava em sono profundo, enroscado nu em volta de Angie, quando o telefone em sua mesa de cabeceira tocou, um trinado tranquilo. Sobressaltado, ele se pôs de pé, sentindo-se como se houvesse estado em alerta a noite toda, esperando. A chuva lá fora batia no telhado, caindo ruidosamente nas calhas. Angie se mexeu, mas não abriu os olhos, franzindo a testa na luz nublada da manhã que entrava pela porta de vidro. Ele tinha se esquecido de fechar as cortinas. Na verdade, tinha esquecido um monte de coisas na noite anterior, a maioria das quais ele provavelmente se arrependeria em pouco tempo.

Suspirando, Myles deslizou a mão pela cintura nua de Angela, passando pelo vão que se formava ali, fundo e adorável, e ele se perguntou quantas vezes mais poderia tocá-la antes que o preço pela sua sanidade ficasse alto demais. As saídas de Angie sempre foram grandiosas, e esta não seria diferente. O destino esteve contra eles desde o início, e ainda resistia muito.

Myles interrompeu o segundo toque do telefone. O caos acordava cedo, pensou ele.

"Você disse para te ligar antes de eu ligar para os figurões", disse a voz de Rob Graybold.

"E aí?", resmungou Myles, olhando para o relógio de parede. Eram apenas 7h. Esse cara não deve dormir nunca, ele pensou.

"Art está pronto para falar. Está perguntando por Angie. Ele disse que você saberia onde encontrá-la."

Vinte e Seis

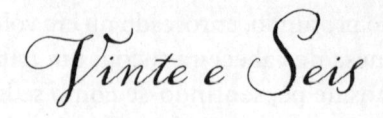

Sexta-feira de manhã

Mesmo na cadeia, ser prefeito deve ter suas vantagens, pensou Angela, enquanto Rob lhe entregava uma caixa de Marlboros para dar a Art no corredor da nova prisão do Condado de Sacajawea. Ironicamente, de acordo com Myles, Art havia ajudado a levantar o dinheiro para construir esse anexo nos fundos do escritório do xerife, uma prisão de catorze leitos sem cozinha que estava aberta havia apenas dois meses e ainda cheirava a gesso e tinta.

Art era um de seus primeiros visitantes.

As mãos de Angela estavam trêmulas, então ela enfiou a caixa debaixo do braço para não a deixar cair. Fazia anos que não segurava uma caixa de Marlboros, desde que as comprava para Tariq no Safeway em Hollywood Hills. Compensa mais a caixa, disse ele quando ela reclamou.

Então, ela percebeu a peculiaridade disso. "Nunca vi Art fumar", disse ela.

"Nem Liza", disse Rob. "Mas com certeza ele fuma agora."

Eles pararam do lado de fora de uma porta cinza-azulada com a placa SALA DE CONFERÊNCIA, ao lado da cela vazia onde Art tinha sido mantido desde sua prisão. Dois guardas da prisão nas proximidades cruzaram os braços e começaram uma conversa, deliberadamente ignorando todos os regulamentos que Rob estava quebrando ao levar Myles e Angela ali em vez levá-los às cabines de vidro para onde todos os outros eram enviados. Quase não havia espaço para todos eles permanecerem no corredor estreito.

Na pressa de sair de casa naquela manhã, Myles colocara um par de óculos que se pareciam exatamente com os aros dourados da época do colégio. Sempre que Angela olhava para ele, sentia o tempo se esvair. "Quanto tempo temos com ele?", perguntou Myles.

"Não muito", disse Rob. "Ele parece bem agora, mas vamos ser cautelosos. Entre, diga o que tem que dizer e volte para cá."

O coração de Angela parou e depois disparou. Quem era aquela mulher que ela havia sido ontem, fotografando metodicamente as folhas e o sangue na casa da vovó Marie? Aquela determinação lúcida a havia abandonado agora. Ela mal conseguia se mover, incomodada pela presença dos guardas. Desejou estar de volta na cama de Myles, saboreando sua primeira manhã acordando juntos. E se ela não podia ter um momento de felicidade com Myles, de alguma forma preferia estar na casa de vovó Marie do que ali.

"Você vem com a gente?", perguntou Angela a Rob, percebendo que ele era o único armado.

"Pelo bem de Art, é melhor não. Legalmente falando, é melhor se eu não ouvir muito. Pense nisso como uma conversa entre velhos amigos, nada oficial. Você está bem, Angie?"

"Como ele está?", perguntou Angela, ignorando a pergunta à qual ela estaria mentindo se respondesse sim.

Seu terror deve ter se mostrado em seu rosto, porque Rob se inclinou em direção a ela, tocando seu cotovelo, e ele não era propenso a contato físico. Logo depois que Corey morreu, muitas vezes ela desejou que ele fosse, porque as notícias que ele dava sempre eram diretas e duras.

Rob deu de ombros, seus olhos ficando tristonhos. "De algum modo, bem. De outro modo, mal. Você vai ver."

"Você não precisa entrar, Angie", disse Myles. Ele passou um braço em volta da cintura de Angela, abraçando-a contra ele, e ela se agarrou a ele, grata.

"Sim, eu preciso, querido", disse ela, e em seguida enfiou a mão na bolsa e recuperou um de seus amuletos restantes, estendendo-o para Rob. "Eu preciso dar isso ao Art."

Rob pegou o amuleto e o ergueu contra a luz fluorescente acima deles para examiná-lo. Seu rosto azedou. "Desculpe. É um risco de asfixia, ou então ele pode quebrá-lo para fazer uma ponta afiada. Eu não posso deixar você fazer isso."

Angela esperava que Rob dissesse isso, mas a decepção fez seu medo ficar mais agudo. "Você pode ficar com ele, então?", perguntou ela. "São os símbolos da vovó Marie. Para dar sorte."

Rob pareceu confuso, então percebeu um pingente semelhante em volta do pescoço de Myles. Ela viu condescendência em seus olhos quando ele olhou para Myles, e ela se perguntou se os olhos de Myles o haviam avisado, *Apenas faça a vontade dela, cara, porque você sabe como é, sendo maluca e tal. É de família.*

Rob colocou o pingente no bolso da camisa, olhando para Angela com uma ternura divertida. "Vou te dizer uma coisa", disse ele. "Vou dá-lo a Melanie. Ela ficará feliz em usar alguma coisa da sra. T'saint."

A sala de conferências era tão pequena quanto uma cripta, com uma mesa e quatro cadeiras amontoadas em um espaço muito pequeno, e Art estava sentado à mesa na parede oposta, as mãos algemadas na frente dele em uma pose que parecia uma oração. Ele estava usando os óculos, apoiava a cabeça em um ângulo sobre os nós dos dedos, olhando para a porta, esperando. O uniforme verde-escuro de presidiário que ele usava fazia com que parecesse um cirurgião.

Art endireitou-se quando Angela entrou. Ele estava tão feliz que seu rosto se abriu em algo que deveria ser um sorriso, mas em vez disso torceu a boca em uma careta terrível. Sua pele parecia solta em seu rosto. Ela tentou não olhar nos olhos dele, mas não conseguiu evitar. Suas pálpebras tremeram quando ele falou, evidência do esforço que ele fez. "Angie... obrigado por ter vindo. Muito obrigado."

Aqueles olhos a queimaram. Eram os olhos de Art Brunell, inalterados. Quase loucos de dor.

"Sim, Angie. Obrigada", murmurou Liza atrás dela.

O nariz e o lábio superior de Liza estavam vermelhos, seus olhos vidrados e arregalados. Ela estava de pé apoiada contra a parede oposta a Art, os braços cruzados. Suas roupas largas eram incompatíveis, Angela pensou depois, e pelo estado de seu cabelo parecia que ela havia acabado de fazer uma longa caminhada na chuva.

"Ah, querida. Não esperava encontrar você aqui hoje", sussurrou Angela, abraçando Liza. Sua amiga se apoiou com força nela, estremecendo. Angela a ouviu soluçar baixinho, imóvel em seus braços.

"Eu não consigo evitar", disse Liza, gemendo. "Eu amo esse filho da puta, Angie."

Angela a abraçou com mais força, balançando com ela, sentindo a dor fluindo da pele febril da amiga. Liza dera a ela esse mesmo abraço depois de Corey, ela percebeu. A estranheza do momento espelhado fez Angela cerrar os olhos com a memória, lutando contra a tentação de cair no chão. Liza precisava dela hoje. Esta era a hora de Liza ceder.

Mas talvez Liza fosse mais forte do que ela. Angela, quando fora sua vez, não estivera ali por Tariq. Ela perdera a cabeça quando viu aquela arma. Ela poderia ter sobrevivido à morte de Corey sem o Hospital Psiquiátrico Harbor, encontrando abrigo na dor compartilhada com Tariq, mas a arma estava lá quando não tinha nada que estar lá, e ela culpara

Tariq porque ele era o mais próximo para culpar. Ela não queria se fazer as perguntas horríveis que Liza devia estar se fazendo agora.

Como Myles, ela não se permitira ver isso.

"N-nós não temos muito tempo, Angie", disse Art, com uma gagueira quase inaudível em uma voz que era comedida, quase impassível, exceto pelo fato de que parecia muito cansada. "Eu tenho que falar enquanto ainda posso. Estamos com o tempo curto." Ele parecia tanto com ele mesmo que ela esqueceu tudo por um momento. Como Rob havia dito, parecia que era uma conversa entre velhos amigos. Mas assim que ela encarou seus olhos de novo, lembrou-se de por que nunca iria querer ser a pessoa vivendo atrás daquele abismo.

Segurando a mão de Liza, Angela caminhou até a cadeira de plástico branco na frente da mesa de Art. Todas as cadeiras pareciam cadeiras de piquenique, provavelmente para que não pudessem ser usadas como armas. Aquela sala era claustrofóbica, sem janelas, nem mesmo uma janela na porta para que os outros pudessem ver o interior. O único vínculo com Rob era um intercomunicador na parede ao lado da porta, onde Liza estava parada quando eles entraram. Angela sentou-se e Myles ficou atrás dela, as mãos segurando seus ombros. Liza se sentou na cadeira vazia ao lado de Art, cobrindo as mãos dele com as dela. Quando seu nariz começou a escorrer, ela o enxugou na manga da camisa, sem soltá-lo.

"Angie, p-pode me passar um cigarro?", pediu Art, soando como se odiasse incomodá-la.

"Certo." Angela havia se esquecido da caixa. Ela a abriu e tirou um pacote. "Não sei se ele mandou fósforos..."

"Eu trouxe um isqueiro", disse Liza, procurando em seu bolso.

"Estou ansioso desde a noite passada. A primeira coisa que pedi foi um cigarro", disse Art, e Angela percebeu o quanto as mãos dele tremiam, os dedos entrelaçados para tentar controlar a tremedeira. "Que coisa, vou te dizer, porque eu não fumo. Só aquela vez... Liza, você lembra?"

"Sim, em Tacoma. Fumamos um maço no show do Pink Floyd." Liza sorriu fracamente, envolvida na lembrança. "Nós tínhamos o que, Art? Uns 19 anos? Fumando cigarros porque não encontramos erva. Tossimos até ficarmos com lágrimas nos olhos."

Art não parecia tê-la ouvido; ele estava focado apenas nos dedos de Angela enquanto ela rasgava o plástico de uma das embalagens. "O guarda me deu alguns cigarros ontem à noite, mas eles não eram Marlboros. Tem que ser Marlboro", explicou Art, balançando a cabeça para enfatizar a opinião, como se ele não conseguisse entender como alguém poderia pensar de outra forma. "Rob é uma dádiva de Deus. Se não fosse por ele, não sei o que eu faria..." Art fez uma pausa, pensando melhor em tudo que queria dizer. Angela viu uma sombra emergir em seu rosto, algo que queria levá-lo de volta à dor. Enquanto Art prendia um cigarro trêmulo entre os lábios, Liza o acendia para ele, e Art o segurou com as duas mãos, aspirando a fumaça. Ele fechou os olhos e Angela esperou que ele expirasse. Foi uma longa espera.

Muito longa.

O mais casualmente possível, Angela chegou mais perto de Myles, procurando a mão firme e protetora dele para que ela pudesse se inclinar mais para perto de Art. Para tentar sentir o cheiro dele. Enfim, uma nuvem de fumaça saiu da boca de Art, a última na forma de um O perfeito. Mas ele cheirava bem. O odor pútrido se fora.

"Vejam só, eu consigo fazer anéis de fumaça agora. Você viu isso, Liza?", disse Art.

"Eu vi." Com os olhos arregalados como os de uma criança vendo uma estrela cadente, Liza olhou para a fumaça que se dissipava à medida que se alongava e se fragmentava. Art assistiu com ela, igualmente paralisado.

"Isso é só um detalhe, Angie, os cigarros", disse Art, depois que o anel de fumaça sumiu. "Eu sinto que estou morrendo sem eles, mas isso é apenas uma coisinha pequena, na verdade. Eu gostaria mesmo é de saber o que fazer com meu *estômago*." Ele piscou dolorosamente e deu outra longa tragada no cigarro. "Senhor Jesus, como dói."

"Eu sei", disse Angela. *Meu estômago está bem esquisito hoje, cara.* A memória da voz de Corey prendeu os cotovelos de Angela nos apoios de braço de sua cadeira. Seu precioso bebê estava com problemas, mostrando todos os sinais, e ela não entendera. Ela não os tinha visto. Ela não fora capaz de ajudar.

Art continuou: "Bem, que porra é essa? Se eu parar de tentar lembrar, acho que a dor vai embora. Se eu falar, sinto como se tivesse um espinho enfiado no meu estômago. Difícil escolher, hein? Minha mãe mandou eu escolher esse daqui". Uma parte imaculada de Art estava tentando fazer uma piada, mas sem sucesso, como ele costumava fazer.

Liza apertou os nós dos dedos, fungando de novo. "Diga a ela o que você me disse, Art."

"Eu quero esse filho da puta morto", disse ele, sua alegria desaparecendo em um instante. Sua voz farfalhou na garganta como um arbusto seco. "Você entende, Angie? Eu quero que esse demônio do caralho volte para o inferno. É o único jeito de eu machucá-lo de volta." A voz dele disparou uma oitava nas últimas três palavras, mas ele engoliu em seco várias vezes, se recompondo. "Eu vi. Eu tive que *assistir*. Aquilo *queria* me fazer assistir. Portanto, esta é a minha luta e é tudo que tenho, Angie. Odiar essa coisa é tudo que resta de Art Brunell."

Art parecia exausto. Ele baixou a cabeça, esfregando mechas de seu cabelo ralo no couro cabeludo. A maior parte de seu cabelo estava puxado para o lado, irregular. Ela viu o suor brilhando em sua testa. Milagrosamente, embora suas papadas tremessem, ele não soluçou. Liza, ao lado dele, tinha fechado os olhos, o rosto tão abalado que parecia estar se descolando dos ossos.

"Esta foi uma ideia muito ruim", disse Myles gentilmente, no ouvido de Angela. "É melhor a gente ir."

Era tentador ver aquela visita pelos olhos de Myles, classificando Art como um psicopata em plena agonia de um colapso mental. Era assim que ela desejava poder ver também. Angela esperava que algo quebrasse sua crença incipiente em maldições e predadores invisíveis, porque ela gostava mais do mundo sem eles. A convicção de Myles de que Tariq ou algum vândalo havia jogado folhas na casa da vovó Marie e derramado sangue no chão da adega era reconfortante, algo que ela esperava que pudesse se redimir um dia. Mas ela não conseguia manter suas ilusões ao ver o rosto de Art.

Ele estava pronto para lhe dar um relatório sobre onde ele tinha estado. O que o havia levado até lá.

"O que ele quer, Art?", perguntou ela.

Os olhos de Art pareciam tristes, se isso fosse possível. "Você, Angie."

Para Angela, quase parecia que ela ouvira as palavras de Art antes que ele falasse, o efeito era exatamente como ouvi-lo dizer aquilo duas vezes. Seus membros estremeceram, tanto que Myles deve ter sentido seu tremor onde suas mãos a seguravam. "Então por que fez isso com você? Por que..."

"Para machucar você. Por diversão. Para punir quem tenta ajudá-la a ver que ele está por perto. Todas as opções anteriores. Não é muito exigente quanto aos motivos."

Myles suspirou, impaciente, colocando-se atrás da cadeira de Angela. O silêncio caiu sobre a sala enquanto Art aspirava mais fumaça. Ele já estava na metade de seu primeiro cigarro, engolindo-o com suas longas tragadas que segurava nos pulmões por muito tempo, mas nunca tossia. Suas bochechas se encovaram quando ele inalou.

"Sua amiga Naomi", disse Art por fim, rouco.

"O que tem Naomi?" Angela não estava preparada para ouvir o nome de Naomi dos lábios de Art. Parecia uma profanação.

"Nós a pegamos", respondeu Art, balançando a cabeça a fim de se certificar de que ela sabia que ele havia dito a palavra de propósito. Ele expirou outra vez, espalhando fumaça pela mesa. "Nós. Ele. Isto. É tudo a mesma coisa, ou era. Sonhei com tudo ontem, antes de ele sair de mim. No sonho, *eu* fui até ela. Fui *eu* quem a enfiou no porta-malas de um carro abandonado em uma fazenda no sul de Vancouver, e deixe-me dizer, ela está morta. Ela teve uma hemorragia cerebral quando foi atingida pela arma, e um saco de lavagem a seco a asfixiou. Um saco do hotel. Eu sabia exatamente onde ela está, acho, mas não sei mais. Tentei me agarrar a ele, mas agora ele se foi. Sinto muito, Angie."

Estranhamente, ele não parecia lamentar. Havia um tom de brincadeira nas palavras de Art que gelou Angela, além da informação horrível que ele transmitiu. Quase como se parte dele gostasse de contar aquilo a ela.

"Angie, não lhe dê ouvidos", disse Myles, alarmado e zangado. Ele deslizou a mão por baixo de sua axila, tentando puxá-la dali.

"Myles, fique quieto", retrucou Angela, se soltando dele. Se ela não insistisse agora, poderia se perder na tristeza que tomara seu corpo quando ouviu Art dizer as palavras *Ela está morta*. "O que mais? Quem é o próximo?"

"Tariq", respondeu Art.

"O que tem Tariq?"

"Ele comeu Tariq. Comeu devagar. Foi mais difícil pegar Tariq por ele estar tão longe, mas ele é forte, como eu disse. Ele usou a kombi... a que estava em seu terreno... e chegou até ele dessa forma. Os objetos que temos há muito tempo carregam partes de nós..." Ele balançou a cabeça, exasperado. "Os porquês não são importantes. Tariq se foi. É isso que você precisa saber. Ele matou Naomi."

"Tariq está vindo para cá?", perguntou ela.

"Ele já está aqui."

As pernas de Angela ficaram tensas, com cãibras. "Onde?"

"Ele não me deixou ver. Mas você o encontrará. Ele irá até você."

As pálpebras de Art tremiam de novo, com mais força agora, como se estivessem tentando voar de seu rosto.

"O que aconteceu com Corey?", quis saber Angela.

"Corey o acordou", respondeu Art, suspirando. A vibração parou.

"Como?"

O rosto de Art se contorceu de dor e ele fez uma pausa, mexendo-se na cadeira. "Marie adormeceu, mas Corey encontrou algo que não deveria. Um pouco de conhecimento é uma coisa perigosa, como se costuma dizer. Corey aprendeu o suficiente para ter problemas. Marie esperava que você enterrasse o filho da puta para sempre, mas algo aconteceu, e ela não conseguiu te encontrar. Algo sobre o anel. Estava perdido."

Angela piscou enquanto as lágrimas inundavam seus olhos. Ela não conseguia falar.

Art continuou: "Você não tinha o anel e algo estava bloqueando seus sonhos. Fim da história. Quando ela tentou falar com você, os sonhos se perderam. Eles foram para Corey. Ele estava mais aberto. Mais próximo de seu eu espiritual".

Angela concordou, quase cega em suas lágrimas. Ela lutou para falar. "Como faço para lutar contra isso?"

Art deu uma risadinha. "Lutar? Boa sorte. O anel protege você, mas não é a solução. Só faz com que a coisa tenha que se esforçar mais. Não vai manter você viva, lamento dizer." Ele ainda parecia indiferente demais. Talvez de onde Art estivesse tudo fosse a mesma coisa, de um jeito ou de outro. Uma morte aqui, uma morte ali. Seu filho se fora, então nada mais importava tanto.

"O que eu tenho que fazer?", indagou ela.

Art voltou a fumar o cigarro, com os olhos miseráveis fixos nela. "Quando vier até você, mate-o. Você o reconhecerá pelo cheiro. Você nem sempre soube, mas Marie está ajudando você. Ela está ajudando quando pode. Você talvez tenha que matar o hospedeiro e, depois de fazer isso, terá que matar a *coisa*. Não é de carne e osso. Está mais forte agora do que nunca. E essa coisa se esconde. Acho que não me quer mais. Muitos problemas. Mas pode andar sem um corpo. E você não pode fugir dele, não depois que ele cria uma fixação por você. Como se Naomi não pudesse correr. O lugar mais seguro para você é em sua propriedade. Assim como Marie. Você espera por ele e o mata."

"Art, como?", disse Angela, levantando-se. "Como faço para matá-lo?"

"O corpo vai morrer como qualquer corpo. Essa é a parte fácil. O resto, Marie vai te mostrar. *Contanto que você fique com o anel*. Mas ela não é tão forte quanto gostaria, ou esta pequena situação que temos aqui não teria ido tão longe e dado tão errado. Isso não deveria acontecer assim. Mas *c'est la vie.*"

O anel novamente. Sim, Angela sempre soubera que deveria ficar com o anel de vovó Marie. Quando ela descobrira que o anel da vovó Marie tinha sumido, ao entrar em seu quarto e ver o vidro quebrado e a bagunça no chão, *tendo certeza* de que ele teria sumido porque era a única coisa que valia a pena roubar, Angela parara de acreditar que pudesse ter qualquer coisa no mundo. À luz daquilo, tudo que acontecera depois fazia sentido. Tariq vai para Oakland. Corey corre atrás dele. Corey morre. Ela não podia ter porcaria nenhuma.

"Você não tem como ganhar, Angie", disse Art.

"Mas eu poderia?"

"Sim."

Foi uma palavra pequena, não menos reconfortante. Mas era tudo que ela possuía.

"Art... o que é?", perguntou ela, porque tinha que saber.

A respiração de Art parou e ele se dobrou, com a mão no estômago. Liza soltou um grito, inclinando-se sobre ele enquanto esfregava suas costas com movimentos suaves. Art ergueu os olhos para Angela, a parte superior do torso tremendo como se ele estivesse carregando uma geladeira nas costas. Seus olhos já estavam começando a se parecer com os de um estranho de novo, como os do homem que dissera a ela dois dias antes que estava morrendo de vontade de levar Glenn para pescar.

"Um espírito", Art disse. "Em sua floresta. Alguns deles... são *maravilhosos*", ele piscou como se visse luzes celestiais, apenas seus olhos iluminados em um rosto encovado que de repente ficou pálido, doentio, "mas eles vivem ao lado... os outros. Este era muito selvagem, banido. O chinook o enterrou porque o espírito gostava da... morte. Isso trouxe doenças. Eles não falavam seu nome. Mas Marie... Marie..."

Art quase cuspiu o nome de vovó Marie, como se tivesse deixado um gosto amargo em sua boca, então ele balançou a cabeça. Não conseguiu terminar. Afundou na cadeira, tentando recuperar o fôlego. "Eu não lembro. Eu n-não me lembro, Angie. Ele não quer que eu vá. Merda, dói. Eu sinto muito. Eu sinto muito. Liza... Jesus, querida, sinto muito."

Enquanto Art falava, a fumaça saía de seus lábios em um fluxo contínuo. Desta vez, não cheirou a fumaça de cigarro para Angela; cheirava a carne carbonizada. O queixo de Art caiu sobre o peito e ele fechou os olhos. Mesmo quando ela mal sabia se ele estava respirando, a fumaça ainda saía de sua boca, nublando seu rosto, sem dar sinais de diminuir.

A fumaça continuou vindo muito depois que o pouco que restava do cigarro de Art caiu no chão.

* * *

"Qual é o número da placa daquela kombi?", disse Rob, rabiscando notas em seu relatório em branco.

"É uma placa personalizada. T-A-R-I-Q-1."

Rob balançou a cabeça, anotando a informação. "Boa. Lembro-me de ter notado isso uma vez."

Rob ficou muito curioso sobre Tariq, de repente. E Angela o ouviu fazer uma ligação pedindo que Art fosse transferido para uma enfermaria mental de alta segurança no Condado de Cowlitz. O caso de Art acabara de mudar.

A fotografia na mesa de Rob estava lá desde o verão de 2001, Rob e Melanie vestindo capas de chuva em uma viagem de acampamento há muito tempo, provavelmente quando eles tinham vinte e poucos anos. Como sempre fazia, Angela se perguntou novamente por que Rob e Melanie nunca tiveram filhos. Angela nunca tinha visto Rob sorrir do jeito que sorria naquela foto, que era o único item pessoal em sua mesa. O treinamento militar de Rob o acompanhava até ali, porque seus livros e papéis estavam em pilhas organizadas e um copo de lápis recém-apontados ficava ao alcance da mão.

Os dois policiais e a despachante eram as únicas outras pessoas no gabinete do xerife, e estavam ali parados ao lado de um arquivo próximo, ouvindo tudo, sombrios. Myles estava sentado a uma das mesas vazias atrás deles, falando ao celular. Ele enfim conseguira entrar em contato com a assistente de Naomi, e Angela tentou ouvir o que ele dizia a ela, mas sua voz estava muito baixa. Myles pediu a Angela os números de Naomi para que ele pudesse resolver a questão do paradeiro de sua amiga e deixá-la tranquila, mas Angela sabia que ele estava apenas confirmando o desaparecimento dela. Ninguém atendia o celular de Naomi.

Ainda assim, sua dor não foi embora. Ela não estava lutando por esperança, não mais, mas algum tipo de choque havia se instalado, ela decidiu. Algo que precisava acontecer com ela agora.

"Tariq mostrou algum comportamento hostil desde o seu divórcio?", indagou Rob.

"Não. Eu mal falei com ele desde então, Rob. Não é o Tariq."

Rob lançou a ela um olhar que era parte pena, parte irritação, em um movimento de sobrancelhas.

"A assistente de Naomi está de volta a Los Angeles", disse Myles, fechando seu celular dobrável. "Ela está ligando para Naomi no spa em Victoria, depois vai entrar em contato conosco imediatamente."

"Naomi não está no spa", disse Angela. "Art já nos disse isso."

Rob bateu a borracha do lápis contra a mesa em um *staccato* impaciente, olhando para Myles. Os dois haviam falado baixo demais para ela conseguir ouvir a conversa depois que eles deixaram a prisão, mas ela vira Myles dando no xerife o tipo de bronca que um homem como Rob Graybold raramente ouvia quieto. O rosto de Rob ficara vermelho brilhante, seja de raiva ou vergonha. Angela imaginou que Rob talvez estivesse se lembrando do mesmo momento agora, se culpando por colocar dois malucos juntos em uma sala de conferências.

"Desculpe de novo por esta manhã, Angie", disse Rob. "Liza me convenceu, contra meu melhor julgamento. Ela tem uma maneira especial de fazer isso. Sempre teve. Art está quase catatônico desde que foi preso, então ontem à noite ele saiu desse estado parecendo... normal, ou assim eu pensei. Liza disse que ele queria ver você. Eu devia estar louco por ter te ligado daquele jeito."

"Não se desculpe, Rob. Eu precisava ir lá."

Ele queria acreditar nela, mas seus olhos diziam que não. Não importa. Ele acreditaria em breve.

A sala ficou em silêncio por um longo tempo, mais do que quando seis adultos juntos geralmente ficam sem arrumar motivos para conversar. Havia um bate-papo no rádio da polícia, mas os policiais ignoraram. Angela ouviu o zumbido da máquina de venda automática onde Myles lhe comprara um muffin para o café da manhã, mas ela não havia nem tocado nele. Ela não estava com fome. Só a ideia de dar uma mordida no muffin a fez se sentir mal do estômago, e isso a deixou assustada por uns bons dez minutos depois, quando então teve certeza de que a sensação tinha sumido.

Angela esquecera o que estavam esperando, até que o telefone de Myles tocou.

Myles atendeu, ansioso. Quando sua expressão se fechou, Angela soube. Suzanne Ross, em algum lugar de Los Angeles, estava desesperada. Myles agradeceu a Suzanne, desculpou-se e garantiu que estava tudo bem, com uma voz que parecia insegura. Lentamente, ele desligou.

"E então?", perguntou Rob.

Myles não falou a princípio, com uma expressão perdida. As impossibilidades estavam passando por sua mente, procurando um lugar plausível para descansar. Ele estava dois passos atrás dela, mas a estava alcançando.

"Ela nunca deu entrada no spa", disse Angela, já que Myles não dizia as palavras.

"Não. Ela não fez isso", disse Myles. "Depois que Suzanne ligou para o spa, ela conversou com o diretor de cinema, um tal de Vincent?" Myles balançou a cabeça, ainda perplexo. "Um homem negro muito alto devolveu o *cachorro* dela ontem, o cachorro que ela perdeu aqui. Ele mentiu sobre ser irmão dela, e ninguém a viu desde então. Ela deixou um bilhete dizendo que tinha ido ao spa."

Se Angela fosse capaz de sofrer hoje, ela teria sofrido por Tariq também.

"Puta merda", murmurou o policial mais jovem. Seu rosto estava pálido. "*Art sabia.*"

"Darlene...", começou Rob, virando-se para a despachante de cabelos cacheados.

"Pronto, Rob." A despachante correu em direção à sua mesa. "Vou ligar para Vancouver."

Pela janela do escritório, que dava para duas barcaças desbotadas, Angela viu a chuva atravessando o rio. Seu relógio dizia que eram 9h, mas sob a densa cobertura de nuvens, o céu lamacento mal tinha luz suficiente para o amanhecer. Ao longe, ainda no alcance de sua audição, ela ouviu um trovão baixo. Era apenas a terceira ou quarta vez que Angela ouvia trovões em Sacajawea e ela se perguntou se mais alguém havia notado.

O trovão poderia ser algo sobre o qual todos comentariam quando falassem sobre aquele dia, Angela pensou. Se algum deles sobrevivesse para contar.

REINVINDICAÇÃO

E estou parado na encruzilhada
Acho que estou afundando.

Robert Johnson, "Cross Road Blues"

Nós paramos em frente a uma Casa que parecia
Um inchaço do chão —
O teto era quase invisível —
A Cornija — No chão —

Emily Dickinson

Vinte e Sete

DAS ANOTAÇÕES DE MARIE TOUSSAINT

Quando você chegar a um lugar de espíritos, seus ossos saberão disso.
Você sente a companhia deles no chamado suave do vento, no riso do riacho, nas conversas silenciosas entre as árvores. Já estive em muitos desses lugares. Quando eu era criança, grandmère me levou a um pântano a alguns quilômetros de nossa casa que era cheio de espíritos, abrigando um em cada poça d'água, em cada libélula, nos troncos fissurados dos arbustos, em cada trecho de água pantanosa, até nos mosquitos zumbindo. Lá, ela me apresentou aos meus antepassados, chamando-os pelo nome, um por um, e embora eu nunca pudesse vê-los, sabia que eles estavam me abraçando.
Tal foi a minha sensação ao chegar a Sacajawea, ao encontrar o Lugar. Como o encontrei? O percurso foi longo! Minha filhinha Dominique e eu passamos um ano em São Francisco depois que sonhei com aquele campo repleto de maravilhas. Só a beleza daquela parte do país me convenceu de que este deve ser o lar espiritual pelo qual eu ansiava, o lugar que curaria minha alma após a morte de Philippe. No entanto, depois de apenas um curto ano, durante o qual me senti muito perto e bastante distante de meu destino, Papa Lebá veio até mim em um sonho e me mostrou uma nogueira. Também vi uma casa construída em um cume, mas era a árvore a coisa de que eu mais me lembrava. Era a árvore que eu estava determinada a encontrar.
Eu estava feliz por deixar São Francisco naquela época. Eu tinha encontrado um chinês sendo montado por um baka, como as mentiras sussurradas por padres católicos romanos despachados pelo Vaticano para realizar a perigosa façanha de banir o Maligno. Bakas são percebidos em muitas formas pelos olhos humanos, na maioria das vezes como bestas deformadas, então é raro um deles invadir um homem dessa forma. Mas qualquer manbo *sabe que, se uma maldição foi lançada, há o risco de haver espíritos perversos montando a cabeça no lugar dos loás, embora eu não saiba por que aquele chinês foi amaldiçoado. Talvez o espírito o tenha seguido desde Pequim. Talvez tenha havido um casamento de espíritos demoníacos nesta parte do Novo Mundo.*

Sobre isso, só posso especular. O baka que conheci quando ele foi trazido para mim não era nenhum Satanás, assim como eu não era nenhuma Virgem Maria, mas provou ser um adversário digno. Foi quase o meu fim.

Com a bênção de Papa Lebá e as de Ougu la Flambo e Simbi, consegui mandar o baka do chinês para longe dele. Talvez tenha voado para uma das florestas de sequoias majestosas que visitei tantas vezes, derramando lágrimas em testemunho de sua beleza. Sem dúvida os espíritos vivem entre as sequoias, e os bakas reivindicam seu lugar de direito entre eles. Não se poderia desejar um mundo sem bakas, porque eles são dispostos a realizar o trabalho que os espíritos mais gentis evitam. Mas nenhuma pessoa sensata convidaria um baka para entrar em sua cabeça, nem em sua casa.

Estas são palavras que eu deveria ter lembrado.

O encontro com o baka em São Francisco me ensinou o quanto eu não sabia sobre o meu próprio ofício, mas me cansou como nenhum outro exercício cansara. Fiquei acamada por trinta dias, meu corpo coberto por uma erupção cutânea que coçava quase até o limite do tolerável. Eu tomava banhos de purificação diários com erva-doce, grão de mostarda, lavanda e alecrim, sem sucesso. Na verdade, temia ter chegado ao fim de minha utilidade como manbo, *assim como todas as pessoas são reduzidas a um estado de medo de vez em quando. O medo é inevitável, assim como o pai do medo, a morte.* Moun fèt pou mouri.

Papa Lebá ficou ao meu lado durante esse tempo difícil, lembrando-me de minha própria força quando escolhi vê-lo, quando não estava distraída pela minha própria miséria. Acho que Papa Lebá estava desgostoso comigo e com minhas lágrimas, ou então eu poderia ter me curado antes. Ele transmitia minhas mensagens aos loás em seu próprio tempo; muitas vezes minhas orações ficavam sem resposta porque Papa Lebá ficava no meu caminho. Isso me deixou com raiva, mas me ensinou a ter paciência, uma característica que eu gostaria de ter aprendido melhor. A impaciência foi minha ruína.

Durante esse período de coceira e febre, enquanto me debatia na cama, tive sonhos vívidos com a nogueira e a linda casa no cume. Quando minha doença me deixou, eu sabia que deveria encontrá-las.

Sacajawea não fica tão perto de São Francisco quanto pode parecer em um mapa. Eu não sabia o nome da cidade onde minha árvore crescia, um obstáculo que poucos esperariam vencer. Com Dominique nas costas, vaguei de cidade em cidade, não muito diferente de uma louca, atravessando a costa norte da Califórnia, depois até o Oregon, onde passei três longos meses; e então, por fim, vim para Washington, no noroeste de nosso país. Sempre ficava perto da água, porque sabia que a água não ficava longe do lugar que procurava.

Não me lembro por que vim para Sacajawea, exceto que não era meu destino na manhã em que parti. Descobri isso acidentalmente, como acontece em todos os lugares de grande importância na vida. Lembro-me, no entanto, de que quando cheguei à rua Principal, na parte de trás de uma carroça de um gentil viajante, uma das primeiras pessoas em que pus os olhos foi o chinook alto e robusto que os habitantes da cidade passaram a chamar de Índio John, reduzindo-o ao fato de ser nativo. Ele me notou na hora, visto que não havia outras pessoas da minha cor na pequena cidade. Acho que minha ousadia o divertiu, porque ele abriu um sorriso para mim. Eu não tinha como saber então que em breve John seria meu marido, mas eu sabia que estava perto do Lugar. Simplesmente sabia.

"Há por aqui uma casa em um cume com uma grande nogueira na frente?", perguntei a John enquanto levava minha bolsa de viagem no braço e minha filha nas costas, como uma nativa; talvez como a brava Sacajawea carregando o pequeno Jean-Baptiste em sua jornada com os exploradores brancos, chegando antes de mim.

"Parece ser a casa de Goode", respondeu John, e ele apontou o caminho. "Ele tem algumas nogueiras-pretas. Você tem algo a resolver com o sr. Goode?", perguntou-me.

"Não", respondi. "Eu tenho coisas para resolver com a terra dele."

Essa resposta o satisfez, então ele balançou a cabeça e me desejou sorte. Eu descobriria mais tarde que John sabia do poder da terra, porque ele havia peregrinado até lá desde que era criança para fazer orações com seus avós, que se lembravam do lugar quando era um cemitério nos dias de seus próprios avós. Quando a praga veio, John me diria mais tarde, o número de mortos de seu povo ultrapassou o número de vivos, e quase não havia homens com a força necessária para pendurar as canoas funerárias nas árvores. Tempos antes, ele me disse, havia uma floresta de canoas em Sacajawea, até que os homens brancos as removeram.

Eu vi a árvore imediatamente, exatamente como meu sonho havia prometido; uma grande árvore com um tronco largo e uma grande copa no topo, embora, percebi, a árvore ainda estivesse crescendo. A árvore era jovem. Como eu, ela fora um transplante, trazida de seu ambiente natural para começar um novo lar no Oeste. A casa também apareceu, como prometido, e a visão do meu sonho foi concretizada.

E imagine minha surpresa! Grandmère estava me esperando na árvore!

Você fez bem em me encontrar, chérie, ela chamou de seus galhos. Esta será a nossa nova casa.

Dominique e eu dormimos na floresta naquela noite, e eu senti o estrondo sob o solo de todas as almas que passaram por aqui. Havia tanta vida e tanta morte que tive que fechar os ouvidos para não enlouquecer. Às vezes, um lugar muito espiritual o domina, e eu nunca tinha visitado um lugar tão inquieto como este. Quando agradeci a Papa Lebá e aos loás por me conduzirem a um local tão vibrante, meus sussurros chegaram aos ouvidos deles com a força de um trovão, e os deles aos meus. Senti o cheiro de rosas e alfazema onde não havia nenhuma. Chorei de alegria até adormecer.

Mas, embora eu seja uma mulher de espírito, também sou uma mulher de questões práticas, e sabia que não poderia esperar viver naquela floresta maravilhosa sem ser perturbada, não enquanto uma escritura proclamasse que ela pertencia a outro. Na manhã seguinte, fui até a entrada de serviço da casa no cume e me apresentei ao homem que morava lá, um farmacêutico chamado Elijah Goode.

Era um homem mais velho, de cabelos brancos e corpulento, e caminhava com uma elegante bengala de madeira. Foi muito educado, como se estivesse esperando por mim. "Você veio em resposta ao anúncio?", indagou ele.

Eu não sabia de tal coisa, mas fiz que sim a cabeça. Coincidências são comuns na vida de uma manbo, então tomei isso como um sinal.

Ele admitiu que tinha reservas quanto a contratar uma cozinheira e governanta negra para morar em sua casa, dizendo que não havia gente assim em Sacajawea e que seus vizinhos não entenderiam, mas depois de expressar sua preocupação, ele riu e balançou a cabeça. Acho que ele gostou de Dominique, que continuava pegando em sua bengala, chamando Lebá, porque ela reconheceu o símbolo de seu pai espiritual. "Que se explodam todos!", disse Elijah Goode. "Vou dar a eles motivo para falar."

Bem, eles falavam. Eu estava trabalhando para Eli havia apenas um mês quando ele reclamou que notara um declínio nos negócios. Muitos de seus vizinhos achavam que eu era jovem e bonita demais para morar em uma casa sozinha com Eli, o que, no final, talvez tenha sido uma profecia. Eles foram rápidos em atribuir motivos lascivos a Eli, e mais ainda a mim, embora nossas vidas fossem muito separadas. Dominique e eu não tínhamos um quarto na casa principal; em vez disso, Eli nos colocou em uma pequena sala sem janelas no sótão, onde o calor crescente do verão era quase insuportável, como se ele quisesse provar a qualquer visitante que sua empregada negra entendia o "lugar" dela.

Eli estava muito preocupado com seu negócio, o que é compreensível. Ele nascera em uma família com algum dinheiro na Nova Inglaterra, o que lhe permitira construir a casa e comprar o terreno, mas ele não era rico o suficiente para desconsiderar as fofocas dos habitantes da cidade. A solução, a meu ver, era simples.

"Sr. Goode", eu disse a ele, pois era assim que eu o chamava na época, "se assim posso dizer, você não usou todo o potencial dos dotes de sua terra. Eu poderia torná-lo um homem rico."

Então, apresentei Eli aos chás de ervas que plantei em meu jardim, e ele ficou muito impressionado. Ele sofria de artrite desde os 50 anos, e notou uma melhora significativa depois de provar minha mistura. Em seguida, curei sua insônia; e a última mistura, embora eu não tenha contado a ele qual era sua intenção, restaurou seus impulsos carnais. Daquele momento em diante, Elijah Goode não me via mais como sua empregada negra, mas como uma curandeira em meu próprio direito. Ficamos amigos, lendo nossos livros favoritos em sua biblioteca à noite, enquanto Dominique brincava em uma colcha no chão. E discutíamos estratégias de negócios. Ele concordou comigo que uma empresa de vendas por correspondência lhe daria segurança financeira por muitos anos, se eu estivesse disposta a ajudá-lo.

"Mas há algo que devo pedir em troca", falei.

"Diga o preço, Marie", disse ele, reclinando-se em sua grande poltrona turca como se fosse o próprio presidente Coolidge.

"Você não tem esposa e nem herdeiros", eu disse. "Tudo que eu peço é que deixe esta propriedade para mim em seu testamento."

Ah, a maneira como ele me atacou! Foi tudo chantagem, disse ele. Absurdo! Ele tinha que considerar seus sobrinhos e sobrinhas em Boston, filhos de seu irmão. Sem falar no escândalo que isso causaria na cidade, ele insistiu. Eli sempre se preocupara com escândalos.

"Não é da conta de ninguém, apenas nossa", eu disse. "Depois que você estiver morto e se for, nenhum escândalo vai tocar em você. Esse é o meu preço, nada menos."

Ele ficou zangado por semanas, apenas grunhindo na hora das refeições, desviando os olhos de mim quando entrava na sala. Ele mesmo tentou cultivar ervas, mas já tinha visto a diferença que minhas orações faziam, então sabia que não poderia ter esperança de realizar seu sonho sem minha ajuda. Eli provavelmente também me temia nessa época; acredito que ele percebeu que eu poderia apenas pegar o que queria dele, e que pedir sua permissão era uma formalidade de minha parte. Também acredito que ele me culpou porque passou a gostar de mim de forma crescente, o que eu sabia muito antes de ele confessar; embora eu jure até meu último suspiro que não fiz nada para balançar seu coração. Eu tinha dado a ele um chá para melhorar sua masculinidade, mas não esperava que ele fixasse suas atenções em mim.

Ele veio até mim um dia na cozinha e parou anormalmente perto de mim. "Marie," disse ele com uma voz gentil, "eu não gosto de chantagens. Mas comecei a ver essa questão de outra maneira: em uma época e em um lugar diferentes, sem a maldição de sua pele escura entre nós, eu poderia ter tomado você como esposa para me confortar na minha velhice. Nós dois sabemos que sua mente e alma são tão brancas quanto a minha." Ele quis dizer isso de uma forma elogiosa, então eu me esforcei para ouvir as palavras que ele queria dizer, apesar de me irritarem muito.

"Como minha esposa", continuou ele, "você teria direito a esta casa e a todas as terras após a minha morte, então você e sua filha não precisariam de nada nem de ninguém. O costume pode me governar enquanto eu viver, mas não vou negar a você e a Dominique o que meu coração diz que é seu. Vou mudar meu testamento, por Deus, assim como você pediu."

Naquela noite, pela primeira vez, Eli e eu compartilhamos sua cama como faríamos nos próximos três anos juntos. Eu o amava? Não do jeito que eu amava Philippe, certamente. E não do jeito que eu amaria John. Mas eu amava Eli o melhor que podia. Ele fora gentil com minha filha e me acolhera em sua casa, dando-me acesso às suas terras, então eu não podia pedir mais do que isso. Honrei Papa Lebá, agradecendo-lhe por me trazer para sua Floresta das Encruzilhadas, onde parecia que minha vida havia enfim mudado para melhor. Eli foi uma das minhas bênçãos naquele lugar.

Fiz de Eli um homem rico. Compartilhamos os lucros de seu negócio de venda por correspondência, que começou a ter um bom desempenho assim que os clientes perceberam que seus produtos eram o que lhes fora prometido. Nossos chás podem melhorar a visão, curar a impotência, promover o estado de alerta e trazer paz de espírito. Em dois anos, tínhamos mais dinheiro do que duas pessoas poderiam gastar, então ele garantiu contas fiduciárias para seus sobrinhos e sobrinhas, e eu fiz o mesmo para os meus na Louisiana. Cuidei de todas as necessidades da minha família, exatamente como eu esperava poder fazer, cumprindo meus deveres de chefe do espírito da família.

Nosso segredo permaneceu. Os habitantes da cidade sempre suspeitaram do que éramos, embora não suspeitassem de nosso empreendimento. Eli e eu ríamos da ignorância deles, já que ele continuava a prosperar apesar do menor número de clientes na farmácia de Sacajawea. Eles nunca souberam o tipo de empreendimento milagroso que estava operando bem no meio deles!

Então, no outono de 1926, Eli saiu por dois meses para visitar seu irmão em Boston. Ele nunca mais voltou. Seu irmão o encontrou morto em sua cama, certamente de insuficiência cardíaca. Ele morreu aos 68 anos, muito cedo.

Eu sofri sozinha, pois só eu sabia o que Eli tinha sido para mim.

Uma semana após a notícia de sua morte, recebi o primeiro questionamento por telefone de seu irmão. Nós tínhamos alguma necessidade? Quanto tempo levaria para que minha filha e eu saíssemos da casa? Enviei a ele uma cópia do testamento de Eli, garantindo-lhe que todas as nossas necessidades estavam resolvidas. O escândalo que Eli temia chegou com a força de um furacão.

O irmão de Eli contratou um batalhão de advogados e eu contratei o meu próprio. Por fim, depois de muitas orações, venci a batalha pelo que era meu por direito.

John foi morar comigo seis meses após a morte de Eli. Ele era um visitante constante quando Eli estava vivo, um faz-tudo e padrinho de casamento, e também foi meu único amigo durante o terrível período após a morte de Eli. Era natural que desenvolvêssemos sentimentos um pelo outro, e foi o que aconteceu. Sua excelente alma me lembrava a de Philippe.

John hesitou em dividir a casa comigo, com medo dos vizinhos. Ele vivera tanto tempo como o nativo de estimação favorito da cidade que não ousava ser um homem. "O que eles vão dizer? A casa é minha", eu lhe disse.

Enfim, ele concordou, e John, Dominique e eu nos tornamos uma família.

Eu era alvo de xingamentos e olhares terríveis desde a morte de Eli, mas o rancor dos meus vizinhos se intensificou quando tomei John como meu marido em união estável. Quando as estratégias legais e as contas fiscais exorbitantes não conseguiram nos afastar, os ataques começaram. Talvez eles me vissem como uma força terrível "corrompendo" seu bom indígena, e temessem que o povo remanescente de John se tornasse igualmente ousado, seguindo seu exemplo. Talvez eles temessem uma migração em massa de pessoas negras e indígenas, sujando sua cidade. Não posso falar sobre o que movia tais corações odiosos.

Mas vou confessar o seguinte: quanto mais ódio recebia, mais aprendia a odiar de volta. Eu odiava as lágrimas da minha filha quando tiros a despertavam na calada da noite. Eu odiava as memórias que aqueles tiros desenterravam em minha mente, me forçando a reviver repetidas vezes o destino horrível que recaíra sobre Philippe. Com frequência, John me disse, eu acordava gritando o nome de Philippe, chorando miseravelmente. Eu temia ser outra vez forçada a ficar parada e ver o mal acontecer àqueles que eu amava. Eu odiava meu medo acima de tudo.

Existem muitos remédios que eu poderia ter procurado se não tivesse ficado cega de tanta raiva e ódio. Eu poderia ter orado a Erzulie para promover o amor no coração de meus vizinhos, para reprimir seus medos sem sentido. Poderia ter contado com a proteção de Papa Lebá, percebendo que ele nunca permitiria que algo nos acontecesse em um lugar tão encantado.

Mas em uma noite de junho, a noite de uma rara tempestade de verão, o ataque foi mais horrível do que o normal. Talvez nossos inimigos se sentissem encorajados pela mortalha de fortes chuvas, mas a partir do momento em que o sol se pôs, tiros explodiram diante de nossa casa por horas, quebrando as janelas. Abri a porta da frente a fim de enfrentar os covardes, acompanhada de John com sua espingarda para nos proteger, e vi como nossa porta fora atacada por chumbo. Nossos agressores já haviam partido, mas a porta danificada me deixou furiosa. Eu sentia a vingança em meu coração enquanto fazia meu caminho através da Floresta das Encruzilhadas na chuva forte.

Naquela noite, em vez de orar pela paz, orei pela guerra.

Papa Lebá me ignorou. Trouxe-lhe oferendas e implorei-lhe que abrisse os portões para que pudesse evocar os loás e bakas que me dariam o poder de prejudicar aqueles que me fizeram mal, de enviar pragas sobre eles como as pragas que assediaram os chinook e outros povos que os precederam nesta terra. Mas Papa Lebá riu do meu estado de agitação. Ouvi sua risada profunda no trovão acima das copas das árvores: Pare com essa bobagem, Marie. Você é melhor do que isso, minha esposa espiritual. Ore para mim novamente quando você recuperar a razão.

Eu poderia ter atendido aos desejos do querido Papa Lebá. Ele é o loá mais elevado, o que detém o segredo da linguagem dos deuses, e é digno do mais alto respeito. Papa Lebá nos deu o presente da comunhão com os loás e o Deus mais elevado, abrindo o portão entre nós.

Mas em meu estado de sandice, lembrei-me das mensagens de grandmère *para mim em meus sonhos, que tinham se tornado mais fortes desde que eu encontrara a árvore onde seu espírito morava. Lembrei-me de como ela tecera os símbolos do meu anel para criar uma palavra, uma palavra apenas, que segundo ela nossos ancestrais tinham roubado de Papa Lebá havia muito, muito tempo, em uma época antes do próprio tempo. Eu nunca tinha pronunciado a palavra, nem pensava em fazê-lo.*

Mas naquela noite tempestuosa, eu o fiz.

"— —", eu disse, levantando meus braços, suplicando aos deuses contra os desejos de Papa Lebá, sem sua bênção. Eu cometi a ofensa à meia-noite, hora sagrada de Papa Lebá, e no sábado, seu dia sagrado. Ao pronunciar uma única palavra, pequei três vezes e deixei uma cicatriz permanente na minha vida.

Mas eu não sabia o tamanho da calamidade naquela noite.

O chão tremeu sob meus pés e eu me deleitei com meu poder. "Venham até mim, espíritos!", gritei para o céu que chorava. "Vinn jwenn mouin."

Diante dos meus olhos assustados, o chão se tornou um mar de lama.

Vinte e Oito

2 de junho de 2001

Dois dias antes de morrer, Corey Hill adormeceu na beira do Ponto. Suas costas se apoiavam na casca profundamente sulcada de um enorme tronco caído, um abeto-de-douglas de 400 anos, embora Corey não soubesse a idade da árvore, nem como ele mesmo estava perto da morte. Corey tinha que dormir em cochilos agora, porque havia perdido o hábito de dormir à noite.

Um animal fungou bem acima dele. Corey acordou com um grito de surpresa, derrubando o saco de comida que estava equilibrando em seu colo, e três maçãs rolaram a seus pés. Ele viu o peito e as pernas de um animal enorme e cinza. Então, cascos. E um focinho, acima de um freio de ferro.

Sean estava montado em Sheba, quase em cima dele. Corey ficou tão assustado que achou que fosse desmaiar.

"Que susto, porra", disse Corey, puxando o boné de beisebol para baixo com a intenção de bloquear o brilho do sol enquanto olhava para Sean.

"Desculpe." Sean tirou o cabelo do rosto. O pescoço longo de Sheba estava inclinado para baixo, e então ela arrancou uma moita de ervas daninhas em flor do chão ao lado de Corey, mastigando um grande bocado. As ervas daninhas saíam dos lados de sua boca e desapareciam conforme ela mastigava. "Onde você esteve?"

"Por aí", disse Corey. Ele rapidamente recolheu as maçãs derrubadas e as enfiou de volta na sacola do Downtown Foods antes que Sheba pudesse pegá-las. Ele também levara latas de ravióli do Chef Boyardee, um pão, um pote de manteiga de amendoim, um abridor de lata e alguns garfos e facas de plástico.

"Vamos fingir que nada aconteceu?", perguntou Sean.

"Eu não disse isso."

"Qual é o problema, então? Estou tentando encontrar você há três dias."

Sean parecia uma garota apaixonada levando um fora, Corey pensou. Ele queria rir de como Sean parecia magoado, mas não conseguiu.

"Ei, desculpa, tá bom? Estou apenas tentando colocar minha cabeça no lugar." Por hábito, ele deslizou a mão pelos nós dos dedos para sentir o anel ali, seguro. Ele sempre o usava agora, exceto na presença de seus pais. Ele tinha a sensação de que deveria.

Sean saltou das costas de Sheba e puxou-a para o tronco de um abeto fino ao lado de Corey para amarrá-la. Ele olhou com curiosidade para a sacola de compras de Corey. "Isso aí é para quê?"

"Só um pouco de comida."

"Para ela?

"Por que você está me enchendo? Isso não é da sua conta."

"Só fiz uma pergunta. Pega leve, cara", disse Sean, e Corey baixou os olhos. Sean estava certo, ele estava sendo um babaca. Mas ele não conseguia dormir há três noites seguidas e se sentia uma merda. Ele normalmente não ficava nervoso quando ia ao Ponto procurar por Becka, mas ver Sean outra vez fez seu coração disparar. Se os papéis de vovó Marie estivessem certos, Sean estivera ali na noite pela qual poderia se arrepender pelo resto de sua vida.

"Desculpe, cara. Eu estou só... não sei. Estou assustado."

"Bem, eu também estou. Por que você está me evitando? Eu estou ficando louco. Você me falou para não dizer nada, mas caramba, Corey. Essa coisa incrível aconteceu, esse milagre, e não podemos nem falar sobre isso?"

Sean tirou um envelope do bolso de trás e ergueu-o para Corey ver. Corey olhou para o amigo e viu que o envelope cor de marfim estava endereçado a Sean em uma caligrafia que parecia feminina, com carimbo de 1992. Depois de ver a data, as palmas das mãos de Corey começaram a suar, como sempre acontecia desde a última vez em que ele e Sean haviam estado ali. Corey não queria tocar na carta. Ele esperava que ela não voltasse também. Que inferno.

"Onde estava?", perguntou Corey.

"Na caixa de correio. Eu a encontrei depois que você foi embora aquele dia."

"A foto também?"

"Exatamente como quando a recebi pela primeira vez." Sean abriu o envelope e tirou uma fotografia de uma mulher com o nariz um pouco arrebitado que quase parecia uma adolescente. "Essa é minha mãe. Eu não a vejo desde que eu tinha 6 anos. Ela mandou isso pelo correio quando eu tinha 7. Mas, como eu disse, fiquei puto porque ela nunca ligou, então joguei fora. Eu *queimei* tudo com o isqueiro do meu pai." Os olhos de Sean se agitaram, maníacos. "Cada vez que penso que sonhei com tudo isso, o envelope aparece aqui na minha mão. Estou pirando, Corey."

Corey suspirou fundo, erguendo os joelhos para descansar os cotovelos neles. Ele segurou a cabeça entre as palmas das mãos, sentindo os dentes rangerem. Ele não conseguia guardar isso para si mesmo. Não era justo. Era diferente com a mamãe e o papai, porque eles não estavam envolvidos e ele queria manter as coisas assim. Mas Sean tinha ido com ele na noite do feitiço, então provavelmente estava afundado nisso tanto quanto ele. A magia havia tocado Sean, então o resto poderia tê-lo tocado também.

"Achei que você ficaria empolgado com isso", disse Sean. "Você não parece um cara que poderia invocar 50 milhões de dólares se quisesse. Achei que fôssemos decidir o que fazer a seguir. Tipo: paz mundial? Uma cura gratuita para a aids? O que você tem?"

"Senta aí, cara", disse Corey. Sua voz machucou sua garganta e ele estava com medo de chorar. Ele não conseguia olhar para o rosto de Sean. "Eu não te contei tudo."

"Como assim?"

"Senta aí que eu vou te contar."

"Não, primeiro você me conta, e então eu decido se quero me sentar."

Era tarde demais para detê-lo. Uma lágrima escapou dos olhos de Corey antes que ele pudesse enxugá-la. No dia em que o anel voltou, ele passara o dia sentindo-se bem, cheio de um tipo de alegria que ele nunca soube que poderia sentir. Ele ficara pasmo com a ideia de que não havia nada que ele não pudesse fazer. Então, naquela noite, ele leu cada página dos papéis de vovó Marie, cada palavra, até o amanhecer.

Sua alegria havia se desintegrado.

"Ei", sussurrou Sean, vendo a lágrima de Corey. Ele se jogou no chão na frente de Corey como se não tivesse ossos, como o Espantalho de *O Mágico de Oz*. "O que está acontecendo?"

"Nós fodemos com *tudo*", disse Corey.

"Como?"

"O feitiço que eu fiz, acho que não funcionou direito."

"Do que você está falando, Corey? Funcionou direitinho."

Agora, Corey olhou para Sean. Ele teve que se esforçar para manter a respiração sob controle, porque a ideia de admitir as coisas que mantinha aprisionadas em sua cabeça o estava deixando à beira do pânico.

"Em uma cerimônia de *vodu*, você tenta orar aos deuses, certo? Há um monte deles. Famílias inteiras deles. Existem deuses diferentes para coisas diferentes. Todos eles têm funções diferentes."

"Sim, e daí?" Sean franziu a testa, carrancudo.

"Quando encontrei os papéis da vovó Marie, dei uma olhada. É praticamente a história da vida dela, e eu estava tentando encontrar logo a parte boa. Mas eu deveria ter lido *tudo* que ela escreveu, porque se tivesse lido, teria ficado esperto. Ela estava sob uma maldição. Era uma maldição que poderia durar gerações, disse ela. Um dos deuses mais poderosos, Papa Lebá, estava com raiva dela por algo que minha avó tinha feito, então ele a abandonou. Este é o primeiro ano em que a maldição poderia ter sido quebrada para sempre, 72 anos depois. Tem a ver com alinhamentos de estrelas e tal. Mas já que eu não desfiz a maldição *primeiro*, como seus papéis diziam que eu deveria... Eu não acho que os deuses nos ouviram."

Sean deu um meio sorriso, mas seu rosto parecia nervoso. "Eu não entendo. Então, como você conseguiu seu anel e minha carta de volta?"

"Isso é o que estou tentando descobrir. Acho que outra coisa os trouxe de volta."

"Que coisa?"

"Ela a chama de *baka*. É uma espécie de espírito maligno. *Bakas* também têm poderes. Acho que foi o que aconteceu naquela noite. O que fizemos foi... orar para um demônio. E quando eu orei e o alimentei com o sangue de galinha, talvez eu tenha..." *Acordado ele*. Essas eram as palavras em sua mente, as palavras dos papéis de vovó Marie, as palavras que o impediam de dormir. Mas ele não conseguia dizer essas palavras para Sean, como se houvesse uma barreira física em sua garganta.

O rosto de Sean estava pálido, quase da cor do pelo de Sheba. "É por isso que você trouxe essa comida? Para tentar se livrar da maldição?" Ele parecia esperançoso.

Com isso, Corey suspirou de novo. Sean nunca entenderia por que ele levara comida para Becka, nem por que ele caminhara oitocentos metros até o posto de gasolina na rua Quatro para comprar uma caixa de preservativos. Talvez Bo estivesse certo sobre Sean — talvez Sean não gostasse de garotas —, então ele não entenderia como às vezes uma garota pode mexer com você, como ela pode entrar em seus pensamentos e se sentir em casa. As memórias de Corey do toque de Becka ao lado da fogueira e sua relação sexual nos sonhos eram mais vívidas agora do que antes. Ele precisava pensar nela, ou então ele começava a tremer. Quando ele escrevia poemas sobre Becka, seu coração se acalmava.

Ele tinha ido até ali para procurá-la todos os dias desde o feitiço, esperando, chamando por ela. Às vezes, ele podia sentir Becka olhando para ele, mas ela não aparecia. A cada dia, porém, quando ele voltava para procurar a comida que havia deixado, a sacola havia sumido. Por que ela pegaria a menos que estivesse com fome?

"Não quero falar sobre isso", disse Corey.

"Por que você está tão fissurado nessa garota?"

"Eu disse que não quero falar sobre isso."

"Corey, você não se lembra de como ela apareceu aqui, rindo como uma aberração? Ela tem sérios problemas. O que você tem?"

Sean poderia estar falando sobre alguma outra coisa, sobre sua namorada — caramba, até mesmo sobre sua irmã —, porque a raiva cresceu em Corey, vulcânica.

"Eu disse para parar de falar sobre ela. Pare de agir como um viadinho", disse Corey.

Ele nunca usara aquela palavra com V porque conhecia garotos gays na escola e achava que todo preconceito era a mesma besteira, mas escapou antes que ele pudesse se conter. Na verdade, ele queria esmurrar Sean, assim como no dia em que o conhecera.

O rosto de Sean ficou vermelho. Ele franziu os lábios, sem dizer nada.

"Esquece, cara. Sinto muito", disse Corey. "Não sei de onde veio isso."

"Pode me chamar do que quiser, mas você tem estado muito nervoso por causa daquela garota desde o minuto em que ela apareceu aqui. Não tem nada a ver com ser gay ou não achar que ela tem algum problema", disse ele, parecendo mais calmo do que parecia. Dito isso, Sean desviou o olhar para a fogueira.

Corey ficou chocado ao perceber que estava prestes a derramar outra lágrima. O que havia de errado com ele? Ele dissera apenas três ou quatro frases para aquela garota, e mal conseguia controlar suas emoções. Talvez Sean estivesse certo, era algum tipo de obsessão. Talvez fosse por isso que ele continuava sonhando com ela, e por que os sonhos eram tão *reais*.

"Eu preciso fazer algo sobre isso enquanto ainda posso", disse Corey. Seus joelhos tremiam, então ele se sentou de pernas cruzadas, abraçando a sacola de comida. "Antes que algo aconteça comigo."

"Quero ajudar", disse Sean, olhando para ele com os olhos mais calmos.

"Não é seguro você se envolver."

Sean acenou com a carta de sua mãe na frente de Corey. "Esta é uma carta da minha *mãe*. Não me importo com como a consegui e não vou devolvê-la", disse ele. "Eu já estou envolvido."

Corey olhou para o ouro brilhante do anel em seu dedo. "Sim. Eu também. Vou ficar com ele", disse, estudando os desenhos que eram idênticos aos desenhados nos papéis de vovó Marie. Esses símbolos ritualísticos eram uma chave, ela havia escrito, uma palavra codificada de pura magia. Sagrada. "Se houver um espírito maligno, ele já cometeu seu primeiro erro; este anel me torna mais forte, então já estamos à frente do jogo. Talvez ele não tivesse escolha quando pedi. Este anel pode me ajudar na cerimônia de limpeza. Então eu posso bani-lo."

"Quando você vai fazer isso?"

Corey respirou fundo. "Esta noite, acho. Se eu puder me preparar. Merda, eu disse a mesma coisa ontem, mas fiquei com medo."

"Então vamos fazer isso hoje", disse Sean. Ele estendeu a palma da mão, pronto para um aperto.

Corey sorriu, apertando a mão de Sean com força. "Desculpa mesmo, cara. Eu estava agindo como um ignorante. E eu sinto muito por ter trazido você aqui na outra noite."

"Eu não sinto muito", disse Sean. "Nós vimos *magia*, Corey. Quantas outras pessoas podem dizer isso? Minha vida vai ser diferente agora, mesmo que nada parecido aconteça outra vez. É como, eu não sei, é como ver *Deus*. É a melhor coisa que já aconteceu comigo."

Vendo os olhos sinceros de Sean, Corey lembrou-se de seu dia de alegria, despertado pela visão do anel de vovó Marie na pia, em um lugar e hora que não tinham nada a ver com aquilo. Seu corpo estremeceu, e ele piscou, balançando a cabeça. Realmente tinha sido como encarar Deus nos olhos e vê-Lo sorrir. Ele só desejava poder esquecer o pavor que o consumia por dentro.

"Você está certo", disse Corey. "Nós apenas temos que resolver a maldição. Depois disso..."

A mente de Corey não poderia imaginar o que aconteceria *depois disso*, mas ele sabia que algo grande e importante estava esperando por ele, algo que faria a recuperação daquele anel parecer algo pequeno. Vovó Marie dissera que ele vinha de uma linhagem poderosa. Tempos antes, ela dissera, seu povo podia voar. Isso significava que ele poderia banir o demônio. Ele poderia fazer isso. "Vamos lá", disse Corey, revigorado, sentindo mais energia do que quando lera os avisos de vovó Marie. "Precisamos encontrar algumas penas de corvo. E algumas outras coisas obscuras que provavelmente são impossíveis de encontrar em Sacajawea."

"Nada é impossível", afirmou Sean.

"Isso é a verdade."

Enquanto Sean desamarrava Sheba, Corey embrulhou a sacola de comida e a deixou ao lado do tronco da árvore caída. Por um segundo, pensou em levar a sacola com ele, mas decidiu deixá-la ali, não havia mal nenhum em alimentar Becka. Sean nem perguntou sobre a sacola, mais preocupado em questionar Corey sobre o que eles precisavam para conduzir a cerimônia de banimento.

A oferta de Corey ao *baka* ficou sob a árvore antiga, esperando para ser encontrada.

A hora do jantar foi uma tortura. Seus pais estavam tocando o *riff* do *Cosby Show*, todos sentados juntos como uma família feliz na sala de jantar, tentando pensar em coisas alegres para dizer. O jambalaya tinha gosto de lascas de madeira na boca de Corey; seu apetite se fora. Mas ele tinha que se sentar ali e manter uma expressão agradável no rosto, tentando não se inquietar, tentando manter os olhos longe do relógio em cima do armário de porcelana, tentando se lembrar de responder quando alguém falava com ele. Aquele humor irritou seus pais, mas ele não conseguiu evitar. Sua mente o mantinha prisioneiro.

Por volta das 21h, quando o *Willennium* de Will Smith explodiu no CD player de seu quarto e o céu lá fora enfim escureceu, Corey se perguntou como encontraria energia para se levantar da cama e caminhar até a casa de Sean. Ele conseguira permissão para passar a noite lá, apesar de sua mãe ter perguntado por que ele nunca convidava Sean para passar a noite com eles. Ambos sabiam a resposta para isso, embora ele não dissesse: Corey tinha mais liberdade na casa de Sean. E ele precisaria disso.

Corey deixava seu CD player ligado o tempo todo, esperando que seus pais presumissem que a música significava que tudo estava bem. Sem maldições, sem magia, sem problemas. Mas ele se perdia da música; era apenas um ruído de fundo para os pensamentos que ressoavam em sua cabeça e faziam sua pele ficar quente ao toque. Talvez ele voltasse para Will e OutKast e Nelly um dia, mas por enquanto o som não fazia sentido, como os velhos rolos de pianola da sala de estar esquecidos no canto. Essas canções não tinham nada a ver com ele. Sua música apenas o lembrava de que ele poderia estar em Oakland pensando em coisas menos urgentes, como em qual casa ele iria passar o fim de semana, que filmes ele teria que ver na noite de estreia e que roupas ele compraria para a escola. E, ah, sim, aquele PT Cruiser que o pai lhe havia prometido no outono. Essas eram as preocupações de outra pessoa agora. Às vezes, porém, a música desligava um pouco seu cérebro e o ajudava a dormir, por mais alta que estivesse. Quanto mais alta, melhor, na verdade. Corey dormia sempre que tinha uma oportunidade. Dez minutos, talvez vinte minutos, era o melhor que ele podia fazer, mas era melhor do que nada.

Corey pensou que estava sonhando de novo quando ouviu algo arranhar sua janela, então ele ignorou o barulho. Quando o arranhão se transformou em uma batida, ele abriu os olhos.

Na janela, Becka estava acenando gentilmente para ele. Sua sombra se estendia pela parede do quarto, para a frente e para trás, na luz do crepúsculo lá fora. Corey ficou olhando para ela por quase dez segundos antes de perceber que estava acordado. Ele se sentou de supetão. Becka estava *flutuando do lado de fora de sua janela do segundo andar*.

Mas ela não estava, é claro. Assim que ousou ficar de pé para olhar mais de perto, Corey percebeu que ela estava sentada em um galho de árvore. Certo, não era um galho em que ele gostaria de se sentar — ela estava no alto, provavelmente a dez metros do chão, e a nogueira não era uma árvore trepadeira. Os galhos da nogueira estavam bem longe do tronco e se enroscavam lá em cima. O galho onde ela estava sentada não poderia ser tão resistente, não se estava crescendo tão perto da janela dele. O jardineiro podara os galhos grandes que cresciam perto demais da casa, deixando apenas os mais finos. Mesmo assim, Becka estava sentada lá como uma trapezista em um show de corda bamba. Como se não fosse nada.

"Como você chegou aí?", perguntou Corey, abrindo a janela.

Becka sorriu, e ele notou de novo como seus dentes eram bonitos. "Eu nem sempre conseguia subir nesta árvore, mas você deveria ter me visto escalando-a agora. Eu escalo como um macaco."

Corey não gostou da maneira como o galho balançava com o peso dela. Parecia que poderia se romper se ela virasse o pescoço para espirrar. "Becka, é melhor você entrar. Só tome cuidado para que meus pais não ouçam." Corey olhou para o chão e sentiu seu estômago revirar quando viu a que altura do solo ela estava. "E se apresse, antes que você caia."

Becka se inclinou, apoiando os cotovelos no parapeito da janela. Corey ouviu algo cair quando ela se moveu, talvez algumas nozes que haviam se soltado. "Obrigado por me trazer comida, Corey. Essa é a coisa mais legal que alguém já fez por mim", disse ela, ignorando seu convite. Seus olhos o encararam cheios de promessas. Antes ele não tinha sido capaz de dizer se a cor dos olhos dela era cinza ou azul, mas definitivamente eles eram cinza. Era possível que ele nunca tivesse visto olhos cinzentos, e certamente nunca tinha visto nenhum como os de Becka. Ela só precisou olhar para Corey para que a calça jeans dele ficasse mais apertada. Ele estava de pau duro.

Em *Willennium*, Will estava cantando rap sobre o oeste selvagem, e Corey abaixou o volume da música para que pudesse ouvir se alguém se aproximasse do quarto. Felizmente, o piso de madeira do corredor era barulhento. Era assim que ele sabia que o pai às vezes trocava de quarto depois que Corey ia dormir.

"Achei que você pudesse estar com fome. Onde você mora?"

"Lá fora", disse ela. "Não muito longe."

"Mas você mora em uma *casa*? Você tem uma família?"

Os lábios de Becka se curvaram para baixo, entediados. "Corey..."

"Sim?"

"Eu vim aqui porque queria um beijo. O que você está esperando?"

Corey se agachou para olhá-la ao nível dos olhos, inclinando-se perto dela na janela, de onde podia sentir seu hálito. Ele não tinha certeza se gostava do cheiro dela, a pungência o incomodava um pouco, embora não tanto quanto na primeira noite. Talvez ela só precisasse escovar os dentes. "Eu escrevi poemas para você", disse ele.

Docinho. Essa era Becka. A mulher selvagem de seus sonhos. Essa era Becka.

"Eu não esperaria menos de você", disse Becka. "É por isso que te escolhi."

Seus lábios se juntaram. A boca molhada de Becka fazia amor com a dele, e ele foi seguindo seu exemplo, até que de repente estava chupando a língua dela. Eles se banharam, se provaram. Ela pegou a mão dele e levou-a ao peito, dentro do vestido, permitindo que ele sentisse a maciez dos seios nus. Seus mamilos pareciam pérolas nas pontas dos dedos. Ele nunca havia tocado em um mamilo nu. O rosto de Corey estava coberto de suor quando o beijo terminou, e ele se afastou, sua virilha fazendo a calça jeans parecer cheia de pedras. Não, pedras não. Carvões quentes. Uma agonia ansiosa.

"Venha comigo", disse Becka. "Saia de fininho pela porta dos fundos e me encontre lá fora. Eu vou te mostrar onde eu moro. Você não quer ver?" Becka pousou a mão em seu joelho e traçou círculos com o dedo indicador. As pernas de Corey estavam tão bambas que ele teve que se encostar na parede para manter o equilíbrio.

"Agora mesmo?", perguntou ele.

"Sim, agora. Encontre-me lá fora, nos fundos."

Ele poderia fazer isso, percebeu. Poderia dizer a seus pais que estava indo para a casa de Sean e, em vez disso, encontrar Becka. Ele poderia ir para a floresta com ela. *Ele poderia fazer isso.*

"O que tem no seu bolso?", disse ela de repente, e ele tinha certeza de que ela devia estar falando sobre sua ereção, mas a ereção estava virando para a esquerda e Becka apontava para a direita. Ele olhou para baixo. O anel estava no seu bolso direito desde o jantar. Era tão pequeno que parecia nada mais do que um vinco.

"Você consegue ver isso?", perguntou ele.

"O que é? Mostre-me."

Corey enfiou a mão no bolso para pegar o anel, mas sentiu uma pontada de inquietação. Por mais estranho que tivesse sido seu primeiro encontro com Becka, este era ainda mais estranho. Estranho ao quadrado. A menina arriscara a vida para subir em uma árvore, e agora ela estava interessada no anel de vovó Marie, do nada. Corey imaginou como um bêbado deve se sentir quando começa a ficar sóbrio, desejando poder se sentir bêbado outra vez.

Corey deslizou o anel em seu dedo anelar, prendendo-o, depois o ergueu para Becka. Usando-o, ele se sentiu melhor. Becka se inclinou ainda mais pela janela para analisar o anel, com olhos arregalados e ansiosos. Mais uma vez, Corey ouviu algo cair da árvore, batendo suavemente na grama lá embaixo.

"*O menino* coloca o anel no dedo da *menina*", disse Becka.

"Pare de ser louca, garota. Saia da árvore."

"Não posso segurar o anel?" Ela agarrou a mão dele com força. Com tanta força, na verdade, que ele se perguntou como Becka conseguia exercer tanta força sem que isso transparecesse em seu rosto. Ela correu o polegar pelo anel e, cada vez que o tocava, ele ficava mais nervoso.

Sherita, tudo de novo. Foi assim que tudo começara no quinto ano. "Eu não acho..."

Os olhos cinzentos de Becka falavam com ele, implorando. "Corey, você não gosta de mim?"

Ela parecia chateada e, de repente, ele se sentiu péssimo por tê-la magoado. "Claro que gosto de você, Becka. Eu te disse, escrevi poemas para você."

"Você não gosta do meu rosto?"

Talvez fosse a luz, algo nos tons de roxo e laranja no espaço entre o crepúsculo e a noite, mas naquele instante Becka parecia uma dançarina em um vídeo da MTV, atrevida e impossível de possuir.

"Becka, você tem um rosto lindo", disse ele. "Tudo em você é lindo."

"Deixe-me segurar o anel", disse ela. "Por favorzinho?"

O coração de Corey trovejou. O que havia de errado com ele? A garota só queria segurar o anel. Ela estava em uma *árvore*, pelo amor de Deus. Ele não precisava ser tão babaca.

Houve duas batidas em sua porta.

"Corey?", chamou sua mãe.

Corey se levantou quando ela tentou girar a maçaneta, mas a porta estava trancada. Sua porta estava sempre trancada agora, porque havia muitas coisas que seus pais poderiam ver se entrassem no quarto sem avisar. Coisas que ele teria que explicar, mas não saberia como.

"Esta porta não deveria estar trancada!", disse a mãe dele, batendo de novo.

"Só um segundo!", gritou Corey. Becka estava sorrindo para ele, já se afastando da janela, o galho balançando com mais violência embaixo dela. "Você vai ficar bem aí fora?", sussurrou ele.

Ela assentiu, ainda sorrindo. De alguma forma, ele acreditava nela, apesar do jeito que ela estava balançando. Seu rosto estava com uma expressão tão presunçosa que Corey podia acreditar que ela vivia em uma árvore.

"Desculpe, tenho que resolver isso. Me dê um minuto", sussurrou ele, então fechou as janelas e puxou as cortinas pesadas.

Seu quarto ficou escuro.

Outra batida, mais alta. Desta vez, Corey ouviu a voz de seu pai. "Corey, sua mãe disse para abrir a porta." O pai encurtava as rédeas dele quando estava perto de sua mãe, tentando ganhar pontos com ela.

"Pô, estava só tirando uma soneca!", disse Corey. A irritação em sua voz não era uma mentira. Ele fechou a gaveta da mesa primeiro, depois a porta do armário. Especialmente a porta do armário.

"Achei que você fosse passar a noite na casa do Sean", disse a mãe.

"Sim eu vou. Acho que cochilei." Corey se atrapalhou para destrancar a porta.

Seus pais estavam juntos em sua porta, uma frente unida. Eles geralmente não ficavam tão juntos, como se tivessem medo de roçar a pele um do outro, mas na sua porta pareciam como nos velhos tempos. Melhor do que nos velhos tempos. A Baixinha e o Gigante, ele costumava chamá-los, porque a mãe dele fazia o pai parecer Shaquille O'Neal, e o pai dela fazia a mãe parecer pequenina como uma boneca.

"Se você está tão cansado, por que diabos vai para a casa de Sean?", perguntou a mãe, acendendo a luz. "Fique e durma um pouco."

"Estou bem", murmurou Corey. Ele ouviu o galho da árvore bater contra o parapeito da janela e seus olhos se voltaram para as cortinas, para se certificar de que seus pais não podiam ver Becka balançando do lado de fora. Havia uma pequena abertura nas cortinas, mas ele não conseguia ver nada, então relaxou. Só um pouco. "Vou sair em um minuto."

A mãe dele não era o tipo de pessoa que esperava por um convite para entrar em seu quarto, então ela passou por ele para dar uma olhada. Corey podia ver sua mente pensando "a porta dele estava trancada", então ela percebera que o filho estava fazendo algo que não queria que eles vissem. Olhou primeiro para a janela. Ela não deixava passar um truque. Era como aqueles videntes da TV.

Por favor, que ela fique longe da janela, ele pensou.

Ele também esperava que ela não olhasse embaixo da cama, onde veria a tigela de água que ele havia deixado ali, porque aquilo poderia ajudar a vovó Marie a encontrá-lo em seus sonhos. Ou dentro do armário, onde ele escondera os itens que ele e Sean haviam coletado durante uma corrida apressada até Portland em um carro que Sean pegara emprestado de um amigo. Corey tinha encontrado uma loja de botânica na lista telefônica de Portland e ficara emocionado com o tanto de coisas que encontrou na grande loja, tudo rotulado tão claramente quanto produtos em prateleiras de supermercado: raiz de jalapa, pergaminho virgem para petições aos deuses, chifres de cabras, cocos, conchas de búzios, velas perfumadas e incenso. Ele tinha o suficiente para fazer uma cerimônia de limpeza simples naquela noite. Os símbolos do anel eram mais importantes do que os itens ritualísticos, garantira a avó; mas quanto mais completas suas oferendas, maior a chance de colocar o *baka* para dormir para sempre.

O irmão de Sean, Andres, até matara um corvo para eles com sua arma de chumbo, como ele prometeu que faria, e Corey e Sean tiraram as penas do pássaro morto. Elas também estavam na mochila dentro do armário. Andres não sabia por que Sean queria as penas de corvo nem se importava; ele apenas gostava de atirar em pássaros. Pela primeira vez, Sean disse que estava feliz por seu irmão estar tão rápido no gatilho. As penas de corvo tornariam as bênçãos de Corey mais fortes. Talvez o corvo pudesse substituir uma pomba.

Primeiro, Corey tinha que passar pelos pais naquela noite. Especialmente por mamãe, que o encarava cheia de perguntas nos olhos. Corey não tinha energia para inventar mentiras que fariam as perguntas desaparecerem. Ele estava cansado demais para mentir esta noite. Ele poderia dormir por um mês inteiro.

"Da próxima vez", disse ela devagar, "Sean vai passar a noite aqui. Tudo bem?"

Corey assentiu. Ela não gostava quando ele não respondia verbalmente, então ele disse: "Sim, certo".

"E você poderia lembrar Sean e o pai dele sobre a festa de quinta-feira? Preciso saber quantas pessoas vem para eu planejar tudo."

"Não acho que eles virão", disse Corey. Ele não tinha intenção de contar à família de Sean sobre a festa de Quatro de Julho de sua mãe. Ele mesmo preferia não estar nessa festa.

"Bem, basta perguntar a ele, por favor."

"Sim, ok."

"Estamos pensando em assistir a um filme em Longview amanhã", disse o pai de Corey. "Nós, os três."

"Ótimo", disse o menino, tentando sorrir.

O galho atingiu a janela com mais força desta vez. Corey se forçou a não olhar de novo, ou seria pego. Ele se perguntou se Becka estava brincando com ele, fazendo barulho de propósito.

"Você não quer votar em qual filme?", perguntou o pai. "*Dr. Dolittle 2* ou *Pearl Harbor*?"

"O que for bom", respondeu Corey. "Não importa, contanto que nós todos formos." Corey se parabenizou por essa última frase, porque teve um efeito imediato no rosto dos dois, arrancando a maior parte da suspeita nos olhos de mamãe. Ela sorriu satisfeita e o pai de Corey piscou para ele, até passando o braço em volta da cintura da mãe, algo que Corey não o via fazer desde que chegara ali. Algo que ele não via o pai fazer há muito tempo. Mesmo enquanto eles ainda moravam juntos, os dois não se beijaram, se despediram ou mostraram qualquer sinal de que gostavam um do outro por pelo menos um ano antes de o pai ir embora, talvez mais. Corey desejara isso por quatro anos, exatamente isso, e agora seu coração estava dizendo um grande *E daí?* Não parecia justo.

Talvez eu sinta tudo de uma vez, pensou ele. Ele esperava que sim. Ele se sentiu triste, quase ao ponto de chorar.

Mas Corey não conseguiu ficar triste por muito tempo. De repente, ele percebeu que ainda estava usando o anel da vovó Marie. Ele tinha se esquecido disso. Ele estava muito preocupado em esconder Becka, muito preocupado que seus pais vissem a ereção que se recusava a se acalmar em sua calça jeans. Amaldiçoando-se, Corey enfiou a mão no bolso, escondendo o anel.

Ele tinha que terminar isso logo, antes que desabasse. Ele não era um bom mentiroso, não como o pai, que achava Corey muito estúpido para notar que ele gostava de ficar chapado às vezes, deixando rastros de pó branco nos pelos do nariz. Mesmo antes, em Los Angeles, o pai de Corey vivia falando com uma mulher ao telefone; ele percebeu que era uma mulher só pela maneira como a voz do pai mudava, se soltando e rindo com alguém que não era a mãe dele.

Corey não poderia viver assim. Ele não poderia viver assim. Ele gostaria de nunca ter encontrado aqueles papéis no armário, que vovó Marie tivesse permanecido morta.

Foda-se essa merda. Ele poderia transar naquela noite. Por que ele estava brincando com feitiços?

Como de costume, a mãe vira através dele. Ela sempre conseguia. Sempre. Assim que Corey pensou em Becka outra vez, os olhos dela foram direto para as cortinas. Becka não fez barulho desta vez, mas algo estava chamando a atenção dela para lá. Conhecendo a mãe dele, ela talvez pudesse sentir o cheiro da garota.

Ela caminhou em direção às cortinas devagar, demorando-se como se fosse um passeio, olhando o resto do quarto. "Corey, você sabe que queremos que você se divirta aqui" — quando ela passou por sua mesa, seus olhos a percorreram também, e ele ficou feliz por seu caderno estar fechado, com seus poemas para Becka fora de vista —, "mas seu pai e eu estamos preocupados com a maneira como você tem agido nos últimos dias. Há algo que você precisa nos dizer?"

"Não." Sua voz não era convincente. "Como o quê?"

O pai deu um tapa no bíceps de Corey, sua versão de um abraço. "Ainda estamos juntos?", perguntou ele, parecendo falso. Seu pai não gostava de conversas difíceis, apenas das fáceis. Ele devia querer transar naquela noite também.

"Claro, pai", disse Corey, mas seus olhos estavam na mãe enquanto ela caminhava pelo cômodo. Ele tentou pensar em um motivo para dizer a ela para ficar longe da janela, ou uma maneira de avisar Becka de que ela estava chegando, mas sua mente estava em branco. E suas costas estavam encharcadas de suor.

Ela sabe. O cérebro de Corey não conseguia superar esse pensamento. E com certeza, como se a mãe dele estivesse propositalmente tentando surpreender alguém, ela abriu as cortinas e olhou para fora da janela. Foda-se isso, pensou Corey. Foda-se. Ele teria que contar. Ele contaria tudo.

Quando sua mãe se virou para olhar para ele, Corey não conseguia acreditar no que via: ela estava sorrindo. "Eu já te contei que este costumava ser meu quarto quando eu tinha a sua idade?"

"Sim." Os lábios de Corey quase grudaram quando ele tentou falar.

"Um garoto subiu nesta árvore para me convidar para o meu baile de formatura."

"Sério?" Corey ficou tão aliviado que conseguiu parecer genuinamente interessado, embora a mãe lhe contasse a mesma história todos os verões.

"Se continuar me lembrando disso, vou cortar essa árvore", disse o pai, fingindo estar com ciúme.

"Só por cima do meu cadáver."

Corey parou ao lado dela, olhando pela janela por cima do ombro da mãe. O galho onde Becka estava sentada agora estava vazio, mas ainda balançava, como se ela tivesse pulado para o chão. Vendo o galho mais de perto, percebendo como ele era fino, Corey se perguntou como não havia se quebrado com o peso dela. Essa garota era mais louca do que ele pensava. Ela era como se a Super Freak de Rick James tivesse ganhado vida.

O pai veio ficar perto deles, colocando um braço sobre ele e o outro sobre a mãe de Corey. A Baixinha e o Gigante queriam estar perto dele e perto um do outro. Isso era mesmo incrível, Corey percebeu. Aquele era um milagre tão grande quanto trazer de volta o anel da vovó Marie.

"Snook, continue guardando suas memórias", disse o pai. "Eu jamais tocaria naquela árvore. Essa árvore tem histórias para contar. Além disso, você sabe que eu não machucaria algo que você ama."

"Eu sei disso, querido", falou a mãe. Por muito tempo, ela não disse mais nada. Quando ela fez isso, sua voz pareceu suave como a de Becka. "Mas com certeza amo a maneira como soa quando você diz essas palavras."

Ambos haviam dito a palavra *amor*, um após o outro.

Aquele seria seu último verão em Sacajawea. Naquela noite, perto de seus pais, Corey simplesmente soube disso.

Vinte e Nove

Sexta-feira à tarde

A maior parte do departamento do xerife do Condado de Sacajawea estava na propriedade de vovó Marie ao meio-dia, com Rob Graybold colhendo amostras de sangue da adega enquanto quatro policiais vasculhavam a floresta em busca de sinais de Tariq. Nem Tariq nem sua kombi haviam sido avistados em Sacajawea, mas na prisão Art disse que Tariq estava ali. De repente, a palavra de Art contava muito.

Em vez de fazê-la se sentir segura, a presença da polícia parecia uma idiotice para Angela. E temporária. A polícia não ficaria muito tempo, ela sabia, porque seria necessária em outro lugar. O futuro não era mais um mistério para ela, pelo menos não as peças de que estava mais próxima. Sua presciência tinha se mostrado horrível até agora, mas ela não precisava prender a respiração, cruzar os dedos ou fazer um pedido. Ela sabia.

Quando Tariq finalmente viesse buscá-la, ela estaria sozinha.

No final, ela lembrou, você está sempre sozinha.

Enquanto esperava por Tariq, Angela via a sala de estar de vovó Marie com novos olhos. Vovó Marie havia colecionado estatuetas de porcelana. Aquelas formas atrofiadas se aglomeravam em cima da lareira, nos peitoris das janelas, na parte superior do piano. A maioria delas mostrava rostos sorridentes, representações idílicas do amor de meninos por cachorrinhos ou de meninas por tranças, e como um homem e uma mulher ficam grandiosos no dia do casamento. Outras peças de porcelana representavam morangos gordos e saborosos no pé ou fatias de melancia tão maduras que eram da cor dos morangos. Até as corpulentas mães negras em seus lenços vermelhos sorriam, desejando um dia feliz. Mas havia outras figuras espalhadas entre essas, e só agora Angela as notou de verdade. Só agora ela realmente as estava observando.

Angela nunca gostara dessas bonecas rudes de argila. Eles não eram sorridentes como as outras. A maioria delas carecia de traços claramente definidos, mas mesmo aquelas com conchas de búzios no lugar dos olhos e nariz não tinham boca para sorrir. Essas estatuetas estavam ali a trabalho, não para entreter.

Elas eram os deuses da vovó Marie, escondidos à vista de todos.

Cada vez que Angela encontrava uma das figuras de argila cor de barro, ela a levava para a mesa da sala de jantar, onde havia juntado um monte delas, quase trinta. Uma vela votiva branca queimava no centro da mesa, que ela encontrara facilmente ao abrir a gaveta inferior do armário de porcelana. Cada vez mais ela sabia onde as coisas estavam, era só prestar atenção que seu conhecimento vinha com a sensação de uma memória súbita e aguçada, como se ela mesma tivesse colocado tudo lá. Ela nunca esvaziara aquela gaveta desde a morte de vovó Marie, um dos poucos espaços que não haviam sido alterados.

Angela sentiu tristeza ao se lembrar de como, sem se importar, havia desmontado o altar do quarto de vovó Marie depois da morte dela, encaixotando o crucifixo, as velas, as conchas, as caixas de charuto, as garrafas e as contas, colocando a caixa abarrotada na frente da casa para ser levada na próxima coleta de lixo. Destruir aquele altar fora a primeira coisa que ela se lembrou de fazer como a nova dona da casa. Ela quase se sentira hostil a ele, como se aquele altar servisse como um lembrete de que não importava o quanto ela amasse e respeitasse vovó Marie, a mulher tinha um coração primitivo, vítima das superstições tolas que prosperavam em lugares onde as pessoas se sentiam desamparadas para controlar o mundo ao seu redor. Africanos que precisavam de chuva. Pessoas escravizadas que precisavam sentir que suas almas estavam livres. Meeiros e agricultores pobres desesperados para acreditar que poderiam alimentar suas famílias.

Ela queria enterrar essa parte de vovó Marie o mais rápido que pudesse. Olhando para trás agora, Angela percebeu que tinha medo daquilo. Ela estava tentando fugir.

Felizmente, ou devido a circunstâncias em que a sorte nem mesmo foi convidada, mais da vovó Marie e de seus *loás* permaneceram na casa do que Angela se lembrava. As estatuetas, por exemplo. E um chocalho de contas feito de uma cabaça empoeirada que estava em cima da geladeira há tantos anos que chegava a ser constrangedor. Em vez de jogá-lo fora, Angela sempre pedia à sra. Everly que o deixasse onde estava. Agora, o instrumento tinha um lugar na mesa da sala de jantar, ao lado da vela. Entre as estatuetas. Sob o olhar da fotografia de vovó Marie e Índio John que ela colocara ali também. Seu altar ancestral.

A foto sépia era encenada: vovó Marie usava um vestido branco de mangas bufantes, muito diferente de sua maneira comum de se vestir. Em casa, ela preferia vestidos caseiros feitos de tecidos leves e coloridos; e se houvesse companhia, ela era rígida em relação às saias azul-marinho e blusas brancas lisas, algo que fazia Angela se lembrar de Mary Poppins quando era jovem. Embora Angela nunca tivesse conhecido John, ela imaginava que ele devia se sentir tão estranho quanto parecia naquele terno formal de lã abotoado até o pescoço, beliscando o rosto. O fundo pintado de maneira borrada, uma cena rural que mostrava um carrinho de mão cheio de feno, também era esquisito. Aquela também não parecia a vovó Marie.

Mas o rosto dos dois estava em foco nítido e claro. Vovó Marie era uma mulher jovem, sua pele ondulando suavemente em todas as elevações e depressões de seu rosto. Angela nunca se parecera com a avó, mas ela se sentia como se estivesse olhando para si mesma, transplantada. A fotografia parecia tão vívida agora que parecia que vovó Marie ia piscar os olhos.

Finalmente, Angela pensou. Vovó Marie estava aqui.

Angela guardara a toalha de linho branco que estava na mesa da sala de jantar desde sua chegada a Sacajawea. Para colocar algo no lugar, ela subiu as escadas e encontrou um lenço com padrão africano que Naomi havia deixado na casa, na gaveta da escrivaninha. Ela teve que cavar sob as folhas mortas ainda escondidas na gaveta para encontrá-lo, mas o lenço saudou seus olhos com seus padrões de tons rosados e arroxeados. Angela tinha visto Naomi usar aquele lenço muitas vezes e sentiu o cheiro de *Giorgio* quando o pressionou contra o rosto. As entranhas de Angela empolaram com a lembrança inesperada da essência de sua amiga. O cheiro era profundo, passando por seus pensamentos confinados, trazendo a voz de Naomi à sua cabeça — *Para Angela Toussaint, a mulher mais forte e inteligente que eu conheço* — e uma imagem da boca sorridente de Naomi que quase a derrubou. O cheiro fazia isso. O cheiro apenas te levava aonde ele queria que você fosse.

Mas o momento passou. Angela fungou, fechou todas as portas do andar de cima como se estivesse colocando a casa em quarentena após a busca da polícia em todos os cômodos, e então levou o lenço de Naomi para baixo com ela. Havia negócios importantes à mesa. O espírito de Naomi também pertencia àquele lugar.

O comunicado oficial chegara uma hora antes: o corpo de Naomi Price estava no porta-malas de um Plymouth Gran Fury enferrujado em uma casa de fazenda, a alguns quilômetros ao sul do centro de Vancouver, a meia hora do Sutton Place Hotel. Ela estava morta havia pelo menos 24 horas. Traumatismo craniano contuso e asfixia, ou assim pensava a polícia. Seis pessoas diferentes haviam visto um homem que parecia Tariq colocando uma mala grande e abarrotada em sua kombi verde do lado de fora do hotel. Com um poodle preto nos calcanhares.

Art também estava certo sobre o saco de lavagem a seco. O rosto de Naomi ainda estava envolto nele.

"Angie?", Rob falou baixinho da porta da cozinha, com o chapéu na mão, como se a sala de jantar fosse uma catedral. Ela não sabia há quanto tempo ele estava ali na sala com ela. Um jovem de rosto severo estava atrás dele sacudindo a água da chuva de seu chapéu, um policial que ela se lembrava de ter visto na casa de Art. Ambos estavam equipados com jaquetas azul-marinho à prova de balas. Angela percebeu que Rob estava usando o pingente que ela lhe dera na prisão naquela manhã, caído para fora de seu colete.

"Eu tenho algumas amostras desse sangue, querida, e vamos trazer mais alguns analistas para cá ainda hoje", disse Rob, e Angela não o contestou, embora soubesse que ninguém viria estudar o sangue em sua adega. Essa parte do dia já estava decidida. "Você conheceu meu subxerife, Colin McBride?"

O jovem estendeu a mão, e Angela aceitou seu aperto firme. "Prazer, senhora", disse ele, e Angela não conseguiu responder à mentira dele.

"Houve um engavetamento na rodovia Quatro, perto da divisa do condado", disse Rob. "Eu tirei Colin e Maritza da varredura deles na floresta. Tenho que fazer algumas mudanças no pessoal."

"Um deslizamento de rochas", disse Angela, sabendo do que se tratava um instante antes de falar.

Os olhos de Rob permaneceram nos dela por um momento, mas ele não perguntou como ela sabia. "Sim, é bem ruim. Uma plataforma de madeira e um monte de carros emaranhados, e ambas as pistas estão fechadas. Provavelmente pelo menos uma fatalidade, diz Darlene. Isso significa que tenho que ir e estou levando dois dos meus homens comigo. Mas Colin e Maritza ficarão aqui enquanto eu puder dispensá-los."

Angela olhou para o jovem de novo, que balançou a cabeça para ela, abaixando o queixo. Ele parecia um menino. Ela dera pingentes para todos os oficiais de sua propriedade, mas, pelo que podia ver, Colin não estava usando os dele.

"Posso falar com você a sós, Rob?", perguntou ela.

Rob jogou seu peso de uma perna para a outra, impaciente, mas fez um gesto para que o homem lhes desse privacidade. Angela esperou até ouvir a porta dos fundos abrir e se fechar antes de continuar.

"Não deixe esses garotos aqui", disse Angela. "Não há nada que eles possam fazer por mim, exceto morrer."

"São meus dois melhores oficiais, Angie. Os melhores. Colin é..."

"Não é isso que eu quero dizer e você sabe."

Rob franziu a testa, olhando pela janela da sala de jantar em direção à varanda, onde Colin esperava inquieto, olhando para o relógio. Talvez fosse apenas arrogância, mas o jovem parecia ansioso para encontrar algo que a maioria das pessoas não se atreveria a procurar. "Não me crie problemas, Angie", disse Rob. "Esse acidente de carro é minha responsabilidade porque uma pessoa morreu, e isso é mais do que um *talvez* ou um *supostamente*. Eu também tenho que garantir que você não fique aqui sozinha, quando todos nós temos meio que certeza de que Tariq vem atrás de você hoje. Eu ainda não entendo por que diabos você apenas não..."

"Sair desta casa não é a resposta. Fazer isso ajudou Naomi?"

"Estou farto de discutir. Mas se você estiver aqui, meus oficiais estarão aqui. Ponto."

"Todos os oficiais nesta propriedade devem usar os pingentes."

"Por mim, tudo bem", disse Rob. "Não vai doer."

Angela esperava que ninguém tivesse morrido por causa dela no deslizamento de pedras e que Rob ou seus oficiais não tivessem nenhum acidente semelhante. A balsa de Westport também desenvolveria problemas mecânicos repentinos? Talvez isolar a cidade do sul e do leste fosse parte do que estava por vir. Talvez a coisa não quisesse que mais ninguém fosse embora, mais ninguém chegasse. Nenhuma interferência para seu trabalho.

"Onde está Myles? Ele vai ficar com você um pouco?", perguntou Rob.

"Ele disse que estará de volta em breve." Myles estava levando dona Fisher para uma casa de repouso em Skamokawa, onde achou que ela estaria mais segura. Angela ficou feliz por ele não ter decidido levar a mãe para Longview, ou ele teria sido isolado pelo deslizamento de pedras. Talvez o feitiço estivesse funcionando para Myles, ela pensou. *Por favor, Deus, que funcione.*

"Angie, você tem uma arma em casa?"

"Não. Nunca tivemos uma arma nesta casa." Foi um alívio dizer isso; uma defesa.

Rob se curvou, alcançando a perna direita da calça, e puxou uma arma que parecia um brinquedo reluzente. "Pegue a minha .38", disse ele. "Você sabe como disparar uma arma?"

Ela balançou a cabeça, sorrindo tristemente.

"Uma arma não vai me ajudar, Rob."

"Isso mesmo, e um pedaço de argila cor de merda em volta do pescoço não vai ajudar a mim ou aos meus policiais. Pegue a maldita arma", disse ele, e Angela cedeu. Quando ela segurou a arma pesada na palma da mão, Rob se colocou ao lado dela com uma voz calma de instrutor. "A trava está aqui. Viu? Esse é o gatilho. É só apertar. Mire no peito ou nas costas, onde há maior massa corporal. Nunca atire às cegas. Veja onde está atirando. Você tem cinco balas."

Angela tentou agradecê-lo, mas sua boca ficou travada. Ela se sentiu cansada ao perceber que Rob a estava ensinando como matar alguém. E ele era bom nisso.

Rob examinou o altar, então seus olhos voltaram a encarar os dela. "Na minha família havia pastores de sobra, então sei orar. Tudo bem orar, então ore, contanto que não se esqueça de Jesus enquanto faz isso. Eu também estou orando. Mas Deus ajuda aqueles que se ajudam. Se você tiver que disparar aquela coisa, Angie, apenas atire."

"Obrigada, Rob", sussurrou ela.

A alma de Tariq já estava morta. Ela poderia atirar em um homem morto se fosse necessário. Rob a abraçou, um abraço sólido que quase cortou sua respiração, e que foi tão rápido que acabou assim que começou. "Sinto muito pela sua amiga. Vamos pegar aquele filho da puta", disse ele.

Mas ao fazer a promessa, os olhos de Rob estavam cheios de dúvida.

Myles havia saído de casa apenas trinta minutos antes.

Trinta minutos antes, ele e Candace haviam persuadido a mãe dele a entrar no carro e dirigido até a casa de repouso Riverview em Skamokawa, e a jogada fora fácil como tirar doce de criança. Dona Fisher não tivera queixas, perguntas ou preocupações. Ela achara que o dia estava lindo, apesar da chuva, conversando sobre como tudo era bonito enquanto olhava pela janela do carro. O sorriso dela havia desaparecido quando eles estacionaram em frente a Riverview, que não era um lugar feio, mais como um pequeno retiro do que um hospital, mas quando Myles pediu que ela lhe desse a mão para que ele pudesse ajudá-la a sair do carro, ela concordou mais prontamente do que de costume. Ele ficou surpreso quando olhou para o relógio e viu que o deslocamento havia demorado apenas vinte minutos. Candace tinha ficado com a mãe dele, e Myles achara que agora estava livre.

Mas Myles havia perdido o telefone. Seu celular não estava no suporte do carro, não estava no assento e não estava em seu bolso. Agora que pensava nisso, podia *ver* onde o havia deixado: na bancada da cozinha, na tigela de barro mexicana que Diego lhe enviara de aniversário alguns anos antes, que ele comprara em um cruzeiro para Cozumel com a mãe. A tigela era o lar das chaves, da carteira e do celular de Myles, o primeiro lugar para o qual ele olhava.

No dia de uma emergência, pensou ele, você não sai de casa sem o telefone. Já era ruim o suficiente ele não ter tido tempo de colocar as lentes de contato naquela manhã, mas ele não poderia ficar sem o celular. Ele tinha que voltar para casa.

Além disso, ele precisava de uma arma.

Myles havia tirado da estação de notícias porque a mãe preferia música, mas ele encontrou sua estação AM favorita com um toque no botão do rádio enquanto dirigia para o leste na rodovia Quatro, de volta para Sacajawea. "... de volta a essa história bizarra sobre a morte de Naomi Price, que foi encontrada enfiada na mala de um carro no Canadá. Ouvinte, você está dizendo que ela esteve na área de Portland há alguns dias?"

Uma adolescente parecia estar histérica. "Ah, meu Deus, sim. Ela me deu um autógrafo no aeroporto na semana passada e estava tãããããão linda. Eu estava na fila da loja de presentes na PDX e fiquei, tipo, 'Não é a Naomi Price?', e ela me viu olhando e *sorriu*, toda simpática..."

A história já havia vazado para a imprensa? Não poderia ter havido tempo para notificar a família de Naomi de forma adequada, Myles pensou. Ele estava na delegacia quando Rob Graybold recebeu a notícia, exatamente uma hora antes. Alguém em Vancouver devia estar sussurrando: *Ei, você nunca vai adivinhar quem encontramos enfiada na mala de um carro hoje.* Talvez os fazendeiros que eram donos do Gran Fury estivessem vendendo ingressos para os vizinhos. A família de Naomi deve ter descoberto da pior maneira.

Na época em que Myles escrevia obituários para o jornal porque ainda não havia começado a contar histórias sobre os vivos, um professor universitário havia morrido e o departamento de relações públicas da faculdade lhe enviara por fax, com muita eficiência, uma lista de amigos do falecido. Ligando para os nomes da lista para obter as reações das pessoas que se importavam com o professor falecido — porque Myles tinha orgulho de escrever bons obituários, apurar os fatos, ressuscitar almas por pelo menos um dia —, ele se identificara e dissera o nome de sua empresa para um dos amigos listados do professor.

"Você poderia me dizer que tipo de homem ele era?"

A voz do estranho desmoronara. "Ele está morto?"

Buddy morreu.

"Naomi Price, tem estranhos chorando por você no rádio, querida", disse Myles enquanto o carro avançava suavemente pela entrada de garagem da casa, rolando sobre raízes que mais pareciam lombadas. "Que Deus abençoe seu coração."

Myles olhou por cima do ombro em busca da kombi de Tariq, examinando o caminho que levava à casa, o quintal perto do galpão. Tudo limpo. Ele pensou ter visto aquela kombi no caminho para Riverview, mas era só um suv da mesma cor indo em direção a Longview. Ele achava mesmo que Tariq ficaria à vista? Que deixaria a kombi esperando por ele na garagem?

Myles desligou o rádio e saiu do carro. Ele não tinha a dor de estômago de que Angie tinha tanto medo, mas sua cabeça doía pra caramba. Myles estudara o rosto de Rob enquanto fazia anotações detalhadas durante sua ligação com a polícia em Vancouver — quando os dois perceberam que Art sabia coisas que não devia saber —, e Rob conhecia uma guerra quando via uma.

De alguma forma, Art Brunell e Tariq Hill eram amigos, almas gêmeas distorcidas. Talvez Art tivesse arranjado uma ligação para Tariq da prisão, ou talvez os detalhes do assassinato de Naomi tivessem sido planejados com bastante antecedência. Talvez Art e Tariq tivessem se encontrado no River Saloon um dia, anos antes, e puxado conversa. *Estou bem, e você? Crianças são um pé no saco, não são? Que tal eu matar meu filho e você matar aquela atriz, sabe qual?* Art havia planejado matar Glenn quando fosse a hora certa. Então, juntos, eles orquestraram a morte de Naomi Price, e Art revelaria tudo a tempo para a descoberta sensacionalista do corpo.

O plano deles, fosse qual fosse, era brilhante do ponto de vista de sua loucura sem sentido. Myles passara anos documentando a loucura humana, ossos do ofício de repórter policial no *New York Daily News*, no *Miami Sun-Sentinel* e, em seguida, no *The Washington Post*, quando decidiu que queria sentar-se atrás da mesa de editor em vez de trabalhar no campo. Myles estava feliz por ter deixado D.C. antes da queda das Torres Gêmeas ou do alvoroço dos atiradores em seu antigo quintal, porque ele já estava farto da monstruosidade humana havia tempos. David Wolde, o assassino em série negro de Miami, arruinara a vontade de Myles por coletar notícias. A esposa do sujeito, Jessica, havia trabalhado com Myles na equipe do jornal de Miami. Myles conhecera David Wolde e a filha que ele matou, sua última vítima. Ele conhecia aquela criança desde que ela era um bebê, e teve que escrever a primeira matéria sobre o assassinato dela pelas mãos do próprio pai.

Não há necessidade de culpar os demônios, Myles sabia. Havia muitos humanos para espalhar a desgraça.

Angie não entendia isso. Ela estava moldando cada nova descoberta para encaixá-las em sua convicção de que o comportamento humano por si só não poderia explicar Art e Tariq. Ela e Liza haviam se deixado levar por Art, dispostas a acreditar em suas fantasias psicopáticas. A testa de Myles se franziu de raiva quando ele se lembrou de que foi acordado, convocado para ir à cela daquele lunático. Desde quando um presidiário pode exigir um visitante? E por que diabos Rob sujeitaria Angie a algo tão terrível? Rob era mais esperto que isso.

O mundo enlouquecera durante a noite.

Myles parou na entrada de sua garagem, nervoso por entrar em sua própria casa em plena luz do dia. Ele estudou a casa mais uma vez, fazendo um inventário visual. Cortinas fechadas na sala de estar. Luzes apagadas. Nenhum som que ele pudesse ouvir, exceto gaivotas brigando na água lá fora.

Ainda assim, uma profunda inquietação fez cócegas em Myles, e de repente ele percebeu o porquê: a casa estava vazia. Ele não tinha pensado nisso durante o tumulto, na pressa de empacotar as coisas da mãe, tentando levá-la a Riverview antes do fechamento do registro ao meio-dia e, aliás, tentando evitar um assassino que poderia estar indo atrás dele pessoalmente.

Mas aqui estava ele. Ele mandara a mãe embora, e ela se fora. Talvez ele pudesse trazê-la de volta quando esse problema com Tariq passasse, mas provavelmente não o faria. Ele a estava perdendo. *Este* era o verdadeiro estado de sua vida, não a bolha de negação em que ele vivera nos últimos meses, dizendo a Luisah como estava bem. Ele não estava bem. Uma atriz maravilhosa, amiga de Angie, fora assassinada, e depois de Angie já ter perdido tanta coisa. Ele tinha uma ex-esposa tão desequilibrada que ela ainda não conseguira pronunciar uma frase civilizada e só permitira que Myles visse o enteado dez vezes em catorze anos porque ele não tinha poderes legais e ela sentia muito ciúme do tempo do menino com ele. Myles tinha uma mãe que estava morta, outra que estava morrendo. E ele estava condenado a cruzar o caminho de homens como David Wolde, Art Brunell e Tariq Hill, que eram um mistério para ele, que aterrorizavam sua alma.

Em dias como aquele, era difícil ver a mão de Deus atuando no mundo. *Você já está vendo, Myles?*, Angie perguntara. Cada vez mais, Myles não conseguia culpá-la. Ele tinha aprendido a escritura do Evangelho segundo Mateus na escola dominical, que ele memorizara para recitar para os pais: *Revesti-vos de toda a armadura de Deus, para que possais estar firmes contra as astutas ciladas do diabo.*

"Porque não temos que lutar contra a carne e o sangue, mas, sim, contra os principados, contra as potestades, contra os príncipes das trevas deste século... contra as hostes espirituais da maldade, nos lugares celestiais", murmurou Myles enquanto percorria o caminho em forma de S até a porta da frente de sua primeira casa de verdade, a casa que Deus trouxera para sua vida em resposta às suas orações quando menino. Aquela casa era sua evidência de Deus. A mãe sempre esperara que ele fosse virar pastor, e talvez ele tivesse mesmo ido para um seminário se não amasse tanto escrever sobre o mundo. Deus ainda poderia chamá-lo um dia.

Talvez Deus o estivesse chamando hoje.

Myles subiu os dois degraus de concreto até a varanda estreita do bangalô de seus pais. "Portanto, tomai toda a armadura de Deus, para que possais resistir no dia mau e, havendo feito tudo, permanecer *firmes*." A voz de Myles falhou quando ele se lembrou do rosto dolorosamente adorável de Naomi Price, de como ele segurara suas mãos e a ajudara a orar. Lágrimas quentes umedeceram seus olhos. Myles sussurrou o resto. "Estai, pois, firmes tendo cingidos os vossos lombos com a verdade."

A porta da frente se abriu com apenas um toque, destrancada. Não estava nem fechada no trinco.

Lá dentro, destroços o aguardavam.

A mobília da sala estava de cabeça para baixo. O sofá e as cadeiras estavam caídos de costas, as pernas da mesa de centro viradas para o ar. As fotografias na cornija da lareira estavam voltadas para a parede, meticulosamente alinhadas. Vandalismo era uma coisa, mas aquilo parecia planejado demais. Myles sentiu um calafrio.

A sala de jantar, que Myles pintara e decorara sozinho, em uma luta para não perder o contato com a vida, era um contraste, a imagem da raiva. A mesa e as cadeiras haviam sido estraçalhadas, jogadas ao redor da sala como ossos de galinha quebrados. As máscaras dele estavam quebradas. Restos de comida da geladeira haviam respingado nas paredes da sala de jantar e no chão da cozinha; faixas de molho vermelho, grãos de arroz cozido, frango ao curry da Ming's, leite com cheiro azedo.

Os ladrilhos pretos da cozinha estavam cobertos por rastros de farinha branca feitos por um cachorrinho, pelo que parecia. Onyx. Como eles haviam orquestrado essa parte, Myles não sabia, mas o pensamento de que Art poderia ter ajudado Tariq a roubar o cachorro de Naomi antes de matá-la era outro pico de loucura.

Eles eram monstros, os dois. Da espécie humana. E Tariq estivera ali.

A bela tigela mexicana de Diego fora quebrada em pedacinhos nos ladrilhos, esmagada de propósito, quase irreconhecível, mas o telefone celular no chão ao lado parecia em bom estado. Myles o pegou e discou para a emergência. A despachante atendeu no primeiro toque, mas havia uma interferência terrível. "Emergência", ele ouviu uma mulher dizer em meio a um rugido que parecia do oceano.

Myles observou a sala ao redor, procurando algum sinal de movimento, falando baixinho. "Darlene? Aqui é Myles Fisher, na 620 Eagle's Nest. Tariq esteve aqui. Ele destruiu minha casa."

Um som *sssssssssssssss* contínuo tornou impossível ouvir a maior parte do que ela disse, mas sua voz voltou no final, clara como um céu de verão. "... na Quatro. A estrada está bloqueada e, sem unidades do Condado de Cowlitz, podemos não ter pessoal para correr até aí. Mas eu direi ao Rob..."

A linha de Myles apitou, interrompendo-a. Myles viu a identificação do NÚMERO DESCONHECIDO e a nuca se tensionou. Ele aceitou a chamada em espera, mas não falou nada. Nenhuma voz o provocou desta vez. Ele só ouvia música tocando, "Let's Stay Together", de Al Green. Ele não ouvia nenhuma música tocando na casa, então talvez isso significasse que Tariq tinha ido embora, graças a Deus.

Mas para onde?

"O que podemos fazer para acabar com isso de vez?", perguntou Myles, com a voz calma, sem trair a parte dele que queria praguejar, nem a que queria implorar. "Diga-nos o que fazer."

Ele ouviu o som de respiração, ou pensou que ouviu, talvez uma risada abafada. Mas qualquer que fosse o barulho, foi a única resposta antes que a linha caísse. Ele perdeu a conexão com Darlene também. Quando Myles tentou discar o número da casa de Angie, suas mãos pareciam ter sido imersas em água gelada, e era como se pesos estivessem pendurados em seus pulsos.

A linha de Angie estava ocupada. Isso não o surpreendeu. Ela dissera a ele que o telefone não estava funcionando.

"Rob, é melhor você estar bem ao lado de Angie, como você me prometeu", disse Myles para si mesmo. Ele teria que levar mais do que este telefone idiota até a casa de Angie.

Myles avançou silenciosamente pelos cômodos, com o coração batendo forte ao se aproximar de cada canto escondido. Eles estavam todos vazios. Chegou ao seu quarto, que estava pior do que o restante da casa. A tela do computador e a porta de correr de vidro haviam sido quebradas, seus livros e porta-retratos estavam espalhados pelo chão e havia um montinho cor de lama no meio de sua cama que cheirava a fezes humanas. Mas o pior eram as fezes na parede acima de sua cama, cinco palavras grosseiras pichadas com merda:

VEJO VOCÊ EM BREVE, SNOOK

As palavras da mãe dele. Sua última lembrança boa com ela, quando ele a colocara na cama e acreditara que ela estava falando com ele; não com o pai, não com alguém imaginário, mas com ele, seu filho. Tariq dissera essas palavras para ela? Mas quando? Como? Naquele instante, pareceu que o diabo havia usado dona Fisher para dizer o que estava pensando, e o diabo fizera uma visita especial para que Myles não tivesse dúvidas de com quem ele estava falando. Um derradeiro "vá se foder" direto do inferno.

"Maluco filho da puta", disse Myles. Sua nuca parecia dormente. Ele precisava chegar até Angie antes que Tariq o fizesse.

Myles estava com medo de não encontrar o arco de madeira de seu Fisher intacto em meio a toda aquela destruição, mas quando ele pisou cautelosamente sobre os pedaços grossos de vidro e cacos perto do convés, viu o arco contra a parede. Ele havia caído atrás da mesa de cabeceira, diretamente abaixo do primeiro V na mensagem fedorenta na parede. "Eca." Myles cobriu o nariz, inclinando-se para tentar alcançar o arco.

Seria pedir demais que a corda do arco estivesse intacta. Ainda assim, ela estava esticada e a postos. Ele não caçava desde os 20 anos, desde que o pai morrera, mas o cabo do arco se encaixava perfeitamente em sua mão. Myles pescara aquele arco do galpão dos fundos logo depois de voltar para casa, em busca de boas lembranças para amenizar a dor do motivo de ele estar lá. Ele rira quando encontrou o arco de madeira tradicional, já que o pai raramente acertava alguma coisa, só troncos de árvores. Myles havia pegado o arco e a nova caixa de seis flechas de alumínio, para caso batesse uma nostalgia e ele tentasse caçar outra vez. As flechas deveriam estar embaixo da cama.

"Por favor, Jesus, que elas estejam ali", disse Myles, porque não achava que teria tempo de ir ao galpão para procurá-las. Ele já havia se demorado demais ali.

Levantando a borda da colcha para olhar embaixo da cama, Myles quase se esqueceu do que tinha acontecido com o resto do quarto — e da profanação do seu colchão —, porque ali embaixo tudo estava intacto. Suas botas de caminhada estavam do outro lado da cama, onde ele as havia deixado. A cinco centímetros de seu nariz estava a aljava camuflada do pai e a caixa de novas flechas, com penas verdes brilhantes. Myles nem se lembrava de ter trazido a aljava do galpão para o quarto.

Isso teria sido pedir muito.

"Cadê o Rob?"

Myles estava no saguão de Angela com um arco preparado, a ponta da flecha afiada. Ele tinha uma aljava amarrada à perna e usava uma parca marrom, pronto para caçar. Ao vê-lo, Angela foi arrancada de sua letargia: ver Myles ali devia ser uma das melhores sensações de sua vida. Ela ficou tão aliviada que sentiu afrouxar em seu peito um nó que ela não sabia que estava se apertando.

Ela tinha quase certeza de que Myles estava morto, que ele morrera em casa. Talvez ele tivesse estado perto disso. "Graças a Deus, querido", disse ela, pressionando os lábios nos dele. "Tariq esteve na sua casa?"

"Eu acabei de perdê-lo. Onde diabos está Rob?" Myles olhou ao redor da casa, sem piscar. "Eu só vi Colin lá fora."

"Há dois policiais aqui, mas Rob teve que ir. Houve um deslizamento de rochas. Ele me deu isso." Angela mostrou a ele a .38 que ainda segurava, mantendo os dedos longe do gatilho. A arma parecia uma criatura viva, sujeita a uma birra inesperada e mortal.

Myles parecia mais alarmado do que impressionado. "Rob me prometeu que ficaria *aqui*."

Ele ainda não estava entendendo. Angela pressionou a palma da mão na bochecha de Myles, tentando afrouxar o rosto tenso dele. "Myles, shhh. Isso não é assunto de polícia. Você sabe que não é."

Os olhos de Myles suavizaram quando ele olhou para ela, com pena. Mas a lembrança deles fazendo amor invadiu seus olhos também, e a pena desapareceu. Ele a beijou, segurando a nuca dela com as duas mãos. Ele a beijou com força e sem pressa, como se precisasse de sua boca para respirar. Seu beijo foi ardente no início, mas resignado no final. Como um adeus, ela pensou, incapaz de evitar.

Quando a boca dele se afastou, Angela sentiu falta do gosto de Myles instantaneamente. Beijando-o, seus pensamentos a deixaram em paz. Agora, Angela tinha um mau pressentimento de que alguém que ela conhecia e gostava havia sido morto no deslizamento de pedras, outro castigo destinado a ela. Mas a sensação mais forte viera quinze minutos antes, quando ela teve certeza de que Tariq estava de pé na cama de Myles, pressionando os lençóis contra o rosto, tentando sentir o cheiro dela.

"Vamos cair fora daqui", disse Myles. "Este é o primeiro lugar que ele virá."

"Não, não é", disse ela, lembrando-o. Art dissera que ela ficaria mais forte na propriedade de sua avó, e talvez Tariq também soubesse disso. Ela guardou a arma que Rob dera a ela na bolsa, que ficava ajeitada como uma mochila em seu ombro. Ela também tinha os cartões que encontrara no quarto de Corey, seguros e a postos. "Mas há algo de que preciso antes de ir."

Ele olhou para ela com um semblante completamente confuso.

"Você pode subir comigo, Myles? Eu acho que está lá em cima. Está no alto da casa."

"O que é?"

"Algo de que eu preciso." Ela não sabia o suficiente para explicar além disso.

Myles olhou para a sala de estar, a adega e, com mais cautela, para a escada. Ela havia varrido todas as folhas do andar de baixo no dia anterior, o máximo que pôde, um ato de provocação, mas as folhas das escadas e do andar de cima ainda estavam à vista. Desde o dia anterior, houve uma nova incursão: cachos de folhas secas enroladas em volta do corrimão da escada por vinhas marrons. Aquelas videiras pareciam estar crescendo ali havia anos. Myles não comentou sobre as vinhas mortas. Ele talvez não estivesse se permitindo notar, ela pensou.

"Rob vasculhou esta casa antes de sair?", perguntou Myles.

"Ele e outros três. Tariq não está aqui."

"Bem, se ele não está agora, ele esteve antes. Tariq fez essa bagunça, Angie. Ele bagunçou minha casa também. E você deve contar com a possibilidade de ele estar voltando."

"É por isso que preciso encontrar o que procuro."

Myles ponderou, balançando a cabeça. "Tudo bem, vamos lá. Mas seja rápida."

Na escada, o número de folhas estava pior do que no outro dia, formando uma segunda ou terceira camada, grossas, úmidas e esponjosas sob seus pés. Desta vez, as nozes pretas, ainda com a casca verde que cobre a semente, estavam escondidas entre as folhas, apodrecendo no chão. Angela quase escorregou em uma noz quando a esmagou com o pé no patamar do segundo andar. "Cuidado", ela avisou Myles.

"Meu bom Jesus", disse Myles. Ela ouviu a respiração dele ficar mais pesada. Ele devia estar percebendo agora que não eram apenas as folhas que eram estranhas; o cheiro também era. O andar de cima tinha um cheiro úmido, como se há gerações ninguém fosse lá. O ar estava rarefeito, como em uma caverna.

No andar de cima, todas as portas estavam abertas: a do banheiro, a do antigo quarto de vovó Marie à esquerda, a de Corey à direita, a do quarto de Tariq no final do corredor, a do quarto de Naomi depois dele, a do depósito de lixo. E a porta estava escancarada para o sótão no final do corredor, o último lugar que Rob e os policiais haviam vasculhado. Angela tinha fechado todas elas, mas não se demorara nisso.

O que mais a incomodou foi a porta de Corey, a primeira de frente para eles no patamar. Ela estava bloqueada por uma montanha de folhas, como uma pilha gigante que o sr. Everly poderia ter juntado no quintal para queimar, na altura de seus ombros.

Aquele monte não estava aqui alguns minutos antes, quando Rob entrara direto por aquela porta. Angela congelou ao ver o monte. Enquanto olhava para ele, uma voz voou para ela de algum lugar fora do alcance da audição: *Eu vim aqui porque queria um beijo. O que você está esperando?*

A voz de uma garota. Não era de uma criança, mas também não era bem uma mulher.

A memória de um fedor — o cheiro de Art em sua casa — veio tão de repente que Angela quase não percebeu. Mas foi forte o suficiente para fazê-la ter ânsia, e ela pressionou a mão no rosto. Desta vez, o cheiro vinha do quarto de Corey. Ela nem sempre fora capaz de sentir o cheiro, mas o fedor estivera ali o tempo todo, sob seu nariz.

"O que foi, Angie?", perguntou Myles.

Angela tinha esquecido que Myles estava parado ao lado dela. Ela só conseguia pensar em Corey.

"*Foi aqui*", disse ela. Enquanto a constatação a inundava, os lábios de Angela tremeram. "Foi *neste quarto*. Meu bebê estava... meu bebê estava *falando* com aquela coisa sem saber."

Myles baixou o arco, abraçando-a com um braço. "Shhhh", disse ele, com o rosto com uma expressão dolorida. "Angela Marie, querida, vamos voltar lá para baixo. Precisamos tirar você desta casa."

Um som veio outra vez; algo que ela podia ouvir, mas além de seus ouvidos. Angela ouviu uma risada feminina na porta de Corey. O som vinha das folhas.

Os pensamentos de Angela se espalharam como bolas de bilhar, escondendo-se em todas as caçapas que podiam encontrar. De repente, ela entendeu: como Sean dissera a ela, as coisas nem sempre eram o que pareciam ser. Aquelas folhas não eram folhas, não do jeito que ela sabia que eram. As folhas eram outra máscara sobre algo que não queria mostrar seu rosto. Ou não conseguia.

"Sua vadia!", cuspiu Angela de repente no monte de mais de um metro, em alguém que seus olhos não podiam ver. Ela quase caiu, mas Myles a firmou com uma das mãos.

"Não faça isso, Angela. O que você está fazendo?"

Angela ofegou, sem tirar os olhos da pilha de folhas. Ela nem piscava.

"Você está aqui comigo?", perguntou Myles.

Houve um movimento no topo da pilha; não muito, mas o suficiente para ela perceber. Um floco ressecado *saltou* um centímetro e depois ficou imóvel. Embora seu coração tenha disparado, Angela se sentiu vitoriosa. Fosse o que fosse, queria se esconder, mas ela estava vendo cada vez mais. Ela *não estava* louca.

"Estou bem", disse Angela, sorrindo na direção de Myles para provar. Seus olhos tentaram voltar para as folhas, mas ela se obrigou a continuar observando o rosto preocupado de Myles. Ele obviamente não tinha notado nada de estranho nas folhas. Ele nunca acreditaria nela.

"Você não está se comportando como alguém que está bem."

"Estou bem", repetiu ela.

"Angie." Myles correu os dedos sob o queixo dela, um gesto fraternal. "Você não está bem. Diga-me que você entende isso. Caso contrário, terei que carregá-la lá para baixo. Está me ouvindo?"

"Você vai *abrir os olhos*?", disse ela. "É como se você não *quisesse* ver."

"Você não está me convencendo, querida." O tom de Myles era resoluto. Ele a carregaria para baixo contra sua vontade, ela percebeu. Myles poderia fazer com que ambos fossem mortos.

Angela deu um passo para trás, caso precisasse fugir dele. Ela faria qualquer coisa para evitar aquela situação, mas talvez fosse necessário. "Myles", começou ela em tom suave, acalmando a voz. "Você se divertiu ontem à noite, amor?"

"*Claro*", disse Myles, piscando.

"Eu parecia uma mulher louca para você na noite passada? Você achou melhor me comer antes que eu tivesse um colapso?"

Dois segundos inteiros se passaram antes que Myles falasse, sua expressão estava rígida. "Você me conhece melhor do que isso", respondeu ele, mas sua pausa disse a ela que ele havia se perguntado a mesma coisa.

"Não estou mais louca agora do que ontem na sua cama."

"Querida, só acho que talvez eu tenha..." Myles fez uma pausa, talvez tentando suavizar suas palavras, mas os termos que ele escolheu não eram suaves. "Interpretado mal."

"Então estou louca e pronto. Só porque você não consegue decidir qual outra resposta poderia ser?"

"Você parece mais lúcida agora", concedeu ele.

"Diga-me se eu estava louca ontem à noite, Myles. Diga-me se você interpretou mal."

"Espero que não, Angie, porque eu te amo."

Myles fora o primeiro menino a dizer as palavras *eu te amo* para ela, quando tinha 16 anos, e a revelação a fizera rir, mas desta vez ela ansiava pela melodia das palavras de uma forma que nunca ousara antes. Angela beijou os lábios de Myles, uma leve carícia de sua boca. A respiração deles se misturou, e ela sentiu a dele descer até os dedos dos pés.

"Eu também te amo, querido", disse Angela. "Você não interpretou mal. Agora deixe-me fazer o que precisa ser feito. Se você tentar me impedir, vamos brigar." Ela possuía a .38 de Rob em sua bolsa, e Myles sabia disso. Angela não queria brigar.

Com um suspiro, Myles se afastou dela.

No momento em que o fez, eles ouviram uma descarga no banheiro.

Myles empurrou Angela contra a parede, olhando em direção ao banheiro, a quase dois metros deles. Ele esperava que Tariq saísse voando de lá e se precipitasse sobre os dois, ela pensou. Mas Tariq não dera descarga no banheiro. Angela sabia disso.

Do banheiro, eles ouviram água espirrando no vaso sanitário, sozinha, cuidando da própria vida. Myles silenciosamente ergueu um único dedo para ela: *Fique aqui*. Até parece. Angela balançou a cabeça. Aquele fardo não era de Myles, era dela. Enquanto ele preparava o arco de novo, a mão de Angela vasculhava dentro da bolsa, para tocar a arma à sua espera.

Myles deu três passos em direção ao banheiro, pronto para disparar uma flecha se alguma coisa se movesse, e Angela o seguiu. Parada atrás dele na porta do banheiro, Angela viu a corrente do vaso sanitário balançando para a frente e para trás, sua alça de porcelana roçando na parede. Mas não havia ninguém ali. O cômodo estava vazio, incluindo a banheira, o melhor lugar para se esconder. A cortina do chuveiro estava aberta.

"Tariq?", chamou Myles.

Sem resposta. Myles chutou a porta do banheiro para trás e ela bateu contra a parede. Não havia ninguém se escondendo lá também. Mas Angela ouviu um barulho vindo do chão no corredor atrás dela, suave o suficiente para ser só imaginação.

Não foi. Ela reparou em um movimento com o canto do olho e olhou para trás, em direção ao quarto de Corey.

A pilha de folhas estava agora trinta centímetros além da porta. Ela havia se movido.

"Myles", sussurrou ela, puxando sua manga.

Myles olhou para onde ela estava apontando. Quando ele viu, suas bochechas ficaram encovadas.

O monte de folhas farfalhou. Uma dúzia de folhas de repente voou da pilha em uma dança circular. Elas voaram até o teto, pareciam borboletas deformadas, então flutuaram separadamente, espalhando-se. Quando uma das folhas passou flutuando perto de seu nariz, Angela se jogou para trás. A folha cheirava a podridão.

"*Porra*", disse ela. Sua pele se retesou.

Em algum lugar dentro da pilha restante de folhas, que parecia maior agora, mais coesa, Angela ouviu um chiado seco e estridente. O monte ergueu-se sozinho e rastejou para a frente, como um caracol, antes de ficar imóvel. Naquele momento de quietude, o coração de Angela pulava no peito. Sua mente implorou para que ela corresse, mas ela continuou olhando, pasma, quando a pilha de folhas começou a balançar. Então, o monte atirou-se para mais perto dela com um movimento fluido e repentino, que Angela nunca tinha visto uma coisa viva fazer.

Desta vez, Angela gritou.

Ela ouviu um som perto de seu ouvido, o arco de Myles. Uma flecha cortou o monte de folhas direto no centro, cravando-se no batente da porta de Corey atrás dele. As folhas se espalharam pelo chão, peças individuais outra vez, perdendo todo o sentido de terem sido uma única entidade.

Mas elas eram. E Myles tinha visto. Ele não podia negar agora.

Os olhos de Myles estavam cravados no chão e no leito de folhas marrons murchas e quebradiças. Ele não se movia, mal conseguia respirar. A falta de uma resposta o congelou.

"Estou louca agora?", perguntou ela.

Myles balançou a cabeça, confuso. Com cautela, ele caminhou até as folhas e cutucou-as com o pé antes de recuar rapidamente. "O que é que foi isso? Para onde foi?"

Boa pergunta, ela pensou. Onde estava a coisa invisível que estava nas folhas?

Angela ouviu um gorgolejo vindo da banheira, e então ela soube. "O banheiro", disse ela.

Todo o banheiro estava imaculado, o único cômodo no andar de cima sobre o qual poderia fazer essa afirmação. A banheira estava perfeitamente limpa, e nenhuma folha ou sinal de lama havia sobrado. Se Angela não soubesse, pensaria que a sra. Everly viera para dar um trato em tudo hoje. Era assim que ela esperava que o banheiro estivesse quando ela levara Naomi ali. Bem cuidado. Atraente.

Mas a aparência era mentira. Como Sean dissera, as coisas nem sempre são o que parecem.

Você não gosta do meu rosto?

Angela ouviu a mesma voz feminina assustadora e desencarnada que ela pensou ter ouvido no quarto de Corey. Desta vez, a voz parecia ter vindo do espelho do banheiro. Angela parou na frente da pia para encarar o belo espelho, que era o prêmio que aquele banheiro esbanjava.

O reflexo do espelho não mostrou nenhum traço dela.

Em vez de seu rosto, o reflexo do espelho mostrou o banheiro atrás dela; a banheira limpa, o vaso sanitário com a tampa aberta, a tábua de lavar na parede. Notando a ausência de sua imagem no espelho, a mente de Angela se encolheu. Ela fechou os olhos com força, como uma criança que tenta fazer algo feio ir embora.

Quando Angela abriu os olhos, uma garota com marias-chiquinhas douradas olhou para ela do espelho, o rosto coberto de lama. Sorrindo com o rosto pintado de preto. Os olhos cinzentos da garota riram dela.

Angela gritou, mais de raiva do que de terror, embora o terror fizesse suas mãos tremerem e silenciasse seus pensamentos. Com saliva voando de seus lábios, Angela se voltou para a primeira coisa pesada que pôde encontrar. Ela sacudiu o assento do vaso sanitário de porcelana para soltá-lo, puxando-o com toda a força, e depois conseguiu arrancá-lo. Recuperando o equilíbrio, ela jogou o assento contra o vidro.

A garota sorridente se quebrou no centro; o meio de seu rosto e seus olhos sumiram. Com outro grito, Angela bateu no espelho com a tampa do vaso sanitário outra vez, quebrando a unha do polegar com uma ondulação aguda que a fez gritar de novo, desta vez de dor. O assento caiu no chão.

"Querida, pare", disse Myles atrás dela. Ele agarrou a mão dela, levando-a para fora do banheiro enquanto o vidro quebrado rachava sob seus pés. "Que diabos está fazendo?"

"*Eu a vi*", disse Angela. "*No espelho*."

"Quem? Quem você viu?"

Angela percebeu quem era, e não teve coragem de dizer a ele. Maddie. Dona Fisher. Seu rosto de menina. Ela reconheceu os olhos de dona Fisher, cinzentos como o céu lá fora. Angela entrelaçou os dedos com os de Myles e sentiu seu pulso acelerar. Pobre rapaz, ela pensou. Foi egoísmo mantê-lo aqui. Mas ele iria embora se ela pedisse?

"O que você viu no banheiro?", perguntou Myles.

Angela estremeceu apesar de sua nova calma. "A garota que tirou Corey de mim."

"O que você quer dizer com isso? *Como?*" Ele parecia desesperado para entender.

Angela balançou a cabeça. A garota no espelho era o fantasma de uma mulher que ainda não havia morrido. Um eco. Ela não era como Tariq, não exatamente. Ela havia sido outra coisa.

Angela não tinha tempo para tentar explicar.

Um barulho metálico soou no banheiro, sacudindo as paredes como na noite em que a árvore caíra. Myles preparou de novo seu arco, e eles se afastaram da porta do banheiro, mais adiante no corredor. O clangor veio mais uma vez, seguido por um gemido alto, madeira ou metal, ela não sabia dizer, e desta vez o chão também tremeu. As luzes do corredor piscaram uma vez e depois morreram.

"E *agora?*", disse Myles, exasperado, falando com alguém que não ela. Com Deus, talvez.

O terceiro tinido foi estrondoso, e lama espirrou da porta do banheiro, como se fosse de uma mangueira. A lama fedorenta se espalhou pelo corredor, encharcando o chão e as paredes perto da porta aberta de vovó Marie. A lama escorria pela parede como fezes humanas pastosas. Outro jato de lama saiu da porta do banheiro — da *banheira?* —, e desta vez o respingo doentio alcançou até a escada e o quarto de Corey. Observando a lama cair a um centímetro de seu pé, Angela gritou. Ela pulou para trás, batendo contra Myles.

Olhando para a lama, Angela percebeu um amontoado de algo encharcado nela, e levou longos segundos para reconhecer o que era: penas de ave. Muitas delas. Penas de galinha.

Oferendas rejeitadas, ela pensou, sem ter certeza de onde o pensamento veio, ou como ela era capaz de pensar em tudo. O cheiro no corredor era insuportável, estonteante. Angela queria vomitar, mas sua garganta estava paralisada. Tudo nela estava paralisado.

Quase como se fosse lavá-la, a água veio em seguida.

Água suja escorria pelas paredes do corredor. A água pingava em gotas do teto, formando uma poça sob seus pés. Angela não conseguia se lembrar de quando a água tinha começado; de um segundo para o outro, a água simplesmente aparecera. Outro clangor soou e água jorrou do teto, quase muito densa para ver através. Myles gritou, tentando proteger o topo de sua cabeça da água suja e lamacenta, como se ela fosse queimá-lo.

"Temos que ir!"

Essas palavras simples foram uma revelação.

O sótão, pensou Angela, outro impulso deslocado que não parecia vindo de sua própria mente. *Temos que ir para o sótão*. Angela pegou a mão de Myles para conduzi-lo, semicega pelo ataque repentino. Myles a seguiu, exclamando palavrões que ela nunca o ouvira dizer em voz alta. As folhas sob seus pés estavam escorregadias por causa da lama e da água, e os dois derraparam tentando correr em direção ao sótão no final do corredor. O arco de Myles ficou preso na porta, quase deixando-o sem equilíbrio, mas eles puxaram o arco para dentro e fecharam a porta atrás deles.

Não estava chovendo nas escadas do sótão. Ali, na escada estreita, havia paz. A respiração deles se misturou, superficial e horrorizada, em meio a muita escuridão. Não havia luz suficiente vindo da janela do sótão para alcançá-los em seu ângulo estranho na escada. "Luz", sussurrou Angela, uma oração. Se ela não visse a luz logo, desmaiaria de puro medo. Imagens de folhas dançantes e lama voando enchiam sua mente.

Um círculo de luz se acendeu. Myles trouxe uma lanterna, ela percebeu vagamente, grata. As ranhuras entre as tábuas da parede apareceram, e tudo atrás da porta fechada do sótão de repente parecia muito distante. Ela ainda podia ouvir a água caindo no corredor, mas não havia água ali. A água *não podia* entrar ali, ela percebeu.

Aquele era o lugar. Era para lá que vovó Marie queria que ela fosse.

Atrás dela, a respiração de Myles era como um chiado difícil; ela não sabia até então que o medo tornava tão difícil respirar. Ela subiu as escadas, em direção à luz nebulosa acima deles, agarrando-se com força ao poste de madeira que servia de corrimão.

"Quando vovó Marie veio trabalhar aqui, ela e minha mãe tinham que dormir aqui no sótão. O dono desta casa pensava que as pessoas fofocariam se ela morasse na casa principal. Ela era jovem na época. E bonita." Angela sabia que estava divagando, mas divagar lhe deu consolo.

"Não está vazando água aqui", observou Myles, ignorando-a. Ele estava rouco. Ele precisava entender por que estava chovendo na casa. Ele ainda não sabia que nunca entenderia.

"No verão, era difícil dormir aqui à noite", continuou Angela, sentindo o medo se dissipar. "Todo o calor se acumulava até que você não pudesse fazer nada além de nadar nele. O bebê não se importava, mas vovó Marie ficava acordada a noite toda, esperando pela manhã. Ela estava tão grata por estar na terra, na propriedade, que nunca reclamava. Nem uma vez sequer. Ela lia com a luz de uma lamparina a óleo. E costurava roupas para a minha mãe. E chorava por seu marido que morreu. Você sabe como eu sei disso, Myles?"

Myles não respondeu. Por enquanto, ele não prestava atenção nela, preso dentro das próprias perguntas.

"Ela nunca me contou, mas eu lembro agora. Eu me *lembro*", sussurrou Angela.

Quando chegaram ao sótão e à luz fraca do sol, Angela estava piscando para afastar as lágrimas de alívio e esperança. Ela já tinha caminhado ali antes. Através da vovó Marie, as solas de seus pés haviam tocado aquela escada antes mesmo de ela nascer.

O teto era tão baixo que Angela mal conseguia ficar de pé e ereta, e Myles se curvava enquanto caminhava atrás dela. A poeira fervilhava no feixe de luz da lanterna de Myles enquanto eles examinavam o espaço, que abrangia todo o segundo andar da casa. As caixas estavam empilhadas ordenadamente contra as paredes, deixando o chão quase livre. Teias de aranha envolviam os cantos como decorações de festa. Angela levantou uma lona e encontrou uma pilha de pranchas de madeira, materiais de construção antigos. No chão, havia latas de tinta azul, a cor da casa, a cor da porta do armário no quarto da bagunça.

Vovó Marie pintara sozinha a porta do armário lá embaixo, percebeu Angela. Para facilitar a localização. E uma pequena parte da parede era azul aqui, perto da janela do sótão.

"Está completamente *seco* aqui", disse Myles, agachando-se, sentindo o chão de madeira empoeirado. "Será que a água está vindo dos canos abaixo de nós? Existe uma maneira de Tariq estar fazendo isso? "

Angela não respondeu. Deixe Myles desistir da lógica em seu próprio tempo, ela pensou.

Ela precisava encontrar o quarto onde vovó Marie dormia. Em sua imaginação, o quarto não era maior do que um armário, mal tendo espaço para uma cama e uma cadeira. Angela não conseguia ver nenhum sinal de um cômodo como aquele agora. Ela não via nenhuma entrada e nenhuma porta em todo o comprimento do sótão.

O instinto a atraiu para a janela do sótão, o ponto mais alto da sala. A janela redonda ficava em um nicho, entre paredes altas. Tinha uma vista para a travessa Toussaint lá embaixo, e Angela podia ver a chuva constante lá fora. A janela ainda estava rachada em pelo menos três lugares, e um caco de vidro triangular tinha caído, talvez durante aquele barulho terrível, aquele tremor nas paredes.

Angela estudou as paredes. Ela bateu no lado direito. Não tinha certeza do que estava ouvindo, mas a parede parecia densa. Em seguida, ela bateu no lado esquerdo, e o som dessa batida foi muito diferente.

"É oco", disse Myles, percebendo ao mesmo tempo que ela.

"Tem um jeito de entrar lá."

Com o feixe de luz de Myles para ajudá-la, Angela correu os dedos ao longo da parede inclinada, procurando algum tipo de entrada no canto esquerdo, fora do nicho. Isso a levou para a seção estreita da parede pintada de azul. Um fogão antiquado e enferrujado que parecia pesar uma tonelada estava na frente da parede, seu painel de aço tinha a inscrição *Oakdale Sunshine*. Ao lado do fogão, havia um dispositivo de três pernas, uma espécie de batedeira de manteiga. No momento mais frágil de sua vida, logo antes de morrer, vovó Marie arrastara aqueles itens até ali para proteger algo.

Lá embaixo, o estrondo raivoso veio outra vez, e o chão tremeu. Os joelhos de Angela quase dobraram. O som era terrível.

Apenas o som de vidro tilintando atrás da parede azul, vindo do buraco, a ajudou a sufocar o impulso de sair correndo de casa antes que fosse tarde demais. Havia algo escondido ali.

"V-vamos mover o fogão", disse Angela.

"O que você está procurando?", disse Myles.

"Não sei. Apenas me ajude, por favor."

Myles a ajudou a arrastar o fogão para longe da parede, derrubando a frágil batedeira. Uma corda grossa cheia de nós apareceu onde antes estava o fogão. Angela teve que olhar fixamente para a corda por um momento para perceber que era a fechadura de uma porta. Ela não conseguia ver a porta, mas viu marcas na pintura que denunciavam que ali havia uma porta pintada. Angela puxou a corda, mas a porta emperrou.

"Espere", disse Myles. Ele pegou a corda, virou-se e puxou. Seu primeiro puxão não rendeu nada, mas ele mudou a posição do corpo para puxar com mais força, e então o segundo puxão afrouxou a porta. Em sua terceira tentativa, emitiu um forte grunhido, e a porta se abriu com uma forte fragrância de incenso.

Aquela pequena sala tinha um teto acentuadamente inclinado e era escura também. "Luz, Myles", disse ela.

O feixe se projetou para dentro. Naquele instante de luz, Angela viu um choque de cores brilhantes — o verde se espalhando, mas também o vermelho flamejante e o laranja, o branco e o dourado. Bandeiras coloridas estavam penduradas no teto, espelhando o arco-íris nas paredes. Um altar, ela percebeu. Angela achava que o altar do quarto de vovó Marie era intrincado, mas agora ela percebeu o quanto ele era discreto, quase totalmente sem cor e ocupando tão pouco espaço em seu quarto, em uma mesa de canto de vime branco. O verdadeiro altar de vovó Marie, com suas cores maravilhosas, era tão lotado de coisas que precisava ser observado com calma.

Mas os olhos de Angela foram atraídos para uma grande cruz de madeira de um metro e oitenta, pintada de vermelho, amarrada com uma corda grossa e pesada. A cruz tinha uma metade de crânio humano plantada no topo, com apenas a corda entrelaçada onde a mandíbula inferior deveria estar. Cordas amarravam a cruz com garrafas de cabeça para baixo e uma pequena cadeira branca, tudo bem amarrado. Garrafas empoeiradas penduradas de cabeça para baixo na cruz. Bonecas de pano sem rosto pendurados em cordas do teto, seis delas perto da cruz. As bonecas também estavam de cabeça para baixo. Elas pareciam um pesadelo ganhando vida.

Passando a lanterna sobre a cruz, Myles se deparou com a caveira e emitiu um som que Angela não soube distinguir. Desgosto. Ou terror. Ele deu um passo para trás. "*Santo* Deus. O que..."

Angela sentiu seu coração disparar também. De quem era esse crânio? Como vovó Marie o conseguira, e o que isso significava? Por que o crânio estava no topo da cruz? E para que serviam as bonecas? Uma por uma, as imagens repeliram Angela. Não admira que vovó Marie nunca a tivesse deixado ver este altar, ela pensou. A religião de vovó Marie era como uma língua estrangeira para ela, cheia de símbolos estranhos.

Mas vovó Marie estava naquele espaço, esperando. Angela sabia disso.

Ela deu um passo para dentro da sala, e a potência do incenso dobrou, havia uma nuvem de aromas sobre ela. Aromas profundos. Aromas terrosos, almiscarados, azedos e doces. Sálvia, lavanda, alecrim, cedro. O cheiro era tão luxuoso que ela se esqueceu de sentir medo. Aquele cômodo cheirava a Deus.

"Me dá a lanterna, Myles", disse ela.

"Tome cuidado", disse ele, mas a entregou a ela, e levou a mão ao nariz como se o dono daquele crânio tivesse morrido ali. Ela não podia culpá-lo, mas desejou que ele se aproximasse dela e sentisse o cheiro do que o quarto realmente era. Uma celebração.

Angela podia ver a celebração no desenho de giz brilhante no chão, um símbolo muito mais complexo do que qualquer um daqueles em seu anel: linhas cruzadas, quatro pontos, pontas bulbosas na linha vertical, floreios de penas nas extremidades da linha horizontal, um símbolo que significava mais do que ela podia entender. Ela viu celebração nos rostos pintados na parede por uma artista amadora, as linhas irregulares e os rostos grandes demais para os corpos, mas mesmo assim representados com amor. Rostos marrons em roupas verdes pintadas de dourado, com halos de luz atrás da cabeça. Seus olhos se demoraram muito na representação de um velho de barba branca, curvado, apoiado em uma bengala.

Um tambor estava no canto, o tambor de Índio John, outra celebração. Ao avistar o instrumento, Angela desejou ouvi-lo ser tocado. Ela de repente lamentou nunca ter visto sua avó dançar ao som do tambor. Devia ser uma cena e tanto. Vovó Marie *dançava*.

Diretamente abaixo dela, Angela ouviu o clangor se repetir, e o chão tremeu. Garrafas balançando na frente dela se chocaram, e duas pequenas verdes no chão tilintaram, caindo. "Angie, eu não gosto disso", disse Myles atrás dela. "A casa não deveria estar sacudindo tanto. Parece que vem do *solo*, da fundação."

Qualquer que fosse o tipo de intuição que Myles tivesse, estava funcionando para ele também. Ele estava certo. Eles teriam que sair de casa logo.

"Me dê um minuto. Deixe-me senti-la", disse Angela.

O feixe de luz da lanterna de Angela voltou para as garrafas ao pé da cruz. Lá, entre duas garrafas na base, ela notou um pequeno pote coberto que parecia feito de barro. Ele era pequeno demais para servir de arma, mas era o objeto que vovó Marie queria que ela pegasse. Angela agarrou o pote de barro e com as duas mãos, segurando-o com força.

Um *govi*, ela percebeu. Ela não tinha ideia do que a palavra significava, mas um *govi* era o que ela estava segurando.

"Pronto", disse ela, e Myles abriu espaço para sair do quarto de adoração.

Lágrimas escorreram pelo rosto de Angela enquanto ela pensava sobre as coisas que nunca saberia sobre aquele quarto, sobre aquele altar. Mas ela resgatara uma parte de vovó Marie.

Talvez, ela pensou, ela tivesse resgatado a alma de sua avó.

Se uma casa podia sentir dor, a casa da avó de Angie estava em agonia. Por mais absurdo que fosse o pensamento, Myles não tinha como descartá-lo enquanto ele e Angie desciam correndo as escadas lamacentas do segundo andar e encontravam o caos esperando por eles lá embaixo.

No saguão, onde as folhas mortas formavam uma pilha de trinta centímetros de altura, o relógio de pêndulo soou estrondosamente. Na sala de estar, as teclas manchadas do piano vagavam do agudo ao grave, tocando uma música sem melodia, uma afronta aos ouvidos. E acima deles, o terrível som estridente agora vinha a cada quinze segundos, sacudindo a casa.

Mas havia uma explicação. Sempre havia. Ele não cederia ao medo, jurou Myles.

Ele não viu Angie se afastar dele. Quando percebeu que o som dos pés dela passando pelas folhas estava indo na direção errada — para longe da porta da frente, em direção à sala de estar —, as portas francesas de vaivém denunciaram a ele aonde Angela tinha ido. Ela estava na sala de jantar.

"Angie, *temos que sair daqui!*" ele gritou, indo atrás dela.

Angela estava de pé ao lado da mesa de jantar coberta por sua toalha de mesa branca, que parecia recém-passada para um jantar festivo, e seu rosto parecia amarelo, pálido. Ela levou as mãos à boca.

O chão estava coberto com os restos de uma série de estatuetas de argila quebradas; torsos, cabeças e membros separados. Na bagunça, Myles viu um porta-retratos que reconheceu — aquela foto antiga e maravilhosa de vovó Marie e seu marido — e, embora estivesse rachado, Myles o tirou da bagunça. Angie se ajoelhou, recolhendo um lenço colorido do chão enquanto pressionava o pote de barro do sótão contra o peito. Ela soluçou, um som terrível e agudo, como se um golpe horrível tivesse sido desferido contra ela. Ele ouviu a derrota em seu choro.

"Angie, *vamos*. É um terremoto", disse Myles, a primeira mentira que contava em muitos anos. Ele sabia, de fato, que não era um terremoto, que os terremotos vinham em estremecimentos abruptos com tremores secundários. O que estava acontecendo nesta casa parecia mais com explosões de dinamite de algum lugar no subsolo, programadas por algum tipo de cronômetro. Metódicas.

Mas mesmo a dinamite não explicaria a água correndo das paredes e do teto no andar de cima. Também não explicaria por que havia tantas folhas no saguão sendo que não havia nenhuma lá quando ele e Angie subiram. Tampouco, de fato, explicaria a pilha de folhas *rastejantes*, nem a lama que ele vira brotar do banheiro. Mas a palavra *terremoto* cabia na linguagem de Myles; era algo que ele entendia, e algo que exigia o mesmo plano de ação para tudo que estava realmente acontecendo ali, eventos que ele não conseguia entender. A casa podia desabar, ele percebeu. O chão parecia estar se mexendo.

E Angie estava alheia, lamentando o lixo no chão da sala de jantar.

"*Chega*", disse Myles, e colocou Angie em seu ombro, carregando-a como se fosse um bombeiro. Talvez fosse a adrenalina em enxurrada em seu sistema, mas Angie era tão leve que ele quase perdeu o equilíbrio, porque esperava que ela fosse mais pesada. Ela não resistiu da maneira que ele temia, e Myles agradeceu a Deus pelas pequenas bênçãos. Angie ficou imóvel enquanto ele a carregava para fora da casa de sua avó.

Do lado de fora, na varanda, Myles procurou no quintal por aquele policial, Colin, que estava postado na porta da frente quando ele chegara. Ele não estava à vista.

"*Merda*", disse ele. Ele sabia que não seria a mesma coisa sem Rob ali.

"Ponha-me no chão, Myles", sussurrou Angie, e ele a soltou. Ele estava feliz por não ouvir mais o terrível som agudo em sua voz. Ele pegou a mão dela e juntos correram da varanda para o quintal. O porta-retratos que Myles havia aninhado com firmeza debaixo do braço caiu, mas nenhum dos dois se virou para pegá-lo. No topo dos degraus de pedra, Myles olhou para baixo, para a travessa Toussaint, e observou a viatura do policial ainda estacionada onde a tinha visto pela última vez, perto da entrada do bosque. Vazia.

"Colin!", chamou ele, colocando as mãos em concha ao redor da boca. Nenhum movimento. Sem resposta.

Só agora, fora de casa, Myles se permitiu afundar no terror que sentia desde o momento em que vira aquelas folhas no andar de cima girarem em um minueto e aquela pilha andar pelo chão. *Havia* uma explicação

— todos os momentos extraordinários e impossíveis —, mas Myles não sabia a explicação para aquilo, não tinha como saber agora, e não saber o deixava imobilizado. O medo o prendeu no lugar, cravando os calcanhares no solo gramado na borda do cume.

"Olhe", disse Angie, apontando para o chão.

No mais alto dos degraus de pedra que dava para a casa da vovó Marie, havia uma única pegada enlameada no centro, idêntica às que cruzavam o chão da cozinha.

"A coisa está aqui", disse Angie, a voz baixa e com medo. "Temos que ir para o Ponto."

O único plano que Myles queria ouvir era um que envolvesse entrar no carro e dirigir tresloucadamente para o mais longe possível dali. Mas embora o plano de Angela não o agradasse, ele ficou impressionado por ela ter tido a presença de espírito de inventar um. Myles, por enquanto, estava sem planos. Ele ficou imóvel no topo da colina enquanto observava Angie voando, voando, descendo os degraus de pedra, passando pela viatura vazia do policial.

Correndo para a floresta.

Trinta

Era quase impossível seguir o latido. Maritza Lopez tinha certeza de que o cachorro estava bem à frente, mas agora ele parecia estar bem mais distante. Maritza não planejara se afastar tanto de seu posto na varanda do quintal, mas se aprofundara tanto agora que perdeu de vista a casa dos Toussaint no cume atrás dela. Tudo por causa do latido.

Ela estava de pé na varanda quando viu pela primeira vez as pegadas molhadas na madeira, e os latidos começaram assim que ela as notou. Era óbvio. Rob dissera que Tariq Hill tinha um pequeno poodle preto com ele. O cachorro latindo atrás da casa poderia ser um poodle, um shih-tzu ou um chihuahua, qualquer uma das raças pequenas, mas parecia muito provável que fosse o cachorro certo.

Também era provável que fosse uma armadilha. Ela e Colin sabiam disso. E quando eles falaram com Rob para contar a ele sobre o latido, as ordens dele foram claras: Fiquem nos seus postos. Esperem por reforços.

Ela não deveria estar ali perambulando pela floresta dos Toussaint com sua Glock em punho pela primeira vez em sua carreira. Com três irmãos mais velhos e o pai para agradar, Maritza Lopez recebia ordens desde os 5 anos, então ela entendia as consequências de ignorá-las. Especialmente as de Rob. O policial local que ela substituíra dois anos antes fora demitido por não seguir as regras de Rob, e regras muito menores do que *Meus policiais devem seguir ordens*. Ela não entendia por que estava perseguindo esse cachorro.

Se ela tivesse tido tempo para pensar sobre isso, se ela estivesse meditando em vez de confiar apenas em seus olhos e ouvidos, ela teria se lembrado de que o latido deste cachorro soava estranhamente como o de um chihuahua — Bebe, que vivera com a família dela quando ela era criança. Quando Bebe morreu, ela aprendeu o que era a morte. Todas as noites, durante uma semana, ela ficou na porta esperando que ele voltasse. Ela nunca parou de procurá-lo, nunca parou de esperar por ele, e esse cachorro latia como Bebe. Mesmo que ela não soubesse.

"Apareça, seu pequeno *comémierda*", murmurou ela. *Comedor de merda*, seu xingamento favorito em espanhol, uma expressão cubana que ela aprendera com um antigo namorado, e uma das poucas que ela conhecia na língua materna de seus pais. Ela aprendera o glossário completo de palavras sujas com seus primos, então estava contente com seu espanhol, mesmo que seus avós em Guadalajara não entendessem o que ela dizia.

A voz de Colin chegou ao fone de ouvido do rádio. "*Status*", disse ele, irritado.

Colin a xingara quando ela falara com ele pelo rádio e dissera que havia descido a barragem atrás da varanda para procurar o cachorro. Mas já que ela estava lá, ele decidira que tinha que apoiá-la. Agora ela o havia envolvido em sua ideia tola e se sentia realmente mal por isso. Ela pressionou seu minúsculo microfone, que estava pendurado no ombro para facilitar o acesso. "Ele está se movendo. Estou seguindo para o leste agora."

Colin gemeu. "Rob vai comer nosso fígado", disse ele. "Ajude-me a encontrar você."

Maritza estudou sua bússola, observando a agulha tremer. Ela não era nenhuma escoteira, mas sabia como usar uma bússola, e aquela estava determinada a apontar para o norte, mesmo quando Maritza virava para o lado oposto.

"*Comémierda*", disse ela. "Você não vai acreditar nisso."

"O quê?"

"Minha bússola não está funcionando direito. Esta porcaria está quebrada."

"Esqueça, então", disse Colin. Ele parecia sem fôlego por segui-la. "Eu achei que você disse que estava *bem* atrás da casa. Não estou te vendo. Darlene disse que o suspeito foi avistado pela última vez no Ninho das Águias, e isso fica a... o quê? Seis minutos daqui? Devíamos voltar para a casa."

Colin estava certo. Tariq Hill poderia estar entrando na casa dos Toussaint naquele exato momento, embora a casa estivesse silenciosa como um cemitério. Nem um pio. Nem um gemido. Colin havia feito uma piada sobre isso pouco antes de Maritza ouvir o primeiro latido: *Você deveria ver aquele cara com o arco e a flecha, como se ele fosse o Tarzan. Agora que o homem dela está aqui, acho que as coisas lá não vão ficar tão tranquilas.*

O latido agudo veio outra vez, à esquerda de Maritza. A vinte metros no máximo. Ou mesmo dez. Se não fosse pelas samambaias enroladas em teias de aranha, ela seria capaz de ver o maldito cachorro agora. "Eu o encontrei", disse ela. "Espere um segundo."

Maritza analisou o matagal à sua frente, notando um cedro com uma enorme fenda em forma de coração no tronco, e um riacho não muito além dele. Ela podia ouvir a água doce correndo.

"Tome cuidado, Maritza", disse Colin. "Volte."

"Eu estou a leste. Apenas siga em frente", retrucou ela, e entrou no meio das samambaias.

Aranhas nunca a incomodaram, então, com bastante calma, ela arrancava qualquer teia que roçasse seu rosto, sem se importar. Ela esperava que essa proeza não atrapalhasse a sua candidatura ao departamento de polícia de Portland. Ela não aguentaria mais um ano em Sacajawea. Procurar cães em arbustos não era o que ela esperava fazer como policial.

"Negativo", disse Colin. "Vamos voltar para a casa. Vamos ficar lá até que Rob mande outra unidade. Pare de brincar aí atrás."

Maritza viu um rastro de pelo preto disparar ao lado do riacho que borbulhava alguns metros à sua esquerda; uma bola fofa na ponta da cauda do cachorro desapareceu atrás de um arbusto. Maritza assobiava e fazia barulhos de beijos, agachando-se. "Eu preciso de trinta segundos. Acabei de vê-lo. Qual é o nome desse cachorro?"

"Eu esqueci. Ebony ou algo assim. Não deixe ele te morder."

"Vou *pisar* naquele cachorrinho antes de deixá-lo me morder", disse Maritza.

"Você ainda está para o leste?"

"Sim. Nordeste."

"Decida-se."

"Mais para o leste", disse ela. "Estou em uma clareira agora. Há três postes de cerca."

Maritza ficou grata pelo marco das três velhas estacas de cerca, que surgiram à sua vista depois que ela contornou o último emaranhado de sebes. Este era o único ponto de referência bom até agora, e ela precisava de algo mais concreto para dar a Colin. Ela estava prestes a chamar o cachorro de novo, mas sua voz sumiu ao ser surpreendida. O poodle preto bem tosado estava sentado bem na frente dela, ao lado de um dos postes da cerca. Com sua coleira púrpura, ela não podia acreditar que não o tinha visto imediatamente. Ele estivera lá o tempo todo? Ela o ignorara à primeira vista.

"Para que lado depois deste riacho?", a voz de Colin fez cócegas em seu ouvido.

"Eu o peguei", sussurrou ela. "*Shhhhhhh.*"

Maritza inspecionou os arredores para ter certeza de que Tariq Hill não estava à vista. Treinar o cachorro para atraí-la até ali seria um truque e tanto de Tariq, mas nada era impossível. Ele podia ter montado ali um acampamento que eles haviam deixado passar durante a varredura.

Havia ramos de abetos demais, muitos arbustos selvagens e imponentes e altos talos de grama em excesso ao redor de Maritza para deixá-la à vontade. Essa área seria um pesadelo para cobrir. Mas ela não viu ninguém, e isso era bom por enquanto. Fazendo barulho de beijos e arrulhando, tentando não soar ameaçadora, Maritza caminhou agachada para perto do cachorro. O olhar dele era questionador, tanto quanto o semblante de um cachorro poderia ser.

"Vem aqui, cachorrinho", disse Maritza. "Isso mesmo, Ebony. Não vou te machucar."

Aquele era o cachorro. Só podia ser. Quantos poodles pretos estavam vagando por Sacajawea? Se ela ajudasse a capturar Tariq Hill, ela pensou, sua candidatura em Portland iria atravessar a burocracia. Na verdade, dane-se Portland. Ela se inscreveria no FBI e voltaria para Fort Worth, onde poderia tomar um bronze, fazer um bom churrasco e comer tacos de verdade outra vez.

"Diga em qual direção devo ir depois do riacho", disse Colin.

"Esquerda. Norte. Mas apenas um pouco. Consequentemente, *nordeste*", sussurrou ela. Ela continuava sorrindo para o cachorro, que se levantou, como se fosse fugir. Ela esperava que os cães não fossem como botos, cujos sorrisos com dentes à mostra eram considerados uma ameaça. Qual era a regra para cães, afinal? Evitar contato visual prolongado. Maritza desviou os olhos dele de propósito, em direção a uma moita de algum tipo de arbusto florido à sua direita.

"*Dios mío*", disse ela, caindo sobre um joelho.

Ela pensou que tinha visto Tariq. Poderia jurar ter visto. Procurava um homem negro de mais de um metro e oitenta, e ele parecia estar a dez metros dela. Seu dedo estava tão apertado contra o gatilho morno que ela quase pensou que havia disparado.

No entanto, não era Tariq Hill. Em vez disso, Maritza via o rosto de uma adolescente esguia em um lindo vestido branco, muito parecido com os vestidos tradicionais que sua mãe a fazia usar no Dia dos Mortos quando ela era criança.

A garota era bonita, loira e tinha um rosto doce, como as garotas que Maritza conhecera no colégio, cujos quadris não eram salientes e que sempre tinham namorados que viviam hipnotizados por seus cabelos loiros.

"Senhorita, você tem que deixar esta propriedade", disse Maritza à garota. Ela se levantou, envergonhada por ter apontado uma arma para ela. Maritza abaixou a mão, colocando a arma de volta no coldre.

"Quem está aí?", a voz de Colin estalou em seu ouvido, nervosa.

"Uma criança", disse Maritza a ele, então voltou sua atenção para a garota. "Há um homem perigoso nesta área, senhorita, e esta é uma propriedade privada."

O rosto da garota estava inexpressivo, na expectativa. Aproximando-se dela, Maritza se maravilhou com seus olhos cinza, redondos e quase fulvos. Ela era bonita o suficiente para ser modelo, mas era mais saudável, mais cheia. Maritza não se lembrava de ter visto ninguém mais bonito que ela, exceto em uma revista.

"Você me ouviu, senhorita?'

"Desculpe", disse a garota. Uma única lágrima escorreu por seu rosto.

"Onde você está, Maritza?", disse a voz de Colin, frustrado. Mas Maritza mal o ouviu, porque a melancolia da moça a comovera. O pedido de desculpas da garota carregava o peso de pecados grandes demais para alguém tão jovem.

"O que aconteceu?", perguntou Maritza.

"Desculpe", repetiu a garota com aquela voz cansada do mundo, e sua mandíbula começou a tremer, fazendo-a parecer dez anos mais jovem. A visão dessa garota estava fazendo seu coração doer em lugares que ela não conhecia.

"O que, linda?", disse Maritza, soando como sua própria mãe. "O que aconteceu?"

Os olhos da garota brilharam, seu queixo parou de tremer e seus lábios perderam a tristeza. A transformação aconteceu de forma tão rápida que Maritza duvidou dos próprios olhos.

"Isso aconteceu", disse a garota. Ela apontou preguiçosamente por cima do ombro de Maritza. Atrás dela.

Depois de dar meia-volta, Martiza viu o movimento de alguém grande prestes a entrar em seu campo de visão, e sua mão voou para a arma.

Mas não foi rápida o suficiente. Maritza sentiu um empurrão e uma forte pressão no lado do corpo, na cintura. O empurrão foi forte, porque ela não estava mais de pé. Ela viu sangue jorrando acima de seu coldre, ensanguentando sua mão. Maritza nunca se vira sangrar assim antes, como um chafariz. A visão de seu sangue a fez esquecer a ideia que tivera sobre pegar a arma, o que não importava mais, porque aquela mão mais forte já estava puxando a Glock para longe dela.

Ao se examinar, Maritza viu algo que precisava de sua atenção total: o cabo preto com sulcos de algum tipo de ferramenta do tamanho de um grande picador de gelo ou de uma chave de fenda estava afixado em sua cintura, saindo de baixo de seu colete à prova de balas. Quando ela tocou o cabo, seu corpo se contorceu de dor, como se ela tivesse se dado um choque. Essa era a fonte do sangue, ela percebeu. Algo estava enterrado bem fundo nela. Com certeza perfurara seu rim.

Pessoas morriam assim.

Maritza agarrou o cabo para tentar puxá-lo, mas em algum lugar em sua névoa de pânico, ela se conteve. Não, ela pensou. Se ela puxasse aquilo, poderia sangrar até a morte mais rapidamente. *Talvez isso seja a única coisa me mantendo viva.* Ela viu como suas pernas estavam desajeitadamente espalhadas sob ela, sem sensibilidade. Fazer movimentos estava fora de questão e o choque chegaria em breve.

Tariq Hill estava acima dela, impassível. Ela até havia se esquecido dele, assim como ela havia se esquecido da garota de vestido branco, que não estava em nenhum lugar à vista. Ao ver Tariq acima dela, o cérebro de Maritza narrou todos as coisas que podia sobre seu assassino: homem negro, idade 35-45. Um metro e oitenta ou noventa. Cabelo curto. Camisa preta e calça preta. Se ela tivesse a chance de falar com alguém outra vez, essas seriam suas últimas palavras.

Tariq se inclinou, a palma da mão alcançando-a. Maritza desviou o rosto dele, pensando que ele poderia bater nela. Mas Tariq não fez isso. Ele envolveu a mão em torno do amuleto pendurado em seu pescoço e o puxou com força. Ela sentiu o cordão de couro cortar seu pescoço antes que se partisse.

"Você não vai precisar disso", disse Tariq. Sua voz parecia abalar o chão.

Tariq jogou o amuleto por cima do ombro e colocou o cachorro choramingando debaixo do braço. Sem piedade nem orgulho nos olhos, Tariq se virou e deu passos largos em direção a um grupo de abetos. Maritza o viu recuar, engolindo em seco. Seus pulmões não poderiam ter sido perfurados, ela estava certa disso, mas ela precisava se forçar para respirar de qualquer maneira. Seu corpo estava desligando.

Mas ele não a matara ainda. Qualquer chance era uma chance.

A dor agitou-se, fazendo com que tudo à vista de Maritza parecesse ficar em um tom de vermelho brilhante. Mesmo quando seus nervos despertaram, gritando, ela se sentiu mais determinada a sobreviver. Ela se atrapalhou ao pressionar o microfone do rádio. A voz de Colin estava em seu ouvido havia algum tempo, gritando seu nome.

"Policial ferido", disse Maritza, esperando que ela também estivesse gritando, embora suspeitasse que sua voz era um guincho agora. "Colin, fui ferida. Tariq Hill está aqui. Estou ferida."

"Repita!", respondeu a voz de Colin, em pânico. "Maritza, repita!"

A boca de Maritza se moveu em resposta, mas sua garganta apenas borbulhava sob um som de gemido que ela não havia notado até que não conseguiu mais falar. Ela esperava que o borbulhar em sua garganta não fosse sangue. Sua boca tinha um gosto terrível, de pânico, de morte, e se algum sangue surgisse, ela saberia com certeza que estava prestes a morrer ali. Até que isso acontecesse, ela possuía uma chance. Uma pequena chance.

Maritza pensou que Deus estava falando com ela pessoalmente, mas era Colin em seu ouvido. "Espere, espere. Eu estou quase aí! Estou vendo um poste."

O céu vermelho girou acima dela. Maritza fechou os olhos.

Ela pensou que tinha morrido, até que ouviu o tiro. Sua primeira visão foi de Colin correndo em sua direção a toda velocidade, com a arma em riste. Sua mente comemorou. Colin acertou aquele *capullo* ela pensou.

Mas as passadas de Colin tornaram-se desajeitadas e sua barriga torceu como se a metade superior de seu corpo tivesse decidido correr em outra direção. Enquanto Maritza observava, as pernas de Colin perderam as forças e ele caiu emaranhado em seus próprios membros, a menos de cinco metros dela. Ela viu uma grande mancha de sangue encharcando sua virilha. Colin estava usando seu colete para proteger o peito, as costas e a lateral — Rob tinha insistido nisso —, mas Colin levara um tiro na virilha. Quase como um reflexo, ele começou a gritar.

Maritza viu Tariq se posicionar sobre o amigo, mirar e atirar uma vez em sua cabeça. O cachorro sob o braço de Tariq latiu, assustado com o som. Tariq voltou-se para Maritza em seguida, sua expressão determinada, mas cheia de malícia. Ele apontou a arma como um homem que tem uma missão a cumprir. Um homem fazendo seu trabalho.

Maritza ficou triste. Ela e Colin morreriam no mesmo dia, ela pensou. Ela não ficou remoendo isso por muito tempo.

* * *

Nada como estar em casa, Tariq pensou enquanto avaliava o homem e a mulher uniformizados mortos a seus pés, semelhantes a amantes. O último tiro de sua arma soara ao redor, um som poderoso. Os pássaros voaram das copas das árvores, com medo de que as balas fossem destinadas a eles. Mas logo depois, silêncio. Pelo menos para o ouvido não treinado.

Mas Tariq podia ouvir e sentir coisas que outros não podiam. Ele sentia a terra vibrar sob seus pés, a agitação da casa. A reivindicação.

Todas essas terras agora pertenciam ao *baka*, e os planos do *baka* não incluíam esses dois policiais, para o azar deles. O *baka* havia feito seus ouvidos ficarem surdos aos sons de sua reclamação dentro da casa. Se tivessem ouvido, talvez percebessem que tinham problemas mais urgentes do que um cachorro latindo. Eles teriam ouvido a morte vir até eles.

A carne era tão fácil de enganar. Às vezes, a combinação não parecia justa.

Tariq rolou o morto com o pé e se ajoelhou ao lado dele para puxar o talismã de seu pescoço. Ele examinou as ervas e a grama crescida na clareira em busca do talismã que ele havia tirado da mulher. Encontrando-o, pisou em ambos, deliciando-se com o estalo abafado sob sua sola.

Ele tinha que admitir, a *vadia* teve seus momentos.

O *baka* teria gostado de usar os policiais para matar Myles Fisher. Quando menino, Myles tinha visto policiais jogarem seu pai no chão, convencido de que ele estava assistindo ao assassinato de seu pai. Se o *baka* tivesse se escondido na pele do oficial, Myles teria sentido mais medo antes de morrer. E quão mais aterrorizante teria sido para Angie assistir a Myles Fisher ser morto pelas mãos de seus protetores?

Naturalmente, o xerife teria sido melhor. Mas a *vadia* protegera todos eles, usando Angie e sua argila rudimentar, impedindo o *baka* de montá-los. O *baka* poderia incomodá-los e enganar seus ouvidos, mas não poderia libertá-los como havia libertado Tariq.

A *vadia* nunca poderia ser subestimada, Tariq lembrou. Mas, à sua maneira, ele estava feliz por Myles Fisher ainda estar vivo. Mais cedo, na casa do homem, sentindo o cheiro de Angie na cama de Myles, Tariq sentira uma raiva que fez toda a sua raiva anterior parecer insignificante. As mãos daquele homem haviam tocado em sua esposa. Seus dedos a haviam violado. Sua boca a violara. Sua masculinidade a tinha violado.

E Angie tinha permitido de bom grado.

Tariq sabia que ainda era capaz de misericórdia. Ele não tinha mostrado misericórdia para a atriz? A mulher fardada havia sofrido, mas não por muito tempo. E o homem fardado morrera rápido o suficiente. Francamente, aquilo fora mais misericordioso do que o *baka* gostaria.

Mas não haveria mais misericórdia.

"Chega de misericórdia!", gritou Tariq, esperando que sua voz chegasse ao lugar por onde Angie e Myles Fisher estavam fugindo, do outro lado da propriedade, a poucos acres de onde ele estava. Eles estavam fugindo para o lugar onde seria mais fácil de encontrá-los, para onde o *baka* queria que eles fossem.

Ele faria Angie vê-lo matar o homem com quem o havia traído. Ele a teria, sua própria reinvindicação. Então, ela morreria. Dependendo do humor dele, sua morte podia levar algum tempo.

Aquela terra agora pertencia a ele e ao *baka*.

O *baka* estava se alimentando ali agora, com o novo sangue que corria para o solo.

O *baka* sempre ficava mais forte depois de um banquete.

Trinta e Um

2 de julho de 2001
23h35

A meia-noite estava próxima, mas no Ponto parecia que ainda era meio-dia, de tão nítido e brilhante. A lua estava quase cheia acima da fogueira e uma chuva de faíscas laranja voou em direção ao céu.

Os mosquitos deviam estar esperando por eles, pensou Corey, porque um exército deles enxameava, dando as boas-vindas. Mas Corey se sentia bem esta noite, no controle. Uns mosquitos não estragariam isso.

Corey organizou vinte pedras que ele e Sean haviam encontrado na floresta em uma grande forma quadrada ao lado da fogueira, o início de seu altar ancestral que ajudaria a trazer o espírito de vovó Marie para perto dele.

"Há muitos rituais mágicos praticados no mundo", Corey disse baixinho a Sean enquanto trabalhava, pensando em voz alta. "Mas você nunca ouve falar sobre isso no noticiário, sobre alguém que fez o que fizemos. Eu acho que as pessoas que realmente fazem magia não contam para ninguém. Como a vovó Marie."

"Por quê?", perguntou Sean. A ponta do cigarro brilhava entre os dedos dele.

O quadrado de pedras estava terminado, com quatro linhas retas. Feito isso, Corey colocou uma tigela branca dentro do quadrado, enchendo-a com água benta de uma garrafa que ele comprara na botânica. Sean o ajudou a limpar a área em busca de galhos e folhas soltas, então Corey espalhou-os dentro do quadrado também.

"Bem, pense sobre isso: aqui estava ela, esta sacerdotisa poderosa, certo? Mas ela estragou tudo." De repente, ele sentiu como se vovó Marie estivesse sentada em frente ao esplendor do fogo, apenas observando, então ele falou como se ela pudesse ouvi-lo. "Sem desrespeito, vovó Marie, mas as coisas não deram certo. Agora, todos esses anos depois, tudo ainda está errado. Pense no que acontece quando há um derramamento de óleo. Ou um acidente em uma usina nuclear."

"É difícil limpar", disse Sean.

"Sim. É *poderoso*. E quanto mais poder você obtém, maiores são as apostas. Vovó Marie não era a única pessoa com esse poder. Provavelmente existem outras pessoas que podem fazer todos os tipos de magia se quisessem, mas elas se limitam ao que precisam, ao básico. Então o preço não é tão alto."

"Tudo bem", disse Sean. "Eu já te disse, eu *vi* agora. Você fez algo desaparecido voltar, e essa é toda a prova de que eu preciso, Corey. Eu estava brincando sobre outras coisas que deveríamos fazer. Não importa para onde eu olhe, só vejo milagres."

Sean estava certo. Eles sabiam de algo que outras pessoas não sabiam: a morte não era o fim, porque uma mulher morta estava se comunicando com Corey. Vovó Marie o estava observando, ao lado de parentes que ele nunca conhecera, pessoas nascidas há centenas de anos. Era tudo diferente agora.

Mas Corey não conseguia esquecer o resto: como se chamava um milagre ao contrário?

Eles ficaram em silêncio por um momento, ouvindo o barulho das chamas e o zumbido dos mosquitos. Logo seria hora de começar. De realmente começar. Vovó Marie o ajudaria a abrir a porta, mas quando você abre a porta para um lugar onde você nunca esteve, você nunca sabe o que pode surgir do outro lado. Ele tinha lido livros de terror o suficiente para saber *disso*.

"Digamos que isso funcione", disse Corey em tom calmo. "Nós quebramos a maldição e decidimos que é seguro ter mais um desejo. Não precisa ser o mesmo feitiço, pode ser qualquer coisa. Nós apenas não devemos ser gananciosos, porque se você desrespeita a magia, ela também desrespeita você. O que você pediria?"

Sean pensou, mas não muito. "Eu me certificaria de que nada de ruim iria acontecer com a minha família. O processo de Miguelito ainda não acabou, e eu continuo sonhando com esse cara vindo tirá-lo de nós. Esse é o meu pesadelo. Meu pai não conseguiria lidar com isso. Eu também não conseguiria. É o meu irmãozinho."

Corey concordou. O pai de Sean era um cara bom. Só pensava nos seus filhos, pelo que Corey podia ver. Ele havia estabelecido sua vida de forma que não tivesse que fazer nada, exceto criar seus filhos, exceto talvez montar em cavalos e ocasionalmente pintar casas. Os pais de Corey definitivamente não eram assim. Ambos se sentiriam perdidos se estivessem isolados do mundo como o sr. Leahy. Eles pareciam acreditar que eram pessoas melhores no trabalho do que em casa.

"E você?", perguntou Sean.

O gosto da língua e dos dentes de Becka inundou a boca de Corey. Ele se viu em seu quarto outra vez, agachado perto da janela, beijando seus lábios, tocando seus seios. A fantasia o levou para longe do Ponto, de Sean e de seu altar para vovó Marie. Corey suspirou, tentando afastar os pensamentos antes que ficasse excitado.

"Quero que meus pais fiquem calmos e se resolvam. Esse é o meu maior desejo agora, sem dúvida. Mas eu quase sinto que isso já está resolvido, como se eles tivessem decidido por conta própria que algo precisa mudar. Então, se eu pudesse escolher outro desejo..."

A língua de Becka, massageando o céu de sua boca.

"Cara, para ser honesto, eu quero superar o mistério. Eu quero estar com uma garota e não ter que me perguntar até onde ela vai me deixar ir, ou se ela está achando que está no controle. E não tô falando de uma vadia qualquer, que se deitaria com qualquer um, mas de uma garota que eu *gosto*. Quero saber qual é a sensação de quando ela te quer tanto quanto você a quer, e ela diz que sim. E então você a se sente por dentro. Eu quero saber como é. Como é tudo isso." Enquanto falava, Corey sentia-se febril.

"Você não precisa desperdiçar um desejo com isso", disse Sean. "Vai acontecer."

"Não tão cedo", disse Corey, percebendo que quase chamara Sean de T., porque T. era o amigo com quem ele podia conversar sobre seus verdadeiros pensamentos, não apenas sobre filmes, música e futebol. "Aquela garota, Becka, me deixou pronto para esse momento. Nunca pensei que pudesse me apaixonar por alguém que mal conheço, mas estou *empolgado*. Quero vê-la todos os dias assim que acordo. Eu quero sair com ela e levá-la à escola, o que ela quiser. Eu sonho com ela. Estou escrevendo *poemas* para ela. Isso nunca aconteceu comigo. Entendeu o que quero dizer?"

Sean suspirou e se virou para olhar o fogo, evitando o rosto de Corey. Ele manteve o silêncio quando Corey lhe contou sobre a visita de Becka à sua janela. "Só tome cuidado", disse Sean com a voz bastante calma.

"Com certeza. Claro", disse Corey, e consultou o relógio. Eram 23h46. "Hora da festa."

As instruções de vovó Marie diziam para trazer um banquete que pudesse ser compartilhado por vovó Marie e seus outros ancestrais, entre eles seu bisavô Philippe Toussaint e sua tataravó, Fleurette. Ele trouxe sobras do jambalaya que a mãe cozinhara naquele dia com uma das receitas da vovó Marie, e como ela fazia parte da linhagem, Corey esperava que tudo bem ele não ter cozinhado a comida ele mesmo. Corey também tinha balas duras e milho enlatado para Papa Lebá, já que vovó Marie dissera que ele amava esses alimentos e que ele era seu companheiro espiritual.

Com a comida em uma tigela ao lado da água benta, parecia que haveria uma festa naquela noite, e não que havia um motivo terrível para ele estar ali. Ele esperava que vovó Marie estivesse errada, que o demônio tivesse desaparecido há muito tempo ou que ela tivesse se livrado de seu rancor, ou que nem existissem demônios, mas nos últimos dias tinha sido difícil conviver com a possibilidade de que ela estivesse *certa*. Corey olhou para a fotografia dele e da vovó Marie juntos, que ele tinha encontrado nos álbuns da mãe na biblioteca; uma idosa que ele nunca tivera a chance de conhecer com o garotinho que ele não se lembrava de ter sido.

Corey derramou o resto de sua água benta engarrafada no solo, uma libação. "Vovó Marie, por favor, aceite estas oferendas e me ajude a me fortalecer", disse ele.

No mesmo instante, Corey sentiu um aperto no estômago, como um soco. Seu jantar ameaçou sair de dentro dele.

"O que foi?", perguntou Sean.

Corey não respondeu. Tentando não entrar em pânico, ele pegou a sacola e folheou os papéis de vovó Marie, procurando uma página que havia marcado com um clipe de papel vermelho. Ele organizara seus papéis: clipes de papel amarelos para história pessoal, verdes para feitiços e vermelhos para as páginas com avisos. A maioria das páginas com feitiços também tinha advertências, mas havia uma seção marcada com páginas apenas em vermelho. Ele encontrou o que queria.

> *Quanto mais perto você chegar de prejudicar o baka, mais ele tentará interferir no seu centro espiritual, o que muitas vezes se manifestará como dores no estômago. Os banhos de limpeza podem ajudar a aliviar essas dores, mas não se desvie do seu objetivo. Após o banimento, o baka não poderá machucá-lo, mas até lá, use o anel para evitar que o baka monte em você na forma de um loá. Certifique-se de que nenhum baka ou bókó que deseja o seu mal toque no anel. Se o anel for violado, ele deve ser passado para outra pessoa em sua linhagem. Em casos muito raros, você pode se tornar uma marionete do baka. Eu vi casos assim.*
>
> *Toda posse é perda de controle, quer a pessoa seja dominada por um espírito ancestral, um loá ou um baka. Mas enquanto ancestrais e loás nos visitam a fim de nos orientar, um baka sente apenas desprezo por seu hospedeiro.*

A primeira vez que Corey lera os papéis linha por linha, ele imaginou que sentiu um pouco de náusea durante aquela passagem sobre o *baka* e as dores de estômago. Mas ele decidiu que era medo e nervosismo, exatamente o que acontecera quando ele leu *A Dança da Morte*, de Stephen King, e sentira todos os sintomas do Capitão Viajante. Mas isso era diferente. Embora a cãibra tivesse diminuído agora, ele não tinha imaginado. Fora uma coisa nítida e específica.

Corey fechou a mão esquerda com força, acariciando as marcas do anel com a ponta dos dedos. O que ele fizera de errado? Ele estava usando o anel desde que saíra de casa, sem medo de que sua mãe o visse. Ele tinha ficado sem ele por muito tempo depois do jantar? Ele fora infectado pelo *baka* tão cedo? Corey estava com medo agora. Mais do que assustado. Seu cérebro parecia estar em curto.

"Que foi, cara?", disse Sean.

"Temos que nos apressar", disse Corey. "Eu acho que está mexendo comigo."

"Mexendo com você como?", sussurrou Sean, alarmado.

Corey balançou a cabeça, incapaz de responder. O clima festivo e filosófico da noite se foi. A meia-noite estava chegando, a melhor hora para chegar ao Papa Lebá, e ele estava perdendo tempo. Ele e Sean estavam ali conversando como se estivessem em um acampamento de verão, e ele deveria estar trabalhando. Com as mãos trêmulas, Corey folheou até as páginas sobre banimento, todas marcadas com dois clipes de papel, um vermelho e um verde.

"Temos que ficar quietos", disse ele, e Sean assentiu, dando um passo para trás, agachando-se ao lado do fogo.

Corey retirou metodicamente da bolsa os outros itens que havia levado: o chifre de cabra, moedas de cobre, algumas gotas de sangue do corvo morto que ele coletara em uma lata de filme preto. As penas do corvo estavam em um saco de papel, outro saco de papel tinha ossos de galinha (uma rápida parada no KFC resolvera isso no caminho de Portland para casa) e o último saco estava cheio de terra do Ponto, que vovó Marie dizia ser um dos solos mais poderosos que existiam.

O cara da loja tinha explicado que o pergaminho era muito caro porque era feito da vagina de uma ovelha virgem, o que fizera ele e Sean rirem porque aquilo era muito engraçado. Mas não tinha mais graça. Corey ficou feliz por ter decidido pagar os 17 dólares por uma única folha, e de repente ele se sentiu grato à ovelha que fora sacrificada para aquilo. "Obrigado", sussurrou ele, tocando o pergaminho.

Os papéis de vovó Marie o encorajaram a usar tinta de sangue de pomba, mas a botânica não tinha esse item. Corey esperava que uma das velhas canetas-tinteiro de vovó Marie seria boa o suficiente, porque ele encontrara uma que funcionava na mesa da biblioteca dela. Segurando a caneta, Corey a imaginou nas mãos de sua avó, entre seus dedos escuros e enrugados. Ele levara tudo, exceto algo plano que servisse de apoio para escrever, ele notou. Tentou deslizar a caneta com suavidade pelo papel no chão, esforçando-se para enxergar à luz do fogo. Felizmente, o papel era resistente e não rasgou sob a ponta da caneta enquanto ele copiava as palavras de vovó Marie no pergaminho.

Querido Papa Lebá,
    Um tesouro foi roubado de você e desejo devolvê-lo. Por favor, perdoe Marie Toussaint por ter abusado do que era seu. Peço que aceite o retorno de sua palavra sagrada e restaure meus ancestrais e descendentes a seu favor. Também peço que você abra os portões para os loás *e permita que eles ouçam minhas orações, pois devemos banir este* baka *indesejado da Floresta das Encruzilhadas. Por favor, pai, me ajude esta noite. Não me abandone pelos erros de meus ancestrais.*

Assim que Corey parou de escrever, seu estômago doeu de novo. Desta vez, ele se agarrou com os dois braços. Ele sabia que a dor poderia ser pior, mas suas suspeitas sobre a origem da dor a tornavam insuportável. Com o coração acelerado, ele se sentiu tonto. Será que ele estava prestes a morrer ali?

Quase no fim, ele disse a si mesmo. Continue.

Em suas páginas, vovó Marie desenhara os símbolos do anel com tinta escura, sem pressa, detalhando-os. Ela também desenhara o *vèvè* simbolizando os deuses individuais, mas os símbolos do anel eram menos floridos e complexos, mais parecidos com formas geométricas. Corey copiara cada símbolo em fichas individuais, numerando cada um. Com o cuidado de preservar a ordem numérica adequada, ele colocou cada carta no chão até que as doze circundassem sua petição em pergaminho. A transpiração escorria de seu nariz para o chão, formando uma mancha escura entre duas das fichas. Ele não tinha percebido o quanto estava suando, mas seu corpo parecia encharcado. De repente, ele também se sentiu com frio.

A palavra roubada estava preservada nos símbolos do anel. Tinha estado o tempo todo.

Em uma única página, vovó Marie havia desenhado uma grande roda sem raios, apenas símbolos e letras. Os símbolos no anel estavam fora da roda, combinando letras do alfabeto latino em seu interior. Com ela decifrada, ele poderia escrever a palavra — falar a palavra, o que era mais importante — e oferecê-la de volta ao Papa Lebá, seu verdadeiro dono. Depois, vovó Marie tinha escrito, o silêncio de Papa Lebá poderia ser quebrado. Ele deve ajudar a banir o *baka*.

A palavra nunca deve ser dita, exceto na cerimônia de retorno. Seus olhos não devem ver a palavra em forma de alfabeto antes de chegar a hora de sua oferenda. Você não deve pensar nela e deve esquecê-la quando a oferenda estiver completa. Você deve escrevê-la apenas uma vez. O anel é nosso, devemos ficar com ele, mas a chave embutida nos símbolos não pode ser preservada. Você escreverá a palavra apenas uma vez e a dirá apenas uma vez; depois, esses papéis devem ser destruídos pelo fogo. Isso mostrará a Papa Lebá que a palavra é apenas dele, que ele pode reivindicá-la. Só então você pode fazer as orações para que o baka *seja destruído.*

"Papa Lebá, por favor, aceite sua palavra roubada. Por favor, abra o portão para mim."

O estômago dolorido de Corey disse a ele duas coisas: que ele já estava muito perto e o quanto o lugar do qual ele estava se aproximando era traiçoeiro. Seu estômago estava queimando agora, como se ele tivesse engolido ácido de bateria. Mas ele continuou. Referindo-se à chave da roda nos papéis de vovó Marie, e verificando-a uma, duas, três vezes, Corey escreveu lentamente a primeira letra da palavra de Papa Lebá, a palavra que sua bisavó havia pronunciado furiosamente em 1929: M.

Escrever a única letra do pergaminho o exauriu. Corey enxugou a testa em um movimento apressado, sentindo medo de que seu suor arruinasse sua preciosa petição. Seu coração estava pulando na garganta. Por que escrever uma carta causava a mesma sensação de dar o primeiro passo em uma corda bamba a dez andares do chão? Ele se sentiu tonto.

"Pega leve", sussurrou Sean, e Corey assentiu, grato por lembrar que Sean estava lá.

Corey não conseguia focar os olhos na luz, então teve problemas para combinar o segundo símbolo com seu correspondente do alfabeto no código de vovó Marie. Aquele era o da onda dupla, e seus olhos o enganaram, atraindo-o para um símbolo semelhante, mas que tinha um ponto no centro. *Merda*. Obrigando-se a se acalmar e a respirar fundo, ele tentou de novo.

Desta vez, o segundo símbolo parecia saltar da página: estava acima da letra U. Enquanto Corey trabalhava, esqueceu tanto seu estômago quanto seus pensamentos, combinando um símbolo com o próximo, copiando-os em sua petição. A palavra emergente não lhe era familiar: MUFR, dizia até agora, com oito símbolos restantes para tradução. Ele tentou manter os olhos longe das cartas enquanto as escrevia, com medo de, acidentalmente, memorizar a palavra.

Ele ouviu um barulho. Algo se moveu na floresta perto da trilha, fora de vista. Fosse o que fosse, fez um som parecido com um gemido antes de começar a se debater como se estivesse se arrastando de um lado para o outro, depois para a frente. Até aquele momento, Corey não tinha se lembrado da besta que vira em seu sonho na primeira noite em que realizou o ritual para encontrar o que foi perdido, mas a imagem voltou à sua mente, uma criatura enorme e peluda, com dentes amarelos afiados que se curvavam como garras. Aquela besta não era um sonho, ele pensou. Era algo real, prestes a atacá-lo na floresta.

"*Merda*", disse Corey no meio da escrita, seus olhos foram atraídos para dois troncos de árvore fortemente iluminados, parados como guardas diante de um banco de escuridão.

"Termine isso. Depressa", disse Sean com urgência.

A surra veio outra vez, e Corey sentiu sua bexiga afrouxar.

Mas a figura que surgiu da floresta não era um monstro, era Becka. Seus movimentos pareciam erráticos e ela caminhava como se um lado fosse mais pesado que o outro, cambaleando. Ela tropeçou, e Corey a ouviu soluçar baixinho, quase um lamento. Quando ela estava perto do fogo, Corey viu marcas escuras no rosto dela que podiam ser hematomas ou lama. Algo estava errado.

"Becka, o que aconteceu?", disse ele, levantando-se para segurar o braço dela. Os olhos de Becka estavam vermelhos, vidrados de lágrimas. Suas lágrimas o chocaram, fazendo-o se sentir como se fosse desmaiar, como se tivesse perdido as forças. Ela estava tentando esconder o rosto, mas ele precisava vê-la. Um dos olhos dela estava *inchado*?

Uma fina mancha de sangue espreitou de seu lábio inferior. O sangue deixou Corey entorpecido de raiva. Até mesmo sua dor de estômago foi embora de repente. "O que aconteceu? Becka, me diga o que aconteceu."

Becka o abraçou, enterrando o rosto em seu ombro. Ela era mais alta e mais velha que ele, mas se apoiou em Corey como uma criancinha. Seus seios fartos se pressionaram contra o peito dele de novo, mas desta vez ele não foi cativado por seu corpo. Ele precisava saber o que havia de errado.

"Eles estão vindo", sussurrou Becka em seu ouvido, seu hálito quente. E azedo.

"Quem está vindo? O que aconteceu?"

"Eles estão vindo aqui. Eles estão a caminho."

Pela primeira vez, enquanto Corey acariciava Becka, ele notou que a gola de seu vestido estava rasgada quase até o meio do peito. Ele podia ver agora que ela não estava usando sutiã, e parte de seu seio estava à mostra, a pele pálida estremecendo quando ela se movia. Corey soube, então. E saber era como se alguém tivesse cravado um furador de gelo em sua espinha.

"Quem machucou você? Becka, quem fez isso com você?"

A única resposta dela foi um soluço. Ela se agarrou com mais força, seu peso quase o derrubando.

"Vamos levá-la para minha casa, Corey", disse Sean. "Precisamos chamar o xerife."

Ouvindo essas palavras, Becka se soltou dos braços de Corey, com o rosto vermelho. "*Não!*", gritou ela, histérica. "Que coisa *estúpida* de se dizer!"

Vendo o rosto dela com mais clareza, Corey notou que a mandíbula parecia inchada. Havia hematomas em seu rosto. Alguém dera uma surra em Becka. E ela estava tremendo. Parecia que alguém a tinha tirado da água gelada.

"Ah, merda, Becka", disse Corey, segurando seus ombros. Sua ignorância sobre o que acontecera o estava deixando arrasado, como se fosse chorar. "Quem fez isto? O que eles fizeram?"

"Corey, sério, é melhor sairmos daqui até saber o que está acontecendo", disse Sean.

As palavras de Sean faziam sentido. Corey as ouviu e sentiu vontade de dizer: *Sim, você está certo, vamos levá-la ao médico. Vamos deixar a polícia cuidar disso.* Seus pais saberiam o que fazer. O pai de Sean saberia.

Mas ele não conseguia dizer isso.

A dúvida enquanto ele olhava nos olhos de Becka era grande demais. Pior do que uma febre, mais como a fogueira iluminando tudo à sua vista, cegante. Ele tinha que *saber* o que tinha acontecido. Ele tinha que *saber* quem colocara as mãos nela. Havia algo na maneira como ela agarrava o vestido para mais perto de si, embolando-o perto das coxas. Uma palavra veio à mente de Corey, e ele sentiu os olhos encherem de água só de pensar na palavra, mas ele tinha que perguntar.

"Becka... alguém te estuprou?"

Becka balançou a cabeça, mas a sacudida não parecia significar não. Significava outra coisa: pare de fazer perguntas. Corey se sentiu mal por estar segurando os ombros de Becka com tanta força, mas suas mãos estavam pensando por conta própria agora. Elas se tornaram a parte dele que precisava saber. "Diga-me o que aconteceu", pediu Corey, encarando seus olhos. "Diga-me *exatamente* o que aconteceu."

Becka desviou o rosto. Ela estava muito vermelha, envergonhada. "Eles me viram e me atacaram. Eles me derrubaram, e eu tentei lutar, mas eles continuaram me batendo. Eles não paravam."

Um foguete explodiu no crânio de Corey. "Quem diabos atacou você?"

"Eles vão te machucar se te encontrarem aqui."

Havia mais coisa ali. Corey sabia disso pela maneira como os olhos de Becka desviaram-se dos dele.

"*Quem*, Becka? Quem fez isso com você?"

Becka sussurrou: "Acho que ele se chama Bo. Eu não conheço os outros".

A menção do nome de Bo fez Corey se lembrar do clarão de fogo perto de sua perna enquanto ele cavalgava Sheba, do jeito que ela ficara apavorada, empinando. *Que porra você tá olhando, seu neguinho?*

"Bo Cryer?", perguntou Sean, chegando mais perto, se amontoando com Corey ao redor dela.

Becka fez que sim com a cabeça, levando a mão ao rosto, tentando se esconder.

A voz de Sean saiu baixa. "Uma garota na escola disse que ele fez isso com ela no ano passado. Becka está certa, temos que sair daqui agora. Se houver muitos deles, vai ser ruim. *Muito* ruim."

De repente, Corey pôde ver a mão de Bo rasgando o vestido de Becka, tateando seus seios, puxando a carne macia. Ele viu Bo sentado em cima de Becka enquanto açoitava o rosto dela com a palma da mão aberta e, em seguida, com o punho. Ele viu Bo enfiar a mão entre as pernas de Becka, e em seguida içar a perna dela ao redor dele enquanto se enfiava dentro dela, invadindo-a. Enquanto as imagens o engoliam, uma após a outra, Corey ouviu uma voz vinda da floresta, da direção de onde Becka tinha vindo: *"Vocês tão mortos pra caralho!".*

A voz de Bo, seguida por uma risada despreocupada. A voz ainda estava distante, mas se aproximava.

Corey sentiu seu rosto arder. "Para trás", disse ele, puxando Becka em direção à enorme árvore caída onde ele havia deixado comida para ela, uma árvore com um tronco de um metro e meio de altura. Era oco o suficiente para que Becka se escondesse lá dentro, mas por enquanto ele pensava que ela estaria segura atrás dele, fora da luz do fogo. Ele a empurrou devagar até que ela se agachou, e beijou suavemente seus lábios, tentando não machucar onde estava dolorido. Seus lábios pertenciam a ele. Tudo dela pertencia a ele.

Becka apertou a mão de Corey. "Desculpe", sussurrou ela.

"Desculpe pelo quê? Você não tem nada para se desculpar. Eu cuido disso, Becka."

"Corey..." Sean parecia nervoso, sempre com medo de brigar.

"Cala a boca, cara. Isso não depende de você. Vá correndo para casa se quiser."

"Lamento que isso tenha acontecido com Becka, mas você sabe o que está fazendo? Somos apenas dois! Isso é loucura. É sério, Corey."

Enquanto Corey caminhava até Sean, ele sem querer pisou dentro do altar dos ancestrais, derramando no solo um pouco da água benta que estava na tigela. Ele sentiu que isso era errado, que ele deveria consertar isso de alguma forma, mas não conseguia tirar sua mente de Becka escondida atrás da árvore morta, violada, tremendo e assustada. Ele ficou a alguns centímetros de Sean, olhando para ele. "E se alguém fizesse essa merda com sua irmã?", disse Corey. "O que você faria?"

Sean não hesitou. "Eu iria chamar a polícia. O mesmo de agora."

"É por isso que você é um bundão!", disparou Corey. Ele teve que se conter para não empurrar o amigo, porque se sentia enojado por ele. "Você precisa cuidar daqueles que *ama*. É por isso que Bo faz essas merdas, por causa de pessoas como você. Que só ficam assistindo e não fazem nada."

Corey gostaria de ter T. com ele; T. e seu irmão e talvez Levon, um faixa preta de sua turma de taekwondo que se movia como um gato. Levon poderia chutar alguém antes que a pessoa o visse levantar o pé. Mas isso não importava. Não importava o que acontecesse — se Corey tivesse que nocautear alguém com aquelas pedras ou jogar alguém no fogo, custe o que custasse, qualquer um que tocasse em Becka iria pagar por isso. *Qualquer um*. Dois, três ou quatro, não importava.

Apenas uma pessoa surgiu na trilha.

Bo estava correndo de um jeito furtivo, mas parou quando chegou ao Ponto, ao dar de cara com eles. Corey não o teria reconhecido, exceto pela mecha branca em seu cabelo, porque seu rosto estava coberto de fuligem ou graxa e ele usava óculos de proteção. Bo vestia calças camufladas, quase como um soldado, exceto pelo colete laranja com tiras amarelas que brilhavam no escuro, uma aparência tão inesperada que

Corey se perguntou se ele poderia estar sonhando. Bo tinha uma arma longa e preta na mão que parecia quase uma metralhadora. Becka não dissera nada sobre uma arma.

"O que você está fazendo aqui?", perguntou Bo. Ele tirou os óculos, e Corey pôde ver seus olhos, dois anéis claros. "Estamos jogando *paintball*. Vazem daqui."

"Vocês jogam *paintball* à meia-noite? Como conseguem enxergar?" disse Sean a Bo, puxando conversa como se Bo não tivesse estuprado Becka, como se eles estivessem apenas pondo o assunto em dia. Só que a voz dele estava muito trêmula.

Corey estava feliz por Bo não ter uma arma de verdade. Corey nunca tinha visto ninguém jogar *paintball*, mas tinha ouvido falar de caras que iam para a floresta e faziam jogos de guerra, tentando atirar uns nos outros com tinta. Bem, Bo não teria que brincar de guerra. Ele havia encontrado uma guerra de verdade agora.

"Eu disse para cair fora daqui, idiota", disse Bo, ignorando a pergunta de Sean.

"Esta propriedade é da minha família, seu *merda*", disse Corey. Ele deu três passos em direção a Bo, os punhos cerrados. "Por que você encostou na minha namorada?", disse Corey, soando como se ele fosse o único com uma arma, e não Bo. A raiva assumiu o controle de sua boca.

Ao lado dele, Sean emitiu um som semelhante a um gemido. Tão baixinho que Corey mal ouviu.

Bo soltou uma risada. "Como é que é?"

"Você me ouviu. Por que encostou na minha namorada?"

"Eu não colocaria minhas mãos em nenhuma vagabunda que deixasse você tocá-la, macaco."

"Ela disse que você fez isso. Você e seus amigos. Você deve gostar de forçar garotas. Talvez tenha aprendido vendo seu pai foder sua mãe."

O rosto de Bo endureceu e os olhos dele de repente lembraram Corey de como seus próprios olhos deviam estar: fervendo de raiva. "Seu maluco filho da puta", disse Bo. "Eu nunca forcei *ninguém*."

Corey ouviu um grito atrás dele; outra vez, ele pensou no monstro de seus sonhos. Becka estava se lançando na direção deles, balançando os braços. Ela parou ao lado de Corey, perto de Bo. "Seu *mentiroso*!", gritou ela. "Você é um *mentiroso*! *Você sabe o que fez!*"

Em retrospecto — nos dois dias que Corey teria para pensar sobre esta noite, relembrando detalhe por detalhe, mesmo que não quisesse —, Bo parecia ter ficado chocado ao ver Becka, com seu vestido rasgado, o olho inchado e os lábios sangrando. Ela estava sangrando mais agora do que quando Corey a vira pela última vez, um filete de sangue escorrendo pelo queixo. O rosto de Bo perdeu a raiva, tornando-se inexpressivo enquanto olhava para ela. Corey não reconheceu na hora, mas havia outra coisa no rosto de Bo: medo. Um medo frio e profundo.

"Quem diabos é você?", perguntou Bo.

Becka começou a gritar.

"Você e seus amigos Trey, Scott e Griffin me viram andando na trilha, e você pulou em mim, rasgou minhas roupas, me bateu, colocou suas mãos em mim e me estuprou. Você estava rindo e disse: 'Vamos fazer com ela como fiz com aquela vadia da Ariel', até que eu fugi. Você sabe que fez isso, então não minta dizendo que não. *Eu vou jurar no tribunal.*"

"Sua maldita mentirosa", disparou Bo. "Ariel colocou você nisso? Ariel *admitiu* que era tudo mentira. Ela ficou brava por eu ter terminado com ela." Ele estava se defendendo para Corey e Sean, tentando argumentar com eles, de homem para homem. Sua voz parecia tão assustada quanto a de Sean.

"Espere até eu contar ao xerife Graybold. Ele vai prendê-lo!", gritou Becka. "Você vai para a penitenciária estadual como seu avô, seu pai e seu tio. E você *sabe* o que acontece lá, porque mesmo que seu pai não diga o quê, *algo aconteceu com ele lá*. Você *sabe* que ele não é mais um homem, não um homem *de verdade*. E vai acontecer com você também, porque foi isso que você fez comigo! *Então você será como ele!*"

Bo não ficaria mais surpreso nem se Becka tivesse jogado uma cascavel nele. Seus olhos se arregalaram e a arma em suas mãos estourou de repente. Até Bo pulou com o som.

A bola de *paintball* acertou Becka. Seu vestido branco de repente foi regado com tinta vermelha em seu peito, como sangue brilhante. Ela sibilou baixo por entre os dentes, embora não tenha mexido um único músculo, como se não tivesse sentido nenhuma dor. A tinta cobria seu peito exposto e seu pescoço até a altura do queixo. Seus olhos se fixaram em Bo como se ela pudesse fazê-lo cair morto só de olhar para ele.

Corey sentiu sua mente retroceder e se ouviu gritar. Ele girou, com sua perna direita voando para chutar Bo diretamente no estômago. O chute foi lindo, mais rápido e preciso do que qualquer chute que ele já tinha dado no dojo ou em algum torneio. Bo ficou surpreso demais para tentar bloquear, e o chute o acertou com toda a força do treinamento de Corey. Ele deu seu melhor chute. O coração de Corey se encheu de triunfo.

Por um tempo.

Debaixo da gordura na barriga de Bo, havia uma parede de músculos. Corey sentiu o impacto inesperado contra seu pé, inflexível. Bo grunhiu, desequilibrado pelo chute, dando um único passo para trás. Mas ele não caiu. Ele nem mesmo se dobrou. E ele parecia com mais raiva do que antes.

Merda. Isso não podia estar acontecendo. Ele dera seu *melhor* chute em Bo.

De repente, Corey lembrou que Bo era quinze centímetros mais alto que ele e duas vezes mais largo. Ele arrancou a arma das mãos de Bo para tentar acertá-lo, mas Bo era rápido para alguém tão grande e sólido. Ele evitou o golpe cortante de Corey e avançou, abraçando-o como um urso. A arma voou dos dedos de Corey. Bo prendeu os braços de Corey ao lado do corpo e o derrubou, se jogando com todo o peso em cima dele.

Corey não conseguia respirar. Suas costelas pareciam esmagadas. Ele gostaria de estar praticando luta livre em vez de taekwondo, porque Bo o tinha imobilizado.

"Não dê ouvidos a essa vadia mentirosa", sussurrou Bo em seu ouvido, apertando os braços até Corey gemer. "Eu e meus amigos nunca tocamos nela. Estamos jogando *paintball*, e eu nunca vi aquela vadia louca na minha vida. Diga isso e eu deixo você ir."

"*Vá se foder*!", gritou Corey. Ele bateu com a lateral da cabeça contra a de Bo, esperando que o machucasse tanto quanto Bo o machucara.

"*Diga!*", rugiu Bo, e se ergueu antes de enterrar o joelho na virilha de Corey.

A dor era tão forte que Corey gritou, certo de que sua virilha devia estar jorrando sangue. Ele já havia levado um chute nas bolas acidentalmente uma vez, e doía até mesmo se as pegasse com as mãos em concha, mas ele nunca tinha sido atingido por ninguém do tamanho de Bo, ou com a força de Bo. Era como uma *garra*, ele pensou. Bo tinha arrebentado sua barriga, deixando as entranhas balançando. Ele não conseguia se mover, porque toda a sua força havia desaparecido. Corey entendeu como Becka devia ter se sentido sob o peso de Bo, indefesa.

"Diga que ela está mentindo ou vou fazer de novo!", ameaçou Bo.

Corey viu Sean agarrar os braços de Bo para tentar puxá-lo, e ele tentou abrir a boca para apoiar Sean, mas ela não se mexia. Quando o punho de Bo acertou o nariz de Sean, seu amigo caiu para trás com as duas mãos pressionando o rosto ensanguentado.

Quando Bo se inclinou sobre Corey de novo, Corey lhe deu uma cotovelada na mandíbula, acertando-o diretamente, o que pareceu um milagre. Bo cambaleou para trás, levantando-se, mas o golpe não deu a Corey tempo suficiente. Quando Corey ficou de quatro para tentar se levantar, o pé de Bo voou em seu estômago com um *baque*.

Corey perdeu o fôlego. Ele sentira que não conseguia respirar quando Bo saltou sobre ele pela primeira vez, mas isso era pior. Agora, todo o ar parecia ter sumido. Seu corpo era como uma pedra.

Ele poderia morrer ali, Corey percebeu. Esse cara poderia espancá-lo até a morte.

"Se alguém estuprou aquela prostituta barata, foi você", disse Bo. Ele chutou o estômago de Corey mais uma vez, grunhindo com o esforço, e desta vez Corey sentiu algo ceder dentro dele, dobrando-se sobre si mesmo. Ele ficou em posição fetal, faíscas de luz vermelha voando diante de seus olhos. Em algum lugar atrás dele, Corey ouviu Becka chorando, a única coisa de que ele estava ciente além do quanto estava machucado. E do quanto ele gostaria de poder respirar.

"Diga que não fui eu!", exigiu Bo.

ah, jesus, por favor, não deixe ele me chutar de novo, por favor, não me deixe desmaiar

"Não foi... você", ofegou Corey. Lágrimas escorreram de seus olhos. Nenhum chute veio. Bo abriu um sorriso amargo para ele.

"Pode apostar que não, e é melhor eu nunca ouvir você dizer o contrário. Entendeu? Porque aí eu te *mato*", disse Bo. Ele pegou a arma, que havia caído alguns metros na frente da fogueira. "Se esta coisa estiver arranhada, vou quebrar sua cabeça, bebê chorão. Achei que os neguinhos soubessem lutar."

De repente, a garganta de Corey se abriu e ele pôde sentir o gosto do ar outra vez. Seus pulmões sugaram, desesperados. Uma respiração, duas. Ele estava respirando. Ele viu Becka sentada de pernas cruzadas perto dele, soluçando nas mãos manchadas de tinta vermelha. Quando seus olhos encontraram os dele, Corey se sentiu queimar de vergonha, muito pior do que qualquer golpe físico. Ele fazia taekwondo há três anos, competia em torneios de merda e não conseguia lutar? Ele não conseguia defender a própria namorada? Graças a Deus, seu pai não estava aqui para ver o que tinha acontecido, ou Tariq Hill não acreditaria que Corey era seu filho.

Com um braço apoiado no chão, Corey se sentou. Seu estômago se contraiu. O ar tornou-se mais rarefeito, seus pulmões se contraíram em protesto.

"Que porra é essa? Você disse que sua namorada foi estuprada e você está aqui fazendo um piquenique?", disse Bo, caminhando para o outro lado da fogueira. Ele chutou algo que Corey não conseguiu ver, e Corey ouviu o som de algo quebrando. Uma das tigelas.

Com todo o seu esforço, ainda curvado, Corey se levantou. Entre a agonia em suas bolas e a contração de seu abdômen, ele mal conseguia dar um passo, mas tentou. Seu próprio peso o sobrecarregava. "Não mexa nisso", disse Corey, ofegando.

"Ou o quê?"

Corey não se atreveu a provocar Bo de novo. Ele tinha apenas um plano: assim que recuperasse a prece e os papéis de vovó Marie, ele tiraria Becka dali. Sean estava certo. Eles deveriam ter chamado a polícia imediatamente. O que havia de errado com ele?

Corey mancou, dando um passo doloroso, depois outro, em direção ao que restava de seu altar. Bo pisou no pergaminho, deixando um arranhão feio no meio. Uma das tigelas estava quebrada e o jambalaya havia derramado no chão. A sacola com os papéis de vovó Marie estava em segurança ao lado, mas o pergaminho e os cartões estavam bem à vista. Sob o nariz de Bo.

Bo deu um empurrão em Corey, e Corey não fazia ideia de como não caiu.

"Se você ainda estiver aqui quando eu e meus amigos voltarmos, mostraremos o que acontece com mentirosos. Não vai ser bonito", disse Bo, chutando terra e os cartões para ele. "Entendeu?"

"Sim", disse Corey. Ele se agachou para pegar o pergaminho, mas Bo o arrancou de seus dedos. Era muito resistente para rasgar, mas tinha sumido da mão dele.

Bo apenas examinou o papel antes de sorrir e balançá-lo acima do fogo.

"*Não!*", gritou Corey, pulando na direção dele, mas os dedos de Bo se abriram, e a prece inacabada para Papa Lebá caiu nas chamas, queimando em fuligem.

"Ops", disse Bo.

O fogo, a floresta e Bo pareciam girar, inclinando-se em um eixo estranho. Corey estava além da tontura; ele se sentia como se estivesse literalmente flutuando agora, separado de si mesmo. Ele olhou mais uma vez para Becka, esfarrapada, chorando e toda salpicada de tinta. Ele relembrou da coisa mais importante: *Você precisa cuidar daqueles que ama*. Todo o som sumiu dos ouvidos de Corey.

"Você já viu magia, Bo?" Corey sorriu.

Bo olhou para ele, mas havia medo em seu olhar. Bo deu as costas para ele, indo embora. "Foda-se, seu psicopata", disse ele. "Só se lembre do que eu disse."

"Você não sabia que esta terra é mágica? Isso remonta aos tempos dos indígenas. Eles costumavam amarrar canoas aqui nas árvores, enterrando seus mortos. Há espíritos aqui. Quer ver um? Quer ver de graça uma demonstração de magia real?"

Sean puxou a camisa de Corey. "Pare com isso, cara. Deixe-o *ir embora*", disse ele, seu nariz entupido com sangue.

"*Vai!*", gritou Becka, inclinando-se para a frente de onde estava sentada. "Mostre a ele, Corey!"

Corey caiu de joelhos, respirando com dificuldade. Ele tremia tanto quanto Becka, mas o ar invadiu seus pulmões, lhe dando força.

Por favor, deixe-me puni-lo. Por favor, mostre-me o caminho.

Os dedos de Corey sabiam o que fazer enquanto sua mente estava girando. Ele remexeu em seu saco de papel com ossos de galinha e tirou duas baquetas, cruzando-as como fizera na noite do primeiro feitiço. Ele viu a lata de filme com o sangue do corvo, o sangue que ele tinha trazido para a limpeza, e a abriu. Corey derramou uma torrente de sangue de corvo nos ossos.

Bo contornou o fogo e quase alcançou a trilha.

"Ei!", chamou Corey, com a voz rouca.

Bo parou de andar e olhou para ele, inclinando a cabeça.

Corey sorriu para ele. "Veja isto", disse. Ele não sabia o que "isto" seria. Ele só sabia que tinha uma oração simples em seu coração e não se importava com quem a ouviria: *me ajude a puni-lo.*

Os tremores de terra começaram no mesmo instante.

Isso era o quão mundano parecia no início. Corey sentiu a terra vibrar sob seus pés. Sean e Bo também devem ter sentido, porque os dois ficaram olhando para o chão. Corey não sabia se Becka sentia ou não as vibrações, porque ela havia sumido. Ela estava até então sentada no chão a poucos metros dele, mas agora não havia ninguém ali, só um espaço vazio.

Se Corey parasse para pensar sobre isso, ela parecia ter desaparecido enquanto ele observava. De repente, Bo gritou de uma maneira que Corey nunca tinha ouvido ninguém gritar. O corpo de Bo oscilou para a frente e para trás, se contorcendo. De onde Corey estava, do outro lado da fogueira, parecia que Bo estava fazendo uma dança louca, com os braços acima da cabeça. Corey deu alguns passos para se aproximar, embora não *quisesse* ver, porque pensou que algo poderia estar *comendo* Bo, mastigando suas pernas. Mas não era isso. Não exatamente.

Acontecera um acidente.

Bo afundava em uma poça de lama do tamanho de um bueiro, um anel perfeito ao seu redor. Estranhamente, ele e Sean nunca tinham visto aquela areia movediça parecida com alcatrão a apenas alguns metros da trilha. Qualquer um deles poderia ter pisado nela, a mente de Corey disse a ele. Talvez estivesse escondida embaixo de algumas folhas.

Bo já estava de joelhos na lama, gritando enquanto tentava se libertar. "*Merdamerda merdamerda...*", Bo estava dizendo, puxando as pernas. Seu rosto estava vermelho. A lama já havia subido até suas coxas. Bo gritava e praguejava.

"P-pegue ele!", gritou Corey para Sean, que estava atrás dele choramingando. Ambos correram para alcançar Bo, agarrando seus braços. Algo puxava com força o peso de Bo por baixo da lama, e o braço grosso e rígido dele escorregou alguns centímetros entre as mãos de Corey.

Bo não estava afundando. Ele estava sendo sugado para o chão.

Corey não conseguia ver através das lágrimas. O fedor do medo de Bo o assaltou, um cheiro que era tanto primitivo quanto sobrenatural. Ele se sentiu estremecer quando o corpo de Bo foi puxado para baixo, e Corey foi forçado para cima enquanto lutava para manter o controle. Os braços de Bo se debateram, arranhando o rosto de Corey, agarrando um punhado de seu cabelo. *Como isso pode estar acontecendo?*

"Eu peguei! Eu peguei!" Sean estava dizendo, e Corey rezou para que fosse verdade, mas era mentira.

Sean não pegou Bo. Só a lama pegou Bo.

"M-me tire daqui!", disse Bo, perdendo o fôlego. Ele havia afundado até o peito. Ele tentou usar os braços para se erguer, os músculos se esforçando para se impulsionar em direção à terra sólida, mas tudo que Bo tocava se transformava em lama. Corey sentiu seu pé ser sugado para dentro da lama quente e puxou-o com um grito de pânico. Seu sapato saiu de seu pé. A lama cheirava a cemitério alagado, pior do que mera podridão. Pior que a morte.

A respiração ofegante de Bo se tornou horrível. A lama alcançou o pescoço dele, mas suas mãos estavam acima da cabeça, agarrando o que podia. Sentindo as mãos frenéticas de Bo apertando sua camisa, Corey percebeu que ele e Sean estavam prestes a ser sugados também. Eles não conseguiriam resgatar Bo. Eles só poderiam morrer tentando. Soluçando com catarro e saliva, Corey tentou arrancar os dedos de Bo para longe.

Para deixá-lo morrer.

"*Socorro!*", gritou Sean. Em seu pânico, Bo passou o braço em volta do pescoço de Sean em uma chave de braço, e Sean estava de joelhos, curvado, o rosto precariamente perto da lama. A lama estava subindo acima do nariz de Bo, enfim silenciando-o, exceto por um som borbulhante frenético, mas Bo estava se agarrando a Sean com todas as suas forças.

Corey tirou a camisa, libertando-se de Bo. Ele foi até Sean, batendo os punhos contra o braço rígido de Bo, tentando afrouxá-lo o suficiente para Sean escapar. Por intermináveis e terríveis segundos, ele pensou que teria que assistir aos dois serem sugados. A cabeça de Bo foi enterrada, desapareceu de vista na poça de lama, mas seu braço não estava relaxando, como se estivesse em um aperto mortal.

Então, por fim, o braço de Bo se abriu antes de ser puxado para a lama. Bo desmaiou, desistiu ou libertou Sean.

A camiseta preta dos Raiders ficou visível por um momento, meio enterrada na lama, e Corey a agarrou, esperando que pudesse ser uma tábua de salvação para Bo se ele e Sean puxassem juntos.

A centímetros de seus dedos, o tecido sumiu da vista de Corey sob a lama. Foi-se.

Corey e Sean gritaram juntos.

Eles deram tapinhas no chão, procurando o lugar onde Bo e a camisa haviam afundado. Seus dedos cavavam e encontravam apenas solo seco e nada mais. O terreno estava inalterado, como se Bo nunca tivesse existido. Corey e Sean se lançaram para longe da clareira enfeitiçada, chorando tanto que seus corpos sacudiam, enquanto seus gritos estremecedores eram silenciosos e suas roupas estavam encharcadas com o que restava da lama-fantasma.

Estava quase amanhecendo. A luz estava chegando.

Tudo o que Corey se lembrava era de cavar. Cavar e cavar. Ele tinha uma pá nas mãos e as palmas estavam em carne viva, sangrando. Seus ombros e costas gritavam de dor com cada novo lançamento de terra. Havia buracos por todo aquele lado do Ponto, a maioria deles com vários metros de profundidade, como se minas terrestres tivessem feito o chão em pedaços, trazendo os jogos de guerra de Bo à vida.

Quando o possível e o impossível trocaram de lugar, Corey pensou que se eles pegassem pás e encontrassem Bo imediatamente, poderiam ser capazes de salvá-lo. Agora, essa lógica parecia idiota. Correndo rápido, tropeçando no escuro, ele e Sean levaram mais de dez minutos para chegar à casa de Sean e outros dez para voltar. Bo teria sufocado na metade do caminho. Até antes disso. Bo havia sufocado antes mesmo de eles pararem de cavar o chão com os dedos, tentando em vão encontrá-lo em algum lugar do solo.

Mas o que mais eles deveriam ter feito? Chamado a polícia? Para fazer o *quê*?

Talvez ele pudesse tentar outro feitiço, Corey pensou. Um feitiço para trazer Bo de volta.

Ele tinha pensado nisso, é claro. Ele pensara nisso antes de pensar em buscar uma pá. Mas na primeira vez que lhe ocorreu tentar ressuscitar um cadáver, o pensamento o fez vomitar, e desde então continuava com vontade de vomitar. *Não se traz mortos de volta*, Corey disse a si mesmo. Mesmo se ele não tivesse lido *O Cemitério* três vezes, ele sabia que não devia tentar algo assim. Era errado. Mais errado do que matar alguém. Os mortos pertenciam a Deus.

E ele matara alguém. Ele havia matado Bo com certeza, como se tivesse atirado nele com uma arma.

Corey estremeceu com a brisa do amanhecer, novas lágrimas caindo. Seu rosto coçava por causa das camadas de lágrimas e muco. Seus olhos e nariz estavam doloridos, e ele quase ficou aleijado pela dor pulsante entre seu abdômen e a virilha. Seu corpo estava quase tão péssimo quanto suas memórias. Quase.

Sean parecia tão mal quanto Corey se sentia. O rosto de Sean estava sujo, seu cabelo coberto de lama, os olhos tão mortos quanto os de uma pessoa viva poderiam estar. Ele e Sean não trocavam uma palavra há horas, trabalhando em completo silêncio para ganhar sua adesão ao clube macabro ao qual haviam se juntado durante a noite. Eles faziam os buracos no Ponto, procurando por um corpo que Corey tinha certeza de que nunca iria encontrar.

Eles estavam todos mortos agora, pensou Corey. Estavam tão mortos quanto a madeira carbonizada e as cinzas brilhantes do fogo da noite anterior. T. dissera a Corey que seu irmão morrera quando sofreu o acidente, quando batera no carro daquela mulher grávida, matando o filho ainda não nascido dela. O irmão de T. não morrera em corpo, mas na cabeça, T. dizia. *Como meu pai disse que foi no Vietnã*, T. dissera a ele.

Com a luz do dia se aproximando, apagando a noite, Corey se sentiu refeito também. Ele foi sugado para a terra com sua camisa dos Raiders e Bo, e sua nova mente estava enfim acordando.

Havia coisas em que pensar. Coisas para fazer.

"Você nunca esteve aqui", disse Corey a Sean. Ele já não reconhecia a própria voz. Agora ele sabia como a mãe se sentira quando a puberdade fizera sua voz mudar, quando ela olhara para ele com tanta admiração, dizendo que era como se ele tivesse se transformado em outra pessoa durante a noite.

"Vou dizer que fui o único", disse Corey.

"N-não importa." Sean mergulhou a pá profundamente no solo, apoiando-se nela com os dois braços, exausto. "Eu não posso continuar cavando. Para mim a-acabou."

"Sim." Corey largou a pá. Apesar dos músculos doloridos, desistir doía mais do que cavar. Corey sentiu um ardor atrás dos olhos, mas não surgiram mais lágrimas.

Sean estava tremendo como um velho. Ele cruzou os braços. "Eu s-só pensei... t-talvez se houvesse um corpo... os pais dele podiam, você sabe... *Porra*. O que aconteceu aqui, Corey? O que aconteceu?" Um tom enlouquecido tomou sua voz, uma mistura de histeria e lágrimas.

Corey balançou a cabeça. Ele não sabia. Ele juntara aqueles ossos e jogara um pouco de sangue sobre eles, inventando coisas enquanto avançava. Tinha sido tudo balela. Não fora um feitiço real, apenas algo em sua cabeça para tentar assustar Bo. Como se tivesse acontecido por si só.

"Talvez nada realmente tenha acontecido", disse Corey, esperançoso. "Talvez ele esteja bem em algum lugar."

Ele tinha uma memória nublada dos três outros garotos indo ao Ponto depois que Bo desapareceu, todos vestidos para jogar *paintball*. Talvez estivesse muito escuro para os meninos verem seus rostos — talvez não tivessem ouvido Bo gritar, embora isso fosse quase impossível —, mas eles apenas perguntaram: *Ei, vocês viram o Bo por aí?* E ele e Sean devem ter respondido alguma coisa, porque os meninos os deixaram sozinhos, xingando Bo por ter dado um bolo neles. Os meninos não voltaram. Talvez eles tenham ligado para a casa de Bo e o encontrado seguro na cama.

"Ele *não* está bem", disse Sean com força. "Ele está m-morto."

A culpa sufocou Corey, impedindo sua respiração, como brasas em seus pulmões.

"Sim. Ele está morto."

Os olhos de Sean brilharam em uma satisfação cansada, como se tudo o mais crescesse com essa admissão. "N-não é culpa sua", disse Sean. "O Velho Testamento fala sobre mentir. Sobre dar falso testemunho. P-porque é do mal. É do mal, Corey. Você foi enganado por algo maligno. E eu também."

Até o nome dela, Becka, soava como *baka*. Ela estava brincando com ele o tempo todo. Corey abaixou a cabeça, soluçando um soluço áspero.
"Você me avisou", sussurrou Corey.
"Sim, mas eu achei que ela era só esquisita. N-não sabia que ela era...", a voz de Sean morreu.
Os olhos de Corey se ergueram para fitar o lugar de onde Becka aparecera em seu vestido rasgado. Ele provavelmente desmaiaria de terror se a visse, mas o que ele sentiu não era apenas medo; era fascinação, mesmo agora. Um tipo de desejo contundente. Se ele tivesse sido capaz, teria matado Bo com as próprias mãos porque ela dissera que Bo a havia machucado. Becka tinha assumido o controle dele, como se não fosse nada. E ele a deixara tocar no anel de vovó Marie. A pele de Corey ficou fria.
Ele tinha que ir para casa e tomar um banho de purificação. Mas como ele poderia ir para casa agora?
"Terminar", disse Sean. "Esta noite. Nós temos que terminar o feitiço."
O pensamento de outro feitiço fez os membros de Corey começarem a tremer. Ele se sentou ao lado de um dos buracos que ele e Sean haviam cavado e sentiu-se nauseado outra vez, além de cansado. Ele se inclinou e cuspiu no buraco, sua saliva estava clara. Seu estômago, como o resto dele, estava vazio.
"Ele queimou", disse Corey. "Temos que usar aquele papel."
"Vamos conseguir outro. Vamos fazer isso hoje à noite. "
Corey balançou a cabeça com firmeza. Uma vez que ele deixasse aquele lugar, não voltaria tão cedo. Talvez não conseguisse voltar nunca.
"Eu não posso."
"Você *precisa*!", disse Sean em um rugido. "*Outra pessoa pode morrer*."
"Bem, *foda-se*! Eu disse que *não posso*!" Cuspe espirrou da boca de Corey. Uma horda de asas bateu nas copas das árvores atrás deles, pássaros perturbados pelo barulho.
Corey não sabia dizer o quanto estava grato pela luz do amanhecer, mas ele tinha que sair dali. Se ele ficasse sentado ali por mais um minuto, poderia enlouquecer. Mesmo com a luz fazendo a noite passada parecer apenas um sonho, ele podia ver Bo se debatendo no chão, seu rosto vermelho como uma beterraba. Lama até o pescoço, depois até o nariz. Ele ouvia os gritos de Bo, a histeria, a descrença e o terror, tudo misturado, inútil.
Ele não podia voltar ali naquela noite. Não podia.
"Podemos tentar amanhã à noite", disse Corey. "No Quatro de Julho."

Sean concordou, satisfeito. "Vamos tapar esses buracos e guardar tudo. São quase 6h. Se voltarmos antes das 7h, talvez possamos entrar antes que meu pai acorde..." O sr. Leahy ia para a cama cedo na maioria das noites, mas ele já devia saber que Corey e Sean não tinham voltado para casa na noite anterior. *Noite passada?* A noite passada fora uma vida inteira atrás. O que eles poderiam dizer a ele?

Durante a meia hora seguinte, Corey e Sean taparam os buracos o melhor que puderam, raspando a terra no solo oco. O que quer que ele tenha feito aqui, Corey sabia que o Ponto havia sido modificado por isso. Ele sabia disso pela aparência do lugar, perdida e pervertida.

Ele fizera um sacrifício humano ao *baka*.

E não iria querer que ele voltasse. Isso tentaria detê-lo.

Corey chutou os ossos de galinha cruzados para a fogueira. Em seguida, enfiou os outros itens do ritual na mochila, tomando cuidado apenas com a bolsa de vovó Marie e os papéis dentro dela. Pelo menos Bo não os queimara também. Ele recolheu os cartões e enrolou um elástico em torno deles, em seguida colocou-os no bolso de trás. Sua fotografia com a vovó Marie foi para o outro bolso. Então, um por um, ele pegou os três sacos de papel; as penas de corvo, o solo e os ossos de galinha restantes. Ele levaria aquelas bolsas para casa com ele mais tarde naquele dia, mas deixaria todo o resto na casa de Sean.

"Vou guardar a maior parte disso na sua casa", disse Corey. "Os papéis de vovó Marie também."

"Por quê?"

Porque ele não confiava em si mesmo, Corey percebeu. Porque se ele não pudesse voltar ao Ponto, poderia desistir e tentar destruir tudo. Vovó Marie dissera que tinha jogado fora o anel, e agora ele entendia por quê. Corey colocou a sacola nas mãos de Sean. "Se algo acontecer comigo", disse Corey, encontrando os olhos de Sean, "você vai ter que queimar esses papéis. Entendeu?"

"Queimar? Mas..."

"Não é sobre sua família, é sobre a minha. Eu sou o último. Queime-os."

"E a sua mãe?"

Pensando em sua mãe, Corey comprimiu os lábios para silenciar um gemido no fundo de sua garganta. Ele tentara se convencer de que não precisava da mãe enquanto morava com o pai, mas precisava. Ela trouxera à tona algumas das melhores partes dele, e o acalmava de uma forma que ninguém mais conseguia. E se ele fosse direto para casa, caísse no chão aos pés dela e contasse tudo? E se ele pudesse contar a verdade?

Ela saberia que seu filho era um assassino, ele pensou.

"Vovó Marie manteve isso em segredo por um motivo", disse Corey, decidindo. "Ela manteve o *baka* longe da minha mãe de alguma forma. Ela diz que quase nunca sonha, e acho que é por isso. Acho que ele não sabe como encontrá-la. Vovó Marie escreveu sobre como algumas pessoas são mais abertas às forças, boas e más. Eu sou uma das que são abertas, talvez. Minha mãe está fechada para isso, e é o melhor para ela. Vou devolver o anel. Talvez isso a proteja, e ela nunca terá que saber." Foi o máximo que Corey falou em horas, e o esforço para falar ressecou sua boca e sua garganta.

"Nada vai acontecer", disse Sean. "Você vai bani-lo."

"Me prometa, Sean. Não importa o que aconteça. Prometa que vai queimar os papéis e nunca vai contar o que aconteceu. Você nunca vai dizer o que eu fiz, como eu..." Ele não conseguia dizer isso e não queria pensar muito nisso. Os gritos de Bo haviam ficado gravados em sua mente. *"Prometa."*

Sean piscou, seus olhos opacos brilhando sob a luz fraca do sol. "Prometo, cara."

Eles se abraçaram por um longo tempo. Corey nunca havia abraçado ninguém que não fosse sua família com tanta força, nem havia precisado fazer isso. "No Quatro de Julho", sussurrou ele, bem baixo, para o caso de o *baka* estar ouvindo.

E estava ouvindo. Ele morava ali.

"No Quatro de Julho", Sean sussurrou de volta, uma promessa.

Mas não importava o dia que escolhesse, o *baka* não permitiria que ele voltasse. Assim como vovó Marie descreveu seus sentimentos quando descobriu aquele lugar de espíritos, no fundo, Corey apenas sabia.

Trinta e Dois

Sexta-feira

Quando Angela ouviu o primeiro tiro, ela tropeçou em uma raiz envolta em trepadeiras na trilha. O segundo e o terceiro disparos ajudaram-na a determinar a direção, e ela parou de prender a respiração. Os tiros foram a sudeste dali, em algum lugar do outro lado da casa. Em nenhum lugar perto de Myles, provavelmente.

Mas perto dos policiais.

Angela não teve muito tempo para chorar, porque ouviu algo roçando atrás dela na trilha. Com um estremecimento, ela se lembrou de como a pilha de folhas rastejara para fora da porta de Corey e disparara pelo chão. Mas isso agora soava como alguém com duas pernas, uma criatura que ela compreendia. Alguém estava correndo não muito longe dela.

Angela sentiu um abismo crescendo dentro de si, algo que não era ela falando uma língua desconhecida em sua mente; e essa parte dela estava lhe pedindo que deixasse Myles ir. A criatura consciente enterrada em sua psique não achava que Myles poderia segui-la para onde ela estava indo. Angela rezou para que fosse a voz de vovó Marie conduzindo-a, mas mesmo que ela pudesse ter certeza, achava que seria impossível não querer Myles.

Sem ter Myles para querer, seu coração estava morto.

Angela não conseguiu gritar, então se escondeu atrás do arbusto mais próximo, os dedos das samambaias úmidas acariciando sua testa enquanto ela espiava. Ela enfiou a mão na bolsa e encontrou a .38 de Rob, que estava em um compartimento separado para não perturbar o *govi* que ela carregava do altar de vovó Marie. Ela não podia permitir que o *govi* caísse ou se quebrasse, não antes da hora.

Talvez Tariq estivesse vindo atrás dela. De alguma forma, essa ideia a assustou menos.

"Angie?"

Myles estava tentando sussurrar, mas ele ainda falava alto. Angela esperou até que sua parca estivesse à vista enquanto ele corria de trás do tronco inclinado de um abeto com o arco ao lado. Só a visão não lhe dava mais certeza real de nada, mas ele cheirava bem também. "Estou aqui", disse ela, levantando-se, um instante antes de ele ter passado por ela. Ela teria ficado escondida se tivesse pensado que ele voltaria.

O rosto de Myles estava tão tenso que sua mandíbula parecia estar doendo. Ele não sorriu, mas ela viu alívio em seus olhos quando ele parou na lama e nas agulhas de pinheiro. "Ouvi tiros", disse ele.

"Acho que são os policiais." Ela afastou minúsculas folhas de samambaia morta do cabelo, tentando evocar algum conhecimento, mas nada mais surgiu. Vovó Marie apenas mostrara a ela o que ela precisava ver.

Ele olhou para a arma em sua mão. "Aonde você está indo?"

"Eu tenho que enfrentá-lo."

"Por favor, me diga que você está brincando. É esta a sua ideia de vingança por Naomi?"

Assim que Myles disse o nome de Naomi, Angela sentiu sua mão apertar a arma com mais força. Podia parecer vingança, mas não era. Isso estava além dela, Naomi ou Tariq. E estava além de Myles, ela percebeu. Ela *precisava* deixá-lo ir.

Lentamente, sem falar a princípio, Angela apontou a arma para o peito de Myles.

O rosto de Myles ficou ainda mais tenso, tão duro quanto o tronco de uma das árvores centenárias que os rodeavam. A expressão dele despertou em Angela uma memória que não era a dela: Índio John. Não, *John*, seu verdadeiro nome. Angela havia chegado a uma situação semelhante com este homem, ou com esta alma gêmea.

"Eu não vou te machucar", disse Myles pacientemente, acreditando que ela estava confusa. "Sou eu, Myles."

Os olhos de Angela piscaram para expulsar as lágrimas. "Eu sei quem você é. Volte, Myles."

"Não aponte isso para mim a menos que esteja preparada para disparar", disse ele, com raiva. Sua voz a desafiou.

"Eu estou."

Seus olhos eram como lâminas. "Está porra nenhuma."

Talvez seja a Dominique, John. Porra nenhuma.

As memórias eram vozes tagarelas na chuva agora. Angela sentiu um déjà-vu tão vívido que podia ver John escondido no rosto de Myles. John também havia caçado com um arco, habilidade que aprendera com o avô. John havia caçado naquela floresta muito antes de conhecer vovó Marie, e ele ainda estava em algum lugar aqui agora. Vovó Marie também, e estava tentando ir até ela. As memórias de vovó Marie estavam invadindo as de Angela, derretendo o tempo, uma sensação tão inquietante quanto surpreendente. Angela não gostava de abrir mão do controle, nem por um minuto, mas sua mente não estava mais sozinha. Ela precisava das memórias de vovó Marie se quisesse prevalecer sobre o que quer que estivesse guiando Tariq.

Mas Myles era uma distração. Angela esperava que ele não visse sua mão tremendo. Ele só iria embora se acreditasse que ela atiraria nele. Primeiro, ela mesma tinha que acreditar.

"Vou contar até dez, Myles", disse ela com a voz rouca. "Vire-se e volte. Isso não tem nada a ver com você. Você vai me atrapalhar. Nós dois vamos morrer como aqueles policiais."

"Então nós dois vamos morrer", disse Myles. Ele não piscou e seu rosto não mudou. Sua respiração ficou muito calma. Ele também tinha se decidido. Ele provavelmente estava com mais medo do que nunca, mas sua serenidade ainda estava no lugar, maldito seja. "Eu não tenho escolha, Angela Marie. Não posso fazer você vir comigo, mas não vou deixá-la aqui."

"Seu idiota teimoso", disse ela. "Por que você não pode apenas confiar em mim para fazer isso?"

"Você que precisa confiar. Permita-se precisar de alguém pelo menos uma vez. Eu não acho que você confiou em ninguém desde o dia em que encontrou sua mãe com aquela arma na boca, querida."

Angela piscou para afastar a imagem da mãe com a arma. Ainda hoje, essa memória ainda doía. "Você está mesmo tocando nesse assunto *agora*?"

"Agora é o momento certo. Estou tentando salvar sua vida", disse Myles. "Angie, estou aqui para te ajudar. Eu sempre estive aqui. Não fuja de mim."

Angela sentiu seu coração assustado disparar, mas sua mente girava em confusão. Como ela poderia saber a diferença entre os pressentimentos de vovó Marie e as partes profundas e assustadas dela que sempre tentavam mandar Myles embora? Angela se agachou nas samambaias para ficar fora de vista da trilha, e ele se agachou ao lado dela. Ambos respiraram por alguns segundos, sem falar.

"Eu não posso trazê-lo a menos que você esteja disposto a admitir o que está vendo", disse Angela por fim, em silêncio. "Você congela quando temos problemas, tentando racionalizar tudo. Não há tempo para isso. Você tem que admitir que isso é mágico. Isso é uma maldição. Se não consegue admitir isso, você não serve para mim."

A mandíbula de Myles tremeu. "Angie, se você quer que eu admita que estou com medo, caramba, sim, estou com medo", disse ele, e seus olhos pareciam atormentados o suficiente para provar isso. Ela ouviu o tremor crescente em sua voz enquanto ele falava tão rápida e suavemente que ela teve que se esforçar para ouvi-lo.

"Isso não é suficiente. Você tem que aceitar o que estamos enfrentando."

Com isso, a compostura de Myles rachou. Seu rosto parecia prestes a gritar, mas em vez disso um sussurro tenso emergiu de sua boca trêmula. "Não sei o que acabei de ver na sua casa. Não tenho como saber disso, Angie. A única coisa que sei é que não vou deixá-la aqui sozinha."

Ela nunca iria convencê-lo do contrário, Angela percebeu. Ela gostaria de ter a coragem de atirar na perna daquele homem para salvar os dois. "Eu quero que você fique comigo", disse Angela, e as palavras pareciam pedras em sua garganta. "Sempre quis, mesmo quando agi como uma idiota."

"Você tem a mim", disse ele, estendendo a mão. "Volte comigo, Angie."

Merda. Ela se afastou dele, mais fundo no arbusto. "É disso que estou falando. Você não entende. Essa é a maneira mais rápida de nos matar."

"Não, não, não vá", disse Myles, agarrando seu braço com força a fim de puxá-la para mais perto. "Eu sinto muito. Eu tinha que fazer um último apelo." Ele suspirou, olhando por cima do ombro, em direção à trilha atrás deles. "Você diz que está confiando em seus instintos. Ok, eu acredito em você. Se estou aqui com você, não tenho escolha. Apenas me diga por que você está aqui."

Angela desviou o olhar. "Tenho que ir ao Ponto. Não sei por quê."

"E quanto a Tariq?"

Angela gostaria de ter uma resposta, pelo bem de ambos. Tudo o que ela sabia era que precisava ir para a Floresta das Encruzilhadas. Ela se imaginou esfregando seu corpo com terra ali, despejando o conteúdo do *govi*, enterrando-o no chão. Essa imagem do enterro estava em sua mente desde que ela vira o *govi* pela primeira vez, ela percebeu de repente. Mas isso não dizia a ela o que fazer com Tariq, ou como, exatamente. "Eu saberei quando for a hora", disse ela.

"A hora é *agora*. Tariq está a minutos de distância, se muito."

"Não discuta comigo, Myles. Eu tenho que fazer isso."

"Então, vamos andando."

Sim, era hora de começar a correr de novo.

Angela correu na frente, mantendo um ritmo constante. Ela disparou e se abaixou, passando pelos galhos pendentes e troncos de árvore colocados desajeitadamente que guiavam a trilha para a direita e para a esquerda. Ela ouvia Myles atrás dela, se igualando a ela passo por passo. A chuva contra as folhas e agulhas da floresta formava um manto de som ao redor deles; constante, inflexível, mais forte e mais alto do que minutos antes. À medida que mais água escorria pela trilha, mais difícil seria manter o equilíbrio. Ela já podia ouvir a água se acumulando nos sulcos ao redor deles, transformando o solo em lama escorregadia. Grande parte da trilha já estava lamacenta, respingando enquanto corriam. Seus pés afundavam a cada passo, exigindo mais esforço para puxá-los, diminuindo seu ritmo. A lama estava aparecendo do nada.

Como o deslizamento de terra, ela lembrou, balançada.

Continue correndo, ela disse a si mesma. Se ela se rendesse ao medo, ela e Myles morreriam.

A trilha era quase impossível de seguir sob a lama acumulada, então Angela se concentrou nos marcos enquanto corria: a árvore morta coberta de musgo que parecia estar usando um vestido. Um grupo de abetos-de-douglas mortos ainda de pé, seus galhos atrofiados sobressaindo como se os troncos tivessem sido perfurados por um arsenal de flechas grossas.

Mas novas memórias estavam navegando na cabeça de Angela, fazendo-a sentir como se sua mente estivesse literalmente se *expandindo*: ela reconheceu o lugar onde o arbusto de mirtilo vermelho favorito de vovó Marie havia crescido. E onde John estava se escondendo quando atirou em um urso-preto do tamanho de um urso-pardo. Ela reconheceu o lugar onde o pai de Art Brunell e seu amigo Lance acidentalmente iniciaram um incêndio em 1945, que queimara um quarto de acre antes de se extinguir; e eles nunca revelaram que foram os culpados. Ela viu a raiz na qual Dominique havia tropeçado e ralado o joelho quando tinha apenas 8 anos, dias antes de os demônios começarem a rir — e então fizera Corey tropeçar e esfolar seu joelho 55 anos depois, quando ele também tinha 8 anos. As memórias deixaram Angela tonta, se intensificando com a chuva forte. Essas novas memórias eram apenas as mais próximas da superfície, aquelas ligadas a ela e à vovó Marie. Aquela floresta era um refúgio para os espíritos, e os espíritos viviam de memórias.

Uma pergunta surgiu na mente de Angela, e ela era tão perturbadora que quase a fez parar de correr: *Como ela poderia distinguir entre as vozes da vovó Marie e quaisquer forças contra as quais sua avó estava lutando?* E se ela estivesse se tornando como Maddie Fisher na banheira?

"O anel vai protegê-la", sussurrou ela, tentando acreditar. "Contanto que você o use."

Angela viu um ponto escuro no chão à sua frente, algo preto, então ela diminuiu a velocidade, se aproximando com cautela. Aquilo era real ou uma ilusão criada por outra memória desconhecida?

"O quê?" Myles disse atrás dela.

Angela se agachou, olhando. Era uma peça de roupa enlameada. Seus braços formigaram decisivamente. Ela tocou o tecido, levantando o trapo encharcado com dois dedos. Estava encharcado de lama, exceto em alguns pontos; ela viu uma numeração prateada brilhante aparecendo de cada lado. Sangue quente inundou as veias de Angela.

Aquela não era a memória de vovó Marie, ou de qualquer outra pessoa; era dela.

"Isso é do Corey", disse ela. "É a camisa do Corey."

"Tem certeza?"

Angela fez que sim com a cabeça. "Tariq trouxe para ele quando apareceu aqui naquele verão. Uma camisa dos Raiders."

"O que você acha que isso significa?", perguntou Myles.

Com certa relutância, Angela deixou a camisa cair onde ela a encontrou. Ela não devia carregar nada mais do que precisava hoje; ela precisava deixar tudo para trás. "Estamos mais perto de onde eu o perdi", sussurrou ela. O que quer que tenha acontecido com Corey começara antes do Quatro de Julho. Tudo começara naquela floresta. No Ponto.

Eles estavam mais perto do Ponto do que Angela percebeu.

Angela viu a kombi de Tariq estacionada na clareira em frente, do outro lado da fogueira. A porta lateral estava escancarada, mas a kombi estava escura por dentro porque as janelas estavam fechadas. Tudo o que ela podia ver pela porta aberta era o banco traseiro vazio.

Angela ficou imóvel enquanto o medo percorria seus membros, e não apenas por causa da visão da kombi. Seus pés diziam que ela estava no centro de um local amaldiçoado. Corey vivenciara um horror aqui. O demônio, o *baka*, seu nome ocorreu a ela de repente, tinha derrotado Corey aqui. Seu filho regara este local com lágrimas. Alguém tinha morrido aqui.

"*Se abaixe*", sussurrou Myles, puxando-a para trás.

Juntos, eles se arrastaram para longe da trilha, seguindo o tronco longo e fino de um pinheiro caído que havia sido obstruído por árvores mais altas e mais fortes. Eles escalaram o tronco, encontrando refúgio em uma espessa área de samambaias. No final da trilha, a kombi estava bem à frente deles, mas agora estava à direita. Eles viram a janela traseira, as cortinas fechadas e a placa personalizada TARIQ1.

"A polícia não viu isso estacionado aqui?", sussurrou Myles.

"Não estava aqui antes."

"Ele não poderia ter trazido de volta aqui. Não tem como passar."

"Ele não precisou dirigir." Como a arma que tinha simplesmente se materializado na casa. Como o desaparecimento de Onyx e da kombi alguns dias antes. Rotas de viagem comuns não eram necessárias.

Myles se inclinou, sua parca molhada caindo sobre ela, e Angela podia sentir seu coração batendo forte sob a roupa. Ele sussurrou diretamente em seu ouvido, quase sem som. "Precisamos saber se ele está lá. Você está pronta para isso?", seus lábios a tocaram.

Ela fez que sim com a cabeça. Se a batida febril fosse algum sinal, então seu coração não estava pronto, mas ela precisava estar.

Myles suspirou, enxugando a chuva da testa. "Você já disparou uma arma?"

"Não." Ela olhou para as cortinas da kombi, observando o movimento lá dentro.

"Bem, esteja pronta para usá-la. Eu tenho que ficar com o arco. Nós dois temos que estar armados."

"Concordo", disse ela.

"É melhor soltar a trava de segurança", disse ele, verificando o pino no corpo da arma dela. Ela assentiu, a palma da mão firme e úmida contra o revólver. Graças a Deus Rob a pressionara para pegar a arma, ela pensou. O que ela estava pensando quando tentou recusar?

"Vou tentar atraí-lo para ver se ele está lá", disse Myles. "Se você o vir, fique *fora de vista*. Não atire, a menos que um de nós esteja em perigo e certifique-se de que estou longe. Quanta munição você tem?"

"Cinco tiros, Rob disse."

"Então conserve-os. Não dispare mais de duas vezes. *Dois* tiros. Espero que isso seja o suficiente para distraí-lo, e talvez eu consiga uma chance." Ele estava falando tão baixo que suas palavras não eram mais do que um doce sopro em seu rosto.

"Então eu deveria atirar nele de novo logo depois de você, ou ele pode te pegar."

"Use seu bom senso, Angie. Revólveres não são boas armas de distância, não como os rifles. Você tem que se preocupar com o que acontecerá com você mais tarde. Este é um jogo perigoso que estamos jogando. Então, estou perguntando mais uma vez: tem *certeza* de que é isso que você quer fazer, boneca?"

Querer não tinha nada a ver com isso. "Sim."

Myles parecia desapontado, seu rosto se contraindo, mas ele balançou a cabeça também. Sua expressão a lembrou da maneira como um condenado pode olhar para o cozinheiro que traz sua última refeição: Ele comia, mas não teria um gosto bom. Myles a beijou, passando a boca e a língua pela dela. Mais uma vez, o beijo terminou muito cedo.

"Estou confiando em você", disse Myles, apoiando a testa na dela. "Se nos separarmos, devemos ir direto para a polícia".

O conhecimento de Angela veio outra vez, totalmente desenvolvido: eles se *separariam*. Ela não sabia se isso aconteceria agora ou mais tarde, mas aconteceria antes que o dia acabasse.

"Eu te amo, Myles", disse Angela. "Eu nunca deixei de te amar, nem por um minuto."

"Eu sei, Angela Marie." Ele agarrou a mão dela com força, beijando-a, então fechou os olhos. "Senhor, por favor, cuide de nós, tolos, hoje. Por favor, mantenha-nos em segurança em seus braços enquanto lutamos para prevalecer contra as forças cruéis que se opõem a nós. Em nome de Jesus, oramos, amém."

Forças cruéis. Talvez Myles tenha entendido, mesmo que se recusasse a pronunciar a palavra *demônio*.

"Amém", sussurrou Angela ao lado dele, esperando que os ouvidos de Deus não fossem surdos para ela.

Durante toda a vida, no fundo, Angela suspeitara que Deus nunca tinha ouvido ela e sua mãe.

Myles foi caçar com seu Fisher pela primeira vez quando tinha 10 anos, um mês depois de se mudar para Sacajawea, e naquela primeira excursão seu pai o ensinara a respeitar as probabilidades.

Caçar era um jogo de inteligência. Os homens podem ter armas superiores e intelecto puro, mas os grandes animais de caça têm uma vantagem principal: os sentidos. Um alce podia ouvir um galho se partir a oitocentos metros de distância. Ou sentir o cheiro de um ser humano a até um quilômetro de distância, se o vento estivesse na direção certa, e era capaz de sentir o cheiro do local por onde um humano passara um dia antes. Com olhos protuberantes nas laterais de suas cabeças, cervos e alces tinham uma visão de quase trezentos graus. Seus olhos captavam quase tudo. Mesmo com camuflagem, iscas e chamadas de acasalamento, o pai disse a ele, a presa tinha a vantagem. Quanto mais ele estimasse isso, melhores seriam suas chances.

Hoje, Myles era tanto caçador quanto presa. Angie pensava que Tariq não era um mero homem, mas quando os pensamentos de Myles mergulharam nessa direção, ele se sentiu tomado por um medo infantil. Um homem com uma arma na floresta era perigoso o bastante, mas uma besta com uma arma na floresta poderia ser invulnerável.

Os pulmões de Myles pareciam ter subido pela garganta enquanto ele rastejava no arbusto ao redor do Ponto, tentando encontrar a melhor abordagem para a kombi de Tariq. Apesar da chuva fria, o ar estava quente. As velhas lições voltaram para Myles: paciência e silêncio. Um único passo em falso poderia traí-lo, então ele não podia se apressar. Ele tinha visto parte do interior da kombi à primeira vista, e isso estava claro. Se Tariq estava lá dentro, estava deitado na frente ou escondido atrás.

Myles piscou para afastar a chuva e o suor pungente escorrendo de seus olhos. Seus óculos estavam tão manchados de água da chuva que ele se xingou por ter decidido não perder tempo colocando as lentes de contato naquele dia. Os óculos não combinavam com a chuva, as gotas de umidade embaçavam sua visão. Ele gostaria de poder esquecer os óculos e se arriscar com a miopia que Deus lhe dera, mas em uma confusão de tons da floresta, ele não podia se dar ao luxo de perder uma única sombra, empurrão ou nuance. Esta caçada terminaria se Tariq o visse primeiro.

Myles se aproximou do outro lado da kombi, dez metros atrás dela; ele estava se aproximando do tronco gigantesco de um abeto-de-douglas caído entre ele e a kombi. Aquela árvore poderia lhe dar alguma cobertura, se fosse necessário. Mas, antes disso, ele tinha que ter certeza de que Tariq não tinha pensado nisso primeiro, que ele não estava parado em algum lugar atrás dele. O arco de Myles já estava bem esticado, a flecha pronta para voar. Ele o encaixou na bochecha, olhando além da ponta da flecha para o local que acertaria se ele disparasse. "Calma... calma...", sussurrou Myles a cada passo.

A chuva forte trabalhava a seu favor, ajudando a suavizar o som das folhas mortas sob seus pés, mas Myles ainda tomou cuidado para não quebrar os galhos no chão da floresta. Ele havia ficado perturbado com a lama espessa que cobria a trilha antes, mas agora sentia falta do silêncio. Suas botas de caminhada eram pesadas. Ele e o pai usavam botas acolchoadas de lã em suas viagens de caça, e Myles daria tudo por um par delas hoje. Ele rastejava o mais silenciosamente que podia, a um metro do tronco da árvore. Mais dois passos e ele poderia ver se alguém estava escondido do outro lado.

POW!

O único tiro que Myles ouviu foi em sua imaginação. Não havia nada atrás do tronco maciço, exceto ervas daninhas. Myles engoliu em seco, tão aliviado que teve que piscar para voltar sua atenção para a kombi. Ele não se aproximaria dela pelo lado desprotegido, porque seria fácil para Tariq sair como um furacão pela porta aberta com a arma em riste ou emboscá-lo pela floresta. As janelas do banco da frente eram as únicas que não estavam escondidas atrás das cortinas. As janelas estavam bem fechadas, então o arco seria inútil, mesmo que Tariq estivesse a sete centímetros de seu rosto. Mas pelo menos ele saberia onde Tariq estava.

Janela do motorista primeiro. Então, ele daria uma volta para olhar pelo para-brisa.

E então Tariq Hill vai transformar seu rosto em um buraco aberto.

Myles conhecera um cara na pós-graduação que tinha uma dessas velhas kombis *hippies*, vermelha com cortinas divididas na frente e atrás do veículo. Se a kombi de Tariq tivesse a mesma cortina, ele estaria se expondo no para-brisa e não veria quase nada lá dentro.

"Mas você já sabia que isso era loucura", sussurrou Myles para si mesmo.

Aquele dia fora a definição de insano, a partir do momento em que Rob Graybold ligara para sua casa e lhe pedira que levasse Angie para a cela de Art. A loucura apenas se multiplicara desde então.

Myles se aventurou em direção à clareira. Exatamente como perseguir um cervo, disse a si mesmo.

"Myles?"

Ele só deu o primeiro passo quando ouviu a voz de uma mulher atrás dele. Ele se virou, incerto, ainda pronto para atirar. Quase soou...

"Myles? Não me deixe aqui. Estou com *medo*. Eu prometo que vou deixar minhas meias em paz."

Os testículos de Myles congelaram. Era a voz da mãe dele, fraca, mas inconfundível. A voz viera da floresta, onde a barraca de cedro crescia atrás dele.

A voz queixosa chegou até ele outra vez. "Myles, me leve de volta para *casa*. Eu quero meu peixe. Você *não* trouxe meus peixinhos dourados. Você os deixou no meu quarto."

Os lábios de Myles se abriram, secos, enquanto ele olhava para a floresta. Através das gotas de água em seus óculos, ele podia ver alguém à frente, empoleirado no galho baixo de um bordo sem folhas. O cabelo de dona Fisher estava preso para trás, e ela estava vestida com o suéter amarelo brilhante que usava quando ele a levara para Riverview. Suas pernas balançavam devagar para a frente e para trás, como as de uma criança. Ela devia estar a dez metros de altura, ele calculou, atordoado. *Como a mãe escalou aquilo...*

O coração de Myles congelou e ele sentiu um gosto enjoativo na boca. No entanto, ela estava lá em cima, ele tinha que chegar até ela. Se a mãe caísse, quebraria o quadril ou até coisa pior. Ele podia escalar o tronco daquele abeto-de-douglas e abrir caminho com as mãos em meio aos arbustos que cresciam no caminho, protegido por cerdas espinhosas e amarelas.

Mas ele não se mexeu. Estava enraizado no lugar por um absurdo que sua mente não conseguia descartar: *Sua mãe não podia estar naquela árvore.* Sua mãe estava em Skamokawa com Candace, onde ele a deixara.

"Deixe-me ir para casa, Myles. Minha memória está ótima. Vamos conversar sobre os velhos tempos. Lembra-se do dia em que trouxemos você para casa e você viu o quarto que arrumamos para você? Eu lembro, Myles."

A pele das costas de Myles coçava de cima para baixo em sua espinha. O que quer que ele estivesse enfrentando tinha o poder de criar ilusões em sua mente. Uma mulher parecia estar sentada naquela árvore, e aquela mulher se parecia com a mãe dele, não havia como negar. Mas era uma mentira, um truque dos sentidos.

"Não posso mais viver assim, Myles. Eu não posso ser um fardo para você. Eu vou pular."

Myles lutou contra o instinto de correr em sua direção. Enquanto ele olhava para dona Fisher, os anos pareciam se esvair de seu rosto e ela se tornou uma adolescente, como nas antigas fotos de família. Incrivelmente bonita. Ele piscou, atordoado. Ela era só a mãe outra vez.

"Não. Ela não é a minha mãe", sussurrou ele. "Ela *não* é a minha mãe."

Não olhe para ela, disse Myles a si mesmo. *Desvie o olhar.*

Lutando contra as lágrimas, Myles se obrigou a desviar os olhos da aparição. Suas mãos não estavam mais firmes no arco e flecha. Ele recuperaria o controle se mantivesse o foco na kombi à sua frente. O único problema estava atrás dele.

"*Myles Richardson*, está me ouvindo? Eu vou *pular!*", disse a mulher na árvore.

Quando ele era criança, sua mãe costumava chamá-lo pelo antigo nome, Richardson, quando estava com raiva. Ele sabia que ela estava sendo enfática como alguns pais faziam com nomes do meio, mas sempre soava como um lembrete de que ele era adotado.

Você tem que admitir que isso é mágico. Isso é uma maldição.
Não olhe para trás. Não olhe para trás. Não olhe para trás.

Myles cerrou os dentes enquanto ele dava mais um passo em direção à kombi.

"Dois cegos curados... o burro demoníaco foi curado... o dinheiro na boca do peixe... o surdo de Decápolis...", sussurrou Myles, desenterrando algumas memórias. Quando menino, quando ele perguntara a vovó Marie por que ela acreditava em milagres, ela dissera que testemunhara milagres aqui e ali, como se fosse alguém contando ter visto uma águia-careca. Quando ele pediu a ela que especificasse quais milagres, ela o desafiara a memorizar os milagres de Jesus no verso de sua Bíblia de São Tiago. *Se você pensar em todos eles, um após o outro, verá o seu caminho para acreditar.*

"... um cego de Betsaida curado... Jesus passa despercebido pela multidão... a grande captura de peixes... o filho da viúva ressuscitou dos mortos... uma mulher é libertada de sua enfermidade..." Consolado por seus milagres, Myles mantinha os olhos na kombi a seis metros dele. Se a porta do motorista se abrisse de repente, ele estaria pronto para atirar.

"Vejo você em breve, Snook!", disse a mulher na árvore. Myles não olhou em volta.

Em vez disso, ele correu para espiar rapidamente pela janela do lado do motorista. Dois assentos, a alavanca de câmbio, um saco de comida para viagem e fitas cassete por todo o assento do passageiro. Vazio. E não havia cortinas bloqueando os fundos da kombi. Bom.

Respirando com dificuldade, Myles se abaixou. Mantendo-se fora de vista, ele rastejou até a frente do veículo, na altura do pneu sobressalente no nariz do carro. Ele respirou fundo duas vezes e ergueu a cabeça para espiar pelo para-brisa, os olhos voltados para a parte de trás. O primeiro banco traseiro estava vazio. O segundo banco traseiro estava fora de sua vista. Mesmo um homem do tamanho de Tariq poderia estar escondido lá.

Myles se abaixou de novo. Desta vez, ele não hesitou. Um, dois, *três*, ele pensou.

Ele correu para a porta lateral ainda aberta. Angulando seu arco preparado, Myles subiu no vw e examinou-o: o interior cheirava mal, a comida podre e preservativos velhos, e o chão estava coberto de lixo. Pedaços de folhas mortas estavam sobre embalagens de comida e maços de cigarro.

Mas não havia ninguém dentro.

Myles correu de volta para a floresta com a intenção de se esconder. Ele se aventurou a olhar para a árvore onde a mãe estava sentada — ou o que quer que quisesse que ele acreditasse que era dona Fisher —, e o galho estava vazio. As iscas nem sempre funcionam, pensou Myles. Qualquer caçador sabia disso.

Angie estava esperando onde ele a havia deixado. Abraçada pelas folhas de samambaia, ela parecia uma menina outra vez.

Aproximando-se dela, ele pensou nas duas vezes que ela o tolerara durante o verão, quando eles eram crianças, brincando de esconde-esconde na extensão infinita da propriedade de sua avó. A vovó Marie a *fizera* brincar com ele, Angie sempre deixava isso bem claro. Por causa dos olhos inteligentes de Angie, da atitude ousada e do cabelo preto como azeviche que ela usava em duas marias-chiquinhas, ele decidira que se casaria com essa garota desde a primeira vez que a viu. Mas mesmo assim, a vida deixara claro que ele nunca teria Angela Marie Toussaint. *Nunca*.

Mas ele a tivera hoje. Angie lhe dera um beijo suave.

"Tariq não está lá", disse Myles. Ele queria contar a ela sobre a mulher na árvore, mas não contou. Ele se sentiu fraco, manipulado. Talvez ele estivesse perdendo o controle. Mesmo agora, ele queria voltar para se certificar de que a mãe não estava lá sentada na árvore.

"Fiquei preocupada por ter demorado para te ver", disse ela.

"Eu tive que ir no meu tempo. O que você precisa fazer aqui, Angie?"

"Eu preciso fazer uma cerimônia", explicou ela. Seus olhos estavam sérios, límpidos. Angie acreditava em tudo que dizia, uma loucura que os salvaria ou condenaria.

"O que isso significa?"

"Eu preciso que você cuide de mim, Myles. Enquanto eu me sento."

"Onde?"

Ela apontou o queixou na direção do Ponto, atrás dele. "Lá fora."

Já era ruim o suficiente estar escondido tão perto da kombi de Tariq, correndo o risco de encontrá-lo de repente. Mas ficar ao ar livre? "Angie, isso é imprudente."

Ela balançou a cabeça, concordando, suas bochechas contraídas tristemente. Apesar do absurdo de suas palavras, seus olhos falavam com perfeito senso. Ele tivera a mesma reação aos olhos dela dentro da casa de vovó Marie, quando ela o desafiara lá em cima. Havia febre em seus olhos, como se ela estivesse passando por um leve estado de êxtase. Mas também havia sentido, era inegável. Deus podia estar falando com ela.

"Você está decidida a me matar hoje, Angela Marie", disse Myles. Ele quis dizer isso como uma piada, mas soou mais como uma simples verdade.

Angie balançou a cabeça, o rosto perturbado. Ele sabia que a lágrima escorrendo pelo rosto dela era por ele. "Não, Myles", disse ela, pressionando a palma da mão em sua bochecha. "É por isso que eu pedi para você não vir. Ainda não tenho certeza se você entendeu."

"Eu..." Myles suspirou, rendendo-se. "Eu vi alguém em uma árvore que se parecia com a minha mãe."

"Não era ela", disse Angela, os olhos fervorosos. "Você viu? Ele estava tentando prender você."

Myles assentiu. Isso parecia mais verdade do que culpar sua imaginação. Ele estremeceu até a alma.

"Não sei o que vai acontecer a seguir, Myles. *Não sei*", disse Angie. "Mas essa coisa não vai querer que eu faça isso. Vai lutar contra nós assim que eu estiver para terminar o que preciso fazer."

"Então você precisa de mim", disse Myles. "Admita."

Angie sorriu abertamente para ele, uma visão que alegrou seu coração, apesar do novo peso terrível que carregava. "Sim", sussurrou ela, seu rosto suave de uma forma que não tinha sido o dia todo. "Eu preciso de você."

Ela apertou a mão contra o casaco dele, no meio do peito — para ter certeza de que ele estava usando o pingente por baixo, ele percebeu. Quando Angie sentiu o pendente de argila que ela lhe dera, seu sorriso relaxou. Ele também agradeceu a Deus por estar usando-o. Ele agradeceu a Deus por sua cruz de ouro. Jesus ajude o pobre Art Brunell. Jesus ajude todos eles.

"Eu ainda sou eu", disse ele, tocando a bochecha dela.

"Eu também."

Eles se beijaram como se fosse a última chance de fazer isso.

Há momentos em que o tempo parece ficar mais lento e outros em que ganha velocidade. Os bons momentos passam muito rápido, viram memórias antes de estarem devidamente encaminhados; e os momentos ruins perduram, são intermináveis. Para Angela, a partir do momento em que ela caminhou até o centro do Ponto, o tempo se tornou uma névoa. Segundos e minutos eram indistinguíveis para ela.

Apenas um momento importava: o agora. Seu futuro dependia disso. Muita gente dependia disso.

O Ponto não estava enlameado como a trilha, Angela notou. Isso não a surpreendeu.

Myles estava fora de vista. Ele havia escolhido um local estratégico para vigiá-la e observar as áreas circundantes, escondido. Ele usara o que pareciam ser termos militares: a kombi estava ao meio-dia; a trilha, o ponto de entrada mais provável de Tariq, estava às seis horas. Myles estava escondido no leito de salal às quatro horas, ligeiramente inclinado em relação à trilha, o que lhe dava uma visão da trilha, de toda a clareira e um pouco além da kombi, exceto por um ponto cego atrás dela. Myles havia falado sua última palavra com seriedade, segurando o rosto dela com força entre as mãos: *Depressa*.

Parecia que tudo descansava na hora certa.

Angela sentou-se de pernas cruzadas o mais próximo que pôde da fogueira, tentando se ancorar no centro do Ponto. Sua arma continuava na mão, como Myles havia instruído, destravada. O *govi* estava a seus pés. Ela estava tão preparada quanto poderia estar.

No mesmo instante, a imobilidade envolveu Angela, uma sensação tão imediata que a assustou. Seu coração estava disparado quando ela deixou a proteção da floresta, mas agora estava tão calmo que quase se silenciou. Angela teve medo de fechar os olhos. Quando o fez, sentiu como se estivesse liberando uma parte de si mesma, permitindo que uma parte dela dormisse para que outra pudesse acordar. Seus braços formigaram de forma violenta, e então todas as sensações os deixaram. Seus pés formigaram em seguida, desaparecendo dela.

Assustada, Angela olhou para Myles de novo, embora sua parca o tornasse quase invisível no matagal. Mas ela podia ver a mancha marrom que ela sabia ser seu peito, e imaginou onde o rosto dele poderia estar; onde os olhos dele estavam, olhando por ela. Ela quase sorriu para o lugar onde pensava que os olhos de Myles estavam, até que se lembrou de não revelar sua posição. Tariq podia estar assistindo. Ele com certeza estava.

Durante o período mais perigoso de sua vida, como ela poderia se sentir tão segura?

Angela olhou para cima, em direção às copas das árvores. Ao fazer isso, percebeu que já podia ver algo que nunca tinha notado antes: todas as árvores que faziam fronteira com o Ponto inclinavam-se para dentro, em direção ao lugar onde ela estava sentada. Elas não se inclinavam tanto, então não tinha sido algo óbvio em todos aqueles anos, mas Angela via a ligeira curvatura em seus ângulos agora, como se as próprias árvores estivessem se curvando em adoração.

Está acontecendo agora. Estou me perdendo agora, ela pensou, e ficou rígida.

Parecia a hora de dormir de novo, quando ela lentamente se rendeu ao sono e saltou para a vigília assim que entrou em um novo território, em lugares que a assustavam. Ela fugiu das memórias. Ela sempre corria. Mas ela não iria correr agora. Ela não podia. Com um suspiro profundo, encontrando força nos cheiros de cedro e abeto ao seu redor, Angela fechou os olhos.

E escorregou, como se por um buraco em sua mente. Um zumbido baixo a rodeou; não o zumbido de uma máquina, mas um que parecia um coro de vozes humanas em suave uníssono. Ela ouviu o barulho da chuva, que soava como tambores. Ela ouviu ritmos repetidos, padrões infinitos dentro da chuva. Um em particular a deixou paralisada:

*Tap-tap-*TAP*-taptap Tap-tap-* TAP*-taptap Tap-tap-* TAP*-taptap*

Seu corpo balançou suavemente ao chamado, e ela deslizou de novo, mais fundo em si mesma.

Corey está aqui. O espírito de Corey é forte e ele fortalece vovó Marie.

A compreensão veio a Angela tão vividamente que ela quase voltou a si mesma, querendo estender a mão para o filho de alguma forma, mas ela desejou que sua mente permanecesse calma. Ela permitiu que seu coração e mente seguissem apenas o som da chuva.

Imagens ruins vieram, porque ela não podia evitá-las.

Ela viu a mãe parada ao lado da cômoda com chinelos e uma fina camisola rosada, uma pistola enfiada na boca como uma escova de dente. *Não se preocupe. Não está carregada, docinho.* Ela viu o couro cabeludo trançado da mãe na mesa da cozinha ao lado de um copo de suco de laranja. Ela viu a mãe como uma menininha com laços no cabelo, tapando os ouvidos com as mãos e gritando no dia em que o demônio chegou.

Você já viu magia, Bo?

Involuntariamente, Angela enrijeceu ao ver a imagem seguinte: Corey e Sean gritando e chorando ao testemunhar um horror, tentando tirar alguém da lama. Então, ela viu Corey descendo as escadas para a adega, sorrindo para ela. *Vou cuidar de você direitinho, mãe.* E o sangue de Corey no chão, serpenteando em direção à parede.

Eu não posso fazer isso, ela pensou. Eu não posso fazer isso.

Sim, cher. *Você pode.*

As imagens desbotaram. E então, ela se sentiu flutuando, voando.

"Venha para mim, vovó Marie", sussurrou ela. "Eu me entrego a você. Venha."

Então, Angela sentiu-se cravando os dedos no solo úmido, retirando pedaços de terra. Quando ela estava com as duas mãos cheias de terra, ergueu-as até o rosto e passou a sujeira na pele, esfregando-a nos cabelos. Ela sentiu seu corpo inteiro formigar do mesmo jeito que seus braços estavam formigando, ganhando vida.

Vinn jwenn mouin, Angela Venha para mim.

Com as mãos anestesiadas, Angela pegou o *govi*. Mais de dez anos antes, três dias antes de seu último suspiro, vovó Marie abençoara este *govi*, deixando mechas de seu cabelo e unhas cortadas dentro a fim de preservar seu *gros-bon-ange*, seu espírito vital, que se tornaria seu espírito quando ela cruzasse para o plano da morte. Ela se esforçara pintando a parede de azul para que pudesse enviar Angela ou Corey para encontrá-la quando chegasse a hora certa. Ela gritara com o esforço que fizera para empurrar o fogão na frente de seu altar, para que ficasse escondido. Ela quase não se incomodara com tanto esforço, mas tivera um sonho terrível na noite anterior, no qual o *baka* estava empoleirado em sua nogueira, lembrando-a de que algo poderia dar errado com os papéis que ela havia deixado no armário.

O *govi* era seu plano B. Se os papéis não trouxessem alguém para livrar aquele lugar do *baka*, ela teria que encontrar forças para voltar por meio do *govi*. Com o espírito de Corey ao seu lado, ela enfim tinha essa força. Ela mesma resolveria aquilo.

Angela despejou o cabelo e as unhas do *govi* em um buraco no solo, depois os enterrou, limpando a terra. Ela estava quase acabando. Agora só precisava se lembrar da palavra, dizê-la.

Mas o cheiro já estava ali, rançoso, como se estivesse subindo de uma vala comum diretamente abaixo dela. O *baka* era poderoso. O *baka* lutaria. Esta era sua última chance de viver.

O dedo indicador de Angela enterrou-se no solo, desenhando os caracteres de seu anel em um círculo ao redor dela, para soletrar a palavra roubada que Papa Lebá ansiava para ter de volta.

Mas a pressa era inútil. A luta havia começado.

Angela ouviu um grito terrível. Ela se levantou de um salto, tonta, voltando para sua própria cabeça. Seus membros pareciam estranhos para ela, difíceis de controlar. Ela balançava e piscava, confusa com as árvores se curvando ao seu redor. Por que ela estava lá fora? *Onde ela estava?*

Então, ela viu Myles.

Myles estava fora de seu esconderijo, o rosto franzido, o arco pronto para disparar. Ele ia atirar nela. A expressão em seu rosto era de quem tinha esperado a vida toda por aquela oportunidade de atirar uma flecha em seu peito. Angela se sentiu mais desapontada do que assustada quando viu o alarme e o ódio no rosto de Myles. O *baka* havia contornado seu amuleto, e agora o pobre Myles estava sofrendo como Art Brunell. O demônio provavelmente o estava fazendo assistir.

Quase tarde demais, Angela pensou em levantar a arma, mas ela não estava mais em sua mão.

"*Se abaixe!*", gritou Myles.

Angela não parou para pensar. Jogou-se no chão como uma boneca de pano. Ela imediatamente ouviu um *zum!* e viu a flecha de Myles voar apenas um metro acima de sua cabeça, desaparecendo em um piscar de olhos. Atrás dela, alguém uivou.

Angela se voltou para o grito. Tariq saiu mancando do mato com sua Glock, a boca torcida de dor. A flecha de Myles se enterrou na coxa esquerda dele. Tariq devia estar escondido do outro lado dela, pronto para atirar, mas Myles o viu primeiro.

A arma de Tariq estava apontada diretamente para ela.

A última vez que Angela vira Tariq foi no tribunal do divórcio, quando ele estava todo calmo e seus olhos, avermelhados pela dor, se desviaram dos dela depois que Angela ignorou as tentativas dele de cumprimentá-la. Ele não parecia tão grande então. Ela teria sentido pena dele, se sua raiva tivesse permitido. Ao vê-lo agora, Angela se lembrou do quanto costumava se encolher quando a raiva na voz de Tariq ultrapassava o ponto de perigo, quando ela sabia que ele estava pronto para bater nela. Ou, se ele pudesse realizar seu desejo, pegar a arma e matá-la. Todos esses anos depois, ele enfim estava pronto para calá-la com sua Glock.

Outra flecha voou, alojando-se no ombro esquerdo de Tariq, a centímetros de seu coração. Com outro uivo de dor, Tariq tropeçou, desequilibrando-se com o impacto da flecha, mas não caiu e nem largou a arma.

Desta vez, ele não mirou em Angela. Ele mirou além dela, em direção a Myles.

Angela viu Myles alcançar sua aljava. Preparar uma flecha.

Suas mãos agarraram a .38, seu último presente do homem cujo avô havia corrido mais de um quilômetro para dizer a vovó Marie que sua filha não parava de gritar, uma bondade que sua avó nunca esquecera. Angela segurou firme e apontou a arma para Tariq.

Cinco balas. Atire duas vezes. Sua mente sabia o que fazer.

Ela apertou o gatilho.

O gatilho se manteve firme, imóvel. Ainda assim, um tiro explodiu na floresta silenciosa, desintegrando os pensamentos de Angela e afugentando os pássaros que estavam aninhando silenciosamente ao redor deles. Angela tentou apertar o gatilho de novo, mas nada aconteceu desta vez. Ela verificou a trava e a arma ainda estava destravada, na posição que Myles havia mostrado. Como ela disparara se o gatilho não se movera?

Um gemido a fez olhar para trás, para Myles. Seu arco havia caído e ele estava dobrado, fazendo um barulho terrível que ela não se permitiu ouvir antes de olhar para ele. Tariq cambaleou atrás de Angie, a poucos metros dela, tão perto que ela podia sentir o fedor do *baka* nele. O cheiro horrível quase a fez vomitar. "Estou decepcionado com você, Angie", disse Tariq, sua voz saindo de sua garganta. "Ele é o melhor que você conseguiu?" Tariq estava espetado com as duas flechas, estremecendo de dor, mas sorriu para ela.

Com um grito de frustração, Angela mirou diretamente em seu rosto largo e sorridente, puxando o gatilho. Mais uma vez, ele ficou preso no lugar. O *baka* não fora capaz de imobilizar as flechas de Myles, mas congelara sua arma. Seu corpo parecia cheio de areia, pesado e inútil.

"Angie, *corra*", murmurou Myles, e ela se virou a tempo de vê-lo cair para o lado, se enrolando.

"Não, Angie, por favor, fique", disse Tariq em tom gentil. "Eu planejei isso especialmente para você, Snook."

"*Deixe ele em paz!*", gritou Angela. Enquanto Tariq caminhava em direção à forma inclinada de Myles, Angela arremessou nele grandes pedras da fogueira. Quando uma pedra passou por cima da cabeça de Tariq, ela ouviu o arco de Myles estalar sob os pés dele. A próxima pedra atingiu Tariq bem nas costas com um baque, mas ele apenas se virou e apontou o dedo para ela. Então, apontou sua Glock para a cabeça de Myles.

Angela implorou, chorou, berrou. Ela se sentia tão desligada de si mesma quanto antes, enquanto derramava o conteúdo do *govi* no solo, presente e ainda não presente. Sua mente estava se fraturando.

"Corra...", implorou Myles outra vez, com os dentes cerrados.

Tariq disparou.

Com um grito, Angela desviou os olhos. Mas não antes de ver o jato de sangue.

As pernas de Angela redescobriram sua força e ela se lançou em direção à kombi de Tariq, empurrando o para-choque traseiro para ajudá-la a correr mais rápido para a floresta. Quando ela ouviu o terceiro tiro, suas pernas pareciam tão sem forças que ela teve que se agarrar a um tronco de árvore para manter o equilíbrio. Seu grito se tornou um soluço. A árvore era amigável, coberta com musgo macio que acariciava seu rosto. Ela firmou os braços, equilibrando-se. A árvore a ajudou a correr.

Angela estava chorando e cega de lágrimas de tristeza e medo, mas ela correu; saltando sobre troncos caídos, espremendo-se entre as árvores em pé, abrindo caminho para chegar ao bordo da videira e ao salmonete.

Ela corria como se estivesse voando.

Trinta e Três

4 de julho de 2001

"Então, o que você acha que gostaria de fazer da sua vida depois da faculdade, Corey?"

A mulher teve que repetir a pergunta duas vezes, porque embora Corey tivesse ouvido, ele não se lembrara de responder. Ele continuou olhando para o saguão, observando novas pessoas entrarem na casa, na esperança de ver Sean. Corey ficara preso assistindo a um filme com seus pais no dia anterior, e não tivera vontade de sair de casa desde então. Ele queria estar perto dos pais, mesmo que ele só estivesse dormindo em seu quarto com as cortinas fechadas.

Mas esta noite era *a* noite. Em vinte minutos, ele e Sean precisariam começar a dirigir para Portland, ou nunca chegariam à botânica antes de ela fechar, às 20h; eles tinham sorte por ela estar aberta em um feriado. Sean deveria vir buscá-lo no carro de seu amigo, mas ele estava cuidando dos irmãos até que seu pai chegasse em casa, tentando ganhar pontos com ele.

Corey não sabia o que havia acontecido entre Sean e o pai, mas o sr. Leahy batera na porta do quarto de Sean às 8h do dia anterior e dissera a Corey que ele precisava ir para casa. Ele parecia estar muito irritado, e Corey se perguntou o que Sean tinha contado a ele. Mesmo sem saber que Corey estivera fora a noite toda, a mãe pegara em seu pé desde o momento em que ele voltara para casa. *Onde você deixou sua camisa? Parece que você não conseguiu dormir. Por que você está tão quieto?*

Corey se sentiu isolado de seu entorno, a mente vagando, o que vinha acontecendo muito desde o dia anterior. Ele fez um teste de realidade em si mesmo: ele estava na sala de estar conversando com uma médica na festa de seus pais, uma mulher na casa dos trinta anos que ele não conhecia. O cabelo dela lembrava o de Becka, então ele manteve os olhos longe.

"Eu escrevo letras de música. Eu acho que talvez eu gostaria de trabalhar com cavalos também, ser um veterinário ou algo assim", disse Corey, enfim respondendo à sua pergunta. Ele estava pensando em Sheba.

"Minha irmã é veterinária", revelou a mulher. "Entre em contato se tiver alguma dúvida sobre as escolas."

"Sim, certo", disse Corey, mas se afastou dela e de seu cabelo, olhando para a porta.

Ele queria voltar para a cama. Ele não se lembrava de já ter se sentido tão mal como se sentia hoje. Ele parecia um cadáver, como diziam nessas situações. Cada parte dele parecia errada, destruída. Fosse por causa da surra ou por motivos que não queria saber, seu corpo inteiro parecia tão rígido quanto uma placa de concreto, e seu estômago era o pior de tudo. Sua mente estava doente. Seu coração estava doente. Ele queria rastejar para dentro de seu armário e sentar-se no escuro, se não tivesse tanto medo do que poderia ver nas sombras, da mesma forma que sentia medo sempre que a nogueira batia contra sua janela.

Ele queria fechar os olhos e não sentir *nada*.

O que ele queria mesmo, talvez, era estar morto. Talvez a sua avó soubesse o que estava fazendo quando tomara todos aqueles comprimidos para dormir. Nada de dores. Nada de problemas. Nada de culpa. Liberdade.

Pensamentos ruins, ruins.

Corey não gostava de ter pensamentos tão ruins, mas ele desistira de ter os que queria. Ele queria poder voltar ao Ponto e mudar o que havia acontecido. Ele queria retirar seu desejo contra Bo. Ele *queria* ficar seguro em casa esta noite, em vez de ter que voltar para a casa de sabe-se lá que espíritos que haviam brincado com ele no Ponto. Ele não tinha absolutamente nada que desejasse. Tudo o que ele tinha eram pensamentos ruins.

E uma dor de estômago.

Corey não tinha certeza, mas os pensamentos ruins pareciam estar eclodindo em seu estômago. A dor de estômago que ele notara pela primeira vez no Ponto nunca foi embora, e depois de três banhos de limpeza ela só piorou, mesmo quando ele seguiu as instruções de vovó Marie *ao pé da letra*. Nada acalmava a dolorosa dor em seu estômago. Parte era uma lembrança de Bo, mas havia algo mais escondido dentro da dor. Talvez fosse o *baka*, pensou Corey. Talvez fosse isso que se sentia quando o *baka* rastejava para dentro de alguém.

Foda-se isso, ele pensou. Ele preferia estar morto.

A mãe olhou para ele do outro lado da sala, verificando como ele estava. Ela estava conversando no saguão com uma família que vestia camisetas idênticas. Corey sorriu, tentando fingir que estava se divertindo, mas sabia que não devia ter sido convincente. Ele tentou escapar da vista dela indo para o outro lado da sala de estar, onde não havia tantas pessoas. O saxofone de jazz dos alto-falantes guinchava em seu ouvido. Coltrane. "A Love Supreme." A mãe dele ouvia isso o tempo todo.

A voz de uma mulher perto dele interrompeu a música. Ele a ouviu dizer *Elijah Goode.*

A mulher que falava estava de pé perto do piano, com um rosto magro que precisava de um pouco de sol. "Ele escolheu este lugar porque disse que a terra parecia 'indescritivelmente abençoada', ou pelo menos foi assim que ele descreveu para o irmão em uma carta. Marie Toussaint trabalhou para ele por um tempo, e ele deixou esta casa para ela como herança."

Vovó Marie trabalhara para ele, tudo bem, Corey pensou.

"Você está falando sério?", perguntou o homem que estava conversando com a mãe dele, o homem das camisetas. Ele ergueu o filho ruivo nas costas do jeito que o pai de Corey costumava fazer quando ele era pequeno. Observando aquilo, Corey desejou voltar a ser pequeno para que seu pai o carregasse assim de novo. "Eu nunca ouvi essa história. Achei que tinha algo a ver com a sra. T'saint e seus chás."

"Ah, não, é muito mais do que isso", continuou a mulher. "Em 1929, três anos depois que Marie Toussaint tornou-se proprietária desta casa, um deslizamento de terra destruiu todas as outras casas deste lado da cidade..."

O termo *deslizamento de terra* fez a cabeça de Bo aparecer em um estouro na mente de Corey, e seu estômago se contorceu, desta vez com náusea. Por que ela trouxera isso à tona? Devia ser um mau presságio ouvir alguém falar sobre o deslizamento de terra, ainda mais naquele dia. O *baka* tinha orgulho do deslizamento de terra.

Corey não queria ouvir o resto. Ele passou pelas portas francesas da sala de jantar, esperando encontrar um pouco de silêncio. Estava com sorte. Embora as pessoas na cozinha estivessem fazendo mais barulho do que ele queria, a sala de jantar estava vazia, era como um santuário.

Corey caminhou até a janela panorâmica dos fundos, de onde pôde ver o pai na varanda, de frente para a churrasqueira alinhando costelas enquanto falava com três ou quatro rapazes. Corey se perguntou se os outros homens estavam sentindo o cheiro de seu pai na brisa; embora o pai adorasse ficar de molho na banheira, naquele dia ele cheirava a merda.

Corey observou seu pai por um longo tempo, pressionando a palma da mão na janela. Ele se sentia como um prisioneiro em sua nova vida, trancado longe dos pais. Corey nunca soubera o quanto odiava mentir.

Você só precisa ir ao Ponto mais uma vez. Hoje à noite, tudo isso vai acabar.

Pela primeira vez, bons pensamentos surgiram. Pensamentos edificantes. Ele poderia fazer isso.

Mas primeiro as coisas mais importantes. Ele tinha que devolver o anel da mãe dele. O *baka* tinha arruinado tudo.

"... Ele disse que com certeza era vodu", a voz do homem flutuou da sala de estar atrás dele, e as pessoas riram como se ele estivesse contando piadas. *Art Brunell, esse é o nome dele. Mas ele não vai achar isso engraçado por muito tempo. Ele vai aprender a respeitar.* O pensamento apareceu, seguro de si mesmo, embora Corey não soubesse o nome do homem e não se importasse.

Nem todos os seus pensamentos eram seus.

Enquanto ele estremecia, sentindo-se desorientado, Corey *sentiu* o cheiro da lama que matou Bo, e o cheiro o fez lembrar de Becka. Assim que pensou nela, folhas mortas voaram pelo chão da sala de jantar, espalhando-se perto de seus pés. Ele ouviu algo cair dentro do armário de porcelana, vidro se espatifando. As folhas também estavam no armário da porcelana, amontoadas contra o vidro.

Quando Corey engasgou, as folhas já haviam sumido.

Mas estava aqui. Não parecia mais com Becka — era apenas *uma* maneira de parecer com ela —, mas Corey sentiu algo deslizar por ele como uma água-viva, fria e encharcada. O cheiro o fez dar dois passos para trás, cobrindo o nariz. Uma das cadeiras da sala de jantar deslizou para o lado, balançando para a frente e para trás sobre as pernas antes de se acomodar de novo. Corey engoliu em seco, tentando desalojar o que parecia ser uma pedra em sua garganta. Seu coração o esmurrava. As bênçãos de vovó Marie deveriam ter impedido o *baka* de entrar na casa, mas ele estava ali. Será que *ele*, Corey, tinha permitido que ele entrasse?

As portas francesas estremeceram. A coisa estava se movendo para a sala de estar.

Corey irrompeu pelas portas francesas, tentando seguir seu rastro invisível. Mas havia muitas pessoas ali, e como ele poderia rastrear algo que não conseguia ver?

Ele viu as estátuas de vovó Marie no piano, na lareira e nas prateleiras, e de repente ele as reconheceu de imediato: eram Papa Lebá e Xangô e Labalèn e Oyá e Oxum e Ogum e Simbi la Flambo e Gran Ibo e Ezili la Flambo. Vovó Marie havia escrito sobre todos eles. Eles deveriam estar protegendo a casa. Enquanto Corey olhava para eles, as estátuas silenciosas pareciam chorar.

NÓS FODEMOS COM TUDO.

A mãe não estava na sala de estar, mesmo que todo mundo da cidade estivesse. Corey achou que devia haver pelo menos cinquenta ou sessenta pessoas aglomeradas na sala, embora a mãe de Corey tivesse convidado exatamente trinta. Não era uma festa à fantasia, mas o bando de pessoas em pé perto da janela panorâmica do outro lado da sala usava cartolas pretas e *smokings*, seus rostos cobertos por máscaras que pareciam crânios sorridentes. As figuras mascaradas se abanavam com galhos grossos e folhosos, gritando umas para as outras como corvos. A mãe não os havia convidado. Corey sabia disso.

Talvez ele estivesse sonhando agora. Talvez fosse isso.

"Aonde minha mãe foi?", perguntou Corey ao homem das camisetas iguais, Art Brunell. Este homem não estava usando máscara, mas estava rindo como se sua cabeça fosse explodir. Enquanto Corey olhava para as bochechas risonhas do homem, viu fluxos de fumaça escaparem de suas narinas, embora ele não estivesse fumando.

O homem se inclinou para perto dele, colocando a mão em concha na orelha. "O quê?"

Corey esqueceu sua pergunta, olhando para o filho de Art Brunell, que estava em suas costas. Os lábios do menino estavam roxos, seus olhos vazios e brancos enquanto ele sorria. Seu pescoço estava cheio de hematomas.

Bem-vindo à morte, garoto, pensou Corey, e de repente o menino ficou normal de novo.

"Você viu minha mãe?", repetiu Corey, lembrando-se de sua pergunta.

Art Brunell apontou para o saguão, piscando. "Por ali, garoto", ele disse.

A mãe não estava no saguão, mas provavelmente tinha cruzado pela despensa até a cozinha, seu caminho favorito. Corey fez uma pausa antes de entrar na despensa. Olhou para a porta da adega além dele, no final do corredor. Ele também ouviu um barulho metálico atrás da porta da adega. Onde Corey estava parado, o chão tremeu como se um trem estivesse passando.

O Expresso do Inferno, ele pensou.

Ele devia estar ficando louco como sua avó, Dominique. Mas havia uma coisa sobre ela que valia a pena admirar, pensou Corey: quando se tratava de demônios, ela rira por último, não?

A curiosidade quase fez Corey abrir a porta da adega, mas ele tinha que encontrar sua mãe primeiro. Ele tinha algo importante para fazer. Algo para dar a ela.

Não havia cheiros estranhos ou visões esperando por Corey na cozinha, e ele respirou aliviado. Vovó Marie era forte naquele cômodo.

Aquele espaço ainda não havia sido tomado, e as pessoas pareciam saber disso, porque ele estava iluminado, lotado e cheio de risadas. Corey viu sua mãe perto da pia com uma taça de vinho, afundando a mão na pia para pegar gelo. Ela tirou a mão de lá, praguejando. Vovó Marie estava tentando falar com ela, avisá-la.

"Mãe? Posso falar com você? Tenho que te dar uma coisa."

Os olhos dela o estudaram. Mesmo com a vovó Marie tão perto, a mãe não sabia ouvir. Mas ela iria, um dia. Vovó Marie a ensinaria.

"Querido, como está o estômago?", perguntou ela.

"Sei lá, de boa", disse ele, a primeira de muitas mentiras. Assim que ele entrara naquele cômodo, seu estômago começara a gritar. Ele tinha que voltar para o saguão, perto da adega. Ele tinha que calar o estômago. Ele levou a mãe para onde queria, para longe das pessoas, para longe da dor.

"Mãe, eu fiz uma coisa e agora tenho que consertar. Tá pesando na minha mente."

O som de sua própria voz, tão controlada e racional, o surpreendeu. Ele estava tentando pensar no que dizer, tentando lembrar por que queria falar com sua mãe, mas, felizmente, sua mente sabia como falar por si mesma. O anel estava em sua mão, pronto. Ele abriu a palma da mão para que sua mãe pudesse ver, e a alegria em seus olhos o ajudou a lutar contra a sensação de que estava derretendo como o gelo na pia. Derretendo-se como a Bruxa Má do Oeste.

"Primeiro, eu ia fingir que tinha visto o anel em uma venda de garagem ou algo assim e dizer: 'Mãe, veja o que eu achei, é idêntico ao da vovó Marie'. Mas é o mesmo." Corey estava orgulhoso de como parecia lúcido. Ele não devia estar tão louco quanto se sentia. Além disso, até agora, ele estava dizendo a verdade, e a verdade era boa. "Fui eu quem joguei o tijolo e quebrei a janela, mãe. Parece idiota agora, mas eu gostava de uma garota..." Antes que ele percebesse, estava contando tudo a ela, como Sherita se recusara a devolver o anel, como ele entrara em pânico. Seu estômago ainda reclamava, mas o coração de Corey se soltou, se libertou.

PEGUE o anel, mãe. PEGUE, ele pensou, porque ele estava lutando contra o desejo de puxá-lo para longe dela, de não a deixar tocá-lo. O que quer que tenha invadido a casa não queria que a mãe dele ficasse com o anel, porque poderia servir como uma arma para ela mais tarde. O que quer que tenha invadido a casa estava rastejando em seus pensamentos de novo, fazendo-o se perguntar por que estava tão ansioso para banir o *baka* quando o *baka* sempre fazia o que era ordenado. *Por que não jogar o anel no ralo da banheira, onde ele pertence?*

"Como você conseguiu este anel de volta?", sussurrou ela, por fim aceitando o anel.

Ele quase disse a ela, porque gostava da liberdade de suas mentiras. As novas mentiras que ele inventou se recusavam a sair da boca, então ele desviou o olhar dela. Mas então ele imaginou a mãe afundando em uma poça de lama, gritando e agitando os braços, e contou a ela o que havia ensaiado: ele havia escrito para Sherita e ela mandara o anel de volta para ele. *Voilà*.

Ele visitou sua antiga vida por um ou dois minutos com a mãe, na verdade *falando* com ela do jeito que ela sempre reclamava que ele não falava; ele estava até mesmo brincando com ela (*eu me preocupei em dar o melhor, sacou?*). Quando ele viu no rosto dela o quanto a machucara por roubar seu anel, de repente ele não se importou com mais nada. Ele estava arrependido. Ele varreria folhas, cataria o lixo e arrancaria ervas daninhas do jardim durante todo o verão sem reclamar, apenas para consertar as coisas.

"Eu sei que você está com raiva de mim. Então, estive pensando sobre uma punição..."

"Corey..." A mãe o interrompeu, tocando seu queixo. Havia algo naquele gesto, em poder descansar o queixo na palma da mão quente dela, que fez Corey se sentir mais como ele mesmo, de um jeito que não sentia desde antes de papai se mudar. "Não sei se você se lembra, mas não muito depois que você pegou o anel, tudo desmoronou para nós. Seu pai e eu fomos morar em casas separadas, em cidades diferentes, e forçamos você a escolher um de nós. Acho que talvez isso seja punição suficiente. O que você acha?"

Me desculpe, me desculpe, me desculpe. Quanto mais a mãe o tocava, mais ele tinha certeza de que começaria a chorar a qualquer momento. Ele poderia se enrolar em sua palma quente e dormir, seguro e livre.

"Venha aqui, meu bem", disse a mãe, e o abraçou.

Corey se segurou, tensionando o corpo. Ele mal podia se permitir ouvir enquanto sua mãe lhe falava sobre como ele havia se tornado um homem, como ela estava orgulhosa, o quanto o amava. Se ele não conseguisse manter suas emoções sob controle agora, nunca conseguiria. Não a tempo de ir ao Ponto.

Corey não achou que conseguiria se afastar de seu abraço. Ela faria qualquer coisa por ele. Talvez a mãe pudesse ajudá-lo esta noite, de alguma forma. Talvez ela soubesse mais do que demonstrava. Talvez ela já soubesse sobre a maldição. Corey imaginou ir ao Ponto com sua mãe para terminar o banimento, e seu coração disparou. Eles eram mais fortes juntos do que separados, ele percebeu. Com seus espíritos combinados, seria mais difícil para o *baka* influenciá-los.

Como ele não tinha percebido isso antes?

"Mãe, a vovó Marie contou alguma coisa sobre o anel? Tipo, esses símbolos. Ela disse o que eles significam?"

Nada apareceu em seu rosto. "Ela me disse que são da África Ocidental. O anel era da avó dela, e eu não lembro por quantas gerações anteriores ele passou. Pelo menos mais uma. Acho que ela acreditava que era um amuleto da sorte."

Ele tinha que fazê-la entender o que ele estava pedindo. Corey fez uma pausa, respirando fundo. "Mas e os símbolos? Ela nunca te contou nada sobre eles? Tipo..." *Como Bo Cryer sendo sugado pela lama, gritando.* "... se eles deveriam ter poderes ou algo assim?"

Pelo rosto dela, Angela não fazia ideia do que ele estava falando. "Poderes?"

"Você sabe", disse ele. "Como se eles pudessem... fazer as coisas acontecerem?"

"Que tipo de coisas, Corey? Não entendi."

Corey sentiu seu coração se partir. Ela não sabia. Vovó Marie não tinha contado nada a ela, então estava na conta dele. Ninguém mais poderia carregar esse peso naquela noite. Mesmo se tentasse dizer a ela agora, não havia tempo para fazê-la acreditar nele. Corey estava sem tempo.

"Nada. Esquece", disse ele, sussurrando.

Ela então pareceu se sentir mal, como se tivesse falhado com Corey. Ele não tinha a intenção de fazê-la se sentir assim, então tentou dar uma aliviada, provocando-a sobre como sabia que seu pai ia de fininho para o quarto dela à noite. Quando ele disse isso, o rosto dela quase corou, e ele percebeu como ela devia ter sido bonita aos 16 anos. Não admira que alguém tivesse escalado aquela árvore para convidá-la para o baile.

Então, Corey sentiu seu estômago apertar, como se alguém tivesse puxado uma chave e o tivesse apertado por dentro. A dor o desconcertou, fazendo-o esquecer o que estava dizendo, algo sobre tentar consertar seus erros. Mas alguns deles não podiam ser consertados. Ele sabia disso agora.

"Corey, você está com uma cara horrível", disse a mãe. "Tem certeza de que está bem? Você não precisa ajudar com os fogos de artifício se quiser ir se deitar. Vou explicar para o seu pai."

Com a chegada da dor, a voz de sua mãe torturou seu ouvido. Ele queria silêncio. Ele tinha que se recompor. Seus pensamentos estavam rolando ao redor, difíceis de capturar. Ele estava afundando em sua própria mente, como Bo tinha afundado no chão.

"Estou *bem*, cara", ele se ouviu dizer.

"Então me faça um favor e vá até a adega e traga alguns refrigerantes, ok? Eles estão empilhados no canto. Traga algumas caixas. E pode trazer os fogos de artifício também."

Por que essa puta está sempre dizendo a ele o que fazer? Por que ele não conseguia ficar quieto e ter um momento de paz e sossego?

"Tenho que ir até a casa do Sean", disse Corey. Ele tinha seus próprios planos esta noite.

A boca de sua mãe começou a tagarelar mais uma vez, dando desculpas, dizendo eu-te-avisei, dando-lhe ordens. *Ela nunca escuta, só fala, fala, fala. Se ela não calar a boca,* vou perder o juízo.

Talvez perder o juízo não fosse uma coisa tão horrível, pensou Corey. Seu problema era que ele precisava perder o juízo. Sua mente o estava prendendo. Ele deveria ter comemorado quando aquele caipira gordo fora sugado pela lama, porque mesmo que Becka tivesse mentido, isso não significava que Bo valia alguma coisa. Ele e Sean haviam agido feito pirralhos depois do que acontecera. Por que tinham feito tanto drama? *Ele* queria *que acontecesse, então por que estava chorando?*

Mais uma vez, um pensamento se espreitou na mente de Corey: já que o *baka* tinha sido tão bom para ele, por que ele queria bani-lo? Qual era exatamente o sentido disso?

A lógica daquilo estava toda fodida. Por mais que Corey revirasse a questão em sua mente, ele não conseguia pensar em uma resposta que fizesse sentido. O *baka* poderia dar a ele tudo que ele quisesse. Esse era o motivo de ter uma palavra roubada dos deuses.

Era tão óbvio que Corey não conseguia entender como vovó Marie não percebera.

A mãe estava olhando para ele com seus olhos carentes, desesperada para saber se Corey a amava, mesmo que ela não desse a mínima para ele. Se ela se importasse mesmo, não o teria deixado se mudar. Ela lutara por todo o resto, mas naquela vez só derramou algumas lágrimas e o deixou ir. Bem, foda-se ela por não tentar. Foda-se ela por decidir não ser sua mãe.

Corey deu para sua mãe o sorriso que ele sabia que ela queria, doce e alegre.

"Vou cuidar de você direitinho, mãe", disse ele, piscando. "Você vai ver."

* * *

Becka estava esperando por ele na adega.

Enquanto Corey descia a escada, a viu sentada nua no chão, com seu cabelo loiro brilhante caindo suavemente sobre os ombros. Suas auréolas avermelhadas contrastavam com a pele pálida. Corey sabia que estava bravo com Becka, embora não conseguisse lembrar por quê. Ele não se permitiu ficar feliz em vê-la, mesmo que quisesse.

As paredes da adega estavam cobertas de vinhas. O tapete de pele de urso — ou de qualquer outro tipo de pele — estendia-se por todo o chão, exatamente como em seu sonho.

Becka se levantou, seu corpo ágil se esticando. Os olhos dele foram de seus seios para as costelas, e então para seu osso pélvico, convidando o olhar dele para o monte de cabelo loiro entre suas pernas. Becka sorriu enquanto ele a observava. A garota caminhou ao longo da parede onde as prateleiras cheias de garrafas de vinho estavam escondidas da vista por trepadeiras e musgo. Os olhos de Corey seguiram a curva de suas nádegas, a covinha profunda na bochecha de sua bunda que apareceu quando ela flexionou a perna.

"Fique aqui comigo, Corey", disse ela.

"Eu não posso. Tenho que levar os refrigerantes. E os fogos de artifício."

Era *isso*. Era por *isso* que havia ido até ali.

Becka mostrou os dentes. "Por quê?", disse ela. "Porque *ela* mandou?"

Corey não tinha resposta para isso. Parecia ridículo quando Becka colocava as coisas dessa maneira. Humilhante, realmente. Becka posou sedutoramente contra a parede, um dos braços esticado para cima. Ela poderia estar na capa de uma das edições da pilha de *Playboys* que seu pai mantinha debaixo da cama.

"Você mentiu para mim", disse Corey, lembrando-se disso também.

"Desculpe, Corey, mas você precisava de ajuda. Você foi muito lento. Você ia deixá-lo escapar impune. Você poderia ter morrido quando aquele cavalo empinou."

"É verdade", murmurou Corey.

"Os Beaumont Cryers deste mundo tornam outras pessoas infelizes por toda a vida."

"É verdade."

"Então, eu só ajudei você a se proteger, Corey. O que há de errado nisso?"

"Não há nada de errado nisso."

Pronto, ele admitiu. Bo teve o que merecia.

"É a sobrevivência do mais forte. E você é o mais forte, Corey, porque você tem a mim."

Mas isso era apenas um truque, não era? Como ele poderia ter alguém que não era *real*?

"Eu ouvi o seu desejo quando você estava no Ponto", disse Becka. "Você desejou por mim. Serei quem você quiser que eu seja, Corey. Eu posso ser Vonetta. Você gostaria disso?"

Antes que ele pudesse responder, Becka desapareceu e Vonetta tomou seu lugar; pele escura, lábios carnudos, quadris largos, bunda maior. As auréolas de Vonetta eram mais escuras. Os olhos de Corey a saborearam, deslumbrados. Ele deu um passo em direção a ela, sem perceber que havia se movido.

"Não há razão para você morrer virgem, Corey", disse Becka pela boca de Vonetta.

"Quem disse alguma coisa sobre eu morrer virgem?", perguntou Corey, surpreso. Quem dissera alguma coisa sobre ele *morrer*?

"Poderia acontecer. Seria uma reviravolta trágica, não acha?"

Corey não conseguia pensar em nada mais trágico. A ideia quase trouxe lágrimas aos seus olhos.

Vonetta se ajoelhou, estendendo a mão sob a borda do tapete de pele. Ela puxou uma arma — a antiga arma de seu pai, com a fita adesiva enrolada na coronha. Era a arma da qual a mãe forçara seu pai a se livrar, mandando nele, como sempre.

"Eu não quero isso", disse Corey.

"Sim, você quer. Você já quis umas cem vezes *calar a boa dela*."

Isso era um exagero. Ele devia ter pensado nisso uma ou duas vezes, na mesma parte fantasiosa de sua cabeça que gostava de atropelar velhinhas com o carro quando jogava GTA 3 no PlayStation2. Mas o irmão de T. atropelara alguém na vida real, e não havia graça nisso.

Era o pai quem queria sua arma de volta. Era o pai que às vezes queria matá-la.

Agora, Becka era Becka de novo. Em um passe de mágica.

"Você precisa ser homem e fazer isso, Corey", disse Becka. "Ela é uma tirana."

Ela mostrou na cabeça dele uma visão de como seria fácil: ele pegaria a arma, subiria as escadas e veria a mãe conversando com um homem negro com a cabeça raspada que acabara de entrar na casa. O homem era um antigo namorado, e sua mãe estava flertando com ele feito a vadia que era, sendo que o marido estava lá fora. Corey atiraria primeiro no homem e depois nela. *Pow! Pow!* Rápido e fácil, na cabeça.

Então, *ele* seria o único restante na fila. Ele poderia ter seu anel de volta. Ele teria Becka só para ele.

Becka sorriu. "Isso é bom, Corey. Quanto mais você quiser, mais gostará daqui. Não precisa doer."

Ela estava certa. O estômago de Corey até já estava melhor. A torção da dor se foi.

"Você me quer, Corey?", perguntou Becka.

Corey aquiesceu. "Sim." Ele não podia negar.

Ela estendeu a arma para ele, balançando-a. Corey a pegou e a envolveu com a palma da mão. Ele sempre quisera atirar com essa arma. *Pow! Pow!* Rápido e fácil.

"Pessoas mandonas escravizam os outros e merecem o que recebem de volta", disse Becka, e Corey não podia discutir. A mãe o controlara como Kunta Kinte durante todo o verão. "Continue, Corey. Vou tocar uma música para você no piano, para você fazer uma grande entrada."

A introdução ao piano seria um belo toque. Becka pensava em tudo.

"A música já está tocando, Corey."

E estava. Estava abafada e desafinada, mas Corey ouviu a música flutuando no saguão, uma das antigas baladas de jazz. "Getting to Know You." Ele se imaginou dançando com Becka ao som da canção, como Fred Astaire e Ginger Rogers em um daqueles musicais antigos, deslizando pela pista.

"Estarei aqui quando você voltar", disse Becka.

Corey sentiu seu pé subir o primeiro degrau para voltar ao saguão. Ele já havia esquecido para onde estava indo, ou por quê, mas esperava se lembrar quando chegasse lá. *Pow! Pow!*

Tome cuidado com esses degraus, meu Anjo.

Na escada, uma mulher negra de cabelos escuros entrou em seu caminho. Embora ele não pudesse ver seu rosto, seu cabelo estava preso em trancinhas, e ela usava um vestido comprido bem colorido, além de pulseiras e braceletes de búzios nos pulsos. Ela era uma visão incrível.

Becka gritou: *"Você não pode entrar aqui, vadia!".*

A mulher desapareceu no mesmo instante, como se ele a tivesse imaginado. Ele trouxera vovó Marie ali? Ele era forte o suficiente para fazer isso? Lágrimas vieram aos olhos de Corey ao pensar em sua bisavó. *Ela estivera ali.* Percebendo isso, ele não podia fingir que não percebia o que Becka queria que ele fizesse, todo aquele horror. Becka estava tentando transformá-lo em outra pessoa, como ela tentara fazer naquela noite com Bo no Ponto.

Mas ele ainda podia lutar. Ele *acreditaria* que poderia lutar, mesmo que não fosse verdade.

Corey desceu o degrau, afastando-se da escada. Ele enfrentou o *baka*.

O estômago de Corey deu um nó imediatamente e ele se dobrou de dor. Aquela dor não era como a dos chutes de Bo. Essa era mais profunda, em sua alma. O *baka* o estava dominando à força.

Corey sentiu uma cortina caindo dentro dele, deixando tudo cinza. Ele sentiu as palavras saírem de sua garganta, os últimos resquícios de si mesmo que conseguiu encontrar. "Eu amo a minha mãe e não vou matá-la por você. Eu não vou fazer *nada* por você."

O sorriso de Becka ficou duro, arrogante. "Ah, eu vejo isso de forma diferente, Corey. Você vai atirar naquele homem e depois vai atirar na sua mãe. Pode apostar. Eu *sempre* consigo o que quero."

O corpo de Corey se contraiu, tremendo. Ele reconhecia um sentimento de luta, mesmo que sua mente estivesse tão alheia que ele não pudesse mais se lembrar do conceito de luta, ou de com quem ele estava lutando. Ainda assim, ele resistiu, agarrando-se à luta enquanto a dor o engolia.

Corey sentiu o cano da arma roçar na lateral de sua cabeça, em sua têmpora. Seu coração disparou.

Vá pro inferno, Corey pensou, por um momento conseguindo se lembrar de quem ele era. Minha mãe vai acabar com você.

Com todas as suas forças, Corey Toussaint Hill venceu sua última luta.

Trinta e Quatro

Sexta-feira

Angela deveria ter caído umas cinquenta vezes até agora. Ela estava correndo tão rápido que sua cabeça se inclinou para a frente como se ela estivesse cavando um caminho em direção à floresta. Ela manteve os olhos no chão o máximo que pôde, mas seus pés agiam por conta própria; desviando de nós, raízes, buracos, pedras e uma miríade de outros perigos que surgiam em seu caminho a cada passo. Cada vez que ela dava um passo em falso, um galho pendurado ou tronco de árvore estava lá para segurá-la antes que ela caísse longe, antes que ela tivesse que diminuir a velocidade.

POW!

Outra explosão estalou na floresta atrás dela, um tiro. Desta vez, Angela não ouviu a bala perto dela, mas no último disparo que Tariq havia feito, o tiro acertara uma árvore a centímetros dela, fazendo a casca voar em seus olhos. Talvez ele estivesse ficando para trás.

"Tive uma ideia, Snook", a voz de Tariq ecoou atrás dela. "Vou contar até dez, e você vai se esconder. Não é assim que você costumava fazer, Angie? Você se escondia para que Myles não a encontrasse? Eu não posso dizer que culpo você. Eu não sei sobre você, mas Myles parece rígido demais para mim. Sobretudo agora, se é que você me entende. O cara não tem muita personalidade."

Angela soluçou uma vez, e essa perda de concentração de meio segundo a fez tropeçar, quase torcendo o tornozelo em uma raiz de bordo de videira. Suas pernas ameaçaram ceder enquanto ela se apoiava na casca escorregadia, mas ela seguiu em frente, ousando olhar para trás.

Ela viu apenas arbustos de mirtilo, samambaias e árvores perenes atrás dela, um mar de verde e marrom. Nenhum movimento visível. E ela não ouvia mais os latidos incessantes de Onyx, um alívio.

Talvez ela tivesse despistado Tariq, ou então ele estava se cansando, sucumbindo aos ferimentos. Até então, só se passavam um ou dois segundos até que a cabeça dele emergisse de trás de um arbusto ou tronco de árvore, perseguindo-a com seu andar selvagem e oscilante. Myles acertara Tariq com força na coxa com o arco, mas o ferimento não impedira Tariq de correr a dez metros dela, às vezes menos.

Merda. *Lá estava ele.*

Tariq apareceu atrás dela. Ele se virou sobre a perna machucada como se ela fosse feita de madeira, galopando. Ele puxou a flecha de seu ombro, mas a flecha em sua perna estava quebrada ao meio, a ponta ainda incrustada na pele. O *baka* estava ajudando Tariq a correr, Angela sabia. Ali, o *baka* poderia presentear Tariq com poderes monstruosos. Se Myles não tivesse acertado Tariq, ele já poderia tê-la alcançado três vezes.

Ele mirou a arma de novo, e Angela continuou correndo, esquivando-se. Pelo menos suas pernas eram fortes. Elas *tinham* que ser fortes.

POW!

O som do tiro seguinte a fez gritar, antecipando um ferimento. Mas ele errou outra vez.

Cada novo tiro tornava mais difícil para Angela controlar as pernas, fazia com que os sinais de seu cérebro falhassem. *Rápido* significava *lento*. *Direita* significava *esquerda*. Suas pernas tiveram que aprender sozinhas a correr do zero, mas sempre conseguiam, se movimentando com diligência. Era um esforço mortal, e agora ela entendia por que tantas heroínas nos filmes de terror desistiam, caindo de bunda exatamente quando o monstro se aproximava. O medo as fazia cair.

Fique parada, cher. Pas desplase.

Deixe-me ir até você.

A voz de vovó Marie era potente, chamando-a em meio à chuva torrencial, cantando na água que passava de folha em folha até o solo o solo. Grunhindo para saltar sobre outro tronco que bloqueava seu caminho, Angela não conseguia dispensar energia para responder a vovó Marie. Os minutos haviam sido esticados, cada momento demorando uma eternidade, cheios de perigos. Arbustos espinhosos que podiam arrancar seus olhos. Madeira apodrecida que podia quebrar sob seu peso. Ninhos escondidos e buracos que poderiam fazê-la tropeçar e quebrar o pescoço. E Tariq atrás dela, um louco impulsionado por um demônio.

Parar? Angela gostaria de poder fazer mais do que isso: ela queria se deitar e desistir. Angela tinha dado tudo que tinha. Ela dera seu filho, seu marido e o amor da sua vida. Ela dera seus amigos e o filho de sua amiga. Não havia mais nada, mais ninguém. Angela estava vazia. Suas pernas pareciam saber o que fazer, mas o resto dela era um peso morto.

Sim, você está sofrendo, cher. Pas desplase.

Angela tentava diminuir o ritmo. Ela dizia às pernas para diminuir a velocidade, mas elas não obedeciam.

Enquanto corria, Angela ouviu um estalo profundo à sua frente, um som que ela se lembrava de ouvir em casa alguns dias atrás: uma árvore estava caindo. Um enorme tronco de abeto-de-douglas cerca de três metros à frente dela estava se curvando para baixo, tombando para o lado, trazendo uma avalanche de galhos e folhas com ele. Mas Angela ainda não conseguia parar de correr.

Vou correr mais rápido, ela pensou, um instante antes de perceber que não conseguiria. A árvore estava caindo muito rápido. Mas já era tarde demais para que ela parasse de correr.

Angela soltou um grito rouco, avançando.

O tronco caiu atrás dela, sacudindo o chão. Angela não conseguia se ouvir no tumulto, que soava como uma explosão, sacudindo suas pernas. Os destroços da árvore caída voaram em seu pescoço e suas costas, arranhando-a. Mas ela havia escapado da queda. Ela ainda não estava morta.

Talvez tenha sido uma árvore amigável, ela pensou, e quase se sentiu feliz. O último momento verdadeiro de alegria de Angela havia ocorrido duas horas antes, quando ela viu a flecha de Myles voar acima dela. Ela pensou na flecha certeira de Myles enquanto corria. Sem aquela flecha em seus pensamentos, Angela sabia que ela já poderia ter morrido. Ela desejou que sua memória acabasse com aquela flecha.

A árvore caída diminuiu a velocidade de Tariq. Por enquanto, pelo menos, a voz dele estava mais distante.

"Angie, eu tenho tudo planejado para nós", gritou Tariq, abafado pelas árvores entre eles. Ele não parecia estar respirando com dificuldade; sua voz era muito vigorosa. Ela ouvia galhos estalando enquanto ele avançava pela mata densa. "Vamos ter uma noite romântica na floresta, só você e eu, querida. Pensei em continuar de onde paramos. Temos que conversar, Snook. Papo *sério*."

Angela não respondeu, rastejando sob uma cama de samambaias, rezando para que ele ainda estivesse emaranhado atrás da árvore caída, para que ela tivesse tempo suficiente para despistá-lo.

"Eu queria que você me mostrasse o que você e Myles Fisher fizeram aqui na noite do baile. Ou, porra, você pode me mostrar o que você fez na noite passada. Por mim, tanto faz. Sinto muito pela pequena execução no Ponto, Angie, mas o homem estava me dando nos nervos. Myles não está aqui para te foder, então você vai precisar fechar os olhos e usar a imaginação."

Angie teve que suprimir o grito de raiva que tentou subir por sua garganta. De repente, ela quis esperar por Tariq e se lançar sobre ele, arranharia seu rosto com as mãos nuas se fosse necessário. Talvez ela fizesse isso. Ela sabia que o *baka* estava falando através dele, mas aquele parecia o velho Tariq, a parte que ele sempre mantivera escondida. Ele parecia o mesmo Tariq que secretamente quisera machucá-la, o Tariq que sempre tivera ciúme das lembranças que ela possuía de Myles.

"Onde você foi, garota? Não seja tímida. Vai ser pior para você, Snook. Você sabe do que eu gosto."

Arfando, Angela correu como um caranguejo para contornar o tronco vertical que apareceu à sua frente depois que deixou a proteção das samambaias. Talvez ela tivesse conseguido um ou dois metros de vantagem. Ela iria começar a correr em uma nova direção, de volta ao Ponto. Isso iria confundi-lo.

Em algum lugar atrás dela, Angela ouviu um assobio estridente.

"Onyx!", gritou Tariq. "Aqui, garoto! Diga-me para que lado a mamãe foi, então nós dois vamos dar oi para ela. Venha, garoto." Ele bateu palmas.

Angela ouviu o latido de novo, parecendo mais perto do que ela gostaria. Merda. Estimulada pelo barulho, Angela correu mais rápido. Suas pernas tremeram no início, mas então a obedeceram, dando-lhe mais velocidade. Seus ancestrais haviam fugido de cachorros na floresta, ela percebeu; aquele arranque estava embutido em sua memória psíquica. Se ela tivesse permitido que seu coração parasse por um momento, talvez ela tivesse aprendido os nomes deles.

"Ah, essa foi *boa*, Angie. Boa tentativa, Snook. Mas ele está no seu rastro agora. Não se deixe enganar por essa tosa idiota. Este pequeno vira-lata tem um ótimo nariz. E ele pode correr! Ele vai te pegar, querida."

Apesar de tudo, Angela se virou e olhou para trás. Ela não viu Tariq. Ela viu bosques densos atrás dela, nós de árvores e arbustos crescendo desenfreadamente. E muita escuridão para aquele horário. Era fim de tarde, mas o céu já estava se transformando em noite.

A floresta estava escurecendo.

Calma, cher. *Deixe-me ir até você.*

Fique parada. Pas desplase.

Depois de saltar sobre uma fina árvore caída que quase a derrubou, Angela não teve escolha a não ser ouvir a vovó Marie. Suas pernas pararam de funcionar. Seu instinto de fuga explodiu e depois sumiu. Angela estacou, encostando-se em uma árvore de cicuta a fim de recuperar o fôlego. Ela não estava mais ouvindo mensagens das árvores e da terra ali; ninguém em sua família havia se aventurado tão longe até então. Ela estava em um território novo.

Angela ergueu a arma de novo. Em nenhum momento ela deixara a .38 cair, embora quase tivesse jogado a pistola longe muitas vezes, acreditando que estava diminuindo sua velocidade. Sua mão doía de segurar a arma com tanta força. Se ao menos ela pudesse cumprimentar Tariq com um tiro surpresa...

A arma ainda estava emperrada? Se agora ela tentasse testar o gatilho mais uma vez e disparasse, ela entregaria sua posição. Mas poderia valer a pena. Angela decidiu que queria descobrir.

Mirando o tronco de uma árvore, Angela puxou o gatilho. Ele não se mexeu.

"*Merda*", sussurrou ela, seu terror renovado.

"Ah, sim, Snook, alguém deveria ter contado a você sobre aquela arma mais cedo," chamou Tariq, sua voz mais próxima, embora ele também parecesse ter diminuído a velocidade, andando. Como se tivesse todo o tempo do mundo. "Meu amigo me protegeu com essa arma. Se a vovó Marie tivesse algum tipo de poder, teria disparado da última vez. Mas isso não aconteceu. Também não está funcionando agora, não é? É como eu disse à sua amiga Naomi: você deveria ser mais cuidadosa ao escolher suas amizades."

Termine o que começou, cher. *Deixe-me ir até você.*

Pas desplase.

Ela precisava fingir que Tariq não estava lá. Precisava tirar Tariq de sua mente.

Angela sentou-se no chão úmido, esmagando folhas úmidas sob seu peso. Ela enfiou a mão na bolsa para pegar os cartões que Corey mantinha em seu quarto. Ervas daninhas roçaram seu rosto, na altura dos olhos, mas ela ignorou as cócegas. Ela também ignorou o latido, que estava mais próximo.

Ela ignorou tudo, exceto seu batimento cardíaco.

No Ponto, Angela não tivera que pensar em escrever os símbolos no solo com o dedo, mas qualquer conexão que ela tivera com a vovó Marie no Ponto fora quebrada, ou então enfraquecida. Ela estava sozinha. Angela colocou os cartões em um círculo ao redor de si mesma, mantendo a ordem deles ao verificar os números que Corey havia escrito em cada um. Seu doce e inteligente menino preparara esses cartões para ela. Corey a levara até ali. O resto era com a vovó Marie.

"Vovó Marie, me ajude", disse Angela, fechando os olhos. Ela esfregou as mãos no couro cabeludo, onde um pouco da terra lamacenta do Ponto ainda grudava em seu cabelo. Depois, Angela esfregou nos lábios a terra sagrada que estava em seus dedos. "Me ajude."

A sensação não foi tão aguda quanto no Ponto, mas Angela experimentou uma mudança dentro dela. Aos poucos, o bater da chuva ao redor de si soou mais agudo, e sua mente pôde mais uma vez discernir os padrões rítmicos que haviam se perdido enquanto ela fugia de Tariq.

Tap-tap-TAP-taptap Tap-tap-TAP-taptap

Ela se inclinou de um lado para o outro, permitindo que o ritmo levantasse suavemente seus ombros. Ela convidou o ritmo para dentro dela, e ele a invadiu. De repente, Angela se sentiu como se estivesse oscilando no topo de um arranha-céu, prestes a cair. Ela ficou tensa, contorcendo-se e sentindo-se tonta. Por um momento, o sentimento expansivo dentro dela desapareceu. Mais uma vez, ela era uma mulher exausta e indefesa sentada na chuva.

O latido de Onyx estava tão perto que talvez ele já estivesse ali.

Não resista, disse ela a si mesma. Você deve fazer isso. Não resista.

Desta vez, Angela ficou quieta. Ela encontrou a borda do telhado de novo e se sentiu *pular* dele.

Angela voou. Ela não lutou, mesmo quando sentiu seu corpo ficar de pé e começar a dançar dentro do círculo de cartões. Seus batimentos cardíacos se misturaram com o ritmo do tambor.

Toque, John. Toque o tambor para mim. Toque para mim, Myles. Toquem para mim.

Tap-tap- TAP-taptap Tap-tap- TAP-taptap

Os quadris de Angela balançaram, levantando alto. Ela girou, mas não se sentiu tonta. Ela se sentiu leve, o tambor servindo como suas asas. Angela mal ouviu Onyx quando ele saiu do mato com o rabo abanando.

Enquanto o céu a banhava, Angela agitava seus braços, seus quadris balançando.

Ela viu a primeira letra da palavra de Papa Lebá em sua mente, um M.

Ela está chegando, ela pensou. Vovó Marie está chegando.

Angela Marie Toussaint dançou.

E falou uma única palavra.

* * *

Tariq estava perdendo a paciência.

O *baka* havia prometido que ele estaria protegido do perigo, e ainda assim duas das flechas de Myles Fisher o haviam perfurado, uma delas bem próxima de seu coração! O *baka* tinha prometido que poderia alcançar Angie com facilidade porque suas pernas seriam mais rápidas do que as de qualquer homem, e ainda assim ele a perseguia na floresta como um urso ou lobo faminto. Na Floresta das Encruzilhadas, ele deveria ser o *predador*. Ele deveria tê-la capturado no Ponto.

Ele tinha visto de antemão, uma profecia visual perfeita: matar Myles Fisher primeiro, depois arrastar Angie para o lugar exato onde ela havia dormido com Myles quando menina, forçando-a a olhar para o que restara do rosto de seu amante enquanto ele a penetrava.

Teria sido excelente.

Ela não deveria ter escapado. Essa *vadia* da Marie era a culpada. Em vez de correr, Angie estava dizendo o nome daquela vadia naquele exato minuto. Tariq podia sentir Marie despertando, ganhando forças enquanto navegava nas copas das árvores, procurando uma forma de carne e osso lá embaixo, muito perto dele. Aquela *vadia* ficara especialmente atrevida depois que Angela enterrou seu *espírito* no solo sagrado.

Mas era tarde demais.

O pequeno vira-lata havia encontrado Angie para ele. Tariq podia ouvir a mudança no latido de Onyx.

Tariq sorriu, saltando através de um canteiro de samambaias, mas seu sorriso desapareceu quando ele pousou na perna machucada e sentiu uma pontada de dor. A dor o chocou tanto que ele quase caiu do chão. O *baka* havia entorpecido seus nervos, deixando aquela perna dormente como pedra, mas o que ele sentiu agora o lembrou do momento em que a flecha rasgou sua carne pela primeira vez. Aquele filho da puta. Se Tariq pudesse trazer Myles Fisher de volta à vida, ele o faria apenas para matá-lo novamente — e dessa vez, ele atiraria em suas bolas antes da cabeça, apenas para retribuir a dor.

Mas Tariq ficou feliz por esquecer Myles Fisher.

Angie estava na frente dele, girando e dançando diante de um cedro. Ao vê-la, a raiva de Tariq deu lugar ao alívio. Nunca se deve duvidar do *baka*. O *baka* tinha prometido aquele dia para ele.

Tariq chutou o cachorro, que pulava nas pernas de Angie como se esperasse que ela o acariciasse. Criatura estúpida! O cachorro ganiu e correu para se esconder.

"Você está aqui, *manbo*?", perguntou ele.

O rodopio parou e Angie olhou para ele com a cabeça um pouco inclinada para o lado. O rosto era o de Angie, mas os olhos gentis e brilhantes não eram os dela.

"Vou tirar o *baka* de sua cabeça", disse Marie com a boca de Angie. "Segure a minha mão."

"Ahhh, você faria isso por mim?", disse Tariq em tom sarcástico. "Você checou isso com sua neta, *manbo*? Acho que ela prefere me ver morto agora."

"Angela sabe que você não é quem parece ser."

Tariq assentiu, desafivelando o cinto com uma das mãos enquanto apontava a Glock para ela com a outra. "É mesmo?"

"Você lutou bem, Tariq. Lutou por *dois anos*. Você é um homem muito forte."

"Marie, se você vai lamber minhas bolas, eu prefiro que faça de verdade." Ele tirou a camisa pela cabeça, estremecendo quando o tecido raspou a ferida ensanguentada em seu ombro esquerdo. O ombro latejava, mas a água fria da chuva acalmou a ardência do ponto de onde ele arrancara a flecha.

"Não seja tolo, Tariq", disse Marie.

Tariq caminhou até Angela Marie, prendendo-a contra o tronco. Ela não lutou, permanecendo mole e imóvel sob seu peso. Isso era bom. Isso seria mais como nos velhos tempos. Agora, seria bom se ele pudesse convencê-la a parar de *falar* também.

Ele aninhou o cano de sua arma contra a têmpora dela. Segurando-a contra a árvore, Tariq passou as mãos pelos seios de Angela, apertando-os com força suficiente para que ela entendesse que aquele corpo agora pertencia a ele, não a ela. Agora que ele estava com ela, tão perto de seu rosto, ele não queria machucá-la, apesar de todas as suas transgressões. Ela era muito bonita. Angie estivera se cuidando. Ele de repente se sentiu razoável.

"Podemos fazer isso de duas maneiras", disse Tariq, respirando pesadamente. "Ou você tira as roupas ou terei o prazer de tirá-las eu mesmo."

"O *baka* construiu um lar em sua raiva, Tariq", disse ela. "Mas você pode liberá-la."

Tariq pegou a mão de Angela e a puxou para dentro de suas calças, forçando-a a tocar seu membro duro. Ele sentiu-se estremecer com o toque dela, seus sentidos vibrando. Até as pontas dos dedos sem vida e relutantes dela produziam correntes de prazer nele. "Vou decidir o que quero liberar", disse ele.

A mão dela permaneceu onde ele a segurava, imóvel. "Onde está seu poderoso *baka*, Tariq? Por que ele deixaria você sentir qualquer dor?"

"A dor enobrece o homem", disse Tariq, puxando o moletom molhado que escondia a pele de Angie. "Isso é o que o bom e velho Leland Hill costumava dizer." Com mais dois puxões bruscos, ele arrancou o moletom pela cabeça dela e o jogou no chão. A pele escura de Angie brilhava de suor. Ele enterrou o rosto no decote macio de seu sutiã. Seu cheiro era inebriante.

Ele a sentiu se mexer embaixo dele, tentando se afastar de seu toque enquanto tirava a mão de sua calça. "Lamento que você tenha se perdido, Tariq", disse Marie, roubando a voz de Angie. Ou talvez tenha sido Angie, lutando para abrir caminho através do espírito de sua avó.

"Você ficará muito mais triste logo, logo, Snook, infelizmente."

"Não", disse ela, com um tom convicto. Tariq sentiu algo frio na nuca. Aquela .38, ele lembrou. A pistola que o xerife Rob Graybold lhe dera.

Tariq riu, balançando a cabeça. "Péssimo julgamento sempre foi seu problema, Marie. Você sabe que essa arma é um pedaço de lixo." O *baka* ficara muito descontente com a maneira como o menino contornara sua vontade na adega, disparando a arma contra si mesmo em vez de fazer o que ele mandou. O *baka* não permitiria que outra arma disparasse em sua presença, a menos que fosse por sua vontade.

"Tire a arma de mim, então", desafiou Marie, sua voz tão segura quanto a chuva.

Tariq hesitou, inquieto. Marie poderia ter arrancado o controle do *baka*? O *baka* havia prometido que ele poderia ficar com Angie facilmente! Mais uma vez, Tariq ficou em dúvida.

"Não me faça matá-la tão cedo, Marie", disse ele. "Eu queria transar com Angie primeiro, depois matá-la. Essa sequência é importante."

"Você não fará nenhum dos dois", sussurrou Marie com a voz rouca. "Não era para ser assim, Tariq. Nada disso. E termina aqui. Acaba hoje. Eu devolvi a palavra de Papa Lebá a ele. Eu falei enquanto dançava."

"Ele não será aplacado de maneira tão fácil assim! Você sempre o subestimou, Marie. O amor arruinado dele por você não pode ser comparado ao amor do *baka* por mim."

Seus olhos calmos não piscaram. "O que você vê no seu futuro, Tariq?"

Pela primeira vez desde sua transformação, Tariq não via nada de seu futuro diante de si. O *baka* parecia ter se afastado dele, levando todo o conhecimento. Os músculos perfurados em sua coxa pulsaram com uma nova onda de dor. O que estava acontecendo?

Esta mulher devia morrer agora, ele percebeu. Ela era perigosa para o *baka*.

Tariq apertou o gatilho da arma que seu filho usara para se matar na adega. Desta vez, a arma não balançou em sua palma. O gatilho não cedeu.

Mesmo assim, ele ouviu um tiro. O som ensurdecedor veio de trás de sua orelha.

Finalmente liberto do *baka*, como seu filho antes dele, Tariq sentiu uma alegria agridoce.

Angela acordou trêmula e encharcada, aninhada em um buraco na base de um velho cedro.

Ela estava nua da cintura para cima, só com o sutiã. Estava com frio, mas não era por isso que tremia. Vovó Marie estava ali, ela percebeu, e seu corpo tremia. Vovó Marie entrara nela, tornando-se uma parte viva, falando através de sua boca. Vovó Marie tinha... o quê? A lembrança estava lá, mas assim que Angela voltou sua atenção para ela, a recordação desapareceu. Ela se lembrava de dançar, no entanto. Ela se lembrava de Onyx. Ela se lembrava de ter visto Tariq. Mas ela não conseguia se lembrar de mais nada.

Com cãibras, Angela rastejou para fora do buraco, limpando as folhas molhadas grudadas na sua pele. O moletom estava no chão perto dela. Angela o pegou, torceu e amarrou na cintura. Ela não precisava usá-lo, de qualquer maneira. Sua pele estava queimando.

Tariq deveria estar aqui, ela percebeu, confusa. Mas ele sumira.

Ela precisava voltar para casa. Agora mesmo. Mas ela não tinha ideia de onde estava, exceto que era em algum lugar no coração de sua floresta. Já era ruim o suficiente ela não ter uma bússola, mas a névoa estava caindo sobre as árvores. Levaria uma eternidade para encontrar o caminho de volta, Angela pensou.

Havia uma inclinação à sua frente, uma pequena elevação, então Angela caminhou em direção a ela, esperando poder orientar-se com uma visão mais ampla. Talvez ela enxergasse até a rodovia Quatro, ou a casa de vovó Marie; qualquer um dos dois a ajudaria a decidir que caminho seguir. Seus pés escorregavam na lama, retardando seu progresso, mas ela subiu até o topo, agarrando-se a um galho.

Abaixo dela, ela viu algo grande pendurado em um galho próximo, virado para o oeste. Era de madeira, provavelmente cedro, pendurado na vertical, girando lentamente. Por fim, ela reconheceu: uma canoa pendurada.

A madeira oca estava atulhada de feixes amarrados com uma corda grossa. Um dos feixes, ela viu, era do tamanho e forma de um homem adulto.

Havia outras. Canoas de madeira estavam amarradas em todas as árvores, até onde a vista alcançava. Como grandes ornamentos, centenas delas decoravam a floresta. Todas as canoas estavam cheias de mortos e seus pertences.

A névoa era mais densa onde as canoas estavam amarradas, escondendo muitas delas de sua visão, mas Angela não conseguia entender por que nunca as havia encontrado antes. O povo de seu avô John fora enterrado aqui, ela percebeu. Aquele lugar era um cemitério. As canoas eram os últimos restos de um povo, e seus espíritos estavam aqui o tempo todo, pendurados e sussurrando histórias.

A pele de Angela se arrepiou.

Ela voltou por onde tinha vindo. Depois de passar pela árvore onde acordara, ela viu um caminho estreito, talvez uma trilha de cervos. Ela a seguiu. Enquanto caminhava, esquilos, toupeiras e coelhos selvagens corriam ao seu redor, sem se preocupar com sua presença. Um alce vagou na frente dela, parando em seu caminho para puxar um arbusto de mirtilo que estava pingando. Angela só percebeu mais tarde, ao passar pelo alce, que os animais selvagens quase sempre fugiam dela. Aquela era uma experiência nova, ela notou. Angela tinha chegado a um novo lugar.

Vovó Marie a levara até ali.

Foi quando Angela ouviu os tambores. Este não era o tamborilar oculto que ela ouvira na chuva antes; era o som de mãos humanas em tambores de verdade, pelo menos três deles, um dos instrumentos mais grave, os outros mais agudos, mais provocantes. As batidas dos tambores corriam e perseguiam umas às outras, seus ritmos se chocando e depois se misturando. Angela ouviu aplausos e gritos, gritos de agradecimento a quem estava tocando. Embora estivesse escurecendo, ela viu a luz do fogo brilhando à frente, não muito longe. O Ponto. Será que algumas crianças estavam dando uma festa, fazendo uma bagunça? Ela estava quase chegando em casa agora.

A dor e a tristeza que ela sentiu pareciam apenas uma lembrança. Angela sabia o que a esperava no Ponto — o que acontecera lá naquele dia —, mas se recusou a recuperar a memória.

Conforme Angela se aproximava, ouvia mais e mais vozes, como se ela estivesse em um concerto ao ar livre, e não na floresta de sua família. Aquela não era uma festa típica de adolescentes, ela percebeu. A luz da fogueira era brilhante, compensando a escuridão da noite que se aproximava. Caminhar ficou mais fácil, sem tantos arbustos emaranhados. Logo ela estava em uma trilha clara que ela não se lembrava de ter visto antes, não nesta direção. Ela ficou grata por isso, porque parecia conduzi-la diretamente para onde ela queria ir.

A kombi desaparecera. Nenhuma das suas dores a esperava ali.

Em vez disso, Angela sentiu o cheiro de carne cozinhando. Um grande animal estava assando no espeto onde antes estivera a kombi. Angela ficou olhando por um longo tempo para a gigantesca peça de carne carbonizada, tentando se lembrar de onde vira tal fera, que devia ter o comprimento de três cavalos. Ela não conseguia lembrar exatamente, embora não tivesse esquecido por completo.

Fosse o que fosse, aquilo não poderia machucá-la agora.

O Ponto estava repleto de pessoas reunidas em torno de uma fogueira, duzentas ou mais pessoas de pé, aglomeradas. Eles dançavam juntos, batendo palmas e rindo. Seus olhos estavam voltados para o fogo, onde Angela viu homens e mulheres pulando alto no ar, suas cabeças pairando acima da multidão. Eles pulavam mais alto do que Angela pensava que seria possível. Todos os foliões estavam vestidos com cores vivas, suas roupas se misturando ao ritmo dos tocadores de tambor.

Era como entrar na África, ela pensou.

Não, na África, não. No Haiti.

Havia algumas pessoas brancas dançando e batendo palmas com o restante, mas a maioria das pessoas ali era negra. E nativa americana. Um nativo americano alto e de cabelos pretos caindo pelas costas passou por ela vestindo uma tanga. Ele sorriu, e ela sorriu de volta para ele, hipnotizada por seu rosto. Ela o conhecia. Ele não era seu avô John, mas era familiar. Era o *avô* de John.

"*Kouzen!*", chamou uma mulher, e Angela se esforçou para ver quem havia falado. Ela viu a mão de uma mulher acenando freneticamente, mas então a mulher desapareceu no meio da multidão.

Outra jovem se afastou do grupo, a cabeça envolta em um lenço roxo, usando um vestido tão colorido quanto as luzes de Natal. A mulher levantou a saia enquanto dançava em direção a Angela com uma expressão eufórica no rosto, sacudindo um chocalho. A mulher era jovem, cerca de 30 anos, sua pele escura encharcada de suor. Seus quadris requebravam como se mal estivessem presos no corpo.

"O que você acha? A festa está boa?", perguntou a mulher. Sua voz tinha uma cadência insular.

Angela fez que sim com a cabeça. "Qual é o motivo da celebração?"

A mulher olhou para Angela, incrédula. "Que tipo de pergunta idiota é essa? Você sabe qual é o motivo, *cher*. Estamos livres."

Dessa vez, Angela ouviu o tom rouco na voz que ela conhecera por toda a vida e olhou para a mulher com olhos incrédulos. Ela observou o nariz e os olhos largos, vendo-os pela primeira vez. Era assim que sua avó era antes de Angela nascer.

"Vovó Marie?", sussurrou ela.

"Sim, sou eu", disse vovó Marie, parecendo impaciente. Então, ela sorriu, abrindo os braços. Angela se jogou no abraço dela. Vovó Marie a abraçou, rindo no fundo do peito antes de soltar um grito de animação, apertando-a com mais força. "Sim, meu Anjo. Você fez uma coisa muito boa hoje. Uma coisa muito, muito boa. Mas isso não é desculpa para você vir aqui e não reconhecer sua própria *grandmère*, não reconhecer meu rosto!"

Se ela tivesse abraçado a mulher imediatamente, saberia que era vovó Marie por seu cheiro. O cheiro de sua pele não mudara — talco e uma pitada de amendoim. Ela também tinha um cheiro de como se estivesse em uma nuvem de incenso de seu altar.

"Você mudou", disse Angela, avaliando-a. O rosto de sua avó estava muito mais brincalhão do que Angela se lembrava, seus olhos mais brilhantes. E a maneira como seu corpo se movia, tão desenfreado! Pela maneira como os seios da vovó Marie balançavam, ela não podia estar usando sutiã. Esta não era a mesma vovó Marie que se sentava com as costas eretas na biblioteca enquanto ensinava em Sacajawea, usando as mesmas saias azul-marinho e blusas brancas dia após dia.

"Não usamos apenas um rosto", disse vovó Marie, dando de ombros. "Eu deixei você ver um ou dois meus, os que você precisava ver. O resto pertence a mim."

"Você deveria ter me contado, vovó Marie", falou Angela, com mais tristeza do que repreensão.

O sorriso de vovó Marie desapareceu. "Sim. Eu deveria", disse ela, e balançou a cabeça como se dissesse: *Sim, mas vamos deixar isso pra lá. Já ficou no passado.* Ela deu um tapinha no traseiro de Angela, outra coisa que ela nunca tinha feito. "Da próxima vez, eu saberei."

Angela vasculhou a multidão em busca de outros rostos familiares. Vovó Marie segurou seu braço e a conduziu para longe da fogueira; conduzindo-a do jeito que Corey havia feito na festa de Quatro de Julho, quando ele lhe dera o anel.

"Fleurette vai lamentar por não ter te conhecido", disse vovó Marie. "Ela vive se gabando de você. Quem vê pensa que foi ela quem a criou."

"Eu vou ficar, quero conhecê-la."

Pela primeira vez, vovó Marie franziu a testa. Quando Angela viu a carranca da avó — a carranca de uma velha no rosto de uma mulher inexplicavelmente jovem —, ela sentiu mais do que uma pontada de dor. Dessa vez, a dor a queimou. Memórias ruins estavam esperando para subir à tona.

Vovó Marie apertou o braço de Angela para tirá-la de seus pensamentos, estalando a língua. "Não fique tão triste, querida", disse ela. "Eu adoraria que você ficasse, mas *je peux recevoir personne*. Não tenho permissão para receber convidados. Está vendo os olhares feios? Eles estão com ciúmes. De seu próprio sangue! Não se engane, aqui não é animado assim o tempo todo. Hoje é um dia especial. Hoje, estamos celebrando um milagre."

Angela viu uma garota de pele escura e de tranças correndo na frente dela antes de desaparecer na multidão animada. Ela também conhecia aquela garota. Mãe, ela pensou, maravilhada. Angela tentou seguir o vestido da garota, mas seus olhos a perderam no labirinto de cores. Enquanto olhava para os celebrantes, os pés de Angela começaram a seguir o ritmo da música. Ela queria dançar com eles!

"Você sabe o que você fez?", perguntou vovó Marie.

Ela sentiu Papa Lebá abraçá-la. Ela sabia disso.

"Acho que sim", disse Angela. "Ele se foi?"

Vovó Marie ergueu as mãos sobre a cabeça, balançando a cabeça de alegria. Ela estalou os dedos. "Sim, sim, aquele Sem Nome não nos incomodará outra vez. Vê como somos abençoados com os favores dos *loás*? Não somos mais exilados. Mas esse é o começo, não o fim. Deus está sorrindo para nós. Este é um dia milagroso."

"Qual é o milagre?"

Vovó Marie bateu de brincadeira com seu nariz no de Angela. Ela não conseguia se acostumar com essa nova encarnação de vovó Marie, tão jovem e animada. Essa parecia mais como uma amiga do que com sua avó. "Você decide", disse vovó Marie.

"Eu? Por que eu?"

"Você foi corajosa o suficiente para me deixar montá-la, então você baniu o *baka*. Você preservou a linhagem. Você pode escolher o seu milagre."

Angela não conseguia escolher um milagre. Ela não se atrevia a esperar por um. Ela queria muito. A tristeza presa dentro dela estava lutando para escapar. Angela suspirou, balançando a cabeça. "Não sei se acredito em milagres, vovó Marie."

"O quê?! Você tem medo de acreditar em um milagre, mas não tem medo de acreditar no *baka*?" O rosto de menina de vovó Marie franziu a testa de novo. "Eu deveria ter te ensinado melhor."

Uma mulher gargalhou alto do meio da multidão, e vovó Marie se virou para gritar com ela em crioulo, agitando os braços, aborrecida. Angela também raramente ouvia vovó Marie levantar a voz. Ela adoraria ter passado um dia com esta mulher, tê-la conhecido.

Vovó Marie se virou para ela, balançando a cabeça. "Fleurette está rindo. Ela sempre me dizia: 'Você não mostrou a essa criança *quem ela é*'. É, todo mundo faria diferente! Mas você está pronta agora, Angela. Está na hora." Seus olhos brilharam de orgulho, como se ela estivesse olhando para um recém-nascido. Vovó Marie a abraçou mais uma vez, balançando-se energicamente para a frente e para trás. "*Adieu, cher*. Você foi corajosa hoje. Eu sabia que você seria."

Adieu? De repente, a mente de Angela ficou confusa, com perguntas sem resposta. Ela cruzou os braços em volta das costas da vovó Marie, apoiando o queixo no ombro dela, recusando-se a deixá-la ir. "Ainda não. Sinto muita saudade de você", sussurrou ela.

Vovó Marie olhou para o rosto da neta, surpresa. "Por quê? Nós conversamos todos os dias."

Isso era verdade. Uma parte dela falava com a avó o tempo todo. "Sim, mas..."

"Venha nos visitar aqui. Traga comida de vez em quando", disse vovó Marie.

"E rum!", gritou um velho, acenando com a bengala, e houve uma onda de risos.

Angela sentiu um frio repentino. Ela cruzou os braços, olhando para a trilha que a levaria até a casa de sua avó. Apesar de suas perguntas não respondidas, ela estava ansiosa para partir. Havia muitos rostos que ela esperava ver e não viu, pessoas mais queridas para ela do que uma família que ela nunca conhecera. A dor daquela decepção piorava quanto mais ela permanecia ali. A festa estava linda, mas ela não tinha sido convidada. Ela não pertencia àquele lugar.

"Estou indo", disse ela, beijando o pescoço suado de vovó Marie.

"Sim, vá para casa!", exclamou vovó Marie, dançando de volta para a multidão, aproximando-se da fogueira. "No caminho, pense naquele milagre. Você o mereceu. Não o desperdice."

Fazendo o possível para acreditar em milagres, Angela partiu na trilha de volta para casa.

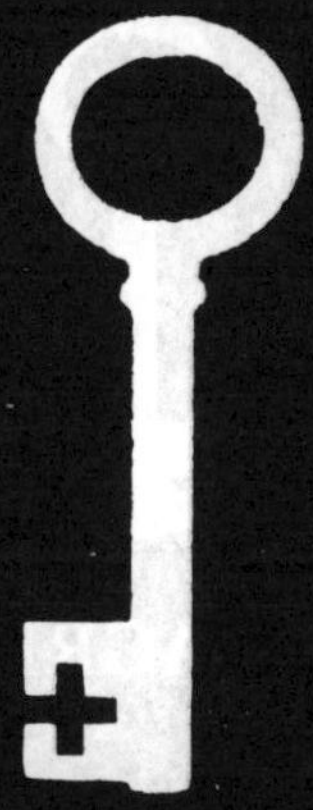

MILAGRE

*E Ele disse: jovem, eu te digo,
Levanta-te. Ele se levantou, sentou-se
e começou a falar, e Ele o entregou à sua mãe.*

Lucas 7:14,15

*Onde há lama, deve haver água.
Provérbio da África Ocidental*

Trinta e Cinco

2 de julho de 2001

Angela se sentou à mesa na varanda do quintal, esperando que a tontura passasse.

Merda, ela pensou, respirando fundo e de forma cadenciada. O que havia de errado com ela?

A tontura a dominara dentro de casa, fazendo-a quase desmaiar por causa da panela de jambalaya no fogão, mas parecia ter sumido agora. Talvez não fosse nada, ela pensou. Fosse o que fosse, não tinha sido páreo para uma lufada de ar fresco.

Antes de Angela se levantar, ela olhou para o toldo verde de árvores que crescia ao norte da propriedade, em direção ao Ponto. Ela era capaz de nomear a maioria das árvores quando estava no colégio; cedros, abetos-de-douglas e teixos, todos plantados cuidadosamente por vovó Marie, mas ela pouco pensava neles agora. Ela passara muito tempo longe de sua terra. No tempo que esteve ali naquele verão, ela não dera uma caminhada sozinha, ocupada demais trabalhando no telefone, ou cozinhando, ou fazendo compras, ou supervisionando Corey.

E Tariq, é claro. Tariq era seu maior desafio.

"Você o ama, Angie?", perguntou-se em voz alta. "Ele ama você? Porque se não houver amor aqui, essas brincadeiras no quarto têm que parar. Nenhum de vocês está atrás de uma amizade colorida."

Quanto mais tempo ela ficava do lado de fora, no ar denso do abeto, mais aguçados ficavam seus pensamentos, como se ela tivesse vivido em uma versão nebulosa e indefinida da realidade até agora. Angela tinha se esforçado tanto para fazer essas duas últimas semanas com Tariq funcionarem que não se preocupara em se perguntar *por quê*. Ela e Tariq estavam separados havia quatro anos, e agora deveriam fingir que estavam só se visitando, como amigos? Se esse experimento desse errado,

Corey ficaria preso no meio de novo. Ele já os tinha visto se separarem uma vez. Sentada do lado de fora, no ar do fim da tarde, Angela fez uma promessa a si mesma: ela precisava se perguntar o que realmente queria, o que realmente sentia. O que era melhor.

Quando entrou pela porta dos fundos da cozinha, ela se deparou com Tariq, seus ombros quase tão largos quanto a porta. Ela deu um pulo, assustada ao vê-lo de repente.

"Nossa", disse ela, seu coração disparado, como sempre. "Você me assustou."

"Só vim saber se você precisa de ajuda com o jantar."

Tariq não era um cozinheiro exímio, era melhor na churrasqueira, então sua oferta parecia conciliatória. Tariq estava se esforçando bastante, Deus o abençoe. Talvez ele estivesse se esforçando mais do que nunca. Mas a presença dele na porta a incomodou. Como se ele estivesse bloqueando o seu caminho.

"Obrigada, mas só preciso colocar o pão de milho no forno", disse ela. "Onde está Corey?"

"Ainda no quarto. Quer que eu chame o garoto?"

Angela estava prestes a dizer sim, já que ela preferia que Tariq lidasse com o mau humor de Corey, uma das vantagens de ter outro pai em casa. Corey andava bastante reservado nos últimos dias. Mas quando Tariq deu um passo para trás e Angela fechou a porta atrás de si, ela mudou de ideia.

"Talvez seja melhor você colocar o pão de milho no forno, Tariq. Vou falar com ele."

"Ele fica mal-humorado assim de vez em quando, coisa de adolescente. Eu só aguento. Se amanhã formos até a cidade para assistirmos algum filme, ele vai ficar bem."

Um adolescente rebelde. Podia ser isso, mas Angela achava que não. Corey ficara *muito feliz* quando Tariq chegara, mas seu humor havia mudado da água para o vinho desde o dia em que ele esfolara o braço ao cair do cavalo. Obviamente havia mais coisa nessa história, e ela estava cansada de tantos segredos. Mais do que isso, porém, ela estava preocupada. Havia algo errado. Ela sempre contava com o apetite de Corey, mas agora ele mal comia na hora das refeições. Isso não era como as outras vezes em que seus instintos a haviam alertado sobre Corey. Isso era muito diferente.

"Só quero ter certeza", disse ela.

"Quer que eu vá com você?"

"Não. Acho que vou tentar sozinha."

Tariq sorriu, decidindo não discutir. "Você decide, Snook." Na noite anterior, enquanto estavam na cama, Angela ficou feliz em ouvir Tariq usar seu antigo apelido; mas desta vez, isso a irritou. Ele havia perdido esse direito.

No andar de cima, Angela bateu à porta de Corey, seu antigo quarto. Ela o ouviu correr como se fosse um traficante de crack tentando esconder seu estoque, ela pensou. Seus instintos rugiram. "Corey?"

"Já vou abrir!", respondeu ele com a voz rouca. Will Smith, era o que estava tocando em seu CD player, mas ela o ouviu fechar uma gaveta da mesa, então ouviu a dobradiça da porta do armário ranger. Ela tentou a maçaneta, mas ela não girou.

"Esta porta não deveria estar trancada", disse Angela.

Ele estava escondendo algo. Talvez tivesse sido apenas um momento embaraçoso de um adolescente se masturbando, mas podia ser qualquer coisa. *Qualquer coisa.* Corey poderia se safar na casa de Tariq, mas não ali. "Corey, abra esta porta *agora.*"

A porta se abriu.

Corey havia subido para o quarto apenas uma hora atrás, mas ela sentiu seu interior derreter quando viu seu filho, um sentimento que não tinha nada a ver com preocupação ou raiva. Bastava olhar para aquele menino, ela pensou. Ele era sete centímetros mais alto do que ela. Havia o resquício de um bigode acima de seu lábio superior. Seus olhos encontraram os dela. Sua carranca era idêntica à de Tariq, mas mesmo assim mais gentil, mais suave. A visão de seu filho a surpreendeu. Ela se pegou pensando em uma oração, algo que não fazia há anos: *Obrigada, Deus, por me dar este menino. Muito obrigada.*

Como ela poderia ter renunciado à criação de seu filho por quase quatro anos? Não admirava que Corey estivesse tão zangado, ela pensou.

"Que foi, mãe?", resmungou Corey, uma criança com voz de homem. "Estava tirando uma soneca."

Angela olhou para o quarto por cima do ombro do filho, os olhos atraídos para a janela, onde uma sombra brincava por uma pequena fresta entre as cortinas. Tinha alguém lá fora? Angela tocou a bochecha quente de seu filho com a palma da mão, depois passou por ele e entrou no quarto. "Querido, quero conversar com você um pouco", disse ela.

Ele mal deu espaço para ela passar. "*Conversar?*" Ele repetiu como se ela estivesse falando em uma língua estrangeira.

"Sim, conversar", repetiu ela. "Tudo bem para você?"

Seu rosto de pedra, olhando para ela, claramente disse que não. Às vezes aquele olhar era o suficiente para mandá-la embora, silenciá-la, excluí-la. Mas ela nunca mais teria medo de ser mãe de seu filho. Ela poderia encontrar maneiras de ser mais gentil, mas teria que lutar.

"Eu achei que estava na hora do jantar", disse Corey, enrolando.

"Em breve", disse Angela. Enquanto ela entrava no quarto dele, seus olhos captaram todos os detalhes possíveis: o bloco de notas fechado sobre a mesa, caixas de CD, uma bolsa de lona enfiada porcamente no armário. Ela pensou ter visto, pela porta entreaberta, uma bengala antiquada. Ela nunca tinha visto aquilo ali antes. Ela teria que perguntar a Corey onde ele a encontrara.

Por enquanto, porém, sua prioridade era a janela.

O problema era que, quanto mais perto chegava da janela, pior o cheiro ficava. Ela não conseguia identificar o cheiro do jeito que faria se fosse carne ou ovo podre, porque não era nenhum tipo de cheiro que seu nariz reconhecesse. De uma forma estranha, quase parecia que ela não estava sentindo o cheiro com o nariz, mas com outro de seus sentidos. O que quer que estivesse ali fora não cheirava bem.

Angela foi até as cortinas e as abriu. A janela estava fechada, mas o galho do lado de fora estremecia e balançava como se algo pesado tivesse acabado de saltar dali. O galho bateu na vidraça fechada.

"Corey, tinha alguém aqui?"

Ele parecia confuso agora, em vez de apenas irritado. "O quê? Como assim?"

Seus instintos lhe disseram que ele estava dizendo a verdade; se alguém estava lá, Corey não sabia. Ainda não, de qualquer maneira.

Não era hora de ele ver ainda, veio um sussurro fraco em sua mente, tão rápido e leve que ela não questionou. *Ele teria visto depois do jantar.* Angela trancou a janela com força, mas antes de fechar as cortinas novamente, olhou com carinho para a nogueira, cujos galhos estavam carregados de nozes verdes. Ela se lembrava como se fosse ontem de quando Myles Fisher escalara aquela árvore e a convidara para o baile. Pensando em Myles, Angela sentiu uma profunda tristeza, mas obrigou-se a deixar aquilo pra lá. Onde quer que Myles Fisher estivesse, ela lhe desejava tudo de bom.

Então, Angela se virou para o filho. Ela se sentou na cama desarrumada dele, dando tapinhas no lugar ao lado dela.

"Sente-se, querido."

O queixo de Corey caiu. Ele parecia surpreso e cheio de pavor. "O quê?"

"Nós precisamos conversar."

"Sobre o quê?"

"Sobre a maneira como tem agido. Você está me deixando preocupada. Algo aconteceu no dia em que você caiu daquele cavalo, algo que você não quer me contar. Você é um péssimo mentiroso, Corey."

Ele deu de ombros. "Mãe, eu não sei..."

"Corey, eu não sou *cega*. Você é muito inteligente para achar que sou estúpida, então me diga o que está incomodando você. Tem alguma coisa a ver com Tariq? Você está chateado por ele estar aqui?"

Seu rosto se suavizou, repentinamente sério. "Não, mãe. É *ótimo* que ele esteja aqui."

Angela assentiu, sorrindo. Foi bom ouvir isso. Se ela não estava tentando fazer aquilo funcionar com Tariq pelo bem de Corey, então por que mais estaria? Ela só tinha que descobrir uma maneira de fazer o que era melhor para Corey e para ela. Como Corey não se sentou ao lado dela, Angela se levantou de novo, caminhando em direção ao armário. Desta vez, ele agarrou o braço dela para impedi-la.

"Não, mãe. Essas coisas são *minhas*. Não mexa aí."

"Corey, você está escondendo algo de mim. Por quê?"

Ela viu o rosto dele desmoronar. Ela se agarrara a um conflito interno, e ele estava desmoronando. Corey não respondeu, então ela continuou: "Querido, eu sei que isso parece injusto com você, mas vou olhar dentro daquele armário se você não conversar comigo. Você me ouviu?".

"Isso não está certo."

"Pode ser, mas é assim que as coisas são."

"Mãe, por que você tem que agir assim? Por que está pegando no meu pé?"

"Estou aqui para que você possa *falar* comigo. Por que isso é tão difícil?"

Foi quando ela percebeu: Corey estava usando um anel de ouro. Ele seguiu seus olhos, e seu rosto se enrugou com nojo. "Merda...", sussurrou ele. Corey olhou para o chão e ela o viu piscar como se estivesse tentando segurar as lágrimas.

Seus olhos deviam estar vendo coisas, ela pensou. Parecia o anel da vovó Marie.

"Eu deveria ter contado a você sobre isso antes", disse ele, sua voz quase inaudível. Então, devagar, ele tirou o anel do dedo, estendendo-o para ela.

"Ah, meu Deus", sussurrou Angela. A sensação de déjà-vu a lembrou de seu quase desmaio na cozinha, como se ela estivesse se separando de si mesma. Isso foi quase tão forte quanto sua alegria.

Os olhos de Corey de repente ficaram sérios. Ele segurou o anel na frente dela. "Eu posso te contar uma mentira ou posso te contar a verdade. A mentira é mais fácil de entender, mas não é a verdade. A verdade vai te assustar. Qual delas você quer?"

O queixo de Angela caiu, e ela ficou em silêncio por um momento. "A verdade", disse ela, por fim. "Você sabe que eu sempre quero a verdade, Corey."

Corey suspirou, dando-lhe o anel. Angela examinou-o, virando-o nas mãos. Ah, meu Deus, aquele *era* o anel de vovó Marie, ela percebeu, em todos os detalhes. Ela o colocou no dedo e se lembrou de que vovó Marie o dera a ela antes de morrer. Como ele o conseguira? O anel fora roubado!

Angela estava tão paralisada pelo anel que mal ouviu o rangido da porta do armário se abrindo. Quando olhou de novo para cima, Corey segurava uma pilha de páginas nas mãos, salpicadas com clipes de papel amarelos, verdes e vermelhos. "Eu deveria ter dado isso a você quando encontrei. Eu estava sendo idiota", disse ele, oferecendo os papéis para ela.

Le Livre des Mystères, dizia a página de rosto. Seu francês voltou para ela: *O Livro dos Mistérios*. O que diabos era isto? O que isso tinha a ver com o anel?

"Eu não..."

"Aqui", disse Corey, apontando para o final da página.

Marie F. Toussaint, dizia a assinatura familiar. Datado de 1929.

"Olá, sra. Toussaint. Você é a última pessoa que eu esperava encontrar aqui esta noite", disse Sean, sorrindo amplamente da beira da fogueira. Ele enfiou a mão no bolso de trás para pegar os cigarros, mas Corey lhe lançou um olhar cortante.

A mãe dele estava sendo legal até agora, mas ele não queria forçar a barra.

"Bem, Sean, para dizer a verdade, eu não gosto de você e Corey saindo de fininho no meio da noite. Mas esta cerimônia é importante para Corey." Ela sorriu para ele quando disse isso. Ela ficara chateada quando Corey contou a ela sobre seu anel e sobre esconder os papéis, mas quanto mais ele contava, mais feliz ela ficava ao descobrir o quanto ele estava interessado em vovó Marie. Ela ficou muito quieta por um tempo, então disse: *Bem, Corey, talvez possamos chegar a um consenso.*

Corey sorriu de volta para ela, mas se sentiu tímido, baixando os olhos. Ele estava feliz pela mãe estar ali, mas era difícil sorrir para ela. Ele não sabia como lidar com ela sendo tão legal, ele percebeu, quase como se tivesse medo de gostar dela. Isso era confuso. Ele tinha que parar com isso.

A mãe dele parecia uma criança, sentada no chão com os braços em volta das pernas, vestindo calça jeans e uma camiseta. Seu pai perguntou se ele deveria ir também, mas Corey dissera que achava que ele e a mãe deveriam ir sozinhos.

Corey não tivera coragem de dizer a Sean que não poderia ir. Por um momento, os três ficaram em silêncio, ouvindo a fogueira e o zumbido dos insetos. Pelo menos não havia mosquitos, Corey notou. Ele não tinha nenhum repelente de insetos e, mesmo que tivesse, não iria sujar a nova camiseta dos Raiders que o pai tinha acabado de lhe trazer, número 81, Tim Brown. O cara.

"Sean", disse a mãe em tom calmo. "Lamento bisbilhotar, mas é verdade que você encontrou uma carta de sua mãe na caixa de correio? Uma carta que você queimou?"

Sean olhou para Corey, sem saber como responder. Sean podia estar irritado por Corey ter contado essa parte à mãe, já que ele havia feito Sean jurar que não contaria ao pai dele. Corey balançou a cabeça para que ele entendesse que poderia falar. "Sim, senhora, a carta voltou", respondeu Sean. "Foi uma mágica pesada, algo que a maioria das pessoas não vê na vida. A mesma coisa que aconteceu com o anel."

Corey estudou o rosto de sua mãe, perguntando-se o que ela estava pensando. Angela tinha ouvido sua história e lido o manuscrito depois do jantar, mas ele sabia que ela não queria acreditar em magia. Ela disse que Corey deveria considerar outras maneiras pelas quais o anel poderia ter voltado para ele, mesmo que os dois soubessem que não havia outra explicação. Mas talvez ela descobrisse em pouco tempo, depois daquela noite.

Corey estava grato por sua mãe não o ter proibido de conduzir a cerimônia de limpeza. Se ela acreditasse mesmo na maldição, não teria deixado ele ir, e ela mesma teria ficado longe. Mas ela ficara fascinada pelos itens ritualísticos em seu armário, especialmente a bengala, e nem mesmo as penas de corvo e o sangue a incomodaram. Quando ela dissera que queria ir com ele, Corey ficara chocado.

Talvez ela não conseguisse resistir à ideia de ter um desejo próprio um dia. Corey se perguntou qual seria o desejo de sua mãe.

Com o altar dos ancestrais arranjado e sua petição ao Papa Lebá terminada, exceto pelos símbolos rituais do círculo, Corey já podia sentir a diferença com a mãe sentada ao lado dele. O ar parecia zumbir, um som que ele sentia fazendo cócegas em seu estômago, a menos que fosse sua imaginação. Ele sentiu uma bolha de proteção ao redor dos três que não sentira antes, como se nada de ruim pudessem tocá-los. Juntos, ele e a mãe eram muito fortes. Todo o medo que sentia se esvaiu. Talvez não houvesse maldição.

Corey segurou a mão de sua mãe.

"Vou devolver a palavra de Papa Lebá agora", disse ele.

A mãe apertou sua mão e ela sentiu o calor de seu anel contra a pele do filho. Ainda de mãos dadas, Corey escreveu as letras uma após a outra, usando o código dos papéis de vovó Marie. No meio do caminho, ele ouviu um som na floresta que o fez olhar para cima em direção à trilha. Era um som suave, mas suficiente para chamar sua atenção.

Becka estava parada na beira da trilha. Sua expressão parecia triste, perdida, e Corey de repente percebeu que ela devia ser mentalmente instável. Becka não se aproximaria com a mãe dele aqui, ele pensou, e tudo bem. Ele vinha pensando em Becka quase sem parar desde a noite em que a conhecera, quando ela saíra gritando da floresta, e agora ele não sentia nada. Ele não sentia amor, luxúria ou excitação; apenas um pouco de pena. Olhando para Becka, a verdade das advertências de Sean ressoou: ele deveria ficar longe dela. Ele sabia disso o tempo todo, mas seus ouvidos não eram capazes de ouvir.

Se a mãe dele viu Becka parada ali, ela não disse nada. Quando Corey olhou para a trilha de novo, Becka havia sumido.

Corey escreveu as últimas letras da palavra de Papa Lebá. Ele piscou, olhando para a palavra no pergaminho, pasmo com seu poder. Enquanto a madeira crepitava no fogo, Corey respirou fundo e falou a palavra o mais claramente que pôde, dizendo-a em voz alta para que nunca mais tivesse que repeti-la.

"Papa Lebá, por favor, aceite sua palavra roubada", disse ele. "Por favor, ajude-nos a banir o *baka*."

Sua mão apertou a de sua mãe e a dela o apertou de volta. O ar ao redor deles parecia vibrar. Algo *estava* acontecendo, ele percebeu.

Eles não puderam desfrutar da cerimônia por muito tempo. Bo Cryer apareceu praguejando e rindo, embora tenha parado de praguejar ao ver a mãe ali com eles. Depois que ela disse que aquela área fazia parte de sua propriedade, Bo relutantemente respondeu às perguntas dela sobre o que era *paintball* e por que ele e seus amigos estavam jogando no meio da noite. Ciente de que ninguém se machucaria, ela disse que eles poderiam ficar na floresta contanto que lhes desse privacidade no Ponto.

Bo parecia nervoso, provavelmente pensando que Corey contaria à mãe o que tinha acontecido com Sheba no Pizza Jack, mas como Bo a tratara com respeito, Corey deixou passar. Ele até se ouviu desejar uma boa-noite a Bo, e Bo lhe lançou um olhar perplexo enquanto se afastava, murmurando boa noite em resposta. Corey não pensou mais em Beaumont Cryer.

Ele tinha coisas maiores para pensar agora.

Antes de ir para a cama naquela noite, Corey Toussaint Hill escreveu um poema sobre o que sentiu ao devolver a palavra roubada a Papa Lebá, quando os portões se abriram para receber suas orações.

Almas voam, escreveu ele.

Dança noturna da floresta.

Trinta e Seis

4 de julho de 2001

A festa de Quatro de Julho de Angela Toussaint começou bem, mas ninguém se lembraria disso por causa da forma como o evento terminaria. Isso é o que todos comentariam depois. Como a festa acabou.

Tariq Hill era o culpado. Às 20h30, quando Rhonda Fulana de Portland, June McEwan, Rick Leahy e Laney Keane já haviam se despedido e voltado para casa, Tariq desceu com uma sacola cheia de CDs. "Lamento dizer isso a vocês, mas se for uma festa, com ou sem brancos, vamos dançar", anunciou ele.

Gemidos de sofrimento e gritos de animação competiam na sala de estar. As mulheres queriam dançar. Os homens, com exceção de Art Brunell, não. Quando Tariq colocou seu CD de Kool & the Gang e o ritmo ousado de "Celebration" explodiu, a questão foi resolvida: a dança tinha sua própria vontade. Enquanto a mobília era afastada para criar uma pista de dança no meio da sala, Rob Graybold empurrou-se o máximo que pôde contra a parede, apesar de Melanie puxar seu braço.

"Angela, fale com ele", disse Melanie. "Faça ele dançar!"

Angela olhou para o rosto de Rob, que tinha ficado vermelho depois de algumas cervejas. Ela nunca tinha sido muito próxima de Rob, mas ela sentiu uma onda de afeto por ele, feliz por vê-lo relaxado. Ela não teve coragem de envergonhar um homem que dava tanto de si tentando ser o guardião dos outros. "Não sei o que dizer, querida", disse ela a Melanie. "Isso é com o xerife."

"Obrigado, Angie", disse Rob, aliviado, dando-lhe uma meia reverência.

Myles saiu das portas francesas atrás do Graybold, e Angela ficou novamente impressionada com sua camisa estilosa, que abraçava seus ombros e os músculos de seu peito. Houve um tempo em que aquele homem teria feito qualquer coisa no mundo por ela, ela lembrou. Angela tinha saudade daqueles dias.

Myles não estava olhando em sua direção, no entanto. Em vez disso, ele estendeu a palma da mão para Melanie. "Dançar é uma boa ideia. Vamos?"

Qualquer que fosse a pontada de ciúme que Angela sentia, não se comparava ao brilho nos olhos de Rob. "Não se preocupe, Twinkletoes. Vou dançar com minha esposa", disse Rob Graybold. Ele agarrou a mão de Melanie, puxando-a em direção à multidão no centro da sala. Melanie murmurou um *obrigada* para Myles por cima do ombro, sorrindo. Ela balançava com a batida enquanto Rob se movia estoicamente de um lado para o outro, sempre com os olhos em Myles.

"Celebration" era muito *pop* e pouco *funk* para Angela, mas ela percebeu que era um bom aquecimento, uma preparação para as músicas mais agitadas. A próxima faixa daquele CD era "Jungle Boogie", e aí ela mostraria a essas pessoas o que era dança de verdade. Tariq a agarrou e a puxou para perto, balançando os quadris no meio do caminho entre a dança lenta e a dança agitada. Ele a surpreendeu, e ela se sentiu estranha. Dançar com Tariq na frente de todos parecia uma mentira.

Angela arriscou um olhar na direção de Myles, mas ele havia sumido. As portas francesas balançaram suavemente, sinalizando que ele tinha acabado de sair da sala. A ausência de Myles fez a música parecer menos brilhante.

Tariq era seu *marido*. O que havia de errado com ela?

A família Brunell era um espetáculo. Liza tinha um excelente comando de seus quadris, e seus giros provocavam assobios entusiasmados de seus colegas. Para não ficar para trás, Art tentou uma versão dolorosa do que poderia ter sido a dança do robô, em que às vezes até acertava o ritmo com a batida. O homem claramente não tinha medo de fazer papel de bobo.

"É melhor parar com isso, Art. Você está perdendo votos!", gritou Rob.

"Você está é com inveja", retrucou Art. "Se a rigidez fosse crime, teríamos prendido você na década de 1980."

Angela não pôde deixar de rir com todos quando o rosto de Rob ficou vermelho. Glenn Brunell agarrou as mãos de sua mãe, tentando seguir seus movimentos com uma concentração estudiosa. Mãe e filho giravam em um círculo lento e só deles. "Está ouvindo, Glenn? Um, dois, três, *quatro*. Siga o ritmo", disse Liza. Glenn estava espasmódico, movendo-se em ritmos que só ele ouvia, mas melhorou com a assistência de sua mãe.

Angela notou Corey e Sean de pé na entrada do saguão, ambos bebendo latas de refrigerante que trouxeram da adega. Eles trouxeram os fogos de artifício também; em uma hora, estaria escuro o suficiente para o show.

Olhando para o filho, Angela se lembrou da aventura surreal que tivera com ele na outra noite. O poder da memória ainda a prendia. Ela sentiu o dedo em busca do anel novamente. Se ela não tivesse visto o anel em seu dedo naquela manhã, poderia ter pensado que tinha sonhado com aquela cerimônia e a carga que ela sentira na floresta na noite de anteontem.

Na noite anterior, ela teve o primeiro sonho de que conseguia se lembrar em anos, sobre o sótão. E uma parede azul.

Angela fez sinal para os meninos dançarem, mas eles negaram. "Música de velho", disse Corey. "Deixe *eu* ser o DJ."

"Ah, nem pensar", retrucou Tariq. "Isso aqui é música de *verdade*, pirralho. Você vai ler sobre isso nas suas aulas de história um dia."

Corey franziu os lábios, e ele e Sean acenaram para Tariq, fingindo desgosto.

Por um instante, Angela quase se sentiu como se estivesse em casa.

Os convidados da festa se reuniram na varanda, já que havia uma clareira para dar espaço aos fogos de artifício. Angela observou, encantada, quando o primeiro desabrochar de luz roxa e branca se espalhou no céu, espalhando fagulhas que iluminaram a propriedade por vários hectares. Lindo, ela pensou.

Era impossível distinguir as crianças dos adultos vendo Tariq, Gunnar Michaelsen de cabelos brancos, Corey, Glenn Brunell e três meninos preocupados com o pacote de fogos de artifício, planejando sua próxima explosão. Sean saíra mais cedo para ajudar a acalmar os cavalos, explicou ele. Art se juntou ao comitê de fogos de artifício, ecoando o argumento de seu filho a favor do barulho em vez do show de luzes.

"A Casa Hereditária vai dar um show hoje à noite em Sacajawea", disse ele.

Angela voltou para a cozinha para se servir de outra taça de Pellegrino. Ela estava cavando no saco de gelo quase derretido na pia quando sentiu alguém parado atrás dela. O perfume doce-apimentado da colônia encontrou seu nariz antes que ela se virasse.

Era Myles. Sua pele escura parecia especialmente atraente na cozinha, contrastando com as paredes brancas do cômodo. Ao que parecia, ele estava atrás dela havia algum tempo, em silêncio.

"Você não está indo embora, está?", disse ela, desapontada.

"Eu prometi à enfermeira da minha mãe que estaria em casa antes das 23h."

Droga. Com todos os convidados, ela e Myles não tiveram tempo de conversar muito além de um bate-papo educado e apresentações familiares, já que Myles nunca havia conhecido Tariq ou Corey até aquela noite. "Eu realmente sinto muito que dona Fisher esteja doente, Myles. Preciso visitá-la. Qual é o melhor horário?"

"A qualquer momento. Ela ficará feliz em te ver. Ela pergunta sobre você."

"Mesmo?" Isso foi surpreendente, já que Myles havia lhe contado que sua mãe tinha Alzheimer.

"Você é difícil de esquecer, boneca."

Angela sentiu o sangue correr para seu rosto. Myles olhava para ela com desejo; com fraternidade, mas principalmente com um respeito sincero. Mais uma vez, como sempre, ela não soube como responder àquele olhar. De repente, ela também não sabia o que dizer.

"Foi bom ver você, Angie. Estou feliz que você esteja bem", disse Myles após seu silêncio.

Angela abriu a boca para agradecer, mas em vez disso decidiu dizer o que estava pensando. "Posso não estar indo tão bem quanto as aparências indicam."

"Sinto muito", disse Myles. "Espero que não seja nada sério."

"Tariq e eu nos divorciamos."

"Eu..." Constrangido, Myles olhou por cima do ombro para se certificar de que não havia mais ninguém na cozinha. Os convidados da festa estavam ocupados lá fora. Angie ouviu um coro de *ooooooooohs* quando outros fogos de artifício explodiram. "Eu ouvi dizer. Mas pensei..."

Angela olhou pela janela da copa para o brilho vermelho flamejante enquanto as faíscas dos foguetes caíam. Ela não deveria estar falando assim com Myles, mas de repente ela queria que ele a conhecesse de novo. Tempos antes, Myles Fisher tinha sido seu melhor amigo, e ela sentia falta dele. "Tariq está aqui há algumas semanas e tem sido bom. Eu estava começando a pensar... que poderia dar certo." Ela balançou a cabeça. "Mas não. Acho que não. Há uma razão para estarmos separados. Não se pode insistir no erro. Então, me deseje sorte. Acho que teremos uma de nossas conversas ruins esta noite."

"Lamento ouvir isso", disse Myles. "Minha ex-esposa e eu tínhamos isso."

"Por quanto tempo você foi casado?"

"Três anos, logo após a pós-graduação. Eu acho que foi imaturidade e estupidez. "

"Como você soube que havia acabado?"

Ele riu. "Quando eu tive que pedir uma ordem de restrição."

"Espero que isso seja uma piada."

"Mais ou menos. Ela não era muito equilibrada emocionalmente."

Angela balançou a cabeça. "Eu sei o que você quer dizer. Tariq é..." Nesse ponto, ela parou. Falar sobre Tariq parecia desleal. Ela não queria fazer parecer que ele era um monstro. Ele não era.

"Ele é um homem grande", disse Myles perceptivelmente.

"Sim. Um homem grande com alguns problemas de controle de raiva. Ele está tentando, mas esse tipo de coisa..."

"Vai fundo", disse Myles. "Eu sei."

Myles apontou para a despensa. Ele estava pronto para ir. Ela saiu com ele da cozinha para a despensa comprida e estreita que levava ao saguão. O espaço geralmente parecia grande, mas enquanto ela e Myles passavam, pareceu assustadoramente íntimo. Ela sentia a respiração dele em seu pescoço.

"Algo tem que mudar", disse Angela quando eles emergiram no saguão arejado e seu nervosismo passou. "Eu moro em Los Angeles e Tariq mora em Oakland. Corey mora com o pai. Eu fico com ele nos feriados e no verão, mas isso não está funcionando. Não é justo com Corey."

"Não", disse Myles. "Não é."

Ela olhou para ele, quase irritada. Mas era apenas Myles sendo Myles, ela se lembrou. Ele disse a verdade. A verdade era irritante apenas se você não quisesse ouvi-la.

"Tariq e eu temos que descobrir como morar na mesma cidade, mesmo que não na mesma casa", disse ela. "Um de nós precisa se mudar."

"Você acha que Tariq estaria disposto?"

"Se ele não quiser, eu terei que fazer. Além disso, não sei se é certo tirar Corey de sua escola e de seus amigos. Eu poderia engolir meu orgulho, acho. Talvez este seja um bom momento para uma mudança. Estou no mesmo escritório de advocacia há dez anos e estou pensando em me tornar agente. A indústria precisa de mais agentes negros de qualidade. É melhor estar em Los Angeles, é claro, mas alguns clientes se arriscariam com um agente da Bay Area. Eu poderia viajar para meus almoços de negócios. Seria apenas por alguns anos, até Corey ir para a faculdade."

Os olhos de Myles brilharam. "Vejo que você tem tudo planejado."

"Na verdade, estou inventando tudo isso enquanto falo com você. Eu tomei essa decisão... agora."

Parecia claro, inevitável. Ela teria que estar mais perto de Corey. Angela olhou para a sala de estar, para o piano e para todas as lembranças de vovó Marie. Se ela tivesse ouvido o espírito de sua avó, ela percebeu, teria tomado essa decisão havia muito tempo.

"Uma agente, hein?", disse Myles. "Então, você deseja criar sucessos."

"Isso mesmo. Tenho alguns grandes nomes em mente."

"Como quem? Alguém que eu conheço? "

"Naomi Price. Ela trabalha principalmente em novelas e fez alguns filmes para a TV. Por enquanto."

Myles deu de ombros. "Eu conheço esse nome, mas não me lembro do rosto."

Angela sorriu. "Você vai ver. Ela é linda."

"E ela terá uma bela agente. Assim como Corey tem uma linda mãe."

As orelhas de Angela inflamaram. "Se eu não posso ser uma boa mãe, linda é um belo prêmio de consolação."

"Ah, eu sei que você é uma boa mãe. E você será uma mãe melhor ainda quando estiver mais perto de seu filho, querida. Acredite em mim. Se não fosse pelo e-mail, meu enteado e eu seríamos estranhos um para o outro. Finalmente desisti de tentar contornar os jogos de poder de minha ex-esposa, então racionalizei para me livrar disso. Morei com Diego por três breves anos quando ele era muito jovem. Sua mãe se casou de novo. Ele se esqueceu de mim. Ainda dói. Aproveite a chance com Corey enquanto você tem."

"Eu vou. Você tem razão." Por não conseguir se obrigar a fitar os olhos de Myles, Angela olhou para uma estatueta de barro na cornija da lareira, fascinada por seus olhos de concha de búzios. Ela olhou para o anel em seu dedo mais uma vez.

"Lembro-me de vovó Marie usando esse anel", disse Myles.

Angela sentiu-se inundada de lembranças, tanto recentes quanto distantes. Olhando para sua mão, ela imaginou o anel no dedo de vovó Marie. "Tive uma experiência muito estranha com Corey e este anel outro dia", disse ela. "Uma experiência maravilhosa. Ainda estou um pouco confusa com isso."

"O que aconteceu?"

Então, ela contou. Contou sobre sua conversa com Corey no quarto e a confissão repentina dele, devolvendo o anel a ela. Contou sobre os papéis de vovó Marie e a cerimônia no Ponto. Contou sobre o reaparecimento da carta de Sean Leahy. Ela ainda não tinha contado a Tariq todos os detalhes, sentindo-se tímida, mas ela não se sentia tímida com Myles.

"O que você acha de tudo isso?", perguntou Myles quando ela terminou.

Ela balançou a cabeça. Angela estava se perguntando isso desde a noite em que acontecera. "Para ser sincera, Myles, não sei o que pensar disso. Eu não acredito nesse tipo de coisa. Mas tenho que admitir, quando Corey realizou aquela cerimônia, eu me senti..." Ela percebeu que não tinha palavras para expressar isso. Ela sentiu uma presença. Ela sentiu vovó Marie. Ela se sentiu como se estivesse em uma encruzilhada, assim como os papéis de vovó Marie diziam; entre reinos. A experiência ressoara tão profundamente nela que ela e Corey concordaram em não fazer mais nenhum feitiço com os papéis de vovó Marie, não imediatamente. Eles aprenderiam mais sobre vodu primeiro. E sua família. Ela até tinha alguns primos na Louisiana cujos nomes ela não sabia.

"De qualquer forma, fiquei orgulhosa de Corey", continuou Angela. "Ele estava tão respeitoso, tão *focado*. Eu nunca o vi assim com nada, exceto talvez com os raps e poemas que ele escreve. Tenho tentado imprimir a vovó Marie nele a vida toda, e agora, do nada, ele encontrou essa conexão com ela sem mim. É tudo tão surpreendente. Eu mal consigo entender."

"Não é do nada", disse Myles. "Sem o seu trabalho, isso não teria acontecido."

"Mas há tanto que eu não sabia. Ele aprendeu sozinho."

"É uma coisa maravilhosa, Angie", disse Myles. "De verdade. Seu filho está te ajudando a aprender sobre sua avó. Se não é a mão de Deus em ação, não sei o que é."

Eles estavam parados na frente da porta de entrada há muito tempo, então foram para a varanda. Angela não acendeu a luz externa, embora o céu estivesse aveludado, escuro, exceto pelo brilho distante das estrelas. Os estalos e assobios atrás da casa eram mais altos aqui, mas não tão altos que eles precisassem levantar a voz. Eles falaram suavemente.

"E quanto ao resto, Myles? Você acredita em magia?"

"Eu com certeza entendo por que algumas pessoas acreditam."

"É uma evasão muito diplomática."

"Obrigado. Estou orgulhoso de mim mesmo por isso." Ele riu, pouco antes de seus olhos ficarem sérios. "Magia? Bem, posso dizer por experiência própria que às vezes a vida tem qualidades mágicas. Eu posso pensar em uma vez que a vida pareceu mágica para mim."

O coração de Angela disparou. Ela não precisou perguntar que vez era aquela. Ela sabia.

Myles pegou as mãos dela, segurando firme. "Se for preciso, posso começar a gostar de Tariq", disse ele. "Então, espero que tudo saia do jeito que você quer, Angie. Quando toda a poeira baixar, me ligue. Estarei de volta à cidade um pouco e gostaria de conhecer você de novo. Eu faço um jantar, talvez arroz *con pollo*, algo cubano. Basta me dizer quantos lugares arrumar na mesa."

"Vou fazer isso", disse ela. "É o mesmo número?"

"Mesmo número", respondeu ele, e sorriu. "É bom ter você em casa, Angie."

"É bom voltar para casa."

Angela podia sentir as fendas profundas esculpidas nas linhas das mãos quentes de Myles, a história de seu futuro. Angela já conhecia o dela: sua família estava prestes a passar por maus bocados. Mas também estava prestes a se tornar algo inteiramente novo, melhor do que antes.

Com um estouro estrondoso, o céu se inundou com a luz artificial. Por um instante, o rosto de Myles apareceu em uma visão perfeita e luminosa, como uma foto instantânea; a cabeça raspada e brilhante, os olhos acobreados, o sorriso caloroso e pensativo nos lábios. Quando os fogos de artifício acabaram, seu rosto ficou escuro, escondido pela noite.

Mas Angela sabia que era apenas por um tempo.

Se ela esperasse, os céus iriam brilhar outra vez.

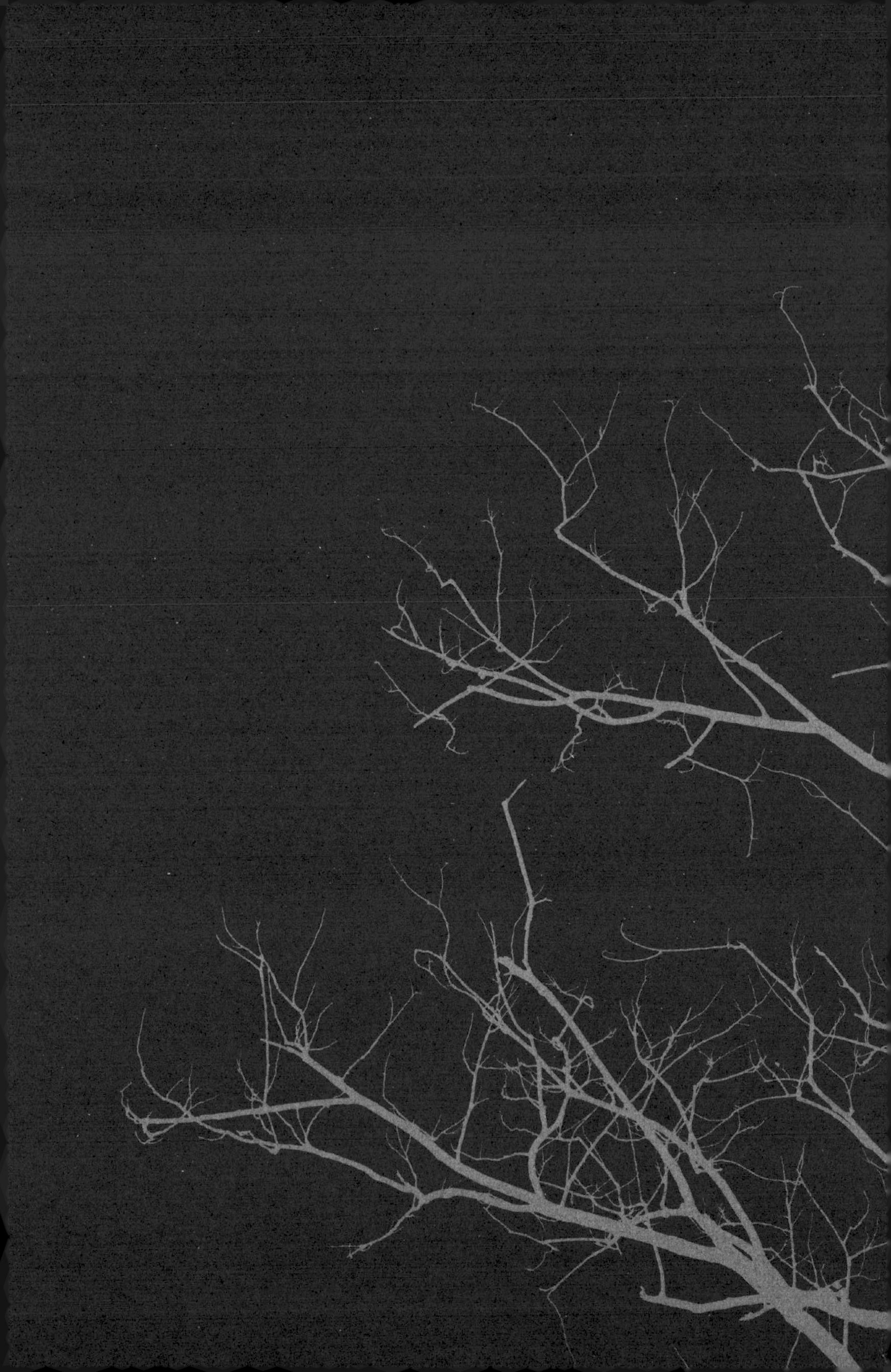

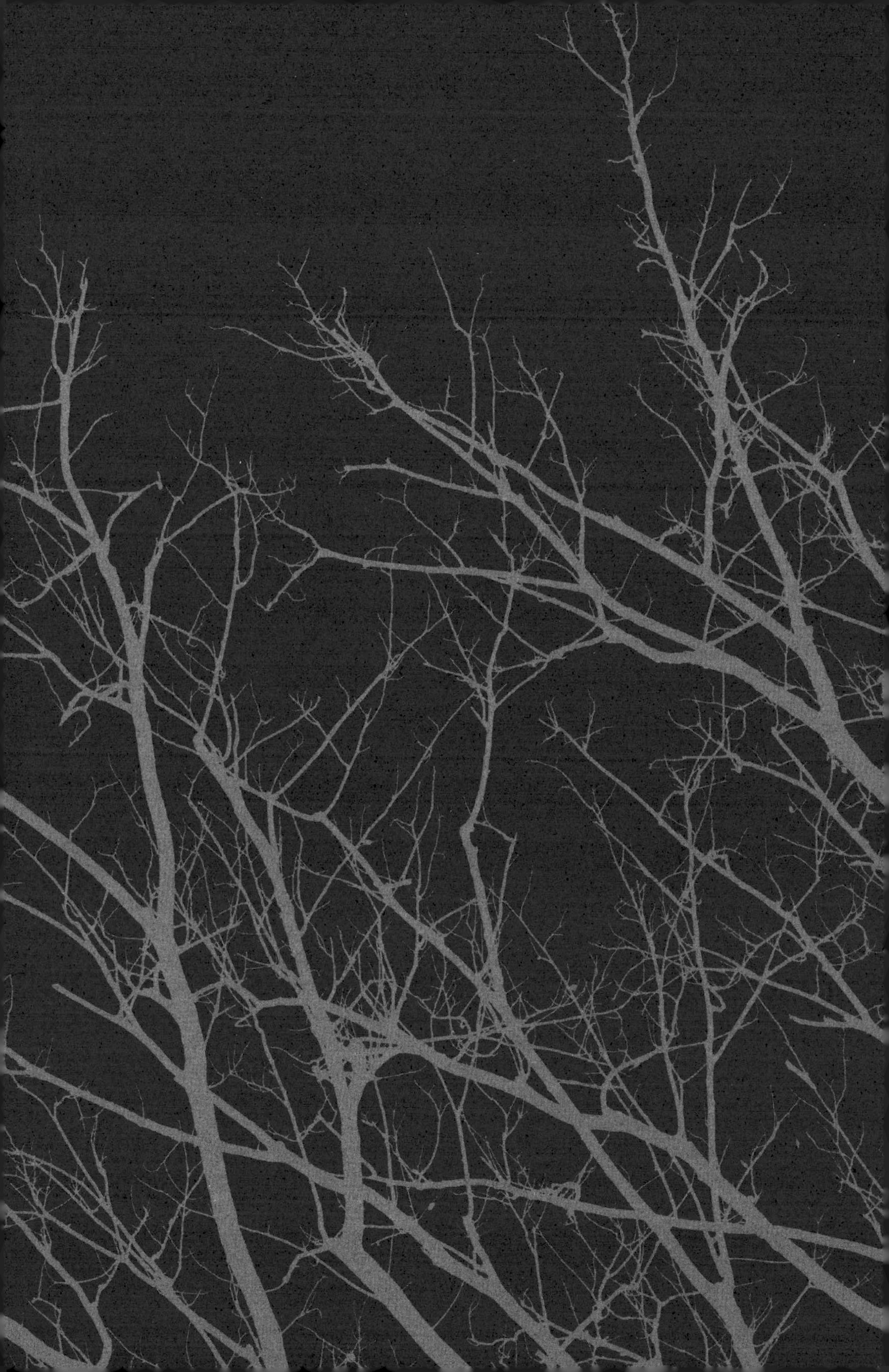

Agradecimentos

Em primeiro lugar, obrigada a Jackie McArthur, por compartilhar os detalhes da trágica perda de seu filho Justin. Eu gostaria de poder voltar no tempo para você.

Agradeço e peço desculpas à cidade de Cathlamet, Washington, no Condado de Wahkiakum, que apaguei do mapa e transformei na minha Sacajawea ficcional. Todas as virtudes aqui descritas são suas e todas as falhas, de Sacajawea. Agradecimentos especiais a Dennis e Audrian Belcher, proprietários da Bradley House of Cathlamet, uma charmosa pousada que guarda uma notável semelhança com a Casa Hereditária, mas sem a maldição.

Agradeço ao meu agente literário, John Hawkins, da John Hawkins Associates, bem como ao seu assistente, Mathew Miele. Agradeço ao meu agente de cinema, Michael Prevett, da Firm. Agradeço à Tracy Sherrod, que adquiriu este romance pela primeira vez para a Atria Books, e à minha atual editora, Malaika Adero, por seus *insights* enquanto o conduzia. Obrigada também ao assistente de Malaika, Demond Jarrett.

Agradeço a Richard Dobson, por sua paciência em compartilhar seu conhecimento das tradições mágicas dos nativos americanos, bem como por sua orientação sobre a premissa deste romance.

Eu pretendia que *Casa Hereditária* fosse uma história sobre as consequências do abuso da magia e queria basear esse sistema mágico nas tradições negras, por isso escolhi o vodu. Mas este não é um livro sobre vodu. Qualquer pessoa curiosa sobre o vodu e outras religiões de matriz africana em sua forma mais verdadeira deve ler obras de não ficção, como eu fiz. Os livros que achei mais úteis foram *Flash of the Spirit*, de Robert Farris Thompson; *Jambalaya*, de Luisah Teish; *Mama Lola: A Vodou Priestess in Brooklyn*, de Karen McCarthy Brown; *Vodou Visions*, de Sallie Ann Glassman; *The Way of the Orisa: Empowering Your Life Through the Ancient Religion of Ifa*, de Philip John Neimark; *Divine Horsemen: The Living Gods of Haiti*, de Maya Deren; e *Voodoo Search for the Spirit*, de Laënnec Hurbon. (Não há referências a uma palavra sendo "roubada" do *loá* Papa Lebá em nenhum desses textos; essa premissa fictícia é invenção da autora, assim como a manifestação do *baka*. Na tradição vodu, um *baka* é um demônio que geralmente aparece em forma animal.)

Sacagawea, uma jovem mulher shoshone, fez uma contribuição crítica como intérprete e guia na expedição de Lewis e Clark. Neste romance, uso o erro ortográfico comum de seu nome, Sacajawea, com desculpas aos que a conhecem melhor. Agradeço a James LeMonds, autor de *South of Seattle: Notes on Life in the Northwest Woods*, pela poesia de seu próprio texto, bem como por seus olhos observadores ao ler os meus. Outros livros que foram úteis: *Beach of Heaven: A History of Wahkiakum County*, de Irene Martin; *Chinook: A History and Dictionary*, de Edward Harper Thomas; e *Trees and Shrubs of Washington*, de C. P. Lyons. Agradeço também a Karen Eisenberg, por nossa aventura de caminhada, e ao romancista Chris Bunch, por sua aula de arco e flecha.

Agradecimentos ao Palácio de Justiça do Condado de Cowlitz e a Joannie Bjorge, uma oficial penitenciária do gabinete do xerife do condado de Wahkiakum. Agradecimentos a Peter Ellis, editor-chefe do Longview Daily News. Obrigada a Lydia Martin e Alexis Mulman-Cajou pela ajuda com as traduções.

Obrigada ao dramaturgo Caroline Wood, Joe Daggy, Roger Werth, Cindy Lopez e Steve e Kim Plinck, por fornecerem rostos e espíritos para alguns desses personagens. E para Angela e Courtney, extraordinário casal poderoso, pelos rostos e espíritos de Angela e Myles.

Agradeço à escritora Joan LeMieux, por oferecer jantares maravilhosos para escritores, dos quais vou sentir falta. Agradeço também a Yolanda Everette-Brunelle, Rosalind Bell, Mukulu Mweu-Mijiga e Brian Mijiga, Ronn e Felicha Hanley, Farryl Dolph e a todos os meus amigos que toleraram meus longos desaparecimentos e me ajudaram a construir um lar em um novo lugar. Obrigada a O. B. Hill, proprietário da Reflections Bookstore em Portland, por seu apoio e suas lutas. Obrigada a Olympia Duhart, pela sua leitura antecipada.

Agradeço aos meus pais, Johnita e Lydia, que estão sempre comigo, mesmo quando não estão. Obrigada a Steve e Nicki, pela alegria de uma nova família.

Agradeço à minha avó, Lottie Sears Houston, por sua luta.
Agradeço a Deus.
Agradeço aos meus ancestrais.

TANANARIVE DUE é autora premiada e voz de destaque na ficção especulativa negra há mais de vinte anos. Dá aulas sobre horror negro e afrofuturismo na UCLA e é produtora executiva do documentário *Horror Noire: A History of Black Horror*. Já escreveu, com o marido, um episódio da série "The Twilight Zone". Ganhou um American Book Award, um NAACP Image Award e um British Fantasy Award. Vive com o marido, o filho e dois gatos.

DARKLOVE.

DARKSIDEBOOKS.COM

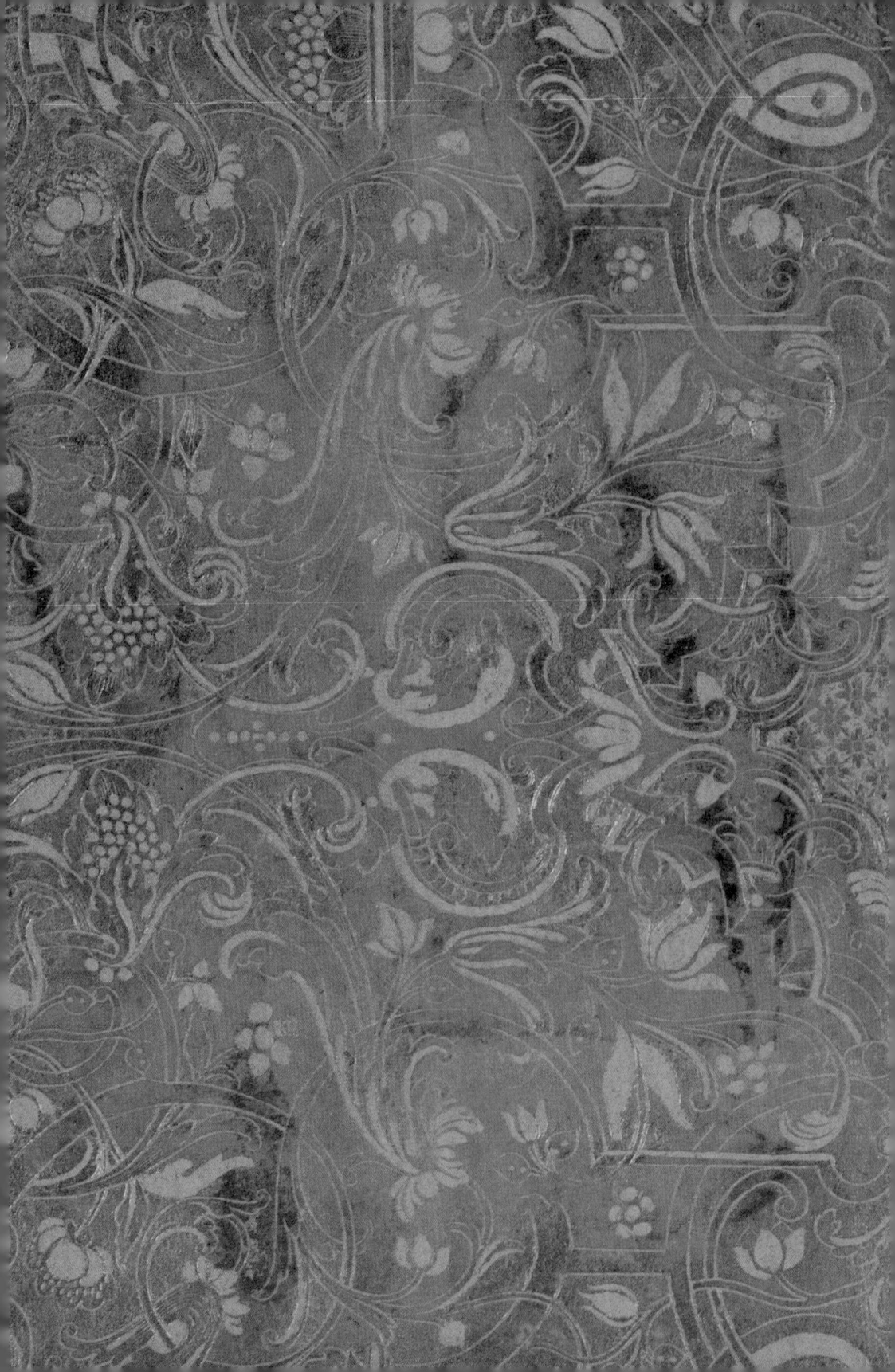